Jessie Burton

Die Geheimnisse meiner Mutter

Roman

Aus dem Englischen von Peter Knecht

Insel

Die Originalausgabe erschien 2019 unter dem Titel *The Confession* bei Picador, einem Imprint von Pan Macmillan, London.

Erste Auflage 2020

Druck: CPI – Ebner & Spiegel, Ulm
Printed in Germany
ISBN 978-3-458-17842-2

Für meine Freundinnen und Freunde

María Vargas (Ava Gardner): *Das ist schwer zu glauben für jemanden, der in unserer Zeit lebt.*

Harry Dawes (Humphrey Bogart): *Wie kommen Sie darauf, dass wir in unserer Zeit leben?*

Joseph Mankiewicz, Die barfüßige Gräfin, 1954

Man kann aus der fiktiven Welt in die Alltagswelt zurückkehren, aber etwas Fremdartiges bleibt nach dieser Rückkehr im Geist lebendig.

Pauli Pylkkö

1979

1

An diesem Samstag, einem Nachmittag im Spätherbst in Hampstead Heath, hatte Elise eigentlich auf jemand anderen gewartet. Ihr Vermieter und Mitbewohner John hatte das arrangiert. Sie wusste nicht recht, warum sie sich darauf eingelassen hatte, hier einen wildfremden Mann zu treffen, aber sie folgte oft den Vorschlägen anderer Leute. Am Ende war der Typ nicht aufgetaucht, und als sie aus einer Lichtung in die letzten Sonnenstrahlen trat, sah Elise eine Frau da stehen, hinter ihr eine Reihe von Bäumen, zimtfarbene Blätter vor dem türkisblauen Himmel. Das Größenverhältnis zwischen den Bäumen und dem Körper der Frau war immens, aber durchaus korrekt. Sie wirkten wie ein kostbarer riesiger Kopfputz, so als wäre sie eine Gottheit oder eine Königin der Natur. Sie wandte sich über die Entfernung hinweg Elise zu und bedachte sie mit einem Lächeln, als wäre Elise ein Page ihres Hofstaats, ein Glückspilz, der bei seiner Herrin Gefallen gefunden hat.

Und wenn vielleicht doch ein Mann in den Park gekommen ist, um Elise zu treffen, verspätet, ein Mann mit Schal und Winterjacke, der durchs herbstliche Laub gehastet wäre? Elise sollte es nie erfahren. Sie erwiderte das Lächeln der Frau, die sich auf sie zu in Bewegung setzte – und der ursprüngliche Plan war gestorben. Elise wandte sich ab und ging los. Sie schaute einmal über die Schulter, und die Frau folgte ihr. Elise war es gewohnt, dass Leute ihr folgten. Mit zehn, als sie einmal eine Unterhaltung der Erwachsenen in der Küche belauschte, hatte sie die Freundin ihrer Mutter sagen hören: *Die wird einmal eine große Herzensbrecherin!*, und sie hatte das nie vergessen. Wenn man ein Kind ist, sagen die Leute einem, was man ist, wie man später sein wird, und oft bleibt einem das in Erinnerung. Sie war eine Schönheit geworden, man versicherte es ihr immer wieder. Sie sprach nie darüber oder machte ein Aufhebens darum, obwohl sie Angebote bekam, als Model zu arbeiten, und mit dreizehn, vierzehn auf der Straße angesprochen wurde und dergleichen. Sie ging nie darauf ein, aber es war nun einmal so. All den zudringlichen Blicken zum Trotz, die man ihr zuwarf, fühlte sie sich unsichtbar, bis Constance Holden sie in Hampstead Heath bei den zimtfarbenen Bäumen ansah.

Sie verließen den Park und näherten sich dem langen Gitterzaun, der einen Friedhof umschloss, und Elise fragte sich, was wohl passieren würde. Sie war noch nie mit einer Frau zusammen gewesen. Sie blieb stehen, ohne sich umzudrehen, stand da wie der Ochs am Berg in dem Kinderspiel. Sie stellte sich vor, sie würde eine der Gitterstangen wie eine Speerwerferin bei Olympischen Spielen weit hinaus schleudern, die Spitze würde sich tief in ein Grab bohren und Knochen zerschmettern. Das würde dieser Frau zeigen, dass Elise stark war.

Sie drehte sich um, und die Frau war noch da, die Arme verschränkt, die Miene ein bisschen verlegen. Sie war ohne Zweifel älter als Elise, aber Elise war zwanzig, und die meisten Erwachsenen, mit denen sie zu tun hatte, waren älter als sie. Die Frau war wohl zwischen dreißig und vierzig. Elise musterte ihre Kleidung: ein Herrenhemd, ein langer Mantel, offen, sodass man die schmal geschnittenen schlichten Jeans sah, Budapester Halbschuhe. Offenbar ungeschminkt, eine kleine Silberkugel in jedem Ohrläppchen, eine zierliche Armbanduhr am schönen Handgelenk. Elise umfasste einen Gitterstab des Zauns und sprach die Frau an, denn sie fühlte sich sicher hier in der Öffentlichkeit. Die Frau konnte sie nicht belästigen oder sie mit einer Gitterstange aufspießen. Und außerdem war der Kurs, in dem Elise Modell sitzen sollte, ausgefallen, und sie hatte nichts zu tun.

»Eines Tages werde ich sterben. Und das war's dann.« Elise streckte den Finger durchs Gitter. Sie machte keine Bemerkung dazu, dass die Frau ihr gefolgt war.

Die Frau schloss die überkreuzten Arme enger zusammen und lachte; sie wirkte selbstsicher, eine Füchsin, aufgerichtet auf den Hinterbeinen. Elise blickte über ihre linke Schulter hinüber zu den Grabsteinen, die wie Zahnstümpfe aus der Erde ragten. Es war die Ecke für arme Leute, abseits von den Gräbern aus geädertem Marmor, in denen tote Industriekapitäne lagen, Seite an Seite mit ihren Ehefrauen. Weiter hinten ragte der Ziegelkamin eines Krematoriums auf, der zum Glück gerade keinen Rauch ausstieß.

»Du wirst noch lange nicht sterben«, sagte die Frau, und ihre Stimme lief durch Elise wie Eisen.

Sie starrten einander an. »Kann ich etwas für dich tun?«, fragte Elise.

Sie fanden bald einen rund um die Uhr geöffneten schäbigen Imbiss, aber sie aßen nichts. Die Frau stellte sich als Connie vor. Elise sagte ihr, dass sie Elise Morceau hieß. Sie saßen einander gegenüber, tranken Tee und wärmten sich die Finger an dem billigen Porzellan der Becher. Die Frau sah Elise an, als wäre sie gar nicht wirklich. »Ich mache das normalerweise nicht«, sagte sie. »Und du?«

»Ist schon okay«, sagte Elise, und dann: »*Was* machst du normalerweise nicht?«

Connie blickte von ihrem Becher auf. »Das hier. Jemanden einfach so kennenlernen. Zusammen spazieren gehen.«

»Nein, eher nicht.« Elise schaute Connie an und konnte sehen, wie sie sich bemühte, eine Sehnsucht nach Antworten zu verbergen. »Ich mache das normalerweise auch nicht«, sagte sie, und Connie entspannte sich sichtlich.

Sie redeten ein bisschen darüber, wo sie wohnten – Connie nicht weit von hier, Elise in Brixton. »Wohnst du immer schon südlich der Themse?«, fragte Connie.

»Ja.«

»Bist du dort geboren?«

Elise sah sie an. »Ja.«

»Wie alt bist du?«

»Achtundzwanzig«, sagte Elise.

Connie runzelte die Stirn. »Das glaube ich dir nicht. Wie alt bist du?«

»Wie alt bist *du*?«

»Ich bin sechsunddreißig. Ich bin wirklich sechsunddreißig, und ich heiße wirklich Connie.«

»Ich bin zwanzig«, sagte Elise. »Und ich heiße Elise.«

»Arbeitest du in London?«

»Ich arbeite in einem Café in Pimlico. Es heißt *Seedling*. Und als Platzanweiserin im National Theatre. Und ich sitze Modell im RCA.«

»Eine bunte Mischung«, sagte Connie.

»Arbeitest du im Zentrum?«, fragte Elise, und Connies Körper straffte sich ein bisschen, als fühlte sie sich verspottet durch die sonderbare Frage.

»Ich arbeite zu Hause«, antwortete sie. »Ich bin Schriftstellerin.«

»Was schreibst du?«

»Geschichten.«

»Was für Geschichten?«

»Verdammt gute.« Connie lachte.

»Bist du sicher?«, fragte Elise.

»Manchmal.«

»Würde ich dich in einer Bibliothek finden?«

»Bestimmt. Und in Buchhandlungen.«

»Das ist ganz schön cool«, sagte Elise.

Connie starrte in ihren Teebecher. »Ja, vermutlich.« Sie blickte auf. »Darf ich dich zum Essen einladen?«

Am nächsten Freitag, einen Tag vor dem gemeinsamen Essen, ging Elise in die Bibliothek in Brixton und suchte den Buchstaben *H* in der Abteilung *Romane*. Da stand das Buch: *Herz aus Wachs*, erschienen im Jahr zuvor. Elise nahm es aus dem Regal, wobei ihr auffiel, dass schon eine Menge Leute es in der Hand gehalten haben mussten. Auf der Rückseite stand fett gedruckt: »Das Buch, über das alle sprechen.«

Als John am Abend von der Arbeit nach Hause kam, erzählte sie ihm, dass sie Constance Holden, die Autorin von *Herz aus Wachs,* kennengelernt hatte. Die genauen Umstände ihrer Begegnung frisierte sie ein bisschen, weil sie nicht wirken wollte wie eine, die sich in Parks auflesen lässt. Sie gab sich lieber als jemand, der Leute bei edlen Soireen kennenlernte, wo Schriftstellerinnen hingingen. John zeigte sich nur mäßig beeindruckt, da Constance Holden keine Romane über Raubüberfälle schrieb, Bücher mit geprägter Schrift auf dem Umschlag und der unvermeidlichen Silhouette eines Mannes, der aus einem brennenden Gebäude flüchtet. Er hatte auch in der Schule nichts von ihr gelesen. Er hatte noch nie von ihr gehört.

Am Abend las Elise den Roman. Er war heftig, schroff, leidenschaftlich und voller Sätze, die sie gerne unterstrichen hätte. Sie stellte fest, dass beim Lesen ihre Loyalität von der Frau auf den Mann überging. Arme Beatrice, diese gescheiterte Spinnerin, verheiratet mit einem Mann, der sie zum Narren hielt. Aber wie verführerisch, wie überzeugend Frederick sein konnte. Beatrice liebte einen Mann, der gefährlich für sie war. Gleichwohl liebte sie ihn, sie liebte ihn, liebte ihn. Würde sie heil davonkommen? Was würde aus ihrer Tochter Gaby werden? Das Buch war fesselnd, packend, brutal, eine Art Anti-Liebesgeschichte und dennoch voller Herz.

Elise dachte in dieser Nacht über die Liebe nach, das Buch mit dem schon etwas rissigen Rücken unter der Einbandfolie aufgeschlagen auf ihrer Brust. Liebe. Wie fühlte sie sich wohl an? Elise glaubte, sie habe sich ihr Leben lang vorsichtig um den Rand eines Vulkankraters herumbewegt, dessen Tiefe sie nicht ermessen konnte, der aber voll mit etwas Gewaltigem war, das sich ihr noch nie gezeigt hatte. Da unten im Dunkeln waren viele glückliche Seelen, aber auch viele Leichen.

Das Abendessen, ihr erstes Date, fand in einem Restaurant namens *Mariposa* in der Dean Street in Soho statt. Connie hatte es ausgesucht: schummrige Nischen, Messinglampen und mit rotem Samt bezogene Polster, dessen Farbton man fühlte, wenn man ihn auch nicht wirklich sehen konnte. Elise ging die Treppe hinab in einen Raum, der sich unter ihr auftat, voller Bewegung, Rauch, summenden Geräuschen. Frauen mit breitem Lidstrich in schicken Samtkleidern schmiegten sich an müde Jünglinge aus der City und Männer mit langem Haar unter schicken Hüten. Jeans, Leder, Nikotin, Geld – Elise konnte es auf der Zunge schmecken.

Connie war schon da und hatte eine Flasche Wein bestellt. Sie stand auf und trat aus dem Schatten, um ihren Gast zu begrüßen. Elise war überrascht davon, wie viel Mühe sie sich gegeben hatte. Sie sah umwerfend aus: ein schlichtes schwarzes Cocktailkleid, eine Goldkette, das rote Haar in perfekter Nonchalance zerzaust. Elise fühlte Neid in sich aufwallen: Sie wäre auch gern sechsunddreißig, besäße ein Haus, hätte Bücher wie *Herz aus Wachs* veröffentlicht, ginge in Lokale wie dieses in Soho, wo solche Leute aßen.

»Hallo«, sagte Connie.

»Hallo«, sagte Elise. Sie schaute an sich hinunter: schwarze Jeans, weißes T-Shirt. »Wenn ich das gewusst hätte, hätte ich mich besser angezogen.«

»Du siehst wunderbar aus.« Connie streckte die Hand aus und berührte leicht Elises Schulter. Sie lächelten einander an.

»Ich komme direkt vom Café«, sagte Elise und nahm in der Nische Platz.

»Vom *Seedling*.«

»Ja.« Es freute Elise, dass Connie sich an den Namen erinnerte.

Connie schenkte Elise ungefragt ein Glas Wein ein. »Und wenn du im Theater arbeitest, bist du dann auch bei den Vorstellungen dabei?«

»Ja, immer.«

»Langweilst du dich manchmal?«

»Die ganze Zeit.« Connie lachte. Der Kellner erschien, ein junger Mann mit schlanker Taille und dunklem Augen-Make-up. Elise bemühte sich, ihn nicht anzustarren. Connie entschied sich für *pot-au-feu* mit Gemüse. Elise überflog kurz die Speisekarte und wählte dann das Steak. »Prost.« Connie hob ihr Glas. »Auf das Kellnern, das Platzanweisen und das Modellsitzen.« Sie nahm einen großen Schluck Wein. »Gibt es noch andere Sachen, die du gern ausprobieren würdest?«

»Andere Sachen?«

»Andere Jobs, andere Länder.«

»Ich weiß nicht«, sagte Elise.

»Was meinen deine Eltern?«

»Ich weiß nicht.« Elise starrte, als wollte sie Connie herausfordern, weiterzufragen, aber diese tat es nicht. »Ich habe Ideen für Stücke«, sagte Elise.

»Stücke?«

»Ja, ich würde gern ein Theaterstück schreiben.«

»Dann solltest du das tun.«

Elise war nicht sicher, ob es wirklich stimmte, dass sie ein Stück schreiben wollte, aber sie dachte, es klinge eindrucksvoll. Was stimmte, war, dass sie immer im Dunkeln eines der drei Säle des National Theatre saß und zusah, wie die Bühnenbilder wechselten, die Augen nach oben, von wo die Kulissen herunterkamen und leere Räume in viktorianische Wohnzimmer verwandelten, in postapokalyptische Schauplätze griechischer Tragödien, in ländliche englische Idyllen, in Japan, Manhattan, Indien. Manchmal versuchte sie, eine Szene zu schreiben, aber der Sinn verlor sich, am Ende war die Aufgabe zu groß für sie, und sie gab sich mit bloßen Plänen zufrieden. Sie konnte die Welt nicht zu Papier bringen. Die Wirbel in ihrem Inneren, ihre Bewegung, ihr abstraktes Wesen ergaben einen perfekten Sinn. Sie dachte, eines Tages würde er nach außen dringen. Aber, dachte sie, es war noch nicht so weit. »Es gefällt mir, Modell zu sitzen«, sagte sie.

»Warum?«, fragte Connie.

Wenn Elise sich auszog und vor diese Kunststudentinnen und -studenten trat, war ihr ganzer Körper gefordert, alles war willig und bereit, sich anzupassen, ihre Lippen, Hände, Brüste, ihr Hals, die Innenseiten ihrer Beine. Sie saß stundenlang still, lauschte dem leisen Kratzen der Stifte auf dickem Papier und wanderte durch die Kammern ihres Geistes. Sie war so gut darin, still zu sitzen, dass sie immer wieder engagiert wurde. Und manchmal, wenn alle gegangen waren, wartete sie eine Weile auf der Toilette und schlich sich dann wieder ins Atelier zu den Staffeleien mit den Zeichnungen, die an diesem Tag entstanden waren. Sie war auf der Jagd nach sich selbst, obwohl sie diejenige war, die als Vorlage gedient hatte. Sie streifte durch den Papierwald ihrer eigenen Glieder, ihres Gesichts, ihres Geschlechts, ihrer Kniescheiben, um die Person zu finden, die sie so festgehalten hatte, wie sie wirklich war. Niemand hatte es je geschafft, der Schatz war immer noch unentdeckt.

Sie erzählte Connie nichts von alledem. »Weil es so friedvoll ist.«

»Aber du verharrst immer in ein und derselben Pose?«

»Ja.«

»Stundenlang?« Elise zuckte die Achseln, und Connie grinste. »Es gefällt dir, angeschaut zu werden«, sagte Connie.

»Ist das etwas Schlechtes?«

»Nein. Es ist nur ungewöhnlich, dass jemand es zugibt.« Connie lächelte. »Willst du nicht herkommen?«

Elise war einen Moment lang verwirrt. »Wohin?«

»Hierher«, sagte Connie und klopfte mit der flachen Hand auf den Platz direkt neben sich. Elise gehorchte, und dann spürte sie Connies kühle Finger auf beiden Seiten ihres Gesichts. Sie drückten fest auf die Haut, als wollten sie Elise ummodeln. »Ich könnte dieses Gesicht rahmen«, sagte Connie.

Von dem Wein hatte Elise das Gefühl, dass sie die Kontrolle verlor. »Das wird dich etwas kosten«, sagte sie. Sie schloss die Augen und fragte sich, ob die andere wohl verstand, dass es ein Scherz war.

Connie fasste Elises Gesicht zart mit den Händen

ein. Sie beugte sich vor. Ihr Atem war angenehm und heiß. Elise konnte die Rundung ihres zierlichen Mundes sehen, ihre aufmerksamen Augen im Kerzenlicht. »Wie viel?«, fragte Connie.

»Fünfzig Pfund pro Kuss.«

Connie lachte. »Ich sagte rahmen, nicht küssen.«

Ihre Hände sanken herab, und Elise fühlte sich ertappt. Sie nahm Connies Hände, die in ihrem Schoß lagen, und führte sie wieder an ihr Gesicht. »Ich habe dein Buch gelesen«, sagte sie. »Ich habe *Herz aus Wachs* gelesen.«

»Oh?«

»Du bist sehr gut.« Sie hielt Connies Hände fest, und Connie lachte.

Als Elise erwachte, stellte sie fest, dass sie in einem fremden Bett lag. Sie hob die Bettdecke: Sie trug noch ihre Unterhose und ihr T-Shirt, aber keine Hose. Wann hatte sie sie ausgezogen? Sie lag auf dem Fußboden wie der mit Kreide gezeichnete Umriss eines Mordopfers. Ihre Stiefel lagen, die Sohlen einander zugekehrt, auf den Seiten, offenbar nachlässig abgestreift, doch sie konnte sich nicht daran erinnern. Wo war sie? Es war schummrig, aber sie konnte eine grün gestreifte Tapete ausmachen, einen kleinen Kleiderschrank, einen Papierkorb, alles sehr ordentlich. Eine große flauschige Schildpattkatze mit weißem Brustlatz und weißen Pfoten saß mitten im Zimmer und beobachtete sie.

»Ich hoffe, Ripley stört dich nicht«, sagte eine Stimme an der Tür.

Elise drehte sich um. »Ripley?«, fragte sie.

»Der Kater. Bleib liegen, ganz ruhig.« Connie kam näher mit einem Glas Wasser und zwei Aspirin, die sie auf das Nachttischchen neben Elises Kopf legte.

»Danke«, murmelte Elise.

Connie zog die Vorhänge auf. Elise stöhnte, als das schwache Novemberlicht ihr in die Augen fiel. »Entschuldigung«, sagte Connie, aber sie ließ die Vorhänge offen.

»Was ist passiert?« Elises Stimme klang heiser. Connie antwortete nicht sofort. Sie blickte hinaus in den Garten. »Connie?«

»Was ist wann passiert?«

»Letzte Nacht.«

»Weißt du es nicht mehr?«

»Ja. Nein.«

Connie setzte sich unten aufs Bett und sah Elise an. »Wir waren essen. Wir haben zu viel getrunken, sind hierhergekommen, und du bist auf dem Sofa eingeschlafen.«

»Ich bin auf dem Sofa eingeschlafen?«

»Ja. Und ich habe dich dann hier raufgetragen.«

»Du hast mich getragen?«

Sie sahen einander an. Connie lächelte.

»Tut mir leid«, sagte Elise. »Ich hätte nach Hause gehen sollen.«

Connie streckte die Hand aus und fühlte Elises Stirn. »Das hätte ich nie zugelassen. Nicht in deinem Zustand. Hast du halbwegs gut geschlafen?«

»Wie spät ist es?«

Connie schaute auf ihre Uhr. »Zwanzig nach elf.«

Elise schloss die Augen. Es war elf Uhr zwanzig, und

sie lag hier im Bett. Irgendetwas stimmte nicht. »Oh, Scheiße! Ich muss heute arbeiten.«

»Unsinn. Am Sonntag muss doch niemand arbeiten.«

»Ich schon. Im Café.«

»Was ist, wenn ich dir die fünfzig Pfund zahle?«

»Was für fünfzig Pfund?«

»Ach, du warst betrunken. Vergiss es.«

Elise hatte ein ungutes Gefühl.

»Lass das Café sausen«, sagte Connie.

Du hast leicht reden, dachte Elise. »Ich *muss* hin«, sagte sie. Sie richtete sich auf, mühsam wie eine gebrechliche alte Frau.

»Elise, Liebe, leg dich hin.«

»Connie –«

»Du bist nicht in der Verfassung, irgendetwas zu tun. Leg dich einfach hin.«

Elise gehorchte. Sie fühlte sich, als könnte sie jeden Moment in Tränen ausbrechen. »Ich werde dich hypnotisieren, nicht arbeiten zu gehen«, sagte Connie.

Elise presste ganz fest die Augenlider zusammen. »Ist das ein Witz?«

»Ja. Ich habe es im Hypnotisieren nie zu einem Diplom gebracht.«

Elise wollte eigentlich Widerstand leisten, aber sie lachte nur. Connie sah sie freundlich an. »Soll ich dir ein Sandwich mit gebratenem Speck machen?«, fragte sie.

»Ja. Bitte«, flüsterte Elise.

Sie sah zu, wie Connie verschwand, und hörte sie dann am Telefon sprechen. Wenig später zog der Geruch von Speck aus dem Erdgeschoss herauf, durch den Gang, unter der Tür durch in Elises Nase. Sie schloss die Augen und wünschte sich einen neuen Körper. Sie sehnte sich nach einem heißen Bad.

Connie kam wieder mit dem Sandwich und zwei Bechern Tee auf einem Tablett. »Hier«, sagte sie, »ich habe mein Bestes gegeben.«

Elise hatte es geschafft, sich aufzusetzen. »Danke«, sagte sie. »Wie lang braucht man von hier nach Pimlico?«

»Mach dir darum keinen Kopf«, sagte Connie. »Ich habe dort angerufen.«

»Du hast *was*?«

»In diesem *Seedling* – was für ein Name! Ich hab gesagt, ich bin deine Mitbewohnerin und du hast einen Virus.«

»Das haben sie dir geglaubt?«

»Natürlich.«

»War Gabe am Apparat?«

»Es war ein Mann. Ich weiß nicht, wie er hieß, aber er wünscht dir gute Besserung. Ich sagte, es würde ein paar Tage dauern und der Doktor meinte, du musst dich schonen.«

Elise starrte auf ihr Sandwich. Es war ein seltsames Gefühl, jemanden zu haben, der ihr Leben in die Hand nahm. »Prima. Danke.«

Connie nippte an ihrem Tee. Elise sah, dass auf dem Becher *I ♥ Birdworld* stand. »Hätte ich das besser nicht tun sollen?«, fragte Connie. »Manchmal bin ich vielleicht etwas übergriffig –«

»Nein, schon okay. Es wäre mir praktisch unmöglich gewesen, zu arbeiten. Ich – ich hätte nur nie erwartet, dass du dort anrufst.«

»Dann hab ich dir also einen Gefallen getan.«

Elise fragte sich, ob sie den Job wohl noch hatte. Und ob es sie überhaupt interessierte. Sie streckte die Hand nach Connies Becher aus und streifte dabei ihre Finger. »Warst du wirklich in Birdworld?«, fragte sie.

»Mit einer Freundin und ihrem Sohn. Eigentlich nur dem Jungen zuliebe, aber am Ende hat es mir wirklich Spaß gemacht. Flamingos, Pinguine, Meisen. Alle möglichen Vögel.«

»Ich versuche, mir dich in Birdworld vorzustellen.«

»Es war genau das Richtige für mich.«

»Du bist viel zu elegant dafür.«

»Niemand ist eleganter als ein Flamingo, Elise.«

Sie lachten. Es war ein Flirt, das war Elise klar, ein verkaterter Flirt, aufgedreht und voll innerer Unruhe. Welcher Schritt kam als Nächstes, was war zu tun? War in der Nacht etwas passiert? Es fühlte sich nicht so an. »Möchtest du ein Bad nehmen?«, fragte Connie, als hätte sie es erraten.

»Gerne.« Die Antwort kam so prompt, dass beide lachen mussten. »Ich fühle mich einfach schrecklich«, sagte sie. »Es tut mir wirklich leid.«

»Ach was, du siehst prima aus.«

»Du lügst. Meine Haut!«

»Du bist schön. Kein Grund zur Sorge. Ich lass dir Wasser ein.«

Connie ließ Elise allein mit dem Sandwich. Johns Wohnung hatte kein Bad, und die Haustür von Connies Wohnung schien so weit weg. Das fettige Brot war reinstes Manna und gab Elise wieder das Gefühl, etwas Fleisch auf den Knochen zu haben, aber sie wusste, dass der Tag sich in einer Weise entwickelte, die außerhalb ihrer Kontrolle lag.

Plötzlich dachte sie: *Connie wird mich gefangenhalten.* Die Paranoia ihres verkaterten Zustands förderte ihren heimlichen Wunsch, von aller Selbstverantwortung losgesprochen zu werden, ein kleines Mädchen in der Obhut dieser tüchtigen, klugen Person zu sein, die sich von dummen Misslichkeiten wie einem Brummschädel nicht davon abhalten ließ, sich für jemand anderen auszugeben und Elise krankzumelden, dafür zu sorgen, dass sie es an einem kalten Novembertag angenehm warm hatte, ihr ein Bad einlaufen zu lassen, ihr ein frisches, sauberes Bett zu geben.

Als das Bad bereit war, stieg Elise in die Wanne: Sie hätte weinen können, so köstlich rein fühlte sich das heiße Wasser an.

»Ich gehe in den Park, meinen Kopf durchlüften«, rief Connie.

Elise fand es erstaunlich, dass Connie so vertrauensselig war, sie in ihrem Haus allein zu lassen. *Ich könnte eine Diebin sein,* dachte sie. *Ich könnte mich hier eingeschlichen haben, um mir ein paar Klunker und ihre Handtasche unter den Nagel zu reißen. Aber andererseits – schau mich doch an: Ich bringe ja nicht mal einen zusammenhängenden Satz zustande.*

Sie stellte sich Connie als Hexe vor, die in den Wald ging, um noch mehr Gretels mit Pfefferkuchen und Süßigkeiten anzulocken und mit nach Hause zu schleppen. Aber nach einer Stunde war Connie wieder da mit roten Wangen, die Sonntagszeitung unter dem Arm, und sagte: »Wenn es eine Sorte Menschen gibt, die ich gerne massakriert sehen möchte, dann die, die ihre Hunde überallhin scheißen und die Haufen liegen lässt.«

Connie hatte etwas Sprudelndes an diesem Tag – sie war sanfter, offener als in dem Restaurant in Soho und sehr freundlich zu Elise. Sie saß mit ihr auf dem Sofa im Wohnzimmer, und als es langsam dunkel wurde, blieb Elise da. Sie sahen sich eine Episode von *We, the Accused* auf BBC2 an, weil Connie den 1935 erschienenen Roman mochte und sehen wollte, was sie daraus gemacht hatten. Elise lag, ihren Kopf in Connies Schoß, da und schlief schließlich ein, während Connies Finger ihre Schläfen mit einer Zärtlichkeit streichelten, die sie in ihrem erwachsenen Leben bislang nicht gekannt hatte.

2017

2

Ich war vierzehn, als ich meine Mutter umbrachte. Bis dahin hatte ich sie immer in den Kulissen versteckt gehalten, wo sie interessantere Dinge trieb als alle anderen Mütter und nur darauf wartete, auf mein Stichwort hin in mein Leben zu treten. Aber sie war nie bereit, sie kam niemals hervor. Als ich zehn, elf war, erzählte ich den anderen Kindern in meiner Klasse, dass sie mit einem russischen Zirkus auf Reisen war und in einem Zelt aus Yakfellen wohnte. Ich schrieb mir selbst in verfälschter Handschrift Karten mit Ansichten von Gebirgslandschaften und nahm sie mit in die Schule. »Seht ihr? Sie ist dort. Hab ich doch gesagt!«

»Da sind ja keine Briefmarken drauf«, sagte ein Mitschüler namens Hamilton Tanner. Ich hasste ihn.

»Da war ein Umschlag drum«, sagte ich. »Den hat mein Papa weggeworfen.«

Ich war immer darauf vorbereitet, die nächste Schicht dessen, was ich mir zusammendichtete, freizulegen und mich noch tiefer einzugraben. Von Kindheit an spielte ich jede nur erdenkliche Phantasie durch, aber meine Mutter war eine Geschichte, die sämtliche Antworten schuldig blieb. Meinem Vater zufolge verschwand sie, als ich ein Jahr alt war, doch ich begann ihre Abwesenheit erst so richtig schmerzhaft zu spüren, als ich in die Schule kam. Es war die Zeit, wo alle anderen Mütter sich am Tor versammelten, miteinander schwatzten, die Arme verschränkt, und sich hin und her wiegten, während ihre Kinder an den Säumen ihrer Anoraks zupften. Bei Geburtstagspartys sorgten dieselben Mütter für angenehme Nachmittage mit Spielen, Spaß und gutem Essen, wobei sie immer darauf achteten, dass ich besonders viel Aufmerksamkeit bekam, was mich bei den anderen Kindern höchst unbeliebt machte. Es war nett, so bemuttert zu werden, aber ich fragte mich die ganze Zeit: *Was macht sie? Warum macht sie es nicht mit mir? Wo ist sie gerade?*

Ich liebte Geschichten von Babys, die aus Pflanzen zur Welt kamen oder sich von Tieren in Menschen verwandelten. Ich zerbrach mir den Kopf über griechische Mythen – wie konnte ein Kind aus einem Lichtstrahl oder Blitz oder von einem Schwan geboren werden? Ich fühlte mich diesen Babys verwandt, diesen andersartigen Menschen, eine gewagte Verwandtschaft, sollte ich hinzufügen, denn in Wahrheit war ich einfach ein ganz normales menschliches Wesen. Ovid würde nie über mich schreiben. Ich war keine Göttin. Aber woher war ich gekommen, aus wessen Körper? Wessen Herz hatte für meinen Vater geschlagen?

Ich fand keine Antworten und fing an, meine Mutter, die ich nie gesehen hatte, zu benutzen, um mich zu einem mehr geheimnisvollen und ungewöhnlichen als bemitleidenswerten Wesen zu machen. Ich versuchte es auf die wirr dramatische Art, auf die romantische, mit wilden Hypothesen. Ich scheute keine Mühe. Ich erinnere mich an die Geschichte von der russischen Akrobatin, an eine von der Kriminellen auf der Flucht (sie hatte ein unschätzbar wertvolles Diamantenhalsband gestohlen, aber nicht mit Absicht) und an die, in der sie Kapitänin auf einem Handelsschiff war, das die Gewässer um die Bahamas befuhr. Aber Kinder sind argwöhnisch, sie lieben Ordnung und Normalität. Meine Klassenkameraden fanden mich unheimlich, leichtfertig. Was für ein Geschöpf war ich, dass meine Mutter sich nicht einmal in meiner Nähe blicken ließ – wenn es auch für sie als Diamantendiebin nicht ganz einfach gewesen wäre? Als wir in der Schule alte Mythen und Märchen lasen, sagte Hamilton Tanner, der mich ebenso verabscheute wie ich ihn, zu mir: »Deine Mama hat einen Pakt mit dem Teufel geschlossen. Er hat sie in ein wildes Tier verwandelt.«

Ich wusste über sie nur das, was mein Papa mir erzählt hatte: dass sie Elise Morceau hieß und dass sie mich bekam, als sie noch jung war und er und sie in New York lebten. Und dass sie uns vor vierunddreißig Jahren, noch vor meinem ersten Geburtstag, verließ. Es gab keine Fotos, auf denen wir zusammen zu sehen waren; mein Vater hatte keine. Nichts, was von ihr Zeugnis gab, sei es auf Papier, sei es in Gestalt von Dingen, die sie besessen und zurückgelassen hätte. Meines Wissens hatte mein Vater es nie geschafft, nach ihrer Flucht ihre Spur aufzunehmen – entweder hatte er nicht die Absicht, ihr nachzujagen, oder sie hatte es ihm verboten, er sagte es mir nicht. Ich wartete immer auf geeignete Momente, ihm Fragen nach ihr zu stellen – sie ergaben sich nur selten –, und manchmal gab er dann doch spärliche Informationen preis. *Sie hatte kurze Beine.* (Kurze Beine! Sagt das etwas über eine Persönlichkeit aus oder über die Fähigkeit eines

Menschen, sich schnell aus dem Staub zu machen?) *Sie hatte dieselbe Haarfarbe wie du.* (Das gefiel mir.) *Sie war schwierig. Sie war positiv.* Einmal, als er zu viel getrunken hatte: *Es hätte nicht funktioniert. Sie war launisch.*

Papa behauptete immer, er erinnere sich nicht mehr so genau oder es sei zu lange her – *und es sind doch in der Zeit so viele andere Dinge passiert, Rosie, und es geht dir doch gut, oder nicht?* So erfuhr ich nie, wie er Elise kennengelernt hatte und warum er und nicht sie das Sorgerecht für mich erhalten hatte. Ich wusste, dass der Aufenthalt in New York relativ kurz gewesen war, weil er mit mir vor meinem ersten Geburtstag nach England zurückgegangen war. Er wollte mich beschützen, vermutete ich, und machte es sich zur Aufgabe, mir Vater und Mutter zugleich zu sein. Ich sollte, sagte er mir, an mich und mein Leben denken und nicht an das, was vorher gewesen war. Er war immer liebevoll, er wollte mich schonen. Aber für mein Gefühl hat sein Schweigen mehr Schaden angerichtet als irgendetwas sonst.

Es fällt ihm schwer, darüber zu sprechen, sagte meine Oma Cherry, seine Mutter, bevor sie starb. Ich dachte immer, es ist schwerer, *nicht* darüber zu sprechen, aber offenbar bestand in diesem Punkt Einvernehmen zwischen ihnen, und ich wurde in die Gründe dafür nicht eingeweiht. Oma Cherry war, was Elise betrifft, genauso verschlossen wie mein Vater, als würde sie einen Fluch entfesseln, wenn sie über sie redete.

Als ich meine Oma fragte, ob sie Elise je begegnet war, sagte sie nein. »Sie war eine durchtriebene Person«, sagte sie, was ich unfair fand: Wie kann man so etwas über jemanden sagen, dem man nie begegnet ist?

Aber wie hätte meine Oma Elise für etwas anderes als eine durchtriebene Person halten können, eine Frau, die diesen Verschwinde-Trick beherrschte, in eine Kiste zu steigen und sich zersägen zu lassen?

Also brachte ich sie schließlich selbst um. Die phantastischen Abenteuergeschichten, die ich von ihr erzählte, wurden mir ebenso peinlich wie meinen Mitschülern. Mit vierzehn brauchte ich keine Hamilton Tanners mehr, die mir sagten, was mit meiner Mutter passiert war. Sie hatte sich nicht beim Sturz von einem russischen Trapez den Hals gebrochen, sie schmachtete nicht in einem Gefängnis für Smaragddiebe dahin und hatte auch nicht ihr Schiff vor den Bahamas auf eine Klippe gesetzt. Sie war kein Ungeheuer. Sie war einfach ... tot. Und mein Vater war damit ganz einverstanden, ja, er schien sogar der Meinung zu sein, es sei besser, so zu tun, als hätte es sie nie gegeben, als wäre sie nur ein Märchen, das man hinter sich lässt, wenn man erwachsen wird. Nach diesem Muster hatte er sich verhalten, als ich noch ganz klein war, und als ich größer wurde, war es, als wüsste er einfach nicht, wie der Bann zu brechen war. Da er die Muttersprache nie gelernt hatte, konnte er sie mir nicht beibringen. Es war eindeutig besser, wenn sie tot war.

Aber als junge Frau lernte ich Leute kennen, die wirkliche Eltern hatten – Menschen, mit denen sie ihr Leben lang gelebt hatten – und deren Eltern *wirklich* gestorben waren. Ich musste miterleben, wie sie völlig vernichtet waren, es nicht fassen konnten, wie sie litten, als könnte der Schmerz niemals aufhören. Ich nahm an der Bestattung der Mutter einer Freundin teil und sah zu, wie der Sarg hinter einem Vorhang verschwand, und das Gesicht meiner Freundin war vor Gram bis zur Unkenntlichkeit verzerrt. Der Verlust *meiner* Mutter war sehr wohl schmerzhaft für mich, aber es war eine andere Art von Schmerz. Meine Trauer war ein verschlossener Kasten, ein Haus, zu dem ich keinen Schlüssel hatte, ein Ort auf einer Karte, den ich nicht benennen konnte. Eines Tages würde mir vielleicht alles offenbart werden, und die schreckliche Erkenntnis würde mit überwältigender Macht über mich hereinbrechen, aber ich sprach nie mit jemandem über diese Furcht. Ich hatte keine Mutter und hatte nie eine gehabt: Wie hätte ich etwas vermissen können, das ich nie wirklich verloren hatte?

Ich spreche nie über die Sehnsucht. Über die Fragen, die mich bewegen. Ich sage: *Man kann nicht vermissen, was man nie hatte!*

Es gab Zeiten, in denen ich nicht an sie dachte. Es gab andere Phasen meines Lebens, in denen ich ihre Abwesenheit intensiv empfand. Sobald ich Internet hatte, nutzte ich seine Schleppnetze, um nach ihr zu fischen – aber ich konnte nie eine Elise Morceau finden in den langen Nächten, in denen ich, allein mit einer Flasche Wein, all die Kaninchenbaue des Internets und die Seiten mit Familienstammbäumen absuchte. Ich gelangte zu der Vermutung, dass Morceau nicht ihr wirklicher Familienname war. Das französische Wort *morceau* bedeutet *Bissen* oder *Stückchen*, und ich glaubte, dass irgendein Scherz von ihr dahintersteckte. Es war alles vergebliche Liebesmüh, es kam nie etwas bei diesen Recherchen heraus.

Ich glaube nicht, dass sie meinem Vater alle Teile ihres Puzzles gegeben hat – welche Geliebte, welcher Liebhaber tut das schon? Aber sie hat vielleicht sogar noch weniger preisgegeben. Einen geborgten Namen aus einer Liste von Figuren. Sie gab meinem Vater nur ganz kleine Bröckchen, er reichte sie an mich weiter, und es sah so aus, als könnte ich überhaupt nichts damit anfangen.

3

Mein Freund Joe und ich verbrachten die letzte Woche des Sommers 2017 bei meinem Vater in Frankreich. Papa hatte kurz zuvor eine Prostatakrebserkrankung überstanden und seine Sterblichkeit geschmeckt. Er und seine Frau Claire waren in die Bretagne gezogen, wo Claire herstammte, in ein Häuschen, das sie von ihren Eltern geerbt hatte. Zu der Zeit hielten wir Kontakt durch WhatsApp, sahen einander aber nur sporadisch, weswegen und auch wegen seiner Genesung dieser Besuch bei ihm ein besonderes Gewicht bekam. Joe fand, dass ich und mein Vater an »emotionaler Verstopfung« litten – allerdings kam Joe selbst aus einer Familie, angesichts deren man leicht das Gefühl haben konnte, man befinde sich in einer Amateuraufführung von *Die Katze auf dem heißen Blechdach*.

Mein Vater liebte das Meer. Er war immer gern in der Nähe von Wasser gewesen, und am Ende genügte ihm die Themse einfach nicht mehr. Joe und ich hatten den größten Teil unserer Ersparnisse in Joes neues Unternehmen gesteckt, einen Burrito-Imbiss – für den er den Namen *Joerritos* vorgesehen hatte –, darum sagten wir Joes Vorbehalten zum Trotz zu, als Papa und Claire uns anboten, bei ihnen Urlaub zu machen, im Gästezimmer ihres Häuschens. Kurzfristig betrachtet war es ein Fehler, aber auf lange Sicht nicht. Wir waren auf engem Raum zusammengepfercht und starrten durch die Fenster auf bleiernen Himmel. Das Meer war dunkel mit grauen Bändern, ich sehnte mich nach Sonne und goldenem Strand. Und von Anfang an war Papa in sonderbarer Stimmung, wechselnd zwischen gesprächig und bedrückt. Es machte mich ganz krank, wenn ich daran dachte, dass der Krebs vielleicht zurückgekehrt war. »Geht es ihm gut?«, fragte ich Claire am ersten Morgen, als er mit Joe zum Markt gegangen war, um Brot zu kaufen.

Claire – sie wirkte klein in der dunklen bretonischen Küche – schob ihre Zweistärkenbrille hoch und rieb sich die Augen. »Mit Matt ist alles in Ordnung – wenn du den Krebs meinst. Aber ich glaube, er macht sich Sorgen um dich«, sagte sie.

»Um mich? Wieso?«

»Das musst du ihn selbst fragen.« Claire seufzte. »Ich glaube, er ist ein bisschen depressiv.« Sie schloss die Augen. »Das passiert alten Männern manchmal.«

»Und wir sind extra den ganzen Weg hierhergekommen!« So wie ich es sagte, klang es, als wären wir sechs Monate mit einer Kamelkarawane in eine entlegene Wüstenregion gereist und nicht eine relativ kurze Strecke mit dem Auto und der Fähre.

»Ich weiß«, antwortete Claire gelassen. »Rede einfach mit ihm, Rose. Er wird sich sicher freuen, wenn du es versuchst.«

Papa hat Glück gehabt mit Claire. Was sie betrifft, so weiß ich nicht, ob sie sich besonders glücklich schätzt, aber ich bin jedenfalls froh, dass es sie gibt. Sie haben einander mit Mitte fünfzig bei einem Sommerfest kennengelernt und geheiratet, als ich sechsundzwanzig war. Natürlich finde ich es, wenn ich an den Familiennamen meiner Mutter denke, bemerkenswert, dass

Papa bei einer Französin gelandet ist, aber das behalte ich für mich. Claire ist alles andere als eine böse Stiefmutter. Sie versteht Papa, und sie liebt ihn offensichtlich, aber immer nach Maßgabe ihrer Bedingungen. Ich glaube, das kommt daher, dass sie schon einmal verheiratet war. Sie hat aus ihren Fehlern gelernt und, so nehme ich an, beim zweiten Mal einen anderen Typ Mann gewählt. Sie weiß sich gegen ihn zu behaupten, in ihrer gelassenen Art, immer mit Blick auf ihre gemeinsame Zukunft, und vertritt ihren Standpunkt ebenso eindeutig wie liebenswürdig. Ich bewundere sie dafür. Papa braucht das. Mir ist klar geworden, dass er es braucht, genau zu wissen, wo er steht.

Ich habe mich oft gefragt, was von seiner Vergangenheit er Claire erzählt hat, darüber, was für ein Mann er war, bevor er mein Vater wurde. Sie hat nie versucht, von mir etwas darüber zu erfahren. In ihrem Gästezimmer steht auf der Kommode ein gerahmtes Bild von Papa und mir. Ich muss etwa zwei gewesen sein damals, meine Haare sind mit einer bunten Schleife zu einem kleinen Knoten gebunden. Den einen Fuß etwas schief gestellt, stehe ich Hand in Hand mit ihm in einer Umgebung, die aussieht wie ein Streichelzoo. Er war damals muskulös. Sein Haar ist dunkel, er steht breitbeinig da. Natürlich habe ich überlegt, wer das Bild wohl gemacht hat. Sicher habe ich gefragt, solange ich es noch nicht besser wusste. Niemand hat es gemacht. Wir haben uns selbst geknipst.

»Wollen wir einen Spaziergang machen?«, fragte ich Papa an diesem Nachmittag.

Er nickte, wie es seine Art war, und warf einen Blick durchs Fenster zum Wasser hinaus. »Am Strand?«, fragte er, als ob wir auch irgendwoandershin hätten gehen können.

Wir gingen hinab zu dem Kiesstrand unterhalb des Hauses, vorbei an toten Krabben, bückten uns gelegentlich nach einer Scheidenmuschel oder einer ausgebleichten Austernschale, Überbleibseln von Meerestieren, die an Land nicht überleben konnten. Über uns kreisten kreischende Möwen. Ich dachte: *Claire hat sich getäuscht. Jetzt wird er mir eröffnen, dass der Krebs wieder da ist, endgültig.*

Er blickte hinaus auf den unendlichen Atlantik. Ich sah sein Profil, die mageren Kanten seines Gesichts, die große Nase, die Wangenknochen, scharf wie der Schulp eines Tintenfischs, die struppigen grauen Haare. Er war vierundsechzig und ich vierunddreißig. Es hatte immer nur uns beide gegeben. Ich wusste, wie sehr es ihm gegen den Strich ging, dass ich in einem Café arbeitete, auch wenn es ein nettes Lokal war. Es hieß *Clean Bean* und war immer gut besucht. Wie oft hatte ich ihn schon den Ausdruck »hochintelligent« gebrauchen hören, wenn er über mich redete. Sicher, ich war vermutlich nicht unintelligent und hätte mehr daraus machen sollen, auch wenn ich nicht hätte sagen können, was »mehr« genau bedeutete. Sogar Kelly, meine beste Freundin, hatte mittlerweile angefangen, in dieselbe Kerbe zu hauen. Sie gab mir zu verstehen, dass ich viel zu gut für das *Clean Bean* war. *Du kannst alles werden, Rosie! Du bist so was von schlau. Du musst nur an dich glauben. Bitte.*

Papa konnte offenbar nicht verstehen, wie die Dinge gelaufen waren, obwohl er die ganze Zeit alles aus nächster Nähe hatte beobachten können. Ich hatte es aufgegeben, mich zu verteidigen, aber ich verteidigte weiter Joe. Wir würden *Joerritos* zu einem Erfolg machen. Wir redeten nicht mit Papa über das Projekt. Es war zu brisant.

»Rosie«, sagte er, »ich könnte – weißt du, ich könnte dir Geld geben. Nicht viel, aber ein bisschen was. Gibt es nichts, was du gerne machen würdest? Eine Sprache lernen? Einen Beruf?«

»Papa.«

Er hob die Hände. »Entschuldige. Entschuldige.« Er schwieg eine Weile, bevor er fortfuhr. »Und du hast ja schon ein Diplom.«

»Ja, habe ich.« Wir hatten diese Diskussion im Lauf von zehn Jahren immer wieder geführt. Zehn Jahre können schnell vorbeigehen, wenn man nicht hinschaut. Nach einem Studienabschluss in Englisch hatte ich als junge Frau bei ganz anständigen, interessanten Unternehmen gearbeitet, aber ich hatte mich nie bemüht, weiterzukommen. Ich war im Wesentlichen damit beschäftigt, anderer Leute Pläne umzusetzen und auszuführen und ihre Karrieren voranzubringen. Als Joe vor zwei Jahren das Burrito-Projekt in Angriff genommen hatte, entschloss ich mich, meinen Job zu kündigen und gemeinsam mit ihm ein eigenes Unternehmen aufzubauen. Ich dachte mir: Schließlich kann ich gut kochen. Und mir graute bei der Vorstellung, den Rest meines Arbeitslebens eine bloße Befehlsempfängerin zu bleiben.

»Bist du glücklich?«, fragte Papa unvermittelt.

Ich sah ihn alarmiert an. Nein, wollte ich eigentlich sagen. Und als ich das Wort im Geist hörte, spürte ich, dass das nicht die Antwort war, die eine Frau meines Alters und bei guter Gesundheit geben sollte. Im Puls meines Blutes, im Hinunterstürzen eines Glases Wasser, im Blick eines Fremden konnte ich Glück sehen. Ich habe durchaus Momente des Glücks erfahren – aber mir ist, als könnte ich das Glück anderer Leute weit stärker empfinden als mein eigenes. Ich hätte nicht sagen können, was mich glücklich macht, aber ich war es müde, ständig zu versuchen, mich zu verbessern. Unter den vielen beschissenen Versionen meiner selbst die *beste* zu finden. Joe wälzte sich morgens einfach aus dem Bett und war Joe, aber ich konnte meinem mangelhaften Ich und den potentiellen Ichs in mir nicht entkommen. Das Internet sagte mir täglich, dass es viele Wege zum Glück gebe: gute Yogaleggins, Duftkerzen, Pflanzen, die man Sukkulenten nennt. Aber das Internet sandte noch eine zweite Botschaft, einen unterbewussten Pfeil, der gleichwohl ins Fleisch dringt: Mit fünfunddreißig sollte man sein Leben auf die Reihe gebracht haben.

Ich fühlte einen leichten Schwächeanfall. »Ich bin im Moment ein bisschen gestresst, glaube ich.«

»Ich habe mich auf dem Markt mit Joe unterhalten«, fuhr Papa fort. »Er sagte, ihr beide denkt daran, eine Familie zu gründen.«

Ich sah ihn ungläubig an. »Das hat Joe gesagt?«

»Nur so nebenbei. Nur auf längere Sicht.«

»Aha.«

»Was, finde ich, ein ganz normaler Gedanke ist für eine Frau in deinem Alter.«

»Jepp«, sagte ich kurz angebunden.

»Du könntest dadurch zu dir selbst finden«, sagte er.

»Was?«

»Du könntest dadurch –«

»Ich hab es schon gehört.«

Mein Vater wirkte gequält. »So hab ich es nicht gemeint, Rosie. Ich sage doch nur, ein Baby wäre keine schlechte Sache.«

»Kommt darauf an, wer die Mutter ist.«

»Bei Kelly hat es funktioniert, oder nicht?«, sagte er. Ich kenne Kelly seit meinem ersten Tag in der weiterführenden Schule, und Papa kennt sie auch, denn wir waren von Anfang an unzertrennlich; ich ging bei ihr und sie bei uns ein und aus. Jetzt hatte sie eine vierjährige Tochter, Mol, und war jetzt, wie sie mir kürzlich – hörbar etwas schockiert – mitgeteilt hatte, zum zweiten Mal schwanger. Sie war nicht die Einzige – fast alle meine Freundinnen von der Schule oder der Uni, mit denen ich noch Kontakt hatte, bekamen Kinder, heirateten, kauften Häuser. Ich schwieg.

Papa räusperte sich. »Als ich dachte, ich würde – du weißt schon – sterben, wünschte ich mir nur noch eines: die Gewissheit, dass du ein gutes Leben haben wirst, wenn ich nicht mehr bin.«

»Aber du bist nicht gestorben. Ich kann also beruhigt weiter ein beschissenes Leben haben.«

»Nein, Rosie, im Ernst: Ich weiß, du hattest es nicht immer leicht. Was ich sagen möchte, ist – dass du eine großartige Mutter wärst.«

Einen Moment lang konnte ich nicht sprechen. »Papa«, sagte ich heiser, »*nicht!*«

Er verstummte, und wir schwiegen eine Weile. Ich drehte einen Kiesel in der Hand. »Wie kannst du sagen, ich würde dadurch zu mir selbst finden?«, fragte ich. »Was habe ich denn die letzten drei Jahrzehnte gemacht?«

»So hab ich es nicht gemeint.«

»Irgendwie schon. Auch wenn du es nicht zugibst.«

»Tut mir leid«, sagte er. »Ich habe es total verbockt, oder?«

Es war später Nachmittag, und über dem Meer kam Wind auf, der kleine Wellen mit weißen Schaumkronen entstehen ließ. Ich dachte an London, daran, was dort war und was fehlte. »Nein, Papa«, sagte ich, »schon in Ordnung.«

4

Am letzten Tag, etwa eine Stunde bevor Joe und ich nach London zurückfahren wollten, saßen Papa und ich am Küchentisch und warteten darauf, dass der Kaffee fertig wurde. Joe schlief noch, und Claire war joggen gegangen. Ich hatte schlecht geschlafen, mich von schweren Gedanken bedrückt unruhig im Bett gewälzt. Das machte die frische Luft, sagte ich mir. Die Leute sagen immer, sie schlafen besser, wenn sie aus der Stadt rauskommen, aber ich fand die reine Luft und das ständige Rauschen des Wassers fast verstörend, weil ich meine Denkgewohnheiten nicht so verbergen konnte wie im abstumpfenden Chaos der Londoner Abgase und zuckenden Lichter. Mein wahres Ich blieb in London unter der Decke, verborgen im Gewimmel von Millionen. Hier am Meer fühlte ich mich nackt.

Papas Gesicht war blass und angespannt. Er presste die Lippen zusammen, als bemühte er sich, möglichst nicht zu atmen. Er griff unter die Bank, auf der er saß, zog zwei Bücher hervor und legte sie auf den verschrammten Tisch, den Claire vor Jahren auf einem Flohmarkt gekauft hatte. Die Bücher lagen zwischen uns, zwei ganz unspektakulär aussehende Paperbacks.

»Hast du die gelesen?«, fragte er. »Im Studium vielleicht?«

»Was?«

Er schob sie mir hin, und ich nahm sie zögernd in die Hand. Das eine hieß *Herz aus Wachs*, das andere *Grünes*

Kaninchen. Die Umschläge waren etwas altmodisch, aber originell, einfache Schriften, kombiniert mit raffinierten Bildern. Das Umschlagbild von *Herz aus Wachs* war ein altertümlicher Holzschnitt: ein großes Herz mit zwölf Unterteilungen wie ein Tierkreis, aber statt der üblichen Zeichen – Steinbock, Krebs, Stier etc. – waren Symbole zu sehen, die scheinbar für traditionelle weibliche Beschäftigungen standen: ein Kochtopf, Nadel und Faden, ein Wollknäuel, eine gepresste Blume, alles ganz in schwarz gehalten wie eine elisabethanische Graphik. Das Cover von *Grünes Kaninchen* wirkte lebhafter: der meisterhaft in einer einzigen grünen Linie schwungvoll gezeichnete Umriss eines Kaninchens – beim zweiten Blick allerdings stellte man fest, dass es genauso gut auch die Silhouette einer Frau sein konnte. Die Autorin beider Bücher war eine Constance Holden.

»Nein«, sagte ich. »Ich habe mich vor allem für viktorianische Literatur interessiert.«

»Sie ist wirklich gut. War gut.«

»Ist sie tot?«

»Ich weiß es nicht. Du hast sie wirklich nie gelesen?«

»Nein, Papa«, sagte ich leicht gereizt. »Worauf willst du hinaus?«

»Du solltest sie lesen. Sie waren sehr erfolgreich damals, als sie herauskamen.«

Im Stillen fragte ich mich, ob das erste Anzeichen von Senilität waren. Willkürliche Themensprünge im Gespräch, unvermitteltes Hervorkramen von Dingen aus der Vergangenheit, Schöpfen aus dem Brunnen des eigenen Lebens, um festzustellen, dass niemand auch nur einen Blick in den Eimer werfen will.

»Die Umschläge sind schön«, sagte ich und blätterte in *Grünes Kaninchen*. Die Blätter waren an den Rändern leicht vergilbt, die Schrift klein und altmodisch. »Aber warum interessierst *du* dich dafür?«

Er antwortete nicht. »Oder willst du die Bücher bloß loswerden? Du hast sie nicht gelesen, oder?«

»Deine Mutter –« Er brach ab. Er holte tief Luft.

Ich war jetzt hellwach, meine Finger klammerten sich fest um das Buch. »Was? Was ist mit meiner Mutter?«

Die Luft zwischen uns war zum Schneiden dick. Papa deutete auf den Namen, der auf dem Buchdeckel stand. »Deine Mutter kannte Constance Holden«, sagte er.

»Ich verstehe nicht, Papa.«

Er schaute mich nicht an, sondern blickte durchs Fenster aufs Meer. »Ich hätte es dir schon vor Jahren sagen sollen.«

Ich spürte, wie mein Herz pochte. »Was? Was hättest du mir schon vor Jahren sagen sollen?«

Er sah mich an. »Bevor ich deine Mutter kennenlernte«, sagte er, die Finger krampfhaft zu einer Faust geballt, »waren sie und Constance – zusammen.«

Ich starrte ihn an. »Meine Mutter?« Ich legte die flache Hand auf *Herz aus Wachs*. »Sie war mit dieser Frau zusammen?«

»Ja.«

»Meine Mutter war lesbisch?«

»Ich weiß es nicht, Rosie. Vielleicht. Eine Zeitlang waren sie unzertrennlich. Ich meine – du bist ja unser gemeinsames Kind, und darum … ich kenne mich da nicht so genau aus.«

»Sie war bisexuell?«

»Ja, wahrscheinlich nennt man das so.« Mein Papa wirkte, als wollte er sich zu einer Kugel zusammenrollen und immer so bleiben.

Ich atmete tief durch und hielt das Buch fest wie einen Talisman. »Wow.«

»Ich brauche frische Luft«, sagte er. »Trinken wir den Kaffee draußen.«

So saßen wir dann wieder Seite an Seite auf dem Kies. Ich hatte das Buch nicht losgelassen, es lag auf meinem Schoß. Die Flut schwappte vor uns über den Strand, eine Krabbe, die Scheren aufgereckt, lief mit maschinenartigen Bewegungen am Saum des Wassers entlang. Ich sah zum eintönig verschleierten Himmel hinauf. Mein Herz pochte, aber ich wollte unbedingt mehr erfahren. »Warum erzählst du mir das alles erst jetzt?«, fragte ich. Mein Vater antwortete nicht, starrte nur hinaus zu der dünnen grauen Linie des Horizonts. »Papa? Du bist doch nicht … *krank*, oder?«

»Nein, nein, mir geht es gut. Es ist nur – ich weiß nicht. Es geht mir immer im Kopf herum. Du. Deine Mutter.«

Er machte ein Geräusch, als bekümmerte ihn die Formkrise von Arsenal, aber ich wusste, in den seltenen Momenten, in denen er derart mitteilsam war, musste man ihm Zeit lassen. »Es war dieses Gespräch mit Joe«, sagte er. »Weißt du, ich dachte einfach, es ist nicht richtig, dass du überhaupt nichts über sie weißt, wo du doch jetzt daran denkst, selber Mutter zu werden.«

Ohne Vorwarnung schossen mir Tränen in die Augen. Manchmal überfiel mich der Gedanke, wie sehr er sich bemüht hatte, wie schlecht gerüstet er gewesen war und wie er doch alles für mich getan hatte. Wie viel ich ihm bedeutete, wie tief verbunden mit ihm ich mich manchmal fühlte. Ich wischte mir stumm die Augen.

»Du hast mich immer wieder gefragt, Rosie. Du warst zornig auf mich.«

»Ich weiß. Ich –«

»Und das mit Recht. Und ich sagte dir nie viel, denn die Wahrheit ist – ich weiß einfach nicht, was aus ihr geworden ist.«

Ich sah ihm in die Augen. »Ist das wirklich wahr, Papa?«

Er schluckte, seine Hand krampfte sich um die kleine Blechtasse. »Ja. Sie ist spurlos verschwunden. Das ist die Wahrheit.«

»Sie hat sich ganz plötzlich in Luft aufgelöst?«

Er warf mir einen strengen Blick zu. »An einem Tag war sie da, Rose, und am nächsten Tag weg. Ich habe nach ihr gesucht. Nicht meinetwegen, sondern deinetwegen. Meinst du denn, ich konnte verstehen, was passiert war?«

»Du konntest es eher verstehen als ich.«

Er seufzte. »Deine Mutter, sie – wir waren da nicht mehr zusammen. Sie ging und nahm dich mit. Und Connie – Constance – war dort.«

»In New York?«

»Ja.« Er seufzte. »Aber deine Mutter wohnte bei einer Freundin namens Yolanda.«

»*Yolanda?* Und was war mit dieser Constance?«

Papa fuchtelte ungeduldig. »Das kommt schon noch, hör einfach zu. Deine Mutter und Yolanda arbeiteten beide in einem Lokal in Manhattan. Yolanda wusste genauso wenig wie ich, was passiert war. Nachdem deine Mutter verschwunden war, rief Yolanda mich an, und ich kam und holte dich ab. Ich hatte endgültig genug.«

Ich hatte von alldem bis dahin nichts gewusst, ich musste das erst einmal verdauen. Eine Zeitlang starrte ich aufs Meer hinaus. »Wie gründlich hast du nach ihr gesucht?«, fragte ich leise.

Er sah mich zornig an. »Monatelang. Ich bin sogar von der Polizei zum Verhör einbestellt worden.« Er schwieg eine Weile. »Aber deine Mutter wollte nicht gefunden werden. Sie war einfach weg.« Er starrte wieder aufs Wasser. »Was ich sagen will, Rose, ist: Wenn du wissen willst, was mit ihr passiert ist – wenn es das ist, was du wirklich willst –, dann hilft es dir nicht weiter, mit *mir* zu reden. Ich kann dir keine Auskunft geben. Die einzige Person, die möglicherweise etwas weiß, ist Connie.«

»Wieso nennst du sie Connie? Wie gut hast du sie gekannt?«

»Gut genug«, sagte er grimmig. »Aber wir waren nicht die besten Freunde.«

»Wieso nicht?«

Mittlerweile wirkte mein Vater, als wünschte er, das Meer möge ihn verschlingen. »Es fällt mir schwer, darüber zu reden. Wir alle machen Fehler. Es war – eine sehr schwierige Zeit. Ich wollte immer nur dein Bestes, Rose.«

»Wenn dir wirklich etwas an mir gelegen hätte, dann hättest du mir das schon vor Jahren erzählt.« Ich spürte wieder Tränen aufsteigen und sprang auf. Das Buch fiel auf den Kies. Ich versetzte ihm einen Tritt, Papa stürzte ihm nach, um es zu retten. »Du hättest mich nicht blöde Lügengeschichten über sie erfinden lassen«, sagte ich. »Wie konntest du mir das vorenthalten? So etwas muss ich doch wissen!«

Papa rappelte sich auf und versuchte seine Arme um mich zu legen, aber ich stieß ihn weg und taumelte vorwärts bis ans Wasser. »Es tut mir leid«, sagte er. »Ich dachte einfach, es würde niemandem nutzen. Es war so ein Fiasko! Wir waren wieder in England, deine Mutter war Gott weiß wo. Ich wollte nur, dass die Dinge endlich wieder ins Lot kommen.«

Schüchtern ging er ein paar Schritte auf mich zu, und ich wich nicht zurück. »Wenn du trotzdem noch etwas über deine Mutter erfahren willst –«, sagte er sanft.

»Das will ich, ja, allerdings.«

»Ich weiß. Constance Holden war dort, unmittelbar bevor deine Mutter verschwand. Sie war die Letzte, die sie gesehen hat.« Das Gesicht meines Vaters war ganz bleich. »Alles, was ich weiß, ist, dass Connie in Yolandas Wohnung zu Elise kam und dass niemand von uns deine Mutter jemals wiedergesehen hat. Ich weiß nicht, wo Connie ist, Rose. Alles, was ich aus jener Zeit noch habe, sind diese blöden Bücher.«

»Ich möchte sie haben.«

»Klar. Darum habe ich sie aus dem Karton herausgekramt. Aber eins noch, Rosie: Du musst damit rechnen, dass Connie nicht mit dir sprechen will.«

»Warum nicht?«

Papa seufzte wieder und kniff wie immer, wenn er bekümmert war, seinen Nasenrücken. »Es war keine glückliche Zeit. Wenn du sie wirklich ausfindig machen kannst, musst du behutsam vorgehen.«

»Warum?«

Er sah elend aus. »Deine Mutter war – leicht zu beeinflussen. Du bist stark.«

»Ich bin nicht stark.«

»Du bist stärker, als du glaubst.« Er wandte sich ab zum Wasser. »Manchmal sagen und tun wir Dinge, ohne auch nur einen Moment lang zu überlegen, was für Folgen sie haben können.«

»Ich kann nur einfach nicht fassen, dass du nie etwas von alledem erwähnt hast.«

»Ich habe es in Erwägung gezogen, glaub mir. Aber was hättest du schon tun können? Ich hätte dir etwas aufgeladen zu einer Zeit, als du noch zu jung warst, um etwas zu unternehmen oder die Sache aus unterschiedlichen Perspektiven zu sehen.«

»Papa, ich bin vierunddreißig.«

»Es wäre nicht fair gewesen. Es wäre eine zu große Belastung gewesen.«

»Glaubst du denn, es ist so, wie es war all die Jahre lang, *keine* Belastung gewesen?«

»Vielleicht war es auch jetzt noch unfair, es dir zu sagen. Nicht mal ich selber kenne alle Facetten, Rosie, und ich war dabei. Aber ich habe dir gesagt, was ich weiß. Connie hatte viel Charme, und deine Mutter war ihr geradezu hörig.« Er drückte mir das Buch in die Hand, wandte sich ab und ging zum Haus, nachdem er die übrigen Restchen Kaffee aus den Blechtassen geschüttet hatte.

»Was zum Teufel soll ich tun, Papa?«, sagte ich.

Er blieb stehen, drehte sich aber nicht um. »Wenn du Antworten willst, musst du Constance Holden finden. Ich weiß nicht mehr als das, was ich dir gesagt habe.«

1982

5

Sechsundzwanzig der Hauptwerke von Frida Kahlo waren aus Mexiko über den Atlantik gebracht worden, um in der Whitechapel Gallery ausgestellt zu werden; man hatte zur Bedingung gemacht, dass sie entweder alle oder gar keines auf die Reise geschickt würden. Connie und Elise gingen durch die Räume und blickten auf die kleinen, lebhaft farbigen Bilder. Blättergewirr, Babys, Blut und Schönheit, ein Gebetbuch von einer neuen Art, die Seiten zerrissen und an die Wand gehängt. Buchmalerei einer Frau, die mit geschlossenem Mund stumme Gebete schreit, eine Poesie, die in der Kirche nicht gelehrt wurde. Und immer dieser Blick: abgehobene, wissende Selbstbeobachtung, die doch das Gegenüber mit einschließt.

Elektrisiert von diesen Gemälden, betrachtete Elise Connies schönen Hals, die herabhängenden Strähnen, die sich ihrem nachlässigen Versuch, ihr Haar zu zähmen, widersetzten. Ihr fuchsrotes Haar, die Sommersprossen auf dem Schlüsselbein, die im Ausschnitt ihres Hemds sichtbar wurden. Ihre Finger, die dieses Schlüsselbein berührten, dann auf dieses oder jenes Gemälde zeigten, ständig in Bewegung, so schlank und weiß wie die einer Jungfrau auf einem mittelalterlichen Wandteppich. Ihr Parfüm, das nach Zitrus und Holzkohle duftete. Ihr kleines Kinn, das sich zu einem herzförmigen Gesicht mit grau-grünen Augen und zierlichen Brauen wie Taubenflügel hin öffnete. Sie war so hellhäutig rot und englisch, verglichen mit dem mexikanischen Rätselwesen, vor dem sie stand: Frida und Constance hätten Geschöpfe von zwei unterschiedlichen Planeten sein können, und doch flößten sie Elise ähnliche Gefühle ein. Zweieinhalb Jahre waren sie jetzt zusammen, und Elise spürte, dass sie Connie mittlerweile so sehr liebte, dass sie nicht mehr lang in dieser Welt bleiben könnte, wenn Connie vor ihr stürbe. Ihr Körper würde sich aufgeben bei dem Gedanken, dass der von Con bei den Göttern war.

Elise hatte das nie zuvor erlebt: Geist und Fleisch waren eins. Ihr Vater wusste noch nicht, dass sie eine Frau liebte; er sollte es nie erfahren. Sie war mit sechzehn aus seinem Haus ausgezogen, da war ihre Mutter schon lange tot. Jetzt hatte Elise das schönste Kapitel im Buch ihres Lebens aufgeschlagen – vielleicht das einzige schöne Kapitel, das ihr je vergönnt sein würde.

Connie hatte Elise sechs Monate nach jenem verkaterten Morgen in Hampstead vorgeschlagen, bei ihr einzuziehen, und Elise hatte mit nicht mehr als zwei Reisetaschen in Johns Wohnung auf dem Fußboden gesessen und hatte mit aufgeregtem Herzklopfen auf das Motorgeräusch des kleinen Citroën gewartet. *Es ist richtig*, sagte sie sich, als sie die Treppe hinunterging, die Taschen zu beiden Seiten so schwer wie die Eimer eines Milchmädchens. Sie hatte eine Monatsmiete in einem Umschlag auf dem Küchentisch hinterlassen, Geld, das ihr Connie gegeben hatte. *Es fühlt sich richtig an.*

Die Fahrt von Brixton nach Hampstead dauerte lang.

Elise bewunderte Connie dafür, wie gekonnt sie schaltete und ohne zu zögern einfach durchfuhr, wenn eine Ampel auf Gelb sprang. »Diese Stadt ist großartig«, sagte sie. »Kannst du dir vorstellen, wie es im Krieg war, als die Stadt andauernd bombardiert wurde? Oder beim Großen Brand von London?«

»Da sind alle diese großkotzigen Banker heutzutage dann doch noch das kleinere Übel.« Connie lachte, nahm die Hand vom Steuer und legte sie auf die von Elise. Sie hatte trockene, kräftige Finger. Und sie war so eine sichere Fahrerin! Wenn sie an Kreuzungen warten mussten, hielten sie einander an den Händen, bis die Ampel grün wurde und Connie ihre Hand losließ, um weiterzusausen, die Euston Road entlang, vorbei an St Pancras und den Frauen, die am York Way an der Straße standen, dann weiter nach Norden, nach Hampstead.

Nachdem sie sich die Ausstellung angesehen hatten, standen Elise und Connie vor dem Gebäude und sahen dem Verkehr auf der Straße zu. Schweigend gingen sie zur Whitechapel Station, ohne einander an den Händen zu halten. »Sie hat wirklich den ganzen Gamut durchgemacht«, sagte Connie nach einer Weile, als spräche sie von einer Freundin. Es war April und windig, Connies rote Haare flogen nach allen Richtungen.

»Gamut?«, fragte Elise. Sie hatte keine Ahnung, was der Gamut war. Das Wort klang vage jiddisch. Sie war immer noch aufgewühlt von der Intimität der Bilder. Sie wünschte sich, sie könnte wie Kahlo sein, jedes kaputte Detail ihres Wesens kennen und akzeptieren. Sie sah Connie an. Sie hätte sie gern berührt, aber man wusste nie, wer gerade zuschaute. Bald würde sich ihr gemeinsames Leben ändern. *Herz aus Wachs* sollte in Hollywood unter dem Titel *Herzland* verfilmt werden. Sie würden nach Los Angeles reisen, um bei den Dreharbeiten dabei zu sein. Elise überkam plötzlich der Drang, sich hinzuknien und das Pflaster vom East End unter ihren Händen zu spüren. Das hier war ihre Stadt, oder nicht?

»Na ja, weißt du«, sagte Connie, »erst hatte sie als Kind diese Krankheit. Dann der Unfall, die Operationen. Sie hat sich so sehr Kinder gewünscht. Die Fehlgeburten. Diese *Ehe*.«

Elise zuckte die Achseln. »Ich weiß nicht«, sagte sie.

»Sie ist nur siebenundvierzig geworden«, sagte Connie. »Es ist tragisch, wenn man so jung sterben muss.«

»Nicht immer«, erwiderte Elise. »Und siebenundvierzig ist ja nicht *jung*.«

Etwas irritiert redete Connie weiter: »Ich kann gar nicht so genau sagen, warum ich sie so bedauere.«

»Ich für meinen Teil bedauere Frida Kahlo nicht«, sagte Elise. »Ich glaube nicht, dass sie dein Mitleid gewollt hätte. Sie war eine zornige Frau – schau dir doch nur diese Bilder an. Sie war entschlossen, den Leuten zu zeigen, was sie zeigen wollte.«

Connie lachte. Elise hasste es, wenn ihre Freundin so reagierte: Es war, als schüttete sie Wasser über eine brennende Kerze. Sie konnte nichts für ihre starken Gefühle. Kunst war nicht Wahrheit, sie war eine Lüge, die die Wahrheit zum Ausdruck bringen sollte. Das sagte der Zeichenlehrer an der RCA immer, wo sie Modell saß. Und die Wahrheit war nicht dasselbe wie eine Tatsache. Es kam dabei auf den Blickwinkel an, auf den Standpunkt und darauf, welche Ansicht man brauchte. Kunst war immer auf der Jagd nach etwas, woran man sich festhalten konnte.

»Frida Kahlo verarbeitete, so wie es aussieht, alle Personen, die sie kannte, in ihrem Werk«, sagte Elise, während sie in ihrer Handtasche nach ihrem U-Bahn-Ticket kramte und sich vorstellte, selbst der Zeichenlehrer zu sein. »Sie stellte sich selbst dar. Aber sie benutzte dabei auch alle möglichen anderen Menschen, jeder kam mit in die Suppe.«

Die U-Bahn hielt an der Station Whitechapel, sie stiegen ein und fuhren auf der District Line nach Monument. Connie sah müde aus. Sie lehnte mit dem Kopf am Fenster des Wagens. Elise rollte das Ausstellungsprogramm zusammen und wieder auseinander, während der Zug schaukelnd dahinfuhr und die Lichter des Tunnels vorbeiflitzten. Seit sie Connie begegnet war, fühlte sie ihr Herz so schnell reifen wie ein Pfirsich in einem geheizten Versuchslabor. Es war angeschwollen, hatte Energie angesammelt, hatte ausgetrieben aus dem Kern, der immer in ihr geruht hatte. Schon am Tag ihres Einzugs bei Connie hatte sie sich, als sie in den Citroën einstieg, älter gefühlt als noch fünf Minuten vorher und nicht erkannt, dass das lediglich daran lag, dass sie noch so jung war.

Connie hatte gesagt: Ich will, dass du aufblühst. Warum wollte sie das?, fragte sich Elise, als sie mit der U-Bahn zurückfuhren. Was wollte Connie überhaupt von ihr? *Ich will nichts weiter als dich lieben*, hätte sie geantwortet. *Dich zu lieben ist mein größtes Glück. Wieso fängst du nicht damit an, dieses Stück zu schreiben?*

Elise verzehrte sich nicht mehr ständig nach Connie, wenn sie zu ihren verschiedenen Jobs durch die Stadt fuhr. Ihr Gesicht war glatt wie das Wasser eines Teichs, ihre Möse ein Stück warme Kohle. Aber die Liebe, die sie empfand, wuchs immer noch, wog immer schwerer, trieb Wurzeln in den Boden. Ihr war klar, dass sie nicht viel geleistet hatte, seit sie mit Connie zusammen war. Sie war jetzt zweiundzwanzig, und alles war noch in ihr. Ein liebestolles Blässhuhn, das hatte Connie aus ihr gemacht. Wellen im Wasser, ein Vogel mit einem kleinen Kopf, das Begehren reduzierte sie auf Schwarz und Weiß. Sie fühlte sich so machtlos, und so glücklich.

6

Elise stand auf der Schwelle von Connies Arbeitszimmer und beobachtete schweigend ihre Freundin. Sie betrat das Zimmer nie. Connie war so konzentriert, dass sie Elise nicht bemerkte. Leicht vorgebeugt saß sie am Schreibtisch, ihre Hand bewegte sich übers Papier. Ripley hob den Kopf vom Teppich und ließ ihn gleich wieder zurücksinken. Er wälzte sich auf die andere Seite und starrte ins Leere. Eine Hexe mit ihrem Vertrauten, die Zaubersprüche aufschreibt, dachte Elise. In Connies Nähe fühlte sie sich, als wäre sie Ripley und schwelgte in der Wärme und dem Gefühl von Sicherheit, die Connie ausstrahlte. Sie hätte gerne anstelle des Katers zusammengerollt auf dem Teppich zu Connies Füßen gelegen. Connie hatte mit der Zeit jeden Tag etwas länger gearbeitet, hatte manchmal am Ende des Tages gequält gewirkt, beim Frühstück, beim Mittag- und Abendessen abwesend, aber sie hatte auch ein Hochgefühl ausgestrahlt, das Elise freudig erregte.

»Con?«

»Hmmm?«

»Hättest du Lust auf eine Tasse Tee?«

»Nein, danke.«

»Einen Keks?«

»Nein.«

Elise rührte sich nicht von der Stelle. Connies Zugehfrau Mary O'Reilly war unten beschäftigt. Elise gefiel es nicht, wenn Mary da war. Als sie Mary zum ersten Mal begegnet war, ganz am Anfang ihrer Beziehung, hatte Connie oben gearbeitet, während Elise in der Küche die Zeitung gelesen hatte. Sie hatte gehört, dass jemand die Tür aufsperrte, und alle Nerven angespannt, als die unbekannte Person, die offenbar einen eigenen Schlüssel besaß, hereinkam. Dann Schritte, der Rücken einer Frau, die ihre Wollmütze abnahm, ihren Rucksack ganz selbstverständlich auf einem Küchenstuhl ablegte und dann an den Schrank unter der Spüle trat, wo die Putzmittel aufbewahrt wurden. Mary, zwischen fünfzig und sechzig Jahre alt, eine würdevoll gelangweilte Bürokratin, die in alle Geheimnisse der Ministerin, der sie diente, eingeweiht war. »Hallo«, sagte Mary, ihre Mütze in der Hand. »Sie sind also diejenige, die gelegentlich hier vorbeischaut.«

»Ja«, sagte Elise, »ich schaue hier gelegentlich vorbei.«

»Was schreibst du gerade?«, fragte Elise. Connies Rücken straffte sich. Sie hörte auf zu schreiben, aber sie drehte sich nicht um.

»Etwas.«

»*Etwas?*«

Connie legte ihren Stift weg, drehte sich aber immer noch nicht um. »El.«

»Entschuldige.«

Connie schrieb, das war alles, was man von ihr erfuhr. Elise wusste, dass sie keine solchen Fragen stellen durfte, dass sie pubertär und aufdringlich waren, aber sie war an diesem Tag in schlechter Stimmung. Bis zur Abreise nach Los Angeles waren es weniger als zwei Wochen hin – sie hatte im Café gekündigt, hatte ihren letzten Abend im National Theatre hinter sich, und sie hatte den Leuten bei der Kunstakademie mitgeteilt, dass sie für eine Weile nach Amerika ging und nicht Modell sitzen konnte. Sie hatte es so gesagt, dass es klang, als hätte sie dort drüben konkrete Pläne, und dann hatte sie ein letztes Mal in dem zugigen Atelier Modell gesessen und dem Kratzen der Stifte gelauscht. Elise gab alles auf, was sie hier gemacht und von dem sie gedacht hatte, dass sie vielleicht wünschen könnte, sie hätte es behalten, und das alles nur Connie zuliebe – weil sie nach Los Angeles reisten, weil es nicht in Frage kam, dass sie all die Zeit getrennt waren. Und jetzt drehte Connie sich nicht einmal nach ihr um.

»Ich sage dir immer, was *ich* mache«, sagte Elise, betont lässig gegen den Türrahmen gelehnt. »Du brauchst nur zu fragen, egal was, und ich sage es dir.«

Connie fuhr herum auf ihrem Drehstuhl. Sie sah genervt aus. »Ich schreibe über ein grünes Kaninchen.«

»Ein was?«

»Ein grünes Kaninchen.«

»Okay.«

Connies Kiefermuskeln wurden hart. »Bitte lass das.«

»Was soll ich lassen?«

Connie rieb sich die Stirn. »Tut mir leid. Es ist doch nur – ich zeige es dir, wenn es fertig ist.«

»Okay.« Aber Elise machte immer noch keine Anstalten zu gehen. »Wie wird es werden, was meinst du?«

»Das Buch?«

Ah, sie schrieb also ein Buch. »Nein, Los Angeles.«

»Oh. Wie ein Swimmingpool von Hockney«, sagte Connie. »Strahlende Sonne. Viel schöner Schein.«

»Und wird sich Sorcha wirklich um Ripley kümmern?«

Sorcha war eine Freundin von Connie aus ihrer Studienzeit in Manchester. Jetzt war sie Professorin für Neue Geschichte. Aber wie viele von Connies Freundinnen hatte Elise sie nie zu Gesicht bekommen. »Natürlich.« Connie musterte sie. »Was hast du, El? Willst du lieber weiter im *Seedling* arbeiten? Willst du nicht nach L.A.? Was ist los?«

»Nichts, gar nichts. Mach dir keine Sorgen.«

Elise ging nach oben in ihr Zimmer, legte sich hin und dachte über L.A. nach. Sie wusste wenig über die Stadt. Es schien ein Ort der Träume zu sein, ein Ort, wo die Folgen des Ruhms groteske Formen annahmen. Das ganze 20. Jahrhundert hindurch hatten Filmstars sich dort mit Drogen und Alkohol zugrunde gerichtet, waren in erniedrigende Vergessenheit geraten oder waren, immer im Rampenlicht, dem Größenwahn verfallen. Es schien ein Ort zu sein, wo es nur ums Geld ging, wo eine Schauspielerin nicht ihres Talents wegen bewundert wurde, sondern wegen ihrer Gagen. *Ein schlechter Film, und du bist weg vom Fenster*, hatte Connie gesagt. *Ich hoffe inständig, dass wir keinen schlechten Film machen.*

Auch wenn jetzt gerade Mary im Erdgeschoss rumorte, liebte Elise Connies Haus für seinen Frieden, einen Frieden, den sie bis dahin nie gekannt hatte und den sie nun sehr genoss. Connie hatte sie geködert, aber Elise spürte gar kein Verlangen danach, zu entkommen; sie wollte bleiben. Zum ersten Mal in ihrem Leben hatte sie das Gefühl, zu Hause zu sein. Connies Wohnung mit ihren übervollen Bücherregalen und bunt zusammengewürfelten Möbeln war für sie wie die Bühne eines Amateurtheaters, nachdem die Schauspieler gegangen waren, eine Szenerie, in die sie nach Belieben all ihre Tagträume projizieren konnte.

In dieser Nacht, als sie im Bett lagen, sagte Elise zu Connie, sie sei wie eine Mandel. Es war, als hätten sie vorher gestritten und etwas müsste wieder in Ordnung gebracht werden. Etwas alberne Leichtigkeit war gefragt. »Wenn du eine Nuss wärst, dann diese«, sagte Elise.

Connie lag auf der Seite mit dem Rücken zu ihr. Elise betastete den hübsch geformten Schädel ihrer Geliebten und sog den köstlichen Marzipanduft ihrer Haare ein. »Ich könnte dich mahlen und einen Kuchen mit dir backen«, sagte sie. Connie lachte. Elise sah, wie ihre Schulterblätter bebten, und Verlangen stieg in ihr auf.

»Ich fühle mich nicht wie eine Mandel«, sagte Connie. »Ich glaube, ich bin eher eine Cashew.« Sie rollte sich auf die andere Seite und schmiegte ihr Gesicht in Elises Achselhöhle. »Was für eine Nuss bist du?«

Elise hatte es gern, wenn Connie diese mäandernden Bettgespräche mitmachte, wenn sie einander in der Ebbe und Flut von Wörtern und Gedanken immer weiter trugen, eine Welt schufen, in der es nur noch sie beide gab, ein Flussbett der Zeit, die allein ihre war. »Ich bin eine Paranuss«, sagte sie.

»Du sahnige Paranuss.« Connie machte ein hungrig knurrendes Geräusch. »Die mag ich am liebsten.«

Was Connie machte, war dies: Sie verwandelte die Vorstellung, dass sie Nüsse waren, in ein Spiegelbild ihrer Liebe, ein metaphysischer Zauber, der Elise hinriss. Sie legte ihre Hand an Connies Wange, glitt hinab zu diesem Schlüsselbein, zu ihren hellhäutigen, sommersprossigen Schultern. Connie zog den Blick an, aber die, deren Auge sie so gebannt hatte, wussten nicht, was sie als Nächstes tun sollten. Sie wagten sich oft nicht näher heran, weil sie fürchteten, zurückgewiesen zu werden. Connie schien gar nicht bewusst zu sein, wie stark sie war, wie abweisend ihre Stimme klingen konnte. Aber jetzt schwieg sie und wartete. Sie würde sich nicht bewegen, bis Elise etwas unternahm.

Elise küsste sie auf den Mund, ganz zärtlich, sie hörte Connie lustvoll seufzen und spürte Connies Hände, die sie an ihren Körper drückten, als wäre es die natürlichste Sache der Welt.

Elise wachte früh auf. Connie sah schön aus im Schlaf, so still und ruhig, ein Waldtier, das von den Bäumen gekommen war, um an Elises menschlichem Herzen Schutz zu suchen, ohne daran zu denken, dass Elise sie jede Minute häuten und bei lebendigem Leib auffressen konnte. Connie war ein Wunder, aber Los Angeles stand bevor, und das machte Elise Angst. Sie vergrub diese Angst, die an ihr nagte und schon oft zu Problemen geführt hatte. Sie war Rost in ihrer Seele, und sie war immer da.

»Ich liebe dich«, hauchte sie. Die Worte schwebten in der Luft und warteten darauf, aufgegriffen zu werden.

Connie wachte auf, Überraschung stand ihr ins Gesicht geschrieben. Ihre Glieder unter der Decke machten ein Geräusch wie das Rascheln von Blättern. »El«, sagte sie und barg lächelnd ihr Gesicht an Elises Hals, »El, ich liebe dich auch.«

2017

7

Auf der Fähre zurück nach Portsmouth begann ich, *Herz aus Wachs* zu lesen. Mit Joe wechselte ich kaum ein Wort. Ich hatte ihm nichts davon erzählt, was Papa mir gesagt hatte. Es ärgerte mich, dass er mit Papa über unsere Familienplanung gesprochen hatte. Ich glaube, ich fand, diese Dinge, die unsere Beziehung und meinen Körper betrafen, sollten nicht bei einer Tasse Kaffee in einem französischen Bistro beredet werden. Joe spürte offenbar meine Verstimmung und ließ mich in Ruhe; er lungerte auf dem Deck herum, bevor er sich niederließ und die Instagram-Accounts von Foodbloggern und Küchenchefs durchsah.

Herz aus Wachs war 1979 herausgekommen, *Grünes Kaninchen* 1983. *Herz aus Wachs* war ein schlankes Bändchen, eine elegische Geschichte, die in einer weitgehend merkwürdig zeitlosen Umgebung mit Anklängen an die siebziger Jahre spielte. Sie handelt von einer Frau namens Beatrice Jones, deren Ehemann eine Affäre nach der anderen hat, bis sie ihm auf die Schliche kommt und beschließt, allein zu leben – nicht als eine Geschlagene, sondern als Siegerin. *Grünes Kaninchen* war ein zorniges Buch, sinnlicher und mit mehr eigenem Herzblut geschrieben, aber doch eine Variation desselben Themas. Es erzählt von einer liebenden Frau, allerdings von einer, die nicht allein sein will. Ich versuchte mir vorzustellen, dass mein Vater diese Bücher las, und fand den Gedanken abwegig. Aber wenn ich den Geheimnissen von Elise und Constance auf die Spur kommen wollte, musste ich akzeptieren, dass auch er Geheimnisse hatte. Endlich hatte er mir meinen lebenslangen Wunsch erfüllt und mich an ein Fenster mit Blick auf sein Leben mit meiner Mutter geführt, wenn es auch noch halb verhängt war und ich keineswegs sicher sein konnte, dass mir das, was da zu sehen war, gefallen würde.

Gleichwohl ließ ich nicht locker. Nachdem Papa mir widerstrebend und unter Schmerzen Constance Holden ausgeliefert hatte, war ich entschlossen, meine Chance zu nutzen. Mich faszinierte besonders *Grünes Kaninchen*, eine Geschichte von gelebtem und verfehltem und von dem Leben, das nach dem offenen Ende vielleicht aufblühen würde. In London las ich es auf dem Weg zur Arbeit, stand schwankend im Bus, das Buch in der Hand, ich las auf der Toilette und las in der Küche, während ich darauf wartete, dass das Wasser kochte: Für zwei Tage verwandelte ich mich in eine einhändige Frau, deren Kopf und Herz mit den Köpfen und Herzen von Connies Figuren eins geworden war. Natürlich suchte ich immer meine Mutter auf den Buchseiten, aber wie hätte ich sie erkennen können, wenn ich sie sah? Sie war unsichtbar, doch in meinem Hinterkopf war sie trotzdem immer da, riss an mir wie ein Bündel Jahrmarktsballons, die mich aus Raum und Zeit hinaustragen wollten.

Constance Holden schien nicht zu den Autorinnen zu gehören, deren Namen man kennt, selbst wenn man nichts von ihnen gelesen hat, so wie Spark oder Angelou oder Lessing oder Atwood. Ihr Name hatte wie der so vieler schreibender Frauen seine Strahlkraft verloren, verdunkelt von anderen Namen. Und doch war Connies Stil unnachahmlich – wenn auch, wie ich jetzt weiß, später einige versuchten, ihn zu kopieren. *Grünes Kaninchen* ist ein Buch über die Einsamkeit, über die Verwüstungen, die gescheiterte Liebe anrichtet. Es ist ein Buch über das unstillbare Bedürfnis, mit anderen Menschen zusammen zu sein, und den immer gegenwärtigen Drang, sie alle wegzustoßen. Aber wie sehnlich ich, wenn ich lesend im Bus stand, wünschte, für die Heldin möge sich alles zum Guten wenden, für diese naive junge Frau mit ihrer Hoffnung und Eifersucht und ihren Neuanfängen!

Wie stark sehnte ich mich nach einem Buch, das in mein Herz drang und mein Leben veränderte? Als ich Connies Worte las, dachte ich mit Schrecken und Entzücken zugleich daran, dass meinem Vater zufolge diese Frau meine Mutter so gut gekannt hatte und mir vielleicht genau sagen könnte, was mit ihr geschehen war. Es war schmerzlich für mich, dass ich von dieser Verbindung wusste und doch nichts damit anfangen konnte, außer Connies Romane zu lesen. Ich wollte keine erfundenen Geschichten, ich wollte die Wahrheit.

Ich fragte die Englischstudentin und Leseratte Zoë, die im *Clean Bean* arbeitete, ob sie Constance Holden kannte. Ihre Augen wurden groß. »O Mann«, rief sie, »das *Grüne Kaninchen* ist eines meiner Lieblingsbücher.«

»Ich habe es gerade gelesen«, sagte ich.

»Ein Jammer, dass es nur zwei Romane von ihr gibt.«

»Weißt du, warum sie nicht mehr geschrieben hat?«

Die zwanzigjährige Zoë, die einen Nasenring trug und ihr feines blondes Haar blau gefärbt hatte, nahm alles sehr ernst, die Literatur ebenso wie Netflix, und ich bewunderte sie dafür. »Dazu gibt es unterschiedliche Theorien«, sagte sie. »Sie hat ein Jahr nachdem *Grünes Kaninchen* erschien, diesen berühmten Essay geschrieben, der immer noch in jedem Kurs über feministische Theorie Pflichtlektüre ist.«

»Hat sie darin angekündigt, dass sie nichts mehr schreiben will?«

»Nicht direkt. Aber er war das Letzte, was sie veröffentlicht hat. Er heißt *Die Heuschreckenplage*. Wenn du willst, kann ich dir mein Exemplar mitbringen.«

»Das wäre wirklich toll, danke.«

»Kein Ding.«

»Weißt du, ob sie noch lebt?«

Zoë runzelte die Stirn. »Ich glaube nicht, dass sie gestorben ist. Die Zeitungen hätten sicher einen Nachruf gedruckt. Sie war eine große Nummer. Und obwohl sie sich völlig zurückgezogen hat, ist sie immer noch Kult.«

»Was meinst du damit?«

»Na ja, wie konnte sie einfach aufhören zu schreiben, wo sie doch so erfolgreich war? Sie hätte weiter schreiben müssen. Wir hätten sie gebraucht. Aber sie hat einfach aufgehört. Echt tragisch.« Sie schüttelte sich.

Zoë empfand Dinge so stark. Ich schämte mich, weil ich, vierzehn Jahre älter als sie, vergessen hatte, wie das war.

Daheim setzte ich mich an den Küchentisch und googelte Constance. Zoë hatte recht: Ob nun Constance Holden vergessen werden wollte oder ob andere sie aus dem Licht der Öffentlichkeit gedrängt hatten, oder ob es ohne die Absicht von irgendjemandem so gekommen war, so hatte sie jedenfalls die beiden Romane geschrieben, dann *Die Heuschreckenplage* und dann nichts mehr. Die einzigen Fotos, die ich finden konnte, waren grobkörnige Porträtaufnahmen in Schwarzweiß aus den achtziger Jahren: wild vom Kopf abstehende Haare, große Brille, weit geschnittene Bluse, ein nüchterner, wenn auch geschminkter Mund. Sie sah jung aus, und dieser Eindruck blieb in meiner Vorstellung haften, obwohl sie mittlerweile über siebzig sein musste. Die biographischen Informationen im Klappentext der Bücher, die ich von Papa hatte, waren natürlich längst veraltet, aber ich fand im Netz nichts, was neueren Datums gewesen wäre. Wo war sie jetzt?

Joe schaute mir über die Schulter. »Wer ist das?«, fragte er.

»Constance Holden«, sagte ich.

»*Wer?*«

»Eine Schriftstellerin. Ich habe gerade ihre Bücher gelesen.«

»Ein heißer Feger«, sagte er.

»Das sind alte Fotos«, sagte ich. »Aber möglicherweise ist sie auch im Alter noch ein heißer Feger.« Ich drehte mich zu ihm um. »Joey«, sagte ich, »Papa hat mir etwas erzählt, als wir in Frankreich waren. Diese Frau hat meine Mutter gekannt.«

Joe sah mich mit gespannter Wachsamkeit an. Er

war immer auf der Hut, sobald meine Mutter erwähnt wurde, er konnte nicht anders. Er hatte zu viele tränenreiche Szenen miterlebt, zu oft hatte er mich von Verzweiflung verdüstert gesehen.

»Ach so«, sagte er.

»Und ich werde sie finden.«

»Rosie –«

»Ich werde sie finden.«

»Bist du sicher, dass das eine gute Idee ist?«

»Natürlich nicht. Aber ich muss es versuchen. Es ist das erste Mal –«

»Ja, ich verstehe. Okay.«

»Aber?«

»Na ja, du solltest dir nur keine allzu großen Hoffnungen machen, ja?«

»Mache ich nicht.«

Wir wussten beide, dass es nicht stimmte.

»Wir müssen jetzt los«, sagte er. Wir waren bei seinen Eltern zum Essen eingeladen. »Bist du so weit?«

Seufzend klappte ich meinen Laptop zu. Es fiel mir schwer, in die Realität zurückzukehren. »Wie ist es gestern Abend gelaufen?«, fragte ich. Joe war mit einem möglichen Investor, der vielleicht dafür zu gewinnen war, Geld in unsere neue Geschäftsidee eines Burrito-Verkaufswagens zu stecken, einen trinken gewesen.

»Gut!«, sagte er heiter.

»Und?«

»Diese Dinge brauchen Zeit«, hörte ich ihn sagen.

Innerlich schrie ich. Mein Mund, scheinbar geschlossen, war weit aufgerissen, ein übernatürlicher Wirbelsturm schoss heulend heraus. Zwei Jahre lang war ich diejenige von uns beiden gewesen, die die schweren Gewichte gestemmt hatte. Ich schloss die Augen, deprimiert von seinem Mangel an Begeisterung angesichts der Tatsache, dass ich auf eine Person gestoßen war, über die sich vielleicht eine Verbindung zu meiner Mutter herstellen ließ. *Diese Dinge* brauchten und verschlangen Zeit und gaben sie niemals zurück.

Zwei Jahre zuvor hatte Joe beschlossen, aus seiner Leidenschaft für mexikanisches Essen, angesagte Musik und Reisen etwas Handfestes zu machen, und ein mobiler Burrito-Imbissstand, der von einem Festival zum nächsten fuhr, sollte das Projekt sein, das diese drei Passionen auf einen gemeinsamen Nenner brachte. Ich hatte die Idee großartig gefunden – sie *war* großartig, und so romantisch! –, und weil wir schon über dreißig waren, hatten wir das Bedürfnis, uns an alles zu klammern, was Romantik und Abenteuer bedeutete. Es machte Joe glücklich, und anfangs hatte er in seinem Enthusiasmus gar keinen Zweifel daran, von den Festival-Veranstaltern als Verkäufer zugelassen zu werden.

Weniger großartig war allerdings die Idee, gleichzeitig seinen Job als Börsenmakler aufzugeben, von dem Geld, das sein Großvater ihm vererbt hatte, einen Imbisswagen zu kaufen und den Rest des Gelds zu verleben. In das Fahrzeug musste eine Küche eingebaut werden, die allen Ansprüchen genügte, und auch das »brauchte Zeit«. Joe war hartnäckig und machte sich nicht klar oder wollte nicht wahrhaben, wie brutal das Geschäft der fahrenden Gastronomie bei Festivals war und wie hart die Konkurrenz. Man musste es wollen, aber Joe hatte einfach nur Spaß daran. Er vollkommen unfähig oder nicht entschlossen genug, sich durchzusetzen.

Joes Eltern hatten ihm die Wohnung gekauft, in der wir lebten. Ich musste keine Miete bezahlen, und darum hielt ich (außer wenn Alkohol im Spiel war) den Mund, was den Stillstand von *Joerritos* anging: Die Immobilie gehörte ihm allein, und so stand es mir auch irgendwie nicht zu, Einfluss darauf zu nehmen, wie er sein Geschäft betrieb und wie sich das auf unsere Beziehung auswirkte. Das war alles andere als ideal. Die Wohnung schützte Joe wie eine Art magischer Kreis, weswegen er, wie ich fand, weitgehend verlernt hatte, den Wert harter Arbeit zu schätzen, und gar nicht mehr wusste, wie es sich anfühlte, ohne Sicherheitsnetz zu leben.

Wir waren seit neun Jahren zusammen. Wir hatten gute Zeiten erlebt, natürlich – warum wären wir sonst immer noch zusammen gewesen? Ich liebte ihn, nur fragte ich mich manchmal, ob es in anderen Beziehungen auch so war, dass man sich mehr schlecht als recht gemeinsam dahinschleppte, und wem das nutzte. Hielt man daran fest, weil man an die Liebe glaubte? Oder, weil man nichts Besseres zu tun hatte? Wenn wir stritten, spürte ich meine Arme, meinen Magen, meine Schultern auf unnatürliche Weise schwer werden. Streit mit Joe machte meinen Körper bleiern. Aber in jüngster Zeit regte ich mich nicht mehr über ihn auf, es erschöpfte mich zu sehr. Ich schmollte nur noch oder reagierte gar nicht. Vielleicht machte sich ein neues Gefühl der Resignation breit, ein untergründiges Gefühl, dass es meine Pflicht war, es zu ertragen. Jeden Tag spürte ich, dass ich es aushalten musste. Mit ihm zu brechen war unvorstellbar. Wir waren schon so lange zusammen, und das war keine geringe Leistung. Kelly hatte viele Freunde, viele Liebhaber gehabt, ebenso etliche der Mädchen, mit denen ich zur Schule gegangen war. Ich war anders: Ich hatte meinen Felsen gefunden und mich daran geklammert.

Joe war nicht der klassische Verschwender: Er gab nicht Unmengen Geld aus, das er nicht besaß, vielmehr »investierte« er alles, was er hatte, in sein Geschäft. Und es nahm der Liebe einiges von ihrem Zauber, wenn immer ich diejenige war, die dafür sorgte, dass Klopapier im Haus war, die hin und wieder ein Essen in einem Restaurant bezahlte und die nötigen Mittel für einen zweiwöchigen Sommerurlaub aufbrachte, wenn immer ich und niemand sonst jemals daran dachte, eine hübsche Kerze oder ein Kissen zu kaufen, um ein armseliges Zeichen des Erwachsenseins in unserem gemeinsamen Leben zu setzen. Meine Großeltern hatten mir ein bisschen Geld hinterlassen, und ich hatte die Hälfte davon in *Joerritos* gesteckt, ohne Papa etwas davon sagen. Es war unwahrscheinlich, dass *er* jemals in der Lage sein würde, mir einen Besitz zu vermachen.

Mein Groll wuchs, wurde greifbarer. Man merkte ihn mir nicht an, ich verbarg ihn geschickt. Aber jedes Mal, wenn im Fernsehen irgendein Meisterkoch die Genüsse der mexikanischen Küche vorstellte (von Burritos war in diesem Zusammenhang nie die Rede) oder wenn jemand über die Kultur der Mayas redete oder die Zuschauer auf einen Rundgang durch aztekische Ruinen mitnahm, musste ich umschalten. Ich hatte angefangen, Burritos aus ganzer Seele zu hassen. Ich spürte, dass *Joerritos* zum Scheitern verurteilt war, ich spürte es, wenn ich am Morgen zur Arbeit im *Clean Bean* ging, und ich spürte es, wenn ich abends nach Hause kam. Der Wagen rostete weiter in der Einfahrt des Hauses von Joes Eltern vor sich hin, unter einer Plane, die Joes Mutter Dorothy spendiert hatte, damit niemand den scheußlichen orangenen Lack sah. Sie zahlte auch Steuer und Versicherung. Ich glaube nicht, dass ihr Mann das wusste.

Ein Jahr verging, Joes großväterliches Erbe war fast ganz aufgebraucht und der Stand der Dinge ansonsten praktisch unverändert: Er testete Burritorezepte und redete davon, dass wir auf diesem Jahrmarkt oder jenem Dorffest einen Probelauf starten würden. Das Thema war ein wunder Punkt und wir gerieten darüber nur in Streit, wenn wir sehr betrunken waren, denn es war, als würde ich, wenn ich etwas gegen den Imbisswagen sagte, Joes innerstes Wesen angreifen, als wollte ich alle seine Hoffnungen vernichten, als trampelte ich auf seinen Träumen herum und verlachte seine Anstrengungen, es zu etwas zu bringen. Seine Empfindlichkeit in dieser Sache war geradezu manipulativ, und mir war klar, dass ein einziger falscher Zug von mir die Burrito-Uhr noch weiter zurückstellen konnte.

Dem bevorstehenden Mittagessen bei Joes Eltern sah ich ohne größere Sorge entgegen, denn wenn ich mich bei ihnen auch nie besonders gut unterhielt, war mir der Ablauf doch vollkommen vertraut. Joe hatte eine Schwester namens Daisy, die drei Jahre jünger war als er, verheiratet und Mutter von zwei Kindern, die den Großteil der Aufmerksamkeit auf sich zogen, sodass ich mich allzu kritischen Blicken entziehen konnte. Daisy hatte sich lange darüber geärgert, dass sie alles richtig gemacht hatte – Schulabschluss, ein Jahr Pause vor der Uni, Praktikum nach dem Diplom, Bungee-Springen für wohltätige Zwecke, ein Marathonlauf, ein solventer Ehemann, zwei Kinder, danach wieder rank und schlank – und dennoch Joe, der absolut nichts dergleichen geleistet hatte, kaum wahrnehmbar, aber zweifelsohne von den Eltern bevorzugt wurde. Ich hatte ihre Freundinnen bei ihrer Hochzeit mit Radek kennengelernt und festgestellt, dass sie allesamt ebenso kompetitiv waren wie sie. Daisy selbst kam sich im Vergleich mit ihnen ein bisschen extravagant vor, weil sie manchmal Gras rauchte und sich auf der Innenseite des Oberarms ein kleines Peace-Zeichen hatte eintätowieren lassen. Sie war aber in keiner Weise extravagant, und das Peace-Zeichen wirkte an ihr wie ein Mercedes-Stern. Sie hatte wie ihr Vater in der City gearbeitet, bevor sie ihre Kinder bekam. Radek verdiente auch dort sein Geld – er arbeitete jede Stunde, die Gott werden ließ. Ich dachte mir immer, vielleicht wäre ich auch rund um die Uhr im Büro, wenn ich mit Daisy verheiratet wäre.

Bei diesen sonntäglichen Mittagessen unterhielten wir uns oft über den Schulunterricht der sechs Jahre alten Lucia oder die »Fieber« des kleinen Wilf, der noch im Säuglingsalter war. Joes Mutter war Allgemeinärztin. Sein Vater Ben wollte sich noch dieses Jahr von seinem Posten im Vorstand irgendeines Finanzunternehmens – ich habe nie genau verstanden, was bei welcher Institution er eigentlich machte – in den Ruhestand zurückziehen. Mit Ben kam ich ganz gut zurecht: Er hatte ein Leben lang Fäden gesponnen und in Sitzungsräumen Reden geschwungen, darum war er berechenbar und manipulierbar. Dorothy war schwieriger. Ich hatte immer den Eindruck, sie sei überzeugt, Joe schöpfe »sein Potential« nicht aus und irgendwie hätte ich es nicht geschafft, ihn zum Erfolg zu führen. Möglicherweise dachte sie, alles sei allein meine Schuld. Mit der Zeit reizte mich das zunehmend, und ich lehnte mich innerlich dagegen auf. *Sie war doch zuerst da, sie ist schließlich seine Mutter*, dachte ich.

In der Einfahrt von Dorothys und Bens Grundstück stand, unter der Plane verborgen, der Burrito-Wagen. Ich nahm die Rosen, die wir unterwegs bei der Tankstelle gekauft hatten, aus meiner Handtasche und zog das Preisschild ab. Schweigend gingen wir an dem Wagen vorbei zur Haustür mit dem Türklopfer aus Messing.

Lucia öffnete uns. Sie trug ihren Reithelm. »Du hast genau die richtige Größe für einen Jockey«, sagte ich.

»Ich weiß«, rief sie und galoppierte auf ihrem unsichtbaren Pferd durch den Flur zu dem großen Anbau, in dem sich die Küche befand. »Sie sind da!«, schrie sie.

»Hallo.« Ben kam aus dem Wohnzimmer.

»Hi, Ben«, sagte ich heiter. Er trat auf uns zu, wir küssten einander auf die Wange.

»Darf ich euch was zu trinken bringen?«, fragte er und tätschelte die Schulter seines Sohns.

»Ein Glas Rotwein wäre nett«, sagte ich.

»Ja, für mich auch.« Joe schlurfte wie ein Vierzehnjähriger zur Küche.

»Kommt gleich.« Ben machte sich auf den Weg zum Keller. Sie hatten einen Weinkeller, aber so hätten sie ihn nie genannt. Sie hätten gesagt, sie hätten da unten ein paar Weinregale.

Ich folgte Joe, vorbei an der protzigen Standuhr und dem Studioporträt, auf dem Daisy als junges Mädchen zu sehen war. Unzählige Bilder aus der Schulzeit der Kinder hingen an den Wänden und wie zufällig arrangierte Collagen von Urlaubsfotos aus den neunziger Jahren, alle Familienmitglieder in gestreifter Badekleidung, Dorothy mit Dauerwelle, die ihr nicht stand. Ich bekam Beklemmungen und hielt einen Moment inne, um tief durchzuatmen.

»Ah!«, sagte Dorothy. »Die Wanderer kehren heim!«

Ich lächelte und gab ihr einen Begrüßungskuss, dann überreichte ich die Blumen. »Die sind für dich«, sagte ich.

»Oh, danke, mein Schatz. Ach, die sind aus Marokko! Ich hatte mich schon gefragt, wie es zu dieser Jahreszeit Rosen geben kann. Luce, bist du so nett und tust sie in eine Vase?«

»Ich reite gerade«, antwortete Lucia.

»Es dauert nur eine Minute«, sagte Dorothy.

»Das kann ich doch machen«, sagte ich und nahm die Rosen wieder an mich. Dass sie aus Nordafrika kamen, hatte unverkennbar Dottys Missfallen erregt: Wegen des CO_2-Fußabdrucks, oder war es Rassismus? Schwer zu sagen.

»Wie geht's?«, fragte sie.

»Gut, danke.« Zu den Beklemmungen kam nun noch Übelkeit, die sich in meinem Magen festsetzte. Daisy erschien in der Küchentür. »Hallo«, sagte ich.

Sie küsste mich auf die Wange. »Hi, Rose.«

»Wo ist Rad?«

Daisy verdrehte die Augen. »Bei einem Junggesellenabschied. Man sollte eigentlich meinen, die sind mittlerweile alle verheiratet.«

»Ja.«

»Na ja, in diesem Fall ist es die zweite Ehe.«

Dorothy seufzte. »Bittest du deinen Vater, zu kommen und das Fleisch zu schneiden? Was in aller Welt macht er überhaupt?«

»Ich glaube, er holt Wein«, sagte ich.

»Nein, er versucht den Sky-Receiver richtig einzustellen, damit er aufzeichnet«, sagte Lucia.

»Schon wieder? Geh und mach du das, Luce. Ich will nicht, dass das Essen kalt wird. Ihr zwei seid keine Minute zu früh gekommen«, sagte Dorothy, aber sie sah nur mich an.

Beim Essen redeten wir hauptsächlich über die bevorstehende Hochzeit eines Paars, das außer Daisy niemand von uns kannte. Ich sah zu, wie sie den Mund bewegte, und dachte: Sie sieht total erschöpft aus. Ich versuchte sie auszublenden und über Constance und meine Mutter nachzudenken, aber Daisy hatte eine durchdringende Stimme, und bald begann ich mich nach einem Themenwechsel zu sehnen, nach den neuesten Nachrichten von Wilfs verschleimter Lunge oder Lucias schulischen Erfolgen und wie das kluge Kind wieder einmal alle ihre Mitschülerinnen spektakulär übertroffen hatte (»obwohl es sicher besser wäre, sie ein bisschen zu zügeln, damit die anderen mit ihr Schritt halten können, denn sie muss ja unbedingt lernen, mit Gleichaltrigen umzugehen, nicht?«). Im Geist sah ich plötzlich Lucia so vor mir, wie sie in fünfzehn Jahren sein würde: ohne Freunde und total verpeilt vor lauter Intelligenz. Es war eine düstere Vision. Ich blickte mich in dem fade geschmackvoll dekorierten Raum um, auf die distinguierten Porträts von entfernten viktorianischen Verwandten Dorothys. Die Standuhr auf dem Flur schlug die volle Stunde.

»Da wir schon mal von Hochzeiten reden – wie sieht es denn bei euch aus?«, fragte Daisy, während ich die Teller abräumte.

Joe erstarrte, ich setzte ein nichtssagendes Lächeln auf. »Ihr zwei lebt doch nun schon lange genug zusammen«, fuhr Daisy fort. Ich ließ mich von dem heiteren Ton, den sie anschlug, nicht täuschen. »Wann machst du sie endlich zu einer ehrbaren Frau, Joe?«

»O Gott«, stöhnte Joe.

»Es ist nur eine Frage.«

»Es ist eine Scheißfrage«, sagte Joe. »Was ist, wenn ich mit den Dingen, so wie sie sind, vollkommen zufrieden bin?«

Daisy schnaubte. »Mami ist ein Pferd!«, rief Lucia. Ich musste lachen.

»Glaubt ihr denn nicht an die Ehe?«, fragte Daisy. »Das wäre ja auch in Ordnung, wenn es so wäre.«

»Mein Gott, *danke,* Daisy, danke. Einen Moment lang

hat es mich doch *sehr* beunruhigt, was du wohl über uns denkst«, sagte Joe. Gewiss, Daisy war taktlos übergriffig, dennoch brachte es mich aus der Fassung zu sehen, wie fuchsteufelswild er war. »Mama«, sagte er, »sag ihr, sie soll die Klappe halten. So macht sie es immer, es ist lächerlich.«

»Aber hast du denn nicht das Bedürfnis nach *Sicherheit*, Rose?«, fragte Daisy.

Ich sah sie an. Was in aller Welt wusste sie vom Leben ihres Bruders, wenn überhaupt etwas? Kapierte sie denn nicht, dass Joe mir, abgesehen von einem Dach über dem Kopf, keinerlei Sicherheit zu bieten hatte? Dass mittlerweile auch seine emotionale Zuwendung fast alle Substanz eingebüßt hatte, kaum mehr wahrzunehmen war und bestimmt von seinen eigenen Bedürfnissen? Vielleicht kapierte sie es wirklich nicht. Vielleicht war es unsichtbar für alle, die sich nicht die Mühe machten, genau hinzuschauen. Ich wusste nicht, was ich dazu sagen sollte, ich konnte nur noch lachen.

»Rose, warum lachst du immer über mich?«, fragte Daisy.

»Tu ich gar nicht, ehrlich.«

Sie warf mir einen bösen Blick zu. Dorothy griff ein. »Daisy, jetzt trink um Gottes willen keinen Wein mehr. Du bist erschöpft.« Sie wandte sich an mich. »Sie ist total erschöpft«, sagte sie, als hätte ich ihre Tochter dazu provoziert, ihrer Unsicherheit und Bosheit auf diese Weise Luft zu machen. »Kleine Kinder sind so unglaublich anstrengend.«

»Sie hat davon keine Ahnung«, sagte Daisy.

»Daisy«, sagte Dorothy ärgerlich, »geh ins Wohnzimmer und setz dich hin.«

»Verdammte Scheiße«, fügte Joe hinzu.

Ben blieb stumm. Daisy stand auf und ging wie eine gekränkte Herzogin aus dem Esszimmer. Ich wusste von meinen Freundinnen, dass kleine Kinder sehr anstrengend sein können, aber keine von ihnen benahm sich *so*, wenn sie erschöpft war. Ich fragte mich, ob Daisy vielleicht Depressionen hatte.

»Sie haben Probleme«, sagte Dorothy leise.

»Dot«, sagte ihr Mann, der endlich doch sein Schweigen brach, warnend und sah zu Lucia hinüber.

»Ach ja.« Dorothy seufzte. »Wir haben alle unsere Höhen und Tiefen.« Es klang, als spräche die altersweise Matriarchin eines Indianerstamms, und das reizte mich. Daisy hätte nach dem, was sie zu mir gesagt hatte, nicht so leicht davonkommen sollen, aber sie kam immer ungestraft davon.

»Dad, wollen wir rausgehen und uns den Wagen ansehen?«, fragte Joe.

Dorothy, Wilf, Lucia und ich blieben zurück und saßen, wie so oft nach dem Sonntagmittagessen untätig herum. »Luce, Schätzchen, geh ins Spielzimmer und such ein Puzzle für uns«, sagte Dorothy.

»Ich hasse Puzzles, Omi.«

»Wir auch, Schätzchen. Tu trotzdem, worum Omi dich gebeten hat.«

Wie ein Roboter legte Lucia ihren Stift weg und rutschte schlaff von ihrem Stuhl.

Dorothy seufzte wieder. »Wie geht es deinem Vater, Rose?« Sie sagte nie: »Wie geht es Matt?«

»Ganz gut, danke. Er ist in der Bretagne.«

Dorothy fuhr mit dem Finger immer wieder um eine gestickte Pfingstrose auf dem Tischtuch herum. »Bestimmt vermisst er dich.«

»Er hat ja Claire.«

»Besuchst du ihn an Weihnachten?«

Ich war alarmiert. Dorothy plante Weihnachten immer frühzeitig. Wollte sie, dass ich an Weihnachten nach Frankreich fuhr? Versuchte sie, mich und ihren Sohn auseinanderzubringen? »Nein, ich glaube nicht«, sagte ich. »Ich bleibe bei Joe. Wo immer Joe ist.«

Sie schaute mich an. Dieser Ausdruck! Es war unheimlich. Mir blieb die Sprache weg, als ich sie so sah, es war, als wäre ihr Kopf von einer Aura der Kapitulation umgeben. Sie schien über ihre Augen zu rutschen und ihre Lider zu schließen. »Weihnachten«, flüsterte sie.

Mein Blick huschte zu ihrem Weinglas. War sie betrunken? *Weihnachten* – so, wie sie es sagte, sah ich bei dem Klang des Worts diese Festtage und die letzten Wochen des Jahres wieder heranrollen. Dasselbe Geschehen, das Dorothy über dreißig Jahre lang miterlebt hatte, würde sich wieder abspulen – dieselben Streitereien, dieselben Weihnachtslieder, derselbe Truthahn. Ich hörte es in ihrer Stimme. Am liebsten hätte ich meine Hand auf die ihre gelegt und ihr gesagt, dass sie das alles nicht machen musste – lass Joe kochen, lass Daisy sich um alles kümmern –, aber ich tat es nicht. Sie gab nicht zu erkennen, dass ihr diese Art von Intimität willkommen gewesen wäre. Nach all den Jahren war ich immer noch Gast, ich gehörte nicht zur Familie.

»Alles in Ordnung, Dorothy?«, fragte ich. »Soll ich dir ein Glas Wasser bringen?«

»Nein, nein, danke.« Dorothy blickte auf, und ich konnte sehen, wie sie ihre innere Ordnung wiederherstellte. »Ach, Rose«, sagte sie, »ich hoffe nur, dass sie keinen neuen Rost an dem Wagen gefunden haben.«

8

Wie versprochen brachte Zoë *Die Heuschreckenplage* mit, und ich verschlang den Essay begierig. *Alle Frauen haben das Recht, Fehler zu machen, aber nur wenigen wird dieses Recht zugestanden*, schrieb Constance. *Es ist das Recht, etwas katastrophal falsch zu machen und danach eine zweite Chance zu bekommen, so, als wäre nichts passiert. Männer tun es andauernd, und hinterher müssen sie als Einzelne dafür gradestehen. Man denke nur an die Politiker. An Manager großer Unternehmen, Mörder. An die weißen Teufel, die unsere Welt kaputtmachen. Natürlich können auch Frauen Teufel sein. Aber wenn eine Frau Mist baut, tut sie es gewöhnlich gewissermaßen im Namen aller Frauen, so als steckten wir alle zusammen mit ihr unter einer Decke. Und doch sollte man uns das Recht zugestehen, Mist zu bauen! Diese ewige weibliche Zurückhaltung aus Angst, Fehler zu machen, ist schlimmer als jede Heuschreckenplage!*

Mir gefiel die kühne Emphase der Ausrufezeichen, mir gefiel der ganze Essay. Aber Constance sprach hier über Politik, über das große Ganze der Welt. Mich interessierte das Persönliche. *Natürlich können auch Frauen Teufel sein.* Ich wollte wissen, was für *eigene* Fehler sie dabei im Sinn hatte: Was hatte *sie* so katastrophal falsch gemacht? Und hatte es mit meiner Mutter zu tun? Ich dachte an das, was Papa mir erzählt hatte, dass Elise ihr hörig gewesen sei.

Ich musste also tiefer graben. Ich suchte im Internet

nach Constance Holden. Es gab keinen Telefonbucheintrag zu ihrem Namen, ich konnte also keinen Kontakt mit ihr aufnehmen oder gar bei ihr zu Hause auftauchen. Ihre Bücher waren dagegen im Netz präsent. Einem Artikel zufolge, den ich las, wurde in *Grünes Kaninchen* »eine Frau in der Hochblüte ihrer literarischen Kunst« sichtbar, »beredt, verstörend, hin- und hergerissen zwischen nacktem Schmerz und stiller Wehmut«. Das Buch hatte im Jahr seines Erscheinens etliche Preise erhalten und war insgesamt über eine Million Mal verkauft worden. In beiden Romanen von Holden schienen Mütter und Töchter, die Liebe, das Wesen und die Bedingungen emotionaler Bestrafungen und verpasste Gelegenheiten eine besondere Rolle zu spielen. *Herz aus Wachs* war verfilmt worden. Der Streifen, der unter dem Titel *Herzland* herauskam, war über Jahre hinweg sehr erfolgreich, die Hauptdarstellerin, die legendäre Barbara Lowden, gewann einen Oscar. Beide Bücher waren immer noch lieferbar, aber Connie hatte nach *Grünes Kaninchen* keinen Roman mehr geschrieben. In einigen Artikeln wurde behauptet, sie leide keineswegs unter einer Schreibblockade, sondern habe sich einfach dafür entschieden, die Tantiemen aus *Herzland* einzustreichen und sich zur Ruhe zu setzen. Das kam mir wenig wahrscheinlich vor, aber es war nun einmal eine Tatsache, dass es keine weiteren Bücher gab.

Ich fand heraus, dass jemand einmal, im Jahr 1997, den Anlauf gemacht hatte, Constance zu einem Interview zu bewegen. Ein Journalist vom *Observer* hatte so wie ich nach einer Erklärung dafür gesucht, dass jemand auf dem Höhepunkt seiner Schaffenskraft so einfach von der Bildfläche verschwinden wollte. Ihre Agentin, eine Frau namens Deborah Clarke, hatte ihm jedoch auf Anweisung Holdens mitgeteilt, dass ihre Mandantin nicht mit ihm sprechen wollte. Der Journalist schrieb, Holden sei immer schon »zugeknöpft« gewesen, was ihre Kindheit und Jugend angeht; sie habe oft die Frage gestellt, was für einen Sinn es haben sollte, ihre Biographie Schicht um Schicht freizulegen, da doch ihre Bücher existierten, die als Chiffren eines gelebten Lebens völlig genügten. In einem Interview, das sie nach dem Erscheinen von *Herz aus Wachs* gegeben hatte, das allerdings online nicht verfügbar war, erwähnte Constance dem Journalisten zufolge einmal einen Vater, der beim Militär war und häufig versetzt wurde, weswegen sie andauernd von einem Ort zum anderen, wo er eben stationiert war, umziehen mussten und sie nie irgendwo Wurzeln schlagen konnte. »Aber Wurzeln sind ja ihrem Wesen nach konservativ«, so zitierte sie der Journalist. »Sie sind dazu da, uns festzuhalten, dafür zu sorgen, dass jeder bleibt, wo er ist.« Nach allem, was der Mann wusste, war Connie unverheiratet, und es war nie die Rede von einer partnerschaftlichen Beziehung oder von Kindern. Alles, was der Journalist sonst noch hatte herausfinden können, war, dass sie eine Zeitlang in den USA gelebt hatte, dann vielleicht in Griechenland, dann, so eine Vermutung, hatte sie sich in Südengland niedergelassen, wo sie in einem ländlichen Cottage wohnte. Er hatte keine Freundinnen oder Freunde gefunden, keine Verwandten. Der Besitzer des Dorfladens in dem Ort, in dem

Connie angeblich zu Hause war, hatte auf Nachfragen »auffallend kurz angebunden« reagiert und war sogar »grob« geworden, was den Journalisten davon überzeugte, dass sie tatsächlich irgendwo in der Gegend lebte. Und dann war die Spur kalt geworden. Niemand wollte ihm helfen. Der Journalist hatte aus der Not eine Tugend gemacht und präsentierte dem Publikum die ganze Sache als eines der großen Rätsel der Literaturgeschichte. Aber er hatte keine Lösung zu bieten.

Das war vor zwanzig Jahren gewesen, und seitdem hatte es niemanden mehr interessiert.

Ich las gerade die Einleitung zur *Heuschreckenplage* im *Clean Bean* zum zweiten Mal, als Kelly, mit der ich verabredet war, mit ihrer Tochter Molly durch die Tür trat. Mir wurde warm ums Herz bei ihrem vertrauten Anblick.

Kelly war an unserer Schule keine von denen, die andauernd die Nase in Bücher steckten, aber sie war von allen die Klügste und die mit den meisten Talenten. Wir bildeten ein ungleiches Paar, denn ich war sehr akademisch und viel schüchterner, aber wir waren wie Pech und Schwefel. Sie mochte meine Nerdigkeit und ich ihre vielen Fähigkeiten. Während alle anderen in Weltuntergangsstimmung verfielen bei dem Gedanken, nicht den Sprung auf die richtige Uni zu schaffen, meinte Kel eher, in zehn Jahren würden wir den guten oder schlechten Noten nicht mehr Bedeutung beimessen als irgendetwas von dem, was wir später erlebt hatten. *Aber Kel kann sich das leisten*, sagten manche, wenn sie nicht dabei war. *Kel hat CHARME.*

Tatsache war, dass Kelly, charmant, wie sie war, sehr hart gearbeitet hatte, um den Kopf über Wasser zu halten: Sie hatte keine Familie, die ihr half, keine Beziehungen. Sie stieg immer weiter auf, bis sie mit Mitte zwanzig auf der paradiesischen Insel landete, die ihre Arbeit für sie war: Stylistin, dann Artdirector bei einer wichtigen Zeitschrift. Dann wurde sie zu einem Instagram-Star: @thestellakella, Königin des Geschmacks und begnadete Netzwerkerin mit Tausenden Followern. Immer mehr Modeläden und Möbelgeschäfte sahen aus wie die Räume von @thestellakellas Haus – es war schwer zu sagen, auf welche Weise genau die Trennungslinie unscharf geworden war, aber es war tatsächlich geschehen. Anders als so viele andere, die im Internet ihr Glück suchen, brachte Kel Erfahrung mit und konnte darauf verweisen, dass sie sich bereits bewährt hatte. Und dann kam Dan, jetzt ihr Ehemann, einer von den Leuten, die wie für Instagram geboren zu sein scheinen, selbstmotiviert, seit er fünf war – obwohl Kelly oft sagte, zu der Zeit, als sie ihn kennenlernte, habe *der Mann nicht mal Kartoffeln kochen können.* Und dann kam Molly. *Das tue ich mir kein zweites Mal an*, sagte sie nach Mollys Geburt. *Einmal und nie wieder.*

Jetzt war Molly vier, und Kelly erwartete wieder ein Kind. Nächsten März sollte es zur Welt kommen.

Mol machte es sich auf einem Stuhl bequem, holte Buntstifte und einen Block hervor und versenkte sich in ihre ureigene Welt. Sie zeichnete ein schachtelartiges Haus, das sie mit erbarmungslosen, rabiaten Strichen fuchsienrot ausmalte. Sie hielt sich nicht an die Begrenzungslinien des Hauses, die Farbe schoss auf allen Seiten darüber hinaus. Wir hätten genauso gut nicht da sein können, sie war unserer so unhinterfragbar sicher, dass sie es gar nicht bemerkt hätte, wenn wir zu Salzsäulen erstarrt wären.

»Vorhin war sie total quengelig«, raunte Kelly mir zu.

»Möchtest du irgendetwas, Mol?«, fragte ich. Ich hatte bereits zwei Flat Whites bei Zoë bestellt.

»Nein, danke«, sagte Mol.

Ich sah sie an, wie sie da über ihr Blatt gebeugt saß. Ich war gern mit ihr zusammen, am besten gefiel es mir, wenn wir im Park spazieren gingen. Sie rannte oft voraus und kauerte sich immer wieder hin, um mit Flechten bewachsene Zweiglein oder ein besonders schönes Blatt aufzuklauben. Ihr Schwerpunkt lag so tief, dass sie hochhüpfen und abtauchen konnte wie ein Springteufelchen. Sie hatte bereits Kellys Auge; meine Freundin hatte sie von Anfang an ermuntert, genau hinzusehen, ihr beigebracht, wie viel Staunen und Freude man erfahren kann, wenn man im Alltag nach interessanten Dingen Ausschau hält, sie aus ihrem Kontext herausnimmt und in Zauberstäbe oder Feenumhänge verwandelt oder als Material für eine Collage mit nach Hause nimmt. Ich kannte diese Collagen, denn ich schaute sie mir alle bei Instagram an, etwa eine aus mit Goldfarbe bespritzten Blättern, die 25.000 Likes bekommen hatte.

Zoë brachte den Kaffee und strahlte Kelly und ihre Tochter an. Das taten Leute oft – sie wirkten wie in einer heilen Welt, genau so, wie man sich eine Mutter und ihr Kind wünscht. Ich griff nach meiner Tasse. »Bleib so«, sagte Kelly, und ich wusste schon, was jetzt kam. Mols Kopf war genau in der Mitte zwischen den zwei Tassen, und Kelly hatte schon ihr Smartphone in der Hand. »Mal nur ruhig weiter, Schätzchen«, sagte sie, aber Mol war so an das Smartphone gewöhnt, dass sie gar keine Notiz davon genommen hatte. Kelly machte das Foto, dann wischte sie ein paar Mal, bis sie den passenden Filter gefunden hatte. »Mol Macchiato«, sagte sie laut, während sie das Wort als Bildunterschrift eintippte, dann speicherte sie alles ab und steckte das Smartphone wieder in ihre Handtasche. Ich fragte mich, ob sie auch angegeben hatte, wo sie sich gerade befand, und wenn, ob das dem *Clean Bean* zu einer Umsatzsteigerung verhelfen würde.

Mol und Dan leisteten, wenn auch ohne ihr Zutun, immer wieder Beiträge zu der Geschichte, mit der Kelly im Internet ihre Follower süchtig machte. Im Stillen fand ich es ein bisschen problematisch, sein Kind und seinen Partner ins Geschäft einzuspannen und sie vor Fremden zur Schau zu stellen, und das obwohl zumindest Mol gar nicht imstande war, ihre Zustimmung dazu zu geben, aber Kelly war gleichwohl meine beste Freundin, und ich fand, dass sie aus ihrem Leben verdammt viel mehr machte als Joe und ich. Und eines war jedenfalls unbestreitbar: Mol war ein Stoff von der allerbesten Sorte. *Es ist eine Community*, sagte Kel immer, *wir haben gemeinsame Interessen, und wir unterstützen einander! Manche der Mädels, die mir schon seit Jahren folgen, haben mittlerweile auch schon Kinder. Es passt einfach!* Mol hielt mit ihrer Niedlichkeit die Followerinnen bei der Stange, und Kelly schien keine große Lust zu haben, über die philosophisch-ethischen

Aspekte ihres Tuns zu diskutieren. Sie hatte eine Wahl getroffen, und wenn man bedachte, wie viel Geld sie mit ihren Produktempfehlungen verdiente, dass sie gratis in allen möglichen Hotels übernachten konnte, dass ich in einer einzigen Woche etliche Frauen mit einem Pulli von einer winzig kleinen Modefirma aus Stockholm, für den Kelly geworben hatte, gesehen hatte, konnte man nicht bestreiten, dass @thestellakella ein beachtliches Phänomen der Popkultur war.

»Wie geht es Joe?« Kelly zog ihre Tasse zu sich her. »Was machen die Joerritos?«

Ich spürte, dass ihre Worte nicht einfach so leicht dahingesagt waren, aber ich konnte nicht heraushören, welche Temperatur sie hatten. Ich wusste, dass Kelly aus mehr als nur einem Grund von Joe die Nase voll hatte.

»Ganz gut«, sagte ich. »Er verhandelt mit einem Investor.«

Kelly rührte ihren Kaffee um. »Mit einem Investor.« So, wie sie es sagte, verlor das Wort jeden Zauber.

Ich fand es merkwürdig, dass sie zuerst nach Joe fragte, aber ich kommentierte es nicht. »Und bei euch? Alles okay?«

Kelly sah Mol an. »Ja, es läuft nicht schlecht. Die Übelkeit am Morgen hört langsam auf, Gott sei Dank.«

Ich schüttelte staunend den Kopf. »Ich weiß nicht, wie du das alles schaffst.«

Sie lachte. »Das könntest du alles auch, Rose, wenn du müsstest.«

»Glaubst du das wirklich?«

Sie sah mich überrascht an. »Klar. Wenn ich es

kann, kann es jede.« Wir wussten beide, dass das nicht stimmte, aber ich widersprach nicht. »Ach ja, ich wollte dir noch was erzählen: Ich will @thestellakella zu einem Doppelmutterprojekt aufmotzen. Mal sehen, wie das läuft.« Sie wedelte entschlossen mit der Hand. »Aus der Mutter von einem Kind wird die von zweien.«

Fasziniert betrachtete ich meine Freundin. Kelly war so unglaublich gut darin, Geschichten für sehr viele Leute einfach zu machen. Sie war kontaktfreudig und konnte selbstsicher auftreten, und ihre verrückten Projekte funktionierten, weil sie selbst daran glaubte und weil sie verstanden hatte, dass viele Menschen heutzutage sich nicht mehr auskannten und jemanden brauchten, der sie bei der Hand nahm. Ich eingeschlossen.

»Das ist gut«, sagte ich. »Ich wollte dich eigentlich etwas fragen. Es hat mit meiner Mutter zu tun.«

»Mit deiner Mutter?« Ähnlich wie Joe reagierte auch Kelly sichtlich besorgt, aber ich ließ mich davon nicht beirren.

»Kannst du dich erinnern, ob mein Vater früher irgendwann einmal etwas über sie zu dir oder vielleicht auch bloß in deiner Gegenwart gesagt hat?«

Kelly drehte den Kopf und sah zum Fenster hinaus. Offenbar überlegte sie, was sie am besten antworten sollte. Sie war früher oft nach der Schule und an Wochenenden bei uns zu Hause gewesen, manchmal auch über Nacht, mein Vater hatte uns zum Kino gefahren oder in die Stadt zum Shoppen. Sie kannte mein Leben so gut wie ich, wenn nicht besser. »Warum fragst du?«

»Als wir in Frankreich waren, hat Papa mir von einer

Frau erzählt, die meine Mutter kannte. Na ja, nicht nur gekannt: Ich glaube, die beiden hatten etwas miteinander.«

»Okay.« Kelly verschränkte die Arme auf dem Tisch. »Das ist *echt* interessant.«

»Hör zu. Du warst so oft bei uns zu Hause. Hat mein Vater je jemanden namens Connie erwähnt? Constance Holden? Sie hat das hier geschrieben.« Ich tippte auf *Die Heuschreckenplage*.

Kelly musterte das Buch interessiert. »Tut mir leid, Rosie, nein. Es ist ja auch so lange her.« Sie sah mich freundlich besorgt an. »Alles in Ordnung mit dir?«

»Ja, alles gut. Ich meine: Ich war ein bisschen schockiert.«

»Hast du es Joe erzählt?«

»Ja. Na ja, nicht alles. Ich habe ihm erzählt, dass die Schriftstellerin Constance Holden meine Mutter gekannt hat.«

»Und?«

Ich zuckte die Achseln. »Da war nicht viel.«

Sie seufzte.

»Egal. Er mag es nicht, wenn ich auf meine Mutter zu sprechen komme.«

»Weißt du, ich glaube, das liegt einfach daran, dass wir alle nicht wissen, was wir dazu sagen sollen oder was wir tun können, Rosie.«

Ich blickte hinunter auf die Tischplatte. Im Geist stand ich mit meinem Vater an diesem Strand in der Bretagne. Mir war, als müsste ich weinen, und schloss die Augen.

»Wirklich alles in Ordnung?«, fragte Kelly.

»O Gott. Ja.« Ich fasste ihre Hand und drückte sie. Ich spürte, wie sich die tektonischen Platten unserer Liebe wieder einmal verschoben.

»Mama, wann gehen wir?«, fragte Mol.

Ich drehte mich um in Richtung der Theke, wo Zoë gerade die Kaffeemaschine saubermachte. Ihr junges Gesicht war konzentriert angespannt, auf ihrer Stirn zeigten sich ein paar ganz feine Pickelchen, die aber ihre zarte jugendliche Schönheit nur noch betonten. Mein Leben fühlte sich leer an, aber mein Körper schwer beladen, und mir war, als müsste ich durch einen Sumpf waten.

Nachdem wir uns voneinander verabschiedet hatten, wollte ich nicht sofort nach Hause. Ich setzte mich in einem nahegelegenen Park auf eine Bank und dachte über die Gespräche mit meinem Vater nach. Mich beschäftigten nicht so sehr seine ominösen Bemerkungen über Constance Holden als vielmehr die Art, wie er mich dazu gedrängt hatte, eine Sprache zu lernen oder eine Ausbildung zu machen, als ob das, was ich jetzt war, nicht genug wäre. *Ich weiß noch, dass du mal zu großen Dingen entschlossen warst*, diesen Satz hatte ich immer wieder zu hören bekommen. Tatsächlich hatte es in meinem Leben nur ein großes Ding gegeben, das einen tiefen Riss in meinem Herzen verursacht hatte: Ich war nicht genug gewesen, um meine Mutter davon abzuhalten, uns zu verlassen.

Diese Tatsache hatte mich irgendwann eingeholt. Es hatte immerzu an mir genagt, bis ich schließlich nicht mehr die Kraft aufbrachte, gegen die Wirkung der Erkenntnis, die sich all die Jahre immer enger um mein Herz geschlossen hatte, anzukämpfen. Jetzt wusste ich nicht mehr, wer ich war und was ich auf dieser Welt mit mir anfangen sollte. Ich empfand keine Freundlichkeit mir selbst gegenüber. Ich schämte mich für den Stillstand in meinem Leben, für meine Unfähigkeit, irgendetwas zu unternehmen, denn *alle* Menschen haben ja schwere Dinge erfahren, haben Schuld auf sich geladen, sind verdammt, die immer gleichen Gedanken zu wiederholen, aber sie werden damit fertig. Irgendwie gelingt es ihnen, sie machen weiter, bauen sich eine Existenz auf. Ich war nicht damit fertiggeworden. Ich stand im Bann des Gespensts meiner Mutter, ich hatte einen Freund, der in einem Hirngespinst lebte, und ich tat nichts für mich selbst. Ich hatte keine Molly, keine Follower, ich hatte kein Buch geschrieben, ich hatte keine Frau, mit der ich in der Bretagne am Meer hätte wohnen können.

Scheiße, dachte ich. *Scheiße*. Ich nahm mein Smartphone und tippte in das Feld der Suchmaschine ein: *Deborah Clarke, Literaturagentin.*

Diese ewige weibliche Zurückhaltung aus Angst, Fehler zu machen, ist schlimmer als jede Heuschreckenplage!

1982

9

Auf der Fahrt vom Flughafen in dem Taxi, das die Leute vom Filmstudio geschickt hatten, wünschte sich Elise, die unter Jetlag litt, bereits, sie könnte gleich wieder zurückfliegen. *Aber dieser Lifestyle dort!,* hatten die Leute immer gesagt, und so blieb sie an Connies Seite auf der Suche nach diesem legendären Lifestyle. Daheim in London hatte Connie behauptet, sie sei auch unsicher, doch so, wie sie jetzt da saß mit ihrer Sonnenbrille, wie sie auf L.A., das sich vor ihnen ausbreitete, blickte und sich hin und wieder mit breitem Grinsen ihrer Freundin zuwandte, wirkte sie nicht, als würde sie von irgendwelchen Zweifeln geplagt. Kurz vor der Abreise hatte Connies Agentin Deborah angerufen und mitgeteilt, dass Barbara Lowden – *die* Barbara Lowden, zweifache Oscar-Preis-Gewinnerin, *grande dame* nicht bloß dieser Stadt, sondern jeder Kinoleinwand in der westlichen Welt – zugesagt hatte, die Rolle der Beatrice Jones zu spielen. Connie und Elise hatten einander nur vollkommen überwältigt von dieser Nachricht stumm angestarrt, bevor sie in wilden Jubel ausbrachen und sich anschließend, um vier Uhr nachmittags, in einem Pub sinnlos betranken.

Elise hatte beim Friseur in einer Zeitschrift einen Artikel über L.A. gelesen, in dem die Stadt als »Ort seltsamer Träume« beschrieben wurde, »wo es Getränke wie *Brain On* und Algensaft gibt, Joints und maßgeschneiderte Ernährungspläne für Leute, die abnehmen möchten, Bungalows mit Rauchglastüren, hinter denen sich allerlei dunkle Geheimnisse verbergen«. Sie hatte sich gefragt, ob sie dort leben könnte. Eine Szene aus *Der Pate* hatte sich ihr tief eingeprägt: Tom Hagen kommt nach L.A., um mit dem Chef eines der großen Filmstudios zu sprechen, und wird Zeuge, wie ein junges Mädchen, offenbar noch ein Kind, aus dem Büro des Mannes taumelt wie ein tödlich verletztes Rehkitz. An dieses Rehkitz musste sie jetzt denken, an Bette Davis und Joan Crawford, daran, wie lange Wimpern über die Armut eines Starlets hinwegtäuschten, und dass trotz allem nichts den Glamour jemals trüben konnte.

In der Ferne Strand, Sonnenschein und, ja, das Gefühl, dass alles möglich war. Aber genau genommen wollte Elise nur Connie. Sie wollte Frieden, Ruhe und ein bisschen Leben. Connie war im Moment stark: Sie flog nach L.A. mit ihrem berühmten Roman, der sowohl mit ihrer physischen Person als auch mit ihrer abstrakten Identität untrennbar verbunden war. Wie ein Amulett würde er sie in L.A. beschützen, wo sie sich früher ganz fehl am Platz gefühlt hätte. Elise hatte kein Amulett. Sie hatte nur Connie.

Wie in allen Städten gab es auch hier erschreckend hässliche Gegenden. Über ihnen lag ein dichter Schleier von Abgasen, man spürte eine Atmosphäre von Sklaverei, überall endlose Schlangen von Autos. *Healtheeeeeeeee 4 U!*, schrie eine Reklametafel. Im Taxi lief das Radio. *Kauft! Kauft! Kauft!*, tönte es. Die Werbung schien niemals aufzuhören, das Geschrei drohte Elise zu überwältigen. Sie fuhren an einem riesigen Donut aus Metall vorbei, der vor einem Diner stand. Wunderbar prall bauchig, gut so groß wie ein Elefant, rostete er auf seinem Drehgestell vor sich hin. Paralysiert, aber überaus präsent ragte er empor. Elise versuchte ihn zu fotografieren, aber das Taxi war schon weitergefahren, der Donut schrumpfte zu einem Pfefferminzbonbon zusammen.

Das Taxi fuhr an einer gigantischen Reklametafel vorbei, die neben der Straße aufragte. Man sah darauf das Gesicht einer Frau, ungeheuer groß und makellos mit unwiderstehlichen Augen und dazu die Worte DIE FRAU DES PRÄSIDENTEN.

»Oh, mein Gott!«, kreischte Connie. Elise zuckte zusammen. Sie war es nicht gewohnt, dass Connie kreischte. »Das *ist* sie! Ich fass es nicht, es ist Barbara Lowden!«

»Sollen wir uns den Film ansehen?«

Barbara Lowden. Bald würden sie ihr persönlich begegnen.

»Unbedingt«, sagte Connie. »Ich kann es nicht glauben. Sie ist – ich meine: Gibt es jemanden, der noch berühmter ist?«

»Die Queen. Der Papst?«

Connie rückte grinsend ihre Sonnenbrille zurecht. »Ich wette, dass es mehr Leute gibt, die mit Barbara Lowden schlafen wollen.«

Barbara Lowden. Bald würden sie sie kennenlernen. Wie lächerlich.

Silvercrest, das Studio, das *Herzland* produzierte, hatte für Connie einen Bungalow gemietet. Das Taxi erreichte West-Hollywood, fuhr eine Weile durch ruhige Straßen mit Blumengärten und hielt schließlich vor einem niedrigen Gebäude im spanischen Kolonialstil, umgeben von diskret gezähmtem Urwaldgrün, die Grundstücksgrenzen passend bewacht von Kakteen. Die Fenster waren dunkel und undurchsichtig. Elise war erstaunt darüber, wie weit weg das Haus in Hampstead ihr vorkam, das seinerseits für ihr Gefühl so weit von ihrer winzigen Wohnung in Brixton gewesen war. Keiner von all den Orten, an denen sie gewohnt hatte, war ihr wirklich ans Herz gewachsen.

»Bist du bereit?«, fragte Connie.

»Ich bin bereit«, sagte Elise, obwohl sie nicht wusste, für was sie bereit war.

Connie drückte auf den Klingelknopf, irgendwo im Inneren des Hauses war das Läuten zu hören, und nach einer Weile öffnete eine Frau in Dienstmädchenuniform die Tür. Sie hieß – ein sonderbarer Zufall – Maria. Sie war jung und schüchtern und ähnelte der Mary O'Reilly zu Hause in England überhaupt nicht.

Elise stellte fest, dass die Stadt ihr nichts schuldig blieb. Die Berge waren da, der Strand, das Licht. Sie mochte das Licht, diesen lavendelblauen Himmel, wenn es abends dämmerte. Sie und Constance saßen einander gegenüber im Wohnzimmer des Bungalows, während Maria alles Nötige für den Tee besorgte. Sie waren etwas benommen und schweigsam. Sie hatten es geschafft, sie waren hier.

Später, als sie hellwach in dem riesigen Bett hinten im Haus lag, lauschte Elise den Geräuschen des Rasensprengers. Connie schlief tief und fest, aber Elise quälte die Erinnerung an Marias Gesicht, an die Maske der Höflichkeit, die doch nicht die Erschöpfung hinter ihren Augen verbergen konnte.

10

»Überall in Hollywood zerbrechen die Ehen«, sagte Barbara Lowden. »Die Männer hier sind Ungeheuer.«

»Wirklich?«, fragte Elise.

»Ja, das sind wir«, antwortete Matt.

»Und die Frauen auch.« Barbara lachte.

»Das ist einfach nicht wahr«, sagte Shara.

»Meine Freunde behaupten, L.A. frisst einem das Gehirn weg.« Connie kippte ihren Gin hinunter.

»Ich kenne einen Dealer, der einem da helfen kann«, sagte Matt, und alle lachten.

Connie dachte wahrscheinlich, die Art, wie sie sich Barbara gegenüber verhielt, wirke natürlich, aber Elise fand es nur befremdlich. Sie waren bei einem festlichen Begrüßungsessen, bei dem man den bevorstehenden Beginn der Filmaufnahmen zu *Herzland* feierte. Es fand in einem Restaurant namens *Gino's* statt, einem legendären Lokal am North Crescent Drive in Beverly Hills – eine zweigeschossige Villa, der weiße Stuck umhüllt von rubinroten Bougainvilleen, die sich an den Wänden emporrankten in die Nacht hinaus. Kerzen beleuchteten den Weg zum Eingang, eine einfarbig grüne Tür tat sich auf wie aus eigener Willenskraft, wenn sich Gäste näherten. Ihr Tisch stand abgesondert von den anderen bei einem kleinen rautenförmigen Wasserbecken, von Scheinwerfern angestrahlt und leuchtend türkis, auf dem einige Blüten schwammen.

Sie waren zu siebt: Connie, Elise, Connies amerikanische Studienfreundin Shara und ihr englischer Ehemann Matt, der Produzent Bill Gazzara, der Regisseur Eric Williamson und schließlich die Hauptattraktion des Abends: Barbara Lowden.

Bevor sie aufgebrochen waren, hatte Elise zu Connie gesagt, sie könne es nicht glauben, dass Barbara tatsächlich kommen würde.

»Ich nehme an, es gefällt ihr, sich zu zeigen«, hatte Con geantwortet.

Und jetzt, da Barbara tatsächlich gekommen war, da sie leibhaftig vor ihnen stand, tat Connie so, als wäre sie ganz gelassen, was Elise ihr nicht abnahm. Für Elise – obwohl sie so viele Abende im Theater, wo noch gediegene harte Arbeit geleistet wurde, zugebracht hatte, was sie, so sollte man denken, unempfindlich für bloßen Glamour hätte machen können – war die Aussicht, Barbara kennenzulernen, das Größte überhaupt. Diese Frau war ein Wunder, und dabei ganz natürlich. Nicht einzelne Vorzüge, nicht nur himmlische Wangenknochen, nicht nur diese verrucht dunklen, großen Augen. Sie war mehr als schön, sie war *Barbara Lowden*.

Beatrice Jones, die Matriarchin, die sie in *Herzland* spielen sollte, war der absolute Wahnsinn. Eine Frau mit Witz und Sex, mit herrlich grausamen Zügen, die aber auch einstecken musste, eine Rolle, nach der sich jede Schauspielerin zwischen vierzig und fünfzig verzehrte. Solche Rollen gab es viel zu selten.

Barbara war nicht zwischen vierzig und fünfzig. Sie musste schon über fünfzig sein, schließlich hatte sie schon eine lange Karriere hinter sich, und man sah ihre frühen Filme mit einem süßen Gefühl der Nostalgie, aber ihre elastische Schönheit hatte im Lauf der Jahrzehnte immer nur noch triumphaler der Vergänglichkeit getrotzt.

Für Elise war es, als sie Barbara in dem Restaurant an den Tisch treten sah, als erschiene ihnen ein Erzengel. Hier war sie, sie nahm Platz unter gewöhnlichen Sterblichen! Barbaras Kopf war klein, aber imposant, ihre Stirn hoch. Ihre Zähne, als sie lächelte – und sie lächelte gleich Elise zu –, waren groß. Und dieser außergewöhnliche Mund! Aus dem Lächeln sprach unverstellte Aufrichtigkeit. In ihrem Akzent waren noch Anklänge an den Süden zu hören: warm und tief und schwungvoll, ironisch und melodisch. Der proletarisch näselnde Tonfall, den sie, wie behauptet wurde, in ihrer frühen Zeit gehabt hatte, war längst verschwunden. Als sie sich setzte, schien die Luft um sie herum zu vibrieren. Ihre Aura bewirkte, dass Elise sich die Frage stellte, zu wessen Ehren dieses Essen wirklich veranstaltet wurde.

»Wie gefällt dir L.A.?«, fragte Matt, als alle Platz genommen hatten. Es dauerte einen Moment, bis Elise klar wurde, dass er mit ihr sprach.

Sie kannte Matt und Shara mittlerweile recht gut; die beiden Paare hatten in den letzten drei Wochen viel Zeit miteinander verbracht – Shara und Connie hatten einander vorher lange nicht mehr gesehen. Shara war entweder in Hochstimmung beim Anblick ihrer alten Freundin oder völlig erschöpft. Sie hatte gesagt, sie würde mit den beiden auf der Melrose Avenue shoppen gehen, wenn sie Lust hätten. Sie selbst war in letzter Zeit kaum mehr dort gewesen, aber sie kannte die besten Salons, wo man zur Maniküre oder zur Massage hingehen konnte oder mit Kiwisaft entschlacken. Shara war nicht einfach eine Amerikanerin, sie war *Kalifornierin*. Sie war Malerin mit geerbtem Geld und hatte ein riesiges Atelier mit Blick aufs Meer. Sie schien ein freundlicher Mensch zu sein, dessen Wurzeln in diesem Bundesstaat sechs Generationen weit zurückreichten bis in die Zeit des Goldrauschs, als Sonne, Land und Wasser hier nur so glitzerten und gleißten und in den Holzhäusern weder Getränke namens *Brain On* noch *Striptease* angeboten wurden. Elise konnte sich nicht vorstellen, dass das Leben früher leichter gewesen war, aber sie freute sich darüber, dass sie Shara und Matt kennenlernte und mit ihnen etwas aus Connies Vergangenheit. So fühlte sie sich als ihre Freundin mehr legitimiert.

Sie dachte über Matts Frage nach. Wenn sie ehrlich war, fand sie es hier bizarr. Es war ein so befremdlicher Ort, einer, wo man nicht lebte, sondern immer nur arbeitete, wo man sogar zu einer Poolparty nur ging, um Beziehungen zu pflegen, die einem im Beruf nützlich sein konnten! Dieser verlogene Ton, den Kellnerinnen anschlugen, war ihr unheimlich, noch mehr als all die Idiotien auf den Reklametafeln, dazu kam noch eine Vielzahl anderer Dinge, von denen ihr schwindlig wurde und die ihr zutiefst unangenehm waren. *Entweder hasst du es, oder du liebst es*, hatte Shara gesagt, als Connie und Elise sie in ihrem Haus in Malibu besucht hatten, und das hatte letztlich nichts anderes bedeutet, als dass man, wenn man L.A. hasste, bieder und hochnäsig war, typisch europäisch eben.

»Es ist alles ein bisschen anders hier«, antwortete sie.

Matt lachte. »Als in London?«

»Als überall sonst.«

»Warst du schon mal in New York?«, fragte er.

»Nein.«

Er sah sie nachdenklich an. »Ich glaube, es würde dir dort gefallen.«

Als sie zu Besuch bei Shara und Matt waren und vor ihrem Strandhaus saßen und aufs Meer hinaus schauten, sagte sich Elise im Stillen, dass sie in Südfrankreich schönere Strände gesehen hatte, und der Sand in Malibu war ziemlich grob. Sie war froh, dass Connie ihre Geschichten gesponnen und sie so hierhergelockt hatte, aber Elise kam es so vor, als wäre das alles hier immer noch Zukunftsmusik und im Moment hätte sie nichts in der Hand.

Shara war so alt wie Connie, Matt war deutlich jünger, um die dreißig. Er war eher klein und schlank, drahtig und energiegeladen, hatte ein schmales attraktives Gesicht, dunkle Bartstoppeln und Ringe unter den Augen. Sein Haar war dicht, struppig und dunkelblond mit einem Rotstich. Offenbar schrieb er Drehbücher. Connie sagte, Shara habe ihn in einer Bar in Manchester kennengelernt und er sei mit ihr nach Amerika gegangen, um dort seine Träume zu verwirklichen. Bis jetzt war allerdings noch keines seiner Drehbücher angenommen worden. Connie zufolge hatten Sharas Eltern zuerst geglaubt, ihre einzige Tochter hätte so etwas wie einen englischen Lord geheiratet, aber sie waren bald eines Besseren belehrt worden. Matt war sehr normal. *Es kränkt ihn*, sagte Connie. *Amerikaner können noch größere Snobs sein als die Briten. Alle Menschen sind gleich geschaffen? Kann schon sein.* An diesem Abend trug er einen weißen Blazer, die Ärmel aufgekrempelt. Er wirkte nervös. *Shara hat das Geld*, hatte Connie gesagt. *Er weiß nichts mit sich anzufangen.*

Zikaden zirpten im Hintergrund, während man den Gästen einschenkte. Elise war enttäuscht, dass sie nicht neben Barbara, sondern zwischen Matt und Eric Williamson saß, der Barbara zu seiner Linken hatte. Ihr Blick begegnete dem von Connie, einen Moment lang sahen sie einander verschwörerisch an.

Eric Williamson war klein und angespannt, ein vibrierender Kristall. Er hatte graue Haare und eine straffe sonnengebräunte Haut. Er wirkte nicht wie ein Mann, der, eine Baseballkappe auf dem Kopf, auf einem Regiestuhl saß. Er wirkte mehr wie ein Philosoph mit dem Körper eines Fitnesstrainers. Er schien keine Lust zu haben, sich mit Elise zu unterhalten.

»Du findest, das sind alles Trottel, stimmt's?«, flüsterte Matt.

Elise fühlte sich bloßgestellt. »Nein«, sagte sie, »gar nicht.«

»Mir ging es zuerst auch so, als ich hier ankam. Aber man muss jedenfalls schlau sein, wenn man hier überleben will«, sagte er. »Ich habe hier mehr kluge Männer und Frauen kennengelernt als irgendwo sonst. Und ich bin viel herumgekommen auf der Welt. Sicher, manche sind dumm wie Scheiße.« Er grinste. »Aber man muss Ideen haben, Begeisterung, eine unglaubliche Beharrlichkeit.«

»Man muss auch klarmachen, dass man nicht bereit ist, alles so einfach zu schlucken«, sagte eine Stimme. Barbara war plötzlich hinter ihnen aufgetaucht und legte ihre Hand auf die Rückenlehne von Matts Stuhl. Elise wurde ganz starr in ihrer Nähe. »Man muss seinen Arsch hochkriegen.« Der Rauch der Zigarette, die Barbara zwischen den Fingern hielt, strich in Matts Haare.

Matt drehte sich zu ihr um, sichtlich bemüht, möglichst gelassen zu wirken. »Ich werde daran denken.«

»Ich wollte das nur klarstellen«, sagte Barbara. »Ich dachte, das wäre gut.«

»Sind Sie nicht auch der Meinung, man sollte einmal Probeaufnahmen mit Elise machen?« Matt hatte sich wieder umgedreht und wandte sich an die Tischgesellschaft.

»*Ich* soll zum Film?«, fragte Elise.

»Wenn man so ein Gesicht hat wie du«, sagte er.

»Ist es nur das Gesicht?«, fragte sie. Alle lachten. Barbara ging langsam zurück zu ihrem Platz. »Ich bin keine Schauspielerin«, setzte Elise hinzu.

»Man muss nur gut lügen können«, sagte Matt.

»Hey!«, protestierte Barbara, aber sie lächelte dabei.

»Ich würde eher behaupten, wer Geschichten schreibt, muss gut lügen können, und die Schauspieler sind diejenigen, die wahrhaftig sein müssen«, sagte Connie.

Shara lutschte an der Zitronenscheibe, die sie aus ihrem Wodka Tonic gefischt hatte.

»Du kannst also gut lügen?«, fragte Elise.

Connie sah sie an. »Meistens«, sagte sie. »Aber die Wahrheit liegt mir auch.«

Shara beugte sich etwas vor in die Runde. Das schummrige Licht in dem Hof fiel weich auf die cremeweißen Schulterpolster ihres Kleids, auf die Bernsteinhalskette in ihrem gebräunten Dekolleté. »Würdest du sagen, dass du in London daheim bist, Elise?«, fragte sie.

Die Art, wie Shara das Wort »daheim« emphatisch betonte, und das Gespräch darüber, ob Connie eine gute Lügnerin war, das alles war Elise unangenehm.

»Ich laufe oft davon«, sagte sie.

Matt lachte, und Elise war, als sähe sie ein Flackern von Enttäuschung in Sharas Augen. Sie bezweifelte, dass Shara verstehen könnte, wie es war, wenn man wie sie ständig umziehen musste, wenn man Eltern hatte, die nie da waren, wenn man einen perversen Trost darin suchte, sich selbst zu bemitleiden, weil man im Leben nicht genug erreicht hatte. »Ich meine, ich bin früher oft davongelaufen. Bevor ich Connie kennenlernte«, sagte sie.

Der Schauplatz des Romans war im Drehbuch in die USA verlegt worden. Aus London war New York geworden, und an die Stelle des ländlichen England waren die Catskills getreten. Die Außenaufnahmen – das Dorf, in dem Beatrice lebt, sowie die Wälder der Umgebung und Greenwich Village, wo ihre Tochter Gaby ihre Wohnung hat – sollten an diesen Schauplätzen gedreht werden, die Innenaufnahmen im Studio von Silvercrest. Man zerlegte also Connies Roman in Einzelteile, die über die Ausdehnung eines ganzen Kontinents hinweg verschleppt wurden, um sie in unzusammenhängender Reihenfolge, die mit der Ordnung der Geschichte nichts zu tun hatte, zu filmen und am Ende wieder zu einem kohärenten Ganzen zusammenzusetzen.

»Macht Ihnen das nichts aus, Constance?«, fragte Barbara. »Dass es jetzt eine amerikanische Geschichte ist?«

Connie überlegte. »Ich klebe meinen Scheck als Pflaster auf die Wunde«, sagte sie, und alle lachten.

»Wollen Sie beide während der ganzen Dreharbeiten dabei sein?«, fragte Bill Gazzara. »Ich hätte gar nichts dagegen, es würde mich freuen.«

Elise wusste nicht recht, wie der Ausdruck in Connies Gesicht zu deuten war – sie kannte ihn noch nicht –, aber er missfiel ihr.

»Wir sind noch nicht sicher«, sagte Connie. »Wir wollen nicht stören.«

Barbara war eine gute Schauspielerin an diesem Abend. Sie war nicht dumm. Klar, wenn man nicht einigermaßen clever war, konnte man in L.A. nicht überleben, damit hatte Matt wohl recht, dachte Elise. Barbara war sicher bewusst, wie wichtig sie für diesen Film war. Die Legende um sie speiste sich auch daraus, dass sie bis jetzt nicht weniger als vier Ehemänner gehabt hatte, man konnte sogar sagen, dass sie dafür ebenso berühmt war wie für ihre Kunst. Eine oft zitierte Erklärung, die man ihr, sei es zu Recht, sei es zu Unrecht, zuschrieb, lautete: *Ich liebe Männer, einer allein war einfach zu wenig für meinen Appetit*. Elise sah zu, wie sie mit ganz kleinen Bissen ihren Krabbencocktail aß. Wie Shara hatte auch sie einen sacht sprudelnden Wodka

Tonic vor sich stehen. Elise hatte nicht bemerkt, wie er gebracht worden war, sie war blind für alle Details, aber sie hatte das Gefühl, dass sie geradezu paranoid genau alles Größere wahrnahm. Ein Kellner schenkte Elise Weißwein ein. Sie beobachtete, wie das Glas mit dem kalten Wein beschlug, und wünschte sich, sie würde endlich etwas zu essen bekommen. Barbara, Connie und Eric redeten jetzt über *Herz aus Wachs* und über das Thema des Buchs, wie man wiedergeboren werden kann, ohne vorher sterben zu müssen.

»Ich glaube an diese Art von Reinkarnation«, sagte Barbara. »Allerdings brauchen wir nicht unbedingt wiedergeboren zu werden, um immer wieder dieselben Fehler zu machen. Es ist etwas in uns, das immer in den alten Trott zurückfällt.«

»So geht es mir auch jedes Mal, sobald eine Flasche Tequila vor mir steht.« Bill lachte.

»Es kommt nur darauf an, wie die Münze fällt«, meinte Eric. »Man muss eben Glück haben.«

»Diese Szene am Sarg, Constance«, sagte Barbara. »Wo Bea zu Gaby sagt, sie sei eine einzige Enttäuschung. Mein Gott!«

»Oh, nennen Sie mich doch Connie, bitte«, sagte Connie.

Bill grinste. »Ja, das ist *großartig*. Aber warum erwidert sie nichts darauf?«

»Bea ist viel interessanter als ihre Tochter«, sagte Shara. »Diese Gaby! Ich kann die Frau nicht ausstehen.«

»Sie ist noch jung«, meinte Matt. »Man muss ein bisschen Nachsicht mit ihr haben.«

»Eric und ich haben schon viermal zusammengearbeitet.« Barbara hob ihr Glas in seine Richtung. »Wir kennen einander. Ich kenne dich, Eric. Das wird toll. Das wird so ein großer Film! Es ist nur schade, dass du Derek Yelland nicht als Kameramann bekommen hast.«

»Barb, er ist jetzt vierundachtzig«, sagte Eric. »Er hatte letztes Jahr einen Schlaganfall. Gönn dem armen Kerl doch seinen Ruhestand.«

Bill mischte sich ein. »Derek hätte es sowieso nicht gemacht. Ich wollte ihn für *Glorreiche Zeiten* haben, aber seine Frau lässt ihn nicht mehr arbeiten. Sie lässt ihn nicht mehr weg von seiner Ranch. Ich glaube, er steht ganz unter ihrer Fuchtel.«

»Wahrscheinlich«, sagte Eric. »Aber das wäre sowieso nichts für ihn gewesen. Ich schätze ihn wirklich sehr, aber wie lange ist es her, dass Derek etwas mit gefühlvollen Szenen gemacht hat, wie sie in deinem Film vorkommen? Bei ihm grunzen die Leute immer nur, oder sie prügeln sich.«

»Ich gehe nicht sehr oft ins Kino«, bemerkte Connie.

Barbara zuckte theatralisch zusammen und schlug die Hände vors Gesicht. »Haben Sie etwas gegen uns?«, fragte sie, aber sie begleitete ihre Worte mit einer komisch übertriebenen halb geschmerzten, halb anklagenden Geste, die keinen Zweifel daran ließ, dass sie nur Spaß machte. »Sie klingen so *englisch*!«

»Die Engländer machen keine Filme«, sagte Connie. »Wir erzählen einander lieber vor einem knisternden Kaminfeuer Geschichten, während draußen der Regen auf die Sümpfe niederrauscht.«

»Das ist wahrscheinlich eh besser«, sagte Barbara. »Viele Filme sind der letzte Mist.«

Bill versuchte, die Aufmerksamkeit wieder auf sich zu lenken. »Was ich haben wollte und was ich tatsächlich bekommen habe, ist jemand, der eine Geschichte erzählen kann, den die Schauspieler mögen, der aber ein Gefühl für das große Ganze hat, das über die einzelnen handelnden Personen hinausreicht. Jemand mit einer kühnen Vision, der es aber versteht, sie zu einer Hausfrau in Ohio, einer Krankenschwester in Detroit oder einem Geschäftsmann in London rüberzubringen.« Er drückte seine Hand auf das Tischtuch wie auf einen Altar. »Wir brauchten jemanden mit Herz. Aber stattdessen haben wir Eric bekommen!« Alle mussten lachen. »Spaß muss sein, mein Lieber. Im Ernst: Es war der ganz große Coup, dass wir dich für das Projekt gewinnen konnten. Alle bei Silvercrest sind hin und weg.«

Die Tischgesellschaft schien tief bewegt zu sein von so viel Überzeugung und ließ den Gedanken auf sich wirken: ein Regisseur mit Herz. Man stieß darauf an.

»Für Menschen mit Herz ist das hier doch die falsche Stadt.« Barbara lachte trocken und zündete sich eine Zigarette an. Elise beobachtete das Aufflammen des Feuers, wie Barbara mit geübter Leichtigkeit inhalierte, und dachte: *Ist das ein Zitat aus einem Film?* Ihr Timing war einfach zu gut.

Man trank auf Barbaras Bemerkung, dann auf Barbara, dann auf *Herzland*, schließlich auf Connie – mit besonderer Herzlichkeit, »denn ohne Sie, Connie«, sagte Bill, »wäre das alles gar nicht möglich«.

»Ach was, dann würden Sie sicher einen anderen Roman auftun«, sagte Connie, aber Elise sah ihr an, dass sie gerührt und selig war.

Die Vorspeisen wurden serviert. Elise wusste nicht, wer sie bestellt hatte, aber sie waren da – Terrinen, winzig kleine Salattellerchen und hochgradig raffiniert konstruierte Häppchen aus Mousse. Sie wünschte sich eher Pasta. Vielleicht würde die als Nächstes kommen. Barbara verschmähte alles; offenbar genügten ihr der Krabbencocktail und der Wodka Tonic.

»Ursula Inning hätte sehr gerne deine Tochter gespielt«, sagte Eric. »Ich fand, sie ist nicht die Richtige für die Rolle.«

Barbara runzelte die Stirn. »Urse? Sie wollte meine *Tochter* spielen?«

»Ich bin froh, dass wir Lucy Crenshaw bekommen haben.«

»Wer ist das gleich wieder?«, fragte Barbara.

»Oh, sie ist eine *Schönheit*«, sagte Shara.

»Wie alt ist sie?«, fragte Barbara.

»Achtzehn«, sagte Eric.

»Sie geht auf achtundzwanzig zu«, murmelte Bill.

»Habe ich die schon mal in irgendeinem Film gesehen?«, fragte Barbara.

Eric verdrehte die Augen. »Das weißt du doch, Barb. Sie ist die Kleine von Chubby Crenshaw. Sie hat gleich nach der Schauspielschule eine Rolle in *Rotes Schicksal* bekommen.«

»Chubby Crenshaw?« Connie prustete, hielt sich aber dann gleich die Hand vor den Mund.

Shara sah sie an. »*Charlotte* Crenshaw – das Model?«

»Nie gehört. Sorry.« Connie zuckte die Achseln.

»Die den Filmkomponisten Tom Crenshaw geheiratet hat?« Shara ließ nicht locker. »Sie hat sich vor Jahren zur Ruhe gesetzt und betreibt ein Lama-Asyl in Topanga. Jetzt sorgt ihre Tochter für Aufsehen.«

»Woher, zum Teufel, weißt du das alles?«, fragte Matt.

»Aus Zeitschriften.«

»Ich beschäftige mich bloß damit, Romane zu schreiben«, sagte Connie. Elise fühlte sich, als säße sie schon jahrelang an diesem Tisch.

»Und warum ist Lucy heute Abend nicht hier?«, wollte Barbara wissen. »Wenn sie doch meine Tochter spielt?«

»Sie ist noch bei Dreharbeiten an der Ostküste. Nächste Woche ist sie wieder da.«

»Ach so. Und was ist mit den Männern?«, fragte Barbara. »Ist immer noch nicht klar, wer der Mann an meiner Seite sein soll? Warum dauert das so lang?«

»Du kannst selbst entscheiden, wen du haben willst«, sagte Eric.

»Das tue ich immer, Baby.« Barbara schien von Natur aus nicht imstande zu sein, so zu reden, dass es nicht klang wie Text aus einer Screwball-Komödie. »Nehmen wir doch ein paar Kerle vom Theater. Nicht die üblichen Blödmänner, bitte. Das ertrage ich nicht.«

»Einverstanden«, sagte Eric. »Ganz deiner Meinung.«

»Es ist unmöglich, einen Mann zu finden, der alles hat. Mir gelingt es nie. Ich möchte den Schwanz des einen und das Hirn eines anderen, und nie ist beides an ein und demselben verdammten Kerl dran.«

Zu Elises Entzücken war der Hauptgang Pasta; es gab Ossobuco Farfalle oder Zucchini und Cannellini Tagliatelle. Sie nahm sich von beidem, ebenso Connie und die Männer. Shara tat sich etwas von dem vegetarischen Gericht auf den Teller, steckte ein paar Zucchinischeibchen in den Mund und drehte ansonsten nur immer die Nudeln auf dem Teller, als wollte sie Essen zubereiten und nicht verzehren. Die Unterhaltung wurde weniger lebhaft, die Leute wechselten die Plätze, zündeten sich Zigaretten an, bestellten Brandy und Desserts. Man redete über Reagan und Thatcher in gleichgültigem Ton, als hätte das Essen alle sediert, sodass nichts mehr sie aufregen konnte.

»War Reagan nicht auch mal Schauspieler?«, fragte Elise.

»Ja. In seinem früheren Beruf war er besser.«

Die Struktur des Abends begann auszufransen. Connie und Barbara gingen zu dem Wasserbecken, Arm in Arm wie Damen aus einem Roman von Jane Austen. Elise sah, wie Connie sich darum bemühte, Barbara zum Lachen zu bringen. Bill und Eric saßen noch bequem zurückgelehnt am Tisch mit dem fleckigen Tischtuch und redeten über das Drehbuch, das ein neuer Wunderknabe namens Daniel Stein, der im fernen New York lebte, geschrieben hatte. Matt hörte ihnen zu. Elise fragte sich, wie ihm wohl zumute war. Daniel Stein war sechsundzwanzig und wurde schon von der ganzen Branche gefeiert. »Er ist sehr begabt«, sagte Bill. »Er hat sich Connies Roman vorgenommen und daraus dieses tolle Drehbuch gemacht. Weißt du, Barbara hat der Roman wirklich gefallen, aber sie hätte sich nie darauf eingelassen, wenn nicht dieses Drehbuch gewesen wäre. Danny hat den Roman zum Singen gebracht.«

Shara entschuldigte sich, um zur Toilette zu gehen. »Ach, mein Schatz«, sagte sie und legte Matt ihre Hand auf die Schulter. Aber sonst sagte sie nichts.

Matt und Elise sahen ihr nach, bis sie im Gebäude verschwand. »Schreibst du auch, Elise?«, fragte er.

»Nein«, antwortete sie. »Arbeitest du im Moment an etwas?«

»In letzter Zeit schreibe ich hauptsächlich Gedichte.«

»Wow! Hast du schon etwas veröffentlicht?«

»Ja. Bei verschiedenen Kleinverlagen hier. Du solltest mal sonntags zum Surfen kommen, wenn dir langweilig ist.«

»Mir ist nicht langweilig.«

»Vielleicht wird dir irgendwann mal langweilig.«

»Ich habe noch nie gesurft.«

»Ich bring es dir bei.«

»Okay.«

Matt sah jetzt nicht Elise an, sondern blickte über das Becken hinweg zu Barbara und Connie hinüber, die dort so vornehm spazierten. Sie hatten die Köpfe zusammengesteckt, ganz aufeinander und auf sonst niemanden konzentriert, bis ein Kellner kam und Barbara etwas zuflüsterte. »Mein Chauffeur ist da«, sagte Barbara laut. Der Abend war zu Ende, und es war gerade erst neun Uhr. Shara kam zurück, auf ihrem Gesicht ein Lächeln. Alle standen auf, um sich voneinander zu verabschieden, und es fühlte sich ganz natürlich an, dass man sich an Barbara zuerst zu wenden hatte. Ein Gast nach dem anderen umarmte den Filmstar leicht wie Mitglieder einer Familie, die ein gemeinsames Ritual ausführen. Auch Elise tat es; sie spürte dabei die leicht feuchte Haut von Barbaras Wange, roch Vanilleduft und einen Hauch Marlboro.

»Ruf mich an«, sagte Barbara zu Eric. »Connie!«, rief sie und fasste Connies Hand. »Es ist, als wäre ich einer Seelenverwandten begegnet.«

Connie lächelte. »Das Vergnügen ist ganz auf meiner Seite.«

»Ich kann es kaum erwarten, mich Beatrice mit der Leidenschaft zu widmen, die sie verdient.«

»Danke.«

»Und wir sehen einander bald wieder.«

Barbara ließ Connies Hand los. Sie schenkte Elise ein Lächeln. Dann war sie weg.

Im Taxi nach Hause analysierten Connie und Elise den Abend. »Ich glaube, das war eine der verrücktesten Veranstaltungen, die ich je mitgemacht habe«, sagte Connie.

»Ich wusste gar nicht, dass Matt Gedichte schreibt«, sagte Elise.

Connie lachte. »Matt und seine Scheiß-Gedichte!«

Elise zuckte zurück vor ihrem schroffen Ton. Connie merkte, dass sie zu weit gegangen war. »Du kennst sie nicht, Elise. Manchmal liest er sie *beim Abendessen* vor. Da müssen dann tatsächlich alle Messer und Gabel hinlegen und andächtig zuhören. Unglaublich, nicht?«

»Shara kam mir ein bisschen komisch vor«, sagte Elise. »Als wäre da eine Missstimmung zwischen ihr und Matt.«

»Sie geht nicht mehr so viel unter Leute«, sagte Connie.

»Oh? Warum?«

Connie starrte aus dem Fenster. »Sie hatte letztes Jahr eine Fehlgeburt. Sie war im sechsten Monat.«

»Oh, mein Gott.«

»Das war schlimm. Matt konnte nicht damit umgehen.«

»Was meinst du damit?«

Connie seufzte. »Ich weiß nicht genau, was passiert ist. Aber er war nicht für sie da.«

»Aber wie kann man von ihm erwarten, dass er damit leichter fertig wird als sie?«

Connie schwieg einen Moment, bevor sie antwortete. »Sicher, aber nach allem, was ich mitgekriegt habe, bemühte er sich nicht einmal zu verstehen, was das mit ihr machte. Shara verschloss sich, und er drang nicht in sie. Dafür bestraft sie ihn jetzt.«

»Sie lässt sich aber nichts anmerken.«

»Na ja, Barbara ist eben nicht die einzige gute Schauspielerin«, sagte Connie. Sie legte den Arm um Elise, und Elise schmiegte sich an ihre Schulter.

»Für so etwas kann man keinem von beiden die Schuld geben«, sagte Elise.

»Nein, natürlich nicht. Es muss furchtbar gewesen sein. Aber die Frage ist doch, wie man danach damit umgeht. Sie ist in meinem Alter, El, achtunddreißig. Er hat noch jede Menge Zeit. Wenn ich es recht sehe, war es ein Glücksfall, dass sie überhaupt schwanger geworden ist und vielleicht war es ihre letzte Chance.«

Elise schloss die Augen und dachte daran, dass bei solchen Abendessen immer auch Gespräche geführt werden, die niemand mitbekommt. Das unsichtbare

Kind von Matt und Shara war wie ein Gespenst in ihrer Ehe ständig präsent. Elise fragte sich, ob Shara den Schmerz noch in ihrem Körper spürte oder ob er nur mehr in ihrem Kopf existierte, wenn er sie gelegentlich heimsuchte und sie eine Treppe hinabführte, die nur sie betreten konnte.

11

Am folgenden Tag saß Elise am Pool des Bungalows, die Füße im Wasser, und dachte über ihre Mutter nach. Sie war sieben gewesen, als Patricia Morceau, an die Arbeitsplatte in der Küche gelehnt, ihrer Tochter eröffnete, dass man in ihrem Gehirn so einen komischen Knoten entdeckt habe. Die Chirurgen schnitten ihn heraus, zusammen mit dem Sprachvermögen, und wenngleich Patricia das Sprechen wieder lernte, funktionierte es doch sehr unzuverlässig und nie mehr so wie früher. Sie hatte ihre Zunge nicht mehr unter Kontrolle. Weder Elise noch ihr Vater wusste, was sie als Nächstes von sich geben würde, giftige Worte oder Zärtlichkeiten.

Ein paar Wochen nach der Operation ging die Familie zu einer Feier anlässlich der letzten Vorstellung eines Stücks, für das Patricia die Kostüme entworfen hatte. Die Veränderung in Patricias Wesen war nicht ohne weiteres offensichtlich, bis sie Elise direkt ansah. Ihre Augen waren nicht mehr wie früher. Sie waren immer ein dunkles Blaugrau gewesen, jetzt waren sie blass, wie gebleicht. Die Pupillen waren winzig klein und schienen sich nicht den Lichtverhältnissen anzupassen. Ihre Mutter war nicht mehr da.

Elise bewegte die Füße in dem leuchtend blauen Wasser hin und her bei der Erinnerung daran, wie Patricia sie bei dem Fest mit diesen bleichen Augen fixiert hatte, als ob sie ihrer Tochter diese unfreiwillige Veränderung für immer einprägen müsste. Elise hatte nicht gewusst, wie sie sich einer Mutter gegenüber, in deren Augenhöhlen etwas wie der trübe Satz einer ausgetrockneten Pfütze lag, verhalten sollte. Sie hatte sich gewünscht, sie könnte irgendetwas Hilfreiches sagen, doch Patricia machte erbarmungslos klar, dass man nichts sagen oder tun konnte. Die Entfernung des Tumors hatte eine Tür geschlossen und jedes unverfängliche Gespräch unmöglich gemacht, es war sinnlos. Elise war diejenige geworden, der die Worte fehlten, ihr blieb nichts anderes übrig, als ihr unerwünschtes Mitgefühl für sich zu behalten.

Jedes Mal, wenn Connie Fragen nach ihrer verstorbenen Mutter stellte – und sie tat das ziemlich häufig –, spürte Elise, dass sie ihrer Freundin die Wahrheit, über die sie nie mit jemandem gesprochen hatte, sagen konnte. Sie erzählte ihr, wie der Tumor nach zwei Jahren wieder gewachsen war, und dieses Mal so aggressiv, dass er ihre Mutter schließlich umgebracht hatte. *Das tut mir so leid*, sagte Connie. *Sie muss dir schrecklich fehlen.*

Hier log Elise dann und behauptete, sie habe sich daran gewöhnt. Sie komme mittlerweile damit zurecht, solche Dinge passierten eben. Zu ihrem Erstaunen schien Connie ihr das zu glauben, was ihnen erlaubte, die Fassade unbekümmerten Lebens aufrechtzuerhalten. *Offenbar kann ich auch gut lügen*, dachte Elise jetzt, als sie so dasaß, die Füße im Wasser.

»Meiner Mutter hätte es hier gefallen«, sagte sie laut. Sie merkte, dass ihre Stimme ins Schwimmen geriet. Was passierte mit ihr an diesem Ort?

Connie unter ihrem Sonnenschirm, vor sich ein Notizbuch, blickte auf. »Wie bitte?«

»Ich dachte nur gerade an Shara«, sagte Elise.

»Arme Shara.«

»Wünschte sie sich das Kind so sehr?«

»Ja. Ganz sicher. Ihre Schwester hat, glaube ich, vier.«

»Denkst du auch manchmal über Kinder nach?«, fragte Elise.

»Du meinst, ob ich mir Kinder wünsche?« Connie legte ihren Stift hin. »Jetzt nicht mehr so oft, aber früher schon. Es wäre mir ganz recht, wenn meine Periode aufhörte, dann wäre das Thema ein für alle Mal erledigt. Wie kommst du auf einmal darauf?«

»Hab ich dir doch gesagt«, antwortete Elise hörbar gereizt. »Wegen Shara.«

»Okay«, sagte Connie sanft. »Also gut, El, da du mich fragst: Nein, ich will nicht Mutter werden. Ich habe keine Zeit dafür. So ein Kind bedeutet eine Menge Arbeit, und das ist es mir nicht wert. So sehr dringend war mein Wunsch eigentlich nie. Mir gefallen die kleinen Füßchen von Babys und die Öhrchen. Ich finde sie schön. Aber sie werden groß und haben dann nichts anderes mehr im Sinn, als von ihren Eltern loszukommen. Das muss so sein. Aber ehrlich, El, ich finde das schrecklich. Zu denken, dass jemand mir das antut, was ich meinen eigenen Eltern angetan habe.«

»Also wirklich: Du bist so ein Sensibelchen, das Angst davor hat, dass ihm das Herz gebrochen wird.«

»Tja, ich weiß nicht.« Connie hielt nachdenklich inne. »Da ist noch etwas, das nicht so leicht zu erklären ist.«

»Was meinst du?«

»Nun ja, nach allem, was ich bei Leuten in meinem Bekanntenkreis, die Kinder haben, beobachtet habe, muss man, jedenfalls solange die Kinder noch klein sind, ganz in der Gegenwart leben. Man muss gewissermaßen ständig wachsam sein. Man muss sehr auf das Hier und Jetzt fokussiert sein, auf das, was im Moment gerade zu tun ist.«

»Das stimmt vermutlich.«

»Und die Leute müssen sich auch über die Zukunft Gedanken machen. Aber, weißt du, Schreiben ist sozusagen das Gegenteil davon. Ich lebe in unterschiedlichen Zeit-Räumen. Ich lebe in einer künstlich geschaffenen Gegenwart, ich erfinde andauernd eine Zukunft, und ich phantasiere immer wieder die Vergangenheit.«

»Glaubst du nicht, dass Leute mit Kindern all das auch tun?«

»Kann sein. Aber sie müssen immer gleich wieder in eine nüchterne Gegenwart zurückspringen. Ich muss das nicht tun oder jedenfalls nicht so oft. Und ich lebe jetzt schon so lange in meiner Kopfwelt, dass ich nicht weiß, ob ich auf meine Bürgerrechte dort so einfach verzichten könnte.«

Sie ist so klug, dachte Elise. *Und sie wäre eine gute Mutter.*

»Und außerdem«, fuhr Connie fort, »finde ich viele Dinge schön. Die Schönheit von Kindern könnte nicht die Schönheit anderer Dinge und die Befriedigung, die ich daraus ziehe, aufwiegen.«

»Würdest du irgendetwas davon jemals auch öffentlich sagen?«

Connie verzog das Gesicht. »Um Himmels willen, nein. Dann könnte ich nie mehr über etwas anderes reden. Genauso, wie ich auch nicht ausposaune, dass ich lesbisch bin. Stell dir vor, was da los wäre! Nein, das ist es nicht wert.«

»Es ist nur logisch, dass du keine willst.« Elise ließ sich ins Wasser gleiten und begann Bahnen zu schwimmen, den Kopf über Wasser.

»Ich weiß nicht, ob ich beleidigt sein soll oder erfreut«, sagte Connie. »Warum ist das logisch?«

»Weil du eben bist, wie du bist.«

Elise tauchte und öffnete die Augen. Die Welt war plötzlich seltsam bauchig, unscharf und noch intensiver strahlend blau. Sie stellte sich vor, sie könnte unter Wasser atmen. Würde sie da leben wollen – nicht eingesperrt in einem Kasten voller Chlorwasser, sondern draußen im Ozean wie eine Meerjungfrau mit großen Flossen, die zwischen den Riffen herumschwamm? Ihre Lungen taten weh, und sie tauchte auf. Connie kniete mit besorgter Miene am Rand des Beckens. »Und *du*?«, fragte sie.

»Und ich *was*?«

»Hättest *du* gerne Kinder?«

»Ich weiß nicht, Con.« Das stimmte.

»Du bist sowieso noch zu jung«, sagte Connie.

»Bin ich nicht.«

Connie seufzte, was Elise noch mehr reizte.

»Du solltest so etwas nicht sagen«, sagte sie. »Dass ich zu jung bin. Andauernd bekomme ich das von dir zu hören. Ich bin fast dreiundzwanzig.«

Es sah so aus, als wollte Connie etwas erwidern, behielt es aber dann doch für sich. Schließlich sagte sie: »Es stimmt, du bist jung, aber du bist nicht *zu* jung. Entschuldige bitte.« Sie ging zurück zu ihrem Notizbuch in den Schatten.

12

Sie beschlossen, in Hollywood zu bleiben, bis alle Innenaufnahmen für *Herzland* fertig waren. Zwei weitere Wochen waren vergangen, sie waren nun schon sechs Wochen in Los Angeles. Während dieser Zeit hatten sie drei Tage in San Francisco verbracht und ein langes Wochenende in Monterey, von wo aus sie einen Abstecher nach Salinas gemacht hatten, weil Connie sehen wollte, wo Steinbeck gelebt hatte. »Versprichst du dir davon irgendeine Inspiration?«, hatte Elise gefragt.

»Nein, ich bin bloß neugierig«, hatte Connie geantwortet.

Die Orte, die sie gesehen hatten, waren spektakulär. Riesige Redwoodbäume, Klippen mit Blick auf den Ozean, die Julisonne, die mit ihrem göttlichen Licht Wellenkämme und Menschenschultern vergoldete, bevor die Nacht hereinbrach und die Rufe von Eulen und anderen Lebewesen zu hören waren. Elise wäre gerne länger in den Wäldern geblieben. Sie waren auf einem Highway gefahren, Connie immer am Steuer, und hatten in Motels übernachtet. Elise hatte sich vorgestellt, sie wären Goldsucherinnen in der Wildnis, die allen Anfeindungen der Männer trotzten, die wie sie in den Westen aufgebrochen waren, um dort ihr Glück zu machen.

Manchmal, wenn Connie arbeitete, nahm Elise auch ein Notizbuch und versuchte zu schreiben, aber ihr fiel nichts ein. Das kränkte sie, so sehr, dass sie fast physischen Schmerz empfand. Wie schaffte Connie das? Sie war so unglaublich produktiv, sie schrieb die ganze Zeit, vermutlich über ein grünes Kaninchen, aber sie wollte nicht darüber reden. Sie war mittlerweile richtig befreundet mit Barbara Lowden. Die beiden trafen sich öfter – um über Barbaras Rolle zu sprechen, sagte Connie. Sie gab zu verstehen, dass das manchmal sehr anstrengend war, aber als Elise sagte, sie müsse ja nicht allzu unterwürfig allen Launen des Filmstars nachgeben, sagte Connie, davon könne gar keine Rede sein.

»Findest du sie nicht seltsam?«, fragte Elise. »Schau sie doch an.«

Connie lachte. »Nein, sie ist ein durchaus menschliches Wesen. Sehr unterhaltsam. Sie ist schon so lange eine Berühmtheit, dass das ihr Verhalten anderen Leuten gegenüber verändert hat. Ich finde das faszinierend.«

Sie hatten noch nicht entschieden, ob sie mit dem Produktionsteam in die Catskills umziehen würden, aber es schien jedenfalls festzustehen, dass sie ihren Aufenthalt in Los Angeles und in Amerika überhaupt so lange ausdehnen konnten, wie es ihnen gefiel. Sie fuhren oft nach Malibu hinaus zu Shara und Matt. Die vier saßen dann an einem Feuer, die Gesichter warm von den Flammen, Schals um die Schultern gelegt, während die Sterne herauskamen, und Elise beobachtete das Ehepaar und stellte sich den verborgenen Schmerz der beiden vor.

Matt regte an, sie sollten einen Campingausflug zum Joshua Tree Park machen. »Es ist nicht weit, in drei Stunden ist man dort«, sagte er. »So einen Sternenhimmel habt ihr noch nie gesehen. Und solche Felsen.« Elise hörte voller Bewunderung zu, als er von den bizarren Formen der Felsen sprach und von ihren im Licht der untergehenden Sonne wechselnden Farben.

»Kommt nicht in Frage«, sagte Connie. »Ich habe keine Lust, in den Fängen eines Kojoten zu sterben.«

»Aber diese Ruhe in den Wäldern! Würde dir das nicht gefallen, Con?«, fragte Shara.

Connie verzog das Gesicht. »Das ist wie im All. Da hört dich auch keiner schreien, wenn du stirbst.«

»Das ist dann doch ein bisschen übertrieben«, meinte Matt.

»Und vor allem gibt es in der Natur nichts zu *tun*«, sagte Connie. »Außer mit Grausen wahrzunehmen, wie leicht man sich langweilt.«

»Ich würde sehr gerne hinfahren«, sagte Elise, aber die anderen waren schon wieder bei einem neuen Thema, und niemand schien sie zu hören.

Elise war aufgefallen, dass Connie und Matt kaum je miteinander sprachen, und wenn sie es taten, klang es zwar nicht gerade eisig oder gezwungen, aber Elise hatte doch den Eindruck, dass Connie alles tat, um seine Versuche, eine Unterhaltung in Gang zu bringen, im Keim zu ersticken.

»Hast du ein Problem mit Matt?«, fragte sie Connie eines Tages auf dem Rückweg von Malibu. Die Bodenmatte ihres Mietwagens war voller Sand von Elises Schuhen.

»Mit Matt?«, fragte Connie. »Er ist schon in Ordnung, bloß finde ich, dass Shara ihn nie hätte heiraten sollen.«

»Warum?«

»Er ist mittelmäßig.«

»Findest du?«

»Du nicht? Er kann über nichts anderes reden als über Orte, an die wir fahren sollen oder wo er selbst schon gewesen ist. Ich hasse so was.«

»Er will uns doch nur etwas Schönes zeigen, Con.«

»Er will es *vor*zeigen. Ich kann mir auch ohne ihn diesen blöden Nationalpark ansehen.«

Connie, fand Elise, legte, seit sie in L.A. waren, eine neue Härte an den Tag: Sie verstand es, zu glänzen und Eindruck zu machen, ja, aber sie ging mit anderen zu hart ins Gericht. Vielleicht war die Gesellschaft, in der sie sich bewegten, daran schuld – vielleicht war ihr durch eine Art von Osmose Barbara Lowdens gesteigertes Selbstbewusstsein zugewachsen. Oder sie nahm es Matt übel, dass er Shara nach ihrer Fehlgeburt nicht genügend unterstützt hatte. Vielleicht hatte sie ja recht, dachte Elise: Man konnte Frieden nicht in Substanzen finden, die aus dem Peyotekaktus gewonnen wurden, sondern eher, indem man sich um seine Ehefrau kümmerte. Aber was war mit Matt? Was hatte er damals empfunden? Hatte sich jemals jemand die Mühe gemacht, ihn danach zu fragen?

»Hast du gewusst, dass Shara eigentlich Sahara heißt? Sie hat das erste *a* aus ihrem Namen gestrichen, um ihre Hippie-Mutter zu ärgern und weil sie hoffte, dass er dann halbwegs normal wirkt.« Connie lachte. »Sie hat damals in Manchester die Leute ganz schön schockiert, das kannst du mir glauben.«

»Warum in aller Welt ist sie zum Studium ausgerechnet nach Manchester gegangen?«

»Daran ist ihr Vater schuld. Sie ist halb in England aufgewachsen. Aber sie ist hier zu Hause.«

»Und Matt? Ist der auch hier zu Hause?«

Connie verzog das Gesicht. »Was meinst *du*?«

Connie musste nicht noch deutlicher werden. Zwischen Matt und Shara verlief ein Riss – Elise konnte es mit dem ihr eigenen Gespür, das Kinder aus schwierigen Ehen oft haben, deutlich wahrnehmen. Shara war verhärtet und unbeweglich, Matt dagegen wirkte ruhelos, immer übereifrig mit verschiedensten Planungen beschäftigt, ob sie nun Ausflüge mit dem Auto betrafen oder ihre Kakteen, die unbedingt bei Vollmond gegossen werden mussten. Oft verfiel er in Melancholie und meditierte dann darüber, wie ungerecht es auf der Welt zuging und wie schwer man es hatte im Leben. Elise konnte ihn verstehen; er war wie sie selbst Connie intellektuell unterlegen – und sie fand auch keinen rechten Zugang zu Shara. Ihr gefiel Matts Begeisterungsfähigkeit, und es freute sie, dass er sich anders als die meisten Leute hier um sie bemühte.

Eines Tages lud Shara Elise und Connie in ihr Atelier ein, um ihnen ihre Bilder zu zeigen. Die beiden fühlten eine gewisse Beklemmung, als sie den großen lichtdurchfluteten Raum betraten, an dessen Wänden überall Gemälde lehnten. Alle großformatig, in der Regel abstrakt, viele mit einem Gewirr von Kreisen, die Farben plastisch dick aufgetragen.

»Die da«, sagte Shara und zeigte auf einige Bilder, »habe ich zum Thema *Immanenz der Mutterschaft* gemacht.«

Elise wusste nichts zu sagen, aber Connie nickte.

Was zum Teufel versteht Connie von der Immanenz der Mutterschaft?, fragte sich Elise, aber dann dachte sie daran, dass Connies Beruf halb darin bestand, neugierig zu sein, und halb darin, so zu tun, als wäre sie eine Autorität.

»Das da, Shar«, sagte Connie, »das finde ich ganz toll.« Sie zeigte auf eines der größten Bilder. Elise starrte auf all die verschiedenfarbigen Kreise, die wie Augen ihr Starren erwiderten, sich ihm aber zugleich entzogen: eine Leere, die sie in sich hineinzog.

»Es gehört dir«, sagte Shara.

»Blödsinn«, sagte Connie, »ich will es *kaufen*.«

»Nein, ich schenke es dir.«

»Wirklich?«

»Wirklich.«

Elise ging im Atelier herum, sie hatte das Gefühl, dass sie die beiden am besten in Ruhe ließ. Sie dachte daran, wie sie und Connie an ihrem einundzwanzigsten Geburtstag im Park gepicknickt hatten, ganz in der Nähe der Stelle, wo sie einander zum ersten Mal gesehen hatten. Sie hatten eine Pastete und Würste vom Metzger dabeigehabt, und Connie hatte sogar einen Schokoladenkuchen gebacken. Elise erinnerte sich noch gut, wie es sich angefühlt hatte, zum ersten Mal in ihrem Leben umsorgt zu werden, und an ein überschießendes Begehren trotz dieses albernen Picknickkorbs, der aus einem Mädchenroman von Enid Blyton hätte stammen können. Im Jahr darauf hatte Connie Karten für *Viel Lärm um nichts* im National Theatre gekauft. »So hast du einmal einen Abend lang frei und kannst dich selbst zu deinem Sitz führen lassen«, hatte

Connie gesagt. Penelope Wilton hatte Beatrice gespielt und Michael Gambon den Benedikt, und Connie und Elise hatten viel gelacht und einander im Dunkeln an den Händen gehalten.

Elise fühlte einen irrationalen Hass auf Connie in sich aufsteigen, die sie so in die Falle gelockt hatte. Sie wünschte sich, sie wäre achtunddreißig und bekäme von amerikanischen Freundinnen Bilder geschenkt. Sie wünschte sich, mit dem Auto davonzufahren nach West-Hollywood. Sie wünschte sich ein Haus am Strand von Malibu. Stattdessen sah sie immer nur zu, sie bekam nichts davon. Und Connie konnte ihr das Wenige, das sie hatte, jederzeit wegnehmen.

2017

13

Ich saß im Wohnzimmer unserer Wohnung und starrte auf ein zerknittertes Post-it, auf dem ich die Telefonnummer von Deborah Clarkes Agentur notiert hatte. *Hi, ich bin ein großer Fan von Constance Holden!* Das würde nicht funktionieren – diese Sorte Leute würde Constances Agentur ganz bestimmt nicht in ihre Nähe lassen. Ich nahm nicht an, dass Deborah Clarke selbst nach all der Zeit, die vergangen war, immer noch im Arbeitsleben stand, und dachte mir, das könnte für mich von Vorteil sein, aber gleichgültig wer nun in der Agentur für Constance zuständig sein mochte, würde wohl kaum irgendwelche privaten Informationen preisgeben. *Hi! Ich glaube, Constance hat vielleicht etwas mit dem Verschwinden meiner Mutter zu tun, darum würde ich gerne mit ihr sprechen – meinen Sie, sie hat Zeit für mich?*

Kurz erwog ich, einfach die Wahrheit zu sagen. Den Namen meines Vaters und dass ich die Teile meines frühen Lebens zusammensetzen wollte. Einfach ehrlich sein. Ich habe es nicht ernsthaft in Erwägung gezogen. Ich musste immer daran denken, dass Papa mir gesagt hatte, ich müsse behutsam vorgehen, dass sie stark war, während meine Mutter schwach gewesen war, und dass Constance möglicherweise nicht bereit sein würde, mit mir über Elise Morceau zu sprechen.

Ich würde einen falschen Namen angeben, beschloss ich. Eine unauffällige Identität erfinden, die im Internet leicht in der Menge verschwinden konnte. Laura und Brown, zwei genügend unoriginelle Bücherstützen, zwischen denen sich ein wirkliches Leben gut verstecken konnte. Natürlich war ich versucht, ein exquisites Alias zu wählen, etwa Miranda, Isabella, Penelope, verbunden mit einem Nachnamen wie Storm oder Montgomery, aber das wäre ziemlich riskant gewesen. Ich sah mir die Website der Agentur an. Es gab dort eine Sekretärin namens Rebecca Forrester, und wie es sich gehört in diesen Zeiten, wo so viel Wert auf Transparenz gelegt wird, waren auch ihre E-Mail-Adresse und ihre Telefonnummer angegeben.

Ich hieß Laura Brown und wollte Ms Holden einen Brief schreiben. Wo konnte ich ihn hinschicken? Ich wählte die Nummer und wartete. Nach dreimal Läuten nahm jemand ab. »Clarke and Davies, Sie sprechen mit Rebecca, wie kann ich Ihnen helfen?«, sagte eine nervös klingende Frauenstimme.

»Oh – hi?«, sagte ich. »Hi, Rebecca.« Es klang doof und viel zu formlos. Ich geriet in Panik und wusste plötzlich nicht mehr, was ich sagen sollte. »Es ist wegen Constance.«

»Oh, Gott sei Dank, ich bin so froh, dass Sie zurückrufen«, sagte sie atemlos.

»Ich –«

»Eine Sekunde bitte.« Ich hörte am anderen Ende der Leitung Papier rascheln. »Haben Sie noch jemanden gefunden?«, fragte Rebecca. »Sie wird langsam ziemlich ungeduldig.«

»Ungeduldig?«

»Na, es ist eilig, darüber haben wir doch gesprochen«, fuhr Rebecca fort. »Aber sie hat alle Ihre Kandidatinnen abgelehnt, und wir wissen jetzt einfach nicht mehr, was wir tun sollen.«

»Ja, natürlich.« Mir war ganz schwindlig.

»Sie haben also jemanden?«

Sie braucht jemanden, und zwar ziemlich dringend. Meine Gedanken rasten. Ich hatte keine Ahnung, wovon diese Rebecca eigentlich redete, aber mir war klar, dass ich, wenn ich ihr verweigerte, was sie wollte, Gefahr lief, von ihr abgewimmelt zu werden. »Ja«, sagte ich.

»Phantastisch! Können Sie mir die Details schicken?«

»Kann ich Ihnen die Details schicken?« Ich musste Zeit gewinnen, um meine Gedanken zu ordnen, und so plapperte ich einfach nach, was sie gesagt hatte.

»Hä? Jaa.«

Ich riss mich zusammen. »Klar. Klar. Soll ich es mailen?«

»Ja.« Rebecca klang etwas ungeduldig. »Können Sie es jetzt gleich machen?«

»Sicher, natürlich. Nur – ich arbeite zurzeit von zu Hause aus. Als Absender steht meine private E-Mail-Adresse drauf. Das ist –« Ich verstummte. Auf dem kleinen Esstisch stand eine Flasche scharfe Soße von McIntyre, die Joe nicht weggeräumt hatte. »Das ist mcintyre0553@gmail.com.« In meinen Schläfen pochte das Blut. »Ist das okay?«

»Klar«, sagte Rebecca. »Ich warte drauf. Sobald ich es gelesen habe, rufe ich zurück. Ich muss jetzt zu einer Besprechung.«

»Ach – könnten Sie vielleicht per Mail antworten, statt mich anzurufen? Wissen Sie, ich habe hier ein Baby, das gerade schläft, und wenn das Telefon klingelt, wacht sie auf.«

Scheiße, dachte ich. *Was zum Teufel machst du da?*

»Kein Problem. Also dann, bis bald.« Rebecca klang gehetzt, als hätte sie heute noch fünfundfünfzig andere dringende Dinge zu erledigen. Sie legte auf.

Ich hatte etwas auf den Weg gebracht, aber es brauchte jetzt Wasser und Licht, schnelles Denken und Phantasie. Ich staunte über mich selbst, wie kurz entschlossen ich gelogen hatte. Ich klappte meinen Laptop auf und machte mich daran, einen Lebenslauf für Laura Brown zu erfinden. Ich konnte nicht glauben, dass ich das wirklich tat, aber es ging mir alles flott von der Hand.

Laura Brown war so alt wie ich, sie hatte an derselben Universität wie ich dasselbe Fach studiert. Sosehr es mich auch reizte, ihr eine ungewöhnliche, hochfliegende berufliche Laufbahn zu geben, sah ich doch ein, dass es weniger riskant war, wenn ich möglichst in der Sphäre der Wirklichkeit blieb und sie nicht etwa als promovierte Physikerin, die irgendeinen Nachwuchs-Nobelpreis gewonnen hatte, ausgab oder als jemanden, der russische Romane übersetzen konnte.

Immerhin machte ich mein Alter Ego etwas klüger und verpasste ihm einen erstklassigen Studienabschluss.

Dann dämmerte mir langsam, dass ich, schockiert davon, wie schnell ich mich am Telefon hatte verleiten lassen, diese Scharade mitzuspielen, es versäumt hatte herauszufinden, *wofür* denn die erwähnten Kandidatinnen kandidierten. Ich konnte nur raten, auf die

Gefahr hin, dass alles zusammenbrach, noch ehe es angefangen hatte. Wurde jemand für Betreuung und Pflege gesucht? Oder eine Sekretärin? Es war lächerlich. Ich holte tief Luft. *Versuchen wir es mit einer bunten Mischung*, dachte ich. Ich fühlte mich so lebendig wie seit Monaten nicht mehr. Laura Brown hatte eine Weile ehrenamtlich in wohltätigen Einrichtungen und drei Jahre in einer Buchhandlung gearbeitet, und sie war als Unterrichtsassistentin in Costa Rica tätig gewesen. Es war erstaunlich, wie leicht es mir fiel, mir das alles auszudenken. Passende Adjektive für Laura fand ich schneller als für mich selbst – sie war gewissenhaft, begeisterungsfähig, positiv, achtete aufmerksam auf jedes Detail. In ihrer Freizeit unternahm sie lange Spaziergänge, genauso wie ich.

Am Ende zeigte sich, dass nicht so sehr der falsche Lebenslauf das Problem war als vielmehr der falsche E-Mail-Account. Ich machte mich tief in den Wald auf zu Connie, aber ich wollte keine Spur mit Brotkrumen legen – wenn ich erwischt würde, wäre das schrecklich. Ich betete, dass der Name mcintyre0553@gmail.com nicht bereits vergeben war. Ich hatte Glück, wenn man denn, was diese ganze Sache betrifft, überhaupt von Glück sprechen konnte.

Von: mcintyre0553@gmail.com
An: rebecca@clarkeanddavies.com

Hallo, Rebecca, hier im Anhang, wie vereinbart, der Lebenslauf der Bewerberin, über die wir vorhin am Telefon gesprochen haben. Sie heißt Laura Brown und würde sich

sehr gerne mit Constance zu einem Vorstellungsgespräch treffen, bei dem alle Detailfragen bezüglich der Anforderungen der Arbeitgeberin geklärt werden könnten. Ms Brown ist eine fabelhafte Kandidatin, erst seit kurzem auf der Suche nach einer neuen Beschäftigung, weil ihr Arbeitgeber ins Ausland gezogen ist. Er hat es sehr bedauert, sie zu verlieren. Sie ist überaus zuverlässig, umgänglich und vielseitig; wir glauben, dass sie sich ganz ausgezeichnet den Wünschen Ihrer Mandantin anpassen wird.
In der Hoffnung, von Ihnen zu hören, und mit freundlichen Grüßen

Die Unterschrift ließ ich weg – wenn ich Glück hatte, würde Rebecca denken, ich sei durch das quengelige Baby, das ich erwähnt hatte, abgelenkt gewesen. Bevor ich doch noch einen Rückzieher machen konnte, klickte ich auf *Senden*. Was für eine Verrücktheit! Ich klappte den Laptop zu und ging aus dem Haus, um mir Bewegung zu machen – gerade so, als würde es mich von meinem Schuldgefühl befreien, wenn ich das Werkzeug des Betrugs hinter mir ließe. Ich spazierte rund um den kleinen Park am Ende unserer Straße, und als ich nach einer Viertelstunde wieder nach Hause kam, saß Joe auf dem Sofa und blätterte in einer Gourmet-Zeitschrift. »Hey«, sagte er. »Hast du dir schon überlegt, was es zum Abendessen geben soll?«

»Hallo.« Ich setzte mich neben ihn und gab ihm einen Kuss auf die Wange. »Nö, keine Ahnung.«

Er reagierte nicht darauf. »Hast du dich mit Kelly getroffen?«, fragte er. »Hat sie vor, einen Film von der Geburt bei Instagram einzustellen?«

»Natürlich nicht«, sagte ich. Aber dann kamen mir doch Zweifel. »Verrückt, dass sie jetzt noch ein Kind kriegt. Man sagt immer, das passiert mit dreißig. Aber ich habe mir mit dreißig definitiv kein Kind gewünscht.«

»Ja, das stimmt«, sagte Joe.

»Du hast dir auch keines gewünscht.«

»*Man* sagt immer«, sagte Joe. »Wer ist *man*? Es passiert, wenn es eben passiert.«

Mir war klar, dass er nicht verstand, wovon ich redete, nicht wirklich. Für ihn hatte sich sein Körper nie wesentlich verändert. Gewiss, er war haariger und größer geworden, aber letztlich war er innen und außen mehr oder weniger derselbe geblieben. Bei mir, die mit zwölf schockiert zum ersten Mal dieses fremdartige Ziehen im Unterbauch gespürt und dann das Blut gesehen hatte, die fünf Jahre später schmerzverkrümmt ihre Abschlussprüfung durchgestanden hatte, war das anders – ich, die wie der Mond Monat für Monat abgenommen und zugenommen hatte, die wusste, dass die verschiedenen Grade von Feuchtigkeit in einer Frau ihre Fruchtbarkeit anzeigten, ich kannte das Innere meines Körpers viel besser als er das des seinen. Er hatte nie erlebt, dass wildfremde Leute auf der Straße seinen Körper so musterten wie meinen. Und jetzt war ich an dem Punkt, wo mein Körper, wenn er einen neuen Menschen hervorbringen sollte, seine Aufgabe möglicherweise nicht mehr so gut wie früher und bald überhaupt nicht mehr erfüllen konnte.

»Mir fehlt die Leidenschaft, Joe«, sagte ich unvermittelt. »Zwischen dir und mir.«

»Ja«, antwortete er, aber ich konnte nicht sagen, ob er damit Zustimmung oder Resignation oder beides zum Ausdruck bringen wollte. »Aber die schwindet eben mit der Zeit, das ist nicht zu ändern.«

»Ist das dein Ernst?«

»Ich weiß nicht, wie irgendjemand das verhindern könnte.«

»Aber es *gibt* Leute, die es schaffen«, sagte ich. Ich fragte mich, was »viel Sex« eigentlich bedeutete, in Zahlen ausgedrückt.

»Wenn du ein Kind kriegen würdest, wie würdest du es nennen?« Joe klappte die Zeitschrift zu.

Wir hatten diese Unterhaltung schon öfter geführt, aber nur auf einer sehr abstrakten, hypothetischen Ebene, gewissermaßen aus sicherer Distanz. Aber jetzt klang in seiner Stimme etwas mit, das mich aufhorchen ließ.

»Es ist schwer, sich für einen Namen zu entscheiden, wenn man die Person nicht kennt, die ihn bekommen soll«, sagte ich. »Aber es dürfte keiner sein, mit dem das Kind gehänselt werden könnte. Keiner, der bloß meiner eigenen Eitelkeit entsprungen ist. Ich habe noch nie verstanden, warum Leute ihren Kindern bekloppte Namen geben. Wie kann man seinem Kind so etwas antun? Das ist so unfair.« Joe grinste amüsiert. »Was denn? Ich habe dazu eine klare Meinung.«

»Das sehe ich.«

»Na ja, meinetwegen können die Leute ihre Kinder nennen, wie sie wollen. Yellow, Hamburger, Löwenzahn. Wer bin ich, dass ich ihnen Vorschriften machen wollte?«

»Hamburger ist nett.«

»Hammie, geh jetzt endlich von der Schaukel runter!«

»Das hat was.«

Wir lachten. Wir verstanden uns. Ja, wirklich. Wenn uns jemand gesehen hätte, wie wir da auf dem Sofa saßen, hätte er denken können: Ja, die beiden haben es wieder hingekriegt. Und vielleicht stimmte das sogar. Vielleicht gehörten die ständigen Kompromisse, die Frustrationen, das chronische Gefühl, an der nächsten Ecke – oder vielleicht auch ein Stück hinter uns, wo wir die Abzweigung verpasst hatten – warte das wirkliche Leben, einfach unabdingbar dazu, solange man lebt, und erst recht, solange man versucht, zusammen mit jemand anderem zu leben?

Wenn mich jemand gefragt hätte, ob ich Joe liebte, hätte ich *ja* geantwortet. Aber ich liebte nicht den Menschen, der ich mit ihm geworden war. Es gefiel mir nicht, wie ich im Lauf der Jahre ... *abgerutscht* war. Ich war davon überzeugt, dass in mir viele andere Versionen meiner selbst steckten, die für immer da gefangen bleiben würden, wenn ich weiter auf diesem Weg ginge, Hand in Hand mit Joe. Mein Vater hatte sich nie der Prüfung einer Langzeitbeziehung unterzogen, bevor er Claire kennenlernte, darum hatte ich nie beobachten können, wie Menschen die Höhen und Tiefen eines ganzen Lebens zu zweit bewältigten, die Abstumpfung, die Tendenz, sich in die Wiederholung zu flüchten, in Macken, in die Langeweile.

Ich fand meine Vergangenheit mit Joe wunderbar, aber in der Gegenwart hatten wir uns immer mehr reduziert, um uns dem geschrumpften Raum anzupassen. In meinem Innern fühlte ich den Drang, dagegen aufzubegehren. Würde er sich ausweiten, wenn ich ihm nachgab? Und zugleich wollte ich dafür Abbitte leisten, dass ich für *Joerritos* keine Begeisterung mehr aufbringen konnte, dass ich nie wusste, was ich wollte, dass ich kein bisschen so war wie Kelly.

»Joe, wie siehst du das denn mit dem Baby?«, fragte ich.

»Ich weiß nicht«, sagte er. »Ist das eine gute Zeit dafür?«, fuhr er fort. »Ich meine: wegen des Geschäfts?«

Von was für einem Scheißgeschäft redest du überhaupt?, hätte ich am liebsten geschrien. Es war nicht zu fassen, wie tief wir in der reinsten Selbsttäuschung steckten. Ich hatte das Gefühl, dass wir da nie wieder herausfinden würden.

Er starrte auf den Teppich, als wollte er in den winzigen Wollfasern seine Zukunft lesen. »Was meinst du? Willst du ein Kind?«

Ich sah ihn an. Ich wusste, dass ich ein Ratespiel mit der Natur angefangen hatte. Mir war, als stiege ich eine Endlostreppe von Escher hinauf, die nie irgendwohin führte. Ältere Frauen sagten oft zu mir: *Gegen die Natur kannst du nicht an!*, so, als wäre die Natur eine kratzbürstige Arbeitskollegin namens Janet mit eisernen Regeln, der man aber zähneknirschend zugestehen musste, dass sie ihren Beruf verstand. Diese Frauen konnten es sich leisten, selbstzufrieden und etwas tyrannisch zu sein. Ihrer Meinung nach war es das Recht derer, die mit ihren Entscheidungen, ob es ihnen gefiel oder nicht, leben mussten und ihr Bestes getan hatten. »Ein Kind kann man nicht einfach in den Laden zurückbringen, Joey«, sagte ich. »Ist es einmal da, dann fürs ganze Leben, das ist nicht mehr rückgängig zu machen.«

»Das ist mir schon klar.«

»Es kostet auch eine Menge Geld. Wir sind nicht so schlecht dran, immerhin haben wir die Wohnung, aber die hat nur ein Schlafzimmer.«

»Du kannst ein Baby auch in einer Schublade schlafen lassen«, sagte er.

»Mach keine Witze. London ist teuer.«

Aber es war nicht das Geld, das mir Sorgen machte. Als ich ein junges Mädchen war, interessierten uns ganz bestimmt keine Babys. Was wir vom Leben erwarteten, waren andere Dinge, Dinge, die außerhalb des Körpers lagen. Diplome, befriedigende Arbeit, mit Wachs angeklebte Flügel, die uns hinauftrugen, der Sonne entgegen. Die meisten meiner Freundinnen waren solche mythischen Frauen mit künstlichen Schwingen gewesen. Aber eine nach der anderen war schwanger geworden und hatte Kinder bekommen – lauter wunderschöne Kinder –, und sie hatten die alten Federn ihrer Flügel dazu benutzt, Nester auszupolstern. Ich war nie neidisch oder gar traurig gewesen, wenn mich die Nachricht eines weiteren Babys erreichte, ich hatte Freude und Entzücken empfunden – und auch einige Erleichterung, dass es nicht mein Baby war. Ich konnte mich an diesen Kindern freuen und am Abend zu mir nach Hause gehen.

Ich war intelligent genug, um zu wissen, dass man nie sicher sein kann, ob der Körper einem nicht doch einen Streich spielt, aber ich war auch optimistisch genug, um es für möglich zu halten, dass man mit Mitte dreißig zu einem Gefühl der Solidität kommt. Aber mir war das nicht gelungen. Ich wollte nicht mehr darüber reden, ich brachte es nicht über mich, es auszusprechen. Wahrscheinlich wollte ich, dass er den Wunsch und den festen Glauben, die wir *beide* haben mussten, äußerte, was wohl zu viel verlangt war. Ich öffnete meinen Laptop, und da war, eben eingetrudelt, eine E-Mail von Rebecca.

»Oh, mein Gott«, sagte ich.

»Was ist?«

»Ich hab mich für eine Stelle beworben.«

»Du hast dich für eine Stelle beworben?«

»Warte, gleich.«

Ich öffnete die Mail, mein Herz klopfte. Joe versuchte sie auch zu lesen, aber ich stand vom Sofa auf und ging mit dem Laptop ins Schlafzimmer. »Was ist los?«, rief er mir nach, aber ich antwortete nicht.

Sieht so aus, als wäre Laura genau die Richtige!, hatte Rebecca geschrieben. *Ich habe es mit Deborah besprochen, und sie hat Constance angerufen. Könnte Laura morgen um 14 Uhr zu einem Vorstellungsgespräch zu Constance kommen?*

Heilige Muttergottes.

Hi, Rebecca, schrieb ich. *Ja, ich nehme an, sie wird es einrichten können. Ich kläre das gleich mit ihr ab und melde mich dann wieder. Wären Sie bitte so nett, mir noch einmal die Adresse zu schicken?*

Das war riskant, aber ich hatte keine Wahl.

Klar, mailte Rebecca. Offenbar hatte sie es eilig, entweder, weil sie ihre Vorgesetzte beeindrucken, oder auch nur, weil sie die Sache vom Schreibtisch haben wollte. *Es ist 17 Dacres Road, NW3 5RP.*

Prima, schrieb ich.

Ich setzte mich auf die Bettkante und schrieb Zoë eine Textnachricht. *Hi, können wir morgen die Schicht tauschen? Tut mir leid, dass es so knapp ist. Ich wäre wirklich dankbar.*

Zoë antwortete sofort. *Kein Problem.*

Danke, schrieb ich.

Ich ließ fünf Minuten vergehen, dann schickte ich Rebecca eine E-Mail: *Laura hat den Termin morgen um 14 Uhr bestätigt. Falls die Auftraggeberin noch Fragen hat, lassen Sie es mich wissen, dann kümmere ich mich darum.*

Danke, schrieb Rebecca. *Hoffen wir das Beste!*

Das war's. Ich ließ mich zurücksinken. *Das kann nicht funktionieren*, dachte ich. *Es ist schlicht unmöglich. Irgendwann wird die Person, die Clarke and Davies Bewerberinnen vermittelt hat, wieder mit der Agentur in Kontakt treten, und dann wird alles auffliegen.*

Aber bevor das passierte, hatte ich schätzungsweise mindestens vierundzwanzig Stunden Zeit. Genug, um in dem Haus an der Dacres Road vor Constance Holden zu treten.

14

Da ich nie nördlich der Themse gewohnt hatte, hatte es mich kaum je einmal nach Hampstead Heath verschlagen. Wenn ich offene Landschaft brauchte, ging ich in den Richmond Park, genoss den weiten Himmel und die goldenen Herbstfarben und dachte an Heinrich VIII., der dort seine Hirsche gejagt hatte – ihre Nachkommen grasten noch unter den Eichen. Aber jetzt war ich hier und schritt über den Parliament Hill mit seiner berühmten Aussicht auf London und freiem Himmel von Osten nach Westen, Gherkin, Walkie-Talkie, Shard, die Kuppel von St Paul's, das riesige Rund des London Eye, moderne Architektur, die in der Sonne glitzerte. Es war ein warmer Oktobertag, die Spaziergänger trugen Hemden und Sonnenbrillen und schlenderten mit einer Sorglosigkeit dahin, die keinen Gedanken daran aufkommen ließ, dass in acht Wochen der Winter London fest im Griff haben würde. Wie im Nebel sah ich kleine Pudel, ein Husky mit blauen Augen zog eine Frau hinter sich her, die mit dünnen Armen wild an der Leine riss. Ich sah Männer mit bleichen Beinen in kurzen Sporthosen, Kinder mit Tretrollern flitzten vorbei.

Ich war da auf diesem Hügel und war doch nicht da. Mir war, als schwebte ich über mir selbst und beobachtete, wie meine Füße mich in flottem Tempo aus dem Park hinaus trugen. Ich war Rose Simmons, und ich war Laura Brown. Ich war Norden, ich war Süden, und ich war kein Punkt auf dem Kompass. Irgendwie ging ich den Hügel hinunter in Richtung Dacres Road, um eine Frau zu treffen, die meine Mutter gekannt hatte. Eine Frau, die mir, wenn mein Vater recht hatte, vielleicht etwas erzählen konnte. Ich versuchte mich zu konzentrieren, mich an all das zu erinnern, was Laura Brown in ihrem abenteuerlichen Berufsleben schon gemacht hatte.

Ich hatte Joe nicht gesagt, was ich vorhatte. Ich wollte nicht, dass er missbilligte, was ich tat, daran zweifelte. Ich wollte diese Sache ganz alleine durchziehen. Und doch war mir, als ich in die Dacres Road einbog, plötzlich nicht wohl zumute bei dem Gedanken, dass niemand wusste, wo ich war. Was war, wenn Constance in meinem Gesicht meine Mutter wiedererkannte, wenn sie mich in einen Käfig sperrte, um mich zu mästen und schließlich zu braten? Ich würde hier sterben, ohne je Antwort auf meine Fragen zu erhalten, und niemand würde je erfahren, was aus Rose Simmons geworden war.

Die Häuser an der Dacres Road waren viergeschossig, sie hatten oben kleine Gaubenfenster und waren unterkellert, wie man sehen konnte, wenn man von den Stufen, über die man zu den erhöhten Eingangstüren gelangte, hinabschaute. Das Mauerwerk war von guter Qualität und hatte gut hundert Jahre lang die Londoner Luft unbeschadet überstanden. Dunkle, rötlich braune Klinker, ordentlich gemauert, die Fenster mit cremeweißer Farbe eingefasst. Es gab sauber gestutzte dichte Hecken und Buschrosen, von Vordächern aus farbigem Glas fiel Efeu herab. Eine ebenso teure wie abgeklärt ruhige Wohngegend, wenn auch, so wie es aussah, viele der Häuser mittlerweile in mehrere Wohnungen unterteilt waren. Es schien fast, als könne eine Schriftstellerin wie Constance gar nicht woanders wohnen als in einem dieser großartigen Häuser, und ich war froh darüber, denn sonst hätte ich wahrscheinlich niemals eines davon von innen zu sehen bekommen.

Nummer 11, 13, 15 – ich näherte mich ihrem Haus, mein Puls raste. *Du klopfst einfach an*, sagte ich mir, *was kann dir schon Schlimmes passieren?* Ich dachte, ja ich war fest überzeugt davon, dass sie mir die Tür öffnen und mich sofort erkennen würde, weil die Ähnlichkeit mit Elise Morceau ihr in die Augen sprang. Ich stellte mir vor, wie Constance mit mir nach New York reiste und mich zu der Wohnung führte, in der ich als ganz kleines Kind gelebt hatte. Ich wollte, dass der Kreis sich schloss, ich wollte die Geschichte meiner Mutter finden: Das war mir dieses Risiko wert.

Ich kam zum Haus Nummer 17. Die Fassade war mit Efeu überwachsen, der auch das Vordach bedeckte. Der Weg war mit schwarzen und weißen rautenförmigen Platten gepflastert, manche davon waren im Lauf vieler Jahre gesprungen. Die Tür war dunkel flaschengrün mit Feldern aus tiefrotem, gelbem, blauem und violettem Glas. Der schmiedeeiserne Türklopfer hatte die Form einer Frauenhand, deren zartes Handgelenk von einer Manschette umschlossen war. Ich hob sie hoch und ließ sie auf die Eisenkugel darunter fallen, dann wartete ich.

Du könntest davonrennen, dachte ich. *Du könntest so tun, als wäre das alles nie passiert.*

Aber ich hatte es satt, mir etwas vorzumachen. Ich wollte die Wahrheit erfahren.

Dann stand Constance vor mir in der offenen Tür, ihre Gestalt eingerahmt vom Eingang ihres Hauses. Sie erstarrte, als sie mich sah. Ihr Blick ruhte einen Moment zu lang auf mir.

Jetzt, dachte ich. *Jetzt! Jetzt wird ihr alles klar.*

»Kann ich Ihnen irgendwie helfen?«, fragte sie.

Ich muss zugeben, dass ich ein leicht hexenartiges Wesen erwartet hatte. Eine zurückgezogen lebende Schriftstellerin denkt man sich als alte Dame, als eine ungewaschene Norne, die Cornflakesschachteln hortet, ein verrücktes, vertrocknetes Wesen mit zerzaustem Haar, aber mit einem genialen Geist. So sah Constance Holden nicht aus.

Sie wirkte hart, ich meine: Ihr Körper wirkte hart. Ihr Körper erteilte eine Lektion. An ihr war kein überflüssiges Gramm Fleisch. Ihr Pullover genau passend, die schwarze Hose eng geschnitten, die Beine unten etwas ausgestellt. Am Handgelenk ein Armreif. Das weiße Haar zu einem Chignon hochgesteckt. Eine Halbbrille mit Schildpattgestell hing um ihren Hals. Leuchtende Augen, breite Wangenknochen. Die mehr als dreißig Jahre alten Porträtaufnahmen, die ich gesehen hatte, blitzten vor meinem inneren Auge auf wie Matrjoschka-Puppen, die aus ihrem Inneren hervorkamen.

In Fleisch und Blut wirkte sie eher streng konventionell. Hatte sie meine Mutter gekannt, geküsst, in ihren Armen gehalten, sie verletzt? Hatte sie sich jemals gefragt, was aus Elises Kind geworden war? Mir stockte der Atem, ich brachte kein Wort heraus. Ich trat nervös von einem Fuß auf den anderen, ich musste mich zusammennehmen, um nicht ihren Arm zu packen und zu sagen: *Ich bin es, Rose.* Ich bin jetzt erwachsen. Ich dachte daran, was mein Vater gesagt hatte, dass ich behutsam vorgehen musste.

Sie unterbrach mich in meinen Gedanken. »Alles in Ordnung mit Ihnen?«

»Oh – ja. Entschuldigen Sie. Sie sind Constance Holden?« Meine Stimme klang angespannt. *Ich hätte nicht herkommen sollen,* dachte ich. *Ich wäre besser nie hergekommen.*

Ihre klugen Augen musterten mein Gesicht. »Sie sind hier, um sich vorzustellen«, sagte sie.

»Ja.«

»Kommen Sie herein.« Sie lächelte nicht und gab mir nicht die Hand. Sie trat einfach nur zur Seite.

Ich trat in den Hausgang. Mir war schlecht. Ich drehte mich nach ihr um und sah, wie sie die Tür schloss. Die Art, wie sie die Klinke anfasste, wirkte etwas unbeholfen, und da erst fielen mir ihre Finger auf. Die Knöchel waren geschwollen, der Daumen stand sonderbar schief zur Seite hin weg, und die anderen Finger streckten sich auch nicht gleichmäßig gerade, wie man es normalerweise erwartet. Ihre Hände sahen aus, als gehörten sie gar nicht wirklich zu ihr, als wären sie ihr in einem grausamen Experiment angenäht worden und gehorchten nur ihrem eigenen Willen.

Sie bemerkte meinen Blick, und ich schaute hastig weg zu der altrosa gestrichenen, etwas zernarbten Wand. Davor standen alte grüne Möbel, und auf einer Seite des Flurs war ein langes niedriges Regal mit mindestens zwanzig ziemlich unansehnlichen Tongefäßen. »Die sind hübsch«, sagte ich übertrieben fröhlich.

»Die sind von der Halbinsel Yucatán.« Ihre Stimme klang nicht im Mindesten alt. Sie war präsent.

»Wohnen Sie schon lange hier?«, fragte ich.

»Das Haus gehört mir schon seit fast vierzig Jahren«, sagte sie. »Aber ich habe nicht die ganze Zeit hier gewohnt.« Sie musterte mich mit schmalen Augen. »Wie war Ihr Name noch mal?«

»Laura Brown«, sagte ich. Der Name ging mir so leicht über die Lippen, als wäre es wirklich meiner.

Wer staubt diese Töpfe ab?, fragte ich mich. Was würde passieren, wenn jemand mit dem Mantel versehentlich an einem hängenbliebe und das Ding würde herunterfallen? Todesurteil wahrscheinlich. Ich ließ meine Augen herumwandern, begierig nahm ich alles auf, was ich sehen konnte. Ich kam mir vor, als jagte ich diese Frau, aber ziemlich ungeschickt, und sicher wusste sie genau, wie sie mir entkommen konnte.

Ich fragte, ob ich ihre Toilette benutzen durfte. Constance deutete mit einem ihrer rebellischen Finger auf eine Tür unter der Treppe.

Es war nur ein kleines WC, geschmackvollerweise ohne jede maritime Dekoration. Ich sperrte ab und setzte mich auf die Schüssel, den Kopf in die Hände gestützt. Um mich herum dunkle Farben, Samtschwarz und Gold. Ich saß in diesem edel gestalteten Kabuff und versuchte, möglichst lautlos zu pinkeln. Ich hatte etwas total Verrücktes getan, um in dieses Haus zu gelangen. Aber ich hatte panische Angst. Ich spritzte mir kaltes Wasser ins Gesicht und sagte mir, dass ich mich gefälligst zusammenreißen sollte.

»Wollen wir ins Wohnzimmer gehen?«, schlug Constance vor, als ich herauskam. Sie stand immer noch im Hausgang wie ein Wachposten in ihrem eigenen Haus.

»Ja, danke.«

»Wissen Sie, was ich suche?«, fragte sie über ihre Schulter hinweg, während sie mich ins Wohnzimmer führte. Das Licht des Oktobernachmittags spielte durch das große Erkerfenster. Unter unseren Füßen lagen türkische Teppiche, die hohen Wände waren graublau gestrichen. Alle möglichen Drucke hingen in bunter Mischung herum; ich hätte sie mir gerne angesehen, aber ich wusste, dass das nicht ging. Die Sessel und das Sofa waren mit rosa Samt überzogen und sahen nicht mehr taufrisch, aber gemütlich aus.

»Die haben mir nicht viel darüber gesagt«, antwortete ich. Constance verdrehte die Augen. »Aber ich habe *Grünes Kaninchen* gelesen.« Sie blieb stehen. »Es ist –«

»Sie sind keine Doktorandin, die gerade an ihrer Dissertation schreibt, oder?«

»Nein.«

»Gott sei Dank.«

Sie musterte mich wieder. Ich fühlte mich, als wäre ich durchsichtig geworden. Dann ging sie zu einem Sessel und setzte sich. Sie sank tief ein. »Nehmen Sie Platz, Miss Brown.«

»Laura bitte.«

»Wie alt sind Sie, Laura?«, fragte sie.

»Nächstes Jahr im Juli werde ich fünfunddreißig.«

»Sie sind Krebs?«

Ich sah sie überrascht an. Ich hatte sie nicht für jemanden gehalten, der sich für Sternzeichen interessiert. »Ja.«

»Verstecken Sie sich gern?«

»Ich hoffe nicht«, sagte ich.

Ich bekam sie nicht zu fassen. Constance kam mir zuvor, und ich kannte die Regeln nicht. Ich war machtlos, ich hielt mich nicht für klug oder scharfsinnig oder was immer es sein mochte, weswegen Constance jemanden einstellen wollte. Sie war zu stark, zu rücksichtslos direkt, zu sehr gewohnt, ihren Willen durchzusetzen. Nie zuvor hatte jemand so mit mir gesprochen. Die normalen Regeln der Höflichkeit waren ihr offensichtlich egal.

Sie hielt ihre Hände hoch. »Das ist das Problem«, sagte sie. »Schwere Osteoarthritis. Aber die Leute bei der Agentur reden um die Sache herum, und daher haben die Mädchen, wenn sie bei mir auftauchen – es sind immer Mädchen –, keine Ahnung, wie viel Hilfe ich wirklich brauche.«

»Und wie viel Hilfe brauchen Sie?«, fragte ich.

Sie sah mich dankbar an. »Ich lebe allein«, sagte sie. »Da ist sonst niemand, der mir nahestände und auch niemand Fremdes. Ich kann mich alleine anziehen. So, wie mein Zustand derzeit ist. Wenn es Sachen mit Reißverschlüssen sind und nicht mit lauter kleinen Knöpfen. Ich kann einen Wasserkocher einschalten, eine Tasse einschenken. Ich kann ein Buch aufschlagen und es lesen. Aber mit der Feinmotorik wird es schwierig. Schuhe mit Schnürsenkeln kommen für mich nicht mehr in Frage. Spaghetti Bolognese kann ich nicht essen, ohne eine schreckliche Sauerei zu veranstalten. Ich werde wohl nie wieder in der Öffentlichkeit Garnelen pulen oder Suppe essen.«

»Das tut mir leid«, sagte ich.

»Danke.«

»Können Sie schreiben?«, fragte ich.

Constance sah mich an wie ein Raubvogel, der sich gleich auf ein Stück Beute stürzen wird. Dann wurde ihr Gesicht weich.

»Soll ich Tee für uns machen?«, fragte ich.

Sie wies mir den Weg, und ich ging durchs Haus zur Küche, die auf der Rückseite lag. Sie war mittelgroß und schön eingerichtet und ging auf einen kleinen Garten mit noch jungen Obstbäumen und großen Blumentöpfen voller Minze hinaus. Ich öffnete mehrere Oberschränke, bis ich Constances Tassen fand. Ihre Sammlung ließ den Sinn für Eleganz und Stil vermissen, den das Haus sonst ausstrahlte: Sie waren von der Art der in Ehren ergrauten Sessel, sichtlich altgediente Henkelbecher, die vor langer Zeit wohl zusammen mit einer Füllung von Schokoladenostereiern gekauft worden waren und Aufschriften wie *Schützt die Kinder, Rettet die Wale* oder *I ♥ Birdworld,* letztere überdies geziert von einem schon ziemlich abgewetzten Emu, trugen.

»Müssen Sie die Teeblätter erst pflücken?«, rief Constance.

»Ich komme schon«, sagte ich und schnappte mir *I ♥ Birdworld*.

Ich ging zurück ins Wohnzimmer und stellte den Tee ab. »Lassen Sie ihn erst ein bisschen abkühlen.«

Sie blickte etwas unsicher auf den Becher, die Hände im Schoß. Ich fragte mich, wie oft sie in Gegenwart anderer trank oder aß. »Ich arbeite gerade an einem Roman, ich bin schon fast fertig damit«, sagte sie. »Es wird vermutlich mein letzter sein.« Ein unangenehmes Gefühl machte sich bemerkbar, eine schwarze Taube, die in meinem Brustkorb eingesperrt war. »Ich kann tippen, aber nur langsam«, fuhr sie fort. »Ich hasse Computer. Ich schreibe lieber mit der Hand, aber meine Handschrift ist grauenhaft. Darum sitze ich jetzt in der Bredouille.«

»Ach so.«

»Ich bin keine Frühaufsteherin«, sagte sie. »Sie müssten nicht vor zehn Uhr kommen. Ich trinke Kaffee und schreibe anschließend bis eins. Da esse ich dann etwas zu Mittag.« Sie seufzte. »Ich weiß nicht, ob das funktionieren wird.«

»Worum geht es in Ihrem Roman?«, fragte ich, aber ich bereute es sofort: Ich sah ihr an, wie in ihr Unbehagen und Resignation mit dem Wunsch kämpften, es mir zu erzählen oder es wenigstens zu versuchen.

»Könnten Sie sich vorstellen, mir zu helfen?«, fragte sie.

»Ja«, sagte ich. »Und ich würde auch nie wieder solche Fragen stellen.«

Sie lächelte und hob die Arme. »Könnten Sie neben dieser langweiligen Arbeit meinen Terminkalender führen?«

»Ja.«

»Können Sie manchmal auch abends arbeiten? Für mich kochen? *Können* Sie kochen?«

»Ja, das kann ich.«

»Und was suchen Sie eigentlich, wenn Sie sich für diese Position bewerben?«

Ich wusste nicht, was ich darauf antworten sollte.

»Aha«, sagte Constance und sah mich zweifelnd an. »Ich will ganz offen sein, Laura. Sie sind unter allen Bewerberinnen, die sich vorgestellt haben, die älteste. Ich meine damit natürlich nicht, dass Sie auch nur entfernt *alt* wären. Es ist nur so, dass die anderen alle Anfang zwanzig sind. Wissen Sie, diese Mädchen sehen so aus, als wollten sie einfach irgendwo ins Berufsleben einsteigen. Das hier ist für sie nur etwas für die Zeit, bis sich etwas Besseres findet, eine Art Vorhölle. Und ehrlich gesagt glaube ich, die meisten hatten eine Heidenangst. Könnten Sie mir sagen, warum Sie hier sind?«

»Haben Sie meinen Lebenslauf gelesen?«

Sie wedelte mit der Hand. »Ich habe mal einen Blick darauf geworfen. Die sehen alle gleich aus, wenn Sie mich fragen. Und überhaupt ist in der Regel die Hälfte von dem, was da drinsteht, erfunden. Ich rede lieber mit den Leuten. Wissen Sie, ich habe eine gute Menschenkenntnis.«

»Natürlich.«

»Also: Warum wollen Sie diesen Job? Weil Sie im Moment gerade etwas brauchen, egal was?«

»Nein. Es hat einen besonderen Grund.«

»Ach ja? Und welchen?«

»Ich möchte – nützlich sein«, sagte ich.

Constance lachte. »Sie wären sogar sehr nützlich.« Sie lehnte sich zurück und musterte mich. »Aber wäre *ich Ihnen* nützlich?«

»Wie bitte?«

»Ich soll Ihnen glauben, Sie wollen aus reinem Altruismus hier arbeiten?«

»Nun – nein, ich meine: Ich brauche Arbeit, und ich denke, das hier wäre eine interessante Arbeit. Und außerdem«, fügte ich hinzu, »brauche ich eine Veränderung.« Ich spürte, dass endlich doch etwas Wahrheit in der Luft lag, und meine Wangen wurden heiß.

Offenbar spürte sie es auch. »Eine Veränderung?«, fragte sie. »Da, wo Sie jetzt sind, gefällt es Ihnen nicht?«

»Ich habe eine Weile in einem Café gearbeitet. Das ist nicht – besonders anregend.«

»Aber wenn Sie hier arbeiten würden, hätten Sie niemanden, mit dem Sie sich unterhalten könnten, außer mit mir. Und ich nehme an, hin und wieder Tee zu machen ist auch nicht besonders anregend.«

»Es klingt fast so, als wollten Sie es mir ausreden«, sagte ich.

»Ich will nur, dass Sie sich keine falschen Vorstellungen machen. Ich werde Sie nicht unterhalten, ich werde Ihnen keine Geschichten erzählen. Ich brauche im Wesentlichen nur ein Hausmädchen, das tippen kann.«

Diese fast schroffe Direktheit – ich verstand jetzt, warum Constance viele Leute vergrault hatte, warum vielen ihr durchdringender Blick unangenehm gewesen war.

»Ich erwarte gar nichts von Ihnen«, sagte ich und schaute weg, weil ich spürte, wie meine Wangen heiß wurden. Als ich mich ihr wieder zuwandte, sah ich, dass sie darauf wartete, dass ich weitersprach. »Miss Holden –«

»Oh, Connie bitte.«

»Glauben Sie mir, Connie, mir würde diese Arbeit sehr gefallen. Ich werde tun, was Sie wollen. Ich werde Sie in Ruhe lassen, wenn Sie in Ruhe gelassen werden wollen. Ich werde für Sie kochen. Ich werde für Sie tippen. Ihre Hände gehören Ihnen und werden immer Ihnen gehören. Aber Sie können meine Hände dazuhaben, wenn Sie das wollen.«

Constance wirkte beeindruckt. Wahrscheinlich hatte lange Zeit niemand sich ihr in irgendeiner Weise angeboten. Ihre Augen wurden kurz feucht, sie blinzelte, und ich schaute weg, um ihr die Peinlichkeit zu ersparen. Ich nahm an, dass der Gedanke, vor mir zu weinen, für sie schwer erträglich war. Ich muss gestehen, dass ich von meinem Gefühlsausbruch selbst überrascht war, aber vielleicht war mir irgendwo in meinem Unterbewusstsein klar, dass dieser Moment nicht ungenutzt verstreichen durfte. Ich wusste nicht, wie das Problem mit der Arbeitsvermittlung zu lösen war, aber hier bot sich mir eine Gelegenheit, die ich beim Schopf packen musste, bevor sie für immer verschwand. Ich war schon zu tief verstrickt – ich konnte nicht mehr anders, als zu wünschen, dass Connie mich haben wollte, dass sie mich einstellte.

Sie musterte mein Gesicht, als versuchte sie ein Geheimnis zu ergründen oder betrachtete ein verwirrendes Kunstwerk. »Da ist noch eine Sache«, sagte sie.

»Ja?«

»Die Arbeitsvermittlung, die Sie hergeschickt hat.«

Mir wurde flau im Magen. »Ja?«

»Wie viel von Ihrem Lohn behalten die ein?«

»Äh – zwanzig Prozent?«

»Hmmm. Wofür eigentlich, frage ich mich. Alle diese anderen Bewerberinnen, die sie mir geschickt haben, waren Nieten. Die haben mir nur meine Zeit gestohlen.«

»Das ist eben das Auswahlverfahren, das gehört wohl unvermeidlich dazu«, sagte ich. »Zum Geschäft der Kuppelei«, fügte ich scherzhaft hinzu, bereute es aber, noch während ich es aussprach.

»Ich werde es so machen: Ich teile denen mit, dass Sie nicht für den Job geeignet waren.«

»Oh.«

»Und dann können Sie privat zu mir kommen. Ich bezahle Sie direkt, in bar. Und ich werde meiner Agentin sagen, dass sich die Sache erledigt hat.«

»Wirklich?«

Sie hob eine Augenbraue. »Ist das gegen Ihre Prinzipien? Oder machen Sie sich Gedanken, was Sie denen von dieser Arbeitsvermittlung sagen sollen?«

»Nein«, antwortete ich. Das Geld bar auf die Hand – ich überlegte kurz, aber es schien mir sicher genug. »Einverstanden«, sagte ich. »Ich werde denen einfach sagen, dass ich die Stelle nicht will.«

Sie lächelte. »Gut. Abgemacht.«

Mir war nicht wohl bei dem Gedanken, dass die Arbeitsvermittlung wieder bei Rebecca Forrester anrufen könnte.

»Aber wird Ihre Agentin sich keine Sorgen um Sie machen, weil sie denkt, Sie haben niemanden?«, sagte ich. »Es ist ja nicht so, dass Arthritis einfach von einem Tag auf den anderen verschwindet.«

»Wahrscheinlich wird sie sich Sorgen machen«, sagte Connie, »aber in Wirklichkeit habe ich ja jemanden.«

Ich beschloss, nicht weiter darüber nachzudenken und einfach mein Glück zu versuchen. Ich stellte mir all die Zimmer in den oberen Stockwerken vor, Schränke und Schubladen voller Briefe und Tagebücher, vielleicht sogar Fotoalben mit Bildern von meiner Mutter und von mir selbst. Wenn ich, um da heranzukommen, eine Weile Köchin und Hausmädchen spielen musste, wollte ich das gerne tun. »Okay«, sagte ich.

»Wunderbar, Laura«, sagte Constance. »Dann ist es abgemacht. Ich habe ein gutes Gefühl dabei. Wann können Sie anfangen?«

Wir verabschiedeten uns voneinander, nachdem wir vereinbart hatten, dass ich mich zwei Wochen später am Montag um 10 Uhr bei ihr einfinden würde. Auf dem Weg zur U-Bahn war ich bester Stimmung. Mit ihrer Einladung in ihre Welt hatte Connie mich in einen schimmernden Kokon eingewickelt, den sie mit ihren kaputten Fingern gesponnen hatte. Vierunddreißig Jahre lang hatte ich der Welt eine einzige Version meiner selbst präsentiert. Um sie hinter mir zu lassen, hatte ich nur wenige Minuten in Connies Gesellschaft verbringen müssen.

15

Joes Reaktion auf die Mitteilung, dass ich eine neue Arbeit hatte, war einigermaßen ernüchternd. »Ich halte das für keine gute Idee«, sagte er.

»Wieso?«, fragte ich gereizt. »Du sagst mir doch ständig, dass das Café keine Möglichkeit bietet, mich weiterzuentwickeln.«

»Ach komm, Rose, du weißt doch genau, wieso. Das ist einfach *krank*. Willst du dieser Frau sagen, was dein Vater dir über sie erzählt hat?«

»Nein. Vorerst jedenfalls nicht.«

Er legte den Kopf zurück und schloss die Augen. »Du bist Tag für Tag bei ihr zu Hause. Und du willst sie belügen.«

»Nein, ich sage ihr nur nicht alles, was ich weiß.«

»Aber als sie deinen Nachnamen gehört hat, muss sie doch Fragen gestellt haben, oder nicht?«

»Ich benutze nicht meinen echten Namen«, sagte ich.

Er schlug die Hände über dem Kopf zusammen. »Mein Gott, Rosie, das kannst du doch nicht machen. Das ist zu riskant.«

»Da ist nichts dabei. Ich muss mich eben schützen.«

»Es ist sehr wohl was dabei. Ist dir klar, was du da tust?«

»Nein«, rief ich. »Aber ich wollte es einfach tun, okay? Ich musste – irgendetwas unternehmen. Damit sich etwas ändert.«

Er sah mich aufgeschreckt an. »Damit sich etwas ändert?«

Ich spürte, wie mir die Tränen kamen. »Ja.« Ich wollte auf gar keinen Fall, dass er ebendie Zweifel aussprach, die ich insgeheim hatte. Ich wollte nicht, dass ein Mensch, dem ich vertraute, dachte, es wäre eine schlechte Idee, eine Art Irrsinn. »Ich wollte es einfach probieren«, sagte ich. »Du kannst das nicht verstehen.«

»Du kannst dafür ins Gefängnis kommen.«

»Ich komm schon nicht ins Gefängnis.«

Er seufzte. »Ich möchte nur nicht, dass du enttäuscht wirst.«

»Glaub mir, Joe. Was meine Mutter betrifft, kann ich überhaupt nicht noch mehr enttäuscht werden, als ich es ohnehin schon bin.«

Er legte mir die Hand auf die Schulter. Sie fühlte sich bleischwer an, und ich hätte sie am liebsten abgeschüttelt, aber dann wäre der Streit noch weiter eskaliert, und das hätte ich nicht ausgehalten. »Du könntest verletzt werden«, sagte er.

»Sie ist eine alte Frau, Joe. Was kann sie mir schon antun – mich mit ihrem Gehstock totschlagen, oder was?«

»Rosie, du weißt genau, wovon ich rede. Sicher, ich werde nie wirklich nachempfinden können, wie das für dich sein muss, zu wissen, dass deine Mutter – dass sie dich verlassen hat. Und keine Erklärung dafür zu haben. Aber ich bin mir absolut sicher, dass es keine gute Idee ist.«

»Nun, ich mache es trotzdem. Und überhaupt – grade du musst mich nicht belehren, was eine gute Idee ist und was nicht.«

»Was soll denn das wieder heißen?«

»Joe, ich habe dich mit deinen Burritos und dem Van und allem, was sonst noch dazugehört, *so lange* unterstützt –«

»Aber hör mal, Rose, das sind zwei ganz verschiedene Dinge –«

»– und jetzt bitte ich dich, dass du mich unterstützt. In dieser einen Sache. Dass du keine Fragen stellst, sondern einfach nur an meiner Seite stehst.«

»Okay«, sagte er, aber ich wusste, dass er mich nur beruhigen wollte, damit meine Stimme nicht mehr so »schrill« klang.

»Weiß dein Vater davon?«, fragte er.

»Nein, und das soll auch so bleiben. Es ist einfach zu kompliziert. Das ist meine Sache.«

»Okay.« Er sah ganz elend aus. »Okay.«

Am selben Abend schickte ich Kel eine WhatsApp: *Wollen wir zusammen essen gehen? Ich muss dir was erzählen.*

Sie antwortete: *??? Ich kann Dienstagabend.*

Ich wartete ab, ob es wirklich dabei blieb, denn oft sagte sie in letzter Minute ab, wenn der fliegende Wechsel in der Kinderbetreuung zwischen ihr und Dan nicht so klappte, wie sie es sich vorgestellt hatte. Wir hatten uns bei unserem Lieblingsjapaner in Soho verabredet, einem Ramen-Restaurant, wo die Scheiben immer beschlagen und die Bao einfach köstlich waren.

Sie stieg auf ihren Barhocker und riss schon mal die Verpackung von einem Paar Essstäbchen auf, obwohl wir noch gar nicht bestellt hatten. »Also?«, sagte sie.

»Ich hab ’nen neuen Job«, sagte ich.

Ich sah sofort – nur einen winzigen Moment lang, aber unverkennbar – die Enttäuschung in ihren Augen. Es fuhr mir wie ein Stich ins Herz, und ich erkannte, welche Hoffnungen ich auf sie gesetzt hatte. Aber Kelly hatte darauf gewartet, dass ich ihr eröffnete, ich sei schwanger – das war die Hoffnung, die sie auf mich gesetzt hatte. Ich wusste einfach, dass es so war. Sie kannte meine Unentschiedenheit bei der Kinderfrage und wünschte sich, das Problem wäre ein für alle Mal gelöst. Über eine Schwangerschaft hätte sie sich viel mehr gefreut als über meinen neuen Job. Meine beste Freundin, die selbst so sehr in ihrer Arbeit aufging und die wusste, wie sehr ich mich bemühte, meinen eigenen Weg zu finden.

»Oh, mein Gott!«, sagte sie. »Großartig. Was ist es?«

»Ich arbeite als Assistentin der Schriftstellerin, von der ich dir erzählt habe.«

»Welcher Schriftstellerin?«

Ich seufzte innerlich. Das passierte oft. Kel war immer ganz bei der Sache, wenn wir uns trafen, voller Enthusiasmus und komplett zugewandt, aber sie absorbierte nicht mehr so wie früher jede Information, die wir austauschten. Früher war jede von uns eine wandelnde Enzyklopädie zur gesamten Existenz der anderen, ein Universallexikon voller Randbemerkungen und Fußnoten. Aber in ihrer Wahrnehmung taten sich immer größere Lücken auf, seit Mol auf der Welt war. Normalerweise fand ich das nicht weiter schlimm, es gehörte zu unserer Entwicklung, und ich liebte Mol über alles. Ich wusste, dass wir nicht ewig vierzehn bleiben konnten, und war im Übrigen auch gar nicht der Meinung, dass jedes

Stückchen Treibgut meines Lebens notwendigerweise erinnernswert war. Aber *diese* Fehlleistung jetzt kränkte mich sehr wohl. Dieser Job war mir wirklich wichtig. Er markierte für mich einen Neuanfang, möglicherweise den Aufbruch zu einem neuen *Ich*.

»Die Schriftstellerin Constance Holden«, sagte ich. Sie sah mich immer noch verständnislos an. »Die Frau, von der mein Vater mir erzählt hat: die meine Mutter gekannt hat. Die *Geliebte*.«

Dann dämmerte es ihr. »Oh, mein Gott«, sagte sie. »Ist das dein Ernst?«

Ich nickte.

»Scheiße, das ist echt der Hammer.«

»Findest du?«

Sie sah mich an, eine Augenbraue gehoben. »Klar. Weiß sie, wer du bist?«

»Nein, ich hab mich mit einem falschen Namen vorgestellt.«

Kelly starrte mich an. »Was hast du?«

»Du hast es doch gehört. Ich habe einen falschen Namen genannt.«

Ich wünschte mir, Kelly würde lachen über meine Kühnheit, über meine Weigerung, die Vergangenheit ruhen zu lassen, darüber, dass ich meine Zukunft in die Hände dieser Frau legte. Ich packte das Schicksal bei den Hörnern, ich tat genau das, was sie immer ihren Followern predigte. Aber sie sagte keinen Ton, sondern starrte mich nur weiter an. Der Kellner kam, und wir bestellten beide *Tonkotsu*.

»Sagst du vielleicht doch noch etwas dazu?«, fragte ich.

»Ich weiß nicht, was. Wie hat Joe reagiert?«

»Er war nicht gerade begeistert«, sagte ich. »Ich trinke ein Bier.« Ich winkte dem Kellner. »Du auch?« Sie tätschelte ihren Bauch. »Ach so, natürlich. Entschuldige.«

»Er macht sich wahrscheinlich Sorgen«, sagte Kelly.

»Weißt du, ich finde es schon ein bisschen deprimierend, dass offenbar keiner von euch beiden hinter mir steht.«

»Es ist halt ein bisschen ... schräg. Welchen Namen hast du angegeben?«

»Laura Brown.«

Sie sinnierte eine Weile. »Ist das alles nicht ein bisschen – realitätsfern?«

Ich widerstand dem Impuls, etwas Bissiges zu antworten. »Genau deswegen mache ich es. Weil alles, was passiert ist, jenseits meiner Lebenswirklichkeit liegt. Ich will die Wahrheit wissen.«

»Aber wenn du die Wahrheit erfahren willst, warum sagst du ihr dann nicht einfach, wer du bist? Du hast dein ganzes Leben lang auf diese Gelegenheit gewartet.«

»Genau«, sagte ich. »Ich kann mich nicht vor sie hinstellen und es ihr sagen. Mein Vater hat sie als eine ziemlich starke Persönlichkeit beschrieben, und nach allem, was ich gesehen habe, hat er damit recht. Ich weiß nicht, was zwischen ihr und meiner Mutter passiert ist, und offenbar weiß er es auch nicht. Wenn ich Connie sage, wer ich bin, schmeißt sie mich vielleicht raus. Oder sie leugnet alles. Und dann ist die einzige Möglichkeit, eine Verbindung zu meiner Mutter herzustellen, für immer verloren.«

»Wenn es diese Verbindung mit deiner Mutter tatsächlich gegeben hat«, sagte Kelly sanft.

»Die beiden kannten einander, das steht fest. Papa hat keinen Zweifel daran gelassen. Und wenn sie das einzige noch lebende Verbindungsglied ist, muss ich sie kennenlernen. Ich muss ihr nahekommen. Ihr Vertrauen gewinnen.«

»Wie soll sie dir vertrauen, wenn sie herausfindet, dass du dich unter einem falschen Namen bei ihr eingeschlichen hast?«

»Sie wird es nicht herausfinden«, sagte ich.

»Okay.« Kel nickte. »Okay. Aber du schickst mir regelmäßig Textnachrichten, wenn du dort bist, ja? Vielleicht vergiftet sie dich oder tut dir sonst was an.«

»Warum sollte sie?«

»Das weiß ich doch nicht. Du kennst sie nicht.«

»Das ist doch echt krank«, sagte ich.

Wir saßen eine Weile in unbehaglichem Schweigen da, bis zu unserer Erleichterung die Suppe kam.

»Wie geht es Dan?«, fragte ich und kostete einen Löffel voll Brühe. »O Mann, schmeckt das gut!«

»Er arbeitet die ganze Zeit«, sagte Kelly. »Und Joe?«

»Das Gegenteil.«

Das hätte komisch sein und die Chance bieten können, den Abend doch noch zu retten, aber Kelly dachte nicht daran, sich und mich so aus der Affäre zu ziehen. »Weißt du, du könntest mit ihm Schluss machen«, sagte sie. Ich sah sie an, die Stäbchen in der Luft. Sie hatte ihr Kinn in der gefährlich entschlossenen Weise vorgeschoben, die ich in fast fünfundzwanzig Jahren nur zu gut kennengelernt hatte. »Es wird ihn nicht umbringen, Rose.«

»Das weiß ich, Kel.«

»Nein, das glaube ich nicht, Rosie. Ich glaube es wirklich nicht, dass du das weißt. Irgendwo ganz tief in deinem Inneren ist diese … *Überzeugung*, dass es das einzig Wahre ist. Das unverbrüchliche Band. Dass es besser ist, in dieser Zweisamkeit zu bleiben. Sogar dann, wenn du vielleicht nicht glücklich bist.«

»Kelly!« Ich fühlte, wie sich meine Nackenhaare aufstellten.

»Er hat nicht mal einen Job«, sagte sie.

»Er hat das *Joerri*–«

Sie hob ihre Stäbchen hoch, als wollte sie damit das Böse abwehren. »Oh Gott, nein. Sprich nie wieder dieses Wort in meiner Gegenwart aus.«

»In Ordnung.«

»Und was ist mit dem Sex?«

»Was soll mit dem Sex sein?«

»Na ja, nach all dem, was du in letzter Zeit erzählt hast, war es damit nicht weit her. Nicht dass gerade ich dazu berufen wäre, große Reden zu dem Thema zu schwingen, denn ich habe ja zurzeit überhaupt keinen Sex. Wir sind einfach zu erschöpft.« Sie seufzte. »Tut mir leid. Ich weiß es nicht, Rosie, aber ist es wirklich so, dass du ihn jetzt, nach neun Jahren, ansiehst und denkst: *Du sollst der Vater meiner Kinder sein?*«

Ich starrte sie an. »Wow«, sagte ich mit rauer Stimme. Mein Gesicht brannte. Ich wusste, dass es nicht ganz abwegig war, was sie gesagt hatte, aber ich war nicht bereit, die Waffen zu strecken. »Was haben Kinder damit zu tun?«

»Ich versuche nur – irgendjemand muss es dir ja sagen. Ich meine es nur gut mit dir. Wirklich. Es tut mir leid, aber die Sache ist die: Du scheinst immer zu glauben, alle anderen hätten es leichter als du. Und das ist Quatsch.«

»Ich –«

»Ich bin *erschöpft*«, sagte Kelly. »So erschöpft wie nie zuvor in meinem ganzen Leben. Und manchmal hab ich das Gefühl, ich schleppe den Karren ganz alleine immer weiter.« Ihre Stimme klang schon ganz heiser. »Und Dan hat nicht mehr zu tun, als die Bonbons aufzuklauben, die runterfallen. Er geht jeden Tag zur Arbeit und sieht nicht einmal ein Viertel von dem, was ich alles mache. Und dieses neue Baby wächst und wächst, sodass ich aus allen Nähten platze, und ich bin nicht dafür gemacht. Ich packe es einfach nicht.« Sie verstummte schwer atmend. Zu meinem Erstaunen brach sie in Tränen aus. Kelly weinte nie.

Ich streckte die Hand nach ihr aus. »Kel«, sagte ich. »Du hast recht. Ach Gott, es tut mir so leid.«

Sie nahm meine Hand und drückte sie. »Schon okay«, sagte sie. »Ich versteh dich ja. Schon okay.«

1982

16

Barbara hatte sich angewöhnt, Connie häufig in ihrem Bungalow anzurufen. Es ärgerte Elise, zu sehen, wie Connie jedes Mal aufsprang wie eine frischgebackene Abiturientin, wenn der Jüngling, der sie zum Abschlussball abholen kommt, an der Tür läutet. Connie verschwand dann immer mit dem Telefon im Schlafzimmer, wohin Elise, so die stillschweigende Vereinbarung, ihr nicht folgen durfte: Diese Telefongespräche waren Arbeit, da durfte niemand stören. Elise verfluchte dieses verdrehte Telefonkabel, das wie eine tote Schlange auf dem Flur lag. Es fiel ihr schwer, eine Beschäftigung zu finden, die sie ihre Frustration vergessen ließ. Sie hätte natürlich ihr Notizbuch hervorholen können, aber ihr war, als hätte sie hier in Amerika eine Art Stumpfsinn überkommen, der sie lähmte. Die Überaktivität, das Gewimmel und das hektische Geschwätz all der Leute, die sie hier kennengelernt hatte, bewirkten, dass sich ihre Glieder anfühlten, als wären sie aus Lehm.

Sie und Connie lagen Seite an Seite regungslos auf ihren Sonnenliegen am Pool, als wieder einmal das Telefon läutete. Connie sprang auf.

»Hast du gewusst, dass Lowden gar nicht der echte Nachname von Barbara ist?«, rief Elise ihr nach. »Sie ist eine geborene Betty Sheinkovitz.«

»Woher weißt du das?«, fragte Connie, aber sie blieb nicht stehen, um die Antwort zu hören.

Es war Matt, der es Elise erzählt hatte. Er hatte bemerkt, es sei kein Wunder, wenn Barbara, die mit diesem Namen gestraft war, keinen dringenderen Wunsch gehabt habe, als möglichst schnell aus dem Süden wegzukommen. *Benutzt denn irgendjemand in dieser Stadt seinen richtigen Namen?*, hatte sie gefragt, und Matt hatte gelacht.

Etwa eine Viertelstunde später kam Connie zurück. »Barb will mit dieser Rolle einen Oscar gewinnen«, sagte sie grinsend.

Elise verzog das Gesicht. »Und das war der Grund ihres Anrufs?«

»Genau.« Connie klang defensiv. Sie ließ sich auf ihrer Liege nieder.

»Besteht die Aussicht, dass ihr Wunsch in Erfüllung geht?«

»Ich hab keine Ahnung, mein Schatz. Ich weiß nur, dass Barb es sich wünscht. Sie sagt, Don wird eine ordentliche Menge Publikum anziehen, und folglich wird der Film ganz bestimmt einiges an Geld einspielen.« Don Gullick war als Barbaras Partner für die Rolle des Frederick engagiert worden. Zu ihrem Leidwesen gehörte er allerdings mehr zur Sorte der »Blödmänner« und war jedenfalls kein feinsinniger Hamlet-Typ. Erics Beteuerungen, er sei ganz ihrer Meinung, waren nur leeres Geschwätz gewesen. »Barb meint, das könnten sie und Lucy nie schaffen, nicht einmal zu zweit. Kannst du das glauben?«

Barb, Barb, Barb. Wenn Elise nicht so gereizt gewesen wäre, hätte der verletzend ironische Nebensinn, den Barbaras Name in der abgekürzten Form hatte, sie zum Lächeln gebracht. »Na ja, es ist nicht *Barbs* Film«, sagte sie. »Es ist keine One-Woman-Show.«

»In gewisser Weise doch«, meinte Connie. »Mein Mitgefühl hat sie. Ich weiß nicht, ob man Don überhaupt einen Schauspieler nennen kann.«

Connie bedeutete dieser Film viel. Das war verständlich, schließlich lebte etwas von ihr darin, sie hatte einiges in ihn investiert. Aber Elise fühlte sich verloren. Sie bemühte sich mit aller Kraft, das Gefühl, überflüssig und ausgegrenzt zu sein, wegzudrängen, aber es half nichts.

»Wissen die eigentlich alle, dass wir zusammen sind?«, fragte sie. »Ich meine: Shara und Matt wissen es, klar, aber was ist mit Barbara? Und mit den anderen? Wissen sie … Bescheid?«

»Natürlich wissen sie es.«

»Und was halten sie davon?«

»Ich denke, es ist ihnen so egal wie nur irgendetwas. Wieso in aller Welt interessiert dich das?«

»Es ist nur – ach, ich weiß nicht. Du hast mich nie als deine *Freundin* vorgestellt.«

»Ich dachte nie, dass das notwendig wäre. Ich dachte, es ist ohne weiteres offensichtlich, wer du bist.«

Elise setzte sich auf. »Und wer bin ich?«

»Wie bitte?«

»Wer bin ich?«

Connie schob ihre Sonnenbrille hoch und musterte ihre Freundin mit eng zusammengekniffenen Augen, bevor sie die Brille wieder zurückschob. »Alles in Ordnung?«, fragte sie.

Elise wollte nicht weinen. Sie wollte nicht auf irgendetwas oder irgendjemanden angewiesen sein. Aber es war zu spät: Sie wollte Connie – ihre Stärke, ihre Liebe, die aufgedrehte Lust daran, die zärtliche Zuneigung einer solchen Person zu genießen. Sie schlug mit beiden Handflächen auf ihre Sonnenliege. »Warum bin ich hier?«

Connie setzte sich beunruhigt auf und schwang die Beine auf den Boden. Dann wechselte sie flink hinüber auf die andere Liege und umarmte Elise. »Du bist hier, weil ich dich liebe«, sagte sie. »Weil ich dich brauche. Weil du etwas Besonderes bist. Das alles in einer Art und in einem Maß wie niemand sonst, dem ich je begegnet bin.«

»Also bin ich deinetwegen hier.«

Connie überlegte. »Na ja, ich nehme an, das stimmt schon. Aber es steht dir frei, und ich wünsche es dir, dass du diese Erfahrung so nutzt, wie es dir gefällt. Ich habe dich nicht gegen deinen Willen hergeschleppt, El. Ich möchte, dass du dich vergnügst.«

»Aber du sagst diese Sachen nicht mehr zu mir«, murmelte Elise, an Connies Arm geschmiegt. »Das, was du früher immer gesagt hast.«

»Was für Sachen.«

»Dass du mich brauchst. Dass ich etwas Besonderes bin.«

»Entschuldige.« Connie hielt sie ganz fest an sich gedrückt und küsste ihren Scheitel. »Ich brauche dich wirklich. Du bist etwas Besonderes.«

Die Gewitterwolken über ihren Köpfen verzogen sich, ohne sich zu entladen. Elise fühlte sich bestätigt, aber die Szene gab ihr auch zu denken. Connie war manchmal wenig aufmerksam, und Elise wollte nicht bemitleidet werden wie Shara. Gleichwohl hatte sie das Gefühl, dass es ihre Position gefährdete, wenn sie Autonomie, Selbstbewusstsein demonstrierte oder wenn sie Ansprüche stellte. Wenn sie zum Ausdruck brachte, was sie wollte – Connies Aufmerksamkeit, was eigentlich Connies Respekt und ihre Liebe meinte –, klang es kindisch und so, als wolle sie verwöhnt werden. Elise starrte auf das Wasser. Sie wollte keine Meerjungfrau mehr sein. Sie wollte sich als ein Geschöpf des festen Landes fühlen.

An einem Drehtag nahm Connie sie mit. In der Halle, in der die Aufnahmen gemacht wurden, kam Barbara in einem wallenden Kimono, eine Baumwollhaube um den Kopf gebunden, auf sie zu. Elise wurde das Herz schwer. Noch vor wenigen Wochen hatte der Gedanke, Barbara kennenzulernen, sie in freudige Erregung versetzt, und jetzt war ihr, sobald die Frau sich näherte, als könne sie nicht mehr denken, nicht mehr atmen. Sie ertrug sie einfach nicht mehr. Barbara war ungeschminkt, aber ihr Teint war vollkommen, glatt und makellos wie ein gekochtes Ei. Ihre Brüste waren spektakulär in ein Korsett geschnürt. »Eigentlich sollte ich dieses Ding jeden Tag tragen«, sagte sie, »aber das drückt den Busen so hoch nach oben, dass ich es kaum noch schaffe, einen Löffel oder eine Gabel zum Mund zu führen.«

Durch die offenen Türen sah Elise, wie draußen eine Karawane von Statisten vorbeizog, alle in den für Hollywood typischen Arme-Leute-Farben gekleidet: graubraun, ein bisschen dunkelrot, verschiedene schmutzige Ockertöne. »Was sind das für Leute?«, fragte sie.

»Die gehören zu einem Film über die Gründerväter.« Barbara schnaubte verächtlich. »Willkommen in der Neuen Welt. Kommt, meine Lieben, warten wir in meiner Garderobe. Es wird noch eine halbe Ewigkeit dauern, bis ich an der Reihe bin.«

Vor der Halle in der Julisonne wartete ein Golf-Buggy. Barbara nahm auf der Sitzbank Platz, Elise und Connie setzten sich links und rechts neben sie. Ihr Kimono war so übergroß, dass der Stoff sich über Connies und Elises Beine ausbreitete und sogar noch seitlich aus dem Gefährt hinaushing. Die Säume schimmerten unter der kalifornischen Sonne wie die Flossen eines Riesenmantas. Barbara langte in das Tal zwischen ihren Brüsten, wobei sie Elise ihren Ellbogen in die Rippen stieß, fischte eine Zigarette und ein Feuerzeug heraus und klemmte sich wie ein Cowboy die Zigarette in den Mund, was in einem sonderbaren Kontrast zu der calvinistischen Haube stand, die ihre Frisur schützte.

»Meine Notfallkippe«, sagte sie. »Spürst du es, Elise?«

»Ob ich *was* spüre?«, fragte Elise.

Barbara nahm einen Zug und blies eine Rauchwolke aus. »Den *Anfang*. Ich liebe Anfänge.«

»Ich auch«, sagte Connie.

Barbara stupste sie am Ellbogen. »Richtig haarig wird es immer erst in der Mitte und am Schluss.«

Connie lachte und schaute blinzelnd in den strahlend blauen Himmel hinauf. »Vielleicht doch nur in der Mitte.«

Sie zockelten über das Gelände. Barbara hielt die Hand über ihre Augen, um sie vor der Sonne zu schützen. »Ich bin total erschöpft.«

»Willst du nicht lieber allein sein, um dich auf deinen Auftritt vorzubereiten?«, fragte Elise.

Barbara schniefte. »Nein, nein.« Sie schwieg eine Weile, dann sagte sie unvermittelt: »Mein Ex ist so ein übler Scheißkerl!« Ihre Stimme klang heiser, ihre Hände in ihrem Schoß zitterten, aber es gelang ihr, sie zur Ruhe zu bringen. Sie sah Connie an. »Er ist wieder bei mir aufgetaucht, um ein Uhr nachts, Con.«

»O Gott, das tut mir leid«, sagte Connie.

Con. Con und Barb. Erstaunlich, wie zutraulich Barbara Connie ihr Herz ausschüttete – oder vielleicht lag es nur daran, dass Barbara so daran gewöhnt war, in der Presse Artikel über sich zu lesen, sich selbst außerhalb ihres unmittelbaren, privaten Lebensbereichs – letztlich *außerhalb ihrer selbst* – zu sehen, dass sie gar nicht daran dachte, dass es ihr schaden könnte, wenn sie so offen über persönliche Dinge sprach. Elise hätte gedacht, eine Frau, die so viele Jahre immer im Rampenlicht der Öffentlichkeit gestanden hatte wie Barbara, müsste gelernt haben, ihre Zunge im Zaum zu halten, aber vielleicht gewöhnte man sich ja an diese Art zu leben so sehr, dass man es sich nicht mehr anders vorstellen konnte.

»Er will Geld von mir«, sagte Barbara. »Er weiß, dass ich diesen Film mache, darum denkt er, das ist eine gute Gelegenheit für ihn.«

»Hast du ihm etwas gegeben?«, fragte Elise, damit das Gespräch nicht ganz an ihr vorbeiging.

Barbara drehte sich zu ihr um. »Heirate nie, meine Liebe. Wenn ich dir je einen guten Rat geben kann, dann diesen.«

»Klar, wieso sollte ich auch heiraten?«, sagte Elise.

Barbara schwieg. Elise dachte daran, dass Barbara mit ihren vier Ehemännern ihren eigenen, so unschätzbar wertvollen Rat selbst nicht befolgt hatte. Barbara und Connie redeten immer weiter. Elise hörte nicht mehr hin, schloss die Augen und ließ sich die Sonne ins Gesicht scheinen.

Insgeheim fand sie die Idee der Ehe – dass zwei Personen sich zu einer einzigen verbinden, zu einer *neuen* Person – unwiderstehlich faszinierend. Was für ein Gedanke: Man konnte sich selbst auf diese Weise auslöschen, und das wurde von jedermann akzeptiert! Es war so schwer, immerfort die Person zu sein, die man eben war. Man stelle sich das vor: Ein besseres Ich zu finden, rücksichtsvoll und freundlich, das eigene Herz wird verwandelt im Lauf einer Nacht, während es bei einem anderen liegt! Man überlässt diesem doppelten Ich die Führung, während es sich immer noch so anfühlt, als wären zwei Schulter an Schulter. Es könnte so leicht sein!

Mit Connie war es jetzt nicht mehr so leicht.

Elise dachte, während der Buggy dahinzockelte: Ich könnte ein Flugzeug nach New York nehmen. Sie war noch nie dort gewesen, aber sie brauchte nicht Connie zu fragen, wie es dort war, so wie sie sich L.A. von ihr hatte beschreiben lassen, denn jeder wusste, was New York war: gelbe Taxis, Greenwich Village, Bagels und Tiffany. Das Blau von Hockneys Swimmingpool löste sich auf, und an seine Stelle trat eine Vision von Herbstlaub im Central Park. Elise dachte an *Der große Gatsby* und an *On the Sunny Side of the Street* und an Pizza, gebacken von Einwanderern aus Neapel wie Bill Gazzaras Vater. Sie stellte sich vor, dass sie sich mit schierer Willenskraft dorthin beamte, aber als sie die Augen wieder öffnete, fuhren sie immer noch mit dem Buggy durch das Studiogelände.

Barbaras Garderobe war überraschend karg möbliert: ein Ablagebrett an der Wand, ein großer Spiegel, umrahmt von vielen kleinen Glühbirnen, ein niedriges mit rotem Samt überzogenes Sofa, ein gewöhnlicher Holzstuhl, der besser in ein Bauernhaus gepasst hätte als hierher, ein paar Kleiderhaken an der Wand, an denen die Kostüme für Beatrice Jones hingen. Auf der Ablage sah Elise Schminkpinsel, allerlei Töpfchen und Fläschchen, ein schon ziemlich abgegriffenes Exemplar des Drehbuchs mit handschriftlichen Anmerkungen, eine Flasche mit Wasser, eine mit Wodka, drei gebrauchte Gläser und ein paar Glückwunschkarten. Daneben standen eine Vase mit einem großen Strauß Lilien, ein Obstkorb und ein überquellender Aschenbecher. In der Ecke summte ein kleiner Kühlschrank.

Barbara zupfte mit spitzen Fingern am Zellophan des Obstkorbs. »Wollt ihr einen Apfel?«

Beide lehnten dankend ab.

»Sie schicken mir immer Obst, aber die Fruchtsäure ist echt fies. Vielleicht lieber ein Bier? Setzt euch doch.«

Connie und Elise setzten sich auf das Sofa. Es war tückisch unbequem. Die ganze Sache kam Elise merkwürdig vor, es war wohl kaum normal, wenn eine Berühmtheit wie Barbara sie in ihr Allerheiligstes einließ. Elise hätte eher angenommen, dass so eine Person immer auf der Hut und abweisend war. Was hatte das hier zu bedeuten? Barbara ging zum Kühlschrank und nahm zwei Flaschen Bier heraus. Sie öffnete sie mit geübtem Griff und reichte sie ihren Gästen. Verunsichert nippte Elise. »Danke«, sagte sie. Connie hatte bereits von ihrem Bier getrunken.

Barbara ließ sich auf den Stuhl sinken. »Und? Kommt ihr mit in die Catskills?«

Keine von beiden sagte etwas. Barbara lachte. »O Mann, es ist wirklich so, oder?« Elise hätte sie am liebsten geschlagen. »Lucy hat es schon vorher gewusst.«

»Lucy Crenshaw?«, fragte Connie. »Was hat sie gewusst?«

»Wir haben uns eben Gedanken darüber gemacht«, sagte Barbara in leichtem Ton. »Wir hatten den Eindruck, möglicherweise hast du genug von alledem hier, El.«

Connie nahm noch einen Schluck. »Wie kommst du drauf? Wir bleiben.«

»Ach so, schön«, sagte Barbara. »Wie ist das Bier?«

»Kalt«, sagte Elise.

Barbara tätschelte die Seiten ihres Korsetts. »Ich würde viel dafür geben, wenn ich auch eines trinken könnte. Aber es geht nicht. Stellt euch vor, wenn ich, zusammengeschnürt, wie ich bin, auch noch Blähungen bekäme. Dann würde es meine Titten noch mehr rausdrücken, ich würde wie ein Fesselballon abheben und irgendwo zwischen den Scheinwerfern hängenbleiben.«

Elise fühlte sich leicht benommen. Die Art, wie Barbara sich in Szene setzte, verdarb ihr die Stimmung, aber ein wirklicher Schlag in die Magengrube war die überraschende Neuigkeit, dass sie in Amerika bleiben würden. Sie umklammerte die Bierflasche. Wann genau hätte Connie ihr das sagen wollen? Oder hatte sie es eben erst beschlossen, als Barbara sie darauf ansprach? Elise fing an, sich innerlich aufzulehnen. Als Connies jüngere Freundin, die selbst, soweit man das erkennen konnte, keinerlei Talent besaß, fühlte sich Elise verpflichtet, wenigstens immer beflissen, aufmerksam und freundlich zu sein – und das fiel ihr zunehmend schwer. Sie wünschte sich, dass Connie genauso viel Bewunderung für sie zum Ausdruck brachte wie für Barbara und ihre Gesprächsbeiträge ebenso ernst nahm wie etwa die von Bill.

Plötzlich wünschte Elise, sie hätte Matts Einladung, mit ihm surfen zu gehen, angenommen. Sie wünschte sich, auf dem Wasser zu sein oder auch nur einen Strandspaziergang zu machen, statt sich hier in diesem stickigen Raum aufzuhalten, wo ein Korb mit unerwünschtem Obst herumstand und eine Menge Glühlämpchen aufdringlich hell leuchteten. Erschöpft rutschte sie nach hinten, um sich anzulehnen, ihre Finger umklammerten die Bierflasche.

»Alles gut, Schätzchen?«, fragte Barbara und nahm ihre weiße Haube ab. Darunter wurde ein Kopf voller Lockenwickler sichtbar. Sie wirkte jetzt mehr wie ein normales menschliches Wesen, wenn auch von ihrem Gesicht immer noch ein Sog ausging, der alle Aufmerksamkeit in seiner Umgebung wie durch Zauberei an sich riss.

»Ich fühle mich nur ein bisschen matt, aber es geht schon, danke.«

»Brauchst du vielleicht frische Luft?«, fragte Barbara.

»Willst du nach Hause?«, fragte Connie.

Barbara rief den Produktionsleiter an und bestellte einen Wagen, der Elise zurück zum Bungalow bringen sollte. Elise protestierte, das sei nicht nötig, aber Connie sagte, sie sei ganz blass und sie solle besser den Nachmittag am Pool verbringen und sich erholen. Schließlich gab Elise nach und ging.

»Geht es ihr wirklich gut?«, hörte sie durch die Tür Barbara sagen. »Will sie wirklich allein sein?«

»Es ist schon okay.«

»Con, du solltest mit ihr gehen, sie ist ja praktisch noch ein Kind.«

»Wenn ich sie wie ein Kind behandeln würde, Barb, würde sie sich nur schrecklich aufregen.«

Elise war nicht wirklich krank, sie wollte nur weg von Barbara, und Connie sollte mit ihr kommen. Mit Connie allein sein, das war es, was sie wollte. Langsam ging Elise auf dem Linoleumboden auf das helle Rechteck am Ende des Korridors zu. Sie wollte nur noch weg von hier, heim nach London, nur sie und Connie. Mit einer schmerzhaften, berauschenden Klarheit wurde ihr bewusst, dass das neue Leben, das sie angepackt hatte, ihr entglitt. Sie stand draußen in der Sonne und wartete darauf, abgeholt zu werden. Aus einer der Hallen kamen in einer langen Reihe als römische Legionäre kostümierte Statisten; ihre Helme glitzerten in der Sonne.

Elise wusste, dass sie Connie nicht kontrollieren konnte. Sie konnte nicht alles und jedes von ihr wissen. Sie wusste nicht, ob Connie das, was sie zu ihr sagte, nicht schon früher zu einer anderen gesagt hatte oder wieder zu einer anderen sagen würde. Nichts war sicher.

Als sie nach Hause kam, ging sie gleich zum Telefon und wählte die Nummer von Matt und Shara in Malibu. Matt meldete sich.

»Ich bin's«, sagte sie.

»Elise, wie geht's?«

»Ganz okay«, sagte sie. »Ich habe mich gefragt – ist Shara da?«

»Shara?«

»Ja.«

»Einen Moment, bitte.«

Schritte waren zu hören. Dann wurde es still. Elise wartete. Schließlich kam Shara ans Telefon. »Hi, Elise«, sagte sie. »Was gibt's?«

»Kann ich dir Modell sitzen?«, fragte Elise.

»Wie bitte?«

»Für ein Bild. Brauchst du ein Modell?«

Eine Pause trat ein. »Oh – na ja, weißt du, ich male mehr abstrakt. Es tut mir leid, aber im Moment habe ich keine Verwendung für ein Modell.«

Elise fühlte eine unerklärliche Wut in sich aufsteigen. »Natürlich«, sagte sie. »Tut mir leid, es war eine blöde Idee.«

»Nein – es ist ganz reizend von dir. Es ist nur leider so, dass ich, so wie ich im Moment arbeite, nicht –«

»Du musst es mir nicht erklären«, sagte Elise. »Es tut mir wirklich leid, dass ich gefragt habe, Shara. Ich hätte nicht fragen sollen. Also dann – ich denke, wir sehen uns bald.«

»Hey –«

Aber Elise hatte schon aufgelegt.

2017

17

An meinem ersten Arbeitstag, einem Montag Mitte Oktober, war ich kurz nach zehn Uhr morgens bei Connie. Sie gab mir als Erstes einen Hausschlüssel, damit sie künftig nicht jeden Tag die Treppe hinunter und zur Tür gehen musste, um mir aufzumachen. Offenbar aß sie nichts zum Frühstück, denn als ich in die Küche ging, um Kaffee zu kochen, fand ich den Raum blitzsauber vor.

»Nehmen Sie dieses Espressokännchen«, sagte sie. »Sie müssen nur gut aufpassen, dass der Kaffee nicht überkocht.«

»Mach ich.«

»Und öffnen Sie bitte meine Post.«

»Sind Sie sicher?«

Sie blinzelte wie eine Eule. »Da ist sowieso nie was Interessantes dabei. Ich habe keine Lust, eine halbe Stunde lang zu fummeln, um so einen Umschlag zu öffnen, und dann zu lesen, dass irgendjemand mir einen Breitbandanschluss verkaufen will.«

Das war schon ein zweites Element ihrer Privatsphäre, das sie bedenkenlos preisgab. Ich fragte mich, ob sie mir deswegen die Möglichkeit gab, jederzeit ihr Haus zu betreten und ihre Briefe zu öffnen, weil alles wirklich Private in ihrem Kopf stattfand, wo es vor mir sicher war. »Und überhaupt«, fügte sie hinzu, als hätte sie meine Gedanken gelesen, »bekomme ich kaum je Post.«

Um eins kam Connie herunter zum Mittagessen, für das ich zu sorgen hatte. Offenbar mochte sie gerne Sachen, wie sie in Kindergärten auf den Tisch kommen: Schinkensandwichs, Karottenschnitze, Knäckebrot, alles leicht mit den Fingern zu essen. Als ich in die Keksdose schaute, lüftete ich immerhin ein kleines Geheimnis: Constance liebte Schokolade.

»Ich habe den Leuten von der Arbeitsvermittlung gesagt, dass ich die Stelle nicht haben will«, bemerkte ich.

»Ah.«

»Haben Sie Ihrer Agentin gesagt, dass Sie jetzt doch keine Assistentin brauchen?«, fragte ich.

»Ja.« Connie schob das letzte Stück von ihrem Sandwich in den Mund, hochkonzentriert, damit der Belag nicht abstürzte.

»Und damit waren die ohne Weiteres einverstanden?«

Connie gab einen leise knurrenden Laut von sich. »Es blieb ihnen nichts anderes übrig. Sie wissen, wie ich bin. Sie können mich doch nicht *zwingen*, jemanden einzustellen. Allenfalls wenn ich drei Wochen nicht auf ihre Anrufe reagiere, können sie jemanden herschicken, der mich dann tot unten an der Treppe auffindet. Apropos, haben Sie gesehen, dass an diesem Wochenende Fiona Wilkins gestorben ist?« Sie biss in einen Lion-Riegel.

»Nein«, sagte ich und nahm das Blech mit den Karottenmuffins, die ich gebacken hatte, aus dem Ofen. »Das ist ja schrecklich.«

»Sie lag ungefähr dreißig Jahre lang im Sterben. Ich dachte eigentlich, sie wäre längst tot.«

Die Schriftstellerin Fiona Wilkins war nicht so gut wie Connie, aber ungeheuer populär und steinreich dank einer Krimiserie, die im 16. Jahrhundert in Rom spielt und in der eine detektivisch hochbegabte Klosterschwester namens Giovanna gegen den Papst und seine mörderischen Helfershelfer kämpft. Der Stoff war auch zu einer Fernsehserie verarbeitet worden. Ich hatte sie nie gesehen, aber die Bücher fand ich allesamt großartig. Fiona Wilkins, die ganz in der Nähe gewohnt hatte, hatte wahrscheinlich versucht, mit Connie Freundschaft zu schließen, und war ohne Zweifel elend gescheitert.

»Ich wollte, ich hätte auch so eine Klosterdetektivin erfunden«, sagte Connie. »Aber man kann schließlich seine Tantiemen nicht mit in den Himmel nehmen. Oder vielleicht doch? Arme Fiona Wilkins. Wir sind ja alle schon fast tot.«

»Sie nicht.«

»O doch. Na ja, sie war älter als ich, das stimmt immerhin. Wären Sie so nett, Tee zu machen? Haben Sie sich einen Schokoriegel aus der Dose genommen?«

»Nein.«

»Oh, Laura, in Gottes Namen.«

»Ich mag Schokolade nicht.«

»Wer in aller Welt mag keine Schokolade? Wenn ich das gewusst hätte, dass Sie so eine sind!«

»Sie haben mich beim Vorstellungsgespräch nicht danach gefragt«, sagte ich. Sie schmunzelte.

Ich schaltete den Wasserkocher ein. »Haben Sie gewusst, dass sie sechs Kinder hatte?«, fragte Connie. Sie war mit dem Lion fertig und gönnte sich jetzt ein

Bounty. Ich dachte kurz, dass sie sich vor Diabetes in Acht nehmen sollte. »Sechs Stück, echt wahr. Und wo sind die jetzt?«

»Wahrscheinlich an ihrem Totenbett?«

»Und ihr Mann war ein Nichtsnutz. Kein Wunder, dass die Romane alle gleich sind.«

»Mir haben sie gefallen.«

»Was?«

»Ich fand, sie waren sehr anständig geschrieben. Und gut recherchiert«, sagte ich. »Und eigentlich waren sie alle recht verschieden.«

»Die Nonne hat am Ende alle Rätsel gelöst?«

»Ja.«

»Sie ist in alle möglichen Klemmen geraten, aber immer rausgekommen?«

»Natürlich.«

Connie schniefte. »Die Wiederholung des Immergleichen erfordert auch Talent. Vielleicht sollten wir Blumen schicken.«

»Wenn Sie wollen, kümmere ich mich darum.«

»In Ordnung, tun Sie das.«

Sie seufzte. Sie konnte eine alte Dame sein, wenn sie erschöpft war. Beinahe jedenfalls. Ihre Augen verloren dann ihre Leuchtkraft, ihr sarkastischer Esprit erlosch. Ich hatte plötzlich Gewissensbisse, weil ich mich bei ihr eingeschlichen hatte, um ihr Antworten auf meine Fragen abzuluchsen. Wie viele Bücher steckten wohl noch in ihrem Kopf? Mir kam der Gedanke, dass ich gerne Connies Version der Geschichte von Giovanna, der Klosterdetektivin, lesen würde. Sie wäre bestimmt spektakulär. Aber wahrscheinlich war es zu spät.

»Sie hat auch diese schrecklichen Memoiren geschrieben«, sagte Connie. »*Gesammelte Verfehlungen* oder so ähnlich. Gott, was für ein Titel! Was halten Sie von Memoiren? Lesen Sie so was?«

»Kommt darauf an.« Ich trug die Becher mit dem Tee zum Küchentisch. »Denen von der Sorte *Ein langes, erfülltes Leben liegt hinter mir* kann ich nichts abgewinnen.« Ich stellte den Becher mit dampfendem Tee vor sie hin.

»Oh«, sagte sie. »Benutzen Sie doch bitte Untersetzer. Ich hasse Wasserflecken.«

»Natürlich«, sagte ich. Hastig legte ich zwei Korkuntersetzer hin. Ihre Teebecher sind so abgewetzt, dass es einem graust, aber sie *hasst Wasserflecken*, dachte ich.

»Haben die nicht alle so was grässlich Bekennerhaftes?«, fragte sie. »So was Egozentrisches?«

»Na ja, das ist gewissermaßen eine unverzichtbare Bedingung, dass sie egozentrisch sind, und ich finde nicht, dass das für sich genommen etwas Schlechtes ist. Jedenfalls dann, wenn sie dem Publikum etwas zu sagen haben.«

»Ich glaube nicht, dass die Leute sich mit dem identifizieren würden, was ich mitzuteilen hätte«, sagte sie.

Ich umklammerte meinen Becher. »Wieso?«

»Na ja, wahrscheinlich meine ich das gar nicht. Was ich wirklich sagen will, ist, dass ich es nicht mitteilen möchte.«

»Bestimmt haben Sie viel erlebt«, sagte ich. »Eine Menge Menschen kennengelernt.«

Sie kniff die Augen zusammen. »Ich werde nie darüber schreiben. Das ist der Grund, warum ich einen Roman schreibe.«

Ich zögerte, entschloss mich aber dann doch, weiterzureden. »Ich könnte mir vorstellen, wenn man über Dinge schreibt, die im wirklichen Leben passiert sind, besteht immer die Gefahr, dass man verklagt wird. Da tauchen oft längst vergessene Dinge aus der Versenkung auf.«

»Oh, darum müsste ich mir keine Sorgen machen«, sagte Connie. »Die Leute, über die ich schreiben würde, sind wahrscheinlich alle schon tot.«

Ein Schauder überlief mich. »Sie sind die letzte Überlebende?«

Connie sah mich an. »Ja.«

Sie schlug vor, ins Wohnzimmer umzuziehen und gemeinsam ihre Rechnungen und Belege durchzugehen. Connie erledigte ihre Bankgeschäfte nicht per Internet, sondern verschickte – unglaublich, aber wahr – immer noch Verrechnungsschecks. Ich machte Feuer im Kamin – *Oh, das hab ich mehr als zwei Jahre nicht mehr gehabt!* –, und es fühlte sich an, als befänden wir uns in einem Roman von Dickens. Mir machte es Spaß, alle ihre Ausgaben zu studieren, Einkäufe, Steuern, die das Vereinigte Königreich erhob, Telefon, Wasser, Grundsteuer, Strom, Gas. Mit Interesse nahm ich zur Kenntnis, dass sie großzügig an Einrichtungen der Obdachlosenhilfe, für den Kampf gegen Analphabetismus und die Ausbildung von Blindenhunden spendete. Ich versuchte, aus diesen Spenden Hinweise auf meine Mutter herauszulesen: War Elise obdachlos gewesen? Hatte Connie sie auf der Straße kennengelernt und ihr Lesen und Schreiben beigebracht? War meine Mutter dann erblindet und hatte diesen Schicksalsschlag nicht verwinden können? *Stopp*, sagte ich zu mir selbst. *Geduld. Sei realistisch. Lass dir Zeit.*

Offenbar schätzte Connie guten Wein und gute, solide Schuhe, aber sonst gab sie nicht viel aus. Ich sah ihr zu, wie sie sich hochkonzentriert bemühte, eine halbwegs anständige Unterschrift auf einem Scheck zustande zu bringen, und fragte mich, wie in aller Welt mein Unternehmen sich wohl entwickeln würde. Würde ich die ganze Zeit dasitzen und niederschreiben, was sie mir diktierte, so wie manche Büroangestellte in den 1940er Jahren? Ich dachte daran, wie enttäuscht Zoë dreingeschaut hatte, als ich ihr erzählte, dass ich die Stelle in dem Café aufgeben wollte, an Joes und Kellys skeptische Mienen, als ich ihnen erklärte, was es mit meiner neuen Arbeit auf sich hatte. *Bei der Frau, die deine Mutter gekannt hat? Bist du sicher, dass das klug ist?*

Natürlich war ich nicht sicher. Aber ich wusste, dass ungeachtet der ständigen Gefahr, als Schwindlerin enttarnt zu werden, ein einziger Tag in Connies Haus aufregender sein würde und mehr Potential böte als drei Monate Arbeit im Café. War ich denn nicht wirklich Laura Brown, sobald ich über Connies Schwelle trat, eine Frau, die einmal in Costa Rica gearbeitet hatte und davon träumte, wieder dorthin zurückzukehren? Laura hatte dort einen Jaguar gesehen, sie war in einem Faultier-Schutzgebiet gewesen. Laura würde sich als tatkräftig und selbstbewusst erweisen, sie würde ganz ausgezeichnete Karottenmuffins backen. Joe passte es nur deswegen nicht, weil *ich* diese verrückte Idee gehabt hatte, weil *ich* diejenige war, die es wagte, die Grenzen der öden Normalität zu überschreiten.

In der ersten Woche war ich mit dem Staubsauger, mit Putzlappen und Staubwedel im ganzen Haus zugange und kam so auch in die Räume, in denen ich normalerweise nichts zu suchen hatte. In einem Salon stieß ich auf Fotos in metallisch glänzenden Rahmen, sepiafarbene Ausblicke auf eine andere Zeit – eine Mutter in einem Blazer, wie sie in den vierziger Jahren Mode waren, ein Zweiglein an die Brust geheftet. Ein Vater, vermutete ich, in Militäruniform. Connie als Kleinkind, an ihrer Seite ein kleiner Junge. Die Blicke der beiden sanft, ihre Seelen unergründlich. In Connies Badezimmer betrachtete ich ihre Gesichtsmasken, Cremes und Emulsionen, ihre teure Mascara und ihre Lippenstifte, die in ihren Metallhülsen wie Munition für einen Privatkrieg aussahen. Einmal tupfte ich mir verschiedene Farben – *Apricot Dream, Harlot's Red* – auf den Mund, wischte sie aber gleich wieder mit Toilettenpapier ab.

Ich strich mit der Hand über ihren Bademantel; er war aus Seide, die an einigen Stellen schon fast durchgewetzt war, was dem Kleidungsstück nur noch mehr Charme verlieh. Ihr Schmuck lag nachlässig aufgehäuft in einer Keramikschüssel, um deren Rand sich eine Schlange ringelte: Korallenperlen, mexikanisches Silber, edwardianisches Gold mit kleinen Rubinen, Ohrringe mit in Silber gearbeiteten Lorbeerblättern. Mir war, als wäre ich erblindet oder sonst nur unvollständig wahrnehmungsfähig gewesen und als lernte ich jetzt erst wieder sehen, schmecken, tasten, um mit allen Sinnen den Weg zu der Lebensgeschichte meiner Mutter zu finden. Aber ich war noch nicht auf Fotos der erwachsenen Connie oder irgendeiner anderen Frau gestoßen und auch nicht auf alte Briefe oder irgendwelche Aufzeichnungen. Aber ich gab die Hoffnung, den Glauben nicht auf, dass ich hier in diesem Haus schließlich etwas finden würde, das mich zu Elise führen würde.

Die einzigen Räume, die ich nicht betreten durfte, waren Connies Schlafzimmer im obersten Stock des Hauses und ihr Arbeitszimmer. Ich glaube nicht, dass sie etwa fürchtete, ich könnte etwas stehlen, vielmehr waren diese Räume in ihrem Denken absolut privat, verbotenes Gebiet für jede fremde Person, und das hatte ich zu respektieren. Und wenn ich auch wirklich in gewisser Weise eine Einbrecherin war, was wollte ich hier stehlen? Etwas, das einst auch mir gehört hatte, das sich aber am Ende als etwas erweisen konnte, das zu stehlen unmöglich war.

Am Freitag in jener ersten Woche kam Connie morgens, als wir zusammen Kaffee tranken, auf Costa Rica zu sprechen. »Was hat Sie da hingezogen?«, fragte sie.

Ich bekam eine Gänsehaut, und mir wurde flau im Magen. Aber dann erinnerte ich mich daran, dass ich Laura war, nicht Rose. Laura war nicht der Typ, der so leicht aus der Fassung zu bringen war. Laura hatte Abenteuer erlebt und verstand es, unterhaltsam davon zu erzählen. »Der Urwald«, sagte ich, »ich wollte unbedingt Jaguare sehen.«

Zu meinem Erstaunen leuchteten Connies Augen auf. Das machte mir Mut. »Sind Ihnen welche begegnet?«

»Nein«, sagte ich. »Die haben sich rar gemacht. Aber es gab jede Menge Faultiere.«

Sie lachte. »Und wie waren die Kinder?«

»Oh, die waren allerliebst. Ich denke oft an sie.«

»Hat ihnen der Englischunterricht gefallen?«

»Ja, sicher. Und Sie – sind Sie viel gereist?«, fragte ich.

Sie schien darüber nachzudenken, dann sagte sie: »Ja, schon.«

»Haben Sie mal woanders gelebt? Ich meine: außerhalb von England?«

»Ja«, antwortete Connie, aber in einem Ton, der mich nicht dazu einlud, weiter darauf einzugehen. Vielleicht war Laura Brown zu forsch gewesen.

Zu Hause fragte Joe, wie es gewesen sei. »Es ist ganz anders als die Arbeit im *Clean Bean*«, sagte ich.

»Seid ihr auf deine Mutter zu sprechen gekommen?«

»Noch nicht.«

»Du hast das Thema gar nicht angeschnitten?«

»Nein!«

»Ich dachte, du willst etwas darüber erfahren?«

»Ja, natürlich, Joe.«

»Aber dann –«

»Lass mir einfach Zeit und dräng mich nicht so.«

»Also: Was hast du jetzt vor?«

Ich legte den Umschlag, den Connie mir gegeben hatte, auf den Küchentisch. »Hier. Fünfhundert Pfund in bar.«

»Wow.« Er runzelte die Stirn. »Sie geht selbst zur Bank und holt dort Geld?«

»Sie ist keine Einsiedlerin, Joe. Natürlich geht sie aus.«

»Ich dachte immer, sie ist uralt, hundert oder so.«

Am Abend im Bett rollte er sich auf die Seite mit dem Gesicht zu mir und fing an, meinen Arm zu streicheln. »Was hörst du da?«, fragte er.

Ich zog einen Ohrhörer heraus. »Ein Hörbuch.«

»Ist es gut?«

»Ja.«

Er rieb sein Gesicht an meinem Hals und fragte nicht, was für ein Buch es war. Ich hörte *Grünes Kaninchen.*

Ich liebte sie bereits, als ich ihr noch nie begegnet war, sagte die Stimme der Erzählerin. *Ich liebte sie als eine Idee, und als sie in mein Leben trat, machte sie mich erst richtig vollständig.*

Joe machte mit seinen Liebkosungen weiter, und ich ließ ihn gewähren. Bestimmt dachte er daran, dass ich gesagt hatte, ich vermisste die Leidenschaft in unserer Beziehung. Er bewegte seinen Mund mein Schlüsselbein entlang, über die ansteigende Kurve meiner Brust. Ich schloss die Augen, zog auch den anderen Ohrhörer heraus und schaltete das Gerät aus, um zu tun, was wir schon so oft getan hatten. Als er in mich eindrang, stellte ich mir vor, ich hätte einen anderen Körper. Beine, wie ich sie so oft in Zeitschriften gesehen hatte. Ich stellte mir vor, Joe wäre nicht Joe, sondern ein Schatten irgendwo hinten in meinem Bewusstsein. Ich befände mich nicht im Süden von London, sondern in einem kühlen Raum in einem Land mit heißem Klima, wo die Luft draußen schwül war. Ein Bett mit einem Vorhang, den eine Brise blähte, mein Leben losgelöst von Vergangenheit und Gegenwart, und die Zukunft nicht einmal ein schwacher

Schimmer. Alles außer Kraft gesetzt, gewissermaßen beseelt, nicht wie in der Wirklichkeit.

Ich war Rose, aber ich war auch Laura. Ich wusste nicht, welche von beiden ich sein wollte.

18

Ich wusste nicht, wie lange mein Dasein in Connies Haus aufrechtzuerhalten war. Connie würde vielleicht immer stärker darauf drängen, dass ich mehr von meinem Leben preisgab, und ich meinerseits würde auch meine Anstrengungen forcieren, und so würden wir beide versuchen, mehr über die andere zu erfahren, als diese verraten wollte. Ihre Fragen nach Costa Rica waren an sich harmlos, aber ich fragte mich, ob das nicht der Einstieg in ein Spiel war, in dem es nur einen Sieger geben konnte. Und noch etwas anderes beunruhigte mich – die Möglichkeit, dass das, was mein Vater dachte, einfach nicht stimmte: Vielleicht wusste Connie überhaupt nicht, was mit meiner Mutter passiert war, vielleicht hatte Elise sie ebenso im Dunkeln gelassen wie ihn, und Connie war genauso ahnungslos wie er. Mir blieb nichts anderes übrig, als die Stellung zu halten und abzuwarten, wie die Dinge sich entwickelten.

Du musst an dich glauben, sagte Kelly immer zu mir. Ich bemühte mich, doch ich wusste nicht, ob ich mehr an Rose Simmons oder an Laura Brown glauben musste. Es gefiel mir, als Laura aufzutreten. Sie war mutiger, tüchtiger und unterhaltsamer als Rose. Rose war tatsächlich ein ganz anderer Charakter. Weniger selbstbewusst, ängstlicher. Sie hatte nie weite Reisen gemacht, sie blieb lieber zu Hause. Sie wusste nicht, was ihre Bestimmung im Leben war.

Ich konnte mich nicht entscheiden, wie weit ich

mein falsches Spiel treiben sollte. Konnte ich eine vollständige neue Biografie für mich erfinden? Ich konnte Joe daraus tilgen. Ich konnte eine Mutter erfinden, die ich immer gekannt und geliebt hatte. Eine falsche Adresse. Ein neues Leben – wenn ich so meinen Tagträumen nachhing, war ich oft schockiert, wie leicht es mir fiel, mir Alternativen auszudenken. Ich war derzeit Single, aber es gab jemanden, mit dem ich mich gelegentlich traf – er war Museumskurator und kam aus New York. Er hieß Leo. Ich war mit einer Rechtsanwältin namens Carenza befreundet, die ich eines Abends in einer Bar kennengelernt hatte. Ihre Leidenschaft war das Klettern, und sie wollte mich zu einem ganz tollen Aktivurlaub überreden, zu dessen Programm unter anderem die Durchsteigung senkrecht aufragender Felswände gehörte – ach, Carenza! –, dabei wollte ich doch nur faul an einem Hotelpool sitzen. Ich war eine Stubenhockerin, sie eine Abenteurerin, aber irgendwie funktionierte es. Meine Eltern lebten in Bath, in Glasgow, in einem Dorf bei Dorking. Sie waren glücklich verheiratet, sie waren geschieden, meine Mutter Sally war nach Madrid gezogen, nachdem sie sich in einen spanischen Immobilienentwickler verliebt hatte. Nennen wir ihn Geraldo. Ich verbrachte oft das Wochenende bei den beiden, und wenn ich wieder heimflog, stopften sie mir jedes Mal das ganze Handgepäck voll mit dem besten *jamón*.

Es kostete mich keine Mühe, meine Identität aufzutrennen und eine neue zu weben. Wie hatte es so leicht werden können, mein Ich aufzugeben, die Löcher mit phantastischen Ideen zu stopfen?

Aber, sagte ich mir, wenn ich das so gut kann, wieso sollte ich es dann nicht tun? Niemand würde dabei zu Schaden kommen, weil ja niemand davon wüsste. Ich nahm an, Connie würde wahrscheinlich hin und wieder Fragen nach Lauras Leben stellen, und je länger ich bei ihr war, desto schwieriger würde es werden, stumm zu bleiben. Und wenn ich wirklich die eine oder andere Lügengeschichte erfand, würde das meine Stellung in Connies Haus nicht gefährden, es wäre nur eine Art Schutzschild, der mein wahres Ich verbarg, eine Wehrmauer in Gestalt einer viel interessanteren Identität. Und sobald ich die Geschichte meiner Mutter erfahren hätte, würde ich mitsamt meinen Phantasiegespinsten verschwinden und Connie mit den ihren hinter mir lassen.

Als es zu unserem nächsten persönlichen Gespräch kam, hatte Connie, wie es schien, gleichfalls viel nachgedacht. Über mich, wer ich war, woher ich kam. Wen ich liebte, was ich wollte. Vielleicht hatte der Tod von Fiona Wilkins sie ins Grübeln gebracht, sie mitteilsamer gemacht und den Wunsch in ihr geweckt, dem Wesen, mit dem sie so viel Zeit verbrachte wie mit niemandem sonst, näherzukommen. Vielleicht taute sie einfach nur langsam etwas auf. Aber ich hatte immer noch wenig Lust, ihr meine Lebensgeschichte zu erzählen, sei sie nun echt oder erfunden, ich wollte nur die ihre hören.

Sie bat mich, mit ihr einen Spaziergang im Park zu machen. Wir suchten einen Schal für sie, eine Mütze und eine dick gefütterte Jacke. Ihre Finger fassten unbeholfen krampfhaft die flauschige Mütze, sie wirkten fast wie die eines kleinen Kindes, und ich nahm zum wiederholten Mal überrascht wahr, wie stark der Kontrast zwischen ihren fahrig zuckenden Händen und dem eleganten Rest ihrer Erscheinung war.

Es war ein grauer Tag, die Sonne ließ sich nicht sehen, aber wenigstens regnete es nicht.

»Laura Brown«, sagte Connie mit spielerisch überkorrekter Betonung, als wir oben auf dem Hügel angelangt waren. »Sind Sie verheiratet, Laura Brown?«

Ich lachte. »Verheiratet? Nein.«

»Eine Beziehung?«

»Ja«, sagte ich und dachte an Joe, Leo, Carenza. Ich fragte mich, welcher Name wohl aus meinem Mund kommen würde, und war froh, dass Connie gleich zum nächsten Punkt überging.

»Kinder?«

»Nein.«

»Wollen Sie welche?«

Ich schwieg. »Ach so«, sagte Connie.

»Ach *wie*?«, fragte ich.

Sie antwortete nicht darauf.

Wir spazierten weiter. Ich fühlte mich verletzlich, ausgeliefert und wünschte mir, wir gingen nach Hause, wo ich mich sicherer glaubte als mit ihr zusammen im Park. Im Freien schien der ganze Aberwitz meines Verhaltens – die Lügen, die Tatsache, dass ich jetzt eine Art Gefährtin für sie war – noch deutlicher hervorzutreten. Ich hatte das Gefühl, dass ich jeden Moment verhaftet werden könnte. Connie riss mich aus meinen Gedanken. »Als ich zwanzig war«, sagte sie, »schrieb ich eine Reihe von Gedichten für eine Freundin, die Geburtstag hatte.«

»Das war nett von Ihnen.«

Connie schnaubte. »Ich war pleite, darum habe ich sie geschrieben. Ich hatte nicht genügend Geld, um ein anständiges Geschenk zu kaufen. Es ist nicht so, dass ich mich für eine große Dichterin hielt.« Sie hielt bei einer Bank an und setzte sich. »Na ja, vielleicht doch. Schließlich habe ich sie geschrieben, und soweit ich mich erinnere, hatte ich kein peinliches Gefühl, als ich sie ihr überreichte.«

»Worum ging es in diesen Gedichten?«

»Ach, ich weiß nicht mehr, wahrscheinlich um Liebe. Meine Annäherung an sie. An diese Freundin, an mich selbst. Es waren nicht ›Einundzwanzig Gedichte zu einem einundzwanzigsten Geburtstag‹, nichts in der Art. Aber sie haben mich schon einige Anstrengung gekostet, das weiß ich noch.«

»Haben Sie sie veröffentlicht?«

»Um Gottes willen, nein. Dann haben wir uns getrennt. Sie hat das Manuskript im Kofferraum ihres Autos liegenlassen. Ein alter Klapperkasten, den sie nicht absperrte, damit jemand ihn klaute und sie ihn loshatte. Er wurde tatsächlich geklaut, und weil die Gedichte immer noch im Kofferraum lagen, waren die auch weg.«

»Das war ziemlich fies von ihr.«

Connie zuckte die Achseln. »Ich hatte sie ihr geschenkt. Sie konnte damit tun, was sie wollte. Sie wollte nichts haben, was sie an mich erinnerte, und darum konnten ihr auch meine Gedichte gestohlen bleiben.

Aber dann reute es sie. Als wir wieder miteinander sprachen, fragte sie mich doch tatsächlich, ob ich sie nicht noch einmal schreiben könnte.«

»Haben Sie das gemacht?«

»Nie und nimmer.«

»Das ist gut.«

»Ihr Auto hieß Sirius, nach dem Sternbild.« Connie vergrub ihr Kinn in dem Schal. »Ein paar Jahre später schrieb ich ein Gedicht mit diesem Titel – verstehen Sie: *Sirius,* dieser großartige Name, die Idee vom Schicksal, das in den Sternen geschrieben steht.« Sie verdrehte die Augen. »Ich war ja so klug! Es handelte vom Diebstahl dieser ersten Gedichte. Und davon, dass sie verlangt hat, ich sollte sie noch einmal schreiben – was für eine unglaubliche Arroganz!«

»Und was haben Sie damit gemacht?«

»Nichts. Es war nicht besonders gut. Aber dann hat meine neue Freundin es gefunden und hat mir eine schreckliche Szene gemacht, weil ich ein Gedicht über eine frühere Geliebte geschrieben hatte.«

Ich dachte daran, was mein Vater gesagt hatte: *Eine Zeitlang waren sie unzertrennlich.* »Sie war wohl der Typ, der schnell eifersüchtig wird, die Neue?«, fragte ich. Mein Herz schlug ein bisschen schneller.

Connie blickte gedankenverloren vor sich hin. *Sag den Namen,* dachte ich. *Ihren Namen.* »Das kann man wohl sagen«, antwortete sie. »Sie ist hochgegangen wie eine Rakete. Ich hab das Gedicht weggeworfen. Ich hätte vorsichtiger sein sollen.«

»Es war doch Ihr gutes Recht, es zu schreiben.«

Connie blickte abwesend auf die Spaziergänger, die

vorbeischlenderten. »Ich habe alte Fehler mit neuen Leuten gemacht.« Sie sah mich an. »Davor müssen Sie sich hüten, Laura. Glauben Sie mir, ich spreche aus Erfahrung.«

»Sicher«, sagte ich verlegen.

»Obwohl es das ist, was letztlich alle tun«, fuhr sie fort. »Das Herz bricht einem nur beim ersten Mal und nie wieder, aber man erfährt den Schmerz immer wieder neu in späteren Beziehungen, auch wenn einem das nicht bewusst ist. Wurde Ihnen schon einmal das Herz gebrochen, Laura?«

Ich dachte so lange über diese Frage nach, dass Connie sich schließlich umdrehte und mich direkt ansah. »Ja«, sagte ich, aber ich dachte dabei nicht an irgendeine Liebesbeziehung.

Vielleicht klang es wahr oder zumindest tief empfunden. »Es tut weh, nicht?«, sagte sie sanft.

»Ja.«

»Dieser Roman, an dem ich gerade arbeite, handelt von der Verantwortung«, sagte sie unvermittelt, und es war, als überreichte sie mir ein Geschenk. »Er heißt *Die Launische*.«

»*Die Launische*?«

»Was ich dieser Freundin von mir erklären wollte –«

»Der Rakete, meinen Sie?«

Sie lächelte. »Ja, was ich ihr – oder vielleicht mehr mir selbst – erklären wollte, war, dass ich gewissermaßen mit dem Finger eine Narbe nachzeichnete, die nie verschwindet. Alte Wundmale unter neuer Haut. Aber wenn ich darüber schreibe, wird es in neuer Gestalt gegenwärtig. Das würde ich Kunst nennen, weil es die alte Wunde erfahrbar macht. Und es hilft uns auch, uns unsere ideale Zukunft vorzustellen.«

»Sind Sie sicher, dass man das tun soll?«

Connie lachte. »Nein. Ich verdrehe es alles ein bisschen, aber das ist mein Beruf. Wenn jemand an nichts glaubt außer an die Kunst – Sie können auch sagen: an die Fiktion –, macht ihn das nicht besser als andere, die nie ein Buch lesen. In gewisser Weise macht es einen Menschen furchterregend. Oder es jagt ihm selbst blanken Schrecken ein. Je nachdem, in welcher Stimmung er gerade ist. Schließlich verleugnet er die Realität, oder nicht? Eine Person, die erst jemanden auf einer Bühne Krokodilstränen weinen sehen muss, um wahre, tiefe Trauer zu empfinden, eine, die ein Liebesgedicht braucht, um das Gefühl der Liebe enger einzukreisen – so eine Person wird es schwierig finden, in der realen Welt zu leben. Man kann durchaus behaupten, dass sie lebensuntüchtig ist.«

Connie überraschte mich: Sie wurde emotional. »Sind wir das nicht alle mehr oder weniger?«, fragte ich. »Die Wirklichkeit kann einen leicht ... überfordern.«

Sie wedelte mit ihrer Klauenhand durch die Luft. »Ich verurteile niemanden dafür. Ich bin nicht besser als die meisten. Ich brauche diese Schauspieler. Ich brauche diese Liebesgedichte. Ich habe es immer schwierig gefunden, ich habe immer Geschichten gebraucht. Ich nehme an, das liegt auf der Hand.«

»Aber warum haben Sie dann so lange nichts geschrieben, Connie?«

Das gefiel ihr gar nicht. Sie verzog das Gesicht und

wandte sich ab. »Bei diesem Vorstellungsgespräch haben Sie gesagt, Sie hätten *Grünes Kaninchen* gelesen.«

»Ja, hab ich.«

»Dachten Sie, *ich* sei dieses Kaninchen?«

»Nein, ich dachte, sie ist eine erfundene Figur.« Das war nicht ganz wahr.

Connie lächelte. »Gut. Denn das ist der springende Punkt. Es ist nie die Realität. Jedenfalls ist das das Ziel. Das Problem dabei ist nur, dass niemand so genau sagen kann, was Realität eigentlich ist. Es ist so schwer zu fassen.«

»Das ist mir klar, Connie.«

Sie stand auf. »Gehen wir nach Hause. Ich brauche jetzt unbedingt eine Tasse Tee.«

19

Ein paar Tage nach dieser Unterhaltung machte ich gerade Pizza in Connies Küche, als sie in der Tür erschien. »Laura«, sagte sie, »könnten Sie heute länger bleiben? Ich erwarte einen Gast und habe mich gefragt, ob Sie vielleicht kochen würden?«

»Einen Gast?« Meine Stimme klang gepresst. *Stell dir vor*, dachte ich, *deine Mutter marschiert zur Tür herein.*

»Heißt das ja?« Connie hob eine Augenbraue.

»Entschuldigen Sie, ja, natürlich.«

»Es ist meine Agentin. Deborah.«

»Ihre Agentin.« Ich hatte das Gefühl, dass etwas in mir in sich zusammenfiel, und drehte mich um zur Arbeitsfläche. Wurde ich langsam verrückt – wie konnte ich glauben, meine Mutter würde mal eben zum Abendessen vorbeikommen?

»Stimmt etwas nicht, Laura?«

»Alles in Ordnung.« Ich deutete auf den Pizzateig, den ich gerade geknetet hatte. »Ich hatte nur vorgehabt, Ihnen eine Pizza dazulassen.«

»Pizza wäre wunderbar, danke. Vielleicht wollen Sie ja Ihren Freund, Ihre Freundin einladen?«

»Bitte?«

»Ihre *Beziehung*. Lieber Himmel, was ist mit Ihnen los?«

»Gar nichts, ehrlich.«

»Ich weiß nicht einmal, wie er oder sie heißt.«

»Joe«, sagte ich. Ich war so durcheinander, dass ich

gar nicht daran dachte, einen falschen Namen zu sagen. Leo und Carenza hatten sich, ganz verschreckt von Connies unverblümter Neugier, in Luft aufgelöst. »Er muss heute Abend arbeiten«, behauptete ich.

»Was macht er denn beruflich?«

»Er – er ist Antiquitätenhändler.«

»Toll!« Connie klang ehrlich begeistert. Ich merkte, dass ich rot wurde, und kehrte ihr den Rücken zu. Ich holte tief Luft und überlegte, was Laura sagen würde. »Welche Epoche?«, fragte Connie.

»Hauptsächlich frühes zwanzigstes Jahrhundert«, antwortete ich.

Connie gab einen Laut des Entzückens von sich. »Aber warum muss er abends arbeiten?«

»Er ist in Yorkshire. Da wird morgen ein großer Nachlass verkauft, und er will möglichst früh dort sein, um sich die besten Stücke zu sichern.«

»Schade. Vielleicht klappt es ein andermal.«

»Bestimmt. Danke, Connie.«

»Könnten Sie die Pizza ein bisschen aufhübschen? So, dass nicht nur Peperoni drauf sind?«

»Natürlich. Ich habe mal in Italien einen Kochkurs gemacht, in Padua. Hat Deborah besondere Vorlieben?«

»In Padua? Großartig«, sagte Connie. »Sie mag keine Sardellen. Alles andere ist okay.«

Connie ging, dann hörte ich oben die Tür ihres Arbeitszimmers zuschlagen. Ich setzte mich wieder an den Tisch und arbeitete weiter, voller Dankbarkeit, weil der Teig sich schön kneten ließ. Ich stellte mir Laura vor, die in Padua in einer romantischen Dachkammer wohnte und in ihrem Kochkurs lernte, wie man am besten und einfachsten Tortellini, richtigen Ricotta und Pizza zubereitete, alles echt italienisch. Ich wünschte mir so sehr, dieses Mädchen zu sein, das einfach über seinen Schatten sprang und so etwas machte. Ich ließ den Teig gehen, und er schwoll an wie ein bleiches, aufgedunsenes Organ, sodass die Abdrücke meiner Finger spurlos darin verschwanden. Joe, der Antiquitätenhändler. Ich stellte ihn mir vor, wie er die endlosen Gänge einer Antiquitätenmesse durchwanderte auf der Suche nach dem perfekten Art-déco-Tisch. Warum hatte ich nicht einfach gesagt, er sei Rechtsanwalt oder Buchhalter oder sonst etwas, was kein Mensch interessant findet? Dann wäre ich vor neugierigen Fragen sicher gewesen.

Wahrscheinlich *wollte* ich, Joe wäre interessant. Und wahrscheinlich wollte auch ich interessant sein.

Letztlich war es egal, ob er Antiquitätenjäger oder Burritoverkäufer war, ich konnte ihn auf keinen Fall hier gebrauchen, aber sogar noch weniger wollte ich mit Deborah zusammentreffen. In hektischer Eile ging ich die verschiedenen Möglichkeiten durch. Was war, wenn Connie ihr erzählte, ich sei von der Arbeitsvermittlung geschickt worden, und Deborah ihr sagte, dass sie nie von mir gehört hatte? Dann würden sie unangenehme Fragen stellen. Vielleicht würden sie sogar die Polizei einschalten. Dann würde Joes düstere Prophezeiung am Ende doch noch wahr. Ich hatte das Gefühl, dass ich ein bisschen in diesem Haus Fuß gefasst hatte und dass ich meiner Mutter ein klein wenig nähergekommen war – es durfte nicht passieren, dass jetzt plötzlich alles zu Ende war. Ich durfte nicht hier sein, wenn Deborah kam. Ich musste es schaffen, in Connies Zimmer vorzudringen, ohne dass Leute von draußen mir einen Strich durch die Rechnung machten.

Ich deckte den Teig mit Frischhaltefolie zu, ging hinauf in den ersten Stock zu Connie. Zu meiner Überraschung stand die Tür ihres Arbeitszimmers offen. Sie saß an ihrem kleinen Schreibtisch an dem Fenster, durch das man auf den Garten und die Rückseiten anderer Häuser hinaussah. Sie hatte mich nicht kommen hören. Sie saß über ein A4-Schreibheft gebeugt da, offenbar hochkonzentriert, aber was mir vor allem auffiel, war, dass sie ihren Füller hielt wie ein ungeübter Europäer ein Paar Essstäbchen: unbeholfen, ungelenk, hilflos unvertraut mit exotischen Verhaltensweisen und Kontexten, die ihr nichts bedeuteten. Ich blieb bewegungslos vor der Schwelle stehen, ich wusste, dass ich das nicht sehen sollte.

»Scheiße, Scheiße, Scheiße«, sagte sie leise, ließ den Füller fallen und schlug die Hände vors Gesicht.

Sie tat mir so leid. Während ich für sie kochte, ihren Papierkram erledigte, ihr Tee machte und in kleinen Portionen Lion-Riegel ausgab, war sie hier oben, aber sie schrieb nicht dicke Bände mit großartiger Literatur, sondern versuchte nur mit größter Mühe, einen gewöhnlichen Füller zu halten.

Ich wollte mich zurückziehen.

»Laura«, sagte sie.

Ich drehte mich beschämt um, und als unsere Blicke sich kreuzten, sah ich, dass auch sie peinlich berührt war. Sie überspielte ihre Verlegenheit, indem sie sich ganz gerade setzte und einen Ellenbogen elegant aufstützte.

»Wie lange stehen Sie schon so da?«, fragte sie streng. »Fangen Sie jetzt an, mir nachzuspionieren?«

»Es tut mir wirklich leid.« Eigentlich hätte ich ihr gerne gesagt, wie sehr ich sie für ihre Tapferkeit bewunderte, aber ich fürchtete, das wäre ihr erst recht unangenehm gewesen. Sie hatte natürlich schon öfter darüber geredet, dass der Zustand ihrer Hände immer schlechter wurde, aber zu sehen, wie schwer es ihr fiel, zu schreiben, war doch etwas anderes, als sie dabei zu beobachten, wie sie unbeholfen eine Flasche zu öffnen versuchte.

Ich tat einfach so, als wäre gar nichts passiert. Laura Brown machte kein großes Getue um solche Dinge, sondern ging taktvoll darüber hinweg. »Ich wollte nur sagen, dass ich mich nicht gut fühle«, sagte ich.

»Es geht Ihnen nicht gut?«, fragte sie. »Ich hatte vorhin schon den Eindruck, Sie sind gar nicht bei der Sache. Was ist denn los?«

»Ich habe meine Periode.« Mir fiel nichts Besseres ein.

Ihr Gesicht wurde weich. »Ach, das tut mir leid. Machen Sie sich keine Sorgen um das Essen, Laura, das ist gar kein Problem. Gehen Sie nach Hause, legen Sie sich hin. Ich werde Deborah anrufen und ihr sagen, sie soll uns etwas von M&S mitbringen. Brauchen Sie Paracetamol? In dem Schränkchen im Badezimmer ist noch eine Packung.«

Ich spürte, wie etwas in mir sich löste, irgendein Muskel in mir, den ich angespannt hatte, ohne es zu merken. Ich wäre am liebsten zu ihr hin gestürzt und wäre ihr um den Hals gefallen, obwohl sie in meinen Augen wahrhaftig kein Mensch war, den man einfach so umarmt. Ich dachte an den Geschäftsführer des *Clean Bean*, einen Mann namens Giles. Wenn Zoë oder ich Menstruationsbeschwerden hatten, war es ihm scheißegal, wenn wir uns krümmten vor Schmerzen oder wenn Zoë immer wieder in die Personaltoilette rennen musste, um sich zu erbrechen. *Wenn Männer eine Menstruation hätten*, sagte Zoë oft, *dann gäbe es längst ein gesetzlich verankertes Recht auf zwölf Wochen Extra-Urlaub im Jahr und kostenlose Tampons.*

Ich hatte ein schlechtes Gewissen, weil ich es genoss, von Connie so bemuttert zu werden, obwohl ich nur feige von hier verschwinden wollte. »Ich mache die Pizza«, sagte ich. »Sie können doch Ihrer Agentin kein Fertiggericht von M&S vorsetzen.«

»Es wäre nicht das erste Mal«, sagte Connie. »Und bis jetzt haben es noch alle überlebt.«

»Aber dafür bin ich schließlich da, dass Sie was Anständiges zu essen bekommen.«

Connie wirkte bewegt, und als sie sich wieder ihrem Heft zuwandte und zu ihrem Füller griff, sah ich, dass ihr blasses Gesicht etwas Farbe bekam. Wieder einmal fragte ich mich, wie lange es wohl her war, dass Connie jemanden gehabt hatte, der so auf sie einging, sich um sie kümmerte, so nahe bei ihr war. Dass sie bereit war, sich um mich zu sorgen, überraschte mich. Wie lange hatte wohl dieser Impuls, so natürlich er auch war, in ihr geschlummert?

»Ja«, sagte sie, »das stimmt wohl. Aber legen Sie sich

im Gästezimmer hin. Nehmen Sie eine Paracetamol, ruhen Sie sich aus, und wenn Ihnen in ein paar Stunden nicht besser ist, dann bleiben Sie bitte nicht länger meinetwegen.«

Ich entschied mich dafür, das Paracetamol zu nehmen, weil Laura es so machen würde. Und ich hatte auch tatsächlich ein bisschen Kopfweh. Ich ging in das Schlafzimmer im ersten Stock. Es war klein, ein Bett für eine Person stand darin. An den Wänden hingen in Wechselrahmen Theaterplakate, die bis in das Jahr 1976 zurückreichten. In einem Regal standen fremdsprachige Ausgaben von Connies Romanen, aber ich rührte sie nicht an. Wieder einmal schämte ich mich dafür, dass ich Connie hinterging, die so großzügig, so arglos war. Meine Achtung vor ihr lag im Streit mit meinem Wunsch, etwas über meine Mutter zu erfahren.

Ich legte mich auf das Bett – irgendwie fand ich, es stand mir nicht zu, unter die Decke zu schlüpfen. Ich fragte mich, ob Elise je in diesem Haus gewesen war, ob sie vielleicht sogar in diesem Bett gelegen hatte, und wenn, wie es dazu gekommen und wie die Geschichte weitergegangen war. Aber kaum hatte ich meinen Kopf auf das Kissen gelegt, schlief ich ein – so plötzlich, so tief, wie ein Kind auf einer langen Autofahrt oder in den Armen seiner Mutter oder seines Vaters einschlafen kann.

Als ich wieder aufwachte, stand Connie im Zimmer. Draußen war es schon dämmrig, und der Ausdruck auf ihrem Gesicht hatte etwas merkwürdig Zögerndes und zugleich Besorgtes. »Ah, Sie sind wach«, sagte sie. »Deborah ist hier.«

»Was?«

»Sie haben drei Stunden geschlafen.«

Ich fuhr hoch. *»Drei Stunden?«*

»Sie waren verzaubert«, sagte Connie. »Das macht die Periode. Ich kann nie mehr so schlafen. Ach, die Jungen haben es gut.«

»O Gott«, sagte ich. »Das tut mir so leid.«

»Unsinn. Pizza dauert nicht lang. Kommen Sie, ich stelle Sie Deb vor.«

Ich folgte ihr ins Wohnzimmer. Deborah stand am Kamin. Sie war klein, gut sechzig Jahre alt und hatte helle, harte Augen, die nicht viel verrieten. Sie trug eine graue Stola um die Schultern und eine sehr dominante große Brille mit einem grünen Gestell. Ihr Haar war wuschelig kurz und dezent gefärbt, um ihren Hals und an ihren Fingern hatte sie eine Menge teuer aussehenden Modeschmuck in verschiedenen abstrakten Formen. Sie sah aus wie eine Eule, und sie hatte auch die rundliche Figur einer Eule.

»Deb, das ist Laura. Sie ist mein Engel«, sagte Connie.

»Hallo, Deborah.« Ich schüttelte ihre Hand. Ich war noch etwas benommen, aber ich wusste, dass ich mich zusammenreißen musste.

»Die neue Assistentin.« Deborah schenkte mir ein etwas unterkühltes Lächeln. »Sind Sie ein Engel oder eine Teufelin?«

»Nehmen Sie das ja nicht ernst«, sagte Connie.

Deborah musterte mein Gesicht. »Möchten Sie beide vielleicht ein Glas Champagner?«, fragte ich.

»Ja, gerne«, sagte Connie.

»Kein Wunder, dass Con Sie mag«, sagte Deborah. »Na dann, nur zu, warum nicht?«

Ich verschwand in die Küche, um ihnen Champagner einzuschenken. Ich lehnte mich an die Arbeitsplatte und atmete tief durch, dann ging ich zurück. Deborah stand immer noch am Kamin. Sie wickelte sich gerade aus ihrer Stola. »Dieses Ding ist so riesig«, sagte sie. »Wie eine Picknickdecke. Davy hat sie mir zum Geburtstag geschenkt. Wahrscheinlich wird sie bald voller Hundehaare sein.« Sie legte die Stola sauber zusammengefaltet auf das Sofa. Connie entschuldigte sich und ging hinaus; kurz darauf hörte man die Tür der Toilette unter der Treppe klicken.

»Wie ist sie denn?«, fragte mich Deborah. »Ist es Ihnen noch nicht verleidet, bei ihr zu arbeiten?«

Ich lachte. »Überhaupt nicht. Es gefällt mir prima. Ich finde, ich habe großes Glück gehabt.«

»Connie findet, sie ist diejenige, die Glück gehabt hat.« Deborah setzte sich, ihr Champagnerglas in der Hand. »Sie müssen schon etwas ganz Besonderes an sich haben – Ihre Vorgängerin hat es nur eine Woche ausgehalten.«

»Meine Vorgängerin?«

Deborah lächelte milde. Es war mir peinlich, dass ich so naiv gewesen war, zu denken, ich wäre die Erste meiner Art gewesen – als hätte nicht nur Lauras, sondern auch Connies Leben erst in dem Moment begonnen, da ich über ihre Schwelle trat. Connie hatte im Gegensatz zu mir schon viele Leben gelebt. Mit einigem Unbehagen sah ich im Geist eine gespenstische

Reihe von Vorgängerinnen, die sie in ihr Haus gelockt hatte und die sich alle als unfähig erwiesen hatten, ihren nicht näher bezeichneten Ansprüchen zu genügen.

»Nun, wie auch immer«, Deborah wedelte mit der Hand, »Sie sind hier, und Con mag Sie, das ist alles, was zählt. Wie haben Sie die Stelle gefunden?«

Mein Herzschlag beschleunigte sich. »Über eine private Arbeitsvermittlung«, sagte ich.

»Ach ja?«

»Sie sagten, Connie brauche jemand, der ihr im Haushalt und bei ihrer Arbeit hilft.«

Deborah wirkte verwirrt. »Was für eine Arbeitsvermittlung war das?«

»McIntyre«, sagte ich und dachte: *Das war's. Jetzt ist alles aus. Wenn sie rauskriegt, was es mit dieser E-Mail-Adresse auf sich hat, hetzt sie mir die Polizei auf den Hals.* Der Gedanke, dass ich mich für meine Lügen verantworten, dass ich meine Phantasien über meine Mutter vor diesen Frauen ausbreiten musste, war mir unerträglich.

Deborah sagte nichts dazu. Möglicherweise erledigte ja ihre Assistentin, diese Rebecca, den größten Teil ihrer Korrespondenz, und Deborah bekam von den Details gar nichts mit? Wenn es so wäre, könnte das meine Rettung sein. Ich musste unbedingt das Thema wechseln. »Connie schreibt einen neuen Roman«, sagte ich. »Erstaunlich, nach so langer Zeit.«

»Ich weiß.« Deborah runzelte die Stirn. »Aber mit ihren Händen wird es immer schlimmer.«

»Das ist der Grund, warum ich hier bin.« Deborah

musterte mich mit einem durchdringenden Blick. »Sie sagt, es geht dabei um Verantwortung.«

Connie trat wieder ein. »Was ist mit Verantwortung?«

»Das ist offenbar das Thema von *Die Launische*«, sagte Deborah. »Das behauptet jedenfalls dein Engel.«

»O ja«, sagte Connie und setzte sich wieder in ihren Sessel, so lässig, als wäre gar nichts besonders daran, dass sie nach dreißig Jahren schöpferischer Pause wieder etwas veröffentlichen wollte. »Ich habe Laura gesagt, es gehe um Verantwortung. Aber das ist nicht alles. Ich erzähle dir die Geschichte, okay?«

»Okay«, antwortete Deborah.

»Es gibt eine Frau. Wie immer.« Connie verzog ironisch das Gesicht. »Sie heißt Margaret Gillespie.«

»Guter Name.« Deborah nippte bedächtig an ihrem Champagner.

»Es beginnt 1626 in London. Margarets Mann ist ein frommer calvinistischer Puritaner. Sie fährt mit ihm und ihrer gemeinsamen Tochter Christina nach Massachusetts, wo sie sich in einer Kolonie namens Peabody niederlassen – den Ort gibt es tatsächlich. Der Ehemann stirbt an einer Seuche, die auch fast die Hälfte aller anderen Kolonisten dahinrafft. Margaret und Christina bleiben am Leben, aber es ist ein sehr hartes Leben. Ich wollte ... Dreck.« Connie verschränkte die Arme so, dass ihre Hände versteckt waren, während sie ihre innere Welt vor ihren Zuhörerinnen ausbreitete. »Natürlich wäre es am besten, sie wären nie hierhergekommen, aber der Mann, der sie hergeschleppt hat, ist nicht mehr da, und sie können nicht mehr zurück. Ich wollte darüber schreiben, was es bedeutet, jemanden auf Kosten der eigenen Person zu lieben. Ob das gut ist. Ob es vielleicht sogar das ist, worauf es letztlich immer ankommt. Ich glaube, dass ihre Natur für Margaret manchmal fatal ist. Liebe als Behinderung. Ich möchte nicht vorhersehbar sein, und die Leute werden sagen, ich bin vorhersehbar, aber es gibt ein abscheuliches Wesen.«

»Ein abscheuliches Wesen?«

»Den Gegenspieler. Unter der Maske religiöser Überzeugung ist er ein brutaler Unmensch: Davy Roper, der Ehemann von Christina.«

»Davy?«, sagte Deborah. »So heißt mein Sohn, Con.«

»Ich weiß«, erwiderte Connie gleichmütig. »Mir hat der Name gefallen. Macht es dir etwas aus?«

»Nein, eigentlich nicht.« In Deborahs Stimme klang eine gewisse Müdigkeit, die vermuten ließ, dass sie derartige Dinge schon öfter erlebt hatte.

»Davy ist ein großes Unglück für Margaret und Christina«, fuhr Connie fort. »Er ist einer der Gemeindevorsteher der Kolonie; sein Rang ist noch nicht sehr hoch, aber er wird bald aufsteigen. Hinter verschlossenen Türen schlägt und vergewaltigt er Christina. Er versucht sogar, auch Margaret zu schlagen, die aus ihrer Abneigung gegen ihn kein Geheimnis macht. Sie will sich aus ihrer Isolation als schutzlose Witwe befreien und bietet Davy oft trotzig die Stirn. Sie möchte ihre Tochter dazu bewegen, ihn zu verlassen, aber Christina wagt es nicht, denn Davy ist ironischerweise derjenige, dem sie Achtung und Respekt verdanken. Dann fängt Davy an, Gerüchte über Margaret in die Welt zu setzen, und die Leute beobachten sie mit zunehmendem Misstrauen.«

»Warum glauben sie ihm?«, fragte ich.

Connie lachte. »Wie sollten sie ihm nicht glauben? Er ist ein Vertreter der Obrigkeit. Er ist ein Mann. Margaret ist eine Außenseiterin. Und sie kann gut kochen.« Connie lächelte. »Denn das bedeutet: Sie kennt sich mit Kräutern aus. Und da setzt Davy mit seinen Verleumdungen an. Woran ist ihr Mann wirklich gestorben?, fragt er. Woran sind all die anderen in der Kolonie wirklich gestorben? Wofür braucht Margaret diese getrockneten Rinden und Pilze, die in ihrem Haus von der Decke hängen? Fordert sie es nicht geradezu heraus, dass man sie eine Hexe nennt?« Connie hielt inne und atmete tief durch. »Als Christina schwanger wird, bietet Margaret ihre Hilfe an, falls sie das Kind abtreiben will, um es vor einem so elenden Leben, wie sie es unter der tyrannischen Herrschaft Davys führen müssen, zu bewahren. Christina entscheidet sich dafür, das Kind nicht zur Welt zu bringen. Und dann geht alles schrecklich schief.«

Es war ganz still im Raum. »Was heißt das?«, fragte Deborah nach einer Weile.

»Die Sache ist nämlich«, sagte Connie, »dass Margaret Gillespie immer von allen verlassen wird. Das ist sowohl ihre Lust als auch ihr Schmerz.«

»Was macht Margaret?«, fragte Deborah.

»Sie stellt einen Abtreibungstrank her.«

Deborah kippte den Rest ihres Champagners hinunter. »Klar.«

»Christina nimmt das Mittel ein und stirbt daran«, sagte Connie. Deborah stellte sacht ihr Champagnerglas ab. »Und so muss Margaret nun wieder neu anfangen.«

Als ich so in diesem eleganten Wohnzimmer in Hampstead saß, spürte ich eine Energie knisternd zum Leben erwachen: Wo vorher alles aufgeräumt heiter gewesen war, spürte ich jetzt etwas Unheimliches, Kaltes, Unvertrautes. Die Härchen auf der Oberseite meines Arms stellten sich auf, in der Ecke nahmen die fast unsichtbaren Schatten von Margaret Gillespie und ihrer Tochter leibhaftige Gestalt an.

»Schafft sie es?«, fragte ich.

»Schafft sie *was*?«

»Neu anzufangen.«

Connie lächelte. »Warten Sie's ab, dann werden Sie es sehen.

»Kann man sagen, *Die Launische* bietet einen Blick auf schwierige Familiendynamiken?«, fragte Deborah. »Kann ich interessierten Verlegern den Roman so beschreiben?«

Connie rümpfte die Nase. »Man darf sich nicht zu klein machen, Deb. Was passiert, wenn ein Mann etwas über Familien schreibt? Dann kommt natürlich kein Mensch auf die Idee, dass er wirklich von *seiner Familie* spricht. Wenn ein Mann darüber schreibt, wie jemand den Teppich staubsaugt, dann spricht er in Wahrheit von der Reinigung der Seele. Aber wenn eine Frau dasselbe tut, spricht sie bloß von Hausarbeit. Dieser Roman könnte von der Seele handeln!«

»Ich weiß«, sagte Deb. »Aber –«

»Sie glauben, wir sind gar nicht fähig, Dinge zu erfinden, groß zu denken – obwohl wir doch immer gezwungen waren, besser zu lügen, uns besser zu verstellen als alle anderen.«

Ich verschluckte mich an meinem Champagner. Connie sah mich an. »Alles in Ordnung?«, fragte sie.

»Geht schon wieder.« Ich konnte ihr kaum in die Augen schauen.

»Also gut«, sagte Deborah leicht genervt. »Ich sage nicht, dass es einen Blick auf das Wesen der Familie eröffnet. Obwohl ich glaube, dass es nichts Schlechtes ist, wenn jemand über die Familie schreibt.«

»Natürlich nicht«, sagte Connie. »Es kommt nur darauf an, wie die Leute es aufnehmen.«

Deborah hob ihr leeres Glas, und wir stießen auf den neuen Roman an. »Ich kümmere mich jetzt mal um die Pizza«, sagte ich.

»Ja, danke.« Connie wandte sich an Deb. »Alles beste Handarbeit, Deb. Laura hat den Teig *selbst gemacht*!« Sie riss die Augen weit auf, als hätte ich ein Atom gespaltet.

Deborah prostete mir mit ihrem leeren Glas zu, das Gesicht unbewegt. »Gratuliere«, sagte sie.

Ich konnte es kaum erwarten, mich zurückzuschleichen, um vor der Tür zu lauschen, was sie in meiner Abwesenheit redeten, aber zuerst musste ich noch die Pizza belegen, einen gemischten Salat machen und den Tisch decken. Dann ging ich auf Zehenspitzen durch den Korridor bis zur Tür und lauschte. Sie redeten leise in eindringlichem Ton.

»Willst du das wirklich alles wieder ans Licht zerren?«, fragte Deborah.

Ich spürte, wie mir die Kinnlade herunterfiel. Ich schloss die Augen und betete, dass die Bodendielen nicht knarzten.

»Es ist nur ein Buch«, sagte Connie. »Mein Beruf ist es, die Realität mit der Darstellung von Realität zu überbrücken. Wichtig ist, wie die Brücke aussieht, wie sie sich unter den Füßen anfühlt, wohin sie führt, und nicht, warum ausgerechnet ich sie gebaut habe.«

»Ich bin nicht blöd, Con.«

»Du verstehst mich nicht, Deb.« Connie schien kurz gegen einen inneren Widerstand anzukämpfen. »Du hast mich noch nie verstanden.«

Eine Pause trat ein. »Glaubst du, ich erkenne nicht, woher das alles kommt?«, sagte Deborah.

»Es ist ein *Roman*, Deborah.« In Connies Stimme klang jetzt eine gewisse Schärfe. »Glaubten die Leute seinerzeit vielleicht, Charlotte Brontë sei als Neunjährige in einem roten Zimmer eingesperrt worden? Dass sie insgeheim gewünscht habe, einen Soziopathen zu heiraten, der seine erste Frau in einer Dachkammer gefangen hielt?«

Sie verstummten. Ich hörte das Feuer im Kamin knistern. »Du wolltest nichts Böses, Con«, sagte Deborah schließlich.

Connie blieb immer noch stumm, Deborah schnaubte ungeduldig. »Du weißt nicht alles«, sagte Connie.

»Ich war dabei, Con. Die Hälfte davon fand nur in deinem Kopf statt. In deinem *Kopf*. Ich weiß, es war eine schlimme Zeit, aber selbst *er* hat dir keinen Vorwurf gemacht. Niemand hat dir je einen Vorwurf gemacht. Warum also solltest du selbst es tun?«

Mein Herz begann heftig zu pochen. Redete Deborah von meinem Vater? Die Vorstellung, dass Connie in ihrem neuen Roman von meiner Mutter erzählte – und ich sollte diejenige sein, die den Text tippte –, war unerträglich und zugleich unwiderstehlich. Ich ballte die Hände zu Fäusten, damit sie nicht so heftig zitterten.

»Er wusste doch die Hälfte davon gar nicht, Deb. Wenn er alles gewusst hätte, hätte er mir sehr wohl Vorwürfe gemacht.«

»Na gut, alle hatten eine Rolle zu spielen, er auch. Du warst zu streng mit dir selbst, Con. Du hast so lange Zeit nicht mehr geschrieben, und das war so unendlich schade. Was ist jetzt anders?«

Connie seufzte. »Vielleicht die Tatsache, dass ich in ein, zwei Jahren nicht einmal imstande sein werde, meinen Namen zu schreiben? Literatur heilt keine Wunden, aber sie versucht es zumindest.«

»Und jetzt hast du dir dieses neue Mädchen ins Haus geholt und ziehst sie mit hinein –«

»Laura ist wunderbar.« Ich fühlte mich so schlecht, als ich Connie das sagen hörte. Ich war nicht wunderbar. Ich war auf der Suche nach meiner Mutter in Connies Haus eingedrungen. Ich war wegen Elise hier, nicht Connie zuliebe. Und doch spürte ich auch echte Zuneigung zu Connie in mir aufsteigen, als ich sie so reden hörte. Sie hatte etwas Schätzenswertes in mir entdeckt, oder wenigstens in einer Version von mir. Ich hätte weinen mögen.

»Aber was für Qualifikationen hat sie vorzuweisen?«, fragte Deborah.

»Sie hat ein Studium abgeschlossen. Sie ist gereist – sie war in Costa Rica.«

»Aber was bringt ihr dieser Job bei dir?« Deborah ließ nicht locker.

»Mein Gott, Deb. Nicht alle Leute haben finstere Hintergedanken. Sie brauchte eben einen Job. Sie wollte etwas Neues machen. Ich glaube, sie hatte eine schwierige Zeit hinter sich. So eine intelligente junge Frau, und sie hat als Bedienung in einem Café gearbeitet.«

»Ach, du und deine jungen Frauen mit ihren schwierigen Zeiten. Sie liegen dir zu Füßen, aber schau dir doch an, wohin dich das gebracht hat. Entschuldige, aber ich mach mir einfach Sorgen um dich, Con. Ich möchte doch nur, dass es dir gutgeht.«

»Mir läuft die Zeit davon, Deb. Eine Geschichte noch.«

Deborah atmete aus – es war das langgezogene Seufzen eines Menschen, der sein ganzes Leben lang mit unorthodoxen, starrköpfigen Leuten zu tun hat. Dann schlich ich zurück und kam wieder, dieses Mal mit lauten Schritten, damit die Frauen mich hörten. Ich trat ein und verkündete, dass die Pizza in zehn Minuten fertig sein würde.

Sie redeten jetzt, wo ich dabei war, nichts Interessantes mehr. Deborah machte Smalltalk, Connie war ziemlich schweigsam. Es fühlte sich an wie ein ruinierter Abend.

»Ist *Die Launische* fertig?«, fragte Deborah.

»Noch nicht ganz«, antwortete Connie.

»Wer tippt den Text? Ich nehme an, es ist alles handschriftlich?«

»Dafür bin ich da«, sagte ich. Ich wandte mich an Connie. »Ich tippe alles ab.«

»Meine Schrift ist grauenhaft«, sagte Connie.

»Ich bin der geduldige Typ.«

Connie lächelte. »Ich werde Sie in Zukunft nur noch *Die geduldige Typpse* nennen.«

»Okay«, sagte Deborah. »Sobald Laura das Manuskript abgetippt hat, können wir loslegen. Von den Leuten bei Artemis Press, die damals deine Bücher gemacht haben, ist keiner mehr dort. Das bedeutet, wir können zu jedem beliebigen Verlag gehen. Es gibt auch sonst nichts, was uns an Artemis bindet. Möglicherweise eröffnet sich hier eine Chance, ganz neu an die Dinge heranzugehen. Es spricht vieles zu deinen Gunsten. Du giltst mittlerweile als Ikone. Du *bist* eine Ikone. Das ist der lang ersehnte dritte Roman eines literarischen Genies, das sich von der Welt zurückgezogen hatte.«

»O Gott«, sagte Connie.

»Aber natürlich ist der Markt heute ganz anders als damals in unserer frühen Zeit. Die Verlage sind nicht mehr dieselben, darauf müssen wir vorbereitet sein, du und ich.« Deborah schob ihre Brille hoch. »Nachdem du mich angerufen hattest, habe ich einigen wenigen Auserwählten gegenüber erwähnt, dass du an einem Roman schreibst. Um sie neugierig zu machen, du weißt schon. Wie immer in solchen Fällen hat sich das schnell herumgesprochen, und ich habe schon Anfragen von zwei Filmproduzenten bekommen, die gerne einen Blick auf das Manuskript werfen würden. Einer von Paramount und einer von Silvercrest.«

»Silvercrest«, sagte Connie. »Du hast mit *Silvercrest* Verbindung aufgenommen?«

»Hab ich nicht, Con. Ich habe nur die Information in die Welt gesetzt. Und dann haben *die mich* angerufen.«

Aber Connie war offensichtlich stinksauer. Ich hatte keine Ahnung, warum die Tatsache, dass eines der berühmtesten Filmstudios in der Welt sich für ihr Buch interessierte, sie derart ärgerte.

»Lass uns einfach abwarten, bis das Manuskript fertig und getippt ist, und sehen, was sie dazu sagen«, schlug Deborah vor.

»Nicht Silvercrest, das nicht.«

»Also gut.« Deborah nagte an ihrer Lippe. »Georgina Hyatt ist möglicherweise an dem Roman interessiert«, sagte sie.

»Wer zum Teufel ist Georgina Hyatt?«, fragte Connie.

»Sie ist Lektorin bei Griffin Books. Ein bisschen älter als Sie, Laura. Sie ist ein großer Fan von dir, Con.«

»Ich weiß nicht, ob das gut ist oder schlecht«, sagte Connie.

»Wieso?«

»Na ja, dieses Buch ist anders.« Connie stockte. »Meinst du, die Leute werden sich überhaupt dafür interessieren? Meinst du, sie werden es haben wollen?«

»Sicher, Con, natürlich.«

»Ich will bloß nicht als eines dieser armen alten Weiber enden, die als Verfasserinnen von ›vergessenen Meisterwerken‹ von den Toten auferweckt werden. Es ist so eine scheußliche Mischung aus Moralität und Betulichkeit. Aber das Beiwort ›vergessen‹ kann einem Buch keine höhere Weihe verleihen. Vielmehr gibt es einem zu verstehen, dass man selbst schuld ist, so als geschähe einem ganz recht, wenn man aufs Altenteil abgeschoben wird.«

»Erzähl das den vergessenen Frauen«, sagte Deborah.

Deborah blieb nicht zum Nachtisch: Sie behauptete, sie müsse nach Hause, um noch eine Runde mit dem Hund zu drehen. Ich bot an, sie zur Tür zu bringen. Wir beide standen auf dem Türabsatz, während Connie herumhantierte und mit ihren knorrigen Fingern möglichst behutsam Geschirr in die Spülmaschine zu räumen versuchte. Es war, als warteten Deborah und ich gespannt auf das Geräusch von Porzellan, das in tausend Scherben zersprang.

»Ihre Hände sind in keinem guten Zustand«, murmelte Deborah.

»Ich weiß.«

Sie zog die Haustür bis auf einen schmalen Spalt zu. »Im Lauf der Jahre hat Connie eine Menge Mädchen und Frauen angezogen«, sagte sie. »Es ist wie bei Plath.«

»Wie was?«

»Nur mit dem Unterschied natürlich, dass es bei Connie zu ihren Lebzeiten passiert ist. Statt zu einem Grab zu pilgern, wollen alle diese Frauen in ihr *Leben*. Sind Sie auch eine von denen?«

Obwohl ihre Direktheit mich erschreckte, war ich doch versucht, sie zu fragen, ob eines dieser Mädchen Elise Morceau hieß. War meine Mutter in Connies Umlaufbahn gezogen worden oder Connie in die meiner Mutter? Wer war zuerst abgestürzt? Und war ich selbst auch eine von ihnen? Ich war nicht aus romantischen Gründen hier, wenngleich voller Begierde – weil ich die einzelnen Schichten von Connies Leben abtragen wollte in der Hoffnung, darunter meine Mutter zu finden. »Nein«, sagte ich, »ich wollte nur einen interessanten Job.«

Deborah seufzte. »Gut. Wissen Sie, als sie ihr letztes Buch schrieb, war es nicht immer leicht mit ihr. Sie wollte nicht mit Leuten von der Presse reden, und ich fürchte, dass es jetzt genauso sein wird.«

»Wieso?« Ich heuchelte Besorgnis, weil ich eine Chance witterte. »Die werden doch sicher entzückt davon sein, dass sie wieder da ist, oder nicht?«

Deborah verzog bekümmert das Gesicht. »Weil sie Lücken gerne mit eigenen Geschichten füllen. Connie ist keine Einsiedlerin, sie möchte nur, dass man ihre Privatsphäre respektiert. Je mehr sie sich zurückgezogen hat, desto neugieriger haben diese Leute ihr nachspioniert.«

»Aber warum wollte sie sich verstecken?«, fragte ich. »Sie war so erfolgreich.«

Deborah lächelte. »Eben, genau deswegen, Laura. Es ist ein Fluch, aber es ist auch ein Spiel. Man muss ihnen hin und wieder eine Kleinigkeit geben, dann lassen sie einen in Ruhe. Ich habe versucht, ihr das beizubringen, aber irgendwann habe ich es aufgegeben. Sie mag Sie, das sehe ich. Vielleicht vertraut sie Ihnen sogar. Es ist also klar, was Sie zu tun haben, falls dieses Buch ein Erfolg wird. Ich *will*, dass es ein Erfolg wird, natürlich will ich das, aber es wird nicht leicht werden, für Sie und für mich.«

»Das ist gut zu wissen.«

»Ich dachte nur, Sie sollten sich darauf einstellen. Es hat mich gefreut, Sie kennenzulernen.«

»Ich hab mich auch –«

Aber da hatte Deborah sich schon umgedreht und ging durch den Garten, ohne sich umzusehen. Sie verschwand hinter der Hecke, und ich stand auf dem Türabsatz, verunsichert und fröstelnd. Ich versuchte mich mit dem Gedanken an die Leute zu trösten, die ich bald kennenlernen sollte – Margaret Gillespie, Christina, Davy Roper, die alle für mich ebenso real waren wie meine Mutter oder sogar – in dieser sonderbaren Vorhölle, in der ich mich befand – wie ich selbst. Ich dachte an *Grünes Kaninchen* und *Herz aus Wachs* und *Die Heuschreckenplage* und wie tief diese Bücher in mir Fuß gefasst hatten, sosehr auch ihre Verfasserin sich gewünscht hatte, zu fliehen. *Ach, du und deine jungen Frauen mit ihren schwierigen Zeiten. Sie liegen dir zu Füßen, aber schau dir doch an, wohin dich das gebracht hat.* Das hatte Deborah gesagt. Und ich dachte an die Worte meines Vaters: *Deine Mutter war leicht zu beeinflussen.* Ich war überzeugt davon, dass Connie und Deborah von meiner Mutter gesprochen hatten, und der Gedanke, dass sie als Modell für die Figur eines Romans gedient hatte, den ich schon bald vor allen anderen zu lesen bekommen sollte, war fast zu viel für mich.

1982

20

Connie ließ Elise vor dem Strandhaus von Shara und Matt aussteigen. »In vier Stunden hole ich dich wieder ab, okay?«

»Was machst du so lange?«, fragte Elise, die Hand über den Augen, um sie vor der blendenden Sonne zu schützen. Sie hatte ihre Sonnenbrille vergessen. Connie trug eine, weswegen Elise ihren Gesichtsausdruck nicht richtig erkennen konnte.

»Arbeiten«, sagte Connie.

»Wo?«

»*Wo?* Was soll die Frage?«

»Ich war mir eben nicht sicher.«

»Ich bin zu Hause, El.« Connie lächelte. »Ruf mich an, wenn du mich brauchst.«

»Con –?«

Aber Connie war schon losgefahren. Elise sah zu, wie sie in den gleißend hellen Tag verschwand. *Con*, hatte sie sagen wollen, *ich habe heute Geburtstag. Ich werde dreiundzwanzig.*

Shara führte Elise gleich ins Atelier. Sie ging voran, ihr üppiges Hinterteil unter dem Sommerkleid war gerundet wie ein halbes Cello. Shara war äußerlich alles, was Elise nicht war: vollbusig, breithüftig, langes blondes Haar, gebräunte Haut. Elise musste bei ihrem Anblick an ein Wesen denken, das man aus dem Wasser gehievt hatte, einen Seelöwen vielleicht, einen schönen Seelöwen, der sich halb in eine Frau verwandelte, mit Glöckchen an den Flossen.

»Was ist so komisch?«, fragte Shara lächelnd, während sie ihre Pinsel bereitlegte.

»Nichts«, sagte Elise.

»Ich hab mir gedacht, du könntest da sitzen.« Shara deutete auf eine alte flaschengrüne Chaiselongue mit Quasten unten dran. »Ist das okay?«

»Klar.«

Etwa eine Woche nachdem Elise Shara gefragt hatte, ob sie nicht ein Modell brauche, hatte das Telefon geläutet, Shara hatte es sich offenbar anders überlegt, sie hätte jetzt doch gerne ein Modell – ob Elise wohl immer noch bereit wäre? Elise fand das alles ein bisschen verdächtig, sie fragte sich, ob hinter ihrem Rücken ein Gespräch stattgefunden hatte, etwa so, dass Shara Connie von Elises Angebot erzählt hatte und dass Connie gesagt hatte: *Tu ihr doch den Gefallen, Shar, sie braucht ein bisschen Ablenkung*.

Es war durchaus möglich. In Elise keimte der dunkle Verdacht, dass Connie sie vielleicht aus dem Weg haben wollte. Sie schämte sich dafür, dass sie gefragt hatte, ob Shara sie malen wollte, als hätte sie sich in erbärmlicher Art und Weise bloßgestellt, als hätte sie zu erkennen gegeben, wie sehr sie sich danach sehnte, angeschaut, von Künstlerhand umgestaltet, etwas Besonderes zu werden. Und trotzdem hatte sie sofort zugesagt, als Connie ihr die Bitte übermittelt hatte.

Sie blickte durch das große offene Fenster, das aufs Meer hinausging. Es war ein überwältigend schöner kalifornischer Tag. Der Himmel strahlend blau, die Strandgräser unten am Saum ihres Gesichtsfelds in graugrünen und goldenen Tönen. Sie hörte die Wellen rauschen, konnte sie aber nicht sehen. Die Szene hatte etwas Unwirkliches; es war, als bewunderte Elise etwas, das letztlich immer unerreichbar für sie bleiben würde.

Sie schloss die Augen, und sie sah nur noch Orange mit Staubpartikeln, die sich an der Innenseite ihrer Lider bewegten. Dass Connie nicht an ihren Geburtstag gedacht hatte, schmerzte sie. Kein Wort, keine Glückwunschkarte, kein Vorschlag, zusammen nett essen zu gehen, nichts – es war deprimierend.

Shara unterbrach sie in ihren Gedanken. »Ich bin so froh, dass du ja gesagt hast.«

Elise schlug die Augen auf und sah Shara an. Es war Shara, die ja gesagt hatte, nicht Elise – schließlich war es Elises Idee gewesen. »Malst du oft Porträts?«, fragte sie.

»Früher habe ich Selbstporträts gemalt, aber damit hab ich aufgehört.« Shara lächelte leer.

»Warum hast du aufgehört?«, fragte Elise.

»Hin und wieder male ich meine Augen.«

»Nur die Augen?«

Shara machte sich mit den Farben, der Leinwand und mit ihren Pinseln zu schaffen.

Elise zog ihre Shorts, das T-Shirt und ihre Unterwäsche aus. Sie spürte Wut in ihren Adern pochen; sie wollte, dass Shara sie sah. »Heute ist mein Geburtstag«, sagte sie. »Darum zeige ich mich jetzt in dem Kostüm, das ich bei meiner Geburt anhatte.«

Shara drehte sich zu ihr um. Ihr Blick glitt über ihre

weißen Schultern, ihr dunkles Schamhaar, ihre kleinen Brüste, ihren flachen Bauch und die zarten Hüften. »Herzlichen Glückwunsch«, sagte sie. »Kannst du dich wieder hinsetzen?«

»Du möchtest mich auf der Chaiselongue haben?« fragte Elise.

»Ist es dir angenehm so ohne Kleider?«, fragte Shara.

»Willst du, dass ich mich wieder anziehe?«

In Sharas Gesicht blitzte kurz Gereiztheit auf. »Nein, wenn du lieber nackt bist, ist das okay«, sagte sie.

»Gut.«

»Kannst du dich bitte seitlich hinlegen, auf die Hüfte, das Gesicht zu mir?«

Elise ließ sich wieder auf der Chaiselongue nieder und zog sich in sich selbst zurück. Es beruhigte sie, in dieser vertrauten Situation zu sein, wo nichts anderes von ihr verlangt wurde, als dass sie sich nicht bewegte. Anwesend und zugleich abwesend zu sein, während ihr wahres Ich in die Leinwand verschwand. Es gefiel ihr, die runden Bewegungen von Sharas Arm zu beobachten – nach oben hin zur Leinwand, wieder weg, aufwärts, wieder weg –, den Pinsel, der etwas malte, was Elise nicht sehen konnte. Ihr gefiel Sharas Konzentration, ihre respektvolle Art.

Die Tür ging auf, und Matt platzte herein. »Wo hast du die –« Er brach mitten im Satz ab, starrte mit großen Augen auf Elises hingestreckte Gestalt, bevor er sich wegdrehte zur Wand. »Scheiße. Ich wusste nicht –«

»Ich habe dich gebeten anzuklopfen«, sagte Shara.

Shara und Matt sahen einander an, als wäre Elise gar nicht da, als läge sie nicht schimmernd weiß auf der

Chaiselongue wie eine gefährliche Frucht, die Shara im Garten gepflückt hatte, ohne zu wissen, wie man sie zubereitete, wie man sie schälte und aß. Shara stellte sich zwischen Matt und Elise, als Sichtschutz für Elise oder um Matt aufzuhalten? Elise wusste es nicht.

»Was willst du hier?«, fragte Shara.

»Du hast mich gebeten, den Versicherungsvertrag für das Haus zu verlängern. Das wollte ich erledigen.«

»Ja, und?«

»Ich finde den Ordner nicht.«

»Er ist dort, wo er hingehört, Matt.« Shara seufzte. »Im Arbeitszimmer. Im Aktenschrank, dritte Schublade.« Sharas Schultern waren angespannt hochgezogen. Der Friede, der den Raum erfüllt hatte, floss durch die offene Tür ab.

»Schön«, sagte er, ging hinaus und schloss die Tür hinter sich.

Shara drehte sich zu Elise um. Ihr Gesichtsausdruck war nicht zu deuten. »Lass uns Kaffee trinken.«

»Willst du nicht weitermachen?«

»Ich glaube, ich brauche erst einen Kaffee.«

Elise wickelte sich in ein großes Badetuch, während Shara zwei Becher Instantkaffee machte. Als er fertig war, gingen die beiden hinaus auf die umlaufende Terrasse, von der Stufen zu den Dünen hinabführten.

»Hast du etwas Besonderes vor an deinem Geburtstag?«, fragte Shara.

»Eigentlich feiere ich ihn gar nicht.«

»Wenn ich es gewusst hätte, hätte ich ein Geschenk für dich gekauft. Bist du sicher, dass es dir nichts ausmacht, hier zu sein?«

»Ich bin sicher.«

»Hast du schon mit deiner Familie telefoniert?«

»Ich – mein Vater – nein. Meine Mutter lebt nicht mehr.«

»Oh, tut mir leid. Ich hätte besser meine vorlaute Klappe halten sollen.«

»Schon okay.«

Shara trank von ihrem Kaffee, Strähnen ihres weizenblonden Haars bewegten sich sacht in der Brise. »Wann ist deine Mutter gegangen?«

Gegangen. Elise schüttelte sich innerlich. Was für eine blöde Ausdrucksweise! Das klang nach esoterischer Spinnerei und New Age. Und dennoch gingen Sharas Taktgefühl und ihre Freundlichkeit Elise unter die Haut. Ihr wurde bewusst, wie unnatürlich eingeengt ihre eigenen Reaktionen auf Dinge waren, wie unreif. Was Elise in diesem Moment fühlte, war echter Schmerz, und sie war dazu fähig, weil Shara den Tod ihrer Mutter wichtig nahm und Mitgefühl empfand.

»Ich war neun, als sie starb.«

»Ach Schätzchen, *neun*. Das ist ja schrecklich.« Shara nahm ihre Hand und drückte sie.

»Danke«, sagte Elise. Sie zog das Badetuch fester um ihren Körper. »Sie hieß Patricia.«

»Ein schöner Name.«

»Heute heißt kein Mensch mehr so«, sagte Elise.

Einige Minuten lang schwiegen sie. Shara blickte hinaus auf die Dünen. »Wie läuft es mit dir und Connie?«, fragte sie. »Alles gut?«

Diese Beharrlichkeit, mit der Shara so intime Fragen stellte! Elise war ganz schwindlig. Offenbar nahm Shara an, nur weil sie selbst imstande war, so zu fragen, sei Elise auch imstande, Antworten darauf zu geben. »Ja, danke«, sagte sie. »Und was ist mit dir und Matt?«

Shara seufzte. »Wir haben Probleme – wahrscheinlich hat Connie es dir erzählt. Sie hat Matt nie wirklich gemocht. Hat sie dir erzählt, dass ich ein Kind verloren habe?«

»Nein.« Elise log nicht so sehr deswegen, um den Schein, Connie sei eine unverbrüchlich diskrete Freundin, zu wahren, als vielmehr, weil sie mehr von Shara erfahren wollte. »Das tut mir so leid«, sagte sie. »Das muss entsetzlich gewesen sein.«

Shara schwieg eine Weile. Elise saß am Rand der Terrasse auf den etwas rauen Dielen und schaukelte mit den Beinen. In einiger Entfernung flog ein Schwarm Pelikane über den Himmel.

»Es war das Schlimmste, was ich je erlebt habe«, sagte Shara. »Es sah alles gut aus. Und dann passierte es einfach.«

Elise wusste nicht, was sie sagen sollte. Shara schien das spüren. »Es war wirklich grauenhaft«, sagte sie. »Das ist genau das richtige Wort. Ich war vorher nie schwanger geworden. Und dann klappte es endlich doch. Ich hatte so lange darauf gewartet. Es war eine solche Freude. Und so verging Woche um Woche. Ich meine, man macht sich schon Sorgen – um die üblichen Dinge: Schlägt das Herz, wächst das Baby, wird es gesund zur Welt kommen? Aber man weiß doch, dass die Chancen, dass alles in Ordnung ist, normalerweise ziemlich gut stehen. Aber dann eines Tages, an einem ganz gewöhnlichen Tag, wurden meine schlimmsten Befürchtungen plötzlich wahr. Man versteht es nicht, weil man dafür Zeit braucht, und das Leben ist schwierig, wenn man so etwas durchmacht. Ich habe gar keine richtige Erinnerung mehr an die Wochen und Monate nach der Fehlgeburt. Jeden Morgen und jeden Abend nichts als dieses ewige Sinnieren darüber, ob das jemals besser wird oder ob man kaputtgeht. Ob der Schmerz immer so bleiben wird.« Sie atmete keuchend. »Genau das ist es: ein einziger gottverfluchter Horror.«

Elise fühlte sich vollkommen überfordert. »Das tut mir wirklich leid«, sagte sie. »Wirklich.«

»Ich wünschte nur, er würde sich um diese Versicherung kümmern, ohne dass ich ihn noch einmal bitten muss«, sagte Shara plötzlich. »Aber wahrscheinlich ist er stattdessen surfen gegangen.« Sie seufzte. »Scheiße. Ich geh dir sicher auf die Nerven mit meinem Gejammer.«

»Nein, schon okay. Ich wünschte nur, ich könnte dir irgendwie helfen.«

»Es tut mir schon gut, wenn ich das alles aussprechen kann. Weißt du« – Shara stockte –, »es ist, als hätte diese Sache mit dem Kind uns beide entlarvt. Wir hatten einander nie in so einer Belastungssituation erlebt. Ich wusste nicht, dass ich derart schwach war – emotional, psychisch –, derart schlecht darauf vorbereitet, mit so etwas fertigzuwerden. Ich meine, es ist schlimm, klar, aber so etwas passiert eben, wir sind nicht die einzigen Menschen auf der Welt, die so ein Unglück trifft. Und Matt hat auch auf der ganzen Linie versagt. Ich erwarte von ihm, dass er mir beisteht, aber er weiß weder etwas zu sagen, noch kann er mir sonst wie helfen. Es ist, als wäre unsere ganze Ehe bloß … so ein Spiel gewesen.

Alles war gut, solange die Zukunft nur leeres Gerede war. Aber dann stand die Zukunft plötzlich vor unserer Haustür, und alles ging in Scherben.«

Elise war heiß im Gesicht. Die Art, wie Shara ihren Gefühlen so offen Ausdruck gab, war so unenglisch, so ganz anders als jedes Gespräch, das sie jemals mit Connie führen würde. Und sie hatte sich nie so intensiv mit dem Thema Mutterschaft auseinandergesetzt, dass sie aus irgendeinem Vorrat an Gedanken hätte schöpfen und Shara etwas Kluges oder Hilfreiches hätte anbieten können.

»Es muss wirklich furchtbar sein, wenn einem so etwas zustößt, Shara«, sagte sie. »Aber – vielleicht werden all diese Gefühle nicht unveränderlich immer so bleiben?«

»Ich weiß. Aber es ist *passiert,* Elise. Und es steht zwischen uns. Ich war sechs Monate schwanger. Sechs Monate. Er versteht es nicht. Er denkt, es gibt ein nächstes Mal, und dann wird es schon klappen.«

»Könnte ja sein.«

»Aber ich wollte *dieses* Kind. Dieses eine Kind.« Sharas Stimme klang rau, die Worte brachen aus ihr hervor, sie konnte sie nicht aufhalten. »Und wir schlafen nicht miteinander. Auch darum ist die Sache nicht so einfach«, fügte sie hinzu. Die Spur Ironie, die darin klang, machte Elise etwas Hoffnung. »Und ich will nicht mit ihm schlafen. Ich will nicht, dass irgendjemand mir auch nur nahe kommt.«

»Das ist verständlich«, sagte Elise. Ihr war kalt, und sie wäre gern wieder ins Haus gegangen, aber natürlich musste sie hier bei Shara auf der Terrasse bleiben.

Shara sah sie an. »Geht es dir manchmal auch so? Dass du findest, es fühlt sich so rein und angenehm an, wenn du weißt, dass dein Körper dir gehört und dir allein? Als wärst du ganz in dir selbst?«

Elise dachte darüber nach. »Nein«, sagte sie schließlich. »Das ist mir fremd.«

»Wirklich wahr?«, fragte Shara ungläubig.

»Ja.«

Shara nickte. »Na ja, du bist eben jung.« Sie zögerte. »Du musst nicht ... zur Verfügung stehen, Elise, wenn du nicht willst.«

Elise fand das anmaßend und gönnerhaft. Es hätte auch von Connie sein können. Was hatten diese beiden Frauen in den Jahren, die sie Elise voraushatten, erlebt, das Elise nicht auch aus eigener Erfahrung kannte? Was passierte mit einer Frau in den Jahren zwischen zwanzig und dreißig, und passierte es mit *allen* Frauen?

»Ich weiß«, sagte sie.

Shara zögerte. »Du und Con ... das ist was Ernstes mit euch, nicht?«

»Ja.«

»Das sehe ich. Und gefällt es euch hier in Kalifornien?«

Elise zuckte die Achseln. »Mehr oder weniger.«

»Glaubst du, Connie will hierbleiben?«

»Glaubst *du* es?«

Shara dachte nach. »Eher nicht, wenn ich ehrlich bin. So wie ich sie kenne, kann ich mir schwer vorstellen, dass sie auf Dauer aus London wegwill.«

»Genau.«

»Elise?«

»Ja?«

»Wenn du je schwanger wirst«, sagte Shara, »behalte das Kind.«

»Was?«

»Ich weiß, ich weiß. Aber trotzdem: Bring es zur Welt. Denn was auch immer die Leute dir sagen: Ein Kind zu haben ist das Größte.«

Ihre Stimme versagte. Sie stand auf und stieg die Stufen hinunter auf den Sand. Elise sah ihr nach, wie sie durch das hüfthohe Gras der Dünen davonging. Das Porträt schien vergessen. Elise hätte gern geschrien: *Aber das Baby ist nicht da, das Baby hat es nicht geschafft – wie kannst du wissen, wie es ist, ein Kind zu haben?* Doch sie wusste, dass sie das nicht sagen konnte. Sie verstand, dass Trauer einen Menschen dogmatisch machen kann. Sie verstand auch irgendwie, dass Shara sie warnen wollte: Sei stark, bleib du selbst, folge nicht immer Connie überallhin wie ein gehorsames kleines Hündchen.

In Sharas Denken war das Kind, das sie verloren hatte, ein wirklich existierender Mensch, *ihr* Kind. Es war ein Leben, das in ihr gewachsen und das zugrunde gegangen war. Es war nicht eine bloße Vorstellung. Dass Shara Elise vorschreiben wollte, was sie zu tun hatte, war anmaßend und lächerlich, aber aus ihrem Appell sprach eine ungeheure atavistische Überzeugung, wie sie Elise noch nie zuvor begegnet war. Sie wollte Shara helfen, sie wollte ihr eine positive Rückmeldung geben. Sie stand auf und rief hinaus zu den Dünen: »Wenn ich je schwanger werde, werde ich das Kind behalten, versprochen.«

Shara hörte es. Sie drehte sich zu Elise um, und beide lachten.

21

Elise beschloss, Matts Angebot, ihr das Surfen beizubringen, anzunehmen.

»Ist das okay?«, fragte sie Shara. »Ich sitze dir Modell, und anschließend gehe ich ans Wasser. Da wir hier noch eine Weile bleiben, kann es nicht schaden, wenn ich mich ein bisschen mit dem Meer vertraut mache.«

»Klar«, sagte Shara. »Das ist eine prima Idee.«

Auch Connie fand es gut, dass Elise Surfunterricht nehmen wollte. Sie sagte, wenn man das Wasser direkt vor der Nase habe, wäre es doch schade, die Gelegenheit, es zu erobern, ungenutzt zu lassen.

»Ich will es nicht *erobern*, Con«, sagte Elise. »Man kann den Ozean nicht erobern.«

»Stimmt«, sagte Connie, »aber man kann es versuchen.«

Shara grub einen alten Neoprenanzug aus, den sie getragen hatte, als sie grade mal zwanzig war. Zuerst fand Elise das Ding ziemlich gruselig. Sie fand, es sah aus wie eine Leiche ohne Kopf und Knochen. Aber dann schlüpfte sie hinein, und als ihr Körper von dem glatten gummiartigen Material umschlossen war, fühlte sie sich stark und wie ein echtes Wasserwesen, mehr wie ein Seelöwe als wie ein Mädchen, das im Swimmingpool plantscht.

Alle zwei Tage war sie bei Shara und Matt, und wenn sie mit dem Modellsitzen fertig war, verließ sie das Atelier durch die Hintertür, sprang von der Terrasse auf den Sand und lief durch die Dünen zum Wasser, wo Matt mit seinem Surfbrett, das neben ihm im Sand steckte, auf sie wartete.

Elise entdeckte, dass der Ozean sie alles vergessen ließ. Es machte ihr nichts aus, wenn eine Welle, die sie falsch eingeschätzt hatte, mit Wucht auf sie herabstürzte, sie unter Wasser herumwirbeln ließ oder sie auf den Grund warf. Sie wollte etwas aus sich herausprügeln. Sie wollte keine vergessenen Geburtstage mehr, sie wollte kein Alter mehr haben. Sie wollte sehen, was das Wasser ihr zu geben hatte. Sie lernte schnell, was vielleicht auch daran lag, dass sie gute körperliche Voraussetzungen mitbrachte – ihr Schwerpunkt lag tief, weswegen sie gut die Balance auf dem Brett halten konnte. Sie spürte die Windströmungen, sie war wendig und gelenkig, bewegte sich durch den Tunnel einer Welle so furchtlos wie ein Insekt, das viel zu klein ist, um sich von einem Monsunsturm schrecken zu lassen. Sie war tollkühn, und trotzdem wurde Matt öfter von den Brechern abgeworfen als sie.

Shara kam nie an den Strand. Sie nährte eine Trauer, die niemand benennen oder ermessen konnte, weil niemand als sie allein das Wesen gekannt hatte, um das sie trauerte.

Matt redete nie über Shara, er sagte nur, dass sie nie eine echte Leidenschaft fürs Surfen gehabt hatte. Er war es, der sich mit Lust ins Wasser stürzte. Matt war der klassische Fall eines Außenseiters, der bekehrt und zum begeisterten Apostel seiner Religion wird: ein Brite, aufgewachsen im Grün und Braun englischer

Flussauen und Küstenlandschaften, der in saphirblaues Wasser taucht. Er und Elise paddelten hinaus aufs Meer und warteten auf Wellen, die sie mitnahmen und gleichsam forttrugen von den unbeantworteten Fragen in dem Haus am Strand. Zuerst redeten sie kaum außer darüber, wie man sich auf dem Brett hält, wie man fällt, ohne sich wehzutun, wie man einschätzen kann, wann die Welle da sein wird.

Nachher fuhr Shara Elise nach Hause zu Connie. Elise war jedes Mal ganz ausgepumpt und hatte doch in einer Art, die nicht genau zu fassen war, immer noch nicht genug: Sie lag im Bett und dachte an all die Küsten auf der Welt und die Gewässer, die von Land umschlossen waren, riesige Meere, Flüsse, Felsbecken und Lagunen, sie dachte an die wirklichen und eingebildeten Schrecken dieser Gewässer, die Schönheit ihrer Oberflächen und die Geheimnisse des Lebens in ihren Tiefen.

Wenn sie am Swimmingpool saß, der zu ihrem Bungalow gehörte, betastete Elise die Schrammen und blauen Flecken, die sie sich beim Surfen geholt hatte. Sie waren Schaltflächen, die Elise drücken konnte, um sich Momente in einer Welt, in der es nichts anderes gab als ihren Körper, ins Bewusstsein zu rufen. Connie sah die Blessuren. »Was ist das?«, fragte sie. »Was ist passiert?«

»Das kommt nur vom Surfen«, sagte Elise.

Im August beschloss Elise, Connie zu sagen, dass sie ihren Geburtstag, der mittlerweile vier Wochen zurücklag, vergessen hatte. Sie stand in der Tür des Gästeschlafzimmers, das Connie als Arbeitszimmer nutzte. Wie in dem Haus in London war auch hier an der Schwelle eine unsichtbare Grenze gezogen, die Elise, wie sie deutlich spürte, nicht überschreiten durfte.

Connie wirkte verwirrt, fast panisch. »Oh, mein Gott! Deinen Geburtstag. Entschuldige, Elise, das tut mir so leid.«

»Es ist okay«, sagte Elise. »Du bist eben sehr beschäftigt.«

»Das macht die Sache nicht besser. Das ist schrecklich. Wie konnte mir das passieren?«

Elise spürte eine vertraute Regung: ein Gefühl von Verlassenheit und gleichzeitig den Impuls, selber wegzugehen. Sie war verlockt, dem Impuls zu folgen, sie konnte sich ja darauf berufen, dass es nach Lage der Dinge nur allzu verständlich war, wenn sie sich schlecht benahm. Sie bemühte sich, der Versuchung zu widerstehen. »Es ist eben passiert«, sagte sie. »Es werden noch mehr Geburtstage kommen.«

»Wie kann ich das wiedergutmachen?«, fragte Connie. »Wollen wir eine Party schmeißen?«

»Ich brauche keine Party.«

Das Telefon auf dem Nachttisch klingelte. Die beiden Frauen sahen einander an. Es war gar nicht nötig, es auszusprechen. »Ihr Ex hat sie gestern brutal verprügelt«, sagte Connie, während das Telefon weiterklingelte.

»Was?«

»Sie hat ein blaues Auge. Er hat ihr einen Zahn ausgeschlagen. Die Ärzte meinen, sie hat eine Gehirnerschütterung.«

»Scheiße.«

»Sie mussten die Dreharbeiten aussetzen, jetzt, wo sie schon fast durch sind.«

»Oh, mein Gott, Connie. Geh doch ran.«

»Sie wollte herkommen, aber ich kann ihr sagen, dass es nicht geht.«

»Nein, es ist schon in Ordnung, natürlich.«

Connie stürzte zum Telefon und nahm den Hörer ab. »Hallo? Hi, Barb.« Sie legte die Hand über das Mundstück. »Ich werde mir was einfallen lassen, zur Wiedergutmachung, mein Schatz«, sagte sie leise. »Versprochen.«

Eine Stunde später fuhr ein Auto vor. Elise spähte durch den Vorhang im Wohnzimmer. Mit sehr vorsichtigen Bewegungen, den Oberkörper gekrümmt, stieg Barbara hinten aus. Sie trug eine übergroße Sonnenbrille, an ihrem abgewinkelten Arm hing ihre Handtasche. Es war ein merkwürdiger Anblick: Barbara, gekleidet in einen altrosa Hosenanzug, sah dünner und knochig aus und wirkte wie ein tropischer Vogel mit wackligen Knien, der langsam zu seinem Nest zurückstakt.

Connie war schon an der Tür. »Oh, meine Liebe«, hörte Elise sie sagen, »komm rein.«

Dann saßen die drei in dem ruhigen kühlen Wohnzimmer. Barbara nahm demonstrativ unbefangen ihre Brille ab. Elise schluckte. »Hi, Ladies«, sagte Barbara. Ihr rechtes Auge war fast ganz zugeschwollen, in dem dünnen Spalt zwischen dem oberen und dem unteren Lid glänzte Tränenflüssigkeit. Die Haut war in verschiedenen lebhaft pflaumenfarbenen und blauen Tönen gefärbt, die zum Rand hin in ein rötliches Braun ausliefen. Am Unterkiefer links war eine leichte Schwellung erkennbar.

Schockiert sah Elise zu, wie Barbara die Sonnenbrille hinlegte, die Hände vors Gesicht schlug und zu schluchzen begann. Ihre Schultern bebten. Elise fühlte sich wie festgewachsen in ihrem Sessel; sie wusste, dass es ihr – in welcher Hackordnung auch immer – nicht zustand, hinzugehen und die Hand nach der Göttin auszustrecken, um sie zu ihrer früheren Glorie emporzuheben.

Connie stand sofort auf und schlang ihre Arme um Barbara, und Barbara überließ sich ihr so widerstandslos, als fiele sie in sich zusammen. »Connie«, sagte sie mit erstickter Stimme.

»Es ist gut, Barb.«

»Ich musste zu dir kommen.« Barbara machte sich aus der Umarmung los. »Entschuldige, aber ich konnte – ich konnte einfach nicht in diesem Haus bleiben, in meinem eigenen Haus –«

»Barb, du bist uns immer willkommen«, sagte Connie.

»Er hätte mich überallhin schlagen können. Er hat es immer getan. Aber er wollte mein Gesicht treffen.« Barbara entzog sich Connies Umarmung und setzte sich ruckartig auf. »Sieh mich bloß an. Wie, verdammte Scheiße, kann ich so arbeiten?«

»Bill und Eric werden schon eine Lösung finden.«

»Die kümmert das nicht.« Barbara stöhnte. »Die sagen mir nur, ich soll die Schlösser austauschen lassen.«

»Barb, ich verspreche dir, dass wir eine Lösung finden werden.«

»Der Zeitverlust wird Tausende Dollar kosten. Und alle werden wissen, dass Barbara Lowden eine Frau ist, die sich von Männern schlagen lässt. Wenn sie es nicht bereits wissen, weil diese Stadt voller Klatschmäuler ist.«

»Das stimmt doch alles nicht. Es ist nicht deine Schuld. Und überhaupt ist es egal, was die Leute denken. Du bist Barbara Lowden.«

»Und wer, verdammt, ist Barbara Lowden?«, schrie Barbara. »Ich brauche was zu trinken, Con. Und eine Valium.«

Sie kramte in ihrer Handtasche und zog ein Fläschchen mit Pillen hervor. »Dieser gottverdammte Drecksack!«, schrie sie so laut, dass die beiden anderen Frauen zusammenzuckten. Barbara hielt das Fläschchen hoch, als wäre es der Heilige Gral – und so bizarr und schrecklich die ganze Szene auch war, klang in ihrer Stimme doch etwas von ihrem alten Kampfgeist, und das machte Elise wieder Hoffnung.

Eine halbe Stunde später hatte sich Barbara etwas beruhigt, und sie saßen am Pool.

»Arnika ist gut gegen Blutergüsse«, sagte Elise. Sie hob ihr T-Shirt und drehte sich, um die Hämatome an ihrem Brustkorb und am Rücken vorzuführen, dann schob sie die Beine ihrer Shorts nach oben, sodass Barbara die Seiten ihrer Oberschenkel sehen konnte. »Siehst du? Ich benutze es andauernd. Ich gehe es holen.«

Bevor Barbara etwas sagen konnte, eilte Elise ins Haus, um die Salbe zu holen. Als sie wiederkam, bemerkte sie, dass das Gespräch zwischen Barbara und Connie abrupt verstummte. »Bitte«, sagte sie und reichte Barbara die Arnikasalbe.

»Danke, Schätzchen, aber ich glaube, ich kann im Moment nicht die leiseste Berührung ertragen.« Barbara legte die Tube neben ihren Gin Tonic.

»Vielleicht kannst du es ja in ein paar Tagen versuchen«, sagte Elise.

»Ja. Du – äh, du kriegst leicht blaue Flecke, nicht?«

»Vom Surfen«, sagte Elise. »Ich fordere das Meer heraus. Und ich verliere.«

»Na ja, man kann nie wissen.« Elise verstand nicht recht, was das heißen sollte. Barbara zeigte auf ihr Auge. »Bis das hier verschwunden ist, wird es einen Monat dauern. Aber ich denke, in zwei Wochen wird es schon so weit abgeheilt sein, dass die Maskenbildnerin es überschminken kann.«

»Vielleicht könnte man ja in der Zeit die Szenen mit Lucy und Don drehen?«, meinte Elise. »Man müsste eben den Ablaufplan umstellen.«

Barbara nahm einen Schluck von ihrem Gin Tonic. »Klar, das ist eine gute Idee. Was täte ich nur ohne euch zwei?«

»Ja, wirklich schlau, El«, sagte Connie.

Elise empfand keinen Stolz, nur dumpfen Ärger, weil sie in dieses Drama, das sie eigentlich nichts anging, hineingezogen wurde und weil sie wusste, dass Barbara, sobald alles wieder gut war, sie wie zuvor gar nicht mehr beachten würde.

»El sitzt Shara Modell für ein Porträt«, bemerkte Connie.

»Oh, das ist ja großartig, Schätzchen«, sagte Barbara. »Hast du das vorher schon mal gemacht?«

Elise warf Connie einen Blick zu, die aber nicht reagierte. Elises Tätigkeit beim Royal College of Art war in Unterhaltungen mit Barbara schon mehrmals zur Sprache gekommen. »Ja«, antwortete Elise.

»Ich hoffe sehr, ich bekomme das Bild zu sehen, wenn es fertig ist«, sagte Barbara.

»Shara arbeitet langsam«, bemerkte Connie.

»Ich gebe eine Party«, sagte Elise. »Ich feiere meinen Geburtstag.«

»Oh, wann ist der denn?«

»Er war letzten Monat. Connie hat ihn vergessen, darum feiern wir erst jetzt.«

Barbara schwieg sichtlich verunsichert. Connie starrte Elise gezwungen lächelnd an. »Ich habe doch gesagt, dass es mir leidtut, Schatz.«

»Ja. Und ich habe es dir verziehen.«

»Darf ich auch kommen?«, fragte Barbara.

»Natürlich«, sagte Elise. »Darum habe ich es erwähnt. Du bist der Ehrengast.«

»Für mich wäre ein Kostümfest am besten, dann würde ich als ägyptische Mumie kommen.«

»Wir können warten«, sagte Elise, »schließlich ist mein Geburtstag schon längst vorbei, da kommt es dann auf einen Monat mehr auch nicht mehr an.«

Barbara blieb über Nacht. Sie steckten sie in einen von Elises Schlafanzügen, brachten sie im Gästezimmer zu Bett und gaben ihr ein Schlafmittel. Es dauerte nicht lang, dann war sie eingeschlafen. Als es Nacht wurde und die Zikaden loslegten, saß Connie unter den Sternen am Pool, ein Glas mit einem Schlückchen Whisky in der Hand. Elise setzte sich dazu.

»Alles gut?«, fragte Connie. »Das mit dem Geburtstag hättest du Barbara nicht unbedingt auf die Nase binden müssen.«

»Ich war sauer«, sagte Elise. Sie rückte näher an Connie heran und lehnte den Kopf an ihre Schulter.

»Ich weiß. Ganz zu Recht. Ich habe es verdient, dass du mich blamierst.«

»Es wird keinen bleibenden Eindruck bei Barbara hinterlassen. Sie wird morgen früh aufwachen und dich immer noch für eine Heilige halten.«

»Sie ist verzweifelt, El. Ich will ihr nur helfen.«

»Ich weiß.«

»Es ist schrecklich. All ihr Geld, all ihr Ruhm hilft ihr nichts. Sie ist trotzdem verletzlich. Ich frage mich, ob das je anders wird.«

»Das bezweifle ich.« Elise nahm Connie das Glas aus der Hand und nippte. »Findest du es nicht traurig, sie so zu sehen?«

»Natürlich finde ich das traurig.«

»Nein, ich meine etwas anderes: Sie wird nie wieder der berühmte Filmstar für uns sein, sie wird nie mehr diesen Nimbus haben. Sie ist eine misshandelte Frau.«

»Hey«, sagte Connie streng. »Sie ist kein ›Filmstar‹ und keine ›misshandelte Frau‹.«

»Sie ist beides.«

»Warum redest du so herabsetzend von ihr? Du weißt genau, dass du ihr unrecht tust.«

»Findest du es nicht merkwürdig, dass sie ausgerechnet bei uns gelandet ist? Hat sie sonst keine Freunde? Leute, denen sie vertrauen kann? Sie kennt uns doch kaum.«

Connie zuckte die Achseln. »Ich glaube nicht, dass sie irgendjemandem wirklich vertraut, und ich kann das verstehen. Es gibt eine Verbindung zwischen uns. Sie war von Anfang an da.«

»Glaubst du nicht, dass das nur deswegen so ist, weil du nicht dazugehörst und darum weniger problematisch bist?«

»Sehr schmeichelhaft, danke für das Kompliment.«

»Ich wollte nicht –«

»Ich glaube nicht, dass sie mich als jemanden betrachtet, der ›nicht dazugehört‹, Elise«, sagte Connie.

Elise zögerte. »Bist du – fühlst du dich zu ihr hingezogen, Con?«

»Ob ich mich zu ihr hingezogen fühle?«

»Na ja, du hast vorhin von einer ›Verbindung‹ gesprochen.«

»Sie ist eine schöne Frau, ich müsste blind sein, wenn ich das leugnen würde. Aber nein, nein, so wie du meinst, fühle ich mich nicht zu ihr hingezogen.«

»Okay.«

»Du bist die Schönste von allen. Komm her«, sagte Connie.

Elise beugte sich vor, und ein erregendes Prickeln durchlief ihren ganzen Körper, als Connie mit ihren zarten Fingern ihre Wange berührte. Sie hob Elises Kinn und küsste sie langsam auf den Mund. Ihre Lippen blieben lange zusammen, bevor sie sich trennten. Dann saßen sie Seite an Seite schweigend da und blickten unverwandt auf die leuchtende Stille des Wassers.

2017

22

Jeden Tag saß ich an Connies Küchentisch und tippte ihren Roman in meinen Laptop. Ich hatte keine Ahnung, wie die Geschichte endete, denn ich bekam sie in fortlaufenden Tranchen, jedes Mal fünf oder sechs Blätter, die Handschrift krakelig, aber lesbar, die Sätze jeweils etwa zwei Zeilen lang. Ich arbeitete gewissenhaft, bisweilen geradezu ehrfürchtig. Ihre Prosa war immer noch so gut wie vor dreißig Jahren. Der Tonfall ähnelte oft dem der zwei früheren Romane, auch manche Bilder erkannte ich wieder und vertraute Themen: mit dem Alleinsein zurechtkommen, mit Verlusten fertig werden, Freiheit genießen.

Im Lauf der Arbeit glaubte ich immer deutlicher zu erkennen, dass Connie in der Rolle von Margaret Gillespie sich selbst gestaltet hatte, denn diese Frau war es, die in dem Roman die Dinge in Bewegung brachte. Sie war eine Frau, die einen starken Einfluss auf andere Frauen hatte, besonders auf ihre Tochter, die, kaum der Kindheit entwachsen, in der Falle widriger Umstände gefangen war. Es war ein ambivalenter Roman, weil nicht klar war – oder zumindest noch nicht klar –, ob Margaret nicht vielleicht ihrer Tochter wehtun, sie für irgendetwas bestrafen wollte.

Es machte mir schwer zu schaffen, dass Connie als Schauplatz des Romans die amerikanische Ostküste gewählt hatte, wenn auch in der Epoche der Pilgerväter und nicht in den frühen 1980er Jahren, der Zeit, in der sie meinem Vater zufolge selbst dort gelebt hatte. Die Jenseitigkeit des Orts, die Nähe von Meer und Wald und die rauen Lebensbedingungen schienen einen besonderen Reiz für sie zu haben. Ihre Kolonisten weigerten sich, zur Kenntnis zu nehmen, dass das Land, auf dem sie siedelten, nicht jungfräulicher Boden war, sondern dass es eine Urbevölkerung gab, die schon seit Jahrtausenden in Harmonie mit ihrer Umwelt an diesen Küsten und in diesen Wäldern lebte. Margarets Unbehagen angesichts der Verhältnisse, der Auslöschung natürlichen Rechts zugunsten einer patriarchalen Ordnung, verkörpert von Davy Roper und seinen Kumpanen, angesichts der Frauen, die sich auf die Seite der Herrschenden schlugen, um sich die Illusion zu erhalten, selber mächtig zu sein, machte mir deutlich, dass Connie der Kolonisierung in allen ihren Formen kritisch gegenüberstand. Margaret mit ihren progressiven Ansichten war eine Außenseiterin und vielleicht auch eine anachronistische Figur. Anders als sie passte ihre Tochter Christina sehr wohl in die Gesellschaft, die Connie geschaffen hatte, und das war der Grund für Margarets Verzweiflung.

Christina war mir ein Rätsel: Man konnte sie als Pragmatikerin betrachten oder auch als eine Person ohne Rückgrat. Sie wollte immer den bequemen Weg gehen, sie wollte sich mit den Widrigkeiten des Lebens abfinden und das Beste hoffen. Aber Margaret ließ das nicht zu. *Wir sind zu weit gekommen, als dass du dich so winzig klein machen dürftest,* sagte sie zu ihrer Tochter.

Ich habe normalerweise keine verrückten Träume. Wenn ich träume, dann ein merkwürdig unwiederbringliches Durcheinander aus Seltsamkeiten und Banalitäten, die sich am Morgen auflösen und bald vergessen sind. Aber nun riss mich Margaret Gillespie nachts immer öfter mit sich fort, bis es schien, als wären ihre verqueren Fähigkeiten zu meinen geworden. Ich stand an dem Strand, an dem in Connies Vorstellung Margaret gestanden hatte, einer weißen Sichel, eingefasst von Fichtenwald, aus dem das Gebell von Hunden schallte. Ich kannte die ganze Herrlichkeit von Margarets Kochkunst. Ich sah Elritzen im Wasser, das sich rosa verfärbte vom Blut einer Figur – von wessen Blut, war auf den Seiten, die ich kannte, noch nicht verraten worden. Davys Charakter war schon zur Genüge beschrieben worden, ebenso seine Fäuste, seine Misogynie, seine Unsicherheit, die mich nachts im Schlaf verfolgten. Als Christinas Bauch sich rundete, schlummerte in diesem Symbol schönster Hoffnung der Tod, und ich fuhr in panischem Schrecken hoch.

Seitdem ich an dem Pizza-Abend Connies und Deborahs Unterhaltung belauscht hatte, war ich erst recht begierig darauf, Informationen über meine Mutter zu finden, aber gleichzeitig hatte ich nun auch mehr Angst davor, was ich möglicherweise entdecken würde. Es hatte sich gezeigt, dass Connie auf Fragen nach ihrer Vergangenheit empfindlich reagierte; sie redete nicht gern über Dinge, wenn sie nicht die volle Kontrolle darüber hatte, was sie mitteilen wollte und was nicht. Und doch hatte sie mir mit ihrem Manuskript einen Zugang zu ihren geheimsten Gedanken und Taten eröffnet. Ich konnte nur hoffen, dass diese Blätter mir verraten würden, wer Connie wirklich war und dass mich das auf die Spur meiner Mutter führen würde. Ich war überzeugt davon, dass Romanautoren sich in ihre Werke einschrieben, dass, mochten sie auch ihren ursprünglichen Stoff umformen, gleichwohl etwas Wahrheit in ihre Bücher einfloss. Wenn es stimmte, dass Connie mit meiner Mutter eine so enge Beziehung gehabt hatte, wie mein Vater behauptete, dann musste sie irgendwo auf diesen Seiten zu finden sein. Also las ich den Text, während ich tippte, und beim Lesen sah ich in Christina meine Mutter, eingeschüchtert von der dominanten Margaret, gefangen in einer ungewollten Ehe, die ihr aber zumindest ein gewisses Maß an Unabhängigkeit bot. Aber warum beschränkte ich mich bei meinen Überlegungen auf die weiblichen Hauptfiguren? Wenn ich meiner Mutter eine Rolle in Connies Geschichte zuteilte, musste ich dann nicht auch meinen Vater mit einer der handelnden Personen identifizieren? Und ich konnte ihn nicht in Davy Roper wiedererkennen. Mein Vater war ein fürsorglicher Mensch, kein Ungeheuer. Die Vorstellung, dass ich in Connies Buchstabenkasten griff und mehr oder weniger beliebig Wörter zusammensetzte, gefiel mir nicht, aber vielleicht war es genau das, was ich tat.

Mein Vater schickte mir eine WhatsApp: *Wie geht es dir? Uns geht es gut.* Als spräche er von einer ganzen Gruppe Leute drüben in Frankreich und nicht von sich und Claire, einem Paar in vorgerücktem Alter, das am Ufer stand, abgekoppelt von seiner erwachsenen Tochter, die in die weite Welt hinausgesegelt war.

Ich arbeite unter falschem Namen für eine Frau, die vielleicht weiß oder auch nicht, was aus meiner Mutter gewor-

den ist. Ich irre durch die Wälder, die sie sich ausgedacht hat, und suche nach Hinweisen. Meine beste Freundin erwartet wieder ein Kind, und obwohl ich sie sehr gernhabe, passen unsere Vorstellungen vom Leben nirgends zusammen, und es frustriert mich, dass ich, all meinen guten Absichten zum Trotz und im Gegensatz zu ihr, immer noch an die von der Gesellschaft diktierte Zweiteilung glaube, die zwei vollkommen verschiedene Menschen aus uns macht. Mein Freund und ich verhalten uns wie Leute, die sich eine Wohnung teilen und gelegentlich miteinander schlafen. Ich frage mich, ob das normal ist. Ich weiß nicht, was in naher Zukunft aus mir werden wird, geschweige denn, wo ich in zehn Jahren sein werde. Ich steige eine Leiter zu den Wolken hinauf, aber ich bin von einer Sprosse abgerutscht und hänge jetzt mit dem Kopf nach unten da. Ist das das Leben? Haben sie es uns nur nicht gesagt in der Schule? War das immer schon so vorgesehen, dass ich kopfüber da baumle?

Es geht mir gut! :), schrieb ich.

Hast du die Bücher gelesen, die ich dir gegeben habe?

Ich überlegte. Wenn ich ihm sagte, dass ich sie gelesen hatte, würde das zu endlosen Komplikationen führen. Er würde mich fragen, was ich davon hielte, ob ich etwas über Connie herausgefunden hätte. Ich log. Ich konnte es mittlerweile ganz gut. *Noch nicht*, schrieb ich.

Du musst sie nicht lesen.

Ich weiß. Aber ich bin jedenfalls froh, dass du sie mir gegeben hast.

Es war sehr unfair dir gegenüber, schrieb er.

Ich spürte ein Brennen in der Gegend meiner Nasenwurzel. Seine Fürsorglichkeit und sein Mitgefühl, seine Übertreibung, dieser ganze schreckliche Textnachrichtenstil, in dem er sich auszudrücken versuchte, enthielt ein Pathos, dem ich nicht gewachsen war.

Alles gut, Papa.

OK. Aber du rufst an, OK? Wenn du mich brauchst, oder Claire. Wir sind da.

Danke.

Der Oktober ging vorbei, es wurde November, und in den folgenden vier Wochen, während die Außentemperaturen ständig fielen und die restlichen Schokoladengespenster und Kürbisse aus den Regalen geräumt wurden, um verfrühten Weihnachtsleckereien und Mince Pies Platz zu machen, tippte ich weiter in Connies Küche ihren Roman. Es gefiel mir und beflügelte mich sogar, dass dieser Raum, der traditionell ein Ort weiblicher Hausarbeit war, nun auch unseren intellektuellen Übungen diente.

Ich arbeitete erst seit sechs Wochen bei Connie, aber es fühlte sich an, als wäre ich schon Jahre bei ihr, als hätte ich sie schon vorher gekannt und wir hätten nur auf den richtigen Moment gewartet in dem festen Vertrauen darauf, dass der Zeitplan ihres und meines Lebens uns irgendwann zusammenführen würde. Das war natürlich Unsinn; von irgendeiner schicksalhaften Unausweichlichkeit konnte nicht die Rede sein, weil ja ich die ganze Sache hingetrickst hatte. Gleichwohl kamen wir gut miteinander aus. Es fiel mir leicht, mich ihrem Tagesablauf anzupassen, und dass sie mir ihren Roman anvertraut hatte, war etwas Außergewöhnliches, das die Grenzen zwischen uns aufweichte. Am 1. Dezember kaufte ich ihr einen Adventskalender mit Schokolade hinter den Türchen und war überglücklich, als ich sah, wie entzückt sie war.

In meinem Leben hatte es bis dahin nie eine Frau wie sie gegeben. In nur zwei Monaten hatte ich Connies direkte Art kennengelernt, ihren interessanten Egoismus, der eigentlich gar kein Egoismus war. Sie war einfach ganz sie selbst. Wie eine Katze duldete sie einen in ihrer Nähe, und das führte dazu, dass man bleiben wollte.

Aber ich steckte in einem Dilemma: Solange ich schwieg, so lange konnte ich auf dieser Insel der Seligen bleiben, aber so lange würde ich auch nicht erfahren, wer ich wirklich war.

»Haben Sie jemals Ihre Arbeit schon irgendjemandem gezeigt, so wie jetzt mir?«, fragte ich sie eines Nachmittags, als ich die Seiten, die ich an diesem Tag bekommen hatte, abgetippt hatte.

»Nein.« Connie seufzte. Sie setzte sich mir gegenüber hin und fing an, die Finger zu Fäusten zu schließen und zu öffnen, um die Durchblutung besser in Gang zu bringen. »Normalerweise halte ich alles streng geheim.«

Ich klappte den Laptop zu. »Was ist dieses Mal anders?«

Sie runzelte die Stirn. »Was anders ist? Na, mir liegt einfach viel daran, dass dieses Buch veröffentlicht wird. Beim letzten Mal hatte ich einen Vertrag. Das macht den Unterschied, denke ich.«

»Ich glaube, manchmal ist es unvermeidlich, Dinge geheimzuhalten«, sagte ich. »Um sich zu schützen.«

»Stimmt.«

»Darum – macht es Ihnen wirklich nichts aus, dass ich es lesen kann? Dass Sie Ihr Geheimnis mit mir teilen?«

Sie musterte mich forschend. »Ich möchte dieses Buch zu Ende bringen, Laura. Meine Finger spielen nicht mehr mit, und Sie nehmen mir Arbeit ab. Dafür muss ich in Kauf nehmen, dass Sie es zu sehen bekommen, bevor es fertig ist. Wir alle müssen Kompromisse machen.«

»Haben Sie – Angst davor, was die Leute von Ihrem Buch halten werden?«

Connies Mundwinkel gingen nach unten, sie starrte auf die Kerben und Astknoten im Holz des alten Eichentischs zwischen uns. »Es ist, wie es ist«, sagte sie.

Ich schluckte, meine Finger schlossen sich um die Kante des Laptops. »Ich für meinen Teil finde es ausgezeichnet. Die Figur der Christina ist faszinierend.«

Connie blickte auf. »Wirklich? Sie haben ein Bild von ihr? Sie ist glaubhaft?«

»Sehr. Vollkommen glaubhaft.« Mein Herz pochte rasend schnell. »Es ist komisch – mir ist fast, als wäre ich ihr schon einmal begegnet.«

Sie starrte mich an. »Das ist gut. Sie hat mir am meisten Mühe gemacht.«

Ich wollte fragen, warum, aber Connie schob plötzlich ihren Stuhl zurück, so heftig, dass sie sich mit ihren knorrigen Fingern an der Tischplatte festhalten musste, um das Gleichgewicht nicht zu verlieren. Ich war hin- und hergerissen: Ich wollte unbedingt weiterfragen, aber ich wusste, dass ich damit möglicherweise zu viel preisgab. »Das Verhältnis zwischen ihr und Margaret ist ziemlich ungesund und trotzdem irgendwie liebevoll«, sagte ich. Sie musterte mich mit schmal zusammengekniffenen Augen. Ich geriet ins Plappern. »Ich meine – entschuldigen Sie –, ich will mir ja nicht anmaßen, eine Buchkritik zu liefern.«

Connie sah auf mich herab. »Gott sei Dank. Denn sonst würde ich Ihnen wahrscheinlich die Tür weisen.«

Ich saß wie vom Schlag getroffen da. Ich konnte nicht sagen, ob sie nur scherzte. Sie ging hinaus, und ich starrte auf den Deckel meines Laptops und hörte zu, wie sich das Geräusch ihrer Schritte auf dem Weg nach oben langsam entfernte.

23

Ich hatte Kelly seit jenem verunglückten Abend beim Japaner in Soho nicht mehr gesehen. Normalerweise gab es nie größere Unstimmigkeiten zwischen uns, und ich wusste, dass Kelly genauso bedrückt war wie ich, darum war ich froh, als sie per WhatsApp fragte, ob wir uns nicht treffen wollten. Wir verabredeten uns in einem unserer Lieblingscafés in Spitalfields, und sie schrieb, dass sie Mol mitbringen würde. Ich sicherte uns den besten Tisch mit den flauschigen Sesseln ganz hinten, weit weg von den beschlagenen Fenstern und dem zugigen Eingangsbereich. Aus den Lautsprechern kam Weihnachtsmusik, und als die beiden zu den Klängen von Bing Crosbys *It's Beginning to Look a Lot Like Christmas* hereinkamen, sah ich, dass Kellys Bauch schon recht deutlich vorstand, obwohl sie wegen der Kälte dick eingepackt war. Mir wurde ganz warm ums Herz, als ich Mol in ihren todschicken Stricksachen sah. Sie sah mich auch und strahlte. »Rosie!«, rief sie und lief auf mich zu.

»Hi, Mol, Süße. Ich hab dir ein Stück Kuchen bestellt«, sagte ich und umarmte sie. Ihre kleinen knochigen Schultern fühlten sich so zerbrechlich an. »Schoko.«

Mol strahlte entzückt. Sie setzte sich. Der Plüschsessel war so unverhältnismäßig groß, dass es aussah, als wäre sie plötzlich geschrumpft. »Ich glaube, mir friert das Gesicht weg.« Kelly wickelte Mol aus ihrem Schal und nahm ihr die Mütze ab, die wie ein gestrickter Teewärmer aussah. Mols Haare waren wuschelig zerzaust. Kelly sah ihre Tochter an. »Ist meine Nase noch da?«, fragte sie.

Mol quietschte und strampelte vergnügt. »Natürlich, Mama. Und meine?« Sie streifte hastig ihre Fausthandschuhe mit Gummizug ab und streckte die Arme nach dem Kuchen aus.

Kelly stand immer noch neben dem Tisch. »Alles gut?«, fragte sie.

»Ja«, sagte ich. »Und bei dir?«

»Komm her.« Sie breitete die Arme aus, und wir umarmten uns. Ich dachte, ich würde gleich in Tränen ausbrechen – ich wollte es, so froh war ich –, aber aus Rücksicht auf Mol und all die fremden Leute ringsum, nahm ich mich zusammen und drückte meine beste Freundin nur ganz fest.

Wir setzten uns, Kelly seufzend, als hätte sie einen fünfzig Meilen langen Fußmarsch hinter sich. »Ich habe einen koffeinfreien Kaffee für dich bestellt und für Mol einen Apfelsaft«, sagte ich.

Sie grinste. »Du denkst eben mit. Bist du schon bereit für Weihnachten?«

»Nö. Du weißt, wie sehr ich Weihnachten liebe«, sagte ich.

»Wir fahren morgen zu Dans Eltern. Ich musste mein gesamtes Organisationstalent aufbieten, um vorher alles Nötige zu regeln. Da hat man nicht mal Handy-Empfang. Wenn du dort bist, ist es, als wärst du tot.«

»Du bist doch ein Organisationsgenie. Und ein bisschen Digital Detox wird dir guttun.«

»Das stimmt. Ich hoffe nur, du weißt noch, wer ich bin, wenn ich wiederauferstehe von den Toten.«

»Ich werde dich nicht vergessen.«

»Ihr fahrt zu Joes Eltern?«

»Ja«, sagte ich.

»Zur guten alten Dorothy.«

»Erinnere mich nicht daran. Und Daisy – oh, mein Gott!«

Kelly lachte. »Geh einfach nicht hin. Sollen diese wohlsituierten Herrschaften doch ohne dich feiern. Geh deinen Papa besuchen.«

»Zu spät. Jetzt sind Flüge und Fähren alle ausgebucht.«

Kelly seufzte. »Stimmt doch gar nicht. Ach Röschen, warum nur tust du nie, was *du* willst? Du könntest es, wenn du nur wolltest.«

»Mag sein, aber was will ich?«, sagte ich.

»Tja, das ist die Frage aller Fragen.«

»Du hast leicht reden. Dans Eltern sind reizend. Und du kriegst immer alles auf die Reihe.«

Kelly nahm ihrer Tochter die Gabel aus der Hand und zerteilte mit der wilden Entschlossenheit eines Diktators, der mit einem Stift auf einer Landkarte die zu erobernden Gebiete bezeichnet, den Kuchen in mundgerechte Stückchen. Die Gabel klickte aggressiv auf dem Teller. Mol schaue leicht verschreckt drein, ihr war klar, dass ihre Mutter aus irgendeinem Grund unter Strom stand. »Man kriegt klaustrophobische Zustände dort, es ist nicht auszuhalten!« Kelly gab Mol die Kuchengabel zurück und atmete tief durch. »Am Ende biete ich ihnen jedes Mal an, Holz für den Ofen zu hacken, und wenn es draußen noch so arschkalt ist. Nur damit ich endlich wieder frei *atmen* kann. Und nach drei Tagen breche ich endgültig ein, und ich ziehe mit meinem Smartphone los zum nächsten Hügel und hoffe, dass ich dort mit der Außenwelt Kontakt aufnehmen kann.«

Ich bemühte mich, das Lachen zu unterdrücken. »Du hackst Holz?«

»Ich kann das verdammt gut, glaub mir. Wie kommt es, dass du das nicht gewusst hast? An mir ist ein Waldarbeiter verloren gegangen. Ich hacke den ganzen Tag, wenn es sein muss.«

Kelly musste jetzt auch lachen. Es war so eine Erleichterung, die Sorgen, die wir uns beide, glaube ich, um unsere Freundschaft gemacht hatten, los zu sein. »Oh, mein Gott«, sagte sie und schüttelte den Kopf. »Weißt du, und ich habe noch lange nicht alles erledigt. Am liebsten würde ich gar nicht hinfahren, aber seine Eltern wollen Mol unbedingt sehen. Ich habe so eine ganz große Sache mit einer wirklich coolen Marke angeleiert, die ich schon seit Monaten im Visier hatte.« Sie nannte die Marke nicht, weil sie so gut wie ich wusste, dass der Name mir sowieso nichts sagen würde. »Ich habe Mol nur deswegen dabei, weil Dan noch was ganz Dringendes zum Abschluss bringen muss – als ob meine Sachen weniger wichtig wären als seine! Dabei haben du und ich das hier schon vor etlichen Tagen ausgemacht. Eigentlich hatte ich vor, alleine zu kommen und anschließend noch ein bisschen zu arbeiten, aber *nein*.«

Ihr Lächeln war verschwunden, sie hatte sich in Rage geredet. Sie lehnte sich zurück.

»Tut mir leid«, sagte ich. »Ich war wieder mal ganz mit meinem eigenen Kram beschäftigt. Ich wusste ja auch nichts von diesem neuen Projekt.«

»Wahrscheinlich hab ich es nie erwähnt. Ich bin zurzeit so im Stress, dass ich oft meinen eigenen Namen nicht mehr weiß.« Sie warf mir einen ironischen Blick zu. »Aber das Problem kennst du ja auch, nicht, *Laura*?«

Ich ging nicht darauf ein. Sie hakte nach: »Wie stehen die Dinge?«

»Ich muss zugeben«, sagte ich, »dass ich Connie wirklich mag.«

»Oho. Und was machst du da den ganzen Tag?«

»Na ja, im Moment tippe ich ihr Manuskript ab. Sie hat einen neuen Roman geschrieben.«

»Taugt er was?«

»Er ist großartig. Er spielt in Massachusetts um 1620 herum. Es gibt eine Frau, und die hat eine Tochter. Und die Leute dort fangen an, die Frau zu verdächtigen, eine Hexe zu sein. Und dann wird ihre Tochter schwanger, und das Unglück nimmt seinen Lauf.«

»Wieso um 1620 in Amerika?«

Die Bedienung brachte die Getränke. Jetzt war ich diejenige, die ihre Augenbraue hob. »Solche Fragen stellt man nicht. Man nimmt, was sie einem gibt, und versucht später, die spärlichen Informationen zu verbinden.«

»Und ist dir das gelungen? Das Verbinden?«

Ich seufzte. »Vielleicht.«

»Was soll das heißen?«

Ich berichtete von dem Gespräch zwischen Deborah und Connie, das ich belauscht hatte. Kelly runzelte die

Stirn. »Aber der Name Elise ist nicht gefallen?«, fragte sie.

»Na ja, nein. Aber sie hat von einem Mann gesprochen und davon, dass er Connie nie für das verantwortlich gemacht hat, was passiert ist.«

Kelly verzog das Gesicht. »Ich bitte dich, Rosie, da kann doch von jedem beliebigen Mann die Rede gewesen sein. Warum sprichst du nicht einfach mit ihr darüber?«

Ich trank von meinem Kaffee. »Es ist komisch, Kel, aber ich fühle mich *wohl* dort. Es gefällt mir.« Kel verzog missbilligend das Gesicht, darum versuchte ich es mit mehr Nachdruck. »Ich fühle mich nützlich. Und sie ist eine wirklich interessante Frau.«

»Glaubst du, sie ahnt, wer du bist?«

Ich stellte meine Tasse ab und klaubte ein paar Krümel von Mols Schokoladenkuchen vom Rand ihres Tellers. »Na ja, manchmal schaut sie mich komisch an. Mit so einem starren Blick.«

»Du meinst: als würde sie dich *wiedererkennen*?«, fragte Kelly mit weit aufgerissenen Augen.

»Irgendwie schon. Oder als wüsste sie genau, wer ich bin, und spielte bloß mit mir.«

»O Mann, das ist ja *unheimlich*.«

»Und dann denke ich, das ist bloß Wunschdenken.«

»Aber sie hat noch nicht versucht, dich zu vergiften, oder?«

»Ich lebe noch, wie du siehst.«

»Ja. Du bist manchmal echt durchgeknallt, Rose, aber ich bin froh, dass es so gut funktioniert. Du musst dich bloß in Acht nehmen, alte Damen sind gefährlich.«

»Danke, Kel.« Ich entschied mich dafür, ihr besser nicht zu erzählen, dass ich meinen Freund als Antiquitätenhändler ausgegeben hatte. »Redest du mit Dan darüber, wie es dir geht – mit der Doppelbelastung durch Arbeit und Kinderbetreuung und all den anderen Sachen?«

Kelly seufzte. »Ich habe gelernt, mir genau zu überlegen, welche Schlachten ich schlagen will. Ich erledige das, was zu tun ist, eben später, wenn Mol im Bett ist.«

»Bei mir scheint es eher so zu sein, dass ich immer nur irgendwie aus Versehen in Schlachten gerate.«

»Da ist was Wahres dran, aber das ist schon okay. Du hast eine gute Rüstung, du bist Laura Brown.« Sie lachte und lehnte sich zurück. »Nein, im Ernst: Der wirkliche Unterschied zwischen uns beiden ist, dass ich weiß, dass ich nicht jede Schlacht gewinnen kann, und das erbittert mich, während es dir nie in den Sinn kommt, dass du auch mal als Siegerin vom Feld gehen könntest. Und das finde ich grundfalsch. Du musst an dich glauben. Du weißt, dass ich nur deswegen wütend bin, weil ich dich mag und es gut mit dir meine.«

»Ich weiß. Tut mir leid.«

Einen Moment lang herrschte verlegenes Schweigen, dann sagte Kelly. »Du musst dich nicht entschuldigen. Ich werde dich immer lieben.«

»Und ich dich.«

Wir saßen da, sicher geborgen in unserer unverbrüchlichen Freundschaft, während Eartha Kitt *Santa Baby* sang und Mol ihren Kuchen verputzte. Seufzend legte Kelly ihre Hand an den Hinterkopf ihrer Tochter.

»Was würdest du an Weihnachten machen, wenn du die Wahl hättest?«, fragte ich.

Kelly schloss die Augen. »Ach, Rosie-Rose, ich würde tausend Jahre lang schlafen.«

24

Nach dem Tod meiner Großeltern erschien es mir fast grotesk, dass mein Vater und ich Weihnachten feiern sollten. Einen Truthahn braten, so ein trockenes Monstrum, an dem zwei Personen bis Mitte Januar aßen, und dann auch noch einen Baum in der Wohnung! Ich war immer froh, wenn es vorbei war und das Leben wieder seinen normalen Gang ging. In den letzten fünf Jahren hatte ich Weihnachten immer bei Joes Eltern verbracht, und es hatte mir nie wirklich gefallen. Papa war öfter eingeladen worden, aber er hatte immer abgelehnt und mich gefragt, ob ich nicht zu ihm nach Frankreich kommen wollte. Ich hatte es nie getan.

Weihnachten rückte näher, aber in unserer Wohnung war davon nichts zu sehen. Joe war häufig weg, um sich mit Freunden aus seiner Schul- oder Studentenzeit zu treffen, ich war bei Connie, oft bis zehn Uhr abends. Ich tat mein Bestes, Weihnachten aus meinem Bewusstsein auszublenden, und war deswegen vollkommen überrascht, als ich eines Morgens Mitte Dezember zu Connie kam und im Erker ihres Wohnzimmers einen Christbaum, tiefgrün und noch ungeschmückt, vorfand.

»Er ist gerade erst geliefert worden«, sagte sie. »Schmücken Sie ihn für mich?«

Es war eine Fichte, gut zwei Meter hoch, ein stattlicher Baum. Auf dem Sessel stand ein großer Karton. »Meine Kugeln«, sagte sie. »Ich komme mit diesen feinen Drähten nicht mehr klar. Sie müssen sie aufhängen.«

Ich betrachtete den Baum, atmete seinen harzigen Duft ein. »Gerne«, sagte ich.

»Danke. Lassen Sie es uns gleich heute machen. Die Arbeit an dem Buch kann warten.«

»Aber – so kurz vor dem Ende!«

»Eben. Wir sind nicht in Eile.«

Seit jenem Gespräch in der Küche, das so ungemütlich verlaufen war, hatte ich es nicht mehr gewagt, ihr weitere Fragen zu stellen. Zwar hatte sie es sich nicht direkt verbeten, aber es war doch deutlich genug spürbar: Meine Aufgabe war, das Buch abzutippen, und das sollte ich tun und sie nicht mit Fragen danach belästigen. Sosehr ich auch darauf brannte, mehr über ihre Beziehung mit meiner Mutter zu erfahren, sah ich doch ein, dass ich sie nicht drängen durfte. Das würde sie mir nur entfremden, und wenn das passierte, würde auch die schattenhafte Gestalt von Elise vollends in unerreichbare Ferne rücken. Aber das war nicht alles: Ich *mochte* Connie, und mir gefiel es, dass ich ohne weiteres bereit war, ihr zuliebe einen Christbaum zu schmücken.

Ich machte Feuer im Kamin, und Connie brachte eine Flasche kalten Champagner. »Es ist zehn Uhr vormittags«, sagte ich.

»Na und? Gott, meine Finger! Machen Sie die Flasche auf, seien Sie so nett.«

Ich schenkte uns ein. Sie war wirklich ein außergewöhnlicher Mensch: eine Frau, die einem das Gefühl gab, dass es vollkommen in Ordnung, ja geradezu dringend geboten war, am helllichten Vormittag Champagner zu trinken. Ich öffnete den Karton mit dem Christbaumschmuck: Connie war offensichtlich entschlossen, es richtig krachen zu lassen. Eine weiße Lichterkette, Lametta, alte Kugeln aus feinstem Glas in Kirschrot und Türkis, Feuerwehrrot, knallig Orange. Die bunte Pracht überraschte mich, ich hatte nicht erwartet, dass Connie ein Faible für derartigen Flitterkram hatte. Wieder einmal musste ich mein Bild von ihr korrigieren. Immer wenn ich dachte, ich hätte ihr Wesen erfasst, glitt sie mir aus den Fingern.

»Erwarten Sie Gäste an dem großen Tag?«, fragte ich, darum bemüht, auf dem Sessel das Gleichgewicht zu halten, während ich Schmuck an den frischen dunklen Zweigen befestigte. »Haben Sie deswegen so einen prächtigen Baum gekauft?«

»Nein. Und Sie?«

Ich lachte. »In unserer Wohnung?«

»Wo feiern Sie?«

»Bei Joes Eltern«, sagte ich.

»Das klingt ja gerade so, als müssten Sie zu Fagin.«

»Fagin wäre mir noch lieber.«

»Aber bestimmt bekommen Sie von Ihrem Freund tolle Geschenke.« Ihre Augen leuchteten.

»Ja, manchmal.«

»Was war das Beste von allen?«

Ich ließ im Geist die vielen Weihnachten, die wir schon zusammen verbracht hatten, Revue passieren. Joes Geschenke waren mir nie wirklich auf den Leib geschneidert gewesen. Nette Bilderrahmen, ein Kaschmirschal, Kerzen, Bücher. Alles ganz hübsch, aber jene wohlüberlegte Aufmerksamkeit, die man einem Freund, der Antiquitätenhändler ist, zutrauen könnte, suchte man bei Joe vergebens. »Es sind so viele«, sagte ich, »dass ich mich nicht für eines entscheiden kann.«

»Na ja«, sagte Connie. »Und wer kocht?«

»Seine Mutter.«

»Natürlich.«

»Es ist nie eine besonders gemütliche Veranstaltung.«

Connie stellte ihr Glas ab und strich mit sachten Bewegungen ein Stück Glitzergirlande glatt, die im Licht des Kaminfeuers schimmerte. Es sah aus, als streichelte sie eine goldene Riesenraupe. »Wieso gehen Sie dann hin?«, fragte sie.

»Genau das fragt meine beste Freundin mich auch.«

»Oh?«

»Ich gehe mit, weil ich ihn liebe.«

Connie wandte ihre Aufmerksamkeit wieder der Girlande zu. Ich fühlte, dass meine Wangen rot wurden, und beugte mich über den Karton mit den Kugeln, um Connies Blick zu entgehen. »Mir gefallen an Weihnachten am meisten die Lichter«, sagte sie.

»Bitte?«

»Das Blinken und Glitzern. Das hat etwas Friedvolles.«

Ich schloss die Augen und spürte plötzlich, wie meine Mutter in mir wegdriftete, widerstandslos, schweigend. »Sie haben es gut«, sagte ich. »Sie können für sich bleiben. Ich muss wahrscheinlich neben Lucia sitzen.«

»Lucia?«

Ich drehte mich um und blickte hoch, eine Kugel in der Hand. Connie saß bewegungslos ganz gerade da, als wartete sie auf etwas. »Joes Nichte. Sie ist sechs«, sagte ich. Wieder hatte ich einen echten Namen preisgegeben. Mir war, als wäre ich dabei, die Haut meiner falschen Identität abzustreifen.

»Mögen Sie Kinder nicht?«, fragte sie.

»Ich mag Lucia nicht.«

Connie schmunzelte. Sie stand auf und versuchte ungelenk, die Girlande am Baum aufzuhängen. »Lassen Sie mich das machen«, sagte ich.

Seufzend gab sie mir die Girlande, nahm wieder in ihrem Sessel Platz und trank langsam, aber entschlossen von ihrem Champagner. Ich sah, wie ihre Hand zitterte, und schaute weg. »Wieso mögen Sie Lucia nicht?«, fragte sie.

»Sie ist entsetzlich altklug.«

»Vielleicht ist sie nur selbstbewusst, und das stört Sie?«

Das war ein radikaler Gedanke, und er gefiel mir gar nicht. Aber vielleicht stimmte es ja? Vielleicht erkannte ich wirklich in Lucia ein Selbstvertrauen, ein mit sich selbst Einverstandensein, das mir immer versagt geblieben war. War ich neidisch auf eine Sechsjährige? Wie erbärmlich. »Sie geht mir einfach auf die Nerven«, sagte ich trotzig. »Ob Sie es glauben oder nicht, Connie: Auch Sechsjährige können unsympathisch sein.«

»O ja, sicher.«

»Wie viele Kinder kennen Sie?«, fragte ich.

»Nicht sehr viele. Diejenigen, die ich früher gekannt habe, sind längst erwachsen.«

»Schenken Sie denen was zu Weihnachten?«

»Ich kaufe keine Geschenke, aber ich schicke den Kindern meines Bruders Geld. Phoebe und Jack.« Sie rieb sich das Gesicht. »Es ist fast zwanzig Jahre her, dass ich sie zum letzten Mal gesehen habe. Sie sind jetzt über dreißig.«

»Das ist – eine lange Zeit.«

»Ja.« Ihre Stimme klang hart und klar. Ich war unsicher, was in ihr vorging, aber der Champagner machte mich kühn, und ich wollte, dass Connie weiterredete.

»Sind Sie in London aufgewachsen?«, fragte ich.

»An allen möglichen Orten. Mein Vater war beim Militär, ein höherer Offizier. Als er in Pension ging, ließen wir uns in Essex nieder, an der Grenze zu Suffolk.«

»Hatten Sie eine schöne Jugend?«

Connie stieß den Atem aus. »*Schön* würde ich sie nicht nennen. Mein Vater war viel weg, besonders als ich noch klein war. Er war bei den Truppen dabei, die 1945 Bergen-Belsen befreiten.«

»Oh, mein Gott.«

»Ja. Er hat danach sein Leben lang, jedes Mal, wenn irgendetwas im Radio oder im Fernsehen kam, was mit dem Holocaust zu tun hatte, das Gerät sofort ausgeschaltet. Mein Verhältnis zu meiner Mutter war distanziert. Sie war mütterlich unterentwickelt. Hier, nehmen Sie die Kugel da, die ist schön.«

Ich nahm die fuchsienrote Kugel, die sie mir hinhielt. »Muss man sich denn zu einer Mutter erst entwickeln?«, fragte ich.

»Natürlich«, sagte Connie, als wäre das eine dumme Frage. »Nach allem, was ich weiß, ist das alles ein ziemlicher Schock.« Nach einigem Nachdenken fuhr sie fort: »Natürlich war das eine ganz andere Zeit damals. Sie überließ ihre Kinder einem Kindermädchen. Ich sah meine Mutter nur eine Stunde täglich nach dem Baden. Sie las mir nie Geschichten vor. Ich musste zu ihr ins Wohnzimmer kommen. Mein Gott, war das kalt! Sie fragte mich, was ich den Tag über gemacht hatte. Ich war sechs damals!«

Ich dachte an Lucia. »Na ja, es ist ja nicht so, als ob Sechsjährige nichts zu erzählen hätten«, sagte ich. »Und immerhin hat sie Ihnen Fragen gestellt.«

»Ich weiß nicht mehr, was ich ihr geantwortet habe. Ich mag Fragen nicht«, sagte Connie.

Ich bezog das auf mich und verstummte. Connie lehnte sich seufzend in ihrem Sessel zurück. »Es hat etwas Meditatives, einem anderen Menschen bei einer manuellen Tätigkeit zuzusehen«, sagte sie. Sie hob ihre Hände hoch und musterte sie. »Wenn ich auch eine gewisse Bitterkeit dabei empfinde.«

»Wie geht es Ihren Händen zurzeit?«

»So einigermaßen. Es ist nur scheußlich, wenn ich im Freien bin; bei der Kälte tun sie immer gleich weh. Manchmal ist es so schlimm, dass ich sie mir am liebsten abhacken lassen möchte. Sie sind so nutzlos. Aber wenn es schön warm ist so wie jetzt, lässt die Frustration nach.«

»Das ist echt ein großer Baum, den Sie da gekauft haben«, sagte ich.

Connie lachte. Ich hängte weiter Kugeln auf, und sie sah mir zu, beide schweigend, aber durchaus gesellig. Draußen fuhren immer wieder Autos vorbei, man hörte Haustüren schlagen oder genervte Stimmen von Leuten, die ihre Einkäufe nach Hause schleppten, während die Kinder stritten. Ich war plötzlich dankbar für den Baum.

»Ich hing sehr an meinem Vater«, sagte sie nach einer Weile. »Wenn er wieder einmal von zu Hause fort gewesen war und dann wiederkam, war ich immer wie elektrisiert, sobald ich sein Auto in der Einfahrt hörte. Und dann immer dieser Geruch von gestärktem Uniformstoff und Zigarettenrauch. Man sagt immer, Soldaten seien unfähig, Zuneigung zum Ausdruck zu bringen, aber das stimmt nicht. Ich nahm ihn immer als sehr präsent wahr. So sagt man in Ihrer Generation doch, nicht? *Präsent.*«

»Kann sein.«

»Aber als ich später so darüber nachdachte, fiel mir auf, dass er mich oft wie einen Jungen behandelte. Wie einen Sohn. Er ließ mich seine Pistole anfassen. Mit meinen kurzen Haaren und meiner spillrigen Gestalt vor der Pubertät konnte man mich auch wirklich für einen Jungen halten. Aber das hörte irgendwann auf. Mein kleiner Bruder Michael wuchs immer mehr in diese Rolle hinein, und ich wurde zu einer Frau. Zu einer Frau, die nicht einmal die ganz gewöhnlichen Ansprüche erfüllte, indem sie einen netten Kerl fand und heiratete. Das wäre etwas gewesen, was er verstanden hätte. Aber ich machte klar, dass ich das nie tun würde. Ich ließ ihn im Stich.«

»Das stimmt doch nicht.« Ich trat an den Kamin und legte Holz nach. Die Hitze, die mir entgegenstrahlte, war herrlich.

Connie lächelte. »Aber ja, natürlich war es so. Dort im hintersten Essex war in den frühen sechziger Jahren von Flower Power nicht das Mindeste zu spüren, das können Sie mir glauben. Homosexuelle Beziehungen zwischen Männern waren immer noch illegal, und daran, dass es auch unter Frauen solche Beziehungen geben könnte, dachte man nicht einmal. So etwas konnte der durchschnittliche Engländer sich gar nicht vorstellen.«

Connie beugte sich über die Armlehne und hob wieder eine Kugel hoch, dieses Mal eine aus durchsichtigem Glas, auf das hie und da weißes Pulver, das wie Schnee aussehen sollte, geklebt war. »Ich bin ehrlich überzeugt davon, dass mein Vater schlicht nicht wusste, was eine Lesbe ist«, sagte sie. »Er hatte in der Schule Latein und Griechisch gelernt, weswegen man vielleicht hätte annehmen können, dass er ein gewisses Verständnis für die gleichgeschlechtliche Liebe hatte, aber das reichte nicht über das Werk von Homer hinaus. Als ich ihm irgendwann einmal sagte, dass ich nie heiraten würde, sah er mich an, als wäre ich von einem anderen Stern. Ich habe es mir erspart, ihm die Sache ausführlicher zu erklären.«

»Das muss hart für Sie gewesen sein.«

»Oh, in Wahrheit war es nur lächerlich. So jedenfalls kommt es mir jetzt vor. Aber damals war ich naiv genug, um von seiner Reaktion überrascht zu sein.«

»Sie hatten angenommen, seine Liebe wäre bedingungslos.«

Sie rümpfte die Nase. »Ich glaube, es war eher so, dass ich dachte, aus alledem, was er in Deutschland gesehen hatte, müsste er doch etwas gelernt haben. Man muss die Liebe annehmen, wo sie einem begegnet – etwas in der Art. Und er hat mich enttäuscht. Sicher, er *liebte* mich, das bezweifle ich nicht.« Connie starrte in die Zweige des Baums. »Und ich liebte ihn, das war ja das Schlimme. Ich liebte ihn so sehr. Aber dann wurde er für mich mehr und mehr zu einer erbärmlichen Figur, und wenn einem das passiert, dann ist es endgültig aussichtslos.«

»Mussten Sie von zu Hause ausziehen?«

»Nein, aber ich wollte weg. Ich war zuerst in Manchester, dann zog ich nach London. Ich schlief immer auf den Sofas von großzügigen Menschen, die mich bei sich aufnahmen.« Sie seufzte. »Ich verdiente meinen Lebensunterhalt mit allen möglichen Jobs, einer grässlicher als der andere. Jede freie Stunde nutzte ich zum Schreiben. Fast acht Jahre lang ging das so. Mein Gott, das ist so lange her.«

»Sahen Sie Ihre Eltern gar nicht mehr?«

»Manchmal besuchte ich sie. Aber das kam immer seltener vor, als mir klar wurde, dass mein Vater nie imstande sein würde, mich als die zu akzeptieren, die ich war. Wahrscheinlich ahnte er mittlerweile zumindest, was mit mir los war. Aber er erkannte es nie an.« Sie stockte. »Ich fühlte mich unsichtbar.«

Ich hatte mich ihr gegenüber in einen Sessel gesetzt. Dass ich erleben durfte, wie Connie sich so öffnete, fühlte sich an wie ein seltenes, kostbares Geschenk. In diesem Moment dachte ich nicht mehr daran, nach meiner Mutter zu forschen, ich wollte nur noch Connies Geschichte hören, ihr nahe sein, verstehen, wer sie wirklich war. »Und wie verhielt sich Ihre Mutter in all der Zeit?«, fragte ich.

»Oh, sie folgte einfach seinem Beispiel.« Connie starrte in die Flammen des Kaminfeuers. »Sie wollte mich nicht einmal zur Rede stellen. Meine Eltern fühlten sich, so kam es mir vor, von mir ... *abgestoßen* in einer Weise, die sie nicht in Worte fassen und wahrscheinlich selbst nicht verstehen konnten. Sie sagten nie etwas Verletzendes, aber die Entfremdung war immer zu spüren. Natürlich ist es nicht immer so, oft reagieren Eltern liebevoll und akzeptieren es. Aber es war eine andere Zeit. Ich konnte es nicht mehr ertragen, auch nur in ihrer Nähe zu sein.«

»Das tut mir leid.«

»Ach ja.«

»Fühlten Sie sich ... immer schon zu Frauen hingezogen, Connie?«

Sie blickte auf. »Ich nehme es an. Aber es gab Bälle, da ging ich als Teenager hin. Schicke junge Burschen, aufgeputzte Mädchen, flirtende Paare – all das. Ich tanzte auch. Ich benahm mich vollkommen heterosexuell. Aber ich sah mehr die Mädchen an. Einen zarten Nacken, die Form einer Hand, die Art, wie ein Lächeln mit mir Kontakt aufnahm. Wir waren alle ein bisschen hormonell durcheinander, denke ich. Wir waren ja alle vollkommen ungebildet in dieser Beziehung, wir hatten keine Worte, um es zu benennen. Aber vielleicht wusste ich es trotzdem schon damals. Bei meinem ersten Mal war ich fünfzehn. Das Mädchen hieß Virginia.« Connie lächelte und blickte wieder ins Feuer. »Was für ein Name für eine erste Liebe. Virginia Lawrenson war drei Jahre älter, und sie küsste mich unter der Regenrinne hinter dem Jugendclub in Manningtree. Ich weiß es noch genau. Einen Monat später landete ich in ihrem Schlafzimmer. Und wieder einen Monat später war sie verheiratet.«

»Arme Virginia«, sagte ich.

»Ach, ich weiß nicht. Die Virginia Lawrensons dieser Welt hatten es in mancher Hinsicht leichter. Ihr Mann war ein anständiger Kerl.«

»Es tut mir wirklich leid«, sagte ich noch einmal. »Wenn es … schlimm für Sie war.«

Connie wirkte bedrückt. »Oh, *so* sehr viel Mitleid ist gar nicht angebracht, Laura.« Connie trank wieder einen Schluck Champagner. »Man kommt drüber weg. Man findet Freunde, Menschen, die einen aufnehmen. Nicht viele Leute hielten mich für lesbisch. Ich fiel nicht weiter auf damals.«

»Weil Sie es so wollten?«

Sie holte tief Atem. »Ich wollte einfach nicht darüber nachdenken. Ich hatte nie das Bedürfnis, bei Demonstrationen mitzumarschieren, mir den Kopf kahlzuscheren, alle Männer zu hassen und dergleichen. Vielleicht habe ich es verdrängt. Ich glaube, ich versuchte lediglich immer, das zu bekommen, was ich haben wollte. Es ging mehr um meine persönlichen Bedürfnisse als um politische Ziele.«

»Aber sollten die nicht identisch sein?«, fragte ich.

Connie lachte. »Ja natürlich, und darum muss ich mich wohl als eine egoistische Narzisstin betrachten.« Sie wandte den Blick ab. »Ich redete mir ein, die Tatsache, dass ich war, wie ich war, sei bereits eine revolutionäre Tat. Aber vielleicht war ich bloß faul. Wie auch immer – ich finde, dass die Frauen, mit denen ich Liebesbeziehungen hatte, mehr Mitleid verdienen als ich.«

Mir war auf einmal ganz unheimlich zumute. »Warum tun sie Ihnen leid?«, fragte ich

Connie seufzte. »Ich glaube, ich konnte sie nie leichten Herzens lieben. Ich *wusste*, dass ich sie liebte, ich konnte es nur nicht richtig zeigen. Ich denke, es muss für sie gewesen sein, als hätten sie eine Beziehung mit einem Gespenst.«

Ich wusste nicht, was ich dazu sagen sollte. Ich wagte nicht, weiter in sie zu dringen, aus Furcht, dass sie zornig wurde und sich mir ganz verschloss. Ihre Augen waren feucht, ihre verkrüppelten Finger ruhten auf der Armlehne des Sessels, als wäre er ein Thron. Sie hatte so viel geredet, so viel von sich preisgegeben und war jetzt erschöpft. Ich sah, wie ihr Gesicht sich in ein Bild von Trauer verwandelte. Ich wollte zu ihr hingehen, sie trösten, ihr sagen, dass meine Mutter in diesem Raum anwesend war, eine alte Liebe, ein unsichtbares Band zwischen Menschen, die sie zurückgelassen hatte. Aber ich rührte mich nicht weg von meinem Platz neben dem Christbaum.

25

Dass Connie sich selbst ein Gespenst genannt hatte, ging mir nicht aus dem Sinn. Bis dahin hatte ich immer gedacht, das einzige Gespenst in diesem Haus sei Elise Morceau. Connie hatte mir aus Gründen, die nur sie kannte, ihr Herz ausgeschüttet und mir von ihrer Kindheit und Jugend erzählt, von ihrem Vater, dem Offizier, den sie vergöttert hatte und bei dem man heutzutage wahrscheinlich eine posttraumatische Belastungsstörung diagnostizieren würde, von ihrer Mutter, die wie Connie behauptete, eine Meisterin in der Kunst war, nichts und niemanden an sich heranzulassen. Ihr Bruder Michael war tot. Seine Kinder spielten in ihrem Leben keine Rolle. Und vor allem hatte sie davon erzählt, wie ihre Sexualität und so ihre ganze Person von den Menschen, die ihr am nächsten standen, stillschweigend ausgelöscht worden war. Das, was sie mir damit, dass sie so freimütig redete, demonstriert hatte, fühlte sich wie Freundschaft an. Ein Geschenk, ein Vertrauensbeweis. Ich empfand es als hohe Ehre, und mein Herz tat mir weh, wenn ich an die junge Frau dachte, die Connie einst gewesen war, eine junge Frau, die darunter litt, dass sie nicht sie selbst sein durfte. Ich fragte mich, ob jene Gefühle von Entfremdung und das Bedürfnis, sich von Bindungen zu lösen, sie auch in ihrem Erwachsenenleben begleitet hatten, und gelangte zu der Vermutung, dass dies wohl so war.

Ich war mit einer klaren Vorstellung davon, was ich

wollte, zu Connie gekommen, aber jetzt war mein Weg schlammig und mein Ziel ungewiss. Sosehr ich mir wünschte, Connie würde mir ihre Geheimnisse anvertrauen und mich, sei es gewollt oder ungewollt, auf die Spur meiner Mutter führen, weckte doch die Verletzlichkeit, die sich unter der rauen Schale ihres großstädtischen, intellektuellen Wesens zeigte, Beschützerinstinkte und Schuldgefühle in mir. Eigentlich war es doch meine Pflicht, mich um sie zu kümmern, dachte ich. Vielleicht sollte ich den Blick mehr auf die Frau, mit der ich es hier zu tun hatte, richten und weniger auf diejenige, die mir im Kopf herumschwirrte?

Am Morgen von Heiligabend war Kelly längst unerreichbar irgendwo in der tiefsten englischen Provinz, ohne Zweifel damit beschäftigt, Holz zu hacken. Die Vorstellung, wie sie mit ihrem Babybauch die Axt schwang, gefiel mir. Ich packte im Wohnzimmer unserer Wohnung die Geschenke für Joes Verwandtschaft ein, immer darauf bedacht, makellose Schleifen zu binden. Ich hatte mein Bestes versucht, nette Dinge zu besorgen – Bodylotions, Wein, ein Tuch, das der Benutzerin angeblich auf geradezu magische Weise einen glatten Teint bescherte, für Daisy (die wahrscheinlich in diesem Geschenk eine versteckte Beleidigung wittern würde) –, aber es war alles ein bisschen unpersönlich. Meine Schultern taten mir weh vom vielen Runterbeugen, denn ich hatte mich bemüht, das Papier immer schön ordentlich zu falten, um bei Dorothy nicht den – nur allzu berechtigten – Verdacht zu wecken, ich hätte alles in letzter Minute eingepackt. Ich hatte vor, anschließend zu Connie zu gehen, ihr mein Geschenk zu überreichen (auf das ich einige Zeit und Sorgfalt verwendet hatte und mit dem ich sehr zufrieden war), ein Glas Champagner mit ihr zu trinken und sie dann sich selbst zu überlassen. Genau das, so hatte sie mir zu verstehen gegeben, war es, was sie sich wünschte. Dann wollte ich nach Wimbledon fahren, um Weihnachten mit Joe und seiner Familie zu verbringen.

Joe war mit einem neuen Freund, den ich nicht kannte, ein vorgezogenes Weihnachtsbier trinken gegangen. Der Mann hieß Charles und war mit seinen Beiträgen in den sozialen Medien ein einflussreicher Mann in der Londoner Gastroszene.

Offenbar war es nicht bei einem Bier geblieben, aber irgendwann ging dann doch die Tür auf, und Joe spazierte ins Wohnzimmer. »Hey«, sagte er und blickte hinab auf die Geschenke, die Papierschnipsel, das Klebeband und, mittendrin, mich. »Du hast alles geschafft.«

Ich brachte es nicht über mich, ihn anzusehen. »Ja. Ich war gestern Abend bei Selfridges«, sagte ich.

»Oh, vielen Dank. War viel los?«

»Ziemlich.«

»Ich weiß, eigentlich hätte ich mitkommen sollen.«

Ich blickte immer noch auf die ordentlich aufgestapelten Geschenke. »Wie war's im Pub?«, fragte ich.

Joe setzte sich aufs Sofa und zog sein Smartphone hervor. »Gut. Charles ist ein cooler Typ. Er meint, im neuen Jahr könnten sich ein paar Gelegenheiten für Pop-ups ergeben. Sobald dieser blödsinnige Detox-Hype vorbei ist. Er wird bei dem neuen Street-Food-

Festival im Februar ein gutes Wort für mich einlegen. Er ist für die ganze PR zuständig.«

»Toll«, sagte ich. »Aber du hättest dich tatsächlich nützlich machen können. Schließlich sind die Geschenke für deine Familie.«

Joe sah mich an. »Ja. Tut mir leid. Aber Charles hatte nur heute Zeit.«

»Und was ist mit gestern Abend, als ich bei Selfridges war?«

»Na ja, ich wusste ja nicht, dass du da einkaufen gehen wolltest. Ich bin es gewohnt, dass die Geschenke immer am Heiligabend vormittags besorgt werden. Das mache ich immer so, das weißt du doch.« Er wandte sich wieder seinem Smartphone zu.

»Ja, und letztes Jahr hat das dazu geführt, dass wir in unserer Panik viel zu viel Geld für lauter Sachen ausgegeben haben, die deiner Familie nicht mal gefallen haben.«

Ich verstummte. Ich hörte mich selbst reden. Ich hörte meinen schieren Ärger, den, mochte er auch noch so berechtigt sein, Joe ganz leicht vorwurfsvoll zu misslauniger Nörgelei umdeuten konnte. Es empörte mich, dass mein Zorn so einfach abzuwehren war und sich durch ein paar wohlgezielte Konter aus der Bahn bringen ließ.

»Du bist so gut in solchen Dingen, Rosie«, sagte er.

»Ich kann das um kein Haar besser als du, Joe. Ich kann nur nicht bei denen hereinschneien ohne –«

»Ich weiß nie, was ich kaufen soll«, sagte er.

»Warum fragst du sie nie?«

Endlich legte er sein Smartphone weg. »Weil es dann ja keine Überraschung mehr ist«, sagte er.

Ich dachte, ich müsste losschreien, aber ich sagte: »Aber du könntest dir ja auch mal eine halbe Minute lang Gedanken darüber machen.«

»Du kriegst das Geld wieder, das du ausgegeben hast.« Er nahm sein Smartphone wieder zur Hand.

Das gab mir endgültig den Rest. Diese Wurstigkeit, diese vollkommene Gleichgültigkeit! Ich dachte an all die Geschenke, die ich in all den Jahren an seiner Stelle für seine Familie gekauft hatte.

Weißglühende Wut schlug in mir hoch, raste in meinem ganzen Körper. Ich schloss die Augen in dem Versuch, sie aufzuhalten, damit sie nicht ausbrach. Aber dann wurde mir klar, dass ich das gar nicht wollte. Ich dachte an Kelly, ich dachte an Connie, ich dachte an Connies Mutter, an meine Mutter. An Dorothy. Ich dachte plötzlich daran, wie sehr ich Geld hasste. Ich dachte daran, wie erfrischt Kelly ausgesehen hatte, nachdem sie ihrem Ärger Luft gemacht hatte. Wie innig unsere Umarmung beim Abschied gewesen war. Ich stellte sie mir in einem von Hecken eingefassten Cottage vor, ich sah sie mit einer Axt auf der Schulter in den Wald stapfen.

»Connie braucht mich an Weihnachten«, sagte ich.

Joe ließ sein Smartphone sinken. »Was?«

»Ich werde also über die Feiertage bei ihr sein.«

»Das kannst du nicht machen!«

»Doch, das kann ich.«

»Nein, meine Mutter rechnet mit dir. Sie hat gekocht. Sie hat den Tisch für dich gedeckt.« In seinem Gesicht stand pure Bestürzung.

»Dann räumt sie eben den Teller wieder weg. Sie wird ihn ja wohl nicht festgeklebt haben.«

»Das ist nicht witzig«, sagte Joe. »Es ist *Weihnachten*.«

MIR EGAL MIR EGAL MIR EGAL MIR EGAL MIR EGAL, dachte ich. Die Wörter liefen durch meinen Kopf wie die Zeilen auf einem dieser Bildschirme in der Börse.

»Warum musst du dich immer über meine Mutter lustig machen?«, fragte er plötzlich.

»Was? Ich mache mich nie über deine Mutter lustig«, sagte ich.

»Es ist nur – nur dieses eine Mal, Rose – weißt du, es wäre wirklich nett, wenn du zeigen würdest, dass du auf unserer Seite stehst.«

»Wovon redest du? Ich bin auf deiner Seite, Joe.«

»Ich wünschte mir einfach, du würdest dich genauso für mich und unser gemeinsames Leben engagieren wie für diese alte Schachtel.«

»Halt bloß den Mund«, sagte ich.

Joe sah mich schockiert an. Ich zeigte mit einer ausladenden Armbewegung auf die Geschenke. »Ich habe sogar Namensschildchen geschrieben«, sagte ich. »Du brauchst die Sachen nur noch in eine Einkaufstasche zu tun.«

»Das ist irre. Du bist wütend. Jetzt reg dich wieder ab, und alles ist gut.«

»Nein, Joe. Du kapierst es nicht. Du kapierst es einfach nicht.«

Er zog die Luft durch die Zähne ein. »Weißt du was? Du hast recht. Ich kapiere es tatsächlich nicht. Ich kapiere nicht, was mit dir los ist, seit –«

»Was?«

»Seit du diese neue Arbeit hast.«

»Sag nichts gegen meine Arbeit, Joe. Ja nicht!«

»Aber damit hat die ganze Scheiße angefangen. Ich erkenn dich gar nicht mehr wieder.«

»Ach, jetzt mach dich nicht lächerlich«, sagte ich.

»Es ist alles so beschissen zwischen uns –«

»Es war erst recht beschissen, *bevor* ich die Arbeit angenommen habe, das kann ich dir versichern.« Ich stand auf und trat vor ihn hin.

»Rose, was ist nur mit dir passiert?« Er sagte es in einem gedankenverlorenen Ton, der mich vollends rasend machte. Er gefiel sich in der Rolle des rational denkenden Mannes, der alles versucht hatte, mich zur Vernunft zu bringen, mich mit seinen überlegenen Argumenten zu erreichen, der aber endlich, so gutartig er auch war, einsehen musste, dass mir nicht zu helfen war.

»Was soll das heißen: *Was ist mit dir passiert?*«

»Du hast dich verändert. Das macht mir Angst. Du machst mir Angst.«

»Ich mache dir Angst?«, fragte ich.

Er lehnte sich zurück und sah mich mitleidig an. »Ich komme nicht mit dir klar, wenn du so bist«, sagte er.

»Werd erwachsen, Joe. Werd einfach erwachsen, verdammte Scheiße.« Am liebsten hätte ich gegen die Wand getreten, aber ich hielt mich zurück.

Joe riss die Augen auf. »Ich kann mit dir keine Unterhaltung führen, wenn du hysterisch bist«, sagte er.

»Ich bin nicht hysterisch. Ich bin wütend. Und ich habe allen Grund dazu.«

»Schrei doch nicht so, um Gottes willen. Du weckst noch das Baby der Nachbarn auf.«

»Hoffentlich«, fauchte ich. Die lärmenden Bauarbeiten auf einer Seite der Wohnung hatten uns die letzten sechs Monate genervt, und auf der anderen Seite gab es ein Baby mit Koliken. In meiner Wut wünschte ich mir, alle Babys der Welt würden aufwachen und mit stundenlangem Gebrüll ihre Eltern und Joe in den Wahnsinn treiben, sie würden auf ihren kleinen Wurstbeinen aufmarschieren, Spruchbanner in den winzigen Händen, durch unsere Wohnung rennen, sich um ihn drängen und skandieren: WAS WOLLEN SIE IN DIESEM LEBEN, MANN?

»Es hat keinen Sinn, genauso gut kann ich mit einem kleinen Kind reden.« Er sprach in demonstrativ »vernünftigem« Ton. Ich hätte ihn ohrfeigen mögen für seine Schauspielerei. »Ich bitte dich nur … geh mir nicht auf die Nerven.«

»Du sagst, ich gehe dir auf die Nerven?«

»Ja. Du gehst mir verdammt auf die Nerven. Wir finden alle, dass du nervst.«

Ich war einen Moment lang wie betäubt. »Weißt du was, Joe?«, sagte ich dann. »Schieb dir dein Weihnachten in den Arsch.«

»Was sagst du?«

»Schieb dir dein beschissenes Weihnachten in den Arsch. Fahr alleine nach Wimbledon zu deiner beschissenen Familie.« Und ich versetzte den Geschenken einen Tritt, dass sie nach allen Seiten davonflogen.

Joe sah mich an, angewidert, dann mehr finster befriedigt. »Ich hab es gewusst«, sagte er. »Du hast sie echt nicht mehr alle.«

Joe ging – ich wusste nicht, wohin, und es war mir auch egal. Ich packte ein paar Sachen in eine Tasche. Ich war in einer seltsamen Hochstimmung und von keinem Zweifel angenagt.

Die Geschenke ließ ich im Wohnzimmer liegen, nur das für Connie nahm ich mit. An der Haustür blieb ich stehen, rieb mir die Augen und atmete zweimal tief die reinigende Luft ein, bevor ich ins Freie trat.

Zuerst ging ich zu Sainsbury's, um einen großen Schinken zu kaufen. Es gefiel mir, dass Connie, was Lebensmittel betraf, nicht im Mindesten snobistisch war; ob die Sachen von Sainsbury's oder von Fortnum & Mason waren, war ihr egal. Wahrscheinlich hatte sie für Heiligabend ein Truthahnsandwich besorgt. Ich legte noch etliche Sorten Käse, ein Brathähnchen, verschiedene Weine, Schokoladenpudding, Gemüse, Double Creme in den Wagen – Mengen und Qualitäten nach Maßgabe meines gesteigerten Selbstgefühls. Ich war ganz beschwipst von der Freiheit, die ich mir nahm, der Freiheit, dies zu tun und nicht *jenes*, mit *ihm*.

Erst auf dem Weg nach Hampstead schlichen sich leise Zweifel ein. Würde Connie mich einlassen? Würde sie mir Asyl gewähren? Oder war ich dabei, eine rote Linie zu überschreiten? Ich entschloss mich, es zu versuchen: Es lockte mich wie Sirenengesang – ein warmes Kaminfeuer, ein gutes Essen, ich freute mich sogar auf den Weihnachtsbaum.

Ich benutzte nicht meinen Hausschlüssel, sondern läutete an der Tür. Sie runzelte die Stirn, als sie mich mit meinen vielen Plastiktüten vom Supermarkt und der Reisetasche da stehen sah.

»Ich dachte, wir könnten zusammen zu Abend essen?«, sagte ich. »Ich koche uns was Feines.«

»Sollten Sie nicht bei Joes Eltern sein?« Ihre Augen wurden schmal. »Sie sind nicht aus Mitleid gekommen, oder? Sie wollen hoffentlich nicht, dass ich für Sie den Bob Cratchit spiele?«

»Nein, Connie, keine Angst.«

»Hmmm«, sagte sie, aber sie drehte sich um und ging ins Haus, und ich wusste, dass das ein Zeichen war, ihr zu folgen.

»Ich hatte mich eigentlich auf Suppe mit Brot eingestellt«, sagte sie in der Küche.

»Oh. Na gut, wenn Sie wollen«, sagte ich. »Aber –«

»Aber ein feines Abendessen tut es auch.«

Ich machte mich mit meinen Einkäufen zu schaffen. Ich wusste, dass sie mich beobachtete. »Ist alles okay?«, fragte sie.

»Natürlich.«

»Gut. Weil – es täte mir leid, wenn es anders wäre. Für Sie, meine ich.«

»Habe ich Sie bei irgendwas gestört?«, fragte ich. »Ich kann jederzeit wieder gehen, sobald ich, vielleicht, ein Glas –«

»Nein, nein«, sagte sie und kramte in den Tüten. »Nehmen Sie eine Flasche aus dem Kühlschrank. Haben Sie auch Schokolade mitgebracht?«

»Einen Sack Goldmünzen für Sie«, sagte ich, und sie lachte. Im Kühlschrank stand eine Flasche Champagner.

»Lassen Sie den Korken knallen«, befahl sie.

Ich gehorchte und schenkte zwei Gläser voll. »Prost.«

»Prost.« Sie stieß mit mir an. »Frohe Weihnachten, Laura.«

»Frohe Weihnachten, Connie.« Ich trank den Champagner, als wäre er ein Zaubertrank.

Ich stellte das Hähnchen in die Bratröhre und kümmerte mich um die übrigen Dinge, während Connie oben in ihrem Zimmer arbeitete. Als das Essen fertig war, setzten wir uns einander gegenüber an den Küchentisch. »Sie können wirklich phantastisch kochen«, sagte sie mit einem seligen Seufzer.

»Danke.«

»Es ist eigentlich die reine Verschwendung, dass Sie mit Ihren Talenten hier arbeiten.«

Ich schwieg. »Laura?« Sie streckte den Arm über den Tisch und legte ihre Hand auf meine. Ich spürte die warme, zutrauliche Berührung und fühlte mich plötzlich ganz schwach.

»Ja?«

»Sie können gerne über Weihnachten hierbleiben, es ist mir eine große Freude.« Sie ließ ihre Hand liegen und sah mir in die Augen. »Fühlen Sie sich wie zu Hause. So lange, wie es Ihnen gefällt.«

Connie hatte versucht, mein Bett in dem Gästezimmer im ersten Stock frisch zu überziehen, aber sie hatte es mit ihren verkrüppelten Händen nicht geschafft, darum hatte ich den Rest selbst erledigt. Die Vorhänge waren zugezogen, die kleine Nachttischlampe brannte und verbreitete den schummrig gelben Schein der

Kindheit, daneben steckte in einer kleinen Vase das Stechpalmenzweiglein, das sie unbeholfen zwischen beiden Händen gehalten hatte, als sie es mir brachte.

Ich war gerührt, und noch mehr rührte es mich, dass Connie nicht gefragt hatte, warum ich hier war und nicht bei Joe. Sie bohrte nicht nach, sie klopfte nicht auf den Busch. Ich hatte Schuldgefühle, weil ich sie hinterging.

In dieser Nacht in Connies Gästezimmer war mir, als stünde die Zeit still. Sie ging erst sehr spät zu Bett – ich hörte ihre leisen Schritte auf der Treppe, als sie zu ihrem Schlafzimmer ging. Schließlich schlief ich ein und träumte von meiner Mutter und mir. Wir waren an einem Strand – nicht an dem in der Bretagne, wo mein Vater ihr Bild heraufbeschworen hatte, sondern an der Küste aus Connies Buch. Der Sand von Massachusetts unter meinen Füßen fühlte sich vollkommen wirklich an, als ich hinter meiner Mutter herging. Wir waren beide auf der Suche nach etwas, aber sie drehte sich nicht zu mir um. Ich konnte ihr Gesicht nicht sehen. Ich hatte mich schuldig gemacht. Ich war nicht aufrichtig gewesen, und darum kehrte sie mir den Rücken zu.

26

Am nächsten Morgen hatte ich einen Moment lang keine Ahnung, wo ich mich befand. Mein Doppelbett war auf halbe Größe geschrumpft, das Zimmer war mir fremd, und auch das trübe Morgenlicht war anders als gewohnt. Es war ganz still. Ich drehte mich auf die andere Seite, und die Erinnerung an gestern war wieder da. Der Streit in der Wohnung, die über den Fußboden verstreuten Geschenke, der Champagner und das Brathähnchen bei Connie zu Hause. Das Gästezimmer. Die Vase mit dem Stechpalmenzweig. Weihnachten.

Heute würde es keinen Strumpf mit Geschenken für mich geben. Keine Lucia, keinen Wilf, strahlend vor Entzücken, keinen Ben, der in den Schubladen nach einem Korkenzieher kramte, keine Dotty oder Daisy – mein Gott, was für ein lächerliches Paar Namen –, und vor allem keinen Joe. Meine erste Reaktion war Erleichterung, aber ihr folgten Verwirrung und Furcht auf dem Fuß. Ich wartete lange darauf, dass ich in Tränen ausbrechen würde, aber nichts geschah.

Ich checkte mein Smartphone, das auf dem Nachttischchen lag. Papa hatte eine WhatsApp geschickt: *Joyeux Weihnachten unsere liebe Rose. Liebe Grüße an alle, in Liebe, Papa und Claire.*

Frohe Weihnachten, Papa, schrieb ich zurück. *Ich hoffe, ihr beide habt einen schönen Tag.*

Ich legte das Smartphone hin und drückte die Kuppe meines Zeigefingers leicht gegen einen stacheligen

Stechpalmenzahn. Keine Nachricht von Joe. Ich fragte mich, was er seiner Familie wohl gesagt hatte. Wahrscheinlich, dass ich in die Bretagne gefahren war. Das war die sicherste Lüge. Nicht einmal Dorothy würde es zulassen, dass ich an Weihnachten allein in der Wohnung herumsaß.

Zu meiner Überraschung antwortete Papa prompt. *Hat dir dein Geschenk gefallen?*

Mir wurde erst jetzt bewusst, dass ich das Geschenk von ihm in der Wohnung zurückgelassen hatte. Ich hatte nur das für Connie mitgenommen. Beim Abstauben in den verschiedenen Zimmern des Hauses hatte ich bemerkt, dass Connie offenbar eine passionierte Sammlerin von Aschenbechern war, obwohl sie gar nicht rauchte. Auf meiner Suche nach einem Weihnachtsgeschenk hatte ich in einem Gebrauchtwarenladen ein wahres Prachtexemplar gefunden, ein wunderschönes Art-déco-Stück. Es schien echt zu sein und sah jedenfalls so aus, als hätte es auch von einem richtigen Antiquitätenhändler stammen können.

Ich habe es noch nicht aufgemacht!, schrieb ich.

☹ *Hast du was Hübsches von Joe bekommen?*

Ich habe noch gar kein Geschenk aufgemacht. Bin beim Frühstücken.

Claire fragt: Alles OK?

Mir gehts gut. Und euch?

Ja. OK Schatz, kann ich dich später anrufen?

Ich zog meine Jeans und eine Bluse an, schnappte mir das kleinere der beiden Handtücher, die Connie für mich auf den Stuhl gelegt hatte, und ging in das goldenschwarze Badezimmer, um mir das Gesicht zu waschen und mir die Zähne zu putzen. Als ich wieder nach oben kam, traf ich auf Connie, die vor der Tür meines Schlafzimmers wartete. »Ich habe gehört, dass Sie auf sind«, sagte sie. »Frohe Weihnachten.« Sie war wie gewöhnlich schwarz gekleidet und sah müde aus.

»Frohe Weihnachten«, sagte ich.

»Was machen Sie normalerweise an Weihnachten?«, fragte sie.

»Ach, das überlasse ich gerne Ihnen. Was immer Sie möchten, ist mir recht.«

»Eigentlich mache ich gar nichts Bestimmtes.« Sie wirkte unsicher.

»Gut, dann gibt es eben keine festen Regeln«, sagte ich.

»Sie könnten diesen Schinken kochen«, schlug sie vor.

»Also dann: Ich koche den Schinken.«

»Wollen Sie eine Tasse Tee?«, fragte sie.

»Dafür bin ich zuständig. Sie können doch –«

»Heute ist Weihnachten – keine Regeln.« Connie marschierte entschlossen Richtung Küche. Aus meinem Zimmer war das Klingeln meines Smartphones zu hören. Sie drehte sich um. »Ist das Joe?«, fragte sie.

»Es ist wahrscheinlich mein Vater.«

»Dann sollten Sie vielleicht besser rangehen.«

Ich ging ins Zimmer und nahm das Smartphone. »Hi, Papa.«

»Hallo, mein Schatz. Frohe Weihnachten.«

Mir wurde das Herz schwer, ich setzte mich auf die Bettkante. Ich freute mich über seinen Anruf, aber der bloße Klang seiner Stimme löste eine eigenartige Regression aus: Ich verwandelte mich in eine jüngere Version meiner selbst, die mit der Person, die ich jetzt und in diesem Haus war, nicht harmonierte. Tränen stiegen mir in die Augen, und eine Hitzewelle überlief mich. Es war das erste Mal seit jenem Strandgespräch, bei dem Constance Holden in mein Leben eingetreten war, dass ich seine Stimme wieder hörte.

»Bist du noch da?«, fragte er.

»Ich bin noch da.«

»Geht es dir gut?«

Ich rutschte etwas auf der Matratze zurück und lehnte mich an die Wand. »Alles okay«, sagte ich. »Du weißt ja, ich hab's nicht so mit Weihnachten.«

Ein kurzes Schweigen trat ein, dann sagte er: »Ich habe darüber nachgedacht, was ich dir erzählt habe. Von deiner Mutter.«

Ich schloss die Augen. »Ah?«

»Ich hätte – ich hätte dich nicht so damit allein lassen sollen.«

Ich schlug die Augen auf und sah mich in dem Raum um – Connies Theaterplakate, die grün gestreifte Tapete, das Regal mit ihren Büchern. Ich hörte Connie unten in der Küche mit Geschirr klappern. Ich stellte mir vor, dass ich meinem Vater erzählte, wo ich war. Was würde dann passieren? Möglicherweise würde er mir gar nicht glauben.

»Es ist alles so lange her.« Mein Schweigen schien ihn zu verunsichern.

»Ja, natürlich«, sagte ich. »Es ist schon okay, Papa. Ich bin froh, dass du es mir erzählt hast.«

»Du hättest dieses Jahr herkommen sollen.«

»Ja.« Ich beugte mich vor und rieb eines der harten Stechpalmenblätter zwischen Daumen und Zeigefinger. Es war so robust. »Vielleicht hätte ich das tun sollen.«

»Claire hat vorgeschlagen, wir könnten dich und Joe im neuen Jahr besuchen kommen. Was meinst du dazu?«

Ich überlegte, was die Frage in Wirklichkeit zu bedeuten hatte. Wollte er es eigentlich gar nicht? Hoffte er im Grund seines Herzens, ich würde ihm antworten, das sei doch nicht nötig, dass sie die Mühen einer solchen Reise auf sich nahmen? Wenn der Vorschlag von *ihm* gekommen wäre, verbunden mit einem Ausdruck von Vorfreude, wäre es etwas anderes gewesen. Aber es war Claires Idee. Ich stellte mir vor, wie er und Claire in Portsmouth mit der Fähre ankamen, nach London zu Joes Wohnung fuhren und feststellen mussten, dass ich nicht da war – dass ich meinen Job im Café aufgegeben, und wahrscheinlich auch, dass ich Joe verlassen hatte und jetzt für niemand anderen als Constance Holden arbeitete.

»Es ist wirklich alles okay«, sagte ich. »Und es ist so scheußlich kalt im Januar, das müsst ihr euch wirklich nicht antun. Es geht mir gut.«

»Wir können darüber reden. Jederzeit.« Er zögerte wieder. »Brauchst du – willst du, dass ich irgendwas tue?«

»Nein.«

»Okay. Na gut. Ich schicke dir später noch eine WhatsApp. Aber lass es dir gutgehen heute, ja? Trink einen Schluck. Ich hoffe, Dorothy kocht was Feines.«

»Sie kocht einen Schinken«, sagte ich.

Mein Vater lachte. »Klar, was sonst?« Eine Pause trat ein. »Ich hab dich lieb«, sagte er dann.

»Ich hab dich auch lieb.«

Wir legten auf. Ich fühlte mich wund. Ich saß eine Weile da, bis Connie mich rief, weil der Tee fertig war.

Am späteren Vormittag stellte ich den Topf mit dem Schinken auf den Herd und erledigte die Vorarbeiten für die Dinge, die es dazu geben sollte: Petersiliensoße, Bratkartoffeln, Karotten, Pastinaken und Rosenkohl. Connie, mittlerweile merklich aufgemuntert, saß am Küchentisch. »Ich nehme mir heute mal frei«, sagte sie. »Schließlich ist frohe Weihnacht, ob es einem passt oder nicht.«

Sie hielt mir ein Ende eines Knallbonbon aus einer Schachtel hin, die sie offenbar zusammen mit den Christbaumgirlanden gekauft hatte. Wir ließen es krachen, lasen die faden Witze und fummelten an den Plastiktütchen, die zum Vorschein kamen. Meines enthielt einen Schlüsselring mit Flaschenöffner, ihres ein Miniaturpuzzle, aber sie sparte sich die Mühe, es aufzumachen, und legte es gleich ungeöffnet beiseite. Wir setzten Papierkronen auf, sie eine purpurrote, ich eine grüne, und ernannten uns zu Königin und Prinzessin dieses Weihnachtsfests. Ich überreichte Connie ihr Geschenk, und sie packte es sichtlich befangen aus. Sie hatte einige Schwierigkeit mit dem Bindfaden und dem Klebeband, und ich hätte ihr gerne geholfen, aber ich wusste, dass es sie ärgern würde. Als sie sich endlich durch die verschiedenen Lagen Papier durchgekämpft hatte und den Aschenbecher sah, war sie entzückt. Sie so zu sehen, wie sie ihn voller Freude hin und her drehte und von allen Seiten bewunderte, machte mich so glücklich, wie ich lange nicht mehr gewesen war. »Er ist wirklich vollkommen!«, sagte sie staunend, und ich sah ihr an, dass ihre Gefühle echt waren.

»Gefällt er Ihnen?«

Sie stellte ihn behutsam ab. »Ist das Jade? Es sieht aus wie Jade. Vielleicht aus den zwanziger Jahren?«

»Kann sein«, sagte ich.

»Mein Gott. Das ist so ... *aufmerksam*!«

Wie schon öfter hatte ich den Eindruck, dass es lange her sein musste, dass jemand aufmerksam zu ihr gewesen war. Ich glaube, ihr war nicht einmal bewusst, wie übersteigert ihre Dankbarkeit wirken konnte. »Hat Joe Ihnen dabei geholfen?«, fragte sie.

»Joe?«

»Na ja, das Stück ist doch sicher antik.«

»Oh – ja, ein bisschen.«

»Bitte richten Sie ihm meinen Dank aus.«

»Werd ich machen.«

Connie verschwand und kam nach einer Minute mit einem kleinen Papiertäschchen wieder, das sie mir schüchtern hinhielt. »Frohe Weihnachten«, sagte sie.

»Connie, Sie haben doch nicht –«

Sie unterbrach mich: »Ich wollte es.«

In dem Täschchen war eine Schmuckschachtel, und darin lag ein Goldkettchen mit einem Anhänger in Form eines *L*. »Es ist viktorianisch«, sagte sie. »Gefällt es Ihnen?«

O ja, es gefiel mir sehr. Es war wunderschön und fein

gearbeitet, aber ich fühlte mich so schlecht, als es in meiner Hand lag. Mir war, als stünde das *L* für »Lüge«. Ein Teil von mir wollte nichts lieber, als den Schmuck gleich umzulegen, und ein anderer wünschte sich, vor Connie niederzuknien, ihr meinen wahren Namen zu sagen und ihr zu gestehen, warum ich so ein Geschenk nicht verdiente.

»Was ist?«, fragte Connie. »Gefällt es Ihnen nicht?«

»Um Himmels willen, nein. Doch, es gefällt mir sehr, Connie. Es ist wunderschön. Aber Sie hätten das nicht tun sollen.«

»Wollen Sie es nicht umlegen?«

Ich gehorchte, halb in der Erwartung, ja halb in der Hoffnung, das Kettchen würde, sobald ich es um meinen Hals legte, wie durch einen Zauber der Betrügerin in mir die Haut verbrennen. Aber nichts dergleichen geschah. Das *L* lag genau in der Mulde zwischen meinen Schlüsselbeinen. Es fühlte sich vollkommen richtig an.

»Sehr schön«, sagte Connie. »Ich wusste, dass es Ihnen steht.«

»Danke.«

»Nein, *ich* danke *Ihnen*, Laura.« Sie stockte, sie wirkte ein bisschen schüchtern. »Ich bin sehr froh, dass ich Sie gefunden habe.«

»Ich bin auch sehr froh, dass ich Sie gefunden habe«, sagte ich.

Connie wandte sich verlegen ab. Um die Kämpfe zu verbergen, die in mir tobten, trat ich an den Herd und rührte die Petersiliensoße um. In diesem friedvollen Moment, mein Kettchen mit dem *L* um den Hals, meine Papierkrone auf dem Kopf, in Connies gemütlicher Küche, fühlte ich mich zu Hause. Ich war hier sicher und geborgen, und die Welt draußen war kalt und gestaltlos. Wenn ich jetzt meine Wahrheiten heraussprudelte und das Kettchen zurückgab, würde Connie vielleicht nichts mehr mit mir zu tun haben wollen, und das hätte ich nicht ertragen.

»Weiß Joe, dass Sie bei mir sind?«, fragte Connie.

»Nein.«

»Macht er sich keine Sorgen?«

»Wahrscheinlich nicht.« Ich rührte weiter in der Soße. »Er hält mich für gefühlskalt«, sagte ich unvermittelt. »Glauben Sie, das stimmt, Connie?«

»Nein, Sie sind nicht gefühlskalt.«

Ich merkte, dass ein Schluchzen in mir aufstieg. Ich unterdrückte es. Ich wollte, dass Connie freundlich zu mir war, aber wenn sie es war, fand ich, dass ich es nicht verdiente. »Manchmal denke ich, es stimmt.« Ich drehte mich zu ihr um, den Kochlöffel in der Hand. »Wenn ich daran denke, wozu ich fähig bin.« Ich schluckte, von mir selbst überrascht.

Connie runzelte die Stirn. »Was für Dinge sind das denn?«

Ein Tropfen Soße fiel auf den Boden. Ich brachte kein Wort heraus.

»Seien Sie nicht so streng mit sich, Laura«, sagte Connie. »Und Vorsicht, die Soße tropft.«

»Connie«, sagte ich heiser und stellte den Kochlöffel in den Topf, »ich will heute an Weihnachten die Stimmung nicht verderben, ehrlich.«

Sie wedelte meine Bedenken mit ihrer verkrüppelten Hand weg. »Das tun Sie gar nicht«, sagte sie. »Ich mache mir nur ein bisschen Sorgen um Sie, das ist alles. Sie sehen blass aus in letzter Zeit.«

»Wirklich?«

»Offenbar hat es Streit gegeben zwischen Ihnen und Joe?«

»Ich hätte nicht gedacht, dass ich einmal an diesen Punkt in meinem Leben kommen würde«, sagte ich.

»Was meinen Sie damit?«

»Ich bin jetzt fast fünfunddreißig.« Ich spürte eine namenlose Trauer in meiner Kehle aufsteigen. »Ich – ich dachte immer, mir würde irgendwann klar werden, was das Richtige für mich ist.«

»Es dauert lang, bis einem klar wird, was das Richtige für einen ist, Laura. Länger als fünfunddreißig Jahre.«

Jetzt flossen die ersten Tränen. »Ich glaube nicht, dass ich ihn liebe«, sagte ich mit erstickter Stimme. »Ich weiß nicht, was ich machen soll, Connie.«

Ich stand schluchzend am Herd. Connie kam und legte die Arme um mich, etwas schüchtern, aber voller Freundlichkeit. Mein Kopf sank an ihre Schulter, und ich ließ den Tränen freien Lauf.

Etwa eine Viertelstunde später saßen wir im Wohnzimmer. Ich fühlte mich, als wäre ich von einem Bus überfahren worden, aber ich war jetzt, nachdem ich mich ausgeweint hatte, ruhiger, und es hatte mir gutgetan, dass ich den einen Satz, der mir solche Angst gemacht hatte, laut ausgesprochen hatte. »Das ist mir noch nie passiert«, sagte ich.

»Was?«, fragte Connie sanft.

Ich starrte auf den Teppich, ich fühlte mich leer, so leicht, als könnte ich jeden Moment vom Boden abheben. »Es gab in meinem Leben Menschen, die aufhörten, mich zu lieben, während ich an ihnen festhalten wollte. Das war furchtbar. Ich dachte, ich werde verrückt. Aber so etwas wie jetzt habe ich nie erlebt, wie es sich anfühlt, wenn die Liebe zu einem anderen Menschen ... sich nach und nach verflüchtigt. Als würde sie einfach langsam verdunsten, ohne dass man sagen könnte, ob es richtig oder verkehrt ist, ob man es eigentlich will oder nicht will. Ob man die Beziehung beenden will, ob man sagen will: Es reicht einfach nicht. Ich habe aufgehört, etwas zu empfinden, Connie. Ich weiß nicht, wer ich bin. Mir ist alles egal, außer –« Ich brach ab.

»Außer was?«, fragte sie.

»Außer, dass ich hier bin«, sagte ich.

Connie sah mich nachdenklich an. »Ich glaube, Sie haben in Wirklichkeit ganz schön viel empfunden«, sagte sie. »Aber Sie haben diesen Gefühlen nicht getraut. Vielleicht sind Sie an den Punkt gelangt, wo Sie wirklich sich selbst vertrauen müssen. Sie sind nicht plötzlich gefühllos geworden, Laura. Sie sind nur verschreckt, weil das, was Sie fühlen, neu für Sie ist. Glauben Sie mir: Sie müssen sich selbst vertrauen, in dieser Welt bleibt einem nichts anderes übrig.«

Ich schluckte. »Ich weiß aber nicht, ob ich das kann.«

»Stellen Sie es sich so vor, als würden Sie einen Raum betreten, in dem Sie noch nie gewesen sind, wenn Sie auch vermutet hatten, dass er existiert. Hineinzugelangen ist nicht schwer, wenn Sie nur erst einmal den Schlüssel haben. Aber die Wirklichkeit dieses Raums ist eine andere Sache – die Ausmaße, die Möbel, die Lichtverhältnisse, das alles ist neu für Sie, und nichts wird so sein, wie Sie es sich vorgestellt hatten. Aber es ist nun einmal der Raum, der Ihnen bestimmt ist, weil die Tür zu dem, in dem Sie vorher waren, sich geschlossen hat.«

»Ich fühle mich ... *klein*«, sagte ich.

»Sie sind nicht klein«, sagte Connie. »Im Gegenteil. Aber so, wie man immer einen Preis dafür bezahlen muss, dass man ein Liebesverhältnis eingeht, so auch dafür, dass man es aufkündigt.«

Etwas in ihrer Stimme ließ mich aufhorchen. »Und worin besteht Ihrer Erfahrung nach dieser Preis?«

Connie seufzte und dachte angestrengt nach. »Dass man im einen wie im anderen Fall auf das Recht verzichtet, auf unschuldig zu plädieren. Wenn Sie einen geliebten Menschen verlassen, gehen Sie immer in Richtung der Person, die Sie wirklich sind.«

27

Zwischen Weihnachten und Neujahr blieb ich bei Connie. Ich rief Joe nicht an, und Kelly war noch im Niemandsland ihrer Schwiegereltern. Ich trug die ganze Zeit das Halskettchen, das Connie mir geschenkt hatte, und legte es nie ab. Am 27. Dezember schickte mir Joe eine WhatsApp, ohne Zweifel, nachdem er in die Wohnung zurückgekehrt war und festgestellt hatte, dass ich weg war.

Wo bist du?, schrieb er.

Dir auch frohe Weihnachten. Ich bin bei Connie.

Suchst du immer noch nach deiner Mutter? Hast du sie schon gefunden?

Ich antwortete nicht.

An Silvester schrieb er wieder, um sich für seine letzte Nachricht zu entschuldigen: Das habe falsch geklungen, es tue ihm leid. Er hoffe, es gehe mir gut, und vielleicht wäre es gut, wenn wir uns bald aussprechen würden. *Was hast du vor an Silvester?*, fragte er. *Ich bin bei Connie*, schrieb ich zurück, und diesmal war ich es, die keine Antwort erhielt. Ich suchte immer noch nach meiner Mutter, aber gleichzeitig sabotierte ich gewissermaßen meine eigenen Anstrengungen. Die meiste Zeit verbrachte ich mit Kochen. Connie hatte mich gebeten, öfter italienische Gerichte zu machen, nachdem ich ihr von meinen angeblichen padovanischen Erfahrungen berichtet hatte, weswegen ich nun täglich im Internet Artikel von der Art »Köstliche Pasta fresca handgemacht« studierte. Wir unternahmen gemächliche Spaziergänge in Hampstead Heath, und wenn wir wieder nach Hause kamen, gab es Crumpets zum Tee – meine anfangs so geschätzten Karottenmuffins genügten unseren gesteigerten Ansprüchen nicht mehr –, und in der übrigen Zeit tippte ich Connies Manuskript ab. Ich dachte an meine Mutter, aber in einer zunehmend abstrakten Art, mehr so wie in meiner Kindheit. Sie war eine Traumgestalt, eine Frau, die nicht gefunden werden wollte – oder konnte es sein, dass ich sie in Wahrheit gar nicht finden wollte, weil ich Angst davor hatte? Sie war mir, als ich bei Connie anfing, noch greifbarer erschienen, so als sei sie gerade dabei, konkrete Gestalt anzunehmen, und als wären dann bald alle Rätsel und Probleme gelöst. *Literatur heilt keine Wunden*, hatte Connie zu Deborah gesagt, *aber sie versucht es zumindest*. Als ich mich dem Ende meiner Tipparbeit näherte, hatte ich das Gefühl, dass ich von meiner Mutter weniger wusste als am Anfang.

Die Launische würde am Neujahrstag fertig sein, hatte Connie gesagt, und dann sollte ich den Text Deborah mailen.

Je länger ich die Rolle der Laura Brown spielte, desto mehr entfernte ich mich von Rose Simmons und all ihren Kümmernissen. Als Laura Brown in diesem Haus war ich sicher. Ich genoss Connies Vertrauen, ich wurde gebraucht. Ich machte mir ihre Sorgen zu eigen, ihr Leben und das Schicksal ihres Buchs beschäftigten mich mehr, waren aufregender für mich als alles, was mir begegnet war, bevor ich sie kennengelernt hatte. Ich nahm Anteil an ihren zweifelnden Überlegungen:

Würde sich überhaupt ein Verlag finden, der den Roman herausbringen wollte? Würden die Leute das Buch kaufen? Würde man sie als eine Gestalt aus längst vergangenen Zeiten betrachten, die ganz zu Recht vergessen war? Ich sprach ihr Mut zu, begab mich selbst in ihre Zwickmühle, weil ich das Gefühl hatte, mein eigenes Schicksal sei mit dem ihres neuen, noch ungesicherten Buchs verbunden. Mit jeder Seite, die ich getippt hatte, war ich tiefer nicht nur in die Welt von Margaret Gillespie hineingeraten, sondern auch in die von Laura Brown, die sich im Wörterwald verlaufen hatte und den Moment herbeisehnte, da Connie den letzten Punkt setzte, den Moment der Offenbarung.

Connie war entweder eine wahre Künstlerin, die ihre inneren Rhythmen genau kannte, bevor diese sich der übrigen Welt hörbar machten, oder sie war einfach ein Kontrollfreak. Vielleicht war sie beides, denn an Neujahr, wie vorhergesagt, tippte ich, allein in ihrer Küche, die letzten Sätze des Romans ab.

Sie wussten nicht, dass sie in diesen zehn Jahren regelmäßig geschwommen war, und sie wussten auch sonst herzlich wenig davon, was sie alles konnte. Sie glaubten, sie könne fliegen, die Gestalt einer Ziege annehmen, die eines Hasen, die einer Jungfrau von gefährlicher Schönheit. Aber sie dachten nicht daran, was ihre Arme, ihre Beine, ihre Lunge vermochten und wozu die Langeweile sie treiben konnte. Sie hatten ein Häufchen Kleider gesehen und folgerten, dass sie sich in eine Ziege verwandelt hatte.

In Wirklichkeit verwandelte sie sich jetzt in einen Fisch.

Margaret zog ihre Stiefel aus und stieg in das kalte Wasser. Sie beobachtete, wie ihre Zehen blass wurden und, vom Wasser optisch verzerrt, merkwürdig dick. Nach und nach legte sie ihre Kleider ab, die Schürze, die Röcke, das Hemd mit den schmutzigen Manschetten, der Stoff schwamm weit ausgebreitet im Meer. Sie bekam Gänsehaut, obwohl es ein sonniger Tag war.

Wenn die Sonne nicht gewesen wäre, hatte Christina einmal gesagt, als sie von ihrer Überfahrt hierher gesprochen hatten, wären wir vielleicht in die falsche Richtung gesegelt und vom Rand der Welt abgestürzt.

Aber Margaret wusste, wohin sie unterwegs war. Sie wusste, dass die Welt, solange man darin atmen konnte, nicht aufhörte. Und danach ging sie einen nichts mehr an.

Das Wasser ging über ihre Taille, ihre Rippen, ihre Brüste. Auf nach Osten. Sie tauchte unter, die Kälte nahm ihr den Atem. Margaret schlug mit den Beinen und begann zu schwimmen.

Eine Weile saß ich regungslos da. Draußen im Garten war strahlend heller Vormittag. Ich beobachtete ein Amselmännchen, das von einem Pflanzkübel zum nächsten hüpfte, der Schnabel ein safrangelber Gedankenstrich vor dem Hintergrund der Blumenerde. Ich schloss die Augen und dachte an die Geschichte, in der ich eben noch gewesen war. Christina war tot. Sie war in den Armen ihrer Mutter gestorben, eine Szene, bei der es mir kalt über den Rücken gelaufen war. Es war ihr Blut gewesen, das in rosa Wirbeln um die Elritzen tanzte, nicht das von Davy. Und danach wollte Margaret sterben? Connie zufolge nicht. Weinte Margaret, schlug sie sich auf die Brust in wilder Trauer? Nein. Sie hatte kein Verlangen, sich selbst auszulöschen, gleichwohl war ihr Leben jetzt beschädigt. Sie war klarsichtig genug, um zu erkennen, dass sie fortgehen musste. Connie hatte ihrer Figur eine zweite Chance gegeben: Margaret Gillespie war entkommen.

Ich überlegte. Connies Roman enthielt keine Antworten auf meine Fragen, was also sollte ich jetzt tun? Ich konnte kühn sein. Ich konnte Connie einfach sagen, wer ich war – sie mochte mich, sie hatte gesagt, dass sie froh war, mich gefunden zu haben. Und war ich nicht sowohl Laura als auch Rose, waren nicht die Wesenszüge beider in mir innig vereint?

Ich ging zum Fuß der Treppe. »Connie«, rief ich. Kurz darauf hörte ich, wie die Tür ihres Arbeitszimmers aufging. »Ich bin fertig«, rief ich.

»Oh!«, hörte ich sie sagen. Ich wartete, bereit, ihr zu Hilfe zu kommen, falls sie auf der Treppe stolpern sollte. »Und?«, sagte sie. »Was denken Sie?«

»Die Hexe flieht«, sagte ich.

»Die Hexe ist am Ziel.« Connie grinste. »Wir haben es geschafft! Es ist fertig.«

Wir gingen in die Küche, ich setzte mich vor den Bildschirm des Laptops an den Tisch. »Gratuliere, Con«, sagte ich. »Wie fühlen Sie sich?«

»Erschöpft. Erleichtert. Wie finden Sie den Schluss?«

Um ehrlich zu sein, hatte ich, als es auf das Ende zuging, etwas erwartet, was das Rätsel um Margarets Schuld oder Verantwortung wenigstens ein Stück weit löste, was deutlicher machte, ob sie tatsächlich die *Absicht* hatte, ihre Tochter zu töten. Ich dachte, das sei die letzte Steigerung, auf die der Roman zusteuerte. Stattdessen war nun die eine Frau tot und die andere auf der Flucht. Der Roman hatte mehr Fragen aufgeworfen als beantwortet.

Ich spürte, dass mein Schweigen Connie nervös machte. »Wenigstens ertrinkt sie nicht, das ist mal was anderes«, sagte sie. »Es gibt in der Kunst schon viel zu viele weibliche Wasserleichen.«

Ich schwieg noch immer. »Er gefällt Ihnen also nicht«, sagte sie.

»Doch«, sagte ich. »Natürlich gefällt er mir. Aber, Connie – ist Margaret schuld oder nicht?«

Sie sah mich verwirrt an. »Schuld woran?«, fragte sie.

Ich bemühte mich, meine Ungeduld zu verbergen. »Christina ist tot. Hat Margaret das gewollt?«

Connie runzelte die Stirn. »Habe ich nicht deutlich genug gemacht, was ihre Absichten waren?«

»Vielleicht bin ich ja einfach nur zu doof, um es zu verstehen, Con.«

»Nein, das sind Sie nicht. Ihre Meinung interessiert mich.«

Dadurch ermutigt, redete ich weiter. »Ich dachte nur – wenn man bedenkt, dass es in dem Buch doch um Verantwortung geht –«

»Oh!« Sie zog die Silbe künstlich in die Länge und riss die Augen weit auf. »Sie dachten, zum Schluss gäbe es noch eine Art Sühnekapitel, in dem die Gerechtigkeit wiederhergestellt wird.«

»Ich dachte nur, wir würden am Ende Margarets Absichten verstehen. Wir würden zum Beispiel erfahren, ob sie Reue empfindet.«

»Ha!«

»Die Leute werden das wissen wollen.«

»Nun«, sagte Connie brüsk, »dann werden sie es selbst herausfinden müssen. Das ist ein Buch darüber, wie Menschen einander unvermeidlich Leid zufügen. Ich werde den Leuten diese Erkenntnis nicht mit der Nuckelflasche einflößen. Oder sie ihnen gewaltsam an den Kopf hauen. Das würde alles kaputt machen.« Sie sah nachdenklich vor sich hin. »Obwohl – vielleicht sollte ich Margarets Schmerz ein bisschen stärker betonen. Sie könnte irgendein sonderbares Verhalten an den Tag legen oder so – es sollte etwas sein, das ihr gar nicht bewusst ist, wissen Sie. Denn sie leidet tatsächlich.«

Ich kämpfte die Tränen nieder, die in mir aufstiegen. »Also hat sie ihre Tochter geliebt?«, fragte ich.

»Ja.« Connie sah mich ungläubig an. »Natürlich.«

»Und sie wollte nicht, dass Christina stirbt?«

»Nein«, sagte Connie. »Aber das bleibt unter uns.« Sie schwieg eine Weile. »Es tut mir leid, Laura. Mir war nicht klar, dass Sie so stark darauf reagieren würden.«

»Ich denke, das passiert einem, wenn man so stark involviert ist.«

»Ja, wahrscheinlich. Und ich bin froh, dass Sie es sind.«

»Und Margaret – wird sie im Meer umkommen?«, fragte ich. »Ich meine, das ist schließlich der Atlantik.«

»Nun ja, wenn sie nicht ins Wasser gegangen wäre, hätten sie die Hunde auf sie gehetzt. Ihr blieb nichts anderes übrig, Laura. Aber Sie brauchen sich keine Sorgen zu machen, sie wird nicht im Meer umkommen.«

Connie legte mir die Hand auf die Schulter, ich fühlte die Knochen und Sehnen. »Margaret Gillespie wird nie sterben.«

»Wieso nicht?«

»Weil ich das nicht geschrieben habe, darum.« Ich schüttelte ihre Hand ab. Es war eindeutig zu brüsk, pubertär, unhöflich, und Connie war wie vor den Kopf gestoßen. »Was um Himmels willen ist in Sie gefahren?«, fragte sie. »Es ist doch nur eine Geschichte.«

»Das stimmt nicht«, sagte ich. »Ich weiß es.«

»Was soll das heißen?«

»Es ist Ihr Leben.«

Connies Augen wurden schmal. »Nein, es ist nicht mein Leben, Laura. Es ist mein Werk.«

»Aber es kommt aus Ihnen. Wer ist Christina wirklich? Wer ist Margaret?«

Connie sah mich besorgt an. »Christina ist Christina. Margaret ist Margaret. Wer sonst, denken Sie, sollten sie sein?«

»Es sind Menschen, die Sie kennen.«

Connies Körper straffte sich. »In gewisser Weise haben Sie recht. Ich kenne sie als Geschöpfe meiner Phantasie.«

»Nur als Phantasiegeschöpfe?«

»Wie kommen Sie überhaupt darauf?«

»Ich – ich bin ganz durcheinander, Connie.«

»Das sehe ich. Aber was bringt Sie so durcheinander?«

Ich bemühte mich verzweifelt, die richtigen Worte zu finden. »Es ist nichts«, sagte ich schließlich kleinlaut. Ich fühlte mich wie eine Idiotin.

»Laura«, sagte Connie sanft, »lassen Sie doch bitte

mal für einen Moment diesen Computer aus den Augen.«

Ich gehorchte und wandte mich zu ihr um. Sie sah mit besorgter Miene auf mich herab. »Hat es damit zu tun, dass wir mit der Arbeit fertig sind? Glauben Sie vielleicht, dass ich Sie jetzt nicht mehr brauche?«

»Nein«, sagte ich, aber im selben Moment wurde mir klar, dass der Gedanke, sie könnte mich nicht mehr in ihrer Nähe haben wollen, mir unerträglich war. Ich sah bittend zu ihr auf. »Connie, Sie haben dreißig Jahre lang nichts geschrieben. Warum wollten Sie jetzt dieses Buch schreiben?«

Sie sah mich lange an. Das leise Zucken ihrer Mundwinkel verriet mir, dass sie gereizt war und genug hatte von meinen Fragen. »Weil es in mir war, Laura, und weil es herausmusste.« Sie hob die Hand zum Zeichen, dass sie nichts mehr hören wollte. »Und jetzt gehen Sie und schicken den Text an Deborah.«

Ernüchtert und frustriert ging ich zu dem Café an der Ecke – es war tatsächlich ein Café und nicht einfach nur eine Pommesbude, schließlich war das hier Hampstead –, wo es WLAN gab und ich das Manuskript von einem Account, den ich für Connie eingerichtet hatte, an Deborah schicken konnte. Ich schrieb Deborah auch eine WhatsApp, um ihr mitzuteilen, dass ich ihr das Manuskript gemailt hatte.

Sie antwortete sofort. *Danke*, schrieb sie. *Was für ein Start ins neue Jahr! Ich kann es noch gar nicht glauben. Ich werfe gerade einen Blick darauf. Sieht blitzsauber aus. Bin entzückt!*

Das Wort *blitzsauber* weckte meine Neugier. Es klang, als hätte Connie damals bei Deborahs Besuch den Eindruck erweckt, es ginge in dem Buch um etwas Schmutziges, Unreines, als hätte Connie Vergangenes aufgetrennt, um aus dem Garn etwas für die Gegenwart zu weben. Das Buch hatte eine elegant geschmeidige gebieterische Kraft, und seine Figuren umgab eine Aura von Schuld und Geheimnis. Deborah würde das bald merken.

Ich antwortete nicht, weil ich fürchtete, ich könnte mich zu etwas hinreißen lassen, was gegen mich verwendet werden könnte, wenn irgendjemand dahinterkäme, wer ich war. Deborah hatte den Text bekommen, alles andere war unwichtig. Als ich wieder zurückkam, stand Connie im Mantel, einen Schal um den Hals geschlungen, im Hausflur. »Ich mache einen Spaziergang«, sagte sie.

»Ich werd mich ein Stündchen hinlegen«, sagte ich. »Ich bin total erschöpft.«

An der Tür blieb sie noch einmal stehen, »Sie sind oft erschöpft, Laura«, bemerkte sie. »Essen Sie vielleicht nicht genug?« Dann war sie weg.

Ich ging ins Wohnzimmer, müde und doch spürte ich immer noch einen Rest von Connies Energie in mir. Ich stellte mir vor, wie sie durch den Park wanderte, rastlos und angespannt bei dem Gedanken daran, wie das Urteil ihrer Agentin nach so langer Zeit ausfallen würde. Aber ich hätte besser daran getan, meine Aufmerksamkeit mehr auf mich selbst zu richten. Nicht auf Connie. Nicht einmal auf meine unsichtbare Mutter. Nicht auf Margaret Gillespie und auf ihre Tochter Christina. Sondern auf mich selbst.

1982

28

Alle Leute, die sie in L.A. kennengelernt hatten, kamen zu Elises verspäteter Geburtstagsparty. Connie hatte Servierpersonal eingestellt, das mit Tabletts herumging und Canapés anbot. Es waren lauter junge Leute, alle groß und schlank und auffallend gutaussehend, die mit ihren Gedanken nur halb bei ihrer Arbeit waren und ungeduldig darauf warteten, dass sie in ihre kleinen Wohnungen zurückkehren konnten, denn möglicherweise war ja heute jener Schicksalstag, an dem ihre Agenten anrufen und die Nachricht überbringen würden, die ihr ganzes Leben änderte. Die Canapés waren ebenso köstlich wie farbenfroh, mit Avocadokleckschen drauf oder mit geräuchertem Lachs, es wurden auch Blätterteigteilchen gereicht, gefüllt mit kalifornischem Gemüse, die aber niemand anrührte. Es gab Tequila und Wodka, Wein und Bier und alkoholfreie Getränke. Aus den Lautsprechern im Wohnzimmer, die Connie zum Garten hin aufgestellt hatte, schallte Musik: Roxy Music, The Sweet, The Stranglers, The Clash.

Schauspieler und Produktionsteam von *Herzland*, Matt und Shara sowie allerlei Freunde von Freunden waren da und sogar Deborah, die angereist war, um zu sehen, wie die Dinge liefen – Elise hatte allerdings den Verdacht, dass sie einfach nur Urlaub machen wollte. Elise kannte Deborah nur von Connies Erzählungen her und war neugierig auf sie. Den überaus interessierten Blicken nach zu schließen, mit denen die Agentin

Elise musterte, war diese Neugierde gegenseitig. Alle hatten sich schick gemacht, und wenn auch die meisten Gäste längst nicht so rasend gut aussahen wie das Bedienungspersonal, waren doch all die breit gepolsterten Schultern, die prächtigen Ohrringe, die Ringe, groß wie römische Medaillen, und die purpurroten und türkisblauen Stoffe überaus imposant. Connie trug einen dunkelorangenen Hosenanzug – Elise hatte Connie noch nie zuvor orange gekleidet, geschweige denn in einem Hosenanzug gesehen.

»Deborah, darf ich dir Elise vorstellen? Elise, das ist Deborah«, sagte Connie. »Sie organisiert mein Leben.«

»Ich *würde* es gerne organisieren, aber sie lässt mich nicht.« Deborah schüttelte Elise die Hand. »Herzlichen Glückwunsch zum Geburtstag, Elise. Schön, dass wir uns endlich kennenlernen. Ich habe schon viel von Ihnen gehört.«

»Und ich von Ihnen.«

»Elise sitzt Shara Modell für ein Porträt«, sagte Connie. »Du erinnerst dich doch noch an meine Studienfreundin Shara?«

Deborah runzelte unsicher die Stirn. »Es wird ein tolles Bild werden«, fuhr Connie fort.

»Sie haben ganz schön viele Gäste«, bemerkte Deborah.

»Die meisten sind wegen Connie hier«, sagte Elise. »Sie kennt all diese Leute viel besser als ich.«

Das stimmte offensichtlich: Connie war andauernd damit beschäftigt, Leute willkommen zu heißen oder ihnen zuzuwinken, während Elise nur gelegentlich einzelne Gästen mit einem knappen »Hi« grüßte. Elise reagierte auf diese Situation mit zunehmender Erbitterung. Sicher, Connie hatte es gut gemeint, und sie versuchte andauernd, ihre Freundin mit Leuten bekannt zu machen, von denen sie dachte, Elise würde sie vielleicht mögen, aber Elise wollte nur noch weg von hier.

Connie legte ihre Hand auf Elises Arm und redete ihr freundlich zu. »Entspann dich. Alle hier mögen dich. Du wirst dich bestens unterhalten.«

Elise gefiel es nicht, dass Connie so mit ihr sprach, noch dazu vor anderen Leuten. Es klang, als glaubte Connie, Elises Gefühle seien noch nicht so fein ausdifferenziert wie die anderer Leute und man könne deswegen so mit ihr sprechen wie mit einem Kind.

Deborah beobachtete die beiden. Obwohl sich ihre Haare in der Augusthitze kräuselten und ihr Schweißperlen von den Schläfen rannen, bewahrte sie doch eine Aura natürlicher Autorität. Elise hatte immer angenommen, sie sei älter als Connie, aber das stimmte nicht: Sie war jünger, von rundlicher Statur und dunkelhaarig. Sie trug eine Brille, und ihre Augen waren ständig in Bewegung; sie flitzten aufgeregt hin und her, als checkten sie die Notausgänge und zugleich die nützlichsten Leute im Raum. »Gefällt es Ihnen hier, Elise?«, fragte sie. »Können Sie es empfehlen?«

»Kommt darauf an, was Sie suchen«, antwortete Elise.

Deborah wirkte etwas verwirrt. »Ich suche nach nichts Bestimmtem.«

»Na, dann sind Sie hier wahrscheinlich genau richtig«, sagte Elise. »Hier gibt es nichts als schöne Fassaden mit nichts dahinter.«

Deborah warf Connie einen unverblümt besorgten Blick zu, aber die lachte nur. »Nimm das bloß nicht ernst, Deb. Schöne Fassaden mit nichts dahinter werden dich doch nicht schrecken. Das kannst du dir gar nicht leisten.«

»Eigentlich hat sie ganz recht«, sagte Deborah. »Man kann sich hier leicht verlieren. Das ist schon vielen passiert. Darum dachte ich, ich flieg mal rüber und schaue, ob du noch bei Verstand bist.«

»Ich werde mir schon nicht abhandenkommen, Deb, das weißt du genau.«

Deborah zuckte zusammen, als plötzlich ein Kellner mit lockigem braunen Haar, der aussah wie Gregory Peck, neben ihr auftauchte und ihr ein Tablett Lachsblinis hinhielt.

»Ma'am?«, sagte er.

»Sind die für mich?«, fragte sie und kicherte kokett. Elise verdrehte unwillkürlich die Augen.

»Wenn Sie wollen, Ma'am, können Sie das ganze Tablett haben.«

Deborah lief rot an. »Nur eines«, murmelte sie. Er lächelte, als wäre er ganz hingerissen von ihrem Charme.

»Wie auch immer«, sagte Connie. »Wir sind hier fast fertig mit allem. Und dann geht es ab nach Osten. Wir sind sozusagen umgekehrte Pioniere.«

»Ihr seid hier schon viel länger, als du geplant hattest«, sagte Deborah und sah sich nach dem Kellner um. »Ich verstehe, warum, aber du wirst doch zurückkommen, oder?«

Connie antwortete nicht. »Con?«, sagte Elise. »Hast du gehört? Wir gehen wieder zurück, nicht?«

»Ich hab es gehört«, sagte Con.

»Die Leute sind zu positiv hier«, bemerkte Deborah. »Es ist eine wahre Seuche.«

»Sie können genauso ungehobelt sein wie die Leute anderswo, wenn man es darauf anlegt«, sagte Connie. »Oder noch schlimmer.«

Die Frauen lachten. Elise fand es interessant, die Verhältnisse hier wieder mit neuen Augen zu sehen. *Habe ich mich an das alles schon gewöhnt?*, dachte sie. *Ich surfe im Pazifik. Ich sage »have a nice day«.* Aber das war nicht genug, und das wusste sie.

»Oh, mein Gott! Ist das da drüben Don Gullick?« Deborah zeigte auf einen Mann neben dem Grill. »Con, bitte, stell mich ihm vor. Aber erzähl es ja nicht Robert.«

»Komm.« Connie nahm Deborah beim Arm. »Don ist ein Teddybär.«

Sie ließen Elise allein am Pool zurück. Sie sah zu, wie sich kleine Gruppen von Leuten bildeten und wieder auflösten. Sie wollte sich nicht zu ihnen gesellen, aber sie sehnte sich danach, dass jemand Notiz von ihr nahm und sie rettete.

Die Hitze zu dieser Jahreszeit in Los Angeles war unerträglich. Aber sie hatten den Beginn der Party auf sechs Uhr abends gelegt in der Hoffnung, dass es dann schon etwas abkühlen würde. Elise hielt es nicht mehr aus, so alleine herumzustehen, darum ging sie zu den Kakteen, die um den Pool gepflanzt waren. Sie setzte einen nackten Fuß auf die Erde und spürte die im Boden gespeicherte Wärme. Wie es wohl wäre, wenn sie stolperte und in eine dieser stacheligen Wüstenpflanzen fiele? Sie stellte sich vor, wie sie da aufgespießt für immer und ewig hängen müsste. Connie hatte ein Geschenk für sie gekauft, ein Goldkettchen mit dem Anfangsbuchstaben ihres Namens als Anhänger. »Schenkst du mir das, weil du ein schlechtes Gewissen hast?«, hatte sie gefragt, den glänzenden Buchstaben *E* zwischen den Fingern. Es hatte sie gefreut, zu sehen, wie ein Schatten über Connies Gesicht ging.

»Es ist ein *Geburtstags*geschenk«, sagte Connie. »Ich hab mich doch schon entschuldigt. Ich habe es in einem Laden in Los Feliz gefunden.«

»Es ist wirklich hübsch.«

»Ich bin froh, dass es dir gefällt. Hier ist doch einiges in Bewegung gekommen. Man weiß gar nicht mehr, wo einem der Kopf steht. Dir geht es sicher auch so. Mein Leben – unser Leben – genau das habe ich mir schon lange gewünscht. Es ist nur alles ein bisschen heftig.«

»Aber was genau hast du dir denn gewünscht, Connie? In einem Bungalow mit einem Pool zu wohnen?«

»Nein. Ich will Anerkennung.«

»Die hast du doch in England auch bekommen.«

Connie ging nicht darauf ein. »Gute Arbeit leisten«, sagte sie. »Mit interessanten Leuten.«

Gute Arbeit, mit interessanten Leuten, dachte Elise, als sie sich jetzt diese Unterhaltung in Erinnerung rief. Connie war so zerfahren, so defensiv gewesen. Sicher, die Besetzung und das Produktionsteam von *Herzland* waren spektakulär, das konnte man nicht bestreiten.

Elise ließ das Halskettchen durch die Finger gleiten und das *E*, das ebenfalls aus Gold war. Es war sehr dünn und flach gearbeitet, eine Erinnerung daran, wer sie war und zu wem sie gehörte.

Sie wollte nicht melancholisch sein, aber die düstere Stimmung ließ sich nicht abschütteln. Von ihrem Platz bei den Kakteen beobachtete sie Connie, die in ihrem leuchtend orangefarbenen Hosenanzug aus der Menge der Leute hervorstach. Wo hatte sie ihn *gekauft*? Sie war ein aufmüpfiger Rotschopf, ein Vorbote von Herbst auf dieser spätsommerlichen Bühne. Elise hatte sich dafür entschieden, Schwarz zu tragen.

»Hallo«, sagte eine Stimme. Matt stand an der Beeteinfassung. »Willst du dir hier ein bisschen Peyote holen?«

»Das ist keine schlechte Idee«, antwortete sie. »Ich hätte gute Lust auf einen ordentlichen Rausch heute Abend, damit ich das alles leichter aushalte.«

Er sah sie besorgt an. »Was ist denn los?«

»Ach, nichts. Es ist nur … diese Party.« Elise machte eine matte Armbewegung in Richtung des Bungalows. »Wer sind die alle?«

»Connies Leute, stimmt's?«

»Ich weiß nicht, was ich hier soll«, sagte Elise. »Und die Hälfte von den Leuten weiß es auch nicht.«

»Ich weiß, warum ich hier bin. Herzlichen Glückwunsch zum Geburtstag.«

»Der war schon vor etlichen Wochen, Matt. Und das weißt du auch.«

Er streckte seine Hand aus, und Elise ging leichtfüßig auf ihn zu und nahm sie. Eine Sekunde lang spürte sie den Wunsch, sie immer so zu halten. Er ließ ihre Hand los, als hätte er sich verbrannt.

»Wo ist Shara?«, fragte sie.

»Drinnen.«

»Geht es ihr gut?«

»Willst du eine ehrliche Antwort?«

»Natürlich.«

»Shara gefällt es hier auch nicht. Sie möchte nach Hause.«

»Na ja, dann solltest du sie heimfahren.«

»Aber die Sache ist die: Sie möchte allein sein.«

»Oh, das tut mir leid. Ich weiß, dass es nicht so gut läuft bei euch.«

»Es ist, wie es ist. Weißt du, es ist nur dann alles gut, wenn sie dich malt. Weil sie dann das macht, was sie wirklich gerne macht, und weil ich nicht da bin.« Er fuhr sich durch die Haare. »Ich sollte dich nicht damit behelligen. Ich weiß nicht, warum ich es tue.«

Elise dachte, sie wüsste es vielleicht, aber sie sagte nichts. Bei ihren Sitzungen im Atelier hatte Shara zwar nicht sehr viel von ihrer Ehe erzählt, aber sie hatte zu Elises Überraschung über ihr verlorenes Kind gesprochen. Manchmal nur in Anspielungen, als wäre das Baby von dunstigen Sphären umhüllt, in die Shara nicht eindringen konnte oder wollte. Es kam auch vor, dass sie so redete, als wäre das Kind am Leben. Sie sagte, sie wolle das Mädchen Dinah nennen, aber sie habe es noch nicht mit Matt besprochen. Nach den Sitzungen nahm Elise ihr Surfbrett und ging mit Matt ans Meer, und auf dem Wasser dachte sie an Dinah, das verlorene Kind.

»Wir erleben das so völlig verschieden«, hatte Shara gesagt, den Pinsel, von dem Farbe tropfte, erhoben. »Er denkt, ich hielte absichtlich daran fest, ich *wolle* mich nicht von der Stelle bewegen.«

»Willst du denn?«, hatte Elise gefragt.

»Ja, ich möchte es gerne, aber ich bin noch nicht so weit«, hatte Shara geantwortet. »Ich will einfach hier sein, einen Pinsel in der Hand.« Und dann sagte sie plötzlich: »Ich kann die Jahrzehnte mit ihm, die vor mir liegen, nicht sehen. Und das bedeutet vermutlich, dass es sie nicht geben wird.«

»Redet Shara mit dir?«, fragte Matt. Die Musik, die vom Bungalow herüberschallte, war plötzlich lauter.

»Soft Cell«, sagte Elise.

»Was? Ach so, die Musik. Also: Redet sie mit dir?«

»Nein. Sie malt einfach nur.«

Er atmete hörbar aus. »Ich gehe jetzt besser und fahre sie nach Hause.«

»Ja«, sagte Elise. Sie setzte sich in Bewegung. Sie überlegte, ob sie es wohl schaffen könnte, sich unbemerkt in ihr Schlafzimmer zu schleichen.

»Kommst du morgen surfen?«, rief er ihr nach.

Sie drehte sich zu ihm um. »Ich habe morgen keine Sitzung bei Shara.«

»Ich weiß.«

Sie sahen einander an. »Wenn du deine Ankündigung wahrmachst, wirst du morgen verkatert sein, und dann werden ein paar Stunden auf dem Wasser dir guttun. Ich bin um zwölf da.«

Er wandte sich ab und ging in Richtung Hintereingang. *Der Mann hat Nerven*, dachte Elise, obwohl ihr klar war, dass er Connie nicht das Wasser reichen konnte. Was war das – der Annäherungsversuch eines unglücklich verheirateten Mannes, oder projizierte sie nur ihr eigenes Begehren auf ihn? Er sah gut aus, ohne Zweifel – auf so eine leicht verwilderte englische Art. Jung war er auch, aber ihm fehlte jene Energie oder jene Leidenschaft, mit der Shara malte und Connie schrieb. Er hatte etwas Zielloses an sich, das ihn für viele Frauen unattraktiv machen musste.

Aber Elise kannte das auch von sich selbst, diese Neigung, mit dem Wind zu segeln, wohin er wehen mochte. Sie fühlte sich Matt verwandt, und sie glaubte, dass er dasselbe empfand. Wenn sie mit ihm draußen auf dem Wasser war, fühlte sie sich immer wunderbar frei. Ihre Zweifel und Unsicherheiten konnten ihr nicht gefährlich werden, wenn er bei ihr war, weil er so normal und menschlich war. Auf dem Wasser war Matt immer für sie da, behielt sie im Auge, gab acht, dass ihr nichts passierte. Aber er war ebenso orientierungslos wie sie, daran hatte sie keinen Zweifel.

Plötzlich war da aufgeregte Bewegung unter den Leuten auf der Terrasse. Barbara war angekommen, einen riesigen Blumenstrauß im Arm, dessen grelles Rosa Elise geradezu abstoßend fand. Trotzdem war sie entzückt, dass Barbara Lowden zur Feier ihres dreiundzwanzigsten Geburtstags Blumen brachte, mochten sie auch potthässlich sein.

Der Filmstar schritt durch die Menge, ihre Augen gingen suchend hin und her. Und dann entdeckte sie Elise und lief direkt auf sie zu, wobei sie all die Leute auf ihrem Weg, die sie auf sich aufmerksam zu machen versuchten, lachend fortscheuchte. Sie erreichte Elise und schloss sie in ihre Arme. Sie duftete nach einem schweren Ylang-Ylang-Parfüm; heute Abend hatte sie alle ihre Schranken geöffnet. »Warum schmollst du da so einsam bei den Kakteen?«, rief sie. »Alles Gute zum Geburtstag, Schätzchen. In deinem Alter wird es jedes Jahr nur noch besser.« Sie umarmte Elise noch einmal, so heftig, dass Elise ihr Haarspray zu schmecken bekam. »Wie ist mein Auge?«, flüsterte Barbara hinter dem Blumenstrauß. Sie traten ein bisschen beiseite, immer noch von dem Strauß vor den Blicken der anderen geschützt, und sahen einander tief in die Augen. Barbaras Frisur war spektakulär. Sie trug einen blauen Hosenanzug, das Jackett in einem anderen Blauton als die Hose und mit großen, eckigen Schulterpolstern, und eine goldene Halskette mit der Figur eines Löwen in der Mitte.

»Es ist gut, Barb«, flüsterte Elise. »Man sieht praktisch nichts mehr von der Verletzung. Und dieser schimmernde Lidschatten ist toll.«

»Danke. Du bist ein Engel. Du musst uns nur noch deine Flügel zeigen.«

Es wurde dunkel. Alle umarmten Elise, küssten sie auf die Wangen, drückten ihre Arme oder ihre Hand, und mit jeder tätschelnden Berührung, jeder Ermunterung, sie möge sich ihres Lebens freuen, das Glück, so beneidenswert jung zu sein, nach Herzenslust genießen, fühlte sich Elise nur immer einsamer. Connie hatte einen Kuchen besorgt, der mit Kiwischeiben garniert und mit purpurroten Blütenblättern bestreut war. Die Gäste sangen »Happy Birthday«, als Elise vortrat, um den Kuchen anzuschneiden. Barbara hatte ihr gesagt, dass sie sich in dem Moment, in dem das Messer bis zur Kuchenplatte durchdrang, heimlich etwas wünschen sollte. Elise wünschte sich, dass Connie nach England zurückkehren wollte. Der Kuchen sah bizarr aus, schmeckte aber ausgezeichnet.

»Hast du den selbst gemacht?«, fragte Elise Connie.

»Um Gottes willen, nein. Barbara hat mir einen fabelhaften Konditor empfohlen.«

Nachdem Don Gullick gegangen war, verabschiedete sich auch Deborah. »Ich muss meinen Jetlag ausschlafen«, sagte sie zu Elise, die sie zur Tür brachte.

»Danke, dass Sie gekommen sind«, sagte Elise.

»Ich habe mich großartig amüsiert. Wo ist eigentlich Connie abgeblieben?«, fragte Deborah. »Ich wollte mich von ihr verabschieden.«

»Ich weiß nicht. Hat sie Ihnen gegenüber was erwähnt, ob sie vorhat, nach England zurückzugehen?«

Deborah schwankte leicht. »Sie haben sie wirklich gern, nicht?«

»Wäre ich sonst hier?« Es war Elise peinlich, dass ihre Stimme so belegt klang.

»So habe ich es nicht gemeint.« Deborah zögerte, bevor sie weitersprach. »Ich kenne Connie schon ziemlich lange.«

»Was soll das heißen?«

»Sie ... sie wird immer das tun, was sie will.«

»Was meinen Sie damit?«

Deborah atmete tief die duftende Nachtluft ein. »Ich sage das, weil ich es gut mit Ihnen meine. Das Schreiben wird immer an erster Stelle stehen. *Sie* wird immer an erster Stelle stehen, weil sie und das Schreiben nicht voneinander zu trennen sind. Ich weiß, dass Sie ihretwegen hier sind, dass Sie beide zusammenleben – aber lassen Sie es sich von jemandem gesagt sein, der das schon viele Male gesehen hat: Achten Sie darauf, dass Sie etwas Eigenes haben, okay? Sie sind jung. Vergessen Sie das nicht.«

»Ich bin nicht jung.«

»Sie sind gerade mal *dreiundzwanzig*.«

»Mein Gott. Müssen Sie mir das jetzt auch noch unter die Nase reiben!«

Deborah hob beschwichtigend die Hände. »Ich sage nicht, Sie sind vierzehn und haben von Tuten und Blasen keine Ahnung. Aber – ich habe sie lange nicht mehr so erlebt. Seit *Herz aus Wachs* herausgekommen ist, habe ich sie nicht mehr in diesem Zustand gesehen.«

»Wovon reden Sie?«

»Sie ist *high*. Sie ist *drauf*. Sie schreibt. Sie sieht durch mich hindurch, als wäre ich aus Glas. Merken Sie das nicht? Sie sieht auch durch Sie hindurch.«

»Wie viel haben Sie heute Abend getrunken, Deborah?«

»Ah!«, sagte Deborah. »Sie wissen also ganz genau, wovon ich rede.«

»Hören Sie – ich weiß, wie es ist, wenn man mit so jemandem zusammen ist«, sagte Elise. Deborah lachte ungläubig. »Ich habe Augen im Kopf, Deborah.«

»Ach Schätzchen«, Deborah wandte sich ab und ging in Schlangenlinien davon, »die sehen nur leider nicht genug.«

Die soll sich doch um ihren eigenen Dreck kümmern, die blöde Kuh, dachte Elise und knallte die Tür zu. Sie ging zurück zu den anderen und fing an zu trinken. Irgendwie wurde sie den Gedanken nicht los, dass sie sich vor Matt bloßgestellt hatte, aber sie wusste es nicht mehr genau. Offenbar waren in ihrer Erinnerung an den Abend bereits Lücken. Jemand machte mit Connies Kamera ein Gruppenfoto: alle Gäste zusammengedrängt am Pool. Elise sah Leute in Grüppchen beieinanderstehen und Kokain schnupfen. Sie tanzte allein zu elektronischen Melodien und zur erotischen Discomusik von Donna Summer, deren schmeichelnde Stimme in den dunklen Himmel hinaufschwebte.

Irgendwann tauchte Connie auf. »Wo warst du?«, fragte Elise mit lallender Stimme.

»Ich hatte zu tun, schließlich bin ich die Gastgeberin«, sagte Connie. »Mein Gott, du bist ja stockbesoffen.«

Sie sah Elise derart missbilligend an, dass diese dachte, sie würde gleich in Tränen ausbrechen. »Ich habe Augen im Kopf!«, sagte Elise.

»Was? Du bist voll bis obenhin. Geh ins Bett.«

»Trag mich. Ich kann nicht mehr gehen.«

»Ist das dein Ernst? Vor all den Leuten?«

»Scheiß auf die Leute«, lallte Elise.

»Also gut«, sagte Connie, packte den Arm ihre Freundin, legte ihn sich um die Schulter und schleppte sie, taumelnd unter der Last, ins Schlafzimmer.

Elise sank nach hinten ins Bett, Connie zog ihr das schwarze Kleid aus und das T-Shirt mit der Aufschrift

I LOVE LOS ANGELES!, das die Leute vom Produktionsteam ihr zum Spaß geschenkt hatten.

»Das ist ein Witz, der, wie sich herausgestellt hat, die reine Wahrheit ist.« Elise stupste mit dem Finger ihre Brüste.

»Was?«, knurrte Connie.

»Du hast gesagt, Los Angeles frisst einem das Gehirn weg«, sagte Elise. »Weißt du es nicht mehr?«

»Das war nicht ich, das hat eine Freundin von mir gesagt. Und bis jetzt ist mein Gehirn noch da.«

»Mir gefällt es hier nicht.« Elise wedelte fahrig mit der Hand in Richtung des Gartens. »Alle Pflanzen haben hier Stacheln.«

»Ich bitte dich, El.«

»Ich habe keine Stacheln.« Elise rieb ihren Kopf an Connies Schulter. »Keinen einzigen.«

Connie schlang die Arme um sie und streichelte sanft ihren Rücken. »Ja, das stimmt«, sagte sie. »Du bist wunderschön glatt.«

Es tat Elise gut, so gehalten zu werden.

»Mir gefällt es hier«, sagte Connie. »Ich will nicht lügen. Ich weiß, dass du anderer Meinung bist.«

»Natürlich gefällt es dir, natürlich.« Ihr Mund war an den Stoff von Connies Hosenanzug gedrückt und machte ihn feucht. »Es war mein Geburtstag. Es war mein Tag.«

»Ich weiß. Schlaf jetzt. Wir reden morgen darüber.«

»Scheiße«, sagte Elise.

»Leg dich wieder hin, Elise. Du bist total dicht. Schlaf. Ich sehe später wieder nach dir.«

»Hör auf, mich wie ein Kind zu behandeln!«

»Es gefällt dir doch, wenn ich es tue. Also sei still.« Connie ging und schloss die Tür hinter sich.

Die Wut in Elise kämpfte mit ihrem Kummer und dem Rausch und unterlag. Sie schlief ein.

Nach zwei Stunden wachte sie mit heftigem Brechreiz auf. Die Musik war verstummt. Im Haus war es ganz still, und draußen war stockdunkle Nacht, nur der Pool leuchtete strahlend blau. Der Vorhang am Fenster war noch offen. Elise sah alles verzerrt, und ihr war speiübel. *Eines Tages*, dachte sie, während sie sich ins Badezimmer schleppte, *werde ich eine richtig raffinierte Geburtstagsparty veranstalten. Und das Raffinierteste ist es, gar keine Party zu veranstalten.*

Ein Schwall von Kiwistückchen und Tequila und Blütenblätter ergoss sich in die Kloschüssel. Elise fand sich widerlich, aber es tat gut, das Gift los zu sein. Sie schaute nicht in den Spiegel aus Angst, ein schwarzes Loch zu sehen. Als sie sich wieder ins Bett legte, wurde ihr bewusst, dass sie allein war. Cons Seite war kalt.

»Con?«, rief sie krächzend. Sie setzte sich auf und blickte durchs Fenster zum Pool. Auf Zehenspitzen ging sie hin, da sah sie hinter den Kakteen Barbara auf einer Sonnenliege sitzen; ihre Silhouette zeichnete sich scharf vor dem knallig blauen Wasser ab. So langsam und leise, wie sie nur konnte, öffnete Elise das Fenster. Draußen war es kühler als im Zimmer, und sie atmete dankbar die frische Luft ein. Con war im Pool. Ihr Kopf tauchte eben aus dem Wasser auf, die Haare klebten seitlich an ihrem Gesicht. *Ist sie in ihrem Hosenanzug in den Pool gesprungen?*, fragte sich Elise.

Con ließ sich auf dem Rücken treiben und blickte hinauf zu den Sternen.

»Das ist der Grund, warum ich keine Kinder wollte«, sagte Barbara.

»Sie macht keine Kompromisse«, sagte Connie.

»Das ist ja okay, solange es gutgeht. Aber vergiss nicht, dass sie nur deinetwegen hier ist.«

»Ich habe sie nicht dazu gezwungen.«

»*Ha.*«

»Okay, es stimmt schon. Ich hätte sie nicht mitnehmen sollen«, sagte Connie. »Ich kann mich nicht andauernd um sie kümmern und gleichzeitig tun, was ich tun muss. Es ist nicht fair ihr gegenüber. Und für mich selbst ist es auch nicht gut.«

»Ich denke, die meisten wären ganz wild darauf gewesen, hierher mitzukommen«, sagte Barbara.

Connie hielt sich am Rand des Beckens fest, zog sich hoch und stieg aus dem Wasser. Sie stand im Schatten, aber ihr triefender Körper, ihre blasse Haut waren vor dem blauen Licht deutlich genug zu erkennen, und Elise konnte sehen, dass sie splitternackt war. Barbara streckte die Hand aus und strich über Connies Bauch, dann fuhren ihre Finger abwärts in ihr Schamhaar. Connie legte den Kopf zurück. »O Gott«, sagte sie.

»Pssst.« Barbara zog ihre Hand zurück.

Elise war wie gelähmt. Sie versuchte zu verarbeiten, was sie sah, aber es war unmöglich. Sie kniff die Augen zusammen, bemühte sich, es schärfer zu sehen. Die beiden Frauen standen jetzt weiter voneinander getrennt. »Sie weiß es nicht, oder?« Barbara hielt Connie ein Badetuch hin.

»Nein«, sagte Connie. Sie schlang das Tuch um ihren Körper und setzte sich auf eine Liege neben Barbara. »Sie denkt, ich flirte mit dir. Aber das ist auch schon alles.«

»Alle flirten mit mir.«

»Eben.«

»Niemand weiß, wie man mit mir reden muss«, sagte Barbara.

Connie hob die Hand und strich mit einer flüssigen, lässigen Bewegung über Barbaras Haar. »Ich schon«, sagte sie. »Alle anderen haben eine Heidenangst vor dir.«

Barbara drehte sich zu ihr um. Elise sah jetzt beide Gesichter im Profil, so nahe beieinander, dass sich die Nasenspitzen fast berührten.

»Sie ist ein gutes Kind, Connie«, sagte Barbara, »ein wirklich, wirklich gutes Kind. Sie ist orientierungslos und bedrückt, aber ich weiß, wie sich das anfühlt.« Barbara legte die Hände an ihr Gesicht. »Scheiße. Ich fühle mich scheiße. Es hätte einmal und nie wieder passieren sollen.«

»Ich werde es ihr sagen.«

»Ich weiß nicht, Con. Ich weiß es nicht. Sie ist so – zerbrechlich.«

Connie schüttelte den Kopf. »Ich weiß nicht, ob das stimmt. Sie muss einfach nur lernen, auf ihren eigenen Füßen –«

Barbara kramte in ihrer Handtasche, zündete sich eine Zigarette an und nahm einen tiefen Zug. Elise sah den Rauch aufsteigen und sich in Nichts auflösen. »Du kennst dich«, sagte Barbara, »ich kenne mich, aber

Elise kennt von sich kaum mehr als ihren Namen. Du musst mit ihr sprechen. Du darfst nicht zulassen, dass sie ewig ein Anhängsel von dir bleibt.«

»Ich dachte, du willst, dass diese Sache unter uns bleibt«, sagte Connie in scharfem Ton.

»Ich für meinen Teil werde auch niemandem etwas verraten. Überhaupt kann ich ganz außen vor bleiben. Aber was dich betrifft, solltest du es ihr sagen. Es ist sonst einfach unfair ihr gegenüber. Es fühlt sich an, als würden wir sie hintergehen.«

»Das tun wir ja tatsächlich. Das ist es ja, was die Sache so schlimm macht.« Connie lehnte sich seufzend zurück. »Aber ist es wirklich am besten für sie, wenn ich es ihr sage? Wir sind bald fertig mit den Dreharbeiten, und irgendwann werden wir dann nach London zurückfliegen, und du wirst vergessen, dass überhaupt etwas passiert ist. Ich verhalte mich, als wäre ich nicht ganz zurechnungsfähig, das ist mir schon klar. Aber wenn sie es nicht weiß, tut es ihr nicht weh. Und ich möchte ihr nicht weh tun.«

»Liebst du sie?«, fragte Barbara.

»Ja. Kann ich eine Zigarette von dir haben?«

»Nimm die.« Barbara gab ihr ihre Zigarette, und Connie rauchte gierig. »Begehrst du sie, Con?«

»Was meinst du damit?«

»Das ist doch nicht schwer zu verstehen«, sagte Barbara.

»Ich weiß nicht, was ich tun soll.«

»*Begehrst* du sie, Connie?«

Connie drückte die Zigarette aus. Sie seufzte. »Nein. Eigentlich nicht.«

Elise presste die Hand auf ihren Mund, und Barbara seufzte ebenfalls. Es klang, als wäre das Geräusch eine Million Jahre alt. Ganz aufrecht saß sie da, wie die Statue einer Göttin, und blickte auf den Pool. Connie beugte sich vor und küsste sie seitlich auf die Schulter. Barbara wandte sich ihr zu, und ihre Münder trafen sich. Elise sah wie versteinert die beiden Frauen einander umarmen und auf die Liege zurücksinken, zwei dunkle Schemen vor dem Blau des Pools.

Als Elise sich abwandte und sich wieder hinlegte, fragte sie sich, ob Connie den Vorhang absichtlich offen gelassen hatte. Es war ihr ohne weiteres zuzutrauen.

29

Als Elise am Morgen aufwachte, hatte Connie den Vorhang zugezogen. Nur ein schmaler Streifen Licht fiel auf die gegenüberliegende Wand. Elise sah ihn, und sie erstarrte, nur ihr Herz klopfte heftig. Dann wurde ihr plötzlich übel, sie würgte keuchend. Ihre Augen fühlten sich steinhart an. Sie schloss sie wieder, drehte sich auf die andere Seite und schmiegte sich an die Matratze. Sie konnte nicht aufstehen, es war, als hielte ein böser Zauber sie fest. Sie hatte keine Erinnerung an den Abend zuvor. Und dann kam eine heiße Welle über sie, und alles fiel ihr wieder ein.

Sie schlug die Augen auf und spähte zu dem Vorhang hinüber. War der Pool dahinter immer noch da? Vielleicht hatten die Frauen ihn in ihrer grenzenlosen sinnlichen Gier leergetrunken? *Ich könnte in das Becken springen*, dachte Elise. *Mir den Schädel auf dem Betonboden zerschmettern. Verdient hätte sie es.*

Ihre Gedanken begannen wild durcheinanderzuwimmeln wie Ameisen. Sie spürte, dass sie sich gleich erbrechen musste, aber sie konnte sich nicht rühren. Sie hatte plötzlich hämmernde Kopfschmerzen, lauter flitzende Geschosse, die explodierten, bis ihr Schädel nur noch ein Gefäß voll mit pochendem Blut war, das alles Hirn verdrängt hatte. Würde sie hier sterben? Es war durchaus möglich. Sie zuckte zusammen vor Schmerz bei jedem flachen Atemzug. Wie eine Kröte lag sie da im dämmrigen Licht dieses fremden Hauses, sterbenselend. Sie versuchte sich aufzusetzen, aber der Schmerz in ihren Schläfen griff auf ihren ganzen Schädel über. Sie schnappte nach Luft und sank zurück.

Elise versuchte mit den Füßen zu wackeln. Sie bewegten sich – sie war nicht gelähmt! Sie konnte von hier weglaufen, sie konnte in ein Flugzeug steigen, nach Hause fliegen – wo war das? Aber ihre Knochen waren wie Brei, ihr ganzer Körper war wie Brei. Was spielte es da noch für eine Rolle, dass sie nicht wusste, wohin sie fliehen sollte? Sie betastete ihr Schlüsselbein: Das Kettchen, das Connie ihr geschenkt hatte, war noch da. Sie überlegte, ob sie es abreißen sollte, aber sie brachte die nötige Energie nicht auf. Nie in den dreiundzwanzig Jahren ihres Lebens hatte sie sich so elend gefühlt.

»Guten Morgen«, sagte eine leise Stimme. »Wie geht es dir?«

Ganz langsam drehte Elise den Kopf. Am Türrahmen lehnte Connie, vollständig angezogen. »Du bist also doch wiederauferstanden von den Toten«, sagte sie, kam ans Bett und hielt Elise ein Glas Wasser hin, in dem eine Aspirintablette sprudelte. »Ich dachte, du würdest hundert Jahre lang schlafen. Es ist schon fast zwei Uhr.«

»Was?«

Elise regte sich nicht, darum stellte Connie das Glas auf das Nachttischchen. »War eine tolle Party, nicht?«, sagte Connie freundlich und setzte sich behutsam auf den Rand des Betts.

»Sag du es mir«, murmelte Elise.

»Du hast keine Erinnerung daran?«

Elise schloss die Augen. »Ich möchte am liebsten sterben«, sagte sie.

»Ich werde dir nicht dabei helfen. Schlaf noch ein bisschen weiter.«

Elise vergrub das Gesicht in ihrem Kissen. »Immer willst du, dass ich schlafe.«

30

Matt stand am Strand, sein Surfbrett steckte neben ihm im Sand wie immer. Er hatte das Oberteil seines Neoprenanzugs bis zur Taille heruntergeschoben und blickte, die Hände auf die Hüften gestemmt, aufs Meer hinaus wie ein Schiffbrüchiger, der sehnsüchtig auf Rettung wartet.

Einen Moment lang zögerte Elise. Shara war im Strandhaus hinter ihr. Vielleicht beobachtete sie sie sogar.

»Matt«, rief sie.

Er drehte sich um. »Ich wollte dich letzte Woche abholen«, sagte er. »Aber Connie sagte, du müsstest dich ausschlafen.«

»Ja, ich hab mich an dem Abend total zugeknallt.«

»Dann hast du also wahrgemacht, was du dir vorgenommen hattest.«

»Klar. Ich war den ganzen Tag im Bett. Tut mir leid, dass du umsonst hingefahren bist.«

»Das ist nicht weiter schlimm.« Er drehte sich zum Wasser um. »Sieh nur, wie schön es heute ist.«

Elise blickte auf den Pazifik hinaus. Die Sonne stand hoch am Himmel. Es war ein herrlicher Septembernachmittag. »Shara ist fertig mit dem Bild«, sagte sie. »Es ist geschafft.«

»Gefällt es dir?«, fragte Matt.

»Sie hat mich perfekt getroffen. Ich habe noch nie so ein tolles Bild von mir gesehen.« Es stimmte: So viele Stunden hatte sie im RCA Modell gesessen, und jetzt erst hatte sie endlich das Gefühl, dass jemand sie wirklich gesehen hatte.

»Shara kann das. Wird sie es dir schenken?«

»Sie hat es mir angeboten, aber ich wollte es nicht.«

Matt pfiff leise. »Wow. Warum nicht?«

Elise sah ihn an. »Sie hat mir schon so viel geschenkt?«

»Was denn?«

»Und außerdem kann ich mir nicht das Bild von ihr schenken lassen, wenn ich ihr etwas anderes wegnehme.«

»Was meinst du damit?«

Der Wind zauste an Elises kurzen Haaren, und sie versuchte es hinter ihre Ohren zu streichen. Vor ihnen flog ein großer Schwarm Pelikane dicht über dem Wasser vorbei. Obwohl sie diese Vögel schon so oft gesehen hatte, überlief sie jedes Mal ein ehrfürchtiger Schauer bei ihrem Anblick: Sie sahen aus wie Geschöpfe aus grauer Vorzeit. »Hast du deinen Autoschlüssel dabei?«, fragte sie.

»Nein.«

»Dann geh ihn holen. Lass uns ein bisschen herumfahren.«

Sie fuhren ohne ein bestimmtes Ziel an der Küste entlang, immer noch in ihren Neoprenanzügen. Als sie sich einem Motelschild näherten, bat Elise Matt, von der Straße abzubiegen. Sie nahm an, dass Matt klar war, was sie wollte und was passieren würde. Es machte ihr zu schaffen, dass Matt sie nicht fragte, warum sie es wollte, sondern einfach nur entschlossen war, die Gelegenheit beim Schopf zu packen. So erfuhr sie nicht, ob er moralische Bedenken, Skrupel, welcher Art auch immer, hatte, ein schlechtes Gewissen, wo doch seine Frau um ein Kind trauerte, von dem er nicht einmal wusste, dass es Dinah hieß.

Und wo ist mein schlechtes Gewissen?, fragte sie sich. Versenkt in der Tiefe eines Swimmingpools. Dass die Sonne über ihnen so strahlend jubilierte, war reine Ironie, aber Elise brauchte diese Heiterkeit, um sich an diesem Tag lebendig zu fühlen. All ihre Hoffnungen waren ausgelöscht worden, und doch war sie noch hier im hellen Licht. Ihre Arme waren braungebrannt, die Härchen darauf schimmerten golden. Diese Sache mit Matt hatte sie unter Kontrolle. Elise war sicher, dass *er* sie begehrte, und es gefiel ihr, ausnahmsweise nicht darum kämpfen zu müssen, begehrt zu werden. Sie hatte ganz vergessen, wie sich das anfühlte. Sie versuchte, nicht daran zu denken, dass es übel ausgehen konnte.

Matt zahlte für das Zimmer, einen leicht abwesenden Ausdruck im Gesicht. Er verschränkte die Arme vor der Brust, um Gelassenheit zu demonstrieren, aber die Geste ließ ihn eher trotzig wirken.

Sie schloss die Tür auf und trat dann zur Seite wie ein Hoteldiener. Matt ging hinein, und sie sperrte die Sonne aus. Das Licht, das durch die dünnen Vorhänge ins Zimmer drang, war blassrosa – es war, stünden sie im Inneren einer Muschel. »Wir sollten das besser lassen«, sagte er.

Sie setzte sich auf das Fußende des Betts. »Warum?«

»Wir sind nicht ehrlich.«

»Wir sind ehrlich. Das hier geht nur uns beide etwas an. Komm her, Matt.«

Sie rutschte weiter in Richtung Kopfende. Er stand vor dem Bett und sah sie an. »Ich möchte es schon«, sagte er.

»Ich weiß.«

»Ich habe oft daran gedacht.«

Elise, immer noch in Sharas Surfanzug, spreizte ganz leicht die Beine. »Erzähl mir, was du gedacht hast.«

»Wie sich wohl deine Haut anfühlt.«

»Sie ist weich«, sagte sie. »Komm und überzeuge dich selbst.« Sie drehte sich auf den Bauch. »Mach mir den Reißverschluss auf.«

Matt kniete sich neben sie auf die Matratze und zog den Reißverschluss ihres Neoprenanzugs ganz auf. Elise spürte, wie er seine warme Hand auf die Mitte ihres Rückens legte, und das entspannte sie. »Ich habe dich im Atelier nackt gesehen«, sagte er.

Sie drehte sich auf den Rücken und schälte ihre Arme aus dem Anzug, dann legte sie sich zurück. »Ich weiß.«

Er beugte sich über ihr Schlüsselbein und küsste es, er küsste auch den goldenen Anhänger ihres Halskettchens, ihre Brüste – zuerst ganz zart, dann drängender. Er befreite ihre Beine von dem Neoprenanzug und sie die seinen, dann sanken sie zurück auf das Bett. Elise fühlte, wie sie immer mehr aus sich herausging, seine Hände und sein Mund lockten sie heraus aus ihrem Körper in einen zeitlosen Raum, wo sie in lauter Lust zu schweben schien.

»Jetzt komm«, sagte sie, obwohl sie nicht sicher war, dass er schon so weit war. Er drang sehr behutsam in sie ein, aber es war trotzdem ein solcher Schock für sie, ihn so tief in sich zu spüren, dass sie nach Luft schnappte. »O verdammt, Elise«, sagte Matt, »ich denke die ganze Zeit an dich.« Er küsste sie auf den Mund, und sie küsste seinen, wieder und wieder und wieder. »Ich hätte nie geglaubt, dass das passieren würde«, murmelte er.

»Ich auch nicht«, sagte Elise. Aber während sie die Augen schloss und sich ganz ihrer Lust hingab, wusste sie, dass das gelogen war.

2018

31

Die Arbeit an Connies Manuskript, jener seltsame Drahtseilakt, zwei Frauen zugleich zu sein, die eine mit einem fremden, die andere mit einem altvertrauten Leben, und zudem auch noch die Frage nach meiner Mutter und wer ich in der Welt sein wollte, alles das hatte mich derart in Anspruch genommen, dass ich auf mein physisches Ich nur sehr unzureichend geachtet hatte, weswegen ich, als ich ihm doch etwas mehr Aufmerksamkeit schenkte, eine schockierende Überraschung erlebte.

Am 6. Januar, an Epiphanias (Connie war spazieren im Park), entdeckte ich in der Toilette unter der Treppe in Connies Haus meinen Körper wieder. Meine Periode war ausgeblieben, doch ich dachte, das liege an den vielen Aufregungen der jüngsten Zeit und sie würde mit einiger Verzögerung schon noch kommen. Ich litt nicht unter Übelkeit und fühlte mich auch sonst nicht anders als gewöhnlich, ich war nur erschöpft, aber wer in aller Welt wäre Ende 2017 nicht erschöpft gewesen?

Ich saß also in der schwarz-goldenen Toilette, pinkelte auf einen Teststreifen und beobachtete, wie er sich rosa verfärbte. Und als die zwei Linien sichtbar wurden, konnte ich es nicht glauben.

Ich dachte an Joe. Ich dachte an meinen Vater. Ich dachte an Kelly und ihre Community von Instagram-Müttern. Ich stellte mir vor, wie ich ihnen die Neuigkeit mitteilte. Ich dachte sogar an Christina, wie sie in den Armen ihrer Mutter starb. Die beiden waren nur Romanfiguren, aber sie waren meinem tiefsten Inneren ebenso nahe wie meine ungreifbare Mutter. Ich dachte an Connie.

Ich dachte an all diese Menschen und wusste kaum, was ich von mir selbst denken sollte.

Ich ging in die Küche, trank eine Tasse Tee und machte eine halbe Stunde später den Test noch einmal, und als der zweite Versuch das Ergebnis des ersten bestätigte, sah ich mich gezwungen, eine Art Erklärung zu konstruieren.

Ich war den Gesetzen der Biologie unterworfen. Es war, als hätte mein Körper eine Prüfung bestanden. Meine Eierstöcke, meine Gebärmutter, mein Blut hatten die Dinge selbst in die Hand genommen. *Jetzt ist unsere Zeit gekommen!*, sagten sie. Meine Vorstellungskraft war gezwungen, mit den vorauseilenden Tatsachen gleichzuziehen.

Ich steckte die Teststreifen in meine Handtasche, wankte wie benebelt ins Wohnzimmer und setzte mich auf Connies Sofa. Viele Freundinnen hatten mir gesagt, *Oh, wir hatten es eigentlich gar nicht richtig gewollt!*, bevor sie, gewissermaßen im selben Atemzug, eingestanden, dass sie ihre Verhütungsmittel abgesetzt hatten – *bloß um mal zu sehen.* Aber *was* genau wollten sie mal sehen? Ob sie fortpflanzungsfähig waren? Ob sie tatsächlich Eltern werden wollten? Aber das war nicht lediglich eine Frage des Lebensstils, hier ging es um einen lebendigen Menschen. Erst jetzt wurde mir klar, warum diese Freundinnen das gesagt hatten: weil sie irgendwie mit dem Paradox zurechtkommen mussten, dass sie etwas wollten, was sie möglicherweise *nicht* wollten. Sie konnten nicht unverbindlich ausprobieren, wie es ist, ein Kind zu haben; wenn es einmal da ist, kann man es nicht bei Nichtgefallen einfach zurückgeben. Sie wollten nicht zugeben, dass sie nicht gewusst hatten, was sie taten. Ich wünschte, mehr Leute hätten den Mut, es zuzugeben.

Hatte auch ich meinen Körper diesem Test unterworfen, *bloß um mal zu sehen*? In gewisser, unlogischer Weise ergab es Sinn, das anzunehmen.

Es bestand die Möglichkeit, dass ich in drei Monaten nicht mehr schwanger war. Es war deswegen gesünder, an das, was in mir heranwuchs, nicht als an eine tatsächlich existierende Person zu denken. Und das fiel mir nicht schwer, denn die einzige Person, an die ich in diesem Zusammenhang dachte, war ich selbst.

Connie war immer noch weg, und ich nutzte die Gelegenheit, um bei meiner Hausärztin anzurufen, und bekam tatsächlich (ein wahrhaftiges Weihnachtswunder) noch für denselben Tag einen Termin. Ich hinterließ Connie einen Zettel mit der Mitteilung, dass ich etwas zu erledigen hatte, und machte mich auf den Weg. Ich hatte die ganze Zeit ein Gefühl, als wäre in meinem Bauch eine Glühbirne angeknipst worden. Konnten andere Leute dieses Licht sehen? Natürlich nicht: Kein Mensch auf der Straße und in der U-Bahn schenkte mir besondere Beachtung.

Der Ärztin sagte ich, dass ich glaubte, schwanger zu sein, dass meine Periode ausgeblieben war, dass ich bereits zwei Tests mit positivem Ergebnis gemacht hatte und nun hergekommen war, um letzte Gewissheit zu erhalten.

Geduldig nickend hörte sie mir zu, offenbar voller Verständnis dafür, dass ich mich auf meine eigenen Erkenntnisse nicht verlassen wollte. Sie war schon älter, hatte kurz geschnittene graue Haare und ein freundliches Gesicht. Sie erinnerte mich an Dorothy.

Während wir auf das Ergebnis warteten, betrachtete ich die gastroenterologische Schautafel an der Wand und bewunderte die komplexe Schönheit des menschlichen Verdauungssystems. Ich fragte mich, warum die Ärztin gerade diese Abbildung und nicht etwa eine der Lungen, des Herzens oder der Gebärmutter aufgehängt hatte. Ich studierte die vielfarbigen Strukturen dieser inneren Organe, von deren wunderbaren Leistungen wir normalerweise gar nichts bemerken und wissen – bis etwas kaputtgeht und sie sich gegen uns wenden.

Die Ärztin sah, wie ich fasziniert auf die Schautafel starrte, und lächelte. »Der erstaunlichste aller Körperteile, wenn Sie mich fragen. Sie haben nicht gefragt, aber es stimmt trotzdem.«

»Wieso?«

»Es ist ein unglaublich kompliziertes und raffiniertes System. Ich habe gelesen, dass nach neuesten Forschungen fünfundneunzig Prozent des Serotonins in den Eingeweiden zu finden ist.«

»Wow.«

»Wir tun immer so, als hätten all unsere Emotionen im Gehirn und im Herzen ihren Sitz, aber schon im sechzehnten Jahrhundert sind Mediziner zu der Überzeugung gelangt, dass es in Wahrheit die Gedärme sind, die unsere Gefühle regieren.«

»Ich habe die meinen wahrscheinlich immer ein bisschen grob behandelt«, sagte ich.

»Das tun wir alle hin und wieder«, sagte sie. »Ah, der Test. Nun, Sie hatten recht: Sie sind schwanger.«

Ich starrte auf meine Hände, die wie in einer demütig bittenden Geste, die Handflächen nach oben, auf meinen Knien lagen. Jetzt stand es fest: Ich war in anderen Umständen. Ich war nicht allein. Die noch ganz schwache Ahnung von einer Person war in einem Winkel meines Bewusstseins zu spüren.

Wir saßen schweigend da.

»Haben Sie jemandem erzählt, dass Sie möglicherweise schwanger sind?«, fragte die Ärztin.

»Nein.«

»Wenn Sie es Menschen, denen Sie vertrauen, sagen könnten, wäre das bestimmt hilfreich.«

Ich zögerte, als müsste ich ihr meine tiefsten Geheimnisse anvertrauen. »Ich – ich weiß nicht, was jetzt passiert.«

»Na ja, als Erstes sollten Sie anfangen, Folsäure –«

»Nein, ich meine –« Ich brach ab. Ich konnte nicht weitersprechen, aber ich wusste, dass es sich nicht vermeiden ließ. Mir war, als legte ich etwas Sündhaftes ans Licht, und ich hasste mich für dieses Gefühl. »Ich weiß nicht, ob ich es kann, ob ich das schaffe.«

»Okay.« Sie schwieg eine Weile. »Das ist in Ordnung.«

Ich schloss die Augen. Eine Art Erleichterung überkam mich bei ihren Worten. Das bloße Aussprechen hatte meinen Worten ihren Stachel genommen. Aber dann fragte ich mich, ob die Ärztin wirklich fand, dass das, was ich gesagt hatte, in Ordnung war. Vielleicht hatte sie es nur gesagt, weil sie Ärztin war und sich gesetzeskonform verhalten musste. Als Frau kannte sie natürlich all die Graustufen und die generelle Ungerechtigkeit, die darin liegt, dass im Körper einer Frau so viele komplizierte Dinge vor sich gehen, dass sie aber letztlich nur die Wahl zwischen zwei Optionen hat: Schwarz oder Weiß, Ja oder Nein.

Ich war hergekommen, um mir Gewissheit zu verschaffen, aber die Reaktion der Ärztin stellte keineswegs jene Eindeutigkeit her, die ich mir erhofft hatte. Mit immer noch geschlossenen Augen wartete ich darauf, dass mein innerer Zwiespalt sich auflöste, als die Ärztin behutsam meinen Arm berührte und mir eine Broschüre mit dem Titel »Was jetzt?« hinhielt. Einen schrecklichen Moment lang dachte ich, es handelte sich um eines dieser Pamphlete evangelikaler Abtreibungsgegner, aber es war nur eine Broschüre, die über all die verschiedenen körperlichen und seelischen Veränderungen informierte, die im Verlauf einer Schwangerschaft vorkommen. Und andererseits auch über die *Optionen*, die man hatte.

»Haben Sie Symptome wie Übelkeit, Erschöpfung?«, fragte sie.

»Ich habe mich ein bisschen erschöpft gefühlt, aber es ist mir nicht wirklich aufgefallen. Ich hatte eine Menge Arbeit und ziemlichen Stress in letzter Zeit.«

»Natürlich«, sagte sie.

»Der Vater weiß es nicht. Es könnte sein, dass ich es

ihm auch nicht sage.« Ich wusste, dass sie das nicht zu wissen brauchte, aber ich musste es jemandem sagen.

»Okay.« Sie nickte. »Sie sind nicht zusammen?«

»Ich weiß nicht.« Ich fühlte mich so erbärmlich. Es klang, als redete ich von irgendeinem One-Night-Stand und nicht von einer neun Jahre langen Beziehung.

»Okay.«

»Wie das Leben eben so spielt«, sagte ich und lachte.

Sie warf einen Blick auf ihren Computerbildschirm. »Sie müssen heute noch keine Entscheidung treffen«, sagte sie. »Es wird alles gut werden.«

»Danke.«

»Lesen Sie die Broschüre. Auf der letzten Seite stehen Telefonnummern von Organisationen, bei denen Frauen Rat suchen können, bevor sie sich entscheiden.«

»Ja.«

Sie lächelte. »Das wäre alles für heute. Machen Sie sich keine Sorgen. Nehmen Sie die Folsäuretabletten, und wenn Sie sich dazu entschließen, den anderen Weg zu gehen, bin ich auch für Sie da.«

»Okay. Danke.« Ich griff nach der Broschüre, so hastig, dass ich sie ein bisschen zerknitterte, und stand auf. »Gutes neues Jahr«, sagte ich.

»Danke. Ihnen auch.«

Ich ging. Draußen war es bitterkalt, und es wurde schon dunkel. Ich fühlte mich nicht schwanger. Ich fühlte mich allein.

32

Eine Woche darauf traf ich mich mit Joe. Er kam durch die Tür des Cafés, in dem wir uns verabredet hatten – neutrales Gebiet, zentral in einer Seitenstraße der Oxford Street gelegen –, und ich dachte: *Hier ist ein Mann, den ich mal gekannt habe.*

Sein Bart war gewachsen, ich fragte mich, ob das wohl ein Zeichen von Vernachlässigung war, aber es stand ihm. »Hallo«, sagte ich. »Gutes neues Jahr.« Mich durchfuhr fast körperlich spürbar der Gedanke daran, was in mir wuchs. Ich schob ihn beiseite. »Danke, dass du gekommen bist«, sagte ich lächelnd. Wir umarmten einander. Kein Begrüßungskuss.

Seine Miene war angespannt, sein Blick nach unten gerichtet. »Wie geht's dir?«, fragte er und nahm mir gegenüber Platz.

»Gut, danke. Ich bin froh, dass der Weihnachtstrubel vorbei ist. Und wie geht's dir?«

»Auch gut. Du hast einen richtigen Streit zwischen meiner Mutter und Daisy verpasst. Das hätte dir sicher gefallen.«

Ich lachte. »Worum ging es dabei?«

»Ich weiß es eigentlich gar nicht genau. Irgendwas hat Daisy nicht gepasst.«

»Wie geht es ihr und Radek?«

Die Frage war Joe sichtlich unangenehm. »Du weißt doch, wie die sind. Sie werden es irgendwie durchstehen.«

»Ja.«

Sein Blick fiel auf meinen Halsausschnitt, in dem, wie mir erst jetzt mit einigem Unbehagen bewusst wurde, das Kettchen mit dem *L* sichtbar war, das Connie mir zu Weihnachten geschenkt hatte. »Was ist das?«, fragte er. »Für was steht das *L*?«

Meine Hand ging hoch, meine Finger schlossen sich um den Anhänger. Ich wurde rot. »Es hat nichts zu bedeuten«, sagte ich.

»Nichts?«

»Es ist nur ein Scherz.«

»Hat es dir jemand geschenkt?«

»Ja, Kelly.«

Er wirkte verwirrt. »Du bist aus der Wohnung weg, Rosie. Einfach verschwunden.«

»Na ja, du bist zuerst verschwunden.«

»Ich bin wieder zurückgekommen.«

»Ich bin jetzt hier, Joe.« Ich schob das Kettchen unter meinen Pullover. Ich spürte den Reflex, mich zu entschuldigen, aber ich widerstand ihm.

»Ich habe mir Sorgen um dich gemacht«, sagte er.

»Du brauchst dir um mich keine Sorgen zu machen.« Ich legte meine Worte bedächtig zwischen uns wie eine Zigeunerin, die gekommen ist, um ihre eigene Zukunft vorherzusagen.

»Sicher.« Joe räusperte sich. »Es tut mir leid, Rosie. Ich hab das nicht so gemeint.«

»Was?«

Er sah mich bedeutungsvoll an. »Na, das, was ich über dich gesagt habe.«

»Dass ich alle Leute nerve? Dass ich nicht mehr alle Tassen im Schrank habe?«

Er presste die Lippen zusammen. »Ja.«

»Ich denke, in den letzten Tagen des Jahres sind alle ein bisschen irre«, sagte ich. »Trotzdem danke.«

Joe setzte zum Sprechen an, ließ es und sagte dann doch: »Aber du hast dich verändert.«

Ich holte kurz Luft. »Wie hab ich mich verändert?«

»Du bist mehr – fokussiert. Härter.«

»Härter? Ich finde, das Gegenteil ist richtig, Joey. Ich bin weicher. Ich lasse Dinge zu. Vielleicht zum ersten Mal überhaupt.«

Er sah mich bekümmert an. »Was genau lässt du zu?«

Ich wich einer Antwort aus. »Vielleicht haben wir uns ja beide verändert.« Ich glaubte eigentlich nicht, dass Joe sich verändert hatte oder dass er sich im Lauf der letzten paar Jahre nennenswert verändert hatte, aber das lag daran, dass ich überhaupt kein Gesamtbild mehr von ihm hatte. Allerdings dachte ich in diesem Moment, wenn er eine Neue hätte, würde er bestimmt rasch ein anderer. Joe konnte sich nur mit mir nicht verändern.

»Haben sie sich über die Geschenke gefreut?«, fragte ich.

»Ja«, sagte er. Und nach einer Pause: »Und – kommst du zurück?«

»Ich glaube nicht«, antwortete ich freundlich.

»Ah. Es ist aber nicht so, dass du mit ihr *zusammen* bist, oder?«

»Joey, ich glaube, du weißt, dass es besser ist, wenn ich nicht zurückkomme.«

Er blieb lange stumm. Niemand kam, um unsere Bestellung aufzunehmen, und keiner von uns konnte den Tisch verlassen. »Was machen wir jetzt?«, fragte er schließlich.

»Ich glaube, wir müssen einander loslassen«, sagte ich.

Er starrte mich an. Er schien etwas sagen zu wollen, aber dann überlegte er es sich anders.

»Es ist nicht so, dass ich dich nicht liebe, Joey«, sagte ich. »Sicher könnten wir aneinander festhalten, es gemeinsam noch zehn oder zwanzig Jahre durchstehen. Dann bist du vierundfünfzig. Vierundfünfzig und immer noch mit mir zusammen. Willst du das wirklich?«

Ich wusste nicht, warum ich mich so weit demütigte, mich selbst als Trostpreis anzubieten, den er sich mit seiner verbissenen Anhänglichkeit verdienen würde, ich wusste nur, dass ich ihn zur Einsicht bewegen musste.

»Alle haben ihre Höhen und Tiefen«, sagte er. »Meine Eltern – mein Gott, manchmal dachten wir wirklich, es ist aus. Aber es war nicht aus. Es wird nie aus sein. Meine Mutter sagt, es ist normal, dass man solche Phasen durchmacht.«

Er hatte also mit Dorothy gesprochen. Es beeindruckte mich, dass er vielleicht doch einmal ein bedeutungsvolles Gespräch mit seiner Mutter geführt hatte. Das hatte sie bestimmt gefreut, und so war es immerhin für etwas gut gewesen. Es überraschte mich auch, dass – so jedenfalls sah es aus – Dorothy dafür argumentiert hatte, dass wir zusammenblieben.

»Aber wir müssen das nicht, wenn wir nicht wollen«, sagte ich. »Willst du es wirklich? Wie viele Höhen hat es in den letzten paar Jahren gegeben und wie viele Tiefen?«

Joe sah mich an. »Ich will nicht, dass wir nichts mehr miteinander zu tun haben«, sagte er.

»Das muss ja auch nicht sein. Wir werden immer in Kontakt bleiben. Aber wir können einander freigeben.«

»Wann hat das angefangen, dass du so fühlst?«, fragte er.

Ich sah den Fünfundzwanzigjährigen vor mir, den ich vor neun Jahren bei einer Party kennengelernt hatte, witzig und voller Ideen, eine Zigarette im Mund. Ich dachte daran, wie ich mir, als ich ihn sah, sagte: *Wir beide könnten ein Paar werden.* Er würde ein Partner sein, mit dem man etwas anfangen konnte, stellte ich mir vor. Ich dachte an seine warmen Hände, seine aufmerksame Art. Seine Neugier. Seine Geduld, von der am Ende nichts mehr übrig war. Wir hatten einander durch vieles begleitet.

Ich wusste, ich schuldete Joe eine Antwort, aber wann war mir denn bewusst geworden, dass unsere Liebe sich verändert hatte? An Weihnachten, als ich die Handcreme für seine Mutter einpackte? Als ich auf jenen Teststreifen pinkelte und den Weg sah, den mein Leben nehmen konnte? Oder schon vorher, als ich das erste Mal über Connies Schwelle trat? Am Strand mit meinem Vater? Oder war die Saat schon vor Jahren gelegt worden wie bei vielen Paaren, die töricht genug sind, zu glauben, dass alles immer gleich bleiben werde?

Ich hatte nicht genau gemerkt, dass meine Liebe angefangen hatte, sich zu verflüchtigen? Nein, das ist nicht ganz wahr. Es hatte sehr wohl Augenblicke gegeben, in denen ich einen schalen Geschmack wahrgenommen hatte. Das Gefühl von Gescheitertsein und Verzweiflung. Aber ich hatte mich um diese Wahrnehmungen nicht weiter gekümmert.

»Es gibt da eine Stelle in Connies erstem Roman«, sagte ich. »Nein, Joe, warte, verdreh nicht die Augen, sondern hör zu. Da sagt sie, es gibt dich, es gibt die geliebte Person, und es gibt die Beziehung, die Liebe. Und man muss sich um die Liebe kümmern, so wie man sich um sich selbst kümmern muss. Man darf nicht einfach erwarten, die Liebe würde sich selbst erhalten. Wir beide haben uns nicht gekümmert, Joey. Keiner von uns hat es gewollt. Und manchmal gibt es einfach keine Erklärung dafür.«

»Liebe ist keine Topfpflanze, Rose.«

»Sie ist etwas Lebendiges«, sagte ich.

Er sah mich an. »Nicht weinen«, sagte er. »Sonst muss ich auch weinen.«

»Ich denke, wir können ruhig weinen.«

Und das taten wir. Stumme Tränen, mein Geheimnis immer noch nicht aufgedeckt, an einem nassen Januartag. Keimende Trauer. Ein kleiner Abschied.

Meine Haut, meine Hände und Füße fühlten sich an wie elektrisch geladen. Es war kein Triumphgefühl, sondern mehr ein Gefühl von Freiheit. Warten und wünschen war immer der Zustand gewesen, der mir am natürlichsten war: sich nach etwas sehnen, statt den Mumm zu haben, es zu verwirklichen. Ich wusste nicht, wie lange es anhalten würde. Ich stieg an der Station Hampstead Heath aus und ging zu Connies Haus.

Als ich dort ankam, war ich in einigermaßen gefestigter Verfassung. Connie saß in ihrem Sessel im Wohnzimmer, vor sich eine bereits geöffnete Flasche Champagner sowie zwei Gläser. Ein nicht unvertrauter Anblick, und doch hatte die Situation etwas Besonderes: Connie strahlte mich an, und es lag Feierstimmung in der Luft. Ich war ein bisschen durcheinander, als hätte ich mich in der Tür geirrt.

»Hi, Con«, sagte ich.

»Da sind Sie endlich!«, rief sie. »Gute Nachrichten!«

»Bitte?« Einen verrückten Moment lang dachte ich, sie hätte irgendwie erraten, was mit mir los war.

»Deborah hat angerufen. Sie hat doch, als sie hier war, von einer Verlagsfrau geredet, erinnern Sie sich?«

»Von dieser Lektorin?«

»Ja, Georgina. Von Griffin Books. Deb hatte sich dafür entschieden, sich gezielt an sie zu wenden, statt das Manuskript einfach allen möglichen Verlagen anzubieten. Und es hat funktioniert, Laura. Deb hat ihr *Die Launische* geschickt, und Georgina fand den Roman großartig. Sie will ein Angebot machen.«

»Oh, Connie!«

Sie stand auf, umarmte mich und drückte mich kurz. Als sie mich wieder losließ, leuchteten ihre Augen, und sie wirkte vierzig Jahre jünger. »Die puritanische Gespanntheit an der Küste von Massachusetts finde ein perfektes Gegengewicht in der anarchistischen Hexigkeit von Margaret, meint sie.«

»Hat sie tatsächlich ›Hexigkeit‹ gesagt?«

»So hat Deb sie zitiert«, sagte Connie. »Mir gefällt die Ausdrucksweise dieser Georgina. Wollen wir ein Glas trinken?«

»Für mich nicht, danke.«

Connie sah mich überrascht an. »Wirklich nicht? Schließlich haben wir doch erreicht, was wir uns gewünscht hatten, oder nicht?«

Wir. Das Pronomen leuchtete. »Doch, natürlich. Es ist toll. Ich freue mich auch von ganzem Herzen mit Ihnen. Es ist nur – zu früh für mich, um Alkohol zu trinken.«

»Es ist vier Uhr und schon *dunkel*«, erwiderte Connie. »Wir haben Januar. Und mein Buch ist so gut wie verkauft.«

»Ich weiß. Es ist großartig. Aber danke. Entschuldigen Sie, Connie, ich bin einfach erschöpft.«

»*Sie* sind erschöpft? In Ihrem Alter? Ich bin über siebzig.«

»Tut mir leid.«

Ich sah ihr an, dass sie enttäuscht war, aber sie überspielte es. »Macht nichts«, sagte sie. »Ich werde auch alleine mit der Flasche fertig werden.«

Ich ließ mich auf das Sofa sinken. »*Die Launische* wird ein toller Erfolg werden.«

»Na ja, das weiß ich nicht«, sagte Connie. »Aber schon allein die Tatsache, dass es jemanden gibt, den das, was ich schreibe, immer noch interessiert, eine Frau, die so jung ist, dass sie meine Tochter sein könnte – wissen Sie, Laura, das ist ein unbeschreibliches Gefühl. Ich bin einfach selig. Ich hatte nicht gedacht, dass mich das so glücklich machen würde. Ich dachte, es würde mich kaltlassen. Und jetzt – ist das nicht schrecklich? Ich bin außer mir vor Entzücken.«

Ich musste lachen. Ich hatte sie nie aufgekratzt gesehen. »Und ich habe Ihnen so viel zu verdanken«, sagte sie.

»Unsinn. Sie haben es geschrieben.«

»Aber Sie haben es mir so leicht gemacht, mit Ihrer Tipparbeit und all dem köstlichen Essen. Auch einfach mit Ihrer bloßen *Anwesenheit*. Der Himmel hat Sie geschickt, wirklich wahr.«

Ich schenkte ihr ein Glas Champagner ein, und sie erzählte, Griffin wolle das Buch diesen Sommer herausbringen, vorausgesetzt, man werde sich über den Vorschuss einig. Wenn der Vertrag unter Dach und Fach sei, werde sie noch das Lektorat hinter sich bringen müssen, aber Georgina habe bereits angekündigt, dass es da nur um kleinere Korrekturen gehe, sie habe nicht vor, viel an dem Text zu verändern. »Finden Sie das gut?«, fragte Connie. »Glauben Sie, sie hat Angst vor mir?«

»Sie ist Ihnen ja noch nie begegnet. Sie sollten ein Treffen arrangieren, damit Georgina Sie kennenlernt. Dann wird sie bestimmt Angst vor Ihnen haben.«

»Ich jage niemandem Angst ein«, sagte Connie. »Ich bin die reinste Miezekatze.«

Mir fiel ein, was Deborah mir an dem Abend, als sie zu Besuch hier war, gesagt hatte – dass Connie Journalisten nicht mochte, dass sie sich dagegen sperrte, interpretiert zu werden. »Haben Sie schon darüber nachgedacht, wie es sein wird, wieder im Licht der Öffentlichkeit zu stehen?«, fragte ich. »Mit Leuten über Ihre Arbeit zu sprechen – sind Sie dazu bereit? Sie werden Ihnen Fragen stellen. Warum Sie jahrelang nichts geschrieben haben – sie werden eine Erklärung haben wollen.«

Connie dachte kurz nach, dann sagte sie: »Ich werde sie auflaufen lassen.«

»Im Ernst, Connie, was werden Sie denen sagen?«

Sie stürzte ihren Champagner hinunter. »Na, dass ich eben nichts Schreibenswertes zu schreiben hatte. Das ist sogar wahr.«

»Aber warum jetzt? Warum haben Sie jetzt plötzlich wieder geschrieben?«

Connie drehte ruckartig den Kopf und sah mich an. »Warum fragen Sie mich das andauernd?«

Ich spürte, dass ich rot wurde. »Ich habe das nur zwei Mal gefragt.«

»Das ist mehr als genug.«

»Ich – denke einfach, Sie müssen darauf vorbereitet sein.«

»Also gut. Ich habe das Buch jetzt geschrieben, weil es sich richtig anfühlte. Und weil ich spürte, dass ich bereit war.«

»Bereit ... wozu?«

Connie fauchte genervt. »Herrgott! Ich verstehe nicht, warum ich mich so vor Ihnen rechtfertigen muss. Ist das ein Versuch, mich für Pressegespräche zu coachen? Kann das nicht warten?« Sie runzelte die Stirn. »Oder ist da etwas anderes?«

Ich schloss die Augen. »Nein, es ist alles gut.«

Sie schnaubte. »Kommen Sie, spucken Sie's aus.«

»Die Sache ist die, Con«, sagte ich. Ich schlug die Augen auf. Ich rang nervös die Hände. Ich konnte Connie nicht in die Augen schauen, aber ich konnte es einfach nicht länger für mich behalten. Ich musste es ihr sagen, ich brauchte sie. »Also, die Sache ist die: Ich war bei meiner Ärztin –«

Connie stellte ihr Glas ab. »O Gott, Laura, sind Sie krank?«

»Nein«, sagte ich. »Ich bin schwanger.«

Ich wagte es, zu ihr aufzublicken. Ihr Gesicht war im Schock erstarrt. Ich wartete, dass sie etwas sagte, vollkommen sicher, dass meine Zeit als Laura Brown in diesem Haus zu Ende war. Connie würde mich nicht länger hier dulden. Diese Mitteilung würde alles verändern. Das Verhältnis zwischen Laura und Connie würde implodieren, ich würde mich als Rose still und leise davonmachen, und die Geschichte meiner Mutter würde mir wieder durch die Finger rinnen.

1982

33

Elise sagte, sie wolle surfen gehen, und Connie fuhr sie nach Malibu. Sobald sie wieder weg war, luden Elise und Matt ihre Surfbretter auf sein Auto, angeblich, weil sie andere Strände ausprobieren wollten. In Wirklichkeit fuhren sie zu Motels entlang des Pacific Highway. Die Zimmer, die sie nahmen, unterschieden sich in Ausstattung und Qualität, sie wurden mal mit Sharas und mal mit Connies Geld bezahlt, aber sie dienten dem immergleichen Zweck: Elise versuchte darin, mit Hilfe von Matts Körper den Zorn auszutreiben, der in ihr tobte.

Connie hatte keine Ahnung davon, dass Elise mitbekommen hatte, was zwischen ihr und Barbara geschehen war, aber sie hatte angefangen, Bemerkungen über Elises Verhalten zu machen, sie fragte sie, warum sie so still oder so wütend war, warum sie andauernd surfen ging, warum sie nicht reden wollte. Elise konnte diese Verhöre nicht ertragen, sie wollte sich nicht dem Gespräch stellen, das sie auf sich zukommen sah. Lieber wollte sie davonlaufen, lieber wollte sie alles hinter sich lassen. Eine Woche nachdem sie zum ersten Mal miteinander geschlafen hatten, in dem Motelzimmer mit dem rosa Muschelschalenlicht, schlug Elise Matt vor, zusammen durchzubrennen.

»Durchbrennen?«, fragte er. »Aber wohin?« Als ob es nicht jede Menge fremder Länder gäbe, in die man fliegen konnte.

Elise schluckte ihren Ärger hinunter. Er kannte sich mit solchen Dingen eben nicht so gut aus wie sie. »Ich weiß nicht.« Sie legte sich zurück in das zerwühlte Bettzeug. »Mir wird schon was einfallen.«

»Wie wird das alles enden?«

»Kann es sein, dass du Angst hast?«

»Ich hab keine Angst«, sagte er. »Es geht nur alles ein bisschen zu schnell.«

»Was zwischen uns passiert, bestätigt nur etwas, was wir längst wussten, Matt. Es ist eine Art Bündnis. Wir haben einander gefunden, es ist ein Ausweg: So wie es ist, kann es nicht bleiben. Du sagst ja selbst immer, du hältst es in diesem Strandhaus nicht länger aus.«

»Ja, aber –«

»Und ich halte es in dem Bungalow nicht mehr aus.«

»Wieso?« Er setzte sich auf. »Glaubst du, Connie ahnt etwas?«

»Das ist es nicht«, sagte Elise. »Was wollen wir eigentlich? Uns treffen, mit unseren Surfbrettern losfahren unter dem Vorwand, wir suchten gute Wellen, und das immer so weiter, bis Shara uns irgendwann auf die Schliche kommt?«

Er dachte darüber nach, und einige Tage später machten sie es wahr: Sie packten ein paar kleine Koffer und fuhren mit seinem Wagen zum Flughafen. Im Fußraum lagen die leeren Coladosen herum, die Matt nie wegwarf, alle mit braunen Rändern an den Öffnungen von dem letzten Rest Flüssigkeit, der getrocknet war. Sie fuhren auf demselben Highway, auf dem sie vier Monate zuvor gekommen war, nur jetzt in umgekehrter Richtung, und Elise rollte mit dem nackten

Fuß die Dosen hin und her, während sie durch das Seitenfenster hinausschaute. Die Welt war da, ganz nahe, aber jedes Mal, wenn Elise die Hand danach ausstreckte, bekam sie nicht, was sie wollte. Sie dachte zurück an Connie mit ihrer Sonnenbrille, wie entzückt sie gewesen war. An Connie, die diese Reise unbedingt hatte machen wollen.

Erst als sie am Flughafen ankamen und den Wagen auf dem Langzeitparkplatz abstellten, entschied Elise sich für Mexico City, für ein Land, das ganz anders war als die USA, aber nur wenige Flugstunden entfernt. Matt war einverstanden, und Elise war froh, dass er zu ihren großen Ideen ja sagte. Dass sie es war, die so bedeutende Dinge entschied, war eine neue Erfahrung. Sie würde eine Grenze überschreiten, sie empfand ein gesteigertes Maß an Ablösung, und beides passte gut zu ihrem Gefühl, ein Fisch außerhalb des Wassers in ihrem eigenen Element zu sein.

»Hast du eine Nachricht für Shara hinterlassen?«, fragte sie Matt, als sie sich in die Schlange vor dem Schalter von Aeromexico einreihten.

»Ja.«

»Was steht da drin?«

»Dass ich das dringende Bedürfnis habe, eine Weile allein zu sein.«

»Eine Weile? Ist das alles? Du hättest schreiben sollen, dass du zusammen mit mir weg bist. Wie soll Connie sonst wissen, wo ich bin.«

»Das wissen sie auch so, Elise.«

»Connie schläft mit Barbara«, sagte sie.

Die Frau, die vor ihnen in der Schlange stand, drehte sich um, und sah sie entsetzt an. Aber Elises Miene blieb ganz neutral. Sie starrte die Frau unbeeindruckt an, bis diese wegschaute.

»Was sagst du?«, fragte Matt.

»Du hast es gehört. Con und Barb.«

»Und wie lange geht das schon so?«

»Weiß ich nicht. Eine ganze Weile.«

»Alles okay mit dir?«

»Ja, klar.«

Als sie an die Reihe kamen, kaufte Matt zwei Rückflugtickets. Diese Entscheidung hatte etwas deprimierend Ernüchterndes, aber Elise schaffte es, ihre Zunge im Zaum zu halten, schließlich kam es jetzt erst einmal darauf an, von hier wegzukommen. Sie nahm an, dass Matt das Ganze als eine Art Urlaub betrachtete, als ein schwarzes Loch in der Zeit. Aber wenn er auch nicht imstande war, die Tragweite dessen, was sie da taten, zu fassen, sie jedenfalls konnte es. Sie wusste, dass sie nie wieder einen Fuß auf den Boden von L.A. setzen würde.

Im Flugzeug machte ihr die Illusion, sie trotzten der Schwerkraft, die Sache leichter. Elise kam es vor wie ein Wunder: Sie hatte es hierhergeschafft, so schrecklich verfahren auch alles war, und schließlich war ja keiner dabei umgekommen! Sie und Matt hatten einander genau zur rechten Zeit gefunden. Er war nicht vollkommen, aber er hatte sie von hier weggebracht, das immerhin. Er betete ihren Körper an, und sie wusste jetzt – Connie hatte es ihr in aller Brutalität bestätigt –, dass niemand vollkommen war.

Matt schien sich auch zu entspannen, als hätte er nichts weiter gebraucht, als den Boden unter seinen Füßen verschwinden zu sehen, um wieder zu sich selbst zu finden. Er hielt ihre Hand, drückte sie, und sie tauschten verschwörerische Blicke.

Nach der Landung in Mexico City fuhren sie mit dem Taxi zu einer Straße mit lauter Hotels ganz in der Nähe des Zócalo und nahmen sich ein Zimmer. Elise lag in ihrem kleinen sauberen Bett, neben ihr die schlafende Gestalt von Matt, und fragte sich, was wohl Connie gerade machte. Wie lange würde es dauern, bis Connie kapierte, dass sie weg war? Sie phantasierte, wie Connie bei ihrer Suche nach ihr unter Tische und Stühle guckte, als spielten sie Verstecken. Sie phantasierte, dass Connie sich Sorgen machte und unter heftigen Schuldgefühlen litt. Das verschaffte ihr eine freudlose, bösartige Befriedigung.

Matt an ihrer Seite wälzte sich unruhig im Schlaf. Elise fragte sich, wie stark ihn Gedanken an Shara beschäftigen mochten. Die Nachricht, die er geschrieben hatte, klang ziemlich blutleer, und dann war da ja auch noch das Sicherheitsnetz des Rückflugtickets. Es beunruhigte Elise, dass sie nicht restlos alles, was vor diesem Neuanfang gewesen war, auslöschen konnte, aber sie sagte sich, dass es im Lauf der Zeit von selbst verschwinden würde. Sie bemühte sich, nicht an Shara in ihrem Atelier zu denken und an das schöne Bild, das Shara mit so viel Konzentration und Bedacht gemalt hatte. Auch nicht daran, wie Shara ihr gesagt hatte, wenn sie je schwanger würde, sollte sie das Kind behalten.

Am nächsten Morgen schlug Matt vor, sie könnten zum Nationalpalast gehen.

»Nein«, sagte sie, »lass uns ins Anthropologische Museum gehen, das ist viel interessanter.«

»Okay«, sagte er, und sie spürte wieder diese Lust daran, dass sie Gehorsam fand. »Wahrscheinlich hast du recht.«

Sie standen lange vor der riesigen aztekischen Steinscheibe, die man im achtzehnten Jahrhundert bei Reparaturarbeiten an der Kathedrale im Boden gefunden hatte.

»Stell dir vor, man ist auf der Suche nach Gott, und dann entdeckt man das!«, sagte Matt staunend.

Es war ein monumentales Werk. In der Mitte des Steins war der Sonnengott Tonatiuh abgebildet, der zwei menschliche Herzen in seinen Klauenhänden hielt; seine Zunge hatte die Form eines Messers. Um die Gottheit herum waren vier Rechtecke mit Reliefbildern angeordnet, die verschiedene Zeitalter der aztekischen Mythologie darstellten. Elise las auf der Informationstafel:

Das Rechteck unten rechts steht für die Ära Nahui Atl,
die endete, als die Welt überflutet wurde
und alle Menschen sich in Fische verwandelten.

Es klang wie ein Gedicht. Elise stellte sich vor, sie gehöre zu einem Volk, das die Zeit in Epochen einteilt, die des Jaguars, des Wassers, des Regens und des Windes. Sie stellte sich vor, sie glaubte an einen Sonnengott, der ihr und Matts Herz in seinen Krallen hielt, das Messer bereit zum Opfer. Sie verstand die Warnung, die dieser Stein enthielt: dass Opfer gefordert wurden, wie klein der einzelne Mensch war im Vergleich mit dem Universum. Sie dachte, sie könnte in diesem Land leben, zu dessen historischem Erbe solche spirituellen Überzeugungen gehörten, wo immer noch solche Schätze aus der Erde gegraben wurden, wo man, wenn das Schicksal es so wollte, tatsächlich in einen Fisch verwandelt wurde. Und selbst wenn sie es nicht könnte, war es ihr doch viel sympathischer als Los Angeles.

In der Nacht drang durch die Fenster das lustvolle Stöhnen einer Frau, aber es war nicht festzustellen, woher es kam, es gab ja so viele Wohnungen rund um den Hinterhof, und sie waren alle gleich mit ihren Balkonen und Wäscheleinen. Elise und Matt mussten lachen, als sie das Geräusch hörten, das so fern und vertraut zugleich war. Sie konnten nicht anders als lauschen. Es erinnerte sie an die gegenseitige Anziehung, die sie beide verband, und Matt umschlang Elise, drang von hinten ganz tief in sie ein, und Elise, das Gesicht zum Fenster gerichtet, ließ ihrer Lust freien Lauf. Die Fenster, ob sie offen oder geschlossen sein mochten, hörten auf zu existieren.

Sie blieben nicht lange in der Stadt, weil das Leben dort zu teuer war und Matt an einen Strand wollte. Er kaufte wieder Flugtickets; Elise war dabei, als er die Geldscheine über den Tresen schob. Sie flogen auf die Halbinsel Yucatán, und als sie das Wasser sah, das leuchtete wie Smaragd, dachte sie, hier könnte sie auch leben. Der Sand war wie Zucker, und das, was zwischen ihnen in diesem neuen Land aufblühte, unterhöhlte ihr Verantwortungsgefühl. Matt sprang voll bekleidet ins Meer. Elise überlegte, ob sie das Rückflugticket in tausend Fetzen zerreißen sollte. Sie fragte sich, ob er es überhaupt merken würde.

Sie wusste, dass sie ihren Tagen eine feste Form geben mussten, sonst würde er nicht hierbleiben.

»Wir könnten eine Wohnung mieten«, sagte sie. »Das ist billiger, als im Hotel zu wohnen.«

Er war einverstanden, und so mieteten sie eine Wohnung, erst einmal nur für vierzehn Tage. Sie hatten einige Bedenken, denn zwar waren die Fußböden schön gefliest, aber es gab keine Klimaanlage und nicht einmal Ventilatoren. Ihre Befürchtungen erwiesen sich als nur allzu berechtigt. Die Hitze in der Wohnung und außerhalb war unerträglich. Es gab keine kühlen Nächte oder Morgenstunden, in denen man ein bisschen ungestörten Schlaf hätte finden können. Die Wohnung lag im obersten Stockwerk eines Eckhauses, und die hinteren Räume gingen auf einen Hinterhof hinaus, der auf allen Seiten schachtartig von den Rückseiten anderer Wohnungen umgeben war. Um sie herum unzählige Fenster, die wie ihre eigenen immer offen standen, davor Wäscheleinen, das rostige Blechdach der Garagen im Hof übersät mit Socken, die heruntergefallen waren. Knattern von Mopeds vorne und Geschrei spielender Kinder hinten waren die einzigen Geräusche, die man tagsüber hörte. Sie sahen nie deutlich ein Gesicht, nur Gestalten, die sich von einem Zimmer ins nächste bewegten, an einem Tisch aßen, fernsahen, duschten.

Sie saßen in Unterwäsche herum, spielten endlos Karten, aßen Eis am Stiel in sonderbaren Geschmacksrichtungen, das Straßenhändler anboten. Elise kaufte sich einen altmodischen Flamencofächer, um sich Kühlung zuzufächeln. Ihre Oberschenkel klebten so fest an den Plastikstühlen, dass es wehtat, wenn sie sich losrissen, weil es Zeit war, wieder ein Eis am Stiel zu holen. Es fiel ihnen schwer, sich zu irgendeiner Aktivität aufzuraffen.

Manchmal stellte Elise sich vor, sie und Matt hätten irgendein Verbrechen begangen, das sie früher oder später einholen würde. Das alles fühlte sich an, als wäre es unausweichlich. Es war so einfach gewesen. Sie hatten nur in ein Auto einsteigen und losfahren müssen. Shara begehrte ihn nicht. Connie ging mit Barbara ins Bett. Sie hatten gut daran getan, sich davonzumachen. *Das ist das einzig Richtige.*

Wegen der Hitze schlief Elise schlecht, und sie hatte mehrmals denselben Traum: Ein Mädchen befand sich in einem Haus, als das Dach einstürzte. Das Mädchen kletterte durch das Gewirr der Balken auf eine Anzahl von Gezeitentümpeln zu. Am Morgen erzählte Elise Matt davon: Es war ihr im Traum nicht im Mindesten unstimmig erschienen, dass ein Strand sich auf derselben Ebene befinden sollte wie ein Dachstuhl. Sie sah im Geist immer noch, wie das Licht golden auf dem Wasser der Tümpel glitzerte, das Meer so weit zurückgezogen, dass ein breiter Streifen schimmernder Sand bloßlag. Matt hörte aufmerksam zu, während Elise, den Kopf in seine Armbeuge geschmiegt, so redete. Sie genoss es, dass er so lauschte, dass er das alles bedeutsam fand, aber keine Interpretation anbot. Sie musste daran denken, dass Connie sicher ihre Geschichte sofort an sich gerissen und weitergesponnen hätte, und sie spürte einen Stich im Magen.

Nach zwei Wochen in der Wohnung sagte Matt, er sei dafür, den Mietvertrag zu verlängern, aber er glaube, er sollte Shara anrufen.

»Okay«, sagte Elise, »mach das.«

»Es wird schrecklich werden.«

»Nicht unbedingt. Vielleicht wird sie es verstehen.«

Sie hatten kein Telefon in der Wohnung, darum ging er, eine Handvoll Pesos in der Tasche, zu einer Telefonzelle. Elise wartete draußen, an eine Mauer gelehnt. Sie trug immer noch das Halskettchen, das Connie ihr geschenkt hatte. Sie spielte damit, zupfte daran, sodass das Kettchen in ihren Hals schnitt. Sie spitzte die ganze Zeit die Ohren, bekam aber nicht viel davon mit, was Matt in der Zelle redete. Ein streunender Hund kam her und rollte sich vor ihr zusammen, aber sie streichelte ihn nicht aus Angst vor Tollwut. Matt redete in normaler Lautstärke; die ganze Szene war in keiner Weise auffällig: Ein Mann in einer Telefonzelle, der einen dringenden Anruf erledigte, eine Frau, die geduldig draußen wartete, offenbar eine Touristin, die den einheimischen Hunden nicht traute.

Matt legte auf und öffnete die Tür. »Hat sie gefragt, wo du bist?«, fragte Elise.

»Ja.«

»Hast du es ihr gesagt?«

»So ungefähr.«

»So ungefähr?«

»Ich sagte, ich bin am Strand in Mexiko. Aber sie wird wissen, dass es Yucatán ist.«

»Wieso?«

Matt sah sie verlegen an. »Wir ... wir waren schon mal hier.«

»Davon hast du mir nichts erzählt.«

»Und du hast mir das von Connie und Barbara nicht erzählt.«

Elise ging nicht darauf ein. »Wie war sie drauf?«

»Es war nicht so schlimm, wie ich dachte«, sagte Matt. »Sie hat ziemlich nüchtern geklungen. Ich glaube nicht, dass sie mich zurückhaben will.«

Elise sah ihm an, dass ihn das kränkte. Offensichtlich hatte er nicht damit gerechnet. Am liebsten hätte sie ihn geschlagen. »Es gibt etwas, das du wissen musst«, sagte sie. »Ich glaube, ich bin schwanger.«

Matt starrte sie an. »Was?«

»Ich glaube, ich bin schwanger. Meine Periode ist überfällig.«

»Wie lange?«

Elise stieß sich von der Mauer ab und ging los. Matt hastete hinter ihr her, und auch der streunende Hund rappelte sich auf und lief eine kurze Strecke mit, bevor er sich in den Schatten verzog. »Seit gestern.«

»Erst seit gestern? Das ist nicht –«

»Bei mir läuft das sonst wie ein Uhrwerk.«

Matt wirkte geradezu panisch. Plötzlich fiel es ihr wie Schuppen von den Augen. »Warte doch erst mal ab«, sagte er. »Vielleicht kommt das nur von dem ganzen Stress –«

Sie blieb unvermittelt stehen. »Okay. Glaub du, was du willst. Aber ich *weiß* es.«

Er blickte Elise an, als sähe er sie zum ersten Mal.

In der Wohnung nahm er seine Badehose von dem einzigen Stuhl am Esstisch und sagte, er gehe an den Strand, um ein bisschen zu schwimmen. Elise legte sich aufs Bett. Sie wusste, dass ihre Periode ausbleiben würde, sie wusste, dass sie schwanger war, und sie wusste, dass Matt das Wasser, das er zum Leben brauchte, mehr begehrte als irgendeine Frau.

34

Einen Monat später machte Elise einen Strandspaziergang. Sie schritt über die Membranen toter Quallen hinweg, beugte sich gelegentlich hinunter, um sich große fächerförmige Stücke Tang genauer anzusehen, in elegante Formen geschliffenes Treibholz, Krabbenpanzer, die zwischen ihren Fingern so leicht zerbrachen wie Eierschalen. Sie blickte auf, und da kam Connie auf sie zu, als stiege sie aus dem Meer, ihrem angestammten Element, an Land.

Connie blieb stehen. Die beiden Frauen starrten einander an. Der Himmel über ihnen war dunkelblau wie der Rücken eines Wals und tiefgrün, am Horizont gesäumt mit tiefhängenden dicken grauen Wolken. In einer Reflexbewegung legte Elise ihren Arm quer über ihren Bauch. Ein Gewitter war im Anzug, und Elise wusste, dass es sinnlos war, wegzulaufen. Der Strand erstreckte sich endlos weit in beide Richtungen, und sie war barfuß, weswegen sie nicht durch das wilde Gestrüpp auf der Rückseite des Strands flüchten konnte.

»Was denkst du dir dabei?«, fragte Connie.

Es klang beinahe klagend, aber ihr Gesicht ließ keinen Zweifel daran, dass sie zornig war. Elise fühlte, wie ihr Herz, das sich, von ihr unbemerkt, einen winzigen Spalt weit geöffnet hatte, wieder schloss.

»Was meinst du damit?« Elises Blick fiel auf eine Qualle, die auf den Sand gespült worden war. Sie war versucht, sie aufzuheben und auf Connie zu schleudern. Sie fragte sich, ob das Gift des Tiers auch ihr selbst die Haut verbrennen würde.

»Er ist *verheiratet*«, sagte Connie.

»Wie wär's mit: *Hallo, Elise?*«

»Hast du eine Ahnung, wie krank Shara ist?«

»Krank?«

»Ihre Depression ist wieder da. Sie liegt die ganze Zeit im Bett –«

»Dafür bin nicht ich verantwortlich«, sagte Elise.

»Oh, ich könnte dir eine runterhauen. Wir haben euch überall gesucht.«

»Verschwinde einfach, Connie.«

Aber Connie dachte gar nicht daran. »Warum hast du das getan?«

»Es war nicht meine Absicht, Shara wehzutun. Das mit Matt und mir – das ist nicht so einfach zu erklären.«

Connie zischte empört und stampfte mit dem Fuß auf den Sand. *»O ja, klar.«*

»Weißt du was, Con? Du bist die schlimmste Heuchlerin, der ich je begegnet bin. Du spürst mich hier auf, um mir eine Moralpredigt zu halten, dabei hast du –« Elise brach ab. Wenn sie es aussprach, wurde es endgültig wahr.

»Was habe ich?«

»Du hast mit Barbara geschlafen. Monatelang ging das so.«

Connie starrte Elise an. »Wovon redest du?«

»Ach, hör doch auf. Ich hab euch *gesehen*.«

»Was?«

»Bei meiner Geburtstagsparty.«

»Elise, da warst du doch gar nicht mehr bei Verstand.«

»Ich habe euch gesehen. Euch beide, am Pool, nachdem alle anderen gegangen waren. Ich habe gehört, was ihr geredet habt.«

»Und darum bist du jetzt hier?«, rief Connie. Elise hatte sie noch nie so wütend gesehen. »An diesem gottverlassenen Strand? Mit *Matt Simmons*? Diese ganze zum Himmel schreiende Dummheit nur, weil du glaubst, ich wäre mit Barbara im Bett gewesen?«

»Ich hatte dir vertraut«, sagte Elise und begann zu schluchzen. Es machte sie rasend, dass sie schwach war, aber sie konnte nichts dagegen tun.

»Ich weiß nicht, was du glaubst, gesehen zu haben, aber ich schlafe todsicher nicht mit Barbara. Seit du verschwunden bist –«

»Ich hab dich gesehen, Connie. Ich hab dich gesehen.«

Connie drehte sich frustriert um, stapfte zum Wasser und starrte aufs Meer hinaus.

»Gib es doch einfach zu«, sagte Elise.

»Ich hab nichts getan«, schrie Connie.

»Ich habe gehört, wie sie gefragt hat: ›Begehrst du sie, Connie?‹, und du hast geantwortet: ›Nein.‹«

Connie wurde bleich. »Das würde ich nie sagen.«

»Tu mir das nicht an.« Elise spürte Verzweiflung in sich aufsteigen. »Es ist nicht fair. Gib es einfach zu.«

Connie drehte sich immer noch nicht um. »Es ist nur dieses eine Mal passiert. Okay?«

Connie brach in Tränen aus. Erleichterung, weil Connie ihren Verrat gestanden hatte, strömte durch

Elises Körper. Sie sank auf die Knie, in den weichen, nachgiebigen Sand. »Es war nicht nur dieses eine Mal«, sagte sie. »Du hast schon wieder gelogen.«

Connie drehte sich um. Sie wischte sich übers Gesicht und ging dann zurück zu Elise, die im Sand kniete. »Ein einziges Mal.«

Sie blickten einander an. Elise wusste nicht, was sie sagen sollte. »Du trägst immer noch das Kettchen«, sagte Connie.

Elises Hand hob sich zu dem Anhänger. »Ich merke gar nicht mehr, dass es da ist.«

»Es sieht schön aus«, sagte Connie.

»Es ist nur ein Kettchen.«

Connie zögerte. »Diese Sache mit Barbara ... das war dumm von mir. Es hat nichts zu bedeuten. Es war nur ein schwacher Moment. Solche Dinge ... passieren, El. Ein Ausrutscher. L.A. macht einen ganz verrückt. Und Barbara hat eben jemanden gebraucht.«

»Ich habe jemanden gebraucht. Ich habe dich gebraucht.«

»Ich weiß. Es tut mir leid. Ich will nur ... ich will dir nur erklären, was passiert ist. Die Sache mit ihrem Ex war echt der Horror. Ich versuchte sie zu trösten, und bevor ich es richtig merkte ... Ich muss verrückt gewesen sein.«

»Und was ist mit mir, Con? Was ist mit mir? Ich bin mit dir von London weg um die halbe Welt –«

»Du bist jetzt in Mexiko, mit dem Mann meiner besten Freundin. Ihr habt uns verlassen, Elise.«

»Du liebst mich nicht. Du begehrst mich nicht. Und Matt und Shara lieben einander auch nicht mehr.«

»Was weißt du von Sharas Gefühlen?«, sagte Connie. »Meinst du, alles ist vorbei, bloß weil sie nicht miteinander schlafen?«

Elise stand auf und wischte sich den Sand von den Knien. »Ich kann sie verstehen.«

»Ach ja, Shara hat es gut. Bitter ist nur, dass niemand *dich* versteht, nicht?«

»Ich glaube, wir wissen beide, was passiert ist. Ich muss dieses Gespräch mit dir nicht führen.«

»Trotzdem tust du es«, sagte Connie.

Elise blickte hinaus zum Horizont. »Glaub ja nicht, mein Leben wäre so eine unappetitliche, aber letztlich ganz unwichtige Angelegenheit, die du einfach kaputtmachen kannst. Wie kannst du nach dem, was mit Barbara war, glauben, *ich* hätte mit *dir* gebrochen und nicht *du* zuerst mit *mir*?«

Connie schloss die Augen. »Bitte. Es wird nicht wieder passieren. Komm zurück nach L.A.«

»Ich gehe nie dahin zurück. Niemals.«

Jetzt fiel Connie auf die Knie. Sie umschlang Elises Beine, aber Elise stand ganz starr und gab nicht nach. »Es tut mir so leid«, sagte Connie. »Es war rücksichtslos von mir. Aber ich wollte dir nie wehtun.«

Connies Umarmung fühlte sich zu vertrauensvoll an, darum schüttelte Elise sie ab. »Wir können nicht zurück. Du hast mich hintergangen.«

»Bitte –«

»Nein. Du verstehst es nicht.« Elise griff sich instinktiv an ihren Bauch. Connie kniete immer noch im Sand und blickte zu ihr auf. »Ich *kann* nicht zurück.«

Connie starrte auf Elises Hände. »Bist du – ist er –«

Elise nickte.

Connie setzte sich hin. Ihr ganzer Körper war wie gelähmt, in ihrem Gesicht stand blankes Entsetzen geschrieben. »Im Ernst?«

»Ja.«

»So blöd kann man doch gar nicht sein«, sagte Connie. »Mein Gott, du *willst* alles kaputtmachen, du *genießt* es.«

»Connie, das muss nicht –«

»Nein, Elise. Was ist hier passiert? Ich verstehe es einfach nicht. Du willst es doch wohl nicht *behalten*, oder?«

»Doch.«

»Glaubst du im Ernst, das ist klug? Wie egoistisch bist du eigentlich?«

»Ich bin nicht egoistisch.«

»O doch, das bist du. Und naiv noch dazu. Du kannst ja kaum für dich selbst sorgen, geschweige denn –«

Elise rannte davon. Sie hielt es nicht mehr aus. Die Wahrheit dessen, was in ihr wuchs, verlieh ihr die nötige Kraft, und das Versprechen – das verrückte Versprechen, das sie Shara gegeben hatte – ging ihr die ganze Zeit im Kopf herum.

Wenn ich je schwanger werde, werde ich das Kind behalten.

2018

35

Connie lehnte sich in ihrem Sessel zurück. »Ein Baby«, sagte sie.

Ich versuchte es mit Humor. »Na, ich hoffe doch, dass es ein Baby ist«, sagte ich.

Connie beugte sich vor und schenkte sich Champagner ein, erst nur einen Schluck, aber dann goss sie weiter, bis das Glas voll war. Ihre Hand zitterte, aber ich wusste, dass sie meine Hilfe nicht wollte. »Haben Sie Angst?«, fragte sie.

»Angst davor, es zu behalten, oder davor, es … wegmachen zu lassen?«

Unsicher stellte sie die Flasche ab. »Sie wollen es wegmachen lassen?«

»Das habe ich nicht gesagt. Ich weiß es nicht, Con. Ich weiß nicht, was ich tun werde. Ich komme gerade von einer Aussprache mit Joe. Es ist vorbei.«

»Oh, verdammt. Wie geht es Ihnen?«

»Ganz okay«, sagte ich. Tatsächlich fühlte ich mich nicht allzu schlecht – nicht zuletzt deswegen, weil ich vor allem *Überraschung* fühlte angesichts der Tatsache, dass ich so leichten Schritts aus diesem Gebäude herausspaziert war, nachdem ich monatelang vergeblich einen Ausgang gesucht hatte.

Connie wirkte ernst und abwesend. »Geht es *Ihnen* einigermaßen gut?«, fragte ich. »Ich weiß, es ist nicht ideal, und ich hatte auch nie die Absicht –«

»Ziehen Sie das Kind hier auf«, sagte sie.

»Was?«

»Sie könnten zusammen mit ihm hier leben.«

»Connie, seien Sie vernünftig. Das geht doch nicht.«

»Wieso nicht? Was ist daran unvernünftig? Ich habe genügend Platz hier. Ich möchte nicht, dass Sie aufhören, für mich zu arbeiten, nur weil Sie nicht mehr mit dem Mann, der Sie geschwängert hat, zusammen sein wollen.«

»Das ist eine freundliche Art, es auszudrücken.«

Sie musterte mich mit schmal verkniffenen Augen. »Weiß Joe es?«

»Nein.«

»Laura«, sagte sie sanft, »wollen Sie denn Mutter werden?«

»Ich glaube nicht, dass ich eine sehr gute wäre.«

»Das habe ich nicht gefragt.«

Ich seufzte. »Ich weiß es nicht. Ich will nicht mit Joe zusammen sein, also wäre ich allein. Aber was ist, wenn er sich einmischt? Dass das ausgerechnet jetzt passieren musste! Und ich habe gerade angefangen, zu –«

»Sie wären nicht allein«, sagte Connie. Sie zögerte. »Sie hätten mich.«

Wir sahen einander an. Ich wäre ihr gern um den Hals gefallen, um ihr zu danken dafür, dass sie so freundlich zu mir war, so verständnisvoll, so wunderbar. Ich hatte gedacht, sie würde mich vor die Tür setzen, als wäre ich ein gefallenes Mädchen und sie meine sittenstrenge Vermieterin, eine Szene wie in einem dieser Groschenromane. Stattdessen schien Connie geradezu versessen darauf – ja, worauf eigentlich? Ich wusste es nicht so genau, aber jedenfalls war sie eisern entschlossen, mir Rückhalt zu geben. Das alles machte meine Schuldgefühle bei dem Gedanken daran, dass ich ihr lauter Lügen – über mich, über meine Absichten, über Joe – erzählt hatte, nur noch schlimmer.

»Haben Sie denn … Erfahrung mit Babys?«, fragte ich.

Connie lachte. »Nicht viel. Ich bin in meinem ganzen Leben allenfalls mit einem oder zweien in Berührung gekommen, und das ist lange her.« Sie wurde ernst. »Aber es geht hier ja nicht allein um ein Baby. So ein Baby wird ein Kind und dann ein Teenager, ein junger Mensch mit eigenen Wünschen und Zielen. Und dann vollends eigenständig erwachsen. Ich kenne mich mit Babys nicht besonders gut aus, aber mit Erwachsenen schon, ob sie nun wirklich eigenständig sind oder nicht.«

Ich weiß selber nicht, wie es zuging, aber jedenfalls sah ich mich meine Hand auf ihre legen und sie eine Weile halten. Es war eine ungewohnte Situation, und es überraschte mich, wie warm ihre Haut sich anfühlte. Sie nahm meine Hand und versuchte sie zu drücken, aber ihre Finger hatten nur wenig Kraft.

»Wofür Sie sich auch entscheiden mögen, Laura – Sie sind immer hier zu Hause«, sagte sie.

»Danke.« Meine Stimme war so leise, dass sie kaum zu hören war. Nie und nimmer hätte ich mir das vorstellen können: dass ich in Connie Holdens Wohnzimmer ihre Hand halten und sie mir anbieten würde, mich und ein ungeborenes Kind bei sich aufzunehmen.

Connie blickte auf, fast ein bisschen verschämt, und sagte: »Sie wären eine gute Mutter.«

»Ich selber hätte gar keine Vergleichsmöglichkeit«, sagte ich.

»Was meinen Sie damit?«

Ich schaute ihr in die Augen. Für mein Gefühl war der Zeitpunkt, es auszusprechen, endlich genau richtig. »Ich habe meine Mutter nie kennengelernt«, sagte ich.

Connie starrte mich an, dann runzelte sie die Stirn. »Was?«

»Sie ist verschwunden, als ich ein Baby war.«

Sie riss die Augen weit auf. »Mein Gott, Laura, das tut mir leid.«

»Darum glaube ich, ich weiß gar nicht so richtig, was alles zum Muttersein dazugehört.«

Connie starrte immer noch. »Aber was ist mit Ihrem Vater?«

»Er hat mich allein aufgezogen.«

Sie fasste sich wieder, ihr nach unten gezogener Mund schien das Gewicht meiner Worte wegstoßen zu wollen. »Er hat seine Sache gut gemacht, Laura. Orientieren Sie sich einfach an seinem Beispiel.«

Ich hätte laut lachen mögen. Es war mir so unglaublich leichtgefallen, ihr die Wahrheit zu sagen. Natürlich war es nicht die ganze Wahrheit, aber ich hatte einen Anfang gemacht. Connie wusste jetzt noch nicht alles, aber doch etwas Wesentliches. Sie wirkte nachdenklich, ich sah ihr an, dass ich ihre Neugier geweckt hatte. Vielleicht würde von nun an sie diejenige sein, die Fragen stellte, und ich würde entscheiden, wann ich welche Wahrheit preisgab.

»Con, darf ich Sie etwas fragen?« Ich ließ ihre Hand nicht los. »Ich weiß, Sie haben Fragen nicht gern.«

Sie lächelte. »Einer Schwangeren zuliebe will ich mal eine Ausnahme machen.«

»Es steht Ihnen natürlich frei, mir zu antworten, dass mich das nichts angeht, aber: Gibt es einen besonderen Grund dafür, dass Sie keine Kinder haben?«

Ich bereute meine Frage sofort. Ihr ganzer Körper spannte sich, es war, als ginge ein Frosthauch über sie hinweg. Sie saß kerzengerade da, ihre Hand fasste wieder das Champagnerglas. »Tja«, sagte sie, »das ist ein ganz schöner Brocken von einer Frage.«

»Es tut mir leid, dass –«

Connie ging nicht darauf ein. »Unter anderem«, sagte sie, »spielte meine Abneigung, Sex mit Männern zu haben, eine Rolle. Wir hatten ja nicht all die verschiedenen Möglichkeiten, die es heutzutage gibt. Entweder meine Partnerin oder ich hätte mit einem Mann schlafen müssen, anders wäre es nicht zu machen gewesen, nehme ich an.« Sie verzog das Gesicht und starrte in den leeren Kamin. »Wir hätten nie die Genehmigung bekommen, ein Kind zu adoptieren.«

»Wollten Sie und Ihre Partnerin denn Kinder?«

Connie drehte das Glas ungelenk in der Hand. Ich dachte schon, sie würde den Rest Champagner, der noch darin war, verschütten, aber sie stellte das Glas wieder auf den Tisch. »Die meiste Zeit eher nicht«, sagte sie. »Ich habe in meinem Leben nur ein, zwei Kinder kennengelernt, die mich fast dazu gebracht hätten, meine Meinung zu ändern.« Sie verstummte und blickte lächelnd auf den Teppich hinab, als säße da ein Kind. »Aber im Großen und Ganzen bin ich ein Mensch, der tut, was er tun muss, und sich möglichst wenig auf andere Leute einlässt. Wenn Sie sich Sorgen machen, Sie wären vielleicht eine schlechte Mutter, so kann ich nur sagen, dass ich die Kandidatin für diesen Titel bin, nicht Sie. Andererseits ist es auch wieder so, dass es bei all dem Getue und Getüttel, das man heutzutage veranstaltet, ein wahres Wunder ist, wenn Kinder nicht ihr Leben lang Fünfjährige bleiben. Vielleicht wäre die Vernachlässigung, die ein Kind bei mir erfahren hätte, ganz segensreich gewesen. Aber es stimmt natürlich: Ich bin alles andere als fürsorglich. Ich kann und will mich nicht anpassen.« Sie lehnte sich zurück, die Hände im Schoß. »Ich habe zu lange dafür gekämpft, die Frau zu sein, die ich sein wollte, um das aufzugeben und meine Autonomie zu opfern.«

Ich setzte mich auch: Ich ließ mich auf dem Sofa zurücksinken und schloss erschöpft die Augen.

36

Kel sagte sofort freudig zu, als ich einen Spaziergang in Hampstead Heath vorschlug. *Ich brauche unbedingt Bewegung*, schrieb sie. *Ich glaube, ich bin achtzehn Tage lang nicht mehr vor die Tür gegangen.*

Ich saß auf einer Bank, als ich sie in diesem typischen watschelnden Gang, den Schwangere haben, langsam den Parliament Hill hinaufkommen sah. Es war Ende Januar, und von London war in dem bleichen Dunst, der über der Stadt hing, praktisch nichts zu sehen, nur der BT Tower zeichnete sich als milchig grauer senkrechter Balken unscharf im Nebel ab. Wir hätten uns an jedem beliebigen Ort der Welt oder hoch oben in der Atmosphäre befinden können. Touristen, die der Aussicht wegen heraufgestiegen waren, murmelten enttäuscht vor sich hin, bevor sie wieder abzogen.

»Wie war Weihnachten?«, fragte ich, nachdem wir uns umarmt hatten.

Kelly verzog das Gesicht und legte die Hände auf ihren Bauch. »Ich hab mich in einen Weihnachtspudding verwandelt.«

»Ach was, du siehst wunderschön aus.«

»Hast du gewusst, dass es Apps gibt, die dir sagen, dass dein Fötus jetzt so groß ist wie ein Kressesamenkorn?«

Panik schoss durch meinen Körper bei dem Gedanken an das Pünktchen in mir. »Ein Kressesamenkorn?«

»Ja, und dann eine Kaffeebohne, dann eine Weintraube. Dann wahrscheinlich eine Kartoffel.«

»Was für eine Sorte? King Edward?«, fragte ich, und Kelly lachte. »Warum sind das lauter Sachen zum Essen?«

»Weiß ich nicht«, sagte Kelly. »Wahrscheinlich deswegen, weil man sich leichter was darunter vorstellen kann.«

»Ich bitte dich, Kel. Wenn Männer irgendwelche Gewächse im Körper haben, sagt man: *ein Klumpen, so groß wie ein Golfball.*«

»Was? Hast du grade mein Baby *irgendein Gewächs* genannt?«

»Oder: *ein Loch, so groß wie ein Zehn-Pence-Stück.* Bei den Männern ist es Sport oder Geld, keiner denkt da an Essen. Bloß bei den Frauen wird es immer gleich kannibalisch. Wie kommen die Leute dazu, Frauen als etwas Essbares zu betrachten?«

Sie sah mich an. »Man merkt gleich, dass du viel Zeit mit einer feministischen Schriftstellerin verbringst. Aber es ist okay. Wenn du mal schwanger bist, kannst du ja sagen, dein Kind ist so groß wie ein Kaninchenschiss.«

»Haha.« Ich versuchte das Thema zu wechseln: »Hast du viele Bäume zu Kleinholz gemacht?«

»O Mann, jede Menge.« Sie trat etwas weg von mir und musterte mich. »Du siehst wirklich gut aus, Rosie.«

»Das klingt, als wärst du überrascht.«

Sie wischte sich über die Nase. »So war es nicht gemeint.«

»Ich weiß. Ich habe dieses Jahr an Weihnachten endlich mal das gemacht, was *ich* wollte«, sagte ich, während wir in Richtung der Teiche gingen. »Vielleicht hat es damit zu tun.«

»Du warst in Frankreich?«

»Nein. Ich habe mich mit Joe gestritten und war dann bei Connie«, sagte ich. Meine Hand fuhr an meinen Hals und tastete nach dem Kettchen, aber das hatte ich abgenommen und auf das Nachttischchen in meinem Zimmer gelegt. Ich wollte mich nicht allzu neugierigen Fragen aussetzen; Kelly hätte sich vielleicht nicht so leicht abspeisen lassen wie Joe.

»Oh, mein Gott«, sagte Kelly, »du hast wirklich viel Zeit mit ihr verbracht.«

»Ja.«

»Wunderschön, wirklich«, sagte ich. »Und auch aufschlussreich.«

»Du hast ihr gestanden, wer du wirklich bist?«

»Nein, Kel. Joe und ich haben uns getrennt.«

Kelly blieb stehen. Sie sah mich mit großen Augen an. Sie fasste meine Arme und hielt mich fest. »Geht es dir gut?«, fragte sie.

»Ja«, sagte ich. »Es war richtig so.«

Kelly nickte. »Wow.«

»Vierunddreißig und Single. Ganz schön deprimierend.«

»Stimmt doch gar nicht. Du bist eine Heldin!« Kelly schwieg kurz, dann sagte sie: »Ich beneide dich.«

»Ach, hör auf, das glaubst du doch selbst nicht.«

»Doch. Du bist *frei.*«

»Frei, was soll das denn heißen, Kel?«

»Du kannst gehen, wohin du willst, du kannst tun, was dir gefällt. Gibt es noch mehr brisante Neuigkeiten von diesem Kaliber?«

Ich zögerte. Kelly und ich hatten oft phantasiert, wie toll es wäre, wenn wir zur selben Zeit Kinder bekämen. Plötzlich sah ich mich in einem Video auf @thestellakella über Geburt und Mutterschaft plaudern. Es fühlte sich nicht richtig an. Was würde Kelly von mir denken, wenn ich ihr sagte, dass ich nicht wusste, was ich tun würde? In diesem Moment hatte ich zu wenig Vertrauen in unsere Freundschaft. Das war falsch von mir, aber ich hatte einfach Angst davor, dass sie mich für feige hielte. »Nein«, sagte ich. »Mehr habe ich nicht zu bieten.«

»Wie geht es Joe damit?«, fragte sie.

»Ich weiß es nicht. Ich meine: Ich wohne ja nicht mehr dort. Aber als wir Schluss gemacht haben, war er schon sehr bedrückt. Es ist wirklich schlimm – wenn es so auseinanderbricht.«

»Dem ist eine lange Entwicklung vorausgegangen, Rose. Und Frauen sind immer so.«

»Was meinst du damit?«

»Alle Frauen in meinem Bekanntenkreis, die zwischen dreißig und vierzig eine Langzeitbeziehung beendet haben, waren in Wirklichkeit schon lange vorher ausgestiegen. Sie haben alle Trauer durchlebt, als sie noch mit dem Typen zusammen waren. Sie haben alle Szenarios durchgespielt, ihre Gefühle abgearbeitet, sodass sie sich, als dann die Trennung kam, einfach nur leicht und frei fühlten. Für die Männer ist es schlimmer, auch wenn sie vielleicht so tun, als machte es ihnen nicht so viel aus. Sie haben sich nicht darauf vorbereitet.«

»Ja. Ich glaube, es war ein Schock für ihn. Im Grund seiner Seele dachte er, wir werden wieder zusammenkommen. Ich hoffe, es geht ihm einigermaßen gut.«

»Er wird drüber hinwegkommen, Rose«, sagte Kelly sanft. »Der geht nicht unter. Du musst jetzt an dich selbst denken.«

»Ich hasse ihn nicht.«

»Das weiß ich doch. Gib dir selbst einfach ein bisschen Zeit, okay?« Sie tätschelte meinen Arm. »Da werden jetzt viele Dinge passieren, auch wenn du es nicht gleich merkst. Dein Kopf, dein Herz, dein Körper, die alle müssen sich nach und nach darauf einstellen. Sei einfach freundlich zu dir selbst.«

Ich schloss die Augen. Ich hatte heute wenig Lust, an meinen Körper zu denken. »Ja«, sagte ich. »Danke.«

Sie drückte meine Hand. »Komm. Du brauchst jetzt eine heiße Schokolade.«

»Du meinst, *du* brauchst jetzt eine heiße Schokolade«, sagte ich.

»Ich bin eben leicht zu durchschauen.« Kelly lachte.

Wir ließen uns in einem kleinen Café am Rand des Parks nieder. »Mol kommt diesen September in die Schule«, sagte Kelly. »Das ist doch unglaublich, nicht? Und dann dauert es nicht mehr lang bis zu ihrem ersten Rendezvous und bis ich deswegen vor lauter Aufregung zusammenklappe.«

»Bis dahin wird es noch eine Weile dauern, Kel. Zwei Jahre mindestens, schätze ich.«

»Haha. Aber echt, ich könnte schwören, dass sie vor ein paar Wochen noch Windeln trug. Weißt du, was sie heute Morgen zu mir gesagt hat?«

»Na?«

»›Mach dir einen ruhigen, gemütlichen Tag mit Rosie, Mama. Genieß deine *Me Time*.‹ Das Kind ist vier!«

»Wie witzig!«

»Ich glaube nicht, dass ich so etwas mit vier gesagt habe.«

»Kel, wie ist das eigentlich, wenn man Mutter ist?«

Sie musste lachen. »Ach, Rosie, erwartest du im Ernst eine Antwort darauf?«

»Klar. Du schreibst doch jeden Tag darüber. Komm, erklär es mir in einer Privatlektion abseits der sozialen Medien.«

Kelly liebte solche Herausforderungen. Sie drückte das Kinn auf die Brust, dann blickte sie wieder auf. »Es ist, als würde man auf zwei Spuren gleichzeitig fahren. Es ist, als wäre man das Meiste von allem und das Wenigste von allem. Man kann sich in einem Maß scheiße fühlen, das alles, was man sich je vorgestellt hat, weit übersteigt. So gottverdammt trostlos, leer, ausgeplündert. Und andersrum ist es genauso. Manchmal denke ich, Gott hat seine Hand auf mein Leben gelegt und mir diese geheime Erfahrung geschenkt. Diese Freude, die einem Tränen in die Augen treibt. Ich bin so ein Glückspilz! Es ist wie eine Droge! Ich weiß, es ist lächerlich, weil so viele Leute dieses Glück erleben. Aber es fühlt sich an, als wäre es ganz und ausschließlich meines.«

»Danke«, sagte ich.

»War das gut?«

»Ja.«

»Darf ich das online stellen?«

»Es gehört dir.«

Sie beäugte mich misstrauisch. »Warum fragst du mich das überhaupt? Du denkst doch hoffentlich nicht, das mit Joe wäre deine letzte Chance gewesen? Das stimmt nicht, das kannst du mir glauben.«

Ich öffnete den Mund, um es ihr zu sagen. Ein Teil von mir – ja, es war tatsächlich ein Teil von mir – wollte es sagen, wollte weiter in dieses Abenteuer vordringen, das Kind mit Worten ins Dasein bringen. Es war ein Teil meiner selbst, der mir noch unbekannt war. Ich wusste, Kelly würde für mich da sein, sie würde mir helfen, mich lieben und nie zulassen, dass ich mich allein fühlte.

Das Problem war aber, dass ich aus lauter verschiedenen Teilen bestand. Ich hätte mich so gerne ganz gefühlt.

»Warst du schon mal in Costa Rica?«, fragte ich.

»Hä?«

»Ich glaube nicht. Oder hab ich es bloß vergessen?«

»Nein. Ich war mal in Mexiko«, sagte sie.

»Ich würde gern nach Costa Rica reisen. In die Heimat des Jaguars.«

Kelly runzelte die Stirn. »Wie bist du denn heute drauf? Erst Mütter, dann Jaguare, da komm ich nicht mehr mit.«

Ich legte meinen Arm um sie und drückte sie ein bisschen. »Du kennst mich doch, Kellybelly. Ich will immer wissen, wie es anderswo ist.«

37

Bei Connies neuem Verlag stellte man erste Überlegungen dazu an, wie das Erscheinen des Romans am besten öffentlichkeitswirksam zu begleiten war, wie man Interviews mit Zeitungen und Zeitschriften, wenn möglich auch mit Radio- und Fernsehsendern arrangieren könnte. Im Mittelpunkt des Interesses würde immer die Frage stehen: *Warum hat Constance Holden so lange Zeit nicht geschrieben?* Deborah zufolge waren die Medien ganz wild darauf, Connie einer ganzen Generation von Leserinnen, die während dieser Zeit herangewachsen waren und sie nie zur Kenntnis genommen hatten, neu vorzustellen.

Aber wie Deborah vorhergesagt hatte, zeigte sich Connie wenig begeistert von der Idee, dass sie Interviews geben sollte, und reagierte einigermaßen übellaunig. »Aber das sind lauter seriöse Blätter mit einer gebildeten Leserschaft«, sagte ich.

»Gebildete Leserschaft?« Connie schnaubte. »Ich glaube, es wäre mir lieber, ich müsste bloß Auskunft darüber geben, welchen Käse ich am liebsten esse.«

»Man könnte ja vielleicht mal vorfühlen, ob die Redaktion von *Cheese Weekly* interessiert ist.«

»Gibt es tatsächlich eine Zeitschrift, die *Cheese Weekly* heißt? Sparen Sie sich die Antwort darauf. Wie auch immer, ich will damit nichts zu schaffen haben. Was mich interessiert, sind *Sie*. Haben Sie darüber nachgedacht, was Sie tun wollen?«

Ein ängstlicher Schauder überlief mich. Drei Wochen waren vergangen, seit ich Connie gesagt hatte, dass ich schwanger war. Ich hatte ständig über die Situation nachgedacht und mich im Geist immer wieder in eine Zukunft versetzt, die mir abwechselnd durchaus beherrschbar und absolut unmöglich erschien. Bevor ich entdeckte, dass ich schwanger war, hatte ich immer gedacht, ich hätte nichts dagegen, zwei, drei, vielleicht vier Jahre ungebunden zu leben. Das war moderat, nicht mehr als vier. Warum so wenig weitblickend? Warum vier und nicht mehr? Warum nicht zehn oder zwanzig Jahre? Ich hätte mir auch, da ich jetzt eine wirklich erwachsene Frau war, wünschen können, lebenslang von Verpflichtungen frei zu bleiben. Eine ungebundene Frau zu sein und nicht ein Mädchen, das sich nach Glück sehnt. Mir war, als hätte ich erreicht, wonach eine ganze Heerschar von Frauen – alle längst tot – sich gesehnt und wofür sie gekämpft hatte. Allein und dennoch nie einsam sein. Die Freiheit, zu tun, was einem gefiel, mit wem und wann. Sich von niemandem Vorschriften machen zu lassen, in der Badewanne Kekse zu essen, den ganzen Vormittag Romane zu lesen. Reisen zu planen. *Das* war es, was ich wollte. Es war das Wichtigste überhaupt, unfassbar berauschend. Sich allein zu fühlen, allein, war eine Offenbarung.

Aber dann in anderen Nächten und manchmal auch bei Tag, wenn ich für Connie Tagliatelle machte oder mit Mol im Park spazieren ging, dachte ich an einen anderen kleinen Menschen, ein kleines Leben, das zu etwas Unvorhersehbarem heranwachsen, aber immer noch mit mir verbunden sein würde, einen Menschen, der mich vielleicht lieben und den ich lieben würde, dessen fremde Geschichte ich beginnen würde in dem Wissen, dass nicht ich diejenige war, die das letzte Kapitel schreiben würde.

Manchmal wollte ich nur noch den Kopf in den Sand stecken. So oder so, es erschien mir so grausam. *Man zieht ein Kind groß*, dachte ich, *bis es so weit ist, dass es einen allein lässt*. Und dann dachte ich: *Aber meine Mutter hat das zuerst kapiert*.

Bis jetzt hatte Connie sich immer taktvoll zurückgehalten und mir nie Fragen gestellt, wenn ich nicht selbst das Thema anschnitt. Aber vielleicht war jetzt ihr Limit erreicht. Vielleicht fand sie, als meine Arbeitgeberin habe sie das Recht, es zu wissen.

»Ich weiß nicht, was ich tun werde.« Ich zuckte hilflos mit den Schultern.

Sie sah mich an. »Darf ich Ihnen sagen, was ich denke?«

»Bitte.«

»Ich werde Ihnen nicht sagen, was Sie tun sollen, Laura. Das können nur Sie selbst entscheiden. Aber ich finde, Sie sollten sich darüber im Klaren sein, dass Sie bei jeder Entscheidung im Leben, wie immer sie ausfallen mag, einen Verlust in Kauf nehmen müssen. Wenn Sie ein Kind haben, verlieren Sie etwas, und wenn Sie kein Kind haben, verlieren Sie auch etwas. Diese Verluste sind mit Händen zu greifen und doch manchmal unmöglich zu beschreiben. Es ist schwer für uns Menschen, vorher zu wissen, auf welche Verluste wir vorbereitet sind. Man muss darauf vorbereitet sein, dass man eine Entscheidung bereut, von der man dachte, man würde sie niemals bereuen – aber meiner Erfahrung nach ist Reue niemals von Dauer.«

»Niemals?«

Sie sah mich streng an. »Manchmal kommt etwas Neues, das an ihre Stelle tritt. Etwas Gutes oder etwas Schlechtes. Alles verändert sich ständig. Wenn Sie sich darum an die Vorstellung gewöhnen, dass Sie an einer Gabelung stehen, von der zwei gleichermaßen, aber in verschiedener Weise bereichernde Wege abgehen, zwei gleichermaßen *anspruchsvolle* Wege, auf denen Sie Triumph und Scheitern erfahren können, dann werden Sie vielleicht eine Entscheidung treffen können.«

Ich brachte kein Wort heraus und starrte sie nur stumm an.

»Was?«, sagte sie. »Mir geht es auch die ganze Zeit im Kopf herum, Laura. Schließlich sind Sie mir nicht gleichgültig.«

»Danke«, sagte ich. »Für alles. Dass ich hier arbeiten darf. Dass ich hierbleiben darf. Dass Sie es so ohne weiteres akzeptieren, dass ich in diesem Zustand –«

Connie hob die Hand. »Genug. Das ist alles nicht der Rede wert.«

Sie ging nach oben in ihr Arbeitszimmer, und ich machte mich daran, das Geschirr abzuwaschen. Ich hatte kaum damit angefangen, da hörte ich es an der Haustür klopfen, und zwar ungewöhnlich laut, ja aggressiv. Ich zog die Gummihandschuhe aus und eilte zur Tür. Mein erster panischer Gedanke war, es könnte Joe sein, aber dann erkannte ich durch das farbige Glas die untersetzte Gestalt und die wuschelige Frisur von Deborah.

Lächelnd öffnete ich ihr die Tür. »Hi«, sagte ich. »Connie ist oben. Sie meinte, der Umschlagentwurf –«

Deborah schob sich an mir vorbei. »In die Küche. *Sofort*«, zischte sie.

Ich folgte ihr durch den Flur. Mein Herz pochte heftig, mein Mund wurde trocken. Ich versuchte zu schlucken, aber es ging nicht. Kaum waren wir in der Küche, schloss Deborah die Tür. »Sie haben sich eingeschlichen, Sie sind eine hinterlistige Betrügerin«, sagte sie.

»Was –«

Deborah ließ mich nicht ausreden. »Was zum Teufel wird da gespielt?« Sie fuchtelte aufgeregt.

»Wovon reden Sie überhaupt?«, fragte ich, aber ich wusste es bereits.

»Wer *sind* Sie?«

Leise breitete sich blanker Schrecken in meiner Magengegend aus, ich hielt mich an der Arbeitsplatte fest. »Ich bin Laura Brown«, sagte ich.

»Ach, hören Sie auf, das ist doch nicht Ihr wirklicher Name. Ich gebe Ihnen hier eine Chance, endlich die Wahrheit zu sagen.«

»Das tue ich. Ich heiße Laura Brown.« In diesem Moment glaubte ich es sogar. In den Stunden, Tagen, Monaten, die ich bei Connie verbracht hatte, in denen ich hier gearbeitet, mit ihr gesprochen, mit ihr gelebt hatte, waren mir die Möglichkeiten einer anderen Identität zur zweiten Natur geworden, und Rose war in den Hintergrund getreten. Laura fühlte sich wie mein reales Ich an. Laura war Zuneigung und Vertrauen entgegengebracht worden, ihre Worte waren aufmerksam gehört worden. Ich war hier sicher, und Rose war es nicht.

Wir starrten einander an. »Hören Sie zu«, sagte Deborah. »Entweder Sie sagen es Connie, oder ich tue es. Sie haben die Wahl.«

Meine Panik steigerte sich. »Bitte, Deborah«, sagte ich. »Ich *bitte* Sie. Hier geht gar nichts vor. Ich bin Laura –«

»Herrgott! *Connie!*«, schrie sie.

Ich fasste sie erschrocken am Arm. Sie sah mich angewidert ab. »Ich flehe Sie an«, sagte ich. »Nicht! Bitte.«

Es lag mir schon auf der Zunge, aber ich brachte es nicht heraus – nicht unter diesem Dach, nicht vor Deborah, die es eigentlich gar nicht interessierte, die nur ihren Argwohn bestätigt sehen und wieder einmal als Connies heldenmütige Beschützerin dastehen wollte. »Ich liebe Connie«, sagte ich. »Ich würde ihr nie wehtun.«

»Dafür ist es ein bisschen spät, finden Sie nicht, *Laura?*«

»Ich kann es erklären. Es ist nicht so, wie es aussieht –«

Die Küchentür ging auf. »Was zum Teufel ist hier los, Deb?«, fragte Connie befremdet. »Was tust du hier, und warum schreist du so?«

»Setz dich hin, Con«, sagte Deborah. »Es ist besser, du hörst dir das im Sitzen an.«

»Nein, nein«, sagte ich zu Connie. »Bitte lassen Sie es mich erklären. Ich habe das nicht gewollt.«

Connie sah mich erschrocken an. »Was erklären?«

»Sie ist eine Hochstaplerin«, sagte Deborah.

»Das ist nicht wahr.« Ich wurde zornig. Diese Frau hatte nicht das Recht, meine Geschichte an sich zu reißen.

»Zum letzten Mal, Con«, sagte Deborah, »bitte setz dich.«

Connie gehorchte, und ich machte Anstalten, mich neben sie zu setzen. »Wagen Sie es ja nicht!«, fauchte Deborah. »Sie bleiben, wo Sie sind.«

»Deborah, was ist hier los? Ihr macht mir Angst, alle beide«, sagte Connie.

Deborah zeigte anklagend mit dem Finger auf mich. »Sie ist nicht Laura Brown. Das ist gelogen. Es gibt gar keine Laura Brown.«

»Deborah, lassen Sie mich doch erklären –«, rief ich.

»Was soll das heißen: Sie ist nicht Laura Brown?«, fragte Connie.

»Das kann ich dir erklären.« Deborah hob die Hände zum Zeichen, dass sie keine Widerworte dulden würde. »Ich habe ein Gespräch mit unserer Arbeitsvermittlung geführt.« Sie warf mir einen triumphierenden Blick zu. »Und die sagten, es tue ihnen ganz schrecklich leid, dass es ihnen nicht gelungen sei, Ms Holden die gewünschte Arbeitskraft zu vermitteln.«

»Jaaa«, sagte Connie in einem Ton, als spräche sie mit einem begriffsstutzigen Kind. »Die Kandidatinnen, die sie geschickt haben, haben leider allesamt nichts getaugt.«

»Mag sein.« Deborah lächelte siegesgewiss wie jemand, der noch ein Ass im Ärmel hat. »Aber hast du Laura jemals gefragt, wer sie hergeschickt hat?«

»Nein«, antwortete Connie. »Rebecca hat die ganze Sache organisiert.«

»Ah, Rebecca. Ich habe Rebecca gefragt, welche Agentur dir unsere Laura Brown vermittelt hat. Mit wem bei dieser Agentur Rebecca gesprochen hat.« Deborah wandte sich mir zu. »Sie *glaubte*, es sei die Agentur gewesen, mit der wir normalerweise zusammenarbeiten, aber das kann nicht sein. Ich weiß jetzt, dass meine Assistentin, diese dumme Gans, die die längste Zeit meine Assistentin gewesen ist, ein Telefongespräch mit einer Frau geführt hat, nach deren Namen zu fragen sie vergessen hat. Diese Frau behauptete, sie arbeite von zu Hause aus und benutze ihre private E-Mail-Adresse. Die Mails, die Rebecca von ihr erhalten hat, kamen von einem Account mit dem Benutzernamen McIntyre. McIntyre – hast du den Namen schon mal gehört, Connie?«

Connie sah mich perplex an. Ich brachte kein Wort heraus.

»Und dann fiel es mir wieder ein«, fuhr Deborah fort. »Sie, Laura, haben mir gesagt, eine Agentur namens McIntyre habe Sie vermittelt. Aber ich habe recherchiert, und das Ergebnis war, dass eine solche Agentur nicht existiert. Ich muss gestehen, dass ich einigermaßen verwundert, um nicht zu sagen: *angepisst,* bin. Und darum möchte ich jetzt wissen: Wer zum Teufel sind Sie, und was zum Teufel haben Sie im Haus meiner Autorin zu suchen?«

Einige Momente lang stand ich einfach da und starrte die zwei Frauen an – Deborah, die vor Wut kochte, und die verwirrte Connie. Aber obwohl Deborah mich überführt hatte, obwohl ich wusste, dass ich aus dieser Situation nicht entkommen konnte, obwohl die Person der Laura Brown und der Schutz, den sie mir bot, sich in Luft auflösten, kam mir das, was ich getan hatte, immer noch nicht bizarr vor. Ich fühlte mich nach wie vor im Recht, nach wie vor empfand ich Laura Brown als ebenso wirklich wie Rose Simmons.

Laura Brown war unerschüttert. Sie stand hier vor diesen Frauen und hoffte gegen alle Hoffnung, dass sie sie verstehen und ihr verzeihen würden. Aber ich wusste, dass es nur noch eine einzige Chance gab. Auch Rose musste endlich sprechen.

»Vor allem anderen, Con«, sagte ich, »sollen Sie wissen, dass ich Ihnen nie wehtun wollte.«

Connie runzelte die Stirn. »Haben Sie mir wehgetan? Wie haben Sie mir wehgetan? Laura, ich verstehe das nicht.«

»Sie heißt nicht Laura!«, sagte Deborah.

»Halten Sie die Klappe«, sagte ich. Deborah zuckte zusammen. Ihre Nasenflügel bebten, ihre Lippen waren dünn verkniffen.

Ich wandte mich wieder Connie zu. »Ich heiße nicht Laura«, sagte ich ruhig. »Ich meine: Hier in diesem Haus heiße ich sehr wohl so. Und Laura ist mittlerweile ein Teil von mir, denke ich.«

»O Scheiße, kommen Sie doch endlich zum Punkt, bevor ich die Polizei hole.« Deborah stöhnte genervt. »Ich wusste sofort, dass mit Ihnen etwas nicht stimmt. Ich wusste es. Was für eine Frau in Ihrem Alter verirrt sich in so ein Haus, eine ohne Familie, ohne Beruf –«

»*Deborah*«, sagte Connie, »*es reicht*. Ich möchte sie anhören.«

»Darf ich mich setzen?«, fragte ich.

»Nein«, sagte Deborah.

»Ja«, sagte Connie.

Deborah schnaubte. Dankbar setzte ich mich Connie gegenüber an den Tisch, wie ich es fast jeden Tag getan hatte, seitdem ich zum ersten Mal in dieses Haus gekommen war und ihr angeboten hatte, Tee zu machen.

Ich holte tief Luft.

»Deborah hat recht«, sagte ich. »Eigentlich sollte ich irgendetwas auf die Reihe gebracht haben. Aber ich hab es nicht geschafft. Ich habe in meinem Leben absolut nichts auf die Reihe gebracht, das weiß ich. Und ich glaube, Con, dass es einen Grund dafür gibt. Aber seitdem ich hier bei Ihnen bin, ist mir, als würde ich langsam kapieren, was ich mache. Wer ich bin.«

»Was soll das bedeuten, Laura?«

»Wissen Sie, meine Mutter –«

Ich konnte nicht weitersprechen. Ich atmete keuchend. »Es ist okay«, sagte Connie, streckte den Arm über den Tisch und legte ihre verkrüppelte Hand auf meine. Ich schämte mich vor ihr, und doch tat die Berührung mir wohl.

»Constance«, sagte Deborah, »sie hat dich belogen und betrogen.«

»Ich wollte nur mit Ihnen sprechen«, sagte ich zu Connie. »Nur fragen –« Wieder stockte ich. »Aber ich konnte es nicht. Ich wusste nicht, wie ich es anstellen sollte. Mein Vater … Er hatte Ihre Bücher.«

»Was habe ich mit Ihrem Vater und Ihrer Mutter zu tun?«, fragte Connie verwirrt.

»Sehen Sie mich an, Con. Sehen Sie mich genau an.«

Connie tat es. Ich schaute ihr in die Augen, versuchte sie mit aller Kraft meines Willens dazu zu bringen, dass sie verstand. »Sehen Sie es?«, fragte ich.

»Wovon reden Sie, meine Liebe? Was ist los mit Ihnen?«

»Ich bin im Juli 1983 geboren«, sagte ich. »In New York.«

Als ich es aussprach, sah ich, dass sich in Connies Gesicht etwas veränderte, und das war schrecklich für mich. Ich konnte es nicht ertragen. Ich wusste nicht, was ich täte, wenn sie mir sagte, ich hätte mich geirrt. Ich starrte auf die Kerben und Astknoten der Tischplatte, die Hände krampfhaft geballt in meinem Schoß. »Mein Vater heißt Matt Simmons«, sagte ich. »Und meine Mutter hieß Elise Morceau.«

Ich kann nicht beschreiben, was ich in dem Moment der Stille empfand, der auf meine Worte folgte. Mein Leben lang hatte ich darauf gewartet, dass ich den Namen meiner Mutter laut ausspräche, dass er irgendjemand anderem als meinem Vater etwas bedeutete und dass er so wiederum mir etwas bedeuten konnte. Und als ich nun aufschaute, sah ich es in Connies Gesicht – wie jemand einen Menschen wiedererkennt, selbst wenn sich dieser Mensch nicht im selben Raum, wenn er sich auf der anderen Seite der Erdkugel befindet, ja sogar, wenn er tot ist. Wenn jemand einen so ansieht, wie Connie mich an jenem Nachmittag ansah, ist es, als sähe man all die Persönlichkeiten dieses Menschen, die tiefsten, lang verschütteten, endlosen Missverständnisse, all die Erfahrungen von Liebe, Freude, Hass und Traurigkeit, die ein Leben ausmachen. Es war auch, als würde ich zum ersten Mal überhaupt gesehen. Es war, als sähe ich meine Mutter.

»Oh, mein Gott«, sagte Deborah. »Oh, mein *Gott*.«

Connie schloss die Augen. Sie legte ihre zitternden Hände auf die Tischplatte, fast wie bei einer Séance. Ein langgezogenes Schluchzen entfuhr ihr. »Du bist Rose«, sagte sie, und das war keine Frage.

»Ja, ich bin Rose.«

Immer noch hielt sie die Augen geschlossen. »Du bist Elises Tochter.«

»Ja.«

Wieder wurde es ganz still in der Küche.

»Sie haben mich gesucht und gefunden«, sagte sie schließlich.

»Ja. Ist es denn wahr, Con: Haben Sie sie gekannt?«

Sie schlug die Augen auf, ihr Blick wanderte über mein Gesicht. »Sie haben gelogen«, sagte sie.

»Ich weiß, aber –«

»Ich habe Sie hier hereingelassen.«

»Und dafür bin ich unendlich dankbar. Ich habe mich so verloren gefühlt und –«

»Sie sind also wahrscheinlich ihre Tochter.«

»Con?«

»Ich will, dass Sie gehen.«

»Aber ich dachte –«

»Sie dachten, ich bin so naiv.«

»Nein. Niemals.«

»So leichtgläubig.«

»Nein, ich fand es schrecklich, Sie anzulügen. Aber ich hatte keine Wahl. Und jetzt sage ich die Wahrheit. Connie, ich flehe Sie an. Werfen Sie mich nicht hinaus.«

»Sie haben es gehört«, sagte Deborah. »Sie will, dass Sie verschwinden.«

»Ich kann das nicht glauben.« Ich fasste Connies Hände. Sie zog sie nicht weg, aber sie waren schlaff, völlig kraftlos. »Con, ich bin Ihnen nicht gleichgültig«, sagte ich. »Sie – wollten, dass ich mit einem Kind hier lebe.«

Sie zuckte zusammen. »Ich bin tatsächlich naiv.«

»Nein. Und Sie sind mir nicht gleichgültig. Sie bedeuten mir so viel. Sie wissen das. Werfen Sie mich nicht hinaus, bitte. Es war dumm von mir, aber wir können es miteinander klären –«

Connie zog ihre Hände weg und stand auf. Sie ging langsam, wie unter Wasser, hinaus auf den Korridor und in Richtung der Haustür. Ich saß wie gelähmt vor Scham auf meinem Stuhl.

Dann schaffte ich es endlich doch, aufzustehen und ihr nachzulaufen, aber sie zuckte wie angewidert zusammen, als ich sie erreichte. Sie stolperte, ihre Hände suchten Halt an der Wand. »Mein Vater sagt, Sie waren die Letzte, die sie gesehen hat, bevor sie verschwand«, rief ich. »Bitte, Con – was ist passiert?«

Hinter mir tauchte Deborah auf. »Genug!«, schrie sie. »Ich dulde das nicht. Connie muss sich das nicht bieten lassen in ihrem eigenen Haus. Verschwinden Sie.«

An der Haustür blieb Connie stehen. »Ich habe Ihnen Zuflucht geboten«, sagte sie.

»Ja, und ich bin Ihnen so dankbar dafür. Aber – hat es Ihnen nicht gefallen, dass ich da war?«

»Nein, nein, das darf nie wieder passieren.« Es klang wie eine Bitte, ihre Stimme hatte etwas extrem Verletzliches.

»Was darf nie wieder passieren?«, fragte ich sanft, obwohl ich wusste, dass es aus war, dass ich sie vielleicht nie wiedersehen würde. Sie fummelte ungelenk an dem Schloss, aber ich kam ihr nicht zu Hilfe. »Verstehen Sie denn nicht, Con? Wie ich mich fühle, wie ich mich gefühlt habe. All die Jahre habe ich gerätselt. Und dann schließlich fand ich Sie, einen Menschen, der sie gekannt hat.«

»Hören Sie endlich auf damit«, sagte Connie.

»Was ist zwischen Ihnen und meiner Mutter passiert? Was ist in New York passiert?«

Deborah drückte mir meine Tasche und meinen Mantel in die Arme. »Gehen Sie.«

»Connie, ich weiß, dass Sie das nicht wollen«, sagte ich. »Lassen Sie mich hierbleiben.«

Connie hatte es geschafft, die Tür zu öffnen. Sie wandte sich mir zu, die Augen weit aufgerissen. »Ich kann nicht«, sagte sie. »Sie müssen gehen.«

Ich trat auf den Treppenabsatz, und noch bevor ich mich umgedreht hatte, klappte die Tür zu.

Aber Connie stand noch dahinter. Sie bewegte sich nicht. Eine Hand lag auf der Scheibe, als stützte Connie sich ab. Ihre Gestalt war schemenhaft verschwommen durch das viktorianische Glas zu sehen. »Connie«, sagte ich, »was ist mit Elise Morceau passiert?«

Die Hand wurde weggezogen. Die Luft draußen kühlte meine Wangen; erst jetzt wurde mir bewusst, wie schwer ich atmete. Die beiden Frauen entfernten sich durch den Hausgang, wurden erst zu abstrakt schattenhaften Formen und waren dann ganz verschwunden.

1983

38

In der heruntergekommenen Wohnung, die Matt und Elise in New York gemietet hatten – in Brooklyn, um genau zu sein, noch genauer: in Ridgewood, Ecke Covert Street und Wyckoff Avenue –, klingelte manchmal das Telefon, aber sie nahmen nie ab. Sie sagten sich, es könne kein Anruf für sie sein, weil niemand wisse, wo sie waren. Elise rief nie jemanden an, Matt telefonierte hin und wieder mit seinen Eltern. Es waren lange, anstrengende Gespräche. Sie hörte ihn erklären, anfangs geduldig, vernünftig, immer wieder von Neuem. Er war dabei, sich scheiden zu lassen. Es war das einzig Richtige. Shara hatte es verstanden. Er erwähnte nie, dass Elise schwanger war. Er erwähnte auch nie, dass Shara die Scheidung verlangt hatte. Manchmal legte er den Hörer ganz leise auf, als glaubte er, Elise würde so vielleicht glauben, der Anruf habe gar nicht stattgefunden, manchmal knallte er den Hörer auf die Gabel.

Sie hatten Mexiko verlassen, bald nachdem Connie aufgetaucht war. Matt hatte geradezu traumatisiert gewirkt, als Elise ihm erzählte, dass Connie sie aufgespürt hatte; es war, als hätte er in diesem Moment erkannt, dass er die Brücken hinter sich abgebrochen hatte. Elise fiel es schwer, sich loszureißen. Sie hatte sich nicht darauf eingestellt und wäre gern länger in dieser Gegend mit ihrem halbwild wuchernden üppigen Grün, den farbenfroh gestrichenen Bodegas und dem ständigen Rauschen des Meeres geblieben. Sie blieben noch bis zum Tag der Toten. Elise stockte der Atem, als sie die Familien auf von Pferden gezogenen Karren, beladen mit Essen und Blumen, zum Friedhof fahren sah, um zusammen mit ihren verstorbenen Angehörigen ein Fest zu feiern. Elise musste daran denken, wie ungezwungen Shara mit ihr über den Tod ihrer Mutter gesprochen hatte, wie fließend Shara die Sprache beherrschte, die man in der Sphäre von Vergänglichkeit und Verlust brauchte, und wie wenig Elise selbst mit diesen Dingen umzugehen verstand. Und gleichwohl kam Shara mit ihrem letzten Verlust, so jedenfalls hatte Con erzählt, gar nicht gut zurecht.

Elise wollte kein böser Mensch sein. Sie wollte nicht die Ursache von so viel Leid sein.

»Gefällt es dir nicht auch, am Meer zu sein?«, fragte sie Matt. »Lass uns einfach hierbleiben.«

»Wir müssen in eine Stadt«, sagte er. »In deinem Zustand. Irgendwohin, wo wir uns mit den Leuten verständigen können. Wir brauchen Geld. Wie wär's mit London? Du bist dort geboren, nicht? Ich habe dort Freunde, die uns vielleicht bei sich aufnehmen, bis wir auf eigenen Füßen stehen können.«

Elise blickte hinab auf ihre realen Füße, die gerade halb im Sand vergraben waren.

»Ich will nicht zurück nach London«, sagte sie, und dabei blieb sie.

Sie einigten sich darauf, es erst einmal in New York zu versuchen.

Sie flogen hin, nahmen ein Zimmer in einem billigen Hotel. Dank der Empfehlung eines Bekannten aus L.A. bekam Matt einen Aushilfsjob bei einem Fernsehsender in Manhattan, und sie fanden die Wohnung in Brooklyn. Elise fragte sich, wo das alles enden würde. Sie hatte noch ein bisschen gespartes Geld, aber sie wollte auch gerne arbeiten. In den ersten drei Monaten der Schwangerschaft ging es ihr schlecht; ihr war praktisch ständig übel, so als wäre sie seekrank, und sie fühlte sich in einer Weise schlapp und kraftlos, die sie geradezu lächerlich fand. Sie konnte morgens aufwachen, sich dann wieder hinlegen und noch fünf Stunden schlafen und war anschließend immer noch todmüde. Sie wankte vom Bett zur Toilette und wieder zurück, gelegentlich mit einem Abstecher in die Küche, um ein Glas Wasser zu trinken oder um Papiertücher zu holen, mit denen sie Spritzer von Erbrochenem von den Fliesen wischte, und dachte dabei: *Warum ist das der breiten Öffentlichkeit nicht bekannt? Warum gibt es nicht mehr wissenschaftliche Forschung zu diesem Problem?*

Es kam ihr irrsinnig vor, dass man von Frauen erwartete, sie würden das alles mit Leichtigkeit ertragen und dabei wie gewohnt weiter arbeiten, essen, schlafen, leben. Es war ein Weckruf für Elise, sie sah plötzlich die Welt, wie sie wirklich war. Alle wollten gern fruchtbare Frauen, aber keiner dachte auch nur daran, wie man Schwangeren helfen konnte, ihre alltägliche Hölle leichter auszuhalten. Wie musste es erst den Frauen früherer Zeiten ergangen sein, Zeiten ohne Schmerzmittel, ohne ordentliche Hygiene, ohne weiche Kissen und einlullendes Fernsehen? Diese Frauen mussten wahrhaft seltsame Geschöpfe gewesen sein, da sie solche Leiden ertrugen, ohne dass die Gesellschaft ihnen irgendwie half.

Sie versuchten, etwas Geld zur Seite zu legen, aber sie hatten so wenig, dass es kaum zum Leben reichte. Der Wohlstand, den sie früher genossen hatten, war Shara und Con zu verdanken gewesen. Matt verstand es nicht, haushälterisch zu wirtschaften; er gab zu viel Geld für Essen aus, für Kino und Restaurantbesuche – Vergnügungen, die sie sich eigentlich nicht leisten konnten, die sie aber für kurze Zeit das Elend ihrer Schuldgefühle vergessen ließen. Elise war immer noch entschlossen zu arbeiten und fand, als sie das erste Drittel der Schwangerschaft hinter sich hatte, eine Stelle als Kellnerin in einem Diner gegenüber von Goldman Sachs unweit der Spitze von Manhattan. Es war ganz anders als das *Seedling*, nichts als Burger und Sandwiches, viel Lärm und Geschrei. Die Stammkunden kannten bald alle Elises Namen. Es waren Leute aller Altersstufen, von frischen jungen Zwanzigjährigen aus Jersey und Queens bis zu grauhaarigen Mittsechzigern, die schon alles gesehen hatten. Viele der Männer besaßen bereits Handys, die sie in den Diner mitbrachten wie Conquistadores, die ihr Gold blitzen ließen. Sie wollten Elise damit beeindrucken, und das gelang ihnen auch, allerdings war sie nur von den technischen Geräten beeindruckt, nicht von deren Besitzern.

Sie kam mit diesen Männern schnell ins Gespräch, merkte sich, was sie gewöhnlich bestellten, und war bald allgemein beliebt, was sich auch in den Trinkgeldern niederschlug, die sie bekam. Sie wusste nicht, ob sie sie wegen ihrer Tüchtigkeit und Aufmerksamkeit mochten, wegen ihres britischen Akzents oder wegen des Kinds, das ihren Bauch im Lauf der Wochen immer deutlicher hervortreten ließ. Wall Street war eine von Männern geprägte Gegend, und vielleicht erinnerte Elise die Leute an die Natur, an ihre sonderbaren Rundungen und unerwarteten Formen, an ihr Beharrungsvermögen, ihre ureigenen Gesetze. Vielleicht vermittelte sie den Männern das Gefühl, dass alles einen Sinn hatte? Harry, der Eigentümer des Lokals, sagte, sie sei ihr Gewicht in Gold wert, aber die Lohnerhöhung, die sie bekam, fiel sehr bescheiden aus. Elise hatte jenen Status wiedererlangt, der in der Zeit mit Connie geschwunden war, doch sie wusste nicht, ob sie noch Wert darauf legte. Sie wollte ihre Bedeutsamkeit für sich behalten.

Sie erzählte Matt nicht viel von ihrem Alltag in dem Diner; sie brauchte die Arbeit als etwas, das von ihm getrennt war, damit sie am Feierabend desto lieber nach Hause fuhr. Sie brauchte Abstand, damit sie ihr Leben besser überblicken konnte. An ihrem freien Tag ließ sie die Cracksüchtigen, die an der Ecke der Covert Street herumlungerten, hinter sich und spazierte durch den Irving Square Park. Sie fuhr mit einem Fahrrad, das sie für fast gar nichts gekauft hatte, am Hudson entlang und ließ sich die noch schwache Märzsonne ins Gesicht scheinen. Je mehr Übung sie bekam, desto schneller fuhr sie mit ganz flüssigen Bewegungen, bis die Gebäude vorbeihuschten, als wären sie Monopoly-Häuser. Obwohl es noch kühl war, setzte sie sich hinterher auf eine Parkbank und aß einen Hotdog von einem Wagen an der Ecke. Eines Tages sah sie an einer Bank ein Schildchen, das an eine Frau namens Betty erinnerte, die den Park und die Leute geliebt hatte, die da spazieren gegangen waren. Elise fuhr mit dem Finger über das kalte, angelaufene Metall und dachte an diese längst verstorbene Betty, die im Jazz-Zeitalter geboren wurde und auf dem Höhepunkt der Weltwirtschaftskrise fünfzehn Jahre alt gewesen war. Es war nicht Betty Sheinkovitz, das stand fest. Die lebte noch froh und munter in Los Angeles.

Daheim in der winzigen Wohnung wurde sie von schweren Gedanken über das Baby heimgesucht, das in ihr saß und ständig seine Gestalt änderte. Würde sie auf all das verzichten müssen, wenn das Kind da war, auf die Fahrradtouren am Hudson, auf die geplanten Reisen nach Mexiko, auf all die schönen Momente, von denen sie jetzt noch gar nichts wusste, die sie aber bereits, wenn auch abstrakt, so doch scharf gezeichnet fühlte? Sie machte das nicht dem Baby zum Vorwurf. Es war allein ihre Schuld.

In Mexiko hatte sie schon lebhafte Träume gehabt, aber in New York war es so, als bereite ihr der Fötus LSD-Trips. Kaum war Elise eingeschlafen, befand sie sich in der Zeit, als sie etwa zehn Jahre alt war, kurz nach dem Tod ihrer Mutter. Der Fluss, an dem die Stadt lag, in der sie aufgewachsen war, leuchtete in allen Regenbogenfarben, und die Alleebäume schienen ein pulsierendes Licht auszustrahlen. Nachts sah sie ein Mädchen im Schlafzimmer umhergehen, und während sie Männern in strengen Anzügen Pastramisandwiches servierte, stellte sie sich vor, dass das Mädchen ihre ungeborene Tochter war. Sie konnte ihr Gesicht deutlich erkennen, sie war allein und immer in Bewegung. Sie erzählte Matt nie von diesen Visionen.

Matts Gefühle gegenüber dem Ungeborenen waren ebenfalls gemischt. Er war besorgt um Elises Wohlergehen, ja geradezu ängstlich. Seine Aufmerksamkeit galt mehr Elise als dem Kind, und er vermied es, Vermutungen über die Zukunft anzustellen – ob das Baby ein Junge oder ein Mädchen sein würde, wo sie leben würden, ob es mehr ihm oder Elise ähnlich sehen würde. Er wollte immerzu Elise helfen, aber wie soll man einem Menschen dabei helfen, sich zu erbrechen, außer etwa, indem man seine Haare zusammenhält, damit sie nicht nach vorn in die Kloschüssel hängen? Im Übrigen empfand Elise ihre Beschwerden sehr stark als etwas, was sie ganz alleine durchstehen musste. Es gab eine physische Schranke zwischen ihnen – was mit ihr passierte, würde Matt niemals verstehen können. Er tat, was er konnte, und fing an, nach einer Wohnung mit zwei Schlafzimmern zu suchen, auch wenn klar war, dass so etwas nur in noch schlechterem Zustand zu bekommen war als das, was sie hatten.

Wie viele Wohngegenden in Brooklyn zu dieser Zeit war auch Ridgewood ziemlich heruntergekommen. Einst schöne Gebäude waren baufällig und abbruchreif, von der Pracht, die sie im neunzehnten Jahrhundert gehabt hatten, war nichts mehr übrig. Hie und da hatte man Maßnahmen eingeleitet, um die alten Wohnbauten, die in Boomzeiten errichtet worden waren, zu erhalten, aber alles war noch in sehr schlechtem Zustand. Elise sah, wie Künstler und afroamerikanische Communities die verlassenen Räume besiedelten und vor dem endgültigen Verfall bewahrten, aber sie sah auch die Cracksüchtigen, die ausgelaugten Frauen, die sich allein durchs Leben schlagen mussten, fünf- oder sechsjährige Kinder, die für ihre Eltern Drogen kaufen mussten. Zur selben Zeiten liefen die Geschäfte in der Wall Street prächtig.

Wo werden wir wohnen?, fragte sie Matt, aber er sagte ihr, sie solle sich keine Sorgen machen. Er achtete darauf, dass sie sich gut ernährte. Er kaufte ein kleines Regal für Bücher. Sie sah ihm zu, wie er es montierte, wie er methodisch die Abstände zwischen den Fächern maß und darauf achtete, dass das unterste Brett tief genug für die kurzen Ärmchen war, die bald danach greifen würden.

Sie sprachen nie über ihre Beziehung und hielten nie inne, um zu fragen, ob sie denn überhaupt eine Beziehung hatten. Die Funktionsfähigkeit ihrer Verbindung durfte nicht in Frage gestellt werden, damit kein Riss entstand, der den festen Zusammenhalt zwischen ihnen gefährdete. Sie schliefen noch miteinander, sie kochten und aßen gemeinsam, und doch wussten beide, dass das, was sie miteinander hatten, etwas vollkommen anderes war als ihre Beziehungen mit Shara und mit Connie. An manchen Tagen konnte Elise es nicht glauben, dass es so hatte enden müssen. Sie war manchmal sehr niedergeschlagen. In ihrer und Matts Geschichte ging es mittlerweile weniger um gegenseitige Rettung als vielmehr darum, dass sie in ihrer Schlechtigkeit einander wert waren. Die Geschichte eines Ehebrechers und einer Verführerin, die eine fremde Ehe zerstört hat. Manchmal erschien es ihnen so.

»Glaubst du, Connie hat Shara das mit dem Baby erzählt?«, fragte sie ihn eines Abends im Bett.

»Ja, das glaube ich schon«, sagte Matt.

Elise drehte sich zu ihm um. »Fühlst du dich schuldig?«

»Ja«, antwortete er. »Natürlich.«

»Manchmal denke ich, wir könnten ihr unser Baby schenken«, sagte Elise.

»Was?«

»Wir könnten Shara das Baby schenken.«

»Ist das dein Ernst? ›Hier, bitte, Shara, ich hab dir ein Kind von mir und einer anderen mitgebracht – du kannst es behalten. Wenn es groß ist, wird es so aussehen wie ich und dich damit immer aufs schönste daran erinnern, wie beschissen dein Leben 1983 war.‹ Ich frage mich manchmal echt, was in deinem Kopf vor sich geht, Elise.«

Einige Minuten lang lagen sie schweigend da.

»Elise?«, sagte Matt schließlich.

»Ja?«

»Bedeutet das, dass du darüber nachdenkst, es wegzugeben?«

Elise schloss die Augen. Vor ihrem Tod hatte ihre Mutter ganz offen mit ihr gesprochen. Die Leute haben vollkommen falsche Vorstellungen davon, wie es ist, ein Kind zu kriegen, sagte sie. Es bedeutet nicht, dass zu dem, was man bereits hat, etwas hinzukommt. So war es Patricia mit Elise ergangen. Alles, was sie bis dahin gehabt hatte, war plötzlich weg. Da stand ein ganz neues Gebäude, und es gab Wochen, Monate, Jahre, in denen sie nicht wusste, wo sie die Schlüssel hingelegt hatte. *Es war ein verändertes Leben, mein Schatz. Und ich musste damit zurechtkommen.*

Elise fragte: *War es ein glückliches Leben für dich?* Und ihre Mutter nahm sie in die Arme und sagte: *Ja*. Es habe eine Weile gedauert, aber irgendwann habe sie gar nicht mehr gewusst, wie es vorher gewesen war.

Dass man sich selbst so vergessen konnte, war der kleinen Elise schrecklich erschienen, aber nach dem Tod ihrer Mutter hatte sie es selbst erlebt. Sie hatte das Gefühl, sie fließe Stück für Stück davon, als gingen ständig Teile von ihr verloren. Sogar jetzt noch hatte die Vorstellung, sich selbst zum Verschwinden zu bringen, einen makabren Reiz für sie.

»Nein«, sagte sie, »ich habe nur darüber nachgedacht, es Shara zu geben.«

»Ich glaube nicht, dass Shara jemals wieder deine Freundin sein wird, El«, sagte Matt ernst. »Selbst wenn du wirklich versuchen würdest, ihr dein Kind zu schenken. Wir können das, was wir getan haben, nicht ungeschehen machen.«

Elise musste wieder an die Träume denken, die sie gehabt hatte, an den von ihrer Tochter, die im Schlafzimmer herumging, und an den von dem einstürzenden Hausdach. Sie griff nach ihrem Halskettchen und spielte gedankenverloren damit: Sie zog das goldene *E* nach oben über ihr Kinn und ließ es dann wieder herabfallen.

»Es wird vieles anders werden«, sagte Matt sanft. »Noch mehr, als sich bereits verändert hat. Aber ich werde jedenfalls nicht weggehen. Ich bin immer für dich da.«

»Wann wirst du das mit dem Baby deinen Eltern sagen?«

Matt schwieg eine Weile, dann sagte er: »Sie sind altmodisch.«

»Was soll das heißen?«

»Wir sind – nicht verheiratet.«

»Dann lass uns eben heiraten.«

Matt sagte nichts. Elise wusste, dass sie nicht besonders begeistert geklungen hatte und dass es wohl nie zu einer Heirat kommen würde. Er rieb seine Stirn und kniff die Augen zusammen, als wollte er eine unangenehme Spannung loswerden. »Sie liebten Shara sehr«, sagte er.

Elise fühlte Panik in sich aufsteigen. »Das ist grausam, dass du das sagst. Es klingt so, als wolltest du mir zu verstehen geben, dass sie mich niemals lieben könnten.«

»Hey, hey«, murmelte er und streichelte ihre Schulter. »Natürlich können sie dich lieben. Sie werden dich lieben. Es wird nur eben eine Weile dauern, bis sie sich daran gewöhnt haben, dass ich nicht mehr mit ihr zusammen bin. Ich liebe dich. Das glaubst du mir doch, oder?«

»Ich glaube es dir.«

Elise sagte nicht, dass sie ihn auch liebe. Sie fand, dass wenigstens sie ehrlich sein musste.

39

Elise wurde immer schwerer. Die Übelkeit und die Erschöpfung verschwanden nach und nach im vierten und fünften Monat. Sie hatte keinen einzigen Arbeitstag im Diner gefehlt. Im Lauf der Zeit hatte sie sich mit einer Kollegin namens Yolanda angefreundet, einer Mittvierzigerin, die ihren alten Eltern in Puerto Rico regelmäßig Geld schickte. Sie hatte keine Kinder und keinen Mann. »*El tipo está muerto*«, sagte sie achselzuckend. »Der Typ ist gestorben.« Yoli brachte Elise manchmal süßes Mandelgebäck, das mit Puderzucker bestäubt war, von zu Hause mit. Sie war die einzige Person außer Matt, die Elises Bauch tätscheln durfte. Sie beugte sich immer zu der Stelle hinunter, an der sie den Kopf des Babys vermutete, und redete mit ihm: »*Hola, mi cariño. Pronto nos vemos.*«

»Hallo, Schätzchen. Wir sehen uns bald.«

Elise wollte ständig in Yolis Nähe sein.

Eines Tages kam eine Frau in den Diner und setzte sich an einen Tisch am Fenster. Sie hatte rotes Haar wie Connie und war ungefähr genauso groß. Sie hatte die blasse, fast durchscheinende Haut rothaariger weißer Frauen und die typischen Sommersprossen über dem Nasenrücken. Elise starrte sie die ganze Zeit wie gebannt an. »Alles okay, *mija*?«, fragte Yolanda. »Man könnte meinen, du hast ein Gespenst gesehen.«

Nachdem die Frau ihren Kaffee getrunken und ihre *New York Times* halb gelesen hatte, ging sie. Elise flüchtete in den Aufenthaltsraum für das Personal und weinte. Sie schlug die Hände vors Gesicht, als wollte sie die Tränen mit Gewalt zurückhalten. Sie vermisste Connie so sehr. Sie vermisste sie wie einen verlorenen Arm oder ein Bein.

An diesem Abend lag Elise allein in dem Bett in ihrer winzigen Wohnung und beobachtete das Licht, das von der Straße hereinfiel. Sie stellte sich vor, Connie wäre heute durch die Tür des Lokals getreten, so wie sie früher ins *Seedling* gekommen war, groß gewachsen, gepflegt, elegant in ihrem langen Wollmantel. Was hätte Elise zu ihr gesagt? Ihre letzte Begegnung hatte etwas von einer griechischen Tragödie gehabt: Wehklagen an einem Strand, um sie herum nichts als Sand, auch bittere Vorwürfe. Was machte Connie wohl gerade?

Matt war noch bei der Arbeit. Er machte oft Überstunden in letzter Zeit, weil er an einer neuen Show arbeitete, die, ausgerechnet, *Mamma und ich* heißen sollte. Es handelte sich dabei um eine Sitcom über ein frisch verheiratetes italienisch-amerikanisches Paar, das versucht, sich von den allzu liebevollen Familien der beiden zu emanzipieren und ein selbstbestimmtes Leben in New York City zu führen. »Du kannst es dir als eine Kreuzung aus *Der Pate* und *Happy Days* vorstellen«, sagte Matt.

»Ist es lustig?«, fragte Elise.

»Zum Teil. Die Gags, die von mir sind.« Matt grinste.

Er war bei dem Sender eine Stufe weit aufgestiegen und durfte einige Episoden schreiben. Die Pilotsendung war erfolgreich gewesen, die ersten Folgen sollten bald ausgestrahlt werden. Er schrieb wie besessen, und jetzt, nachdem die Dreharbeiten begonnen hatten, wurde er oft im Studio gebraucht, um letzte Änderungen am Text auszuarbeiten und die Aufnahmen zu überwachen. Er strahlte wieder mehr Lebensfreude aus und brachte immer eine Menge Lebensmittel mit, wenn er von der Arbeit nach Hause kam. »Wir müssen dich ordentlich rausfüttern«, sagte er.

Schließlich konnte Elise es einfach nicht mehr aushalten. Die Sehnsucht nach Connie drückte ihr das Herz ab. Ihr war, als riefe ein sterbendes Geschöpf nach ihr, flehte sie an, es am Leben zu erhalten. Eines Tages, als sie wieder einmal allein in der Wohnung war, griff Elise zum Telefon und wählte die Nummer von Connies Haus in London. Elise war entschieden, ihre Hand zitterte nicht. Es fühlte sich richtig an. Es fühlte sich wichtig an. Das Telefon klingelte nicht sehr lange, was sie überraschte.

»Hallo?«, sagte eine Stimme. Es war die von Mary O'Reilly.

Der Ton der Stimme versetzte Elise zurück in die Anfangszeit ihrer Liebe und rief ihr jene angenehme Mattigkeit und Erregung in Erinnerung, die sie damals täglich gespürt hatte. Sie schloss die Augen. »Mary«, sagte sie, »hier ist Elise. Ist Connie da?«

Eine Weile lang blieb es still. »Nein.«

Elise wusste, dass Mary log. »Bitte lassen Sie mich mit ihr sprechen.«

»Sie ist nicht da. Wo sind Sie, Elise?«

»Ich bin in New York. Ich muss mit ihr sprechen.«

Wieder trat eine Pause ein, dann sagte Mary: »Sie haben einigen Schaden angerichtet, Elise.«

»*Ich* habe Schaden angerichtet?«

»Es ist besser, Sie bleiben, wo Sie sind«, sagte Mary. »Sie haben doch nicht vor, zurückzukommen, oder?«

»Nein, ich komme nicht zurück.«

»Das ist das Letzte, was sie jetzt gebrauchen kann.«

»Geht es ihr gut?«

Im Hintergrund waren Schritte und Gemurmel zu hören, aber Elise konnte nichts verstehen. »Connie?«, rief sie. »Connie, bist du das?«

»Tut mir leid, Sie haben sich verwählt«, sagte Mary und legte auf.

Elise lehnte sich zurück auf dem Sofa. Draußen lärmte der Verkehr. Sie saß im Dunkeln und hörte dem Tuten aus dem Telefonhörer zu. Heiße Tränen stiegen in ihre Augen, rollten über ihre Wangen und fielen auf das Telefon. Stundenlang saß sie reglos da. Als sie Matts Schlüssel in der Tür hörte, stand sie auf, ging schnell zu Bett und stellte sich schlafend.

40

Die letzten zwei Monate ihrer Schwangerschaft waren extrem anstrengend. Elise fühlte sich, als wäre ihr Körper zu einem Vielfachen seiner normalen Größe aufgedunsen. Sie konnte nicht länger als eine halbe Stunde am Stück schlafen, weil es jedes Mal eine komplizierte Turnübung war, sich auf die andere Seite zu drehen. Sie konnte ihre Füße nicht mehr sehen. Ganze Körperregionen verschwanden aus ihrem Blickfeld, während eine, ihr Bauch, immerfort weiterwuchs. Sie stellte sich vor, das Baby würde niemals aus ihr herauskommen, sondern in ihr größer und größer werden, bis sie entweder wie ein Ballon vom Boden abhob oder zerplatzte.

Sie aß Unmengen. Yolanda brachte Essen aus dem Diner mit, wo Elise nicht mehr arbeiten konnte, und manchmal brachte sie auch Gerichte, die sie selbst gekocht hatte. Elise war oft mit ihr zusammen. Wenn Yoli sie besuchte, machten sie sehr langsame Spaziergänge in der unmittelbaren Umgebung. Arm in Arm umrundeten sie im Schneckentempo den Irving Square Park, wobei sie oft auf Parkbänken rasteten. Es war Juli, und die Zeit der angenehmen Temperaturen in New York war vorbei, jetzt herrschte drückende Schwüle oder gestaute Hitze in der Stadt. Sie unternahmen Schaufensterbummel, ohne je ein Geschäft zu betreten, bis sie einmal an einer Buchhandlung vorbeikamen und Elise sah, wie dunkel und kühl es dort war und wie schön die alten Bodendielen glänzten.

Als sie es sah, fragte sie sich, ob sie irgendwo tief in ihrem Inneren bereits gewusst hatte, was hier auf einem Tischchen neben dem Eingang auf sie wartete: ein Stapel Bücher und darüber ein Schild mit der Aufschrift »Neuerscheinungen«. Elise watschelte hin und stand davor wie ein Kind vor einem Altar. Sie wagte kaum, den Schutzumschlag zu berühren. Darauf war eine grüne Strichzeichnung eines Kaninchens zu sehen, das sich jedoch unter dem Blick des Betrachters in die Silhouette einer Frau zu verwandeln schien. *Ich schreibe über ein grünes Kaninchen.* Was für ein seltsames Erlebnis, hier Connies Namen wiederzubegegnen! Die Bibliothek von Brixton kam ihr vor wie ein Ort auf einem anderen Stern. Die Wörter *Grünes* und *Kaninchen* gedruckt auf einem Buchumschlag, Tausende Meilen entfernt von dem Ort, wo Con sie zum ersten Mal ausgesprochen hatte: in ihrem Arbeitszimmer in London, mit finsterer Miene, als sie widerwillig diese magere Auskunft gegeben hatte, worüber sie schrieb. Connie war hier – ihre Worte, nicht ihre Stimme am Telefon, nicht ihr Gesicht auf dem Kissen neben Elise, gleichwohl war sie in dieser Buchhandlung anwesend. Connie hatte sich bemerkbar gemacht, und Elise hatte sie gefunden. Sie streichelte fast furchtsam das Buch.

»Was ist das?«, fragte Yolanda.

»Ein Buch, das meine – Freundin geschrieben hat«, sagte Elise. Sie legte es hin und ließ ihre Hand auf ihrem Bauch ruhen.

»Deine Freundin hat das geschrieben?« Yolanda riss staunend die Augen auf. »Wovon handelt es? Von einem grünen Kaninchen?«

»Das muss ich erst noch herausfinden«, sagte Elise.

»Grün ist eine Unglücksfarbe«, sagte Yolanda.

»Wieso? Ich dachte immer, es ist die Farbe der Hoffnung.«

»Der Eifersucht. Wem gehört das Kaninchen?«

Elise öffnete das Buch und überflog den Klappentext. »Ich glaube, Kaninchen ist der Name der Hauptfigur.«

Yolanda deutete auf Elises Bauch und zwinkerte. *»¿Ah si? Se multiplica.«*

Elise lachte. »Klar. Kaninchen vermehren sich.«

Elise trug das Buch zur Kasse und bezahlte es.

Die beiden Frauen umarmten einander vor dem Haus, in dem Elise und Matt wohnten. Yoli sagte, sie werde morgen wiederkommen und etwas zu essen mitbringen. Sie wohnte nur vier Blocks weit entfernt und konnte zu Fuß gehen.

»Das sollst du nicht tun, Yoli«, sagte Elise. »Wie kann ich das alles je wieder wettmachen?«

Yolanda fuhr mit der Hand durch die Luft. »Du musst essen«, sagte sie. »Die *niña* kommt bald.« Yolanda war überzeugt davon, dass das Kind ein Mädchen war.

Elise, die Hand auf ihrem riesigen Bauch, sah Yolanda nach. Ihr Jeansrock flatterte um ihre straffen Waden, ihre abgetragenen Pantoletten klapperten auf dem heißen Pflaster. Sie und Elise hatten einander die Zehennägel kirschrot lackiert. Elise fragte sich, was Yoli wohl mit dem Rest des Tages anfangen würde und was sie selbst tun sollte. Zwischen ihnen hatte sich eine enge Freundschaft entwickelt. Einsamkeit, die gemeinsame Arbeit im Diner, der ständig wachsende Bauch hatten ihren Anteil daran. *Bleib bei mir!*, hätte Elise ihr gerne nachgerufen. *Bitte. Ich weiß nicht, was ich tun soll!*

Sie nahm das Buch aus der Papiertüte, in die der Buchhändler es gesteckt hatte, und las noch einmal den Klappentext. »Kaninchen lebt in ihrer eigenen Welt, glücklich, hochmütig, immer alles im Griff, bis sie sich eines Tages verliebt. Sie muss lernen, wann sie loslassen und wann sie festhalten muss – denn solange man nicht weiß, wie die Freiheit eigentlich aussieht, ist es schwer zu spüren, wenn sie nicht mehr da ist. Eine schöne zeitlose Fabel über Verwandlung, Leidenschaft und Reue von der Autorin des Bestsellers HERZ AUS WACHS.«

Darunter Pressestimmen: »Constance Holden erweist sich wieder als meisterhafte Kennerin menschlicher Emotionen ... Aufregend, weise und fremdartig ... Eine merkwürdige Geschichte von einer merkwürdigen Frau und davon, wie die Liebe uns allen den Kopf verdreht.«

Elise verdrehte die Augen. Sie sperrte die Haustür auf, stieg langsam die Treppen hinauf bis zu ihrer Wohnung im zweiten Stock, wo sie sich im Wohnzimmer auf der Couch niederließ und das Buch aufschlug.

Für Shara lautete die Widmung.

Elise las, bis die Sonne hinter den Dächern verschwunden war und die Straße sich mit Leuten belebte, die abends ausgingen: junge Frauen in Elises Alter, alle schick herausgeputzt, Jugendliche auf dem Weg zum Basketballplatz, begleitet vom rhythmischen dumpfen Geräusch des aufspringenden Balls, das sich anhörte wie der überlaut verstärkte Herzschlag eines Menschen. Der Stil des Buchs war fremdartig – leicht unterkühlt, aber detailgenauer und mehr psychologisch beobachtend, als man es von einer Fabel erwartete. Kaninchens große Liebe hatte keinen Namen; es war nicht einmal immer zu erahnen, ob es sich um einen Mann oder eine Frau handelte, unübersehbar war aber, dass diese Person schwere Verwüstungen in dem übergroßen Ego von Kaninchen anrichtete. Der Schauplatz hatte etwas Geheimnisumwittertes, doch Elise hatte nicht den kleinsten Zweifel daran, dass es sich um London handeln musste. Das Buch war leiser im Ton als *Herz aus Wachs*, es gab weniger Personen und mehr Innerlichkeit, es war fast poetisch und ungeschützt. Die Zartheit und Grausamkeit der Liebe. Kaninchen, bei lebendigem Leib gehäutet.

Elise hörte Matt nicht hereinkommen. Er trat zu ihr, beugte sich über sie und küsste ihren Kopf. Elise fühlte sich weit weg von ihm, weit weg von allen Menschen, sie war nur ein Paar Hände, die ein Buch hielten, dabei drückten doch sonst fünfzig tonnenschwere Anker ihren Körper auf den Meeresgrund des Sofas. Während sie die Seiten umblätterte, war ihr, als würde sie sich nie wieder von der Stelle rühren, und eines Tages würde man sie hier auffinden, ganz mit Entenmuscheln bewachsen, wenn das Meer jemals Brooklyn überspülte. Sie spürte eine Sehnsucht danach, älter zu sein, *denn wenn ich älter wäre*, so las sie, *würde ich mich nicht wie ein Nichts fühlen, ich wäre so massiv fest wie ein Standbild aus Stein, das Druiden auf einer Klippe aufgestellt haben, verehrt und geschützt, in der freien Luft, ehrfurchteinflößend in meiner von Flechten bedeckten Haut.*

»Was ist das?«, fragte Matt.

Elise hielt das Buch hoch. »Connie.«

»Oh, Scheiße«, sagte Matt

In dieser Nacht setzten die Wehen ein. Die Kontraktionen begannen etwa um drei Uhr morgens, und gegen fünf stöhnte sie nur noch vor Schmerzen. Matt brachte sie ins Wyckoff Hospital. Der Muttermund sei noch nicht weit genug eröffnet, sagten sie dort, sie solle wieder nach Hause gehen.

Sie delirierte und hatte schreckliche Angst. »Ich weiß nicht, wo das ist!«, sagte sie. »Ich weiß wirklich nicht, wo das ist.«

»Ist mit Ihrer Frau alles in Ordnung?«, fragte eine Krankenschwester Matt.

»Ich bin nicht seine Frau«, sagte sie. »Gehen wir.«

Sie fuhren zurück, Elise schleppte sich auf allen vieren die Treppe hinauf in die Wohnung und versuchte zu schlafen. Matt saß am Bett und hielt ihre Hand. »Es wird alles gutgehen«, sagte er. »Du schaffst das. Wenn es irgendjemand schafft, dann du.«

Sie sah ihn an. Er hatte wirklich keine Ahnung, was er da von ihr verlangte.

Drei oder vier Stunden später kamen die Kontraktionen in kürzeren Abständen. »Wir müssen wieder hin«, sagte sie.

Sie fuhren mit einem Taxi zur Klinik. Das Kind drückte stark.

»O Gott, o Gott«, stöhnte sie. »Ich hab eine solche Angst.«

»Es tut mir so leid«, sagte er. »Ich wünschte, ich könnte dir die Schmerzen abnehmen.«

Elise bat um etwas gegen die Schmerzen. Sie war nicht der Meinung, dass es für irgendetwas gut sein konnte, so zu leiden. Sie sah nicht ein, warum sie so etwas ertragen sollte, wo doch Matt bei bestem Wohlbefinden herumstand.

Sie war vollkommen fertig. »Warten Sie, Schätzchen«, sagte eine Hebamme. »Jetzt pressen.«

»Ich presse doch schon.«

»Pressen Sie stärker, Elise. Das Kind kommt nicht von allein.«

Es fühlte sich an, als würde es nie aufhören. Sie drehte den Kopf und schaute aus dem Fenster. Es war mittlerweile Nachmittag, bald würden die Fluten über Brooklyn hereinbrechen, und sie würde immer noch da sein und pressen. Sie hatte schon tausend Jahre lang gepresst.

Ein hektisches Piepsen ertönte, und Leute stürzten herein. Elise hatte keine Schmerzen, sie konnte ihren Körper nicht mehr spüren, sie hatte nur noch Augen, und sie sah Matt in einem blauen Kittel, eine blaue Duschhaube auf dem Kopf. »Gehst du ins Wasser?«, fragte sie.

»Bleiben Sie bei uns, Schätzchen«, sagte die Hebamme.

»Wir müssen dieses Baby rausholen«, sagte jemand anders.

Matt war totenbleich. *War es das?*, dachte sie. *Sterbe ich jetzt? Sterbe ich jetzt?*

Als sie wieder zu sich kam, saß Matt auf einem Stuhl neben ihr. Er merkte, dass sie sich regte, und sprang auf. »Geht es dir gut? Mein Schatz, o Gott. Geht es dir gut?«

»Was ist passiert?«

»Du hast viel Blut verloren. Sie haben eine Transfusion vorgenommen.«

»Wo ist das Baby?«

»Dem Baby geht es gut. Sie mussten einen Kaiserschnitt machen.«

»Wo ist sie?«

»Hier.«

Matt langte in eine Plastikwanne neben dem Bett und hob ein gewickeltes Baby heraus. Er legt es sanft auf Elises Brust. »Ich weiß nicht, ob ich das darf«, sagte er. »Aber hier ist sie.«

Ein richtiges Baby, wie man sich's vorstellt, dachte Elise. Nach so viel Schinderei! Es war sonderbar, wie normal sich alles anfühlte. Matt sah sie erwartungsvoll an. »Wie lange habe ich geschlafen?«, fragte sie und starrte in das kleine rote Gesicht.

»Fünf Stunden ungefähr.«

»Sie ist so winzig«, sagte Elise. »Schau dir diese Fingernägelchen an.«

»Ich weiß.«

»Und die Nase!«

»Ich weiß.«

»Alles ist innen drin«, sagte Elise, und Matt nickte und lächelte erschöpft. Aber ihr war klar, dass er sie nicht verstanden hatte. Kapierte er es nicht? Die winzigen Lungen, das Herz, der Magen, die Eingeweide, die Knöchelchen, die so dünn waren wie die eines Hühnchens, das Gehirn – und innen drin ein tiefer, endloser Raum voller Musik, die niemand von ihnen hören konnte. Elise hatte große Angst, sie könnte etwas in ihr zerbrechen. »Ich möchte ihr nicht wehtun«, sagte sie.

»Du wirst ihr nicht wehtun«, sagte Matt.

Aber Elise hielt das für Wunschdenken.

In dem Bett neben Elise lag eine Frau, bei der man auch einen Notkaiserschnitt gemacht hatte. Sie hieß Stephanie, und die beiden unterhielten sich manchmal. Sie konnten sich nur schwer bewegen, darum begnügten sie sich damit, einander das Gesicht zuzuwenden. »Ich sehe bestimmt schrecklich aus.« Stephanie seufzte.

»Nein, überhaupt nicht«, sagte Elise.

»Ich habe Jahre darauf gewartet«, sagte Stephanie.

Elise fragte nicht, warum. Stephanies Mann war bei der Feuerwehr. Er konnte seine Frau nicht oft im Krankenhaus besuchen, aber als er dann kam, zeigte sich, dass er eine überaus imposante Erscheinung war, groß und breitschultrig mit roten Haaren. Er war eines von sieben Geschwistern, erzählte Stephanie. Die Familie war katholisch – die Mutter war in den fünfziger Jahren aus Irland gekommen.

»Und sie ist geblieben?«, fragte Elise.

Stephanie lachte. »O ja. Sie ist nicht der Typ, der wieder zurückgeht.«

»Sie hat bestimmt jede Menge Enkel.«

Stephanie grinste. »Das kann man wohl sagen. So viele, dass Callum« – sie deutete auf die Plastikwanne, in der ihr kleiner Sohn schlummerte – »wahrscheinlich in der Menge untergehen wird.«

Aber so, wie sie es sagte, war Elise klar, dass sie das nicht ernst meinte. Stephanie würde niemals zulassen, dass Callum unterging.

Die Tage verstrichen, und Elise starrte an die Decke, voller Ungeduld, endlich entlassen zu werden, während Stephanie eingenickt war, nachdem ihr Mann, der sie besucht hatte, wieder gegangen war. Man sah den beiden an, dass sie einander wirklich innig liebten. Bei dem Gedanken an Stephanie, die achtunddreißig und endlich Mutter geworden war, schämte Elise sich plötzlich für ihre Jugend, die sie nie hatte wahrhaben wollen. Bei Stephanie stimmte alles. Sie war so mit sich selbst im Reinen, so freundlich und humorvoll, und jetzt hatte sie zur Belohnung ihren Callum bekommen.

Elise blieb eine Woche im Krankenhaus. Die Ärzte wollten sie und das Baby so lange zur Beobachtung dabehalten. Sie lag die ganze Zeit im Bett und starrte an die Decke, das Baby im Arm oder in seinem Kinderbettchen. Nach sieben Tagen sagte man ihr, sie habe keinen Grund, sich Sorgen zu machen, mit dem Baby sei alles in Ordnung, sie sei jung und gesund, und man könne sie beruhigt nach Hause entlassen.

Aber in Elises Kopf waren Spinnen, die Netze webten. »Ist wirklich alles in Ordnung? Sind Sie sicher?«

»Alles wird gut werden. Es besteht kein Grund zur Beunruhigung«, sagte der Arzt. »Wie heißt Ihre Tochter überhaupt?«

Sie hatten daran gedacht, sie Patricia zu nennen, aber Elise wollte eine neue Geschichte anfangen.

»Rose«, sagte sie. »Wir haben sie Rose genannt.«

2018

41

Als ich so vor Connies Tür stand, die sie mir vor der Nase zugeschlagen hatte, wurde mir klar, dass ich an diesem Tag wahrscheinlich einen Menschen verloren hatte, der mir aus zwei Gründen sehr wichtig war: nicht nur wegen Connies Beziehung zu meiner Mutter, sondern auch wegen der lehrreichen Erfahrungen, die ich im Lauf der Monate bei ihr gemacht hatte. Sie hatte mir Raum zur Entfaltung geschenkt. Sie hatte mir ein Beispiel gegeben, wie man in dem Wissen, wer und wie man ist, und ohne sich dafür zu rechtfertigen, leben kann, und hatte mich zugleich ermutigt, meine eigene Stimme zu suchen. Ich hatte angefangen, mich selbst Schicht für Schicht auszugraben, zu fragen, wer ich wirklich sein wollte und wie und wo.

Ich steuerte das nächste Café an. Das Herz tat mir weh, und ich fragte mich, was Connie wohl gerade tat, ob Deb bei ihr bleiben würde, ob sie bis spät in der Nacht zusammensitzen und über Gespenster aus der Vergangenheit reden würden. Ich versuchte mir meine Mutter und Connie in den achtziger Jahren vorzustellen. Als Paar. Wie hatten sie sich verhalten? Demonstrativ? Wohlüberlegt? Ich würde es nie erfahren. Wie auch immer, ich hatte jetzt dringendere Probleme, und dasjenige, das mir am meisten auf den Nägeln brannte, war, dass ich keine Bleibe hatte.

Nach Brixton zurückzugehen kam für mich nicht in

Frage, obwohl Joe mich wahrscheinlich bei sich hätte wohnen lassen, wenn ich ihm meine Notlage geschildert hätte, und obwohl dort ja auch noch meine meisten Kleider und sonstigen Sachen waren. Ich konnte mir eine Fahrkarte kaufen und mich noch am selben Abend auf den Weg in die Bretagne machen, aber ich wusste nicht, was so eine Reise kostete und ob ich, so wie die Dinge standen, Papa gegenübertreten wollte. Claire würde mir vielleicht ansehen, dass etwas mit mir nicht stimmte, ich würde schlecht lügen, und am Ende würde alles herauskommen. Ich hätte Kelly und Dan bitten können, mir eine Weile ihr Gästezimmer zur Verfügung zu stellen, doch ich sagte mir, das wäre eine zu große Zumutung, schließlich hatten sie ein kleines Kind, und Kelly war hochschwanger. Das war jedoch nur ein vorgeschobener Grund: Die beiden hätten mich so gastfreundlich aufgenommen, wie sie es immer getan hatten, nur wusste ich nicht, ob ich in meiner Verfassung imstande war, mich in ihre Familiengemeinschaft einzufügen.

Ich hatte noch andere Freundinnen, aber ich hatte, seit ich bei Connie arbeitete, kaum Kontakt mit ihnen gehabt, und ich konnte sie nun nicht plötzlich mit der Bitte überfallen, mich bei sich wohnen zu lassen. Es gab nur eine Person, die mich vielleicht aufnehmen würde, wenigstens für ein paar Tage. Ich zog mein Smartphone hervor und wählte die Nummer.

»Hallo?«, sagte eine junge heitere Stimme.

»Hi, Zoë. Ich bin's, Rose. Wie geht's?«

»Rose!« Sie klang aufrichtig erfreut. »Oh, mein Gott, wie geht's dir? Wir vermissen dich im Café. Na ja, Giles vielleicht ausgenommen. *Mir* fehlst du.«

Ich lachte. »Du mir auch. Und mir fehlen unsere Gespräche. Entschuldige, dass ich mich so lange nicht mehr gemeldet habe. Es ist so viel passiert bei mir. Aber, hör mal – hast du vielleicht zufällig heute Nachmittag Zeit? Ich weiß, es ist ein bisschen kurzfristig – aber ... könnte ich vielleicht ein paar Tage bei dir unterkommen?«

»Klar, kein Problem. Heute Nachmittag bin ich daheim, komm einfach vorbei.«

Zoë wohnte zur Untermiete in einer Sozialwohnung im Osten von London, die sie mit drei anderen Leuten teilte. An allen Mauern auf dem Weg dorthin klebten Plakate und Flyer für einfach ausgestattete, aber krass coole Clubs, deren Musik und Ästhetik mir vollkommen fremd waren. Kunstvolle Graffiti zierten die Ziegelwände, und es gab schuhschachtelgroße Cafés mit hölzernen Bänken auf dem Bürgersteig. Ich kam an einem als Rohbau stilisierten Laden vorbei, der ausschließlich schwarze Socken aus Japan zu verkaufen schien. Mir fiel auf, dass der Kaffee in dieser Gegend genauso viel kostete wie in Hampstead.

Ich fand das Gebäude, in dem Zoë wohnte, und läutete. Sie öffnete mir die Tür, gekleidet in eine weite, kittelartige Bluse und Leggings. Winzig kleine Goldringe säumten die Rundung ihres linken Ohrläppchens. Sie umarmte mich. »Komm rein.«

Ihr Zimmer war ein Traum. Ein Lammfellteppich, romantische Beleuchtung, an den Wänden überall Kunstpostkarten aus der Tate Gallery, Sukkulenten auf der Fensterbank, Nachtlichter und schlanke Novellenbändchen, eine Zeitung und ein Becher mit Stiften auf dem zierlichen Schreibtischchen. Es wirkte wie ein Raum, der Hoffnungen und Träume in sich barg. Mein Herz konnte sich nicht entscheiden, ob es aufgehen oder brechen sollte.

»Das ist wirklich lieb von dir, dass du mich aufnimmst«, sagte ich.

»Ach, das ist nicht der Rede wert. So was kommt hier andauernd vor. Ich hab frische Bettwäsche für dich hergerichtet. Das mit dir und Joe tut mir echt leid.«

»Danke. Aber es ist eigentlich nicht allzu schlimm. Und ich verspreche dir, dass ich dir nicht lange zur Last fallen werde. Es ist nur –«

»Rosie, ich finde es toll, echt. Hör zu, wir machen heute Abend eine vegane Lasagne für alle, und nach dem Essen sehen wir uns *Clueless* an. Bist du dabei?«

»Gerne«, sagte ich. Ich kam mir vor, als wäre ich ungefähr drei Millionen Jahre alt. Am liebsten hätte ich diese schwindelerregende Kombination aus Zoës Jugendlichkeit und süßer Reife in Flaschen abfüllen und einen Handel damit anfangen wollen.

Sie gab mir das WLAN-Passwort, *VirgosRUs* – »weil drei von uns im September geboren sind« –, und ich loggte mich mit meinem Smartphone ein. Niemand hatte mir eine E-Mail geschickt. Ich ging auch auf Joes Instagram-Account, aber er hatte schon lange nichts mehr gepostet. Kelly dagegen war fleißig gewesen. Auf einem neuen Foto waren alle drei Familienmitglieder in Frotteestrampelanzügen mit Weihnachtspuddingmuster zu bewundern. *Jetzt ist die richtige Jahreszeit!*, hatte sie geschrieben. *#Pudding #wasmachichwennichpipimachenmuss*.

Wieder stellte ich mir vor, wie sie an Weihnachten allein in eisiger Kälte Holz hackte. Ich hätte sie gern so gesehen, wie sie abseits von @thestellakella war. Ihre Karos in leuchtenden Primärfarben, dazwischen verschiedene Töne von Graugrün und Braun, dunkle kahle Bäume, eine Zeile aus einem Gedicht von Anne Sexton und ein Selfie von ihr mit einer Axt. Aber dafür hätte sie wohl kaum die Sponsoren gewinnen können, die sie brauchte. Das wusste sie besser als ich. Nach dem Puddingbild hatte sie im neuen Jahr einige Bilder von ihrer geschmackvoll eingerichteten Wohnung ins Netz gestellt, Aufnahmen, die Dan und Mol von hinten bei einem Spaziergang im Park zeigten, und, ja, auch ihre kleine Rede zum Thema »Wie es sich anfühlt, Mutter zu sein«. Es gab endlos viele Kommentare dazu: *Oh, mein Gott, genau so ist es! ... Ja, es stimmt: Manchmal denkt man, es ist so schlimm, dass es nicht mehr schlimmer werden kann, und dann biegt man um eine Ecke, und alles ist lauter Sonnenschein ...*

Ich schaltete mein Smartphone aus.

Am Abend saß ich mit Zoë und ihren Mitbewohnern rund um einen viel zu kleinen Resopaltisch, aß eine köstliche Auberginenlasagne, lachte und lauschte den Gesprächen. Sie waren alle Anfang zwanzig, und ich begriff erst jetzt, als ich so mit ihnen zusammensaß, wie groß der Unterschied zwischen mir und ihresgleichen war. Ich fühlte mich geistig und körperlich schwerfällig, als hätte sich mit den Jahren Gewicht angesammelt, das auf mir lastete. Sie redeten viel über sich selbst, wenn ich sie nur ganz leicht dazu ermunterte, sie fanden ihre eigenen Anekdoten interessant und originell, spendeten aber auch den Geschichten der anderen großzügig Beifall, sie schweiften oft in absurden Tangenten ab, waren abwechselnd dogmatisch und zu allerlei Spinnereien aufgelegt. Sie redeten über ihre Arbeit. Eine war Kunststudentin, die zweite Sekretärin, der dritte überlegte sich gerade, ob er ein Lehramtsstudium anfangen sollte. Alle hatten eine Menge Schulden, aber das tat ihren Ambitionen keinen Abbruch.

Ich fragte die Kunststudentin, die Lara hieß, was genau sie mache. »Ich arbeite mit Plastik«, sagte sie. Sie sprach ganz unbeschwert und ohne jedes Stocken. »Mit Altmaterial. Ich möchte es umformen, ich versuche, es von seinem Makel zu befreien. Meine Verfahren verbrauchen alle wenig Energie – ich arbeite mit Solarstrom, natürlichem Licht, Regenwasser, verrottetem Material. Ich kaufe nichts. Ich glaube daran, dass ich nur vorwärtskommen kann, wenn ich das mitnehme, was schon da ist.«

»Sie macht ganz tolle Skulpturen«, sagte Zoë, die ganz offensichtlich glaubte, sie müsse für mich dolmetschen. »Eine ist von so einem Kunstheini gekauft worden.«

»Von einem Kunstheini?«

»So einer von der Sorte, die man eben braucht, wenn man seine Sachen verkaufen will«, sagte Lara ohne erkennbare Bitterkeit. »Er hat so ein schick umgebautes altes Haus in Bayswater, und im Hof hat er die Skulptur stehen. Ich habe sie ihm aufgestellt.«

»Toll«, sagte ich. »Und was willst du machen, wenn du mit dem Studium fertig bist?«

Lara lächelte. »Das, was ich jetzt auch schon mache. Aber das wird nicht leicht werden, weil ja dann mit den Stipendien, von denen ich zurzeit hauptsächlich lebe, Schluss ist.«

»Du schaffst das«, sagte ich.

Ihr Lächeln flackerte. »Ich weiß nicht. Man muss Leute kennen. Die Aufmerksamkeit der Leute gewinnen. Man braucht Follower im Internet. Ich habe nur an die sechstausend.«

»Wenn du eine Million Follower hättest, würde dich das wohl kaum zu einer besseren Künstlerin machen«, sagte ich.

»Das weiß ich schon.« Es klang ein bisschen ärgerlich, und mir wurde klar, dass ich mich besser nicht als große Schwester aufspielte.

»Weißt du, du erinnerst mich an meine Freundin Kelly«, sagte ich.

Laras Gesicht hellte sich auf. »Echt? Wieso?«

»Sie war auch so entschlossen wie du und ist es immer noch. Sie hat es geschafft. Sie hat auch Stipendien gebraucht. Hast du schon mal von @thestellakella gehört?«

Alle schauten mich nur verständnislos an. Ich erkannte, dass das nicht Kellys Zielgruppe war. »Egal«, sagte ich, »sie hatte jedenfalls ihre Leidenschaft und hat es geschafft, dass sie jetzt damit Geld verdient. Sie hat sich nicht den Kopf darüber zerbrochen, was wohl die Leute von ihr denken würden. Sie hat einfach ihr Ding durchgezogen, und schon bald sind die Leute zu ihr gekommen. Allerdings hat die Sache auch ihre Tücken.«

»Wieso?« Lara sah mich verdutzt an.

»Wenn man darauf setzt, dass etwas, das man liebt, einen ernährt, das Geld einbringt, das man braucht, um seine Rechnungen und seine Miete zu bezahlen, dann hat das Auswirkungen auf diese Leidenschaft. Bei meiner Freundin zumindest scheint es so zu sein. Man muss pragmatisch mit etwas umgehen, was man nicht im Griff hat, weil es von Impulsen abhängt oder sich jedenfalls der eigenen Kontrolle entzieht. Wenn man aus dem, woran man mit ganzer Seele hängt, ein Geschäft macht, muss man damit rechnen, manchmal Verletzungen davonzutragen.«

Lara sah mich mit großen Augen an. »Ja, das ist nur allzu wahr«, sagte sie. »Und das Blöde ist, dass man das Risiko nicht auf Teilbereiche eingrenzen kann. Egal, wofür man sich entscheidet – so oder so muss man einen Preis bezahlen.«

Das alles ließ mich an Connie denken. Ich spürte, dass sie einen Preis bezahlt hatte, ich wusste nur noch nicht genau, wofür. Ihre Reaktion an diesem Tag verriet, dass irgendein tiefer Schmerz in ihr verborgen war, den sie nie überwunden hatte und der Auswirkungen auf alle Bereiche ihres Lebens hatte, auch, so glaubte ich, auf ihren Drang zu schreiben.

»Genau«, sagte ich – mehr zur Tischplatte als zu irgendjemandem. »Aber du brauchst dir keine Sorgen zu machen, du bist schon ein riesengroßes Stück weiter, als ich es mit Anfang zwanzig war.«

»Wie weit warst du denn damals?«, fragte Gabriella, die Sekretärin, die perfekte Fingernägel hatte und leuchtende Augen, die gleichwohl etwas ängstlich wirkten.

Ich holte tief Luft. »Ich hatte überhaupt keinen Plan. Ich war wirklich total orientierungslos.«

Ich spürte, wie die Luft im Raum erstarrte und alle den ganzen Körper anspannten, wie man es macht, wenn zu erwarten ist, dass tatsächlich mal jemand eine Wahrheit ausspricht. »Die Leute haben mir immer widersprochen, wenn ich das gesagt habe.« Ich blickte in die Runde. »Aber ich bin überzeugt davon, dass es nicht immer so großartig ist, wie man denkt, wenn man spektakulär gut in der Schule ist. Es ist nämlich schwierig, so ein Niveau zu halten.«

Jacob, der einzige Mann im Raum, derjenige, der vielleicht Lehrer werden wollte, schmunzelte. Ich wusste, dass ich einen wunden Punkt berührt hatte. »Könnt ihr euch an den Zehnjährigen erinnern, den man in Cambridge zu einem Physikstudium zugelassen hat?«, fragte ich. »Er hat das Diplom tatsächlich geschafft, aber dann hatte er einen Nervenzusammenbruch, und er hat nie wieder einen Taschenrechner angefasst.«

»Nein«, sagte Zoë.

»Na ja, das ist lang her. In den siebziger Jahren oder so. Bei mir war es nicht so schlimm – Zoë wird bestätigen, dass ich kein Physik-Genie bin oder sonst irgendein Genie. Aber es ist auch so problematisch genug, einen Lebenslauf zu haben, der zwanzig Jahre lang aus lauter Löchern und Flicken besteht. Zumal dann, wenn alle dachten, ›du gehst nach Oxford‹ oder ›du wirst in New York Karriere machen‹ oder an der Spitze irgendeiner tollen Organisation gegen die Übel der Welt kämpfen.«

Sie lauschten wie gebannt. Vielleicht wussten sie

nicht, wie alt ich war? Gut möglich, ich wusste ja auch nicht genau, wie alt sie waren. Vielleicht hatte noch nie jemand so mit ihnen gesprochen? Ich konnte es. Ich verstand, während ich so redete, dass in den letzten Monaten etwas in mir aufgebrochen sein musste. Es fühlte sich an, als würden Laura und Rose sich zusammentun, und es fühlte sich richtig und aufregend und vielversprechend an. Zum ersten Mal überhaupt fühlte ich mich frei, ich selbst zu sein und meine eigene Geschichte zu erzählen. »Es ist gut, Leute zu haben, die an dich glauben«, sagte ich und schaute Jacob an. »Es ist besser als das Gegenteil. Aber es hat hauptsächlich mit ihnen zu tun und weniger mit dir.«

»Scheiße«, sagte Jacob. »Das solltest du mal meinen Eltern sagen.«

An diesem Abend, einem gestohlenen Abend, der aus dem Kalender gefallen war, erzählte ich ihnen meine Geschichte – diesen drei Fremden und einer nicht allzu engen Freundin, die mich gastfreundlich bei sich aufgenommen hatten. Ich erzählte ihnen von meiner verschollenen Mutter, davon, wie ich meine Kindheit und Jugend hindurch von ihr phantasierte. Wie ich spürte, dass mein Leben keine Richtung und kein Ziel hatte, wie ich von einem Job zum nächsten stolperte, wie ich mich mit anderen verglich und mich unzureichend fand, wie es oft damit endete, dass ich in den Projekten anderer, zuletzt in dem meines Freunds, die zweite Geige spielte. Ich erzählte ihnen nicht von Laura Brown und davon, warum ich in ihre Rolle geschlüpft war. Da ich wusste, wie sehr Zoë Connies Werk liebte, fand ich, dass es besser war, ein anderes Mal mit ihr darüber zu sprechen.

»Es gibt keinen Endpunkt«, sagte ich, »keine Ankunft an irgendeinem Ziel.« Die Mienen der jungen Leute drückten verschiedene Zustände zwischen verdutzter Verwirrung und Frustration aus. »Aber ihr seid alle so gescheit, und ihr habt so viele Talente und Interessen. Und wenn ihr mit fünfundzwanzig noch nicht so weit gekommen seid, wie ihr euch das gewünscht hattet, solltet ihr wahrscheinlich froh und dankbar sein. Im Ernst. Denn es ist schwierig, seine Ziele zu erreichen, aber an seinen Träumen festzuhalten ist vielleicht noch schwieriger. Nichts bleibt, wie es ist.«

Sie schauten mich etwas verunsichert an, und mir wurde klar, dass es nicht so einfach war, sich mit dem Gedanken anzufreunden, dass alle Ziele, sobald man sie erreicht hatte, einem durch die Finger schlüpfen konnten. Dass man vielleicht nicht damit glücklich wurde.

»Und was willst du jetzt tun?«, fragte Jacob.

»Ach, ich hab schon ein paar Ideen«, sagte ich. Und dann merkte ich, dass das sogar stimmte.

Gegen zehn war ich so müde, dass ich nur noch schlafen wollte. Das viele Reden hatte mich erschöpft, zumal ich wegen der Schwangerschaft ohnehin weniger belastbar war als sonst. Aber weil ich nicht ungesellig sein wollte, blieb ich noch auf und sah mir mit den anderen *Clueless* an. Für die jungen Leute war der Film fast so etwas wie ein Museumsstück, während er mir das tröstliche Gefühl vermittelte, in die Zeit meiner Jugend zurückzukehren.

Meine Luftmatratze erwies sich als überraschend

bequem, und das Kissen duftete herrlich, weil Zoë etwas von ihrem geliebten Lavendelöl darauf geträufelt hatte. Als ich ins Badezimmer ging, waren Zoë und Lara in der Küche noch damit beschäftigt, den letzten Rest Geschirr abzuwaschen.

»Rose ist wirklich cool«, hörte ich Lara sagen.

»Ich weiß«, sagte Zoë. »Sie ist *echt*.«

»So möchte ich gerne sein, wenn ich mal älter bin. Ich meine: so jemand, der sich selbst wirklich *kennt*.«

In meinem Bauch spürte ich plötzlich strahlende Wärme. Die beiden würden nie erfahren, was es mir bedeutete, diese Worte zu hören. Als ich dann wieder auf meiner Luftmatratze lag, trieb ich ganz leicht davon aus meinem gewöhnlichen Leben. *Aber es ist mein Leben*, war mein letzter Gedanke, bevor ich einschlief.

42

Ich blieb eine knappe Woche bei Zoë, stand jeden Morgen mit ihr auf und ging aus dem Haus, damit sie tagsüber ihr Zimmer für sich allein hatte. Ich sah mir Bilder in Museen an und machte lange Spaziergänge am Embankment, vom Cheyne Walk bis zum Tower of London. Ständig dachte ich über zwei Dinge nach: Connie und meine Schwangerschaft. Ich überlegte, ob ich Connie anrufen sollte. Der Gedanke daran, wie lange mein Geld noch reichen würde, begann mich zu beunruhigen. Ich konnte nicht ewig bei Zoë wohnen bleiben. Ich brauchte möglichst bald einen Job und eine eigene Wohnung. Ich konnte vielleicht wieder im *Clean Bean* Cappuccinos servieren, aber, abgesehen davon, dass mir mittlerweile andauernd übel war, empfand ich es als eine Art Rückfall, im Café zu arbeiten. Ich wollte zu Connie, für uns beide kochen und mit ihr überlegen, was wir als Nächstes tun wollten, wenn das Buch erschienen war. Dass ich es mir für alle Zeit mit Connie verdorben hatte und meine Schwangerschaft hatten eines gemeinsam: Es war mir schlicht unmöglich, das eine wie das andere als unverrückbar feststehende Tatsache anzuerkennen. Es war unvorstellbar katastrophal. Gleichwohl scheute ich davor zurück, Connie anzurufen. Nach fünf Tagen bei Zoë klingelte mein Handy. Ich wusste, dass es das war, worauf ich die ganze Zeit gewartet hatte.

»Rose?«, sagte eine Stimme.

»Connie.« Es tat mir so unendlich gut, ihre Stimme zu hören. »Wie – geht es Ihnen?«

Eine Weile blieb es still. »Ganz okay«, sagte sie dann. Wieder zögerte sie. »Wo sind Sie?«

»Ich lehne gerade an einer Kaimauer mit Blick auf die Tate Modern.«

Wieder Schweigen, aber Connie war noch in der Leitung. Ich konnte fast hören, wie ihr Hirn arbeitete, wie sie hin- und hergerissen wurde zwischen dem Verlangen, ihrem Zorn freien Lauf zu lassen, und dem Bedürfnis, mit mir zu sprechen. Ich wusste, dass ich jetzt besser nichts sagte. Ich musste Connie bestimmen lassen, wie das Gespräch ablaufen sollte. Connie war es gewesen, die angerufen hatte, und das hatte so sein müssen. Ein falscher Zug von mir, und ich würde sie vielleicht für immer verlieren. Sie musste das Gefühl haben, dass sie die Fäden in der Hand hatte.

»Ich bin immer noch wütend«, sagte sie. »Sie haben mich hintergangen.«

»Das tut mir wirklich leid, Connie.«

»Ich habe Ihnen Dinge erzählt, über die ich jahrelang mit niemandem gesprochen habe.«

»Ich weiß.«

Sie schwieg. *Sie wird mich auffordern, meine restlichen Sachen abzuholen*, dachte ich. »Ich hätte Ihnen sagen sollen, wer ich bin«, sagte ich. »Aber ich hatte Angst, dass Sie dann nichts mit mir zu tun haben wollten.« Connie schwieg immer noch, und ich fragte mich, ob ich eine unangenehme Wahrheit ausgesprochen hatte. »Eigentlich hatte ich Ihre Agentur nur angerufen, weil ich Ihnen einen Brief schreiben wollte, aber dann gerieten die Dinge außer Kontrolle. Ich dachte, ich könnte es irgendwie schaffen, dass es funktioniert.«

»Da haben Sie sich gründlich geirrt, nicht?«

»Ja. Aber ich sah keine andere Möglichkeit. Ich konnte ja nicht – ich weiß immer noch nicht, was zwischen Ihnen und meiner Mutter passiert ist. Sie waren nie wirklich bereit, über Ihre Vergangenheit zu sprechen.«

»Das ist mein gutes Recht!«

»Ja, natürlich. Darum wusste ich nicht, wie Sie reagieren würden, wenn ich Ihnen sagen würde, wer ich wirklich bin.«

Wieder verfiel sie in Schweigen. Ich wusste nicht, was ich tun sollte, was ich sagen sollte. Ich fühlte mich alt und erschöpft. Ich wollte einfach, dass es wieder anders wurde, aber ich spürte, dass das erst möglich war, wenn wir diese Sache hier hinter uns gebracht hatten. »Mein Vater hat mir fast gar nichts erzählt«, sagte ich.

»Wirklich? Das finde ich erstaunlich.«

Ich starrte auf die Themse, diesen großen, tiefen, gefährlichen Fluss, der immer noch Schätze aus längst vergangenen Jahrhunderten in seinem Schlamm barg. Ich kannte ihn von klein auf, ohne dass ich ihm je besondere Beachtung geschenkt hätte. »Er sagte, Sie und meine Mutter hätten einander gekannt. Sie seien eine Zeitlang unzertrennlich gewesen. Es habe schlimm geendet.«

»Das wusste er?«

Wieder Schweigen.

»Wer macht Ihnen Ihre Sandwiches, Con?«, fragte ich.

»Niemand. Ich brauche keine Haushaltshilfe.«

»Natürlich.«

»Aber Sie müssen herkommen.« Mein Herz machte einen Sprung, und mein Magen zuckte aufgeregt, aber das kam nicht von der Schwangerschaft. »Ich möchte Ihnen etwas zeigen.« Connies Stimme war ausdruckslos, sie verriet nichts.

»Jetzt gleich?«

»Na ja, es ist eigentlich nicht brandeilig, aber –«

»Ich komme sofort«, sagte ich.

»Gut«, sagte Connie und legte auf.

Auf dem Weg zur U-Bahn dachte ich über das Gespräch nach und fand, ich hatte meine Sache so gut gemacht, wie ich nur irgend konnte. Mir blieb jetzt nur noch, darauf zu hoffen, dass Connies natürliche Neugier und ihr Drang, möglichst viel über andere Menschen zu erfahren, ihren Stolz und ihren Schmerz besiegen würden. Sie musste mich aus der Verbannung zurück an ihren Hof rufen, und ich musste mich willig zeigen.

Als ich zum Bahnsteig hinunterging, wurde mir plötzlich noch etwas klar: Sie hatte mich Rose genannt, als wäre das so selbstverständlich wie nur irgendetwas.

Das Pflaster unter meinen Füßen fühlte sich so innig vertraut an, als ich zu Connies Haus ging. Mein Smartphone summte. Joe hatte eine Textnachricht geschickt: *Ich verkaufe den Truck.*

Warum?, schrieb ich zurück.

Es dauerte nur eine halbe Minute, bis seine Antwort kam: *Du weißt, warum.*

Ich dachte an die rostigen Türen des Gefährts. An

den Spalt zwischen der ramponierten Arbeitsplatte und der Seitenwand, in dem immer Krümel von geriebenem Käse steckenblieben. *Bringst du das wirklich über dich?*

Egal. Meine Mutter findet es toll.

Lol, schrieb ich, und weil ich fürchtete, dass das vielleicht ein bisschen zu leichtfertig rüberkommen würde, fügte ich noch ein Emoji von einem Lieferwagen und ein gebrochenes Herz hinzu.

Joe schickte drei Dollar-Emojis. *Du kriegst die Hälfte davon*, schrieb er.

Die Hälfte? Nein.

Das steht dir zu, Rosie. Immerhin hast du ja auch Geld mit reingesteckt.

Du musst das nicht tun.

Schon okay. Sobald ich das Geld habe, überweise ich dir deinen Anteil. X

Danke, Joe.

Er antwortete nicht mehr. Ich steckte mein Smartphone wieder ein.

Ich hatte immer noch meinen Schlüssel, aber ich benutzte ihn nicht, sondern klopfte und wartete. Nichts passierte. Es war wie ein totes Haus, eines, in dem niemand mehr wohnte. »Con?«, rief ich durch den Briefschlitz, aber niemand antwortete. Meine Haut prickelte. Was, wenn das eine Falle war, die Deborah mir gestellt hatte, und die Polizei schon unterwegs war, um mich festzunehmen? Was, wenn Connie hingestreckt auf dem Fußboden lag, weil die Aufregungen, die ich verursacht hatte, für ihr Herz zu viel gewesen waren? Was, wenn sie sich umgebracht hatte? Ich ermahnte mich, vernünftig zu sein. Ich hatte noch vor einer Stunde mit ihr gesprochen. Sie lag nicht tot auf dem Teppich. Keine Polizei war hinter mir her.

Ich überlegte. Sollte ich sie anrufen? Aber ich wollte nicht zu ängstlich oder aufdringlich wirken. Ich klopfte noch einmal.

Ich wollte schon aufgeben, da sah ich durch das farbige Glas verschwommen die vertraute Gestalt aus der Küchentür kommen. Hatte Connie mich beim ersten Mal nicht gehört? Hatte sie mich mit Absicht warten lassen? Vielleicht wollte sie mich auf die Probe stellen: Wie lange würde ich vor ihrer Haustür schmachten, um zu sehen, was sie mir zeigen wollte? Aber möglicherweise bewegte sie sich nur langsamer. Ich merkte, dass meine Gedanken wilde Sprünge machten, und bemühte mich um mehr Konzentration. Ich hatte mindestens zehn Minuten gewartet.

Connie fummelte eine Weile an dem Schloss, aber schließlich ging es auf, sie öffnete die Tür und musterte mich. Sie war immer noch so eindrucksvoll wie immer, ungebeugt kerzengerade, aber in ihren Augen war Mattigkeit und eine gewisse Wachsamkeit zu erkennen. Wir sahen einander an. Ich hätte mich wirklich gerne hingesetzt.

»Ich muss blind gewesen sein«, sagte sie.

»Wie bitte?«

»Jetzt sehe ich es.«

»Was?«

»Sie.«

»Connie«, sagte ich, »ich will Sie nicht in Aufregung versetzen.«

»Sie werden mich nicht in Aufregung versetzen. Jedenfalls nicht mehr, als Sie es bereits getan haben. Kommen Sie rein.«

Sie drehte sich um, ich trat über die Schwelle, und Connie sperrte die Welt aus.

Wir gingen ins Wohnzimmer. Connie stand mitten im Raum mir gegenüber. »Ich schulde Ihnen nichts, das wissen Sie«, sagte sie.

»Ja, das weiß ich«, antwortete ich.

»Ich habe Sie für Ihre Arbeit bezahlt.«

»Ich weiß. Und ich bin Ihnen sehr dankbar.«

»Diese Fragen, die Sie mir gestellt haben – warum ich so lange nicht geschrieben habe, was nach dem Ende des Romans aus Margaret wird, ob sie und Christina Vorbilder in Menschen hatten, die ich kannte –, dienten die alle nur dem Zweck, etwas über Ihre Mutter herauszufinden?«

Ich fand, es war am besten, ehrlich zu antworten. »Zuerst schon. Ich hoffte wirklich sehnsüchtig, dass sie mich weiterbringen würden.«

»Und haben Sie etwas erreicht?«

»Ich habe keine schlüssigen Antworten gefunden. Ich weiß nicht genügend darüber, was wirklich passiert ist, um beurteilen zu können, ob es sich in dem Buch wiederfindet.«

Sie nickte, offenbar befriedigt. »Ich war damit einverstanden, dass Sie hier ein und aus gehen und mir helfen, aber das bedeutet nicht, dass ich Ihnen mein Leben offenlegen muss.«

»Das ist mir klar.«

Sie seufzte und ließ sich langsam auf der Kante ihres Sessels nieder. »Nun, Rose Simmons, weiß Ihr Vater, dass Sie hier sind?«

»Nein.«

»Er würde es sicher nicht gutheißen. Aber vielleicht wissen Sie das bereits. Was hat er Ihnen von mir erzählt?«

Ich holte tief Luft. »Das habe ich Ihnen schon gesagt: nicht viel.« Connie verdrehte die Augen. »Nun ja, er meinte, Sie waren stark, und meine Mutter war schwach.«

»So?«

»Dass es da eine Frau namens Yolanda gab. Sie war in New York mit meiner Mutter befreundet.«

Als ich den Namen nannte, zuckte Connie zusammen.

Ich redete weiter: »Er sagte, Sie und Elise waren ein Paar, als er sie kennenlernte. Elise hat ihn verlassen und mich mitgenommen. Sie wohnte bei Yolanda. Dann sind Sie aufgetaucht, und sie ist verschwunden.« Ich schwieg kurz. »Er sagt, Sie sind als Letzte mit ihr zusammen gewesen, bevor sie verschwand.«

Connie schloss die Augen. »Und hat er Ihnen gesagt, ob Elise gestorben oder vielleicht noch am Leben ist?«

Ich schluckte. Ich wollte keine dramatische Note in dieses Gespräch bringen. »Nein.«

Connie setzte sich bequemer hin und starrte ins Leere. »War er Ihnen ein guter Vater?«

Tränen stiegen mir in die Augen, ich blinzelte sie weg. »Ja«, sagte ich. »Ich habe ihn sehr gern.«

»Auch wenn Sie eine unselige Neigung zu Verstellung, Lug und Trug und dergleichen haben«, sagte Connie.

Zu meiner Überraschung schienen ihre Augen zu funkeln – ob amüsiert, anerkennend oder zustimmend, war mir nicht ganz klar.

»Wissen Sie, Deborah schäumt vor Wut«, sagte sie. Ich fürchtete, sie wollte das Thema wechseln.

»Das kann ich mir vorstellen«, antwortete ich. »Und Sie?«

Connie ignorierte das. »Sie denkt, Sie sind hinter irgendetwas her.«

»Das stimmt ja auch. Hinter meiner Mutter.«

Connie lachte. »Und Sie dachten, Sie würden sie hier finden.«

»Warum nicht. Mein Vater hat keine Einzelheiten erzählt, aber so, wie er über Sie und meine Mutter geredet hat –«

»Ach so.« Connie kaute nachdenklich an ihrer Lippe. »Kommen Sie mit«, sagte sie dann.

»Was?«

»Ich möchte, dass Sie mitkommen.«

Wir gingen hinauf in ihr Schlafzimmer unter dem Dach. Es war ein hübscher kleiner Raum. Das Erste, was mir ins Auge stach, war eine Art-déco-Frisierkommode mit schönen Schubladengriffen aus Bakelit. Connies Schminksachen und ihre Haarbürste lagen da, daneben stand ein Silberrahmen mit dem schon etwas verblassten Farbfoto einer Katze. Ich hatte diese Katze noch auf keinem anderen der Fotos im Haus gesehen. Sie war ein sehr schönes, ungewöhnlich großes

Tier mit Schildpattzeichnung, einem cremefarbenen Bauch und grünen Augen und lag wie ein Baby auf dem Arm einer Person, von der sonst nichts auf dem Foto zu sehen war als eine schlanke Hand unter dem Hals der Katze.

Ich folgte Connie ins Zimmer.

Das Bett war ordentlich gemacht, die blassblau überzogene Bettdecke glattgestrichen, die Kissen aufgeschüttelt, dazwischen, wie ein wollenes Nest hindrapiert, ein kuschelig weich aussehender Schal. Es gab zwei Nachttischchen, beide voller Bücher, auf einem lagen außerdem neben einem halbvollen Glas mit Wasser eine Packung Tabletten und eine Lesebrille. Es waren so viele Bücher bunt durcheinander, dass ich nicht erkennen konnte, welches sie gerade las. Neben der Frisierkommode stand ein Regal mit Taschenbuchausgaben von Klassikern des neunzehnten Jahrhunderts und Werken von Plath, Keats und Lorca, alle viel gelesen, wie die Rücken der Bücher verrieten. Auch Virginia Woolf und Angela Carter hatten es hierhergeschafft, während die übrige moderne Literatur unten im Wohnzimmer ihren Platz hatte.

»Das ist es, was ich Ihnen zeigen wollte«, sagte Connie. »Hier.«

Sie zeigte auf die Wand links von der Tür. Dort hing über einer Kommode das einzige Werk der bildenden Kunst – wenn man es denn so nennen will –, das in dem Zimmer zu finden war: ein auf billiges, schon vergilbtes Schreibpapier gemaltes, aber teuer gerahmtes Bildchen. Darauf war die Umrisslinie eines Kaninchens zu sehen und darin ein chaotisch ungeordnetes

Muster aus lauter kleinen grünen Tupfen. Es war weder handwerklich perfekt noch eigentlich schön, aber es verriet eine Art von Konzentration, die mir gefiel.

»Schauen Sie«, sagte Connie.

Ich trat näher. Die zwei Ohren waren nicht auf gleicher Höhe, das Schwänzchen sah lächerlich aus, und alles war von diesem intensiven Grün. Dann erkannte ich, dass die Tupfen auf dem Körper des Kaninchens lauter Abdrücke eines winzig kleinen Fingerchens waren.

Und ich sah, was unten in der Ecke stand: *Für Connie, in Liebe, Rose*.

Ich fuhr zurück. Ich musste mich auf das Bett setzen. Sehr behutsam nahm Connie das Bild von der Wand und brachte es mir dann mit ausgestreckten Armen wie einer der Heiligen Drei Könige, der dem Jesuskind Myrrhe überreicht. »Ein grünes Kaninchen für eine Frau namens Kaninchen«, sagte Connie.

Ich schaute das Bild an. Ich brachte kein Wort hervor.

»Das haben Sie gemacht«, fuhr Connie fort. »Na ja, sozusagen. Ihre Mutter hat Ihren Finger genommen, der winzig war, weil Sie ja damals noch ein ganz kleines Baby waren, hat ihn in grüne Farbe getaucht und damit die Tupfen aufs Papier gemacht.«

Meine Augen brannten, ich konnte das, was kam, nicht mehr aufhalten. Bei dem Gedanken daran, wie meine Mutter meinen winzigen Finger hielt und ihn behutsam, liebevoll, unendlich geduldig aufs Papier tupfte, bis das ganze Fell Zeugnis von unserer vereinten Anstrengung ablegte, vielleicht unserer ersten und einzigen vereinten Anstrengung, brach etwas in mir auf. Ich fing zu weinen an.

»Ich möchte, dass Sie es behalten«, sagte Connie sanft. »Ich finde, es sollte bei Ihnen sein.«

Ich weiß nicht, wie lang ich da auf Connies Bett saß und wann ich es endlich schaffte, mit dem Weinen aufzuhören und das Bild zu nehmen, das sie auf die Bettdecke gelegt hatte. Sie setzte sich neben mich und fasste meine Hand. »Ach, Rose«, sagte sie, »ich habe mich immer gefragt, ob dieser Tag einmal kommen würde.«

Ich wusste, dass alle meine Fragen auch jetzt, da das Versteckspiel aus war, nicht in ein, zwei Stunden oder einem Nachmittag beantwortet werden konnten. Vielleicht würde es ein Leben lang dauern. Am liebsten hätte ich sofort eine ganze Wagenladung Informationen bekommen, um sie an Ort und Stelle zu verarbeiten, aber so ist das Leben nicht, so lässt sich die Geschichte eines Menschen nicht begreifen, und Connie wusste das besser als die meisten.

Sie bat mich, nach unten zu gehen und Teewasser aufzusetzen. Sie würde gleich nachkommen, sagte sie. Ich gehorchte, ganz erschöpft vom Weinen, aber zugleich beglückt von der Offenbarung, die mir meine Mutter so nahegebracht hatte wie nie zuvor. Eines Tages war sie wohl zu einem Laden gegangen, um grüne Farbe zu kaufen. Die Vorstellung einer Frau, die eine Straße in New York entlanggeht, war trivial, gewiss, und doch zart berührend, weil diese Frau nicht gewusst hatte, dass ich vierunddreißig Jahre später so an sie denken würde. Hatte sie mich im Kinderwagen vor sich hergeschoben? Oder hatte sie mich in der Wohnung gelassen, behütet von wem? Ich rieb meinen Zeigefinger und stellte mir vor, wie sie ihn gehalten und übers Papier geführt hatte. Wie im Traum schaltete ich den Wasserkocher an, nahm zwei von Connies schrecklichen Bechern aus dem Schrank, tat Teebeutel hinein und starrte aus dem Fenster. Ich spürte, wie sich mir eine vollkommen neue Seite meiner selbst öffnete, ich musste es nur geschehen lassen. Das war es, wonach ich gesucht hatte.

»Tee ist fertig«, rief ich die Treppe hinauf.

»Ich komme«, rief Connie.

Ich nahm einen Schokoriegel aus der Keksdose, wickelte ihn aus und legte ihn auf ein Tellerchen. Wann hatte Connie dieses Bild rahmen lassen? War es ihr immer nahe gewesen? Warum mochte sie es so sehr, dass sie es in ihrem Schlafzimmer haben wollte? Dass sie ihm diesen Platz gegeben hatte, sagte mir etwas, was ich nicht zu hoffen gewagt hatte: dass ich ihr vielleicht etwas bedeutete.

Connie saß mir gegenüber am Küchentisch. Sie hatte etwas von oben mitgebracht, das sie nun vor mich hin schob. Ein billiger Wechselrahmen mit einem Foto darin, das etwa zwanzig Leute vor einem von Kakteen eingefassten Swimmingpool zeigte. Es waren Männer und Frauen verschiedenen Alters, alle heiter lächelnd. Den Frisuren und Kleidern nach zu schließen, musste die Aufnahme in den achtziger Jahren entstanden sein. Ich hielt das Bild nahe vor die Augen und studierte die Gesichter. In der dritten Reihe in der Mitte war Connie, viel jünger, aber unverwechselbar mit ihrer markanten Nase und den fein geschnittenen Zügen. Sie hatte eine wilde Kurzhaarfrisur und große Ohrringe und trug einen orangefarbenen Hosenanzug. Die knallige Farbe passte gar nicht zu Connie, wie ich sie kannte, aber die aufrechte Haltung, das Selbstbewusstsein, das sie ausstrahlte, war mir vertraut. Um sie herum fremde Gesichter, schrecklich sackartig geschnittene Hemden, Haargel, mit Pailletten besetzte Futteralkleider und Schulterpolster.

»Sie ist in der hintersten Reihe«, sagte Con. »Die in dem Beerdigungskleid.«

Ich holte tief Luft, bevor ich noch einmal hinsah. So lange hatte ich mir das gewünscht, sie endlich einmal zu sehen. Eine junge Frau, die lächelte wie die anderen, aber mit geschlossenem Mund, etwas zögerlich. Vielleicht war sie noch nicht bereit für das Foto gewesen. Ihre Augen wirkten entschlossen, fast zornig. Sie hatte dunkles Haar und wirkte sehr jung in ihrem schwarzen Kleid und fast zeitlos inmitten all dieser im Stil einer längst vergangenen Mode gekleideten Leute. Ihr Gesicht war wie für die Kamera gemacht, selbst auf diesem kunstlosen Schnappschuss war ihre außergewöhnliche Schönheit unübersehbar. Ihre Hand hielt etwas an ihrem Hals umschlossen wie einen Talisman, der böse Geister abwehren soll.

»Das ist sie«, sagte Connie. »Das ist Elise.«

Die Wahrheit ist, dass ich meine Mutter nicht erkannte. Aus irgendeinem Grund hatte ich gedacht, das wäre anders, aber jetzt, da ich sie zum ersten Mal sah, empfand ich es als Schock, dass die endlosen Gedanken an sie, der Name Elise, die Hoffnung und Furcht, die ich mit ihr verbunden hatte, plötzlich ein Gesicht haben sollten. Ich konnte nur sehen, dass sie unglaublich jung war. Und ich musste daran denken, dass sie kurz nachdem dieses Foto gemacht worden war, mit mir schwanger geworden war. Ich wünschte mir so sehr zu wissen, wie das für sie gewesen sein mochte.

»Das war, bevor du unterwegs warst«, sagte Connie. Mir war zumute, als hätte sie meine Gedanken gelesen. »Bei ihrer Geburtstagsparty.«

»Wo war das?«

»In Los Angeles.«

»Los Angeles?«

»Sie war dreiundzwanzig. Darf ich?« Sie streckte die Hand aus, und ich gab ihr das Bild. Sie starrte darauf. »Das war der Abend, an dem das ganze Unglück anfing«, sagte sie.

»Das Unglück?«

Sie sah mich an. »Wartest du auf einen glücklichen Ausgang?«

»Ich glaube nicht an glückliche Ausgänge.«

Connie lächelte. »Vielleicht sollten wir daran glauben.« Seufzend gab sie mir das Foto zurück. »Ich habe die ganze Woche über dich nachgedacht«, sagte sie. »Du hast wirklich keine Mühe und kein Risiko gescheut. Und ich habe über Elise nachgedacht. Ich weiß, dass du Antworten willst, Rose. Ich habe mir den Kopf darüber zerbrochen, wie ich sie dir am besten geben kann. Was ich sagen und wie ich es sagen soll. Und dann ist mir klar geworden, dass es genau das ist, worüber ich seit über dreißig Jahren nachdenke.«

Ich umklammerte meinen Birdworld-Becher. »Ich auch.«

»Es wäre vielleicht leichter gewesen, wenn ich dich nicht angerufen hätte«, sagte Connie.

»Ich bin froh, dass du es getan hast.«

»Ich will mich nicht verstecken. So bin ich nicht. Und du auch nicht.«

Ich hatte den Impuls, sie zu fragen, wie man das, was sie diese gut dreißig Jahre lang getan hatte, denn sonst nennen sollte, wenn nicht verstecken – aber ich wusste, dass das nicht klug gewesen wäre. Als ob sie diesen Einwand gespürt hätte, wandte Connie sich mir zu. »Du bist stark, Rose. So stark, wie Laura war –«

»Bitte, Con –«

»– darum erzähle ich dir von deiner Mutter. Alles, was ich weiß. Du hast es verdient, diese Geschichte zu hören.«

1983

43

Nachdem man sie aus der Klinik entlassen hatte, begann die Zeit erst so richtig zu zerfließen. Zu Hause in der Wohnung gab es schlicht keine Zeit. Diejenige, die vor der Entbindung existiert hatte, hatte sich in ein unerreichbar fernes Sonnensystem verflüchtigt, während Elise in einem riesigen Wald auf einem kleinen Pilz saß und die kleine Rose stillte. Und sie wickelte sie, wickelte sie, wickelte sie, bei Tag und bei Nacht. Wenn in dieser Wiederholung des Immergleichen etwas Gutes lag, dann war Elise bald zu erschöpft, um es schätzen zu können. Die Stunden verrannen sinnlos.

Nach einer Woche ging Matt wieder arbeiten, weil sie das Geld brauchten. Yoli kam nach ihrer Schicht vorbei. Ihre Augen strahlten, als sie das Kind zum ersten Mal sah.

»Das ist also Rosa«, sagte sie. »*Bienvenida,* meine Kleine.« Sie hielt das Baby, als schätzte sie das Gewicht einer Ware auf einem Markt. Rose starrte blind auf Yolanda und bewegte ganz langsam ihre winzigen Fingerchen. »Sie ist so leicht.«

»Es geht ihr gut«, sagte Elise.

Yolanda zuckte die Achseln. »Schreit sie viel?«

»Eigentlich nicht.«

»Das kann noch kommen.«

Elise widerstand dem Drang, Yolanda zu fragen, wie sie mit solch entschiedener Autorität reden konnte, da sie doch selbst nie ein Kind gehabt hatte. Sie wollte sich von ihrer Erschöpfung nicht überwältigen lassen. Sie lehnte sich auf der verschossenen Couch zurück und schloss die Augen.

»Geh duschen, Elise«, sagte Yolanda. »Wasch dir den Schweiß ab. Ich kümmere mich um Rosa.«

Elise starrte hinunter auf die leere Hülle ihres Bauchs, während das heiße Wasser über ihren Körper lief. Als sie aus dem Badezimmer kam, sah sie Yolanda, umrahmt vom Licht der Nachmittagssonne, das durchs Fenster hereinfiel, dasitzen und mit einem Finger ehrfürchtig die Wange des Kinds streicheln.

Yolanda beobachtete staunend, wie Rose sacht rudernd ihre Ärmchen bewegte, als wäre sie immer noch von Fruchtwasser umgeben. »Sie schwimmt«, sagte Yolanda. »Sie wird mal eine gute Schwimmerin.« Elise schlief ein, ihren Kopf an die Schulter ihrer Freundin gelehnt, während diese, Rose auf dem Arm, fernsah, bis Matt nach Hause kam.

Zwei Wochen vergingen in dieser sonderbar zeitlosen Art, ohne andere Ereignisse als Stillen und Wickeln und Schlafen in kurzen Phasen. Elise und das Baby hatten die Wohnung noch nie verlassen. Wenn Matt oder Yolanda Elise zuredete, mit Rose ins Freie zu gehen, entwickelte Elise Katastrophenphantasien. Ein Auto fuhr in den Kinderwagen. Jemand schnappte sich an einer Ampel das Kind, während Elise einen Moment lang abgelenkt war. Aber auch im Haus sah Elise bald überall schreckliche Gefahren. Sie oder Matt konnte aus Versehen dem Kind giftiges Putzmittel statt Milch zu trinken geben. Kochend heißes Wasser konnte sich über Rose ergießen, während sie in der Küche auf dem Boden lag. Egal ob im Haus oder auf der Straße, Elise fühlte sich nicht dazu imstande, Rose zu beschützen.

Es gelang ihr nicht, sich ein Leben vorzustellen, in dem sie ihrem Kind eine gute und starke Hüterin war. Sie konnte nicht schlafen, weil sie Angst vor dem Moment hatte, da Rose zu weinen beginnen würde. Erschöpft und verschwitzt in der schwülen Hitze des New Yorker Sommers, schleppte sie sich an das Kinderbettchen und starrte auf das Geschöpf, das darin lag, sie hob das winzige wild fuchtelnde Wesen heraus, um ihm die Brust zu geben, körperlich in einem Maß zerrüttet, das sie nicht erwartet hatte, seelisch von einer Erfahrung überrannt, die sie verzweifelt zu fassen versuchte.

Sie fing an, Yolanda anzuflehen, doch über Nacht zu bleiben, als ob nur Yolandas Anwesenheit sie davon abhalten könnte, ihrem Kind etwas anzutun. Sie musste die Gedanken, die sich in ihr festgesetzt hatten, in Schach halten, die Alpträume, die sie auch bei Tag quälten – dass sie eine Macht über ein hilfloses Kind hatte, die sie überforderte. Dass sie eine Tochter hatte, für die sie nicht sorgen konnte. Dass Matt und Yolanda ihr so viel Liebe schenken wollten, aber sie wusste sie nicht anzunehmen. Man konnte sich nicht auf sie verlassen. Sie schaffte es nicht, schaffte es nicht. Sie schaffte das alles nicht.

Eines Morgens hörte Elise leise Stimmen aus dem Wohnzimmer. Yolanda und Matt tuschelten erregt miteinander. »Ich weiß nicht, was ich tun soll. Ich kann nicht meinen Job hinschmeißen, wir brauchen das Geld«, flüsterte Matt gequält.

»Es geht ihr nicht gut«, sagte Yolanda. »Das läuft alles ganz falsch.«

»Warum bist du überhaupt hier?«

»Weil du nicht hier bist.«

Nachdem er zur Arbeit gegangen war und während Rose schlief, schleppte Yolanda Elise praktisch ins Badezimmer. Sie zog ihr die verdreckten Kleider aus, ließ sie in die Wanne steigen, drückte auf ihre Schultern, bis ihre Knie einknickten und sie sich hinsetzte. Sie wusch Elises Körper und ihre Haare und spülte dann Seife und Shampoo mit klarem Wasser ab.

Als Yolanda eines Vormittags Elise dabei antraf, wie sie in Unterwäsche stumpf aus dem Fenster starrte, während Rose wie am Spieß schrie, platzte ihr der Kragen. »Was ist hier los, Elisa?«, schrie sie. »Bist du eine Mutter oder bist du selber ein kleines Kind?«

Elise drehte sich zu ihr um. »Sag du es mir.«

»Hast du geschlafen?«

»Nein. Ich weiß einfach nicht, was die Kleine will.«

»Sie will *dich*«, sagte Yolanda sanfter.

»Sie mag mich nicht«, sagte Elise.

»Das ist doch verrückt.«

»Bei dir ist sie immer ruhig.«

Das stimmte. Yolanda hatte eine energische und doch liebevolle Art, mit dem Kind umzugehen, sie redete ständig mit Rose und fuhr sie spazieren, während Elise zu schlafen versuchte. Manchmal, wenn Elise die beiden beobachtete, dachte sie, dass Rose eigentlich mehr Yolandas Baby war. Yolanda schlüpfte viel souveräner in die Mutterrolle. Aber dann dachte Elise wieder: *Es ist immer leichter, jemanden aus der Entfernung zu lieben.*

Elise fand es atemberaubend, wie viele Dinge Rose zum allerersten Mal erleben, sehen, hören, riechen und schmecken musste. Und das praktisch unausgesetzt immer wieder. »Sie hat keine Wahl«, sagte sie zu Matt, während sie an dem Kinderbettchen standen und auf ihre Tochter hinabschauten. Rose hatte die Knie angewinkelt und bewegte ihre Füßchen langsam wie kleine Rumbarasseln.

»Was meinst du damit?«, fragte Matt und sah sie mit einem Ausdruck leicht beunruhigter Wachsamkeit an. Dieser Ausdruck war relativ neu, wurde ihr aber bereits vertraut.

»Ich habe sie in diese Situation gebracht, ohne sie um ihre Meinung zu fragen«, sagte Elise. »Sie muss in dieser Welt leben, ob es ihr gefällt oder nicht.«

»Es wird alles gut werden.«

»Aber es liegt noch ein so langer Weg vor ihr«, sagte Elise. »Sie ist ja erst sechs Wochen alt.«

Matt versuchte sie in den Arm zu nehmen, aber sie stand starr wie eine Schaufensterpuppe da.

Und sosehr man sich auch abstrampelt, dachte Elise später, als Matt gegangen war, sosehr man sich auch bemüht, ein gutes Leben zu haben, vergisst man doch darüber, wer man wirklich ist. Man glaubt, man wird sich selbst erfahren, wenn irgendwelche große Dinge passieren, eine Geburt, ein Todesfall. Aber man wird nie wirklich zu sich selbst kommen.

Irgendwann würde Rose zu sprechen anfangen. Sie würde zum ersten Mal bewusst mitbekommen, wie man sie badete, wie man sie in diese Flüssigkeit voller Schaumbläschen setzte. Sie würde das Meer erleben, die Kiesel spüren, die sich schmerzhaft in ihre Fußsohlen drückten. Sie würde zum ersten Mal köstliches Vanilleeis schmecken. Eine Illustration, die sie in ihre kindlichen Träume verfolgte, würde bewirken, dass sie später als Erwachsene ein Gefühl von Sehnsucht mit einer bestimmten Farbe verband. Das bedrohliche Bellen eines Hundes, der ihr so groß wie ein Wolf erscheinen musste, die gewaltige Masse Fell, das so ganz anders ist als ihre Haut. Das stoppelige Kinn ihres Vaters, das sie immer wieder betasten durfte, ein sonderbares Feld, mal wild und rau, an anderen glatt, bis die Stoppeln wieder gewachsen waren. Der warme Parfümduft einer Lieblingslehrerin. Für alle Wahrnehmungen und Gewissheiten würde es ein erstes Mal geben, und dann würden sie wieder weg sein.

Vielleicht ist das der Grund, warum die Leute Kinder haben wollen, dachte sie. Damit sie sich wieder daran erinnern, was sie selbst früher erlebt haben. Man wird verrückt davon, aber wir akzeptieren es einfach, und werden es immer weiter akzeptieren, weil es keine Alternative dazu gibt. Na ja, es gibt schon eine. Aber darüber will ich nicht nachdenken.

Sie ging langsam von dem Kinderbettchen weg. Sie fühlte sich, als müsste sie ertrinken. Sie hatte sich noch nie so gefühlt, hatte nie solche Liebe oder Furcht gekannt. Auch nicht, als sie Connie am Pool mit Barbara sah. Nicht einmal, als ihre Mutter starb.

Manchmal dachte Elise in ihrer Erschöpfung, sie habe die Grenze zu einer anderen Art von Irrsinn überschritten. An manchen Tagen konnte sie sich kaum bewegen.

»Du musst dich anziehen«, sagte Yolanda. »Die Sonne scheint, Elisa.« Sie sah die Furcht in den Augen ihrer Freundin und fügte hinzu: »Ich komme mit.«

Also gehorchte Elise und nahm Rose mit in den Irving Square Park. Rose lag auf dem Rücken im Kinderwagen, winzig klein sah sie aus. Sie spazierten im sonnenfleckigen Schatten der voll belaubten Bäume. »Rosita ist gesund. Rosa geht es gut«, sagte Yolanda. »Warum also machst du dir Sorgen?«

»Ich weiß es nicht«, sagte Elise.

Sie hatte das Gefühl, dass in ihrem Kopf alles langsam zu Bruch ging und zerfiel. Ich könnte den Kinderwagen einfach hier stehen lassen und weggehen, dachte sie. Eine solch monumentale, vollkommen unverdiente Macht wird Eltern verliehen, und niemand verliert auch nur ein Wort darüber. Es war nicht zu fassen. Sie konnte ihr das antun, und, so grauenhaft es auch war, kein Gesetz, kein Test, kein vorgeschriebenes Verfahren konnte dem vorbeugen. Wenn sie es wirklich wollte.

Sie packte die Haltestange des Wagens fester und schloss die Augen. Yolanda beugte sich über das Baby. »Schau, Rosita, die Sonne. Siehst du, wie hell sie ist?«

So verging Tag um Tag. Elise schaffte es, sich zusammenzureißen, wenn Matt da war, damit er sich nicht allzu große Sorgen machte, aber wenn Yoli tagsüber im Diner arbeiten musste oder aus anderen Gründen nicht kommen konnte, war es schlimm. Rose wollte nicht an der Brust trinken, darum fütterte Elise sie mit dem Fläschchen und sah oft stundenlang keinen einzigen Menschen. »Warum suchen wir nicht eine Mutter-und-Kind-Gruppe für euch?«, fragte Matt eines Abends, als sie zusammen auf dem Sofa saßen. Er wirkte müde und sehr bekümmert.

»Eine was?«, fragte sie.

»Ach, du weißt schon. So etwas, wo du hingehen und andere junge Mütter kennenlernen könntest.«

»Okay«, sagte Elise.

Sie fanden eine Gruppe in Fort Greene, und sie fuhr mit dem Bus dorthin, Rose in einem Tragetuch. Die Frauen saßen auf Matten auf dem Fußboden, ihre Kinder neben sich, und sie spielten mit ihnen und unterhielten sich miteinander. Elise fühlte sich viel jünger als die meisten. Sie lächelten freundlich. Alle sahen ganz normal aus. Die Leiterin, eine sehr sympathische Frau namens Francine, begrüßte Elise und Rose. »Kommen Sie, nehmen Sie Platz«, sagte sie. »Möchten Sie etwas trinken? Saft? Kaffee?«

»Ein Wasser bitte«, sagte Elise. Ihr Mund war ganz trocken, sie fühlte sich wie eine Schiffbrüchige.

Sie sangen Lieder über Tiere auf einem Bauernhof. Die Frauen hielten ihre Babys auf dem Arm und machten fröhlich mit, spielten mit Begeisterung Kühe, Schweine, Hühner und Schafe. Elise staunte über ihre Fähigkeit, Tierstimmen zu imitieren, ihre originellen

Einfälle, ihr liebevolles Strahlen. Die Babys waren fasziniert. Ihre kleinen Münder standen offen, ihre Augen hingen an den großen Mündern ihrer Mütter. Elise versuchte mitzusingen, aber sie brachte keinen guten Ton heraus. Sie sang falsch, es klang krächzend und sonderbar. Sie warf Francine einen ängstlichen Blick zu und bemerkte mit Sorge, dass diese bereits zu ihr hinsah. Francine lächelte ihr aufmunternd zu. Elise spürte ein Schluchzen in ihre Kehle aufsteigen und fragte sich, wie lange sie es wohl noch zurückhalten konnte. Sie fühlte sich so nutzlos, so fehl am Platz, so haltlos. Es war alles so viel leichter gewesen, als sie noch allein war – surfen, spazieren gehen, Modell sitzen, einfach möglichst still dasitzen ohne jemanden, der sie brauchte, den sie lieben musste. Sie ließ den Kopf sinken, da spürte sie eine Hand auf ihrer Schulter. Francine flüsterte ihr ins Ohr: »Kommen Sie mit, Elise.«

Sie saß Francine in einem kleinen Büro gegenüber, Rose auf dem Schoß. »Ich habe Angst«, hörte sie sich sagen. »Ich habe solche Angst.«

»Wovor haben Sie Angst?«

»Ich weiß es nicht.«

»Elise«, sagte Francine. »Ich glaube, Sie brauchen Hilfe. Lassen Sie sich von Ihrem Mann zu einem Arzt oder einer Ärztin bringen.«

»Okay«, sagte Elise.

Niemand sagte ihr, es sei okay, so zu empfinden. Es werde vorbeigehen. Vielmehr empfahl man ihr andauernd, dahin oder dorthin zu gehen. Bald nach dem gescheiterten Versuch mit der Babygruppe in Fort Greene beschloss Elise, mitten nach Manhattan zu fahren, zum Times Square, weil Rose den noch nicht kannte. Sie dachte, es wäre gut für das Kind, das, was in einem Kopf vorging, nach außen gekehrt zu sehen, Bilder, aufblitzende Lichter, Tausende Menschen, ein kleines bisschen Irrsinn. Sie konnte es aus dem Wagen nehmen und hochheben, damit es einen Eindruck von dieser Gegend der Welt bekam.

Elise schob den Kinderwagen vorwärts ins Gedränge der Leute, immer weiter durch die Menge. *Gut!*, dachte sie. *Menschenmassen machen ihr nichts aus.*

Und dann blickte sie auf und blieb wie angewurzelt stehen. Über den Köpfen der Leute ragte ein Bild von Barbara Lowden auf, ihr Gesicht in zwanzigfacher Lebensgröße, die Augen wie Suppenteller – schöne dunkle schimmernde Teller! –, tiefgründig, braun, umrahmt von perfekten Wimpern. Ihr Mund – der Mund einer Göttin – feucht schimmernd von rotem Lipgloss, die Wangen leicht bronziert, der Gesamteindruck einer von Selbsterkenntnis und Macht. Sie wirkte gar nicht mehr menschlich, so riesig war sie. Elise dachte, ihr werde gleich übel.

Tausende Menschen strömten um sie herum, aber einzig Barbara dort oben schien wirklich zu sein.

HERZLAND – mit Barbara Lowden und Don Gullick stand da. *Ab 3. September im Kino.* Und darunter: *Ein Herz war der Ort, wo sie zu Hause war.* Connie, dachte Elise, fand diesen Einfall irgendeines Menschen aus der Marketingabteilung sicher gleichermaßen abscheulich und lächerlich.

Neben Barbaras Gesicht prangte das von Don Gullick. Sie wirkten wie Kampfgefährten in einer Militäreinheit, Schulter an Schulter, bereit, allen nur denkbaren Unbilden und Gefahren zu trotzen. Das Arrangement war mit Überlegung gemacht, denn obwohl die beiden Figuren im Film Liebespartner waren, sahen sie einander nicht schmachtend in die Augen. Und das war durchaus stimmig, weil *Herz aus Wachs* kein Roman über die eheliche Liebe war. Es war das Buch einer ledigen Frau, ein feministischer Traktat – man konnte sogar behaupten, es sei in einer tieferen Schicht ein Lobgesang auf die lesbische Liebe, aber vielleicht hatten die Leute in Hollywood dieses kleine Detail gar nicht bemerkt.

Eigentlich hätte auf dem Plakat Barbara allein dargestellt sein sollen – nur konnte selbst sie mit ihrer ganzen Schönheit und Ausstrahlung nicht im Alleingang für den gewünschten Publikumserfolg sorgen. Elise erinnerte sich, dass Con gesagt hatte, Barbara brauche unbedingt einen Mann an ihrer Seite.

Connie, dachte Elise, *wo bist du?*

Etliche Minuten lang stand sie da und starrte Barbaras Gesicht an. Eine tiefe Trauer stieg in ihr auf bei dem Gedanken, dass die Welt einfach immer weiter ihren Lauf nahm. Sie wollte Connie so gern sagen, dass sie das Plakat gesehen hatte. Sie wollte ihr so gern sagen, wie allein sie sich fühlte, wie traurig, wie klein, wie verängstigt. Sie wollte ihr sagen, dass sie ihr Kind Rose genannt hatte. Dass Rose ihr Ein und Alles war und dass doch zugleich alles weg war.

»Hey, Lady, sind Sie eingeschlafen?«, sagte eine Stimme, und jemand tippte ihr auf die Schulter. Elise zuckte zusammen, dann setzte sie sich mit dem Kinderwagen in Bewegung und machte sich auf den Weg nach Hause.

44

Die Arztpraxis befand sich im sechsten Stock eines prächtigen alten Gebäudes in Midtown. Der Warteraum war mit dunklem Holz vertäfelt, es lagen edle Zeitschriften aus, und es gab kein natürliches Licht, weil die Jalousien heruntergelassen waren, damit es nicht so heiß wurde. Keine Bilder hingen an den Wänden, nur eine schlichte weiße Uhr. Im Behandlungszimmer waren die Wände auch weiß, alles war weiß, und Elise fragte sich, ob das wohl einen besonderen Grund hatte. Sie war gezwungenermaßen hier, ein Insekt auf einem Labortisch, ausgesetzt und wehrlos.

»Wissen Sie, warum Sie hier sind?«, fragte die Ärztin, die vielleicht Barrios hieß, aber Elise war sich nicht sicher, und sie wusste auch nicht so genau, was für eine Art Ärztin sie war. Matt hatte den Termin vereinbart, hektisch und sichtlich verzweifelt.

Elise antwortete mit einer Gegenfrage: »Haben Sie *Grünes Kaninchen* gelesen?«

Die Ärztin legte den Kopf etwas schief. Sie warf einen Blick in Richtung Tür, hinter der der dunkel getäfelte Warteraum lag, wo sich Matt und die kleine Rose befanden.

»Ob ich *was* gelesen habe, Elise?«

»Grünes Kaninchen.«

»Nein, habe ich nicht.«

»Sie sollten es lesen«, sagte Elise. Sie fragte sich, ob die Ärztin sehen konnte, dass ihre Haare fettig waren.

Sie hatte keine Lust, Antworten zu geben. Sie hatte keine Antworten. In ihrer Handtasche steckte Connies Buch. Sie las es wieder und wieder, jeden Tag. Matt hatte sie es lesen sehen und war wütend geworden. Er fand, es war ganz schlecht für sie, Connies Worte zu lesen. *Es handelt von mir,* hatte sie gesagt. *Davon, wie Connie mich verloren hat.*

»Ich werde es tun«, sagte die Ärztin. »Wenn Sie der Meinung sind, dass es ein gutes Buch ist.«

»Ja, das ist es.«

Die Ärztin schrieb etwas auf einen Notizblock. Elise schätzte sie auf etwa siebzig. Sie hatte eine stahlgraue Kurzhaarfrisur und trug eine Schildpattbrille und einen Ehering mit einem alten dunklen Stein, einem Onyx vielleicht. Elise fragte sich, ob sie verwitwet war, viele Männer starben ja vor ihren Ehefrauen. Ihr Füllfederhalter sah teuer und schwer aus. Ihre Handschrift war, obwohl Elise sie nur verkehrt herum sah, exquisit, lauter schwungvolle Arabesken. Auf ihren Händen waren ein paar Altersflecken zu erkennen. *Eines Tages werde ich so alt sein wie sie*, dachte Elise. *Ich hoffe, ich bin dann genauso elegant.* Siebzig, stell dir das vor! Es fiel Elise leicht, sich von ihrem eigenen Leben zu distanzieren und sich das der Ärztin zu wünschen, obwohl ihr bewusst war, dass sie keine Ahnung hatte, was für ein Leben das war. Draußen lärmte der Verkehr, aber Elise konnte nur Himmel sehen.

»Elise, Sie verletzen sich selbst«, sagte die Ärztin sanft und legte ihren schönen Füller weg.

Das war übergriffig. Eine Unverschämtheit. Was ging das diese Ärztin an? »Ich hab es nicht nötig, darüber zu reden.« Elise schaute hinunter auf ihren Schoß. Sie fühlte sich ruhiger, gelöst. Matt hatte nie Bemerkungen über all die Schrammen und blauen Flecken gemacht, die sie sich holte, wenn sie sich in die Brecher des Pazifiks warf. Connie hatte sie sehr wohl darauf angesprochen. Was machte es für einen Unterschied, wenn sie sich jetzt die Treppen hinunterstürzte?

»Die Menschen, die Sie lieben, finden, Sie sollten darüber sprechen«, sagte die Ärztin. »Ihr Mann.«

Elise schwieg. Sie griff nach dem goldenen *E* an ihrem Hals und schob es an dem Kettchen hin und her.

»Er macht sich große Sorgen um Sie«, sagte die Ärztin.

»Er ist nicht mein Mann. Und er ist ein bisschen spät dran.«

»Was meinen Sie damit?«

»Es geht mir gut. Es ist nicht leicht mit einem neugeborenen Baby, aber ich komme zurecht.«

»Wie alt ist Ihr Kind jetzt?«

»Sie ist zwei Monate alt.«

»Wohnt Ihre Mutter oder Ihr Vater in erreichbarer Nähe?«

»Ich habe keinen Kontakt mit meinem Vater.«

»Und mit Ihrer Mutter?«

»Meine Mutter ist tot.«

»Das tut mir leid. Reden Sie mit Matt darüber?«

»Nein. Sie ist an einem Hirntumor gestorben. Das weiß er.«

»Ach so«, sagte die Ärztin.

Matt wusste es, aber Elise hatte ihm nicht erzählt, wie Patricia die Sprache abhandengekommen war und wie sie, als sie wieder sprechen gelernt hatte, ganz anders als früher gesprochen hatte und dass auch ihre Augen anders gewesen waren und dass es sich überhaupt so angefühlt hatte, als wäre an ihre Stelle eine fremde Frau getreten, eine untergeschobene Mutter, zu der Elise keinen Zugang fand. Wie ein neuer Tumor wuchs, als triebe ein unausrottbar in ihrem Kopf eingewurzelter Stumpf wieder aus, immer größer, ein bösartiger Kürbis. Elise schloss die Augen. Als sie sie wieder öffnete, sah die Ärztin sie immer noch an. »Wie alt waren Sie, Elise, als Ihre Mutter starb?«

»Neun.«

»Ah ja.«

»Mir geht es gut«, sagte Elise. »Das jetzt hat mit meiner Mutter nichts zu tun.«

»Ich hätte gerne, dass Sie Ihre Augen wieder schließen. Sind Sie so freundlich?«

Elise schloss die Augen.

»Jetzt bitte ganz langsam atmen. Einfach nur da sein, hier in diesem Raum. Ich möchte gerne, dass Sie mir sagen, falls Sie es können, welche Wörter Ihnen in den Sinn kommen, wenn Sie an Ihre Tochter denken.«

Elise atmete tief. Sie sah Rose, ihre kleinen Augen, die zur Decke hochschauten, ihr kleines rosa Patschhändchen an dem goldenen Kettchen mit dem Medaillon der Madonna, das Yolanda um den Hals trug. *»Greifen«*, sagte Elise. *»Kopf. Geruch. Gut.«* Sie riss die Augen auf. »Das ist Blödsinn.« Sie spürte ein vibrierendes Schluchzen und unterdrückte es.

»Schließen Sie Ihre Augen wieder«, sagte die Ärztin in beruhigendem Ton. »Nehmen Sie sich ein bisschen

Zeit. Atmen Sie. Welche Wörter kommen Ihnen in den Sinn, wenn Sie an sich selbst denken?«

Elise gehorchte. Sie schloss die Augen und versuchte an ein Wort zu denken, das zu ihr passte. Bei Rose war es leicht. Rose war *da*, mit Händen zu greifen, hilflos und außerordentlich – aber für sich selbst, für Elise ein Wort zu finden, fiel ihr so schwer, wie den Eiffelturm hochzuklettern. In ihr war nichts. »Nichts«, sagte sie. »Nichts.« Tränen stiegen ihr in die Augen. Es gab kein Wort für sie.

Die Ärztin lehnte sich in ihrem Ledersessel zurück. »Es ist gut, Elise. Es ist alles gut. Nehmen Sie ein Papiertaschentuch. Alles, was Sie hier sagen, bleibt unter uns beiden.«

»Sie werden es Matt erzählen.«

Die Ärztin verschränkte ihre Hände ineinander und ließ sie auf ihren Schoß sinken. »Das werde ich nicht. Wieso glauben Sie, dass ich das tue?«

»Weil er es unbedingt verstehen will. Darum hat er mich dazu gebracht, hierherzukommen.«

»Verstehen?«

Elise seufzte. Wieder griff sie nach dem Kettchen und zog das *E* nach oben über ihr Kinn. »Das ist ein hübsches Halskettchen«, bemerkte die Ärztin. »Hat Matt es Ihnen geschenkt?«

Sie ließ das Kettchen los. »Nein.«

Die Ärztin schwieg eine Weile. »Sie haben unsägliche Dinge durchgemacht, Elise«, sagte sie schließlich.

»Das ist lächerlich übertrieben.«

»Eine Geburt ist keine leichte Sache.«

»Millionen von Frauen schaffen das.«

»Das bedeutet nicht, dass es leicht ist. Es ist auch nicht leicht, zu lernen, Mutter zu sein. Oder Tochter zu sein. Man hat niemanden, der einen anleitet.« Nach einer Pause fügte sie hinzu: »Es kann auch nicht leicht gewesen sein, Ihre Mutter so zu verlieren.«

»Haben Sie Kinder?«

»Nein.«

»Dann verstehen Sie einen *Scheißdreck*.«

Die Ärztin lächelte. »Vielleicht. Mit wem haben Sie darüber gesprochen, wie Sie sich fühlen?«

»Wissen Sie was? Es geht mir prima. Ich bin nur erschöpft. Kann ich jetzt gehen?«

»Ich möchte Ihnen ein Medikament verschreiben, Elise. Nur für kurze Zeit. Wollen Sie es versuchen, mir zuliebe?«

»Okay«, sagte Elise.

»Und ich möchte, dass Sie in einer Woche wiederkommen.«

»Okay«, sagte Elise, aber sie wusste, dass sie es nicht tun würde.

45

Elise entschied sich, die Tabletten nicht zu nehmen. Sie brauchte keine Medikamente, sie brauchte ihren klaren Verstand, und sie musste wach sein, nicht von Drogen beduselt. Sie begann wieder von dem Mädchen zu träumen, das in dem Haus mit dem einstürzenden Dach gefangen war, und sie wachte ganz verängstigt auf, davon überzeugt, dass Connie neben ihr liege. Aber da war nur Matt, und Rose schlief in ihrem Bettchen.

Am 3. September legte sie Rose in ihr Tragetuch und ging mit ihr in ein Kino an der Kreuzung von Fulton und Nassau Street. Die junge Frau an der Kasse starrte sie an.

»Was ist?«, fragte Elise.

»Nichts.«

»Einmal *Herzland*.«

Elise nahm ihre Karte und suchte sich einen Platz. Sie war entschlossen, Barbara schrecklich zu finden, aber sosehr sie sich auch bemühte, es gelang ihr nicht. Ihre schauspielerische Leistung war großartig, es war der absolute Höhepunkt ihrer Karriere. Barbaras ganzer Körper war für die Kamera gemacht, erst recht ihr Gesicht. Ihre Augen erzählten Geschichten ohne Worte.

Es war sonderbar: Barbara sah im wirklichen Leben gar nicht so aus, aber wenn die Kamera und die Scheinwerfer auf sie gerichtet waren und wenn eine Rolle von ihr Besitz ergriffen hatte, dann war jede Aufnahme ihrer Wangen und ihres Mundes elektrisierend und unwiderstehlich. Sie wurde ein anderer Mensch. Das Drehbuch, die Regie, die Kameraführung waren so gut, dass Elise, als sie schließlich wie betäubt ins Foyer hinaus taumelte und auf den mit Popcorn übersäten Teppichboden starrte, in Tränen ausbrach.

Sie weinte nicht deswegen, weil sie daran dachte, was Connie und Barbara ihr oder was sie und Matt Shara angetan hatten, sondern weil der Film ihr gezeigt hatte, wie windig, wie nichtig ihr eigenes Leben war. Die Welt des Films war schön und solide. Sie fühlte sich wirklicher an als das wirkliche Leben. Elise hatte gedacht, in New York würde sie zu mehr Solidität finden, aber das war nicht geschehen.

Sie ging durch die Straßen, die Fulton und die Gold Street entlang und dann über die Brooklyn Bridge. Rose schlief tief und fest. In der Mitte der Brücke blieb Elise stehen; unter ihr toste der Verkehr. Sie war seit Stunden unterwegs, und es wurde schon dunkel. Die Lichter von Manhattan glitzerten. Der East River lag still da.

Was tue ich hier?, fragte sie sich. *Wie ist es zu alldem gekommen?* Sie stellte sich vor, sie würde zum Flughafen fahren, das nächste Flugzeug nach Kalifornien nehmen, dann ein Taxi nach Malibu, sie würde an Sharas Tür klopfen und Shara mit ausgestreckten Armen Rose hinhalten. *Für dich!*, würde sie sagen. *Siehst du? Ich habe es für dich getan. Wie du es wolltest.* Und Shara würde das Baby nehmen, und alles wäre in Ordnung.

Elise stellte sich vor, wie sie an der Eisenkonstruktion hochkletterte. Wer würde sie überreden, wieder herunterzusteigen? Wer würde sie ins Wasser springen sehen?

Sie brauchte mehr als zwei Stunden, um zu der Wohnung in der Covert Street zu gelangen. Rose schrie aus vollem Hals. Matt, der wie gehetzt im Wohnzimmer auf und ab ging, erstarrte, als sie die Tür öffnete, und sah sie mit irrem Blick an. Dann stürzte er auf sie zu und fasste sie an den Armen. »Wo, verdammte Scheiße, warst du die ganze Zeit?«

»Was?«

»Ich warte seit Stunden auf dich. Ich war nahe dran, zur Polizei zu gehen –«

»Ich war im Kino.«

Matt sank auf das Sofa. Er schlug die Hände vors Gesicht und fing an zu weinen.

»Was ist denn los?«, fragte Elise überrascht.

»Ich halte das nicht aus«, sagte er.

»Was hältst du nicht aus?«

Er fuchtelte wild, schwenkte den Arm in ihre Richtung, in die von Rose, im Raum herum. »Das ist doch Irrsinn, El. Was machen wir da? Ich weiß nie, wo du bist. Ich weiß nicht, in was für einem Zustand du als Nächstes sein wirst. Du gehst nicht zum Arzt, du nimmst deine Pillen nicht –«

»Ich gehe zu Yoli«, sagte sie. »Ich gehe mit Rose zu Yoli.«

Er sah sie entsetzt an. »Was?«

»Ich werde zu Yoli gehen und bei ihr wohnen.«

»Weiß Yolanda, dass du das vorhast?«

»Das ist sicher kein Problem.«

Er stand auf, das Gesicht immer noch tränennass. »Ich versteh das nicht. Du kannst dich doch nicht einfach selbst einladen – du bist gar nicht in der Verfassung –«

»Das kann ich, Matt. Yoli versteht mich. Sie kann gut mit Rose umgehen. Ich brauche sie.«

»Aber ich bin der Vater von Rose.«

»Es ist nur für eine kurze Zeit. Du kannst natürlich zu Besuch kommen. Es ist nur – ich kann einfach nicht mehr hierbleiben.«

Er hielt sie nicht auf. Sie wusste, dass er es nicht tun würde. Es wäre grausam gewesen, und Matt war nicht grausam. Da sie ihr neugeborenes Baby nehmen und zu einer Freundin ziehen wollte, würde er sie nicht daran hindern. Und wenn er es ihr hätte verbieten wollen, dann wäre sie eben abgehauen, während er bei der Arbeit war. Er half ihr sogar beim Packen und zerlegte das Kinderbettchen für den Transport zu Yolanda. Sobald er sich etwas beruhigt hatte, spürte Elise, dass Erleichterung bei ihm einkehrte; endlich änderte sich etwas: Sie hatte eine Entscheidung getroffen.

Er ging zusammen mit ihr zu Yolandas Wohnung. Als Yolanda ihnen die Tür öffnete, wirkte sie nicht überrascht.

»Ich kann mich an der Miete beteiligen«, sagte Elise.

Yolanda machte eine wegwerfende Handbewegung.

Elise gab ihr das Baby und hob ihren Koffer über die Schwelle. Sie drehte sich zu Matt um. Jetzt, da sie sich in einer neuen Wohnung befand und er draußen vor der Tür, sah sie, dass er sie ansah, als wäre es das erste Mal seit langer Zeit. Sein Gesicht war grau und von Erschöpfung gezeichnet. »Es wird alles gut werden«, sagte sie.

»Ich hoffe es.«

46

Zwei Monate wohnte Elise bei Yolanda. Sie fühlte sich dort entschieden besser als bei Matt. Yolanda kochte ihr Essen selbst, ihr *mofongo* mit Schweinefleisch, ihre Hähnchenkeulen, mariniert in Zitronensaft, Rum und Knoblauch und anschließend knusprig frittiert, und ihre *alcapurrias* aus Rinderhackfleisch und Kochbananen füllten angenehm die Leere von Elises Bauch. Zu wissen, dass Yolanda nach der Arbeit im Diner nach Hause kommen und ihr diese Köstlichkeiten vorsetzen würde, war für Elise in einer Weise tröstlich, die sie nur schwer verstehen, geschweige denn in Worte fassen konnte.

Yolanda besaß nur ein Bett, und das überließ sie Elise, sie selbst schlief auf dem Sofa. Jeden Abend, wenn Elise dankbar auf Yolandas Matratze niedersank und in aller Bequemlichkeit ihre Glieder streckte, schwor sie sich, am nächsten Tag darauf zu bestehen, dass Yoli ihr Bett wiederbekam. Aber sie war einfach zu schwach, um auf diese Annehmlichkeit zu verzichten, und Yolanda sprach das Thema nie an.

Matt wollte Elise und Rose gerne besuchen, doch Elise arrangierte es so, dass Rose am Abend, wenn er vorbeischaute, schlief, und sagte ihm, man dürfe sie auf keinen Fall wecken. Am Wochenende war es schwieriger, ihn abzuwimmeln. Yolanda, die zwischen den Fronten stand, redete Elise gut zu. »Du kannst dich nicht ewig verstecken«, sagte sie. »Und Rosita braucht ihren Papa.«

»Ich verstehe schon«, sagte Elise. »Ich falle dir zur Last. Du willst, dass ich endlich gehe.«

Yolanda seufzte traurig, und Elise schämte sich dafür, dass sie ihre Freundin so manipulierte. Solche Reden, die nur dazu dienten, Yolanda in ihrem Sinne zu beeinflussen, gingen ihr ganz leicht über die Lippen.

»Wieso gehst du nicht zu dieser Ärztin?«, fragte Yolanda. »Es ist gut, dass du wieder Appetit hast, aber du musst auch mal an die frische Luft. Du kannst doch nicht immer wie in eine Schuhschachtel eingesperrt leben.«

»Wieso nicht? Es gab sogar mal eine Frau, die lebte in einem Schuh.«

Yolanda sah sie verdutzt an. »In einem Schuh? Wie hat sie denn da reingepasst?«

Elise lachte. »Es war eben ein großer Schuh. Und außerdem ein Kinderreim.«

Yolanda war sichtlich nicht wohl zumute. »*Mija,* hör mal: Ist es für immer aus und vorbei mit euch beiden?«

»Ja«, sagte Elise, so als ob ihr das erst in diesem Augenblick klar geworden wäre. »Ja, es ist aus.«

Aus den Tagen wurden Wochen, aus den Wochen wurde ein Monat. Eines Tages schließlich nötigte Yolanda Elise mit ernster Miene, sich neben sie aufs Sofa zu setzen, und eröffnete ihr dann, dass sie bei Matt gewesen war, um mit ihm die Lage zu besprechen.

Elise war schockiert. »Du hast dich bei Matt über mich beklagt?«, fragte sie.

»Nein, Eli«, sagte Yolanda. »Ich mache mir nur Sorgen um dich. Ich habe dich gern, das weißt du, aber du kannst nicht ewig hier leben.«

»Was hast du ihm gesagt?«

»Dass es Rosita gut geht. Dass du wieder mit Appetit isst, dass du aber nie aus dem Haus gehst. Dass du dich nicht genug wäschst.«

Unwillkürlich fasste Elise in ihr Haar. »Rieche ich schlecht?«

Yolanda druckste eine Weile herum, dann sagte sie: »Er hat jemanden angerufen. Eine Frau.«

»Eine Frau?«

»Sie heißt Constance.«

Elise fuhr hoch. »Soll das ein Witz sein, Yoli?«

Yolanda runzelte die Stirn. »Nein. Das ist kein Witz. Siehst du mich lachen?«

»Er hat Connie angerufen?«

»Sie will herkommen. Matt sagte, sie ist eine Freundin von dir. Du würdest dich freuen, sie zu sehen.«

»Sie kommt *hierher*?«

»Ja.« Yolanda warf ihr einen finsteren Blick zu. »Ich muss die Wohnung putzen.«

»Wann will sie kommen?«

Yolanda rutschte auf dem Sofa hin und her, dann sagte sie: »Morgen.«

»Oh, Scheiße.«

»Du wirst trotzdem mit ihr sprechen, ja? Du kannst sie nicht einfach wieder nach Hause schicken, nachdem sie extra von London hierhergeflogen ist.«

Yolanda ging zur Arbeit, und Elise nahm Staubsauger und Schrubber aus dem Schrank. Mit Desinfektionsmittel putzte sie im Bad das Waschbecken, die Wasserhähne und den Boden. Sie wusch die Kissenbezüge und schüttelte die Kissen auf. Am liebsten hätte sie Matt angerufen und ihm Vorwürfe gemacht, weil er versuchte, sie Connie wieder anzudrehen, nur um sie loszuwerden, als wäre sie ein Problemkind, das man in die Obhut irgendwelcher Behörden abschiebt. Aber dann hätte er ihr geantwortet, dass schließlich Elise ihn verlassen habe, nicht umgekehrt. Matt war so ein elender Feigling.

Sie wusch ihr Haar – zwei Mal –, schnitt die zotteligen Spitzen ab und drehte es zu einem Knoten, damit es nach dem Trocknen wellig würde. Sie warf ihre Jogginghose in den Wäschekorb, dann ging sie mit Rose im Tragetuch los, um Blumen zu kaufen – Rosen natürlich und ein paar Lilien –, außerdem einen Pistazienkuchen in einer türkischen Bäckerei und in einer Bodega englische Teebeutel.

Nachdem sie in die Wohnung zurückgekommen war, durchsuchte sie den Schrank, fand ein schwarzes Kleid, von dem sie dachte, es könnte ihr stehen, auch wenn es vielleicht ein bisschen zu weit war, und wusch es im Waschbecken. Aber dann dachte sie, es würde wahrscheinlich bis zum nächsten Tag nicht richtig trocken, und darum ging sie noch einmal aus dem Haus.

»Sie haben was Besonderes vor heute Abend?«, fragte die Frau in der Wäscherei an der Ecke.

»So ähnlich«, sagte sie.

Als sie das Kleid wiederbekam, war es sauber und trocken und roch gut. Elise vergrub ihr Gesicht in dem Stoff, der so verheißungsvoll neu und frisch wirkte. In dem Secondhandshop neben der Wäscherei, den sie noch nie betreten hatte, weil er ihr dunkel und unheimlich vorkam – obwohl Läden dieser Art sie früher magisch angezogen hatten –, fand sie einen hübschen Lampenschirm aus rosa Satin. In Yolis Wohnung montierte sie ihn über der nackten Glühbirne, deren Licht nun die Wände leicht erröten ließ. Morgen würde Connie kommen. Connie war auf dem Weg zu ihr!

Das Warten am nächsten Morgen und Nachmittag fühlte sich endlos an. Die Überzüge waren trocken, Elise stopfte die Kissen hinein, schüttelte sie auf und stellte sie schön ordentlich in einer Reihe vor der Lehne des Sofas auf.

Nachdem Yolanda ihr Ziel, Elise aus ihrer Lethargie zu reißen, erreicht hatte, schien sie sich nun Sorgen zu machen, dass auch das vielleicht nicht unproblematisch war. »Willst du, dass ich hierbleibe?«, fragte sie.

»Nein, Yoli, das ist schon gut so. Ich muss das alleine machen.«

»Diese Frau ist eine Hexe, oder? Schau dich doch an – du stehst ganz in ihrem Bann.«

»Quatsch, Yoli. Es ist alles okay.«

»Gut, du kannst mich im Diner anrufen, wenn du mich brauchst, okay? Die Nummer liegt neben dem Telefon.«

Yolanda ging. Keine von beiden wusste, dass sie einander nie wiedersehen würden. Elise wechselte das Wasser in der Blumenvase, damit die Rosen und Lilien möglichst frisch blieben. Sie schnitt den Pistazienkuchen in acht exakt gleiche Stücke. Sie spülte die Teetassen noch einmal. Aber sie tat das alles, als wäre sie gar nicht anwesend. Sie konnte nichts tun, bis Connie kam.

Connie war jetzt in Manhattan. Um sich abzulenken,

riss Elise ein Blatt von dem Block ab, auf den Yolanda immer ihre Einkaufsliste schrieb, und zeichnete darauf mit einem Filzstift den Umriss eines Kaninchens. Sie saß lange davor und dachte an Connie. Was für rätselhafte Wege das Leben manchmal ging – dass ihr Freund derjenige war, der ihr Connie zurückbrachte! Und war es nicht ein Wunder, dass Connie bereit war zu kommen? Sie hatten so viel miteinander zu besprechen, sie hatten einander so viel zu verzeihen.

Elise gestand sich schließlich ein, dass sie freudig aufgeregt war. Sie hatte Connie vermisst. Sie fühlte wieder etwas wie Liebe in sich aufleben. Sie hatte geglaubt, diese Liebe sei gestorben. Aber sie kam wieder, und Connie kam auch.

»Sollen wir Farbe für das Kaninchen kaufen gehen?«, flüsterte sie ihrer Tochter ins Ohr.

Mit dem Baby im Tragetuch wanderte Elise den Gehsteig entlang und hielt Ausschau nach einem Laden, wo sie grüne Farbe kaufen konnte. Es war wichtig, dass sie diese Farbe bekam, damit sie ein Geschenk für Connie hatte.

Schließlich fand sie eine Bodega, die eine kleine Auswahl Malfarben für Kinder im Angebot hatte. Sie nahm ein Döschen mit Dunkelgrün aus dem Regal; die Farbe war von schlechter Qualität, aber etwas Besseres war in Ridgewood nicht zu haben. Die Zeiger der Uhr über der Kasse standen auf kurz vor zwei. *Ich muss mich nicht schämen, wenn sie kommt*, dachte sie.

In Yolis Wohnung setzte sie Rose auf ihren Schoß, öffnete das Döschen und tupfte den rechten Zeigefinger des Babys ganz leicht auf die Oberfläche der Farbe. Dann hob sie das nichtsahnende Kind über das Blatt Papier und fing an, mit dem Finger von Rose den Umriss des Kaninchens mit lauter grünen Pünktchen auszufüllen.

»Es sieht aus wie Masern«, sagte Elise, als sie fertig war, aber sie freute sich, weil ihr Geschenk auch eines von Rose war. Connie würde das sofort erkennen. Sie wusch den Finger ihrer Tochter im Bad. Unter ihrem Nagel blieb ein Restchen grüne Farbe, das winzigste Mondsichelchen, das Elise je gesehen hatte.

Sie überlegte, ob sie unter das Bild WILLKOMMEN schreiben sollte. Nein, Connie mochte kein Getue. Darum schrieb Elise nur *Für Connie, in Liebe, Rose*. Die Farbe trocknete nicht schnell genug.

Sie zog das saubere schwarze Kleid an und holte einen Lippenstift von Yolis Nachttischchen. Sie schminkte sich maskenhaft, damit sie möglichst so wie früher aussah, dann löste sie ihren Haarknoten, und ihr Haar fiel schön wellig herunter. Sie musterte sich im Spiegel. So musste es gehen. Sie griff an das Halskettchen, das Connie ihr geschenkt hatte. Es war schon ein bisschen stumpf vom vielen Anfassen.

Es klingelte an der Tür.

Rose lag auf dem kleinen Teppich im Wohnzimmer und ruderte leicht mit den Fäusten in der Luft. Elise nahm sie auf den Arm und ging durch den kurzen Flur zur Tür. Ihr wurde bewusst, dass sie keine Strumpfhose anhatte, aber es war zu spät, sich deswegen Gedanken zu machen. Sie drückte den Knopf des Haustüröffners und wartete, den Rücken an die Wand gelehnt. Ihr Herz pochte heftig. Ein Klopfen an der Wohnungstür direkt neben ihrem Kopf. Ohne Zögern öffnete sie.

»Connie«, sagte sie. »Hi.«

Connies Haare waren kürzer als die von Elise. Hatte sie es gefärbt oder so getönt, dass die Farbe intensiver wirkte? Sie trug einen Trenchcoat und über der Schulter eine schwarze Chanel-Handtasche, an den Ohrläppchen steckten große Goldkugeln.

Connie trat einen Schritt zurück, als hätte sie nicht die Frau erwartet, die da vor ihr stand. Ihr Blick huschte über das Halskettchen und dann über Rose.

»Elise«, sagte sie, »hallo. Darf ich reinkommen?«

47

Sie berührten einander nicht. Als sie beiseitetrat, um Connie hereinzulassen, sah Elise plötzlich, wie schäbig Yolandas Wohnung war, all ihren Bemühungen zum Trotz. Es roch nicht nach Rosen, sondern nur nach billigem Putzmittel. Sie führte Connie durch den Korridor ins Wohnzimmer, das zu der lauten Straße hinausging.

»So, da wären wir«, sagte sie. Der antike Lampenschirm wirkte nicht originell spleenig, wie sie gehofft hatte, sondern war nur fleckig fleischfarben. Sie legte Rose auf den Teppich und tätschelte nervös an sich herum. »Setz dich bitte«, sagte sie. »Tee?«

»Gerne«, sagte Connie. Sie nahm auf dem Sofa Platz und zerdrückte dabei die Kissen.

Elise ging in die Küche, um Wasser aufzusetzen. Ihr war nicht wohl zumute. Sie hätten einander um den Hals fallen und alles verzeihen sollen – alles, was sie gesagt und getan hatten, alle ihre Dummheiten. Aber sie redeten wie Fremde miteinander. *Nichts überstürzen*, sagte sie sich. Sie stellte den Topf auf den Herd und ging zurück ins Wohnzimmer.

Connie hatte sich nicht von der Stelle gerührt. Ihr Blick war auf das Kind am Boden geheftet, aber sie machte keine Anstalten, es aufzuheben. »Das ist Rose«, sagte Elise.

»Hallo, Rose«, sagte Connie, als erwartete sie eine Reaktion.

»Sie hat ein Bild für dich gemalt.« Elise hob das Blatt Papier hoch.

»Ein grünes Kaninchen. Was für ein kluges Kind. Danke, Rose.«

»Du darfst es behalten«, sagte Elise, und Connie nahm es. Sie sah es nicht lange an, sondern faltete es sorgfältig und steckte es in ihre Handtasche. Elise hatte Angst, dass die grüne Farbe das Innere der edlen Tasche verschmierte. »Rose hat es mit der Fingerspitze gemalt«, erklärte sie, aber Connie reagierte nicht darauf.

»Wie geht es dir?«, fragte Elise und kniete sich neben Rose hin. Ihr war eng in der Brust von all den ungesagten Worten.

»Du musst dir um mich keine Sorgen machen«, sagte Connie.

»Aber ich möchte es gern wissen.«

Connie zögerte nur kurz, dann erzählte sie, dass *Grünes Kaninchen* in England sehr gute Kritiken bekommen hatte. Deborah und der Verlag waren erleichtert. Hier in den USA hatte *Herzland* viel Beifall gefunden. Die Erwähnung des Films beschwor Barbara herauf, und Elise beobachtete Connie scharf, ob an ihr Zeichen von Unbehagen, Scham oder Freude zu entdecken waren, konnte aber nichts dergleichen wahrnehmen. Connie erzählte überhaupt nichts von sich, sondern redete nur über ihre erfolgreiche Arbeit. Die Ausdrücke *sehr gute Kritiken* und *viel Beifall* klangen sonderbar fehl am Platz in dieser ärmlichen Wohnung.

»Schreibst du zurzeit?«, fragte Elise.

»Ja.«

»Was schreibst du?«

»Nichts Besonderes«, sagte Connie. Elise war zumute, als müsste sie ersticken.

Sie sei ziemlich beschäftigt die ganze Zeit, sagte Connie. Meistens in London, nur hin und wieder fliege sie nach Kalifornien, um Shara zu besuchen.

Jetzt war es Sharas Name, der sich zwischen sie drängte. »Es freut mich, dass bei dir alles so gut läuft«, sagte Elise.

»Wirklich?«, fragte Connie herausfordernd. »Vermutlich bist du eher nicht der Meinung, ich hätte es verdient, dass alles so gut läuft.«

Elise fand es klüger, nicht darauf einzugehen. Sie saßen schweigend da und schauten auf Rose, die einfach nur dalag. »Ich habe den Film gesehen«, sagte Elise nach einer Weile.

»Und? Wie fandst du ihn?«, fragte Connie.

»Überrascht es dich nicht, dass ich ihn mir angeschaut habe?«

»Ein bisschen. Aber es freut mich.«

Elise legte die Hände in ihren Schoß und lächelte. »Ich fand Barbara großartig.«

»Wir hatten Glück, dass wir sie bekommen haben«, sagte Connie. »Ich meine – du weißt schon, wie ich es gemeint habe.«

»Ja.«

»Alle glauben, dass sie einen Oscar dafür bekommt«, sagte Connie. Elise schwieg. »Ich war in den Catskills nicht mehr dabei«, sagte Connie unvermittelt. »Ich bin von Mexiko aus gleich nach Hause geflogen. Ich dachte, das solltest du wissen. Außer bei der Premiere in

L.A. habe ich Barbara nicht mehr gesehen, seit du weg bist.«

»Soll ich dir jetzt dazu gratulieren oder mich entschuldigen?«

»Keins von beiden.«

Draußen war Hupen zu hören, und ein Mann fluchte mit italienischem Akzent. Direkt vor dem Haus war eine Ampel, und es gab oft Streit zwischen Fußgängern und Autofahrern. »Du warst schrecklich zu mir an diesem Strand in Mexiko«, sagte Elise.

»Ich weiß. Ich hatte eine solche Wut.«

Elise wartete auf eine Entschuldigung, aber sie blieb aus. Connie konnte so arrogant sein. Sie musste immer die Oberhand behalten, um jeden Preis. »Ich habe *Grünes Kaninchen* gelesen.« Elise fühlte sich lächerlich, als sie es sagte, so als glaubte sie, wenn sie alles las, was Connie geschrieben hatte, wäre das ein Beweis dafür, dass sie selbst auch etwas taugte.

»Das habe ich mir schon gedacht, als ich dieses Bild gesehen habe«, sagte Connie.

Elise nahm Rose auf den Arm und setzte sich auf den Holzstuhl im rechten Winkel zum Sofa. Sie hatte keine Lust mehr, die Unterhaltung immerfort anzuschieben. Sie hatte Connie nicht hierher eingeladen – diesen Anschlag hatten Matt, Yolanda und Connie selbst geplant. Niemand stand auf Elises Seite. Warum sollte sie Connie schmeicheln, der erfolgreichen, hoch gelobten Connie Verehrung erweisen, wo ihr doch offenbar schon die ganze Welt zu Füßen lag?

Sie wusste, dass Connie sich wünschte, Elise würde sagen: *Ein toller Roman. Kaninchen bist du, oder? Und ih-*

re Geliebte bin ich. Und Connie wünschte sich das nur, weil sie dann höhnisch über Elise lachen konnte, die so eitel war zu glauben, sie sei interessant genug, um ein Vorbild für eine Romanfigur abzugeben. Aber Elise hatte das Buch mittlerweile oft genug gelesen, um zu wissen, dass das Buch von ihrer und Connies Beziehung handelte; daran hatte sie keinen Zweifel.

»Und wie findest du es?«, fragte Connie.

Elise starrte sie an. Sie saß hier, ein Baby auf dem Arm, das Connie bis jetzt praktisch gar nicht zur Kenntnis genommen hatte, geschweige denn, dass sie Fragen gestellt hätte von der Art: *Wie war die Geburt, wie ist das, darf ich sie mal halten, kommst du zum Schlafen?*, und alles, was Connie interessierte, war ihr eigenes Scheißbuch. »Ich fand es gut«, antwortete sie.

Connie setzte sich ganz gerade, die Kissen wurden noch mehr zerdrückt. »Aha«, sagte sie.

»Du hast es Shara gewidmet.«

»Ja. Kann ich mal das Klo benutzen?«

»Zweite Tür.«

Elise wartete. Jede Minute dieses Besuchs war so schrecklich, dass es ihr schwerfiel, die Fassung zu bewahren, und doch wollte sie nicht, dass Connie ging.

Connie kam zurück. Sie wirkte so fehl am Platz, wie sie da in der Tür stand – wie einer dieser Statisten, die sie voriges Jahr auf dem Studiogelände in Hollywood gesehen hatten, existierte sie außerhalb von Raum und Zeit, ein römischer Legionär mit blitzender Rüstung in einem Elendsquartier des neunzehnten Jahrhunderts.

»Warum bist du gekommen?«, fragte Elise, die spürte, dass sie dabei war, die Beherrschung zu verlieren.

Connie ging seufzend zum Sofa und setzte sich wieder hin. »Weil ich dich sehen wollte, Elise. Ganz einfach. Ich habe es Matt versprochen.«

»Du bist also nicht hier, weil du es willst, sondern nur, weil Matt dich darum gebeten hat.«

»Er macht sich Sorgen.«

»Mir geht es gut, Connie. Es ist besser, dass wir nicht mehr zusammen sind.«

Connie stand auf. »Ich gehe jetzt den Tee machen.«

»Ich werde den Tee machen«, sagte Elise. »Nimm sie solange.« Sie gab Connie das Baby.

»Elise –« Connie hielt Rose mit ausgestreckten Armen.

»Du sollst sie einfach nur *halten*, Constance. Sie ist keine Bombe.«

In der Küche rang Elise nach Atem. Sie hob zwei Stücke von dem türkischen Pistazienkuchen auf einen Teller, ganz auf den Gedanken konzentriert, dass das hier *ihr* Leben war. Nicht das von Connie. Connie befand sich lediglich in räumlicher Nähe. Sie konnte nicht Elises Leben erzählen oder in irgendeiner Weise ändern. Es war Elises Leben.

Aber es half nichts. Connies physische Präsenz, die immer schon stark auf Elise gewirkt hatte, war in dieser Nähe übermächtig. Elise brachte nicht die Willenskraft auf, sich gegen Con zu verteidigen, ihre Haut, ihre edle Kleidung, ihre endlosen Erfolge, alles das drängte sich fast physisch spürbar an sie, sie war so wehrlos dagegen wie gegen den Duft eines Parfüms. Diese Goldkugeln an ihren Ohrläppchen, diese erotische Eleganz und dieser erbarmungslose Blick, mit dem sie die Flecken auf dem verlotterten Sofa zur Kenntnis nahm.

Sie hielt sich an der Arbeitsplatte fest und versuchte, zur Ruhe zu kommen. Durch das schmutzige Seitenfenster drang kaum Licht, Elise fühlte sich in dem schummrigen Raum wie unter Wasser. Sie wollte Con gern von ihren Horrorphantasien erzählen, in denen sie Rose am Flughafen aussetzte, ein Ticket für einen Flug nach Malibu an ihr Füßchen gebunden. Sie wollte ihr gern erzählen, wie sie es einmal beinahe getan hätte, dass sie schon ein paar Windeln eingepackt hatte, bevor sie sie dann doch wieder auspackte und, das Gesicht gegen Yolandas Teppich gedrückt, lange dagelegen und darauf gewartet hatte, dass sie endlich die Willenskraft aufbrachte, aufzustehen. Wie sie tagtäglich gegen solche Gedanken und Impulse ankämpfte, dass sie es nicht gewagt hatte, der Ärztin in Manhattan, zu der Matt sie geschleppt hatte, etwas davon zu sagen.

Sie nestelte an dem Verschluss des Halskettchens unter ihrem Haar, das jetzt so schön wellig war. Sie nahm das Kettchen ab – als hätte sie eine Medaille nicht gewonnen, sondern verloren – und legte es auf die Arbeitsplatte, dann ging sie mit Tee und Kuchen ins Wohnzimmer.

»Für mich keinen Kuchen, trotzdem danke«, sagte Connie. Sie hielt Rose noch auf dem Arm, das immerhin. Sie hatte sie nicht einfach fallen lassen oder aus dem Fenster geworfen. Elise schloss die Augen vor der schrecklichen Vision, die sich ihr in diesem Moment aufdrängte: Rose flog durch die Luft und landete auf dem Gehsteig, alle Knochen zerschmettert. Elise *hörte* den grauenhaft leisen Aufprall, des Geräusch, mit dem Rose' Schädel barst – ein Knacken wie von einem Glückskeks –, sie sah das Hirn, so groß wie eine Aprikose, auf das Pflaster klatschen.

Elise konnte immer nur schlimme Dinge diesem kleinen Mädchen passieren sehen und hören, nie etwas Gutes. Sie hätte sich selbst mittendurch reißen mögen, so abscheulich fand sie ihre Phantasie.

»Alles gut?«, fragte Connie.

»Ja, alles okay.« Elise kniete sich neben das Kaffeetischchen und stellte die Teetassen ab. »Aber du magst doch süße Sachen, oder nicht?«

»Ja? Na ja, ich versuche gerade, mit weniger Zucker auszukommen.«

»Ach so.«

»Nimmst du sie mal?« Von dem Kind befreit, griff Connie nach der Kanne und schenkte Tee ein.

»Es ist wirklich schade, dass du den Kuchen nicht magst«, sagte Elise. »Du brauchst keine Angst zu haben: Den habe nicht ich gebacken, er ist gut.« Sie brach ein großes Stück ab und steckte es sich so betont nachlässig mit fahrigen Fingern in den Mund, dass Krümel in ihren Schoß und auf Rose' Kopf fielen. »Siehst du?«, sagte sie. *»Köstlich.«*

»Elise –«

»Wenn du nichts davon isst, dann bleibt umso mehr für mich.«

»Du bist total überdreht.«

»Ich bin nicht überdreht, verdammte Scheiße. Es regt mich nur auf, wenn Leute mir sagen, ich bin überdreht. Und überhaupt, Connie, zum letzten Mal: Warum bist du hier?«

Connie musterte sie mit eng verkniffenen Augen. »Du bist sehr dünn.«

»Ich bin immer dünn. Und außerdem gehört das Kleid hier Yoli und ist mir zu groß.«

»Isst du genug?«

Elise hob ihr restliches Stück Kuchen hoch. »Na, was mache ich gerade?«

»Treibst du Sport?«

Elise dachte an ihre endlos langen ziellosen Wanderungen bei Tag und Nacht. »Klar.«

Connie trank einen Schluck Tee, lehnte sich dann zurück und sah sich in dem Raum um. »Seid ihr ein Paar, du und Yolanda?«

»Wir sind Freundinnen.«

»Aber wo schläft sie? Es gibt nur ein Bett.«

Einen Moment lang war Elise versucht, mit Connie zu spielen, um zu sehen, ob sie sie eifersüchtig machen konnte, wenn schon Connie sonst nichts für sie empfand. Aber sie war erschöpft und wollte nicht streiten. »Yolanda überlässt mir das Bett.«

Connie sah aus, als wollte sie etwas sagen, hielte sich dann aber zurück. Das stimmte Elise weich. »Ich verzeihe dir«, sagte sie.

Connie sah sie an. »Ich glaube, das ist keine Frage des Verzeihens«, sagte sie. »Jetzt, wo du ein Kind hast, nicht mehr.«

»Eben deswegen ist es eine Frage des Verzeihens«, sagte Elise. »Und ich möchte, dass auch du mir verzeihst.«

»Wir haben beide unsere Wahl getroffen.« Connie zuckte die Achseln und nippte an ihrer Tasse.

»Und ich die richtige«, sagte Elise.

»Das glaubst du doch nicht wirklich.« Connie stellte mit einer exakten Bewegung die Tasse auf den Unterteller. Dann öffnete sie ihre Handtasche und zog einen Scheck heraus. »Hier«, sagte sie und hielt ihn Elise hin. »Nimm.«

Elise starrte sie ungläubig an. »Ich will dein Geld nicht.«

»Früher warst du dir nicht zu fein dafür.«

»Wie bitte?«

Connie stöhnte genervt und legte den Scheck neben die Teetasse. »Schau dich doch hier mal um, Elise«, sagte sie. »Was ist passiert? Es ist gerade mal ein Jahr her, da warst du mit mir in Kalifornien, du hattest alles, was du dir nur wünschen konntest. Dein Leben lag vor dir, du hattest Freunde, mich –«

»Du redest von deinem Leben, nicht von meinem. Ich war nur deinetwegen in Kalifornien.«

»Na ja, du hast nicht lang durchgehalten«, sagte Connie. »Und jetzt bist du hier.« Elise spürte eine wilde Wut in sich aufsteigen, weil Connie sie die ganze Zeit so kühl ansah. »Hast du gewusst, dass Shara eine Weile unter Beobachtung stand, weil man befürchten musste, sie würde sich etwas antun, nachdem sie das mit dem Kind erfahren hatte? Oder hat Matt dir das verschwiegen?«

»Wieso hätte er es mir sagen sollen?«, fragte Elise, aber sie war schon einigermaßen betroffen, auch wenn sie sich bemühte, sich ihr Unbehagen nicht anmerken zu lassen. »Ich war schwanger, Connie. Er hat mich beschützt.«

»Wovor denn? Du wohnst in diesem elenden Loch hier.«

»Red nicht so von Yolis Wohnung!«

»Ich musste über weggeschmissene Injektionsnadeln steigen, um hierherzukommen. Du bist am Ende! Und noch dazu hast du dieses Baby, einen Klotz am Bein, den du nie mehr loswirst.«

Jetzt dämmerte es Elise endlich: Alles das, diese reservierte Art, dieser gönnerhafte Scheck, kam daher, dass Connie es Elise nicht verzeihen konnte, sie verlassen zu haben. So etwas war Connie wahrscheinlich in ihrem ganzen Leben noch nie passiert, und es hatte ihren Stolz tief verletzt, so tief, dass es ihr nicht genügend Sühne war, *Grünes Kaninchen* zu schreiben, nein, Connie musste auch noch nach Brooklyn kommen und sie demütigen. Kein Wunder, dass Connie das Kind von Elise und Matt so innig verabscheute. Rose Simmons war ein Symbol dafür, dass Connie es nicht geschafft hatte, Elise in der Position der Unterlegenen, Abhängigen zu halten.

»Du bist neidisch, nicht?«, sagte Elise. »Du dachtest, ich kann ohne dich nicht überleben. Das ist alles: Du bist einfach nur neidisch.«

»Neidisch?« Connie lachte. »Du hast kaum das Allernötigste zum Leben. Und du wirst dein Leben lang für dieses Kind verantwortlich sein. Nein, ich bin alles andere als neidisch.«

Elise drückte Rose an sich, als wäre zu fürchten, Connie könnte versuchen, ihr das Kind zu entreißen. Rose schmiegte ihren Kopf an die Schulter ihrer Mutter und begann zu strampeln. »Glaubst du, ich wüsste nicht, dass ich für sie verantwortlich bin?«, sagte Elise. »Glaubst du, ich würde das auch nur einen Moment lang vergessen?«

Connie seufzte. »Was ist, wenn du kein Geld mehr hast? Was dann?«

»Geld ist nicht alles.«

»O doch, jedenfalls dann, wenn du keines hast. Wie willst du dich über Wasser halten? Willst du das Kind mitnehmen, wenn du untergehst?«

»Halt die Klappe.«

Connie beugte sich vor. Sie blieb ganz gelassen. »Du bist bis jetzt noch vor jeder Verantwortung davongelaufen. Sobald dir jemand nahekommt, läufst du davon. Du bist von deinem Vater fortgelaufen, von mir und von Matt. Gott weiß, von wem sonst noch – du hast mich nie für würdig befunden, es von dir zu erfahren. Und ich habe das Gefühl, dass du auch weiterhin immer davonlaufen wirst.«

»Hör endlich auf damit, mir zu prophezeien, was ich tun werde«, sagte Elise.

Rose begann zu weinen. Connie nahm ihre Handtasche und stand auf. »Du bist krank«, sagte sie. »Das ist offensichtlich. Du brauchst unbedingt Hilfe, Elise. Du kannst dich nicht ewig hier verstecken.«

»Komm mir nicht so«, fauchte Elise. »Bloß weil du es nicht vertragen kannst, wenn dir mal jemand die Wahrheit sagt.«

Connie war jetzt offensichtlich am Ende ihrer Geduld angelangt. Sie schlug mit der flachen Hand auf das Sofa. »Deine Freundin schläft dir zuliebe auf diesem Scheißhaufen von einem Sofa. Matt hat dir zuliebe mich angerufen. Du bist ein verwöhntes Gör, Elise. Für dich ist es vollkommen selbstverständlich, dass wir alle nach deiner Pfeife tanzen.«

Das Geschrei des Babys wurde schriller. Connie zuckte zusammen. Sie ging in Richtung Tür, aber dann drehte sie sich noch einmal um, das Gesicht wild verzerrt. »Willst du wissen, warum ich hier bin? Ich bin hier, um dir zu sagen, dass du Rose weggeben sollst.«

Elise starrte Connie an, während sie ganz automatisch Rose auf und ab wippte. Schnell beruhigte sich das Kind, aber Elise war wie betäubt. »Rose geht es gut«, stammelte sie, »sie hat alles, was sie braucht, es geht ihr gut, sie ist –«

Connie lehnte sich an den Türrahmen. »Sie hat Untergewicht, schau sie nur an.«

»Man nimmt doch nicht einfach einer Mutter ihr Kind weg.«

»Du bist keine Mutter«, sagte Connie.

»Was?«

»Du weißt gar nicht, was du tust.«

»Niemand weiß das.«

»Sie hätte überall sonst ein besseres Leben. Das weißt du.«

»Du bist von London hierhergekommen, um mir das zu sagen?«

Connie ging auf sie zu. »Das ist kein Leben für dich, El«, sagte sie sanft. »Du hast kein Geld, und wenn dir jemand welches geben will, nimmst du es nicht an. Du hast niemanden, der dich unterstützt. Du bist alleinstehend –«

»Du bist so spießig«, sagte Elise. »Ich dachte, du wolltest mir helfen, statt mir bloß Geld hinzuwerfen. Du bist nur hergekommen, um dich davon zu überzeugen, dass nichts mehr zu retten ist.«

»Ich bin hergekommen, weil ich helfen wollte. Weil du mir wichtig bist. Das ist die Wahrheit.«

»Ach, leck mich doch.«

»Was, glaubst du, wirst du in fünf, zehn, fünfzehn Jahren machen?«, fragte Connie. »Wirst du dann immer noch in einem fremden Bett schlafen? Wirst du in einem Diner Burger servieren? Dein Leben ist eine kaputte Schallplatte.«

Elise spürte jetzt weißglühende Wut im Bauch. »Du glaubst, du bist was Besseres als ich mit deinen Büchern und deinem Geld. Aber da täuschst du dich. Kein Mensch wird sich an dich erinnern, Connie. So gut bist du nicht. Und überhaupt kann niemand es lange mit dir aushalten. Weil du nämlich ein eingebildetes Miststück bist, das glaubt, es wäre über alle anderen hoch erhaben. Gott sei Dank hast du keine Kinder.«

Connie wandte sich ab, ging zur Wohnungstür und riss sie auf. Aus dem Hausflur wehte Uringestank herein.

Elise eilte ihr nach, immer noch Rose an sich gedrückt. »Connie –«

Connie fuhr zornig herum. Sie zeigte mit dem Finger auf Rose' kleines Gesicht, aus nächster Nähe, sodass er fast die Nase des Kinds berührte. »Du tust mir leid«, sagte sie zu dem Baby.

Elise schob Connies Hand so heftig zur Seite, dass sie an den Türrahmen schlug. »Verdammtes Arschloch.«

»Deine Mutter war die meiste Zeit nicht imstande,

für dich zu sorgen, als du klein warst. Und deinem Kind wird es genauso ergehen wie dir.«

»Lass meine Mutter aus dem Spiel.«

»Du behauptest, sie hatte einen Tumor. Aber war der wirklich daran schuld, dass sie so wirr im Kopf war?«

»Sie war krank, Connie. Ich weiß, du hältst dich für ein übermenschliches Wesen, aber gewöhnlichen Leuten kann das eben passieren.«

Connies Augen waren kalt. »Ich habe mich oft gefragt, ob vielleicht du sie krank gemacht hast.«

Elise fühlte, wie ihre Knie weich wurden, langsam, Rose auf dem Arm, sank sie auf den Boden. »Halt die Klappe«, flüsterte sie, den Mund am Kopf des Babys. »Es war nicht meine Schuld.«

Connie schien zu spüren, dass sie wieder die Oberhand gewann. Elise blickte auf. Connies Wangen waren gerötet, aber sie nahm sich zusammen und blickte mit unbewegter Miene auf Elise hinunter. »Wahrscheinlich ist sie aus Scham, so eine Tochter zu haben, gestorben. Arme Patricia«, sagte sie mit spöttischem Unterton.

»Bitte, Connie. Hör auf.«

»Und was ist mit dir?« Connie blickte auf das Köpfchen von Rose. »Weißt du, Rose, wenn man so eine Mutter hat wie du, ist es hoffnungslos. Du bist verflucht. Du hast das Unglück im Blut.«

Sie wandte sich ab und ging. Das Klacken ihrer Absätze auf den Betonstufen der Treppe war noch eine Weile zu hören. Elise blieb, wo sie war, auch nachdem die Haustür zugefallen war. Sie saß im Halbdunkel da und hielt Rose, die zu weinen begann und immer weiter weinte, bis Elise dieses Geräusch nicht mehr ertragen konnte.

2018

48

Ich starrte Connie über den Küchentisch hinweg an. Das Tageslicht war verdämmert. Wie lange saßen wir schon hier? Zwei Stunden, vielleicht drei. Meine Glieder waren gefühllos vom langen Sitzen. Ich wusste nichts zu sagen, aber in meinem Kopf war alles so lebhaft in Bewegung wie seit Jahren nicht mehr. Meine Gedanken überschlugen sich in dem Versuch, alles das zu verstehen, was ich gerade gehört hatte. Ich hatte gehofft, meine Mutter in Connies Buch zu finden; ich hatte nicht im Traum gedacht, dass Connie selbst mir so in allen Einzelheiten von ihr erzählen würde.

»Ich habe das nicht so gemeint«, sagte Connie, die offenbar mein Schweigen als vorwurfsvoll empfand. Ihre Stimme klang müde und heiser vom vielen Reden. »Ich schäme mich dafür. Natürlich habe ich es nicht so gemeint.«

Immer noch wusste ich nichts zu sagen. Ich hatte nicht mit einer derart vertrackten und aufwühlenden Geschichte gerechnet, die in ihr darauf gewartet hatte, ans Tageslicht zu kommen. Mein Vater war vor meiner Zeit verheiratet gewesen. Meine Mutter – rachedurstig, launenhaft, liebevoll, sonderbar – hatte am Strand von Yucatán nach hübschen Korallen zwischen all den Quallen gesucht. Sie hatte eine Frau geliebt, einen Mann und vielleicht sogar auch mich. Aber ich wusste, dass es noch nicht vorbei war; Connie war noch nicht am Ende ihrer Geschichte angelangt.

Sie wirkte ausgelaugt und alt. Vielleicht hätten wir Schluss machen sollen, aber ich hatte so lange darauf gewartet. Ich versuchte mir vorzustellen, mein Vater hätte mir das alles erzählt – ich konnte es nicht. Ich verstand jetzt, dass es ihm vollkommen unmöglich gewesen war. Er war nie imstande gewesen, seine eigene Geschichte in Worte zu fassen, und noch weniger hätte er je die Worte gefunden, die mir hätten helfen können, meine Geschichte zu erzählen.

Connie, die merkte, dass ich ihr nicht beruhigend zureden konnte oder wollte, sprach weiter. »Das, was ich über ihre Mutter gesagt habe, war wirklich schlimm. Es war grausam von mir. Ich wusste, dass ich mein Ziel getroffen hatte. Aber ich war so wütend. Wenn ich diese Worte zurücknehmen könnte, würde ich es tun. Ich weiß nicht, was ich mir dabei gedacht habe. Ich glaube, damals stellte ich mir vor, ich könnte alle Dinge so steuern, wie es mir gefiel. Und die meiste Zeit lief auch wirklich alles nach meinem Kopf. Ich dachte, ich hätte alles unter Kontrolle –« Sie verstummte und sah mich entsetzt an. »Es klingt schrecklich, wenn man diese Geschichte laut erzählt. Vielleicht habe ich es darum nie getan.«

Sie hob ihre zitternden Hände, ihre Finger griffen in krampfhaften Bewegungen an ihre Stirn, als wollten sie die Erinnerung an jenen Korridor in der heruntergekommenen Wohnung in Brooklyn packen und aus ihrem Gedächtnis reißen. »Bitte, Rose«, sagte sie. »Bitte sag etwas. Wirst du mir jemals verzeihen können?«

»Dir verzeihen?«

Ihre Hände sanken herab. »Ja.«

»Was geschah, nachdem du Yolandas Wohnung verlassen hattest?«

Connie sah mich gequält an. »Ich flog am nächsten Morgen nach Hause.«

»Du bist nicht zurück in die Wohnung, um dich zu entschuldigen?«

Sie atmete tief ein. »Nein. Ich nahm an, Elise würde nicht wollen, dass ich ihr irgend nahekam. Und ich wollte es auch nicht. Ich wusste nicht, was in der Folge passieren würde. Wenn ich es gewusst hätte, wäre ich geblieben. Aber ungefähr eine Woche später rief dein Vater mich an. Offenbar war Yolanda an jenem Nachmittag von der Arbeit nach Hause gekommen, und Elise war weg gewesen. Sie hatte ihre Sachen gepackt, dich gebadet und gewickelt und dich in dem Kinderbettchen zusammen mit einem Halskettchen und einem Zettel mit einer Nachricht zurückgelassen.«

»Mein Vater hat nie ein Kettchen oder eine Nachricht erwähnt.«

»Das Kettchen mit dem Anfangsbuchstaben ihres Namens dran hatte ich ihr zum Geburtstag geschenkt.«

»Was?« Meine Hand fasste nach dem *L* an meinem Hals.

»Ja«, sagte Connie. Wir starrten einander an, beide in dem Moment unfähig, diese unheimliche Symmetrie zur Sprache zu bringen. »Elise hat es zurückgelassen. Wenn du es nie gesehen hast, dann hat dein Vater es vielleicht Yolanda geschenkt.«

Ich überlegte. Konnte es sein, dass Papa das Kettchen in einen Umschlag getan und all die Jahre irgendwo aufbewahrt hatte, um es mir irgendwann zu geben? *Nein*, sagte ich mir, *Schluss mit diesen Phantasiegeschichten.*

»Was stand auf dem Zettel?«, fragte ich.

»Nur ein Satz. *Tut mir leid.*«

Lange saßen wir schweigend da. Ich dachte an meinen jungen, überforderten Vater, wie er, nachdem Yolanda ihn angerufen hatte, in ihre Wohnung kam, sie völlig aufgelöst und mich in dem Bettchen vorfand mit dieser nutzlosen Nachricht, die nichts erklärte, und mit einem Halskettchen von Connie, die er wahrscheinlich zum Teufel wünschte. Ich schloss die Augen, als könnte ich damit das Bild auslöschen, aber Yolandas Wohnzimmer, das ich im wirklichen Leben nie gesehen hatte und nie sehen würde, stand nur umso schärfer gezeichnet vor meinem inneren Auge.

»Als mein Vater dich anrief«, fragte ich, »hast du ihm da von dem Streit mit Elise erzählt? Davon, dass du von ihr verlangt hast, mich zur Adoption freizugeben, und was du über ihre Mutter gesagt hast? Von dem Scheck, den du ihr hingelegt hattest?«

Connie schloss die Augen. »Ich wollte ihm nicht gestehen, dass ich schuld war«, sagte sie. Sie seufzte tief und ließ den Kopf hängen.

»Aber mein Vater brauchte Hilfe –«

Ihr Kopf fuhr hoch. »Matt hatte das Leben meiner besten Freundin zerstört. Er hatte mir meine Geliebte weggenommen. Ich wollte mit ihm nichts zu schaffen haben.«

»Ja, aber –«

»Und außerdem glaubte ich zu dem Zeitpunkt auch gar nicht, dass Elise wirklich *weg* war! Ich dachte, sie war einfach nur wütend und wollte mich an der Nase herumführen. Schließlich war sie mir schon einmal davongelaufen. Und als er dann in diesem Telefongespräch auch noch andeutete, möglicherweise hätte ich ihr etwas angetan –«

»Aber das stimmte doch«, sagte ich. »Du hast wirklich Schaden angerichtet, statt zu helfen.«

»Wieso sollte ich dafür zuständig sein, die Dinge wieder ins Lot zu bringen? Wir alle hatten unseren Teil zu dem ganzen Schlamassel beigetragen.«

»Er hatte dich angerufen und um Hilfe gebeten, weil er wusste, wie viel du meiner Mutter bedeutetest. Und aus dem, was du mir heute erzählt hast, geht klar hervor, dass meine Mutter dich geliebt hat. Und ich glaube, du hast meine Mutter geliebt. Du hättest ihr helfen sollen, und stattdessen hast du sie von dir weggestoßen.« Ich spürte, dass mir die Tränen kamen, und versuchte sie zu unterdrücken und die Ruhe zu bewahren. »Du verstehst es nicht, Connie: Ich habe als Kind und als junges Mädchen meinen Vater immer wieder angefleht, mir zu sagen, was passiert war. Aber er wusste es nicht – und zwar deswegen, weil du ihm die Wahrheit verschwiegen hast.«

»Sobald mir klar wurde, dass sie tatsächlich verschwunden war, bot ich Matt an, sofort nach New York zu kommen. Ich wollte helfen, Rose. Aber Matt meinte, ich sei ein Teil des Problems. Trotzdem flog ich nach New York, zusammen mit Deborah.«

»Aber mein Vater wusste davon nichts?«

Connie schaute weg. »Ich habe es ihm nicht gesagt.«

»Connie –«

»Ich suchte überall nach ihr, ich stellte Nachforschungen an. Ich fand heraus, dass sie den Scheck noch am selben Tag, an dem ich bei ihr gewesen war, in einer Bankfiliale unweit von Yolandas Wohnung in Brooklyn eingelöst hatte. Es war mehr als genügend Geld für eine Zugfahrkarte oder einen Flug wohin auch immer, und auch noch für Essen und Unterkunft. Sie hätte monatelang davon leben können.«

Ein Flug wohin auch immer. Ich stützte meinen Kopf auf meine Hände. Wir näherten uns dem Ende der Geschichte, und ich fühlte, dass mich da kein ordentlicher, sauberer Schlussstrich erwartete. Ich stellte mir meine Mutter vor, wie sie da mit ihrem kleinen Koffer, ein Bündel Hunderter in der Manteltasche, vor der Abfahrtstafel in Penn Station oder im Flughafen stand und aufs Geratewohl ein Reiseziel wählte, so wie man ein Los an einer Losbude zieht. Wenn ich eines von meiner Mutter wusste, so war es das, dass sie in der Kunst des Verschwindens Übung hatte. Irgendetwas in ihr machte sie ruhelos, verhinderte, dass sie an einem Ort lange genug blieb, um irgend Wurzeln schlagen zu können.

»In dem Diner in der Gegend der Wall Street, in dem sie arbeitete, sprach ich mit Yolanda. Sie dachte zuerst, ich sei von der Einwanderungsbehörde. Es kostete mich einige Mühe, ihr das auszureden. Sie war sehr bekümmert und machte sich Vorwürfe – ganz offensichtlich hatte Elise ihr viel bedeutet.« Connie sah mich an. »Sie machte sich auch große Sorgen um dich und bestürmte mich mit Fragen, wo du seist und wie es dir ging. Ich fand, das Beste, was ich tun konnte, war, sie anzulügen, um sie etwas zu trösten, und so sagte ich, es gehe dir ausgezeichnet, obwohl ich dich nie mehr gesehen hatte und praktisch nichts von deinen Lebensumständen wusste.«

»Was ist aus Yolanda geworden?«

Connie seufzte. »Bei unserer Begegnung damals sprach sie davon, dass sie nach Puerto Rico zurückgehen wollte. Ob sie es wirklich getan hat, weiß ich nicht. Ich versuchte fünf Jahre später, als ich wieder einmal in New York war, mit ihr Kontakt aufzunehmen, um sie zu fragen, ob sie etwas von Elise gehört hatte, aber ich konnte sie nicht ausfindig machen: Sie arbeitete nicht mehr in dem Diner, und das Gebäude, in dem sie gewohnt hatte, war verkauft und luxussaniert worden. Sie war einfach weg.«

»Und es ist in all der Zeit keine Spur von meiner Mutter aufgetaucht?«

»Nein. Wir haben Elise nicht gefunden. Ich blieb einen Monat in New York und stellte alle möglichen Nachforschungen an. Ich ging in die Leichenhäuser und zur Polizei. Die hat überprüft, ob eine Elise Morceau bei einem der New Yorker Flughäfen einen Flug gebucht hat, aber es ist nichts dabei herausgekommen.«

Ich holte tief Luft. »Constance – bitte lüg mich nicht an, so wie du Yolanda angelogen hast –: Glaubst du, meine Mutter hat sich umgebracht?«

Connie starrte mich an. Dann stand sie auf, ging quälend langsam zum Küchenfenster und schaute hinaus in die Dunkelheit. »Ich kann die Möglichkeit nicht ausschließen«, sagte sie. »Aber ich glaube es nicht.«

»Aber du kannst nicht sicher sein.«

»Nein, niemand kann das. Aber sie hat eine Reisetasche mitgenommen. Sie hat an alles Nötige gedacht – Unterwäsche, Socken, Schuhe. Sogar Yolandas Zahnpasta hat sie eingepackt. Dein Vater hat es mir in dem Telefongespräch erzählt; er hat sich an diese Details geklammert, und ich tat es auch. Zumindest in dem einen Punkt waren wir uns einig: dass ein Mensch, der sich umbringen will, sich wahrscheinlich keine Sorgen darum macht, ob seine Zähne schön geputzt sind.« Sie seufzte. »Und dann ist da natürlich auch noch die Tatsache, dass sie den Scheck eingelöst hat. Und nicht zuletzt die Art, wie sie mit dir, Rose, umging, als ich bei ihr war. Wie Elise dich angesehen hat, als sie neben dir auf dem Boden kniete oder dich im Arm hielt. Was auch immer in ihr vorging, sie hat dich geliebt, das ist sicher.«

»Sei nicht zu idealistisch, Connie«, sagte ich, obwohl ich mir nichts mehr wünschte, als dass sie recht hatte. »Gaukle mir kein Happy End vor. Es ist einfach eine Tatsache, dass, was immer ich ihr bedeutet haben mag, sie nicht dazu bringen konnte, bei mir zu bleiben.«

»Aber ich weiß einfach –«

»Du hast ihr gesagt, sie solle mich weggeben!«

»Es ging ihr nicht gut. Vielleicht war auch ich psychisch labil.«

»Damit hast du wahrscheinlich recht. Und jedenfalls stand es dir nicht zu, an ihrer Stelle so eine Entscheidung zu treffen. Warum hast du nicht einfach versucht, sie dazu zu überreden, mich für eine Weile in die Obhut meines Vaters zu geben?«

Connie kam zum Tisch zurück und setzte sich. »Es tut mir leid. Aber meiner Ansicht nach war er ebenso wenig wie sie imstande, ein Kind aufzuziehen. Schließlich hatte er *mich*, seine Todfeindin, um Hilfe gebeten, so verzweifelt war er! Niemand wusste, was zu tun war.«

»Vielleicht hätte sich ihr Zustand mit der Zeit gebessert.«

»Ja, wenn sie mehr Unterstützung und sachverständige Betreuung gehabt hätte. Aber das war eben nicht der Fall«, sagte Connie. »Heutzutage würde man so etwas eine postnatale Depression nennen, nehme ich an. In Yolandas Badezimmer habe ich ein Röhrchen mit Lithiumtabletten herumstehen sehen. *Lithium*, Rose. Man verschreibt so einer Frau einfach ein paar Pillen und hofft das Beste. Ja, vielleicht hätte ich mich fernhalten sollen, aber ich habe zumindest versucht, etwas zu unternehmen.« Connie sah mich flehend an. »Jedenfalls, auch wenn es dich vielleicht wenig tröstet, habe ich nie geglaubt, dass deine Mutter Selbstmord begangen hat. Sie hat die Tabletten nicht genommen und ist abgehauen, wie immer.«

»Du hast ihr gesagt, dass sie genau das tun würde, Connie. Du hast deutlich gemacht, dass du ihr nichts Besseres zutraust. Vielleicht hat sie ganz einfach nur getan, was du von ihr erwartet hast.«

»Es tut mir schrecklich leid, Rose, wirklich. Aber ich habe sie doch nicht gezwungen, zu gehen. Vielleicht dachte sie schließlich, es wäre am besten so.«

»Tja, das war es sicher nicht«, sagte ich. »Scheiße. Ich brauche jetzt eine Tasse Tee.«

Ich setzte Wasser auf. Ich fühlte mich, als hätte ich einen ganzen Tag und eine Nacht lang in dieser Küche gesessen, ein Leben lang.

»Das glaubst du jetzt«, sagte Connie. »Aber stell dir doch nur mal vor, wie wenig Halt sie dir hätte geben können, wie zerrüttet –«

»Connie, nicht.« Meine Stimme klang heiser, ich war nahe dran, in Tränen auszubrechen. »Du kannst nicht wissen, wie mein Leben verlaufen wäre.«

Connie schwieg. Meine Hände waren eiskalt und gefühllos. Ich legte sie um den Wasserkessel, um sie aufzuwärmen. »Ich werde sie niemals finden, oder?«, fragte ich.

Connie drehte sich langsam zu mir um. »Ich glaube nicht. Ich weiß nicht einmal, wo du anfangen könntest zu suchen.«

»Sie wird immer ein Gespenst bleiben«, sagte ich.

Connie schwieg eine Weile, dann sagte sie zögernd: »Entschuldige, wenn ich das frage: Wonach hast du eigentlich gesucht, Rose?«

Ich stellte zwei Teebecher auf die Arbeitsplatte und hängte Teebeutel hinein. »Wie meinst du das? Das weißt du doch längst. Ganz einfach: Ich habe nach meiner Mutter gesucht.«

»Diese ganze Geschichte liegt vierunddreißig Jahre zurück, Rose«, sagte Connie. »Die Frau, die sie damals war, ist nicht die, die sie heute ist oder wäre.« Connie stand auf und kam näher. Sie wirkte merkwürdig schüchtern. »Seit du in mein Leben gekommen bist – und ich bin von Herzen froh darüber, so schwierig die Sache jetzt auch ist –, hat sich in mir nach und nach zumindest eine Ahnung davon entwickelt, warum du hier bist.«

»Ich habe dir doch gesagt –«

Sie ließ mich nicht ausreden. »Ich glaube nicht, dass es wirklich sie war, wonach du gesucht hast, Rose.«

Ich wich einen Schritt zurück. »Aber ja.«

Connie schüttelte den Kopf. »Ich glaube, du hast nach einer Idee gesucht. Ich glaube – du hast nach dir selbst gesucht.«

Ich biss die Zähne zusammen, angestrengt bemüht, nicht zu weinen, goss Wasser in die Teebecher und sah zu, wie die Teebeutel sich vollsaugten. »Du weißt nicht, was du da sagst«, sagte ich. »Du hast keine Ahnung, Connie. Manchmal ist mir, als suchte ich ständig nach ihr.«

»Ich weiß, aber –«

»Nichts weißt du. Jedes Mal, wenn es an der Tür klopft, denke ich einen Moment lang: *Ist es so weit? Ist sie wieder da?*« Meine Stimme versagte, und die Tränen, die ich so verzweifelt zurückgehalten hatte, strömten nur so über meine Wangen. Ich brach zusammen, ich verlor jeden Halt. »Es ist nie so weit. Sie ist nie wieder da.«

Behutsam streckte Connie die Hand aus und nahm mich in die Arme. Ich schmiegte mein Gesicht an ihre Schulter und schluchzte wie ein kleines Kind.

Etwas später entschuldigte sich Connie und ging auf die Toilette. Erschöpft starrte ich mit leerem Blick durch das Fenster und dachte an meinen Vater. Er war immer für mich da gewesen. Er war bei jeder Theateraufführung, in der ich als Schülerin, und sei es auch nur in einer winzig kleinen Rolle, aufgetreten war, gewesen, hatte keine Ausstellung von Bastelarbeiten in meiner Schule versäumt. Ich hatte sämtliche Ferien mit ihm verbracht, zusammen mit meinen Großeltern, solange sie lebten, immer in England, weil wir uns Flugreisen und teure Hotels nicht leisten konnten. Meine ganze Kindheit hindurch, bis ich anfing, mich von zu Hause abzulösen, war er immer da gewesen.

Mir wurde bewusst, wie besessen ich von dem Gedanken an meine Mutter gewesen war, und ich fühlte mich, als hätte ich ihn verraten. Ich war so fixiert auf meine abwesende Mutter gewesen, dass ich meinen anwesenden Vater nie so wertgeschätzt hatte, wie er es verdiente.

Ich stellte die Teebecher auf den Tisch, als Connie wieder in die Küche kam. Sie wirkte fast ängstlich, als fürchtete sie, ich wollte sie nicht in meiner Nähe haben.

»Was ist aus dem Bild von meiner Mutter geworden, das Shara gemalt hat?«, fragte ich.

»Ich weiß es nicht. Ich wünschte, ich hätte ihr gesagt, dass ich es gerne hätte. Ich könnte mir vorstellen, dass sie es übermalt hat.«

»Das wäre passend.«

Connie lächelte, setzte sich und nahm sich einen der Teebecher. »Sie hat später noch einmal geheiratet. Sie haben drei Kinder adoptiert. Sie lebt immer noch in Kalifornien und ist inzwischen Großmutter. Wie eine große goldene Götterfigur kommt sie mir vor. Für sie ist es, als wäre das mit deinem Vater und Elise nie geschehen.«

Wie so oft angesichts der Widerstandskraft anderer Menschen spürte ich nur noch das Verlangen, mich resigniert meinem Schicksal zu ergeben, aber ich blieb stark. »Ja«, sagte ich, »das ist gut für sie.«

»Es ist wirklich gut. Es ist gut, zu wissen, dass man immer neu anfangen kann. Nur nicht so, wie sie dachten. Sie hat ein bisschen Glück verdient.«

»Ja.« Ich nippte von meinem Tee und verzog das Gesicht: Ich hatte ihn zu lange ziehen lassen. »Und was ist mit Barbara Lowden? Hast du sie je wiedergesehen?«

»Nur einmal, bevor sie starb«, sagte Connie. »Rein freundschaftlich. Sie war Mitte der achtziger Jahre mal wegen Dreharbeiten in London, und da habe ich sie in ihrer Suite im *Claridge's* besucht.«

»Hast du ihr erzählt, dass Elise verschwunden war?«

»Nein. Wahrscheinlich habe ich gesagt, dass wir keinen Kontakt mehr zueinander haben. Ich glaube, Barbara war das alles, was während der Dreharbeiten für *Herzland* passiert ist, ein bisschen peinlich. Ihr Leben war zu der Zeit eine einzige Katastrophe – ich war wahrscheinlich nur ein Kollateralschaden. Leider ist auch Elise in Mitleidenschaft gezogen worden.«

»Und was ist aus dir geworden, als du wieder in London warst?«

Connie zögerte. »Es war nicht so toll. Ich bin praktisch – auseinandergebrochen.«

»Du hast keinen Roman mehr veröffentlicht«, sagte ich. »Sind dir Elises Vorwürfe doch zu Herzen gegangen?«

Sie lächelte. »Kann sein. Wir wussten beide, welche Stellen man treffen muss, damit es richtig wehtut.

Aber was das Schreiben betrifft, so hatte ich einfach das Gefühl, dass ich alles gesagt hatte, was ich sagen wollte. Alles fühlte sich – leer an. Also reiste ich. Ich vermietete das Haus hier und lebte eine Weile in Griechenland, dann in Sussex. Es war in vielerlei Hinsicht kein schlechtes Leben. Ich schrieb für mich selbst. Ich versuchte mich an einem Drehbuch, aber ich habe es nie jemandem angeboten. Ich lebte von der Miete, die ich für dieses Haus bekam, und von den Tantiemen der Bücher und des Films.«

»Aber du bist Schriftstellerin. Du musst doch das Bedürfnis gehabt haben, künstlerisch zu arbeiten.«

»Eigentlich nicht. Ich sah keinen rechten Sinn darin. Es deprimierte mich. Der Gedanke daran, dass ich Elise verloren hatte, und an die Rolle, die ich dabei gespielt hatte, verfolgte mich. Ihre Abwesenheit bedrückte mich. Es existierte kein physischer Beweis, dass es sie jemals gegeben hatte, nur die Erinnerung. Ich war nie imstande, das alles richtig zu beschreiben.«

»Bis jetzt?«, fragte ich. »Bis du *Die Launische* geschrieben hast?«

Connie warf mir einen schiefen Blick zu. »Bis jetzt, Rose ...«, begann sie, aber sie führte den Satz nicht zu Ende.

»Ja?«

»Ich glaube, es ist möglich, sich von einem Gespenst zu befreien. Man muss es nur wollen.«

Ich dachte an das andere Gespenst, das ständig in meinen Gedanken spukte, dasjenige in meinem Bauch, und obwohl ich so erschöpft war – und obwohl ich wusste, dass ich schon bald eine Entscheidung treffen musste –, fühlte ich mich erleichtert, ja frei. Ich holte tief Luft. »Nur noch eine Frage«, sagte ich.

»So viele du willst.«

»Hattest du wirklich nie auch nur ein komisches Gefühl, wenn du mich angeschaut hast? Hast du wirklich nie mich angeschaut und Elise gesehen?«

Connie musterte mich mit müden Augen und schenkte mir ein fast liebevolles Lächeln. »Willst du eine ehrliche Antwort?«, fragte sie.

»Natürlich.«

»Nein, niemals, Rose. Ich habe immer nur dich gesehen.«

49

Es war ein minimalistischer, heller Raum mit vielen grünen Topfpflanzen und unaufdringlicher Druckgraphik an den Wänden. Jemand hatte eine Menge Zeit darauf verwendet, diesen Raum zu gestalten. Mir flößte er ein Gefühl von Ruhe und Sicherheit ein, zumal nach all den Reklameplakaten und Menschenmassen, die mich auf dem Weg hierher draußen umgeben hatten. Ich konnte nicht sagen, ob die Einrichtung sachlich, unbeschwert nichtssagend sein sollte, indifferent gegenüber den Gefühlen der Frauen, die hierherkamen, oder ob sie freundlich aufmerksam ihr Bedürfnis nach einer sorgfältig gestalteten, neutralen Umgebung erfüllte.

Vielleicht empfand jede Frau es ihrer eigenen Fasson entsprechend.

»Es wird alles gut werden«, sagte die Schwester, eine ältere Frau mit runden Brillengläsern. »Es dauert nicht lang.«

Man hatte mir gesagt, ich solle meinen Schmuck zu Hause lassen. Darum hatte ich am Morgen in Connies Gästezimmer das einzige Schmuckstück, das ich trug, das Kettchen mit dem *L* dran, abgenommen. Ich hatte es ins Licht der Sonne, die zum Fenster hereinschien, gehalten. Es war ein so schönes, fein gearbeitetes Stück, aber ich wusste, dass ich es nach diesem Tag nie wieder tragen würde.

In der Klinik zog ich den Kittel an, den die Schwester

mir gegeben hatte, nur den Kittel und nichts darunter, und legte mich dann auf das Bett. Sie legte ihre kühlen Hände auf mich und sagte, sie werde das Mittel zur örtlichen Betäubung in den Gebärmutterhals spritzen. Sie war weder übertrieben vertraulich noch gleichgültig. Sie war einfach respektvoll. Ich hob die Knie hoch, hörte sanftes Klicken von Instrumenten und leises konzentriertes Summen vom Fußende des Betts.

»Okay«, sagte die Schwester. »Lassen Sie die Beine ein bisschen lockerer. Einatmen.«

Ich atmete ein.

»Jetzt ausatmen.«

Als ich ausatmete, führte sie ein Spekulum ein, und dann folgte schnell die Injektion. Die ganze Körperregion wurde innerhalb kurzer Zeit gefühllos, sodass ich nichts mehr spürte, sondern nur das penetrante Sauggeräusch des Schlauchs hörte, der offenbar eingeführt worden war.

Ich lag mit geschlossenen Augen da und wünschte mir, man hätte mir angeboten, die Operation bei Vollnarkose durchzuführen. Es war einfach schrecklich, die Prozedur bei vollem Bewusstsein zu erleben, auch wenn ich nur die Geräusche wahrnahm und die übrigen Sinne vom Ort der Handlung abgeschnitten waren. Es empörte mich, dass ich in so eine Lage geraten war, dass ich mich selbst in diese Lage gebracht hatte. Dass Joe niemals in diese Lage geraten würde! Ich betrachtete mich aus der Vogelperspektive und empfand Trauer. Ich empfand Schrecken, wenn ich mir das dunkle Blut vorstellte, die triefenden Fetzen Plazenta, das verletzliche zarte Fleisch. Mir wurde schwindlig bei dem Gedanken, dass so eine Pumpe mich leergesaugt hatte. Ich staunte bei dem Gedanken, dass eine unerwünschte Geschichte aus der Welt geschafft worden war. Mir war übel, und ich war voller Hoffnung.

Einige Tage davor und ein paar Tage nachdem Connie mir von meiner Mutter erzählt hatte, hatte ich die Entscheidung getroffen. Ich vereinbarte einen Termin, ließ mich untersuchen und mir Blut abnehmen. Ich dachte immer und immer wieder darüber nach. Ich war erleichtert, weil ich mich entschieden hatte, und traurig, und ich schämte mich auch, weil ich beide Gefühle zugleich empfinden und sie mir sogar erlauben konnte. Als ich Connie sagte, was ich entschieden hatte, drückte sie mich ganz fest mehrere Minuten lang, während ich weinte, und behandelte mich in der Zeit danach besonders freundlich und rücksichtsvoll. Sie machte mir Tee, schlug mir Filme vor, die wir gemeinsam im Fernsehen anschauen konnten, redete mit mir, wenn ich reden wollte, und ließ mich in Ruhe, wenn ich allein sein wollte.

Ich wollte nicht hart sein. Ich wollte nicht herzlos sein. Ich wollte nur ich sein. Ich hatte unter einem solchem Druck gestanden, einem Druck, den ich kaum benennen konnte. Woher er gekommen war, ob von innen oder von außen, wusste ich nicht zu sagen. Aber ich fühlte mich einfach wie ein *schlechter Mensch*.

»Du bist kein schlechter Mensch«, sagte Connie, als wir an dem Abend vor dem Eingriff im Wohnzimmer saßen. »Nicht im Mindesten. Du bist sehr tapfer.«

»Laufe ich nicht auch davon?«, fragte ich.

Wir schwiegen in Gedanken an eine andere Frau, die davongelaufen war. »Nein«, sagte Connie schließlich. »Zuerst Joe. Dann diese Sache. Du stellst dich der Wahrheit deiner selbst, Rose. Aber«, fügte sie hinzu, »Trauer wird dir in keinem Fall erspart bleiben.«

»Sicher, ich spüre, dass es schon angefangen hat.«

»Es ist gut, dass du dir das eingestehst. Wir wollen uns nichts vormachen.« Sie beugte sich vor. »Und ich werde da sein. Wenn du reingehst und wenn du wieder herauskommst.«

Ich war Connie dankbar dafür, dass sie meine Mutter mit keinem Wort erwähnte. Sie machte diesen Fehler kein zweites Mal.

Ich war zu Connie gekommen, weil ich meine Mutter gesucht hatte, und sie hatte mir geholfen, mich selbst zu finden. Ich hatte erkannt, dass ich nicht länger meine Zeit damit verschwenden durfte, immer nur zu hoffen, dass Menschen mich lieben und respektieren würden. Zoë und ihre Freunde hatten mir gezeigt, dass ich in meinen gut dreißig Lebensjahren mehr gelernt hatte, als ich dachte. Joe hatte mich freigegeben, mein Vater hatte mich geliebt. Ich musste aufhören, mich anzusehen und mich unzureichend zu finden. Ich musste aufhören, anderen Leuten das Leben zu erleichtern auf Kosten meines eigenen. Ich musste mir Laura Brown zum Vorbild nehmen, mir ihr Selbstvertrauen und ihre Entschlossenheit zu eigen machen. Mein Leben öffnete sich mir, endlich. Es war nicht die Zeit für mich, in London mit einem Kind zu leben. Ich wusste nicht, wann diese Zeit und ob sie jemals kommen würde, aber jetzt war sie nicht da.

Man sagt oft, es sei eine Dummheit, wenn eine Frau glaube, sie könne in völliger Freiheit selbst über ihre Zeit bestimmen. Ihr Körper habe seine eigenen Pläne. »Es gibt keinen guten Zeitpunkt zum Kinderkriegen«, plappern die Leute, aber ich würde dem entgegnen, dass es sehr wohl einen entschieden falschen Zeitpunkt geben kann. Wenn es nicht um ihren eigenen Körper und ihr eigenes Leben, ihre eigene Lebenszeit, geht, verallgemeinern die Leute oft ganz unbekümmert und pflegen den Mythos der schlicht vollkommenen Ungeborenen, hinter denen die eher komplizierten bereits existierenden Geschöpfe zurückstehen müssen. Nur unter denen, die schon Mütter geworden sind, findet sich manchmal eine, die einer jungen Frau die Hand auf den Arm legt und sagt: *Warte*.

Es ist nie ohne Risiko. Es kann sein, dass man wartet und damit seine Chance verpasst. Aber ich glaube nicht, dass es etwas bringt, wenn man sich hetzen lässt.

Was ich sah, als ich nach dem Eingriff mit geschlossenen Augen auf dem Bett lag, war eine Frau, die über einen Strand ging. Sie blieb stehen, und ich streckte die Hand nach ihr aus. Es war meine Mutter, jenes dunkelhaarige, schlanke junge Ding, das ich auf dem Foto von Connie in einem schwarzen Kleid an einem Pool in Hollywood stehen gesehen hatte. Aber es war nicht nur meine Mutter, sondern zugleich ich. Und es war auch Margaret Gillespie, die, ohne ihre Tochter, im noch seichten Wasser stand und wartete, die darauf wartete, dass sie sich entschied, ob sie ertrinken oder schwimmen sollte. Ich wollte die Hand nach ihr ausstrecken, und als ich es tat, spürte ich zu meinem Erstaunen eine andere Hand auf meiner.

Connie saß an meiner Seite und hielt meine Hand. »Es wird alles gut werden.« Sie legte ihre andere Hand auf meine Stirn und ließ sie lange dort ruhen.

50

Natürlich gibt es immer Frauen, die nicht das Gefühl haben, dass ihnen der Boden unter den Füßen wegrutscht, die eine unerwünschte Schwangerschaft als eine Situation betrachten, mit der sie fertig werden können, ob sie das Kind austragen oder nicht. Sie sehen, dass ein schwangeres menschliches Wesen zu sein und Mutter zu werden längst nicht dasselbe ist. Sie unterwerfen sich nicht dem Diktat der Biologie. Sie lassen sich nicht in eine Richtung dirigieren, die sie nicht wollen.

Ich war nicht ganz so. Wir alle trauern um Dinge, die uns nicht vergönnt waren: eine große Liebe, ein Kind, ein anderes Leben. Aber mein Leben war in vielerlei Hinsicht ein reines Phantom gewesen. Ich musste ihm erst mehr Festigkeit geben, wenn ich je das Leben eines anderen Menschen darauf bauen wollte.

Nach der Abtreibung verbrachte ich zwei Tage in einer Art Bettruhe in Connies Haus. Sie hatte darauf bestanden, dass ich nach meinem kurzen Aufenthalt bei Zoë wieder bei ihr einzog, und das war es auch, was ich mir gewünscht hatte. Ich fühlte mich, als gehörte ich mir wieder selbst. Die Erschöpfung und die Übelkeit verschwanden, an ihre Stelle traten ein Gefühl von Selbstbestimmtheit und eine merkwürdig gesteigerte Energie. Als, kurz nachdem Connie und ich aus der Klinik zurückgekehrt waren, das Geld aus dem Verkauf des Imbisswagens auf meinem Konto eintraf, beschloss ich, die vage Ironie, die in dem zeitlichen Zusammentreffen der beiden Ereignisse lag, zu ignorieren. Ich war fast erschrocken, als ich den Betrag schwarz auf weiß vor mir sah. Es war Anfang Februar, ohne Zweifel die schlimmste Zeit des Jahres in London – und diese großzügige Geste von Joe kam mir vor wie eine brennende Kerze in einem Fenster.

Ich schickte Kelly eine Textnachricht: *Kaffee?*

Jaaa!!! Du fehlst mir, schrieb sie zurück. *Wo hast du gesteckt?*

Lange Geschichte.

Nachdem wir uns verabredet hatten, setzte ich mich auf das Bett in Connies Gästezimmer und rief meinen Vater in Frankreich an. Nach wenigen Klingeltönen nahm er ab, was mich überraschte, denn normalerweise ging Claire ans Telefon.

»Hallo?«, sagte ich. »Ich bin's.«

»Rosie. Das ist schön, dich zu hören. Ich habe oft an dich gedacht.«

»Ich auch an dich, Papa. Geht's dir gut?«

»Mir geht's gut. Und dir?«

»Alles bestens. Ich muss dir was sagen, Papa.« Ich stockte. »Ich bin im Haus von Constance Holden.«

Eine Weile blieb es still. Dann fragte er: »Du bist *wo*?«

»Es ist alles gut, Papa. Alles ist gut.«

Ich erzählte ihm alles, und er hörte schweigend zu. Ich erzählte ihm von der Arbeit bei Connie und dass ich sie hintergangen hatte, indem ich mich für jemand anderen ausgab, und wie sie mir den Vertrauensbruch verziehen hatte als Sühne für ihre eigenen Fehler. Shara erwähnte ich nicht. Das Thema verschob ich auf später, oder vielleicht mussten wir auch gar nicht darüber reden. Diese Sache war in einem anderen Leben passiert und ging mich eigentlich nichts an, und er hatte längst damit abgeschlossen. Aber ich erzählte von anderen Dingen, von denen er nichts gewusst hatte: von dem letzten Streit zwischen Connie und Elise; dass Connie verlangt hatte, mich zur Adoption freizugeben; von dem Scheck, den sie dagelassen hatte; von den Gemeinheiten, die sie einander an den Kopf geworfen hatten.

»Papa«, sagte ich, »bist du noch da?«

»Ja.«

»Ich weiß, du wirst es nicht gerne hören, aber Connie ist nicht so, wie du denkst. Sie war so gut zu mir. Und du selbst warst es, der mir ihre Bücher gegeben hat. Du solltest sie nicht hassen.«

Er schwieg immer noch. »Es tut mir leid«, sagte er endlich. Seine Stimme war leise, und ich konnte hören, dass er sich bemühte, die Fassung zu bewahren.

Ich kniff die Augen zu, um die Tränen zurückzuhalten. »Ich weiß. Es ist gut.«

Ich stellte ihn mir in der schummrigen Diele von Claires bretonischem Häuschen vor, um ihn herum Wachstuchmäntel und alte Stiefel, während draußen der Wind heulte. Es kam mir unmöglich vor, dass er einmal an der Küste von Kalifornien gelebt haben sollte, ein junger Mann, der auf den Wellen ritt.

»Also hat Connie ihr Geld gegeben, damit sie gehen konnte.« In seiner Stimme klang eine Bitterkeit und Härte, wie ich sie noch nie gehört hatte.

»Ich glaube nicht, dass es so einfach war«, sagte ich. »Ich glaube, Connie wollte helfen. Aber ihre Emotionen sind mit ihr durchgegangen, und es hat böse geendet. Kann es sein, dass Elise immer schon vor Problemen weggelaufen ist?«

»Ist es das, was Connie behauptet?« Es klang unverkennbar gereizt. Ich antwortete nicht, denn es war tatsächlich genau das, was Connie behauptete.

»Ist Yolanda wieder nach Puerto Rico zurückgegangen?«, fragte er.

»Connie weiß es nicht genau. Aber sie hat später in New York nach ihr gesucht und konnte sie nicht finden.«

»Ich kann das alles nicht glauben.«

»Du selbst hast die ganze Sache in Gang gesetzt, Papa.«

»Ich weiß.«

Ich holte tief Luft. »Hör zu, Papa: Du und Connie, ihr habt euch früher gekannt. Du hättest ihre Telefonnummer ausfindig machen können. Du hättest mit ihr Verbindung aufnehmen –«

»Ich bin mit dir zurück nach England geflogen, Rose, und habe einfach versucht, dich anständig aufzuziehen. Connie war eine Berühmtheit. Es war unglaublich, wie sie mit mir gesprochen hat, nachdem deine Mutter verschwunden war. Man hätte denken können, sie ist die Queen höchstpersönlich. Es war leichter, nicht darüber zu reden.«

»Leichter für wen?«, fragte ich.

Eine Weile blieb es still, dann sagte er: »Ich wollte nur nicht, dass du unglücklich bist.«

»Ich bin nicht unglücklich, Papa. Jetzt nicht mehr.«

Ich hörte ein schweres Seufzen und fragte mich, ob er vielleicht weinte. »Das freut mich«, sagte er.

»Und weil wir schon mal angefangen haben, über Dinge miteinander zu reden, möchte ich dir auch noch sagen, dass ich mich von Joe getrennt habe.«

»Was? Auch das noch! Wie geht's dir damit?«

»Mir geht es gut, wirklich.«

»Er hat doch nichts Schlimmes getan, oder? Hat er eine andere?«

Ich zuckte zusammen, als ich Papa so reden hörte, ihn, der damals Shara betrogen hatte! Was für eine Selbstgerechtigkeit! »Nein, er hat nichts *getan*. Es ist mit der Zeit einfach darauf hinausgelaufen.«

»Wann war das alles?«

»Vor einer Weile. Ich hatte in den letzten Wochen – einiges zu erledigen.« Ich schloss die Augen und dachte an die Klinik. »Wir sind in aller Freundschaft auseinandergegangen. Es ist gut.«

»So. Und was machst du jetzt? Arbeitest du immer noch für sie? Für Connie? Ich kann es nicht glauben, dass ich das über die Lippen bringe.«

Ich lachte. Connies Garten vor dem Fenster war grau und vom Wind zerzaust, die Bäume dürr und kahl. »Ich hab ein paar Ideen, Papa. Ich lass es dich wissen, wenn es so weit ist. Ich muss jetzt aufhören. Ich treffe mich mit Kelly.«

»Sag ihr liebe Grüße von mir.«

»Mach ich. Tschüs, Papa.«

»Rose –«

»Ja?«

Über die ganze Entfernung hinweg konnte ich fühlen, wie er allen Mut zusammennahm. »Du bist *absolut* sicher, dass Connie nicht weiß, wo deine Mutter ist?«

»Ja, Papa. Sie weiß es nicht. Elise ist weg.«

Er seufzte. »Du hast recht, natürlich. Sie ist weg.«

Kel erwartete mich bereits im Café. Ihr Bauch war jetzt wirklich riesig; bis zum Geburtstermin waren es nur noch wenige Wochen hin. »Ich weiß«, sagte sie, als sie meinen Gesichtsausdruck sah. »Man könnte meinen, ich werde eine ganze Fußballmannschaft zur Welt bringen. Und den Ball noch dazu.«

»Geht's dir gut?«, fragte ich.

Sie lächelte. »Prima. Anscheinend ist es normal, dass man beim zweiten Mal noch unförmiger wird, weil die Bauchmuskeln total ausgeleiert sind. Ich schaff es nicht mal, meinen Arsch hochzukriegen; kannst du trotzdem versuchen, mich zu umarmen?«

»Klar.« Ich tat es.

»Oh, du riechst gut«, sagte sie. »Neues Parfüm?«

»Chanel.«

Sie warf mir einen anerkennenden Blick zu. »Und das bei einer Frau, die normalerweise Impulse Deo benutzt.«

»Red keinen Scheiß, Kelly. Das war 1995.«

»Soso.« Kelly grinste. »Funkstille. Neues Parfüm. Wie heißt der Typ?«

»Es gibt keinen.«

»Ach komm. Irgendwas ist neu.«

»Ich habe beschlossen, nicht länger nach meiner Mutter zu suchen«, sagte ich.

Kelly konnte ihre Überraschung nicht verbergen. »Okay«, sagte sie. »Schön, Rosie. Ich finde, das ist eine gute Idee. Das ist mutig. Ich bin stolz auf dich. Gut gemacht.«

»*Danke*, Kel.«

»Du wirkst … irgendwie beschwingt. Macht das diese Frau? Die, bei der du arbeitest?«

»Ja«, sagte ich. »Wahrscheinlich. Ich glaube, sie würde dir gefallen, Kel. Ihre Geschichte würde dich interessieren. Du solltest sie kennenlernen. Sie hat einen neuen Roman geschrieben. Sie ist eine ziemlich beeindruckende Persönlichkeit.«

Kelly nickte nachdenklich. »Das ist unverkennbar. Ich glaube trotzdem, dass sie eine Hexe ist.«

»Joe hat den Truck verkauft«, sagte ich.

»Wow.« Kelly machte große Augen. »Echt wahr?«

»Ja. Und er hat mir die Hälfte von dem Geld überwiesen.«

Kelly lachte. »Wie viel ist das? 3 Pfund 50?«

»Zweieinhalb Riesen.«

»Hör auf!« Kelly schlug sich auf die Schenkel. »Das ist ja *toll*! Was für ein Abschiedsgeschenk! Ich fang langsam an, Respekt für den Kerl zu empfinden. Ein bisschen spät zwar, aber immerhin. Was willst du mit dem Geld anfangen?«

»Ich werde ein bisschen verreisen.«

»Oh? Wohin?«

»Das weiß ich noch nicht so genau.«

Das war gelogen. Ich wusste es sehr wohl, aber ich wollte das Geheimnis noch eine Weile für mich behalten. Den Zauber der unbekannten Möglichkeiten genießen.

»Okay«, sagte Kelly. »Aber du wirst nicht gerade dann weg sein, wenn das Kind auf die Welt kommt, oder?«

»Ich – das weiß ich nicht, Kel.«

Das war ein harter Schlag. »Ach so – na ja, klar. Du tust, was du tun musst. Aber schick mir eine Ansichtskarte. Wenn es dort, wo du hinfährst, überhaupt Karten gibt.«

Ich hätte nie gedacht, dass es sie so aus dem Gleichgewicht bringen würde. »Ich komme ja wieder«, sagte ich.

»Natürlich. Wenn nichts dazwischenkommt.«

Wir saßen schweigend da. »Na ja«, sagte ich schließlich, »die Möglichkeit besteht immer. Aber ich würde es ohne dich gar nicht aushalten.«

Sie lachte. »Schick mir einfach eine Adresse, sobald du dort eine hast, okay?«

Ich versprach es. Sie wirkte nachdenklich. »Ich mach mir keine Sorgen«, sagte sie. »Das sind nur die Hormone.«

»Ich weiß.«

Ich stand auf, ging zu ihr und umarmte sie ganz fest. »Ich hab dich lieb«, sagte ich.

»Ich hab dich auch lieb, Rose – aua, du erwürgst mich.«

»Scheiße, entschuldige«, sagte ich und ließ sie los.

51

Ich ging in die Küche, machte Con einen Gin Tonic und brachte ihn ihr ins Wohnzimmer.

»Danke«, sagte sie und nahm mir das Glas vorsichtig mit beiden Händen ab. Ihre Augen leuchteten, sie saß kerzengerade da. »Sind wir so weit?« Sie blickte auf das große Kuvert, das auf dem Tischchen vor ihr lag. »Also dann, mach es auf.«

Ich öffnete es und zog ein ungefalztes Exemplar des Schutzumschlags für *Die Launische* heraus. Er sah großartig aus. Etwa zwei Drittel der Fläche waren mit Mustern in verschiedenen Blautönen bedruckt – Lapislazuli, Coelinblau, Königsblau, Preußischblau, Himmelblau –, in übereinanderliegenden Schichten wie bei einem mehrfarbigen Holzschnitt, und auf dem unteren Drittel war ein impressionistisch anmutender sonnenblumengelber Strandstreifen zu sehen, der auch über den Buchrücken und die ganze Breite der Rückseite lief. Die Schrift war feuerwehrrot und hatte einen besonderen Effekt, der an Leuchtreklame der sechziger Jahre denken ließ. Die Farbe sprang einen an, ebenso wie die Gestalten der beiden Frauen – ausgeschnitten aus irgendwelchen Frauenzeitschriften, wie es schien –, die am Strand zu sehen waren. Ihre Röcke standen in schrägem Winkel zu den Oberteilen, und die Gesichter waren mit einem feinen schwarzen Stift gezeichnet. Die ganze Komposition wirkte merkwürdig lebendig.

»Oh, Connie«, sagte ich, »das ist ja unglaublich.«

»Ja«, sagte Connie, »sehr viel hübscher als der übliche Mist.«

Ich reichte ihr das Blatt, und sie nahm es so behutsam, als hielte sie das Original der Magna Charta in den Händen. Lange ließ sie die Farben, die ganze Stimmung auf sich wirken.

»Gefällt es dir?«, fragte ich leise.

»Ich finde es großartig. Mein Gott, Rose, es ist nicht zu fassen. Es sieht aus wie dort, wo du hinwillst.«

Wir blickten auf den sonnenblumengelben Strand. »Ich glaube, Costa Rica ist ein bisschen wilder, Con.«

»Mach jede Menge Fotos, ja?«, sagte sie. »Ich möchte mir den kompletten Urlaub vorführen lassen. Ich werde extra so ein Gerät besorgen, das uns die Bilder an die Wand wirft, wenn du wieder da bist.«

Ich setzte mich auf die Armlehne ihres Sessels. »Keine Angst, ich komme rechtzeitig zurück, um dabei zu sein, wenn das Buch erscheint, versprochen. Das lasse ich mir nicht entgehen. Und bis dahin ist ja noch eine Menge Zeit.«

Sie nickte. »Ich will, dass du dorthin fliegst. Du sollst diese Reise unbedingt machen.«

Die Luft zwischen uns war zum Schneiden dick von all den Worten, die wir nicht aussprechen konnten.

»Weißt du«, sagte ich, »ich habe noch nie eine wild wachsende Palme gesehen.«

Connie lächelte. Wir schwiegen, bis sie endlich den Bann brach. »Okay«, sagte sie betont nüchtern, »ich denke, es wird Zeit, dass wir aufbrechen.«

Sie hatte angeboten, mich zum Flughafen zu bringen, und obwohl ich sagte, ich könnte sehr gut mit öffentlichen Verkehrsmitteln fahren, bestand sie darauf. Ich hatte gedacht, mit ihren Händen würde sie sich beim Autofahren schwertun, aber sobald sie hinter dem Steuer saß, wirkte sie ganz unbesorgt. Sie hatte einen alten kleinen Sportwagen, der tief auf der Straße lag. Er hatte nur zwei Sitze und einen Kofferraum mit genügend Platz für meinen Rucksack. Sie fuhr ziemlich flott – zu flott für meinen Geschmack –, aber ich sah ihr an, dass es ihr Spaß machte, als wir so nach Heathrow düsten.

»Deborah will, dass ich jemanden einstelle, der mir zur Hand geht. Sie hat gefragt, ob sie mir ein paar Bewerberinnen schicken soll«, sagte Connie, während sie in den Verkehr auf der Autobahn einfädelte. »Kommt gar nicht in Frage, hab ich ihr gesagt.«

»Ich glaube, es wäre schon gut, wenn du jemanden hättest«, sagte ich.

Ich glaubte es nicht bloß, ich wusste es, und Connie wusste es auch. Sie hatte sich daran gewöhnt, sich auf mich zu verlassen, so wie ich mich auf sie verließ.

Sie verzog das Gesicht. »Die würde mir womöglich Kekse für Zuckerkranke zu essen geben.«

»Kann sein. Aber du kannst ja einen Notvorrat Schokoriegel in deinem Schlafzimmer verstecken.«

Wir schwiegen eine Weile. »Würde die – bei dir im Haus wohnen?«, fragte ich schließlich.

Ich sah das vertraute, kaum wahrnehmbare Lächeln in ihrem Gesicht. »Nein. Und es wäre nur eine befristete Anstellung.«

»Aha.«

»Bis du zurückkommst. Es ist dein Zimmer, Rose. Es steht jederzeit zu deiner Verfügung. Okay?«

Ich spürte einen Kloß im Hals, aber ich war eisern entschlossen, nicht zu weinen. »Danke«, sagte ich.

Sie blickte auf die Straße. Ich nahm mein Smartphone und schrieb Kelly eine Textnachricht: *Es ist Costa Rica.*

Sie antwortete sofort: *Echt?????* Und dann ein paar Emojis: die Flagge von Costa Rica, eine Welle, eine Sonne und ein Herz. *Du wirst Jaguare sehen!*, schrieb sie. Sie erinnerte sich also, dass ich davon gesprochen hatte. Ich schickte ihr die Adresse des Hauses, in dem ich wohnen würde, und versprach, ihr wieder zu schreiben, wenn ich dort war.

Das will ich schwer hoffen. Brenn nicht mit einem Schildkrötenschützer durch. Bleib nicht zu lang.

Ich legte das Smartphone auf meinen Schoß und starrte leer vor mich hin. »Ich habe meinem Vater nicht verraten, was ich vorhabe«, sagte ich.

Connie ließ das eine Weile auf sich wirken, dann sagte sie: »Gib mir seine Telefonnummer. Ich rufe ihn an.«

»*Was?*«

»Ich finde, es wird langsam Zeit, du nicht? Wir haben ja jetzt wieder etwas gemeinsam.«

Ich stellte mir das Telefongespräch vor und fand, dass reichlich viel Sprengstoff darin steckte, denn Papa würde klar werden, dass man ihn wieder im Dunkeln gelassen hatte. Nur würde sie ihm dieses Mal alles mitteilen, was sie wusste, und Licht ins Dunkel bringen.

»Es wird gutgehen, das verspreche ich dir«, sagte

Connie. »Ich weiß, wie man sich richtig entschuldigt. Wir sind jetzt alt. Er liebt dich.« Sie machte eine Pause. »Und ich auch.«

Wir näherten uns dem Kurzzeit-Parkplatz beim Abflug-Terminal. »Glaubst du, du wirst je über Elise schreiben?«, fragte ich.

Connie überlegte. »Vielleicht. Was passiert ist, wo sie sein könnte, das wäre ein guter Stoff. Aber zerbrich dir jetzt darüber nicht den Kopf, Rose.«

»Nein.«

Sie parkte das Auto. »Ist es okay, wenn ich mit reinkomme?«

Leute verwandeln sich in eine homogene Masse anonymer Wesen, sobald sie einen Flughafen betreten. Die Luft ist gesättigt von einem verwirrenden Gemisch aus Abschiedsschmerz, dem Gefühl der Erleichterung, das manche beim Abschied empfinden, und Wiedersehensfreude. Man kann in einem Flughafen kaum einen klaren Gedanken fassen. Man befindet sich auf halbem Weg zum Ziel der Reise. Niemand will wirklich hier sein, alle sind nur deswegen hier, weil es sich eben nicht vermeiden lässt, wenn man irgendwohin will. Ich checkte meinen Rucksack ein und ging dann wieder zu Connie.

»Gib auf dich acht dort drüben«, sagte sie.

»Du auch, Connie.«

»Mach ich. Deb will später vorbeikommen. Sie will zum Essen bleiben.«

»Das ist gut. Ich hab eine Menge Sachen eingefroren.

Es ist alles beschriftet. Du nimmst dir einfach raus, was du haben willst, am besten am Abend vorher, und –«

»Danke, Rose«, sagte sie. »Ich weiß, wie man was auftaut.«

Ich sah ihr an, dass es ihr schwerfiel, mit der Situation zurechtzukommen, und war frustriert, weil ich nicht sagen konnte, was ich eigentlich sagen wollte. *Danke* vor allem. Für alles – dass du mir die Wahrheit gesagt, mich bei dir aufgenommen, mir dein Vertrauen geschenkt hast. Danke, dass du mir eine Chance gegeben hast. »Ich werde dir jede Menge Karten schicken«, sagte ich. »Aber wahrscheinlich werden sie erst ankommen, wenn ich selbst längst wieder daheim bin.«

Sie lachte. »Danke, dass du dich von mir hast herfahren lassen. Ich werde auf dich warten, wenn du zurückkommst. Lass es mich wissen, wenn es so weit ist.«

»Klar.«

Connie kam näher, umarmte mich und drückte mich fest. »Jetzt geh zu deinen Palmen.« Sie trat zwei Schritte zurück. »Geh schon.«

»Tschüs, Connie.«

Ich ging in Richtung Sicherheitskontrolle. Als ich mich umdrehte, um ihr ein letztes Mal zuzuwinken, stand sie immer noch da und wartete, bis ich verschwand.

Als sie ging

52

Wenn du deine Sachen packst und gehst, verstört das andere Leute. Sie wollen, dass du bleibst, wo du bist, weil sie das leichter verstehen können. Es erspart ihnen Mühe. Aber es ist Zeit zu gehen. Vielleicht in ein Land, wo es heiß ist, mit schattigen Stellen, wo du mit Staunen aus der Ferne große Katzen knurren hörst. Wo du weniger Lagen Stoff auf dem Körper trägst, wo Luft über deine Schultern streichen kann. Wo das Leben einfacher ist, wo man fünf gerade sein lässt.

Sie denken immer, du ergreifst die Flucht, und stellen sich nicht deiner Realität. Und diese ist: Jemand hat dir Geld gegeben, dir ermöglicht, ein Ticket zu kaufen, zu fliegen, nirgendwo zu sein, bevor du irgendwo ankommst.

Aber du bist nicht mehr so naiv, zu glauben, es wäre ein neuer Anfang. Du bist in viele Häuser eingetreten und hast sie wieder verlassen. Du hast ein neues Zuhause gefunden und dann entdeckt, dass sie dich für dumm verkauft haben. Es hat nie gestimmt – nicht da und nicht dort, nicht mit ihm, nicht mit ihr –, es war nie wirklich das Richtige für dich.

Daher weißt du auch, dass du deine Entscheidungen nicht leichtfertig triffst. Wenn du deine Hand ausstreckst, um deinen Pass vorzuzeigen, kann sich das anfühlen, als bewegtest du sie durch ein Gewirr von Entengrütze in schlammigem Wasser, wo Hechte lauernd um deine Hüften streichen, wo deine Füße in braunen Schlick einsinken. Manchmal empfindest du allein die tägliche Anstrengung, am Leben zu bleiben, den Kopf über Wasser zu halten, wie eine schwere Last. Aber du willst trotzdem nicht aufgeben, denn das alles ist deine Geschichte, mag sie noch so unvollkommen, noch so verkehrt und unglücklich sein.

Und wenn am Ende die Lichtperlen kommen, wenn sie aufspringen und Himmelskörper, so gleißend hell wie die Sonne, sich zeigen, wenn ein ganzer Planet von lauter Glückseligkeit ins Dasein schießt, und wenn du umhergehst mit diesem Strahlen in deiner Brust – dann begreifst du. Dass du so lange im Dunkeln gestanden hast, um diesen Moment der Erleuchtung zu erfahren.

Danksagung

Von ganzem Herzen danke ich Juliet Mushens, Francesca Main und Kate Green für ihre nimmermüde Ermutigung, für ihre harte Arbeit und für die phantastischen Anregungen, die sie mir großzügig gegeben haben.

Danke an das Team bei Picador. Ich schätze mich glücklich, dass ich mit ihm zusammenarbeiten darf.

Meine tiefste Dankbarkeit gilt allen Leserinnen und Lesern, Buchhändlerinnen und Buchhändlern, Bibliothekarinnen und Bibliothekaren dieser Welt.

Und ich danke euch, Mum und Dad.

Besonderen Dank schulde ich Alice O'Reilly, Amy Cudden, Elizabeth Day, Jean Edelstein, Lorna Beckett, Luke Kernaghan, Maura Wilding, Teasel Scott und Zoe Pilger.

Und Margot, die in Gedanken immer bei mir ist.

Und Sam, mein strahlendes Licht, mein kostbarer Edelstein. Ich werde dir nie genügend danken können, aber ich will es zumindest versuchen. Ich liebe dich.